推理作家の出来るまで

下巻

都筑道夫

フリースタイル

THE MAKING OF MICHIO TSUZUKI 2

by

MICHIO TSUZUKI

Book design by Koga Hirano
+ Hirokazu Kakizaki (The Graphic Service inc.)

First published 2020 in Japan by
FREESTYLE, INC.

2-10-18, kitazawa, setagaya-ku, Tokyo 155-0031
webfreestyle.com

ISBN978-4-86731-002-1

推理作家の出来るまで　下巻＝目録

推理作家の出来るまで　下巻

三百メートルのおまけ

初恋のことを語る前に、思い出した人物があるので、書いておきたい。一時期にばかり、足ぶみしていることになるが、やはりオペラ口紅宣伝部にいたころ、たまたま出あった男性の話だ。といっても、老人である。そのころ、いくつぐらいだったのだろう。娘たちが、もう結婚していたのだから、六十前後というところか。オペラ口紅へは、広告とりにやって来て、べつに紹介者もない飛びこみだったから、応対を私がまかされたのだった。

どこかの公会堂で、歌劇団が公演する。そのプログラムの小さな表紙うらに、広告を出してくれないか、という話だった。オペラのプログラムだから、オペラ口紅ということで、たずねて来たらしい。半白の髪の瘠せた老人で、広告屋さんではなかった。出された名刺には、なんとかプロダクション、という肩書がついていた。ある理由で、その老人の名を、ここに書きとめておきたいのだが、どうしても思い出せない。名刺の裏には、半裸の女性が、ドラムを叩いている漫画が、刷ってあった。

小さな歌劇団は、主役をつとめる女性歌手と男性歌手が主催するもので、そのふたりはご夫婦だった。その女性オペラ歌手の父親なのだ、と老人は自己紹介した。いや、男性歌手のほうの父親だったか、そのへんの記憶も、あいまいになっている。どちらの父親かというのは、実はどうでもいいことで、その老人をある理由が、私にわすれられない人にしているのである。

広告を出す対象としては、大したことはないので、私はあっさり断るつもりだった。だから、宣伝部室へも、応接室へも通さずに、玄関のガラスドアを入ったところの、まあ、ロビーというべきか、受付窓口の前のささやかな空間においてある椅子に、相手をすわらせて、私は応対した。

相手も広告とりには、馴れていなかったせいかも知れない。娘だか、息子だかの、はじめてのオペラ公演に、出来ることはなんでも手つだおうと、広告とりに歩いているが、本職は芸能プロダクション。といっても、ひとりでやっていて、ストリッパーがひとりふたり、それにブルーフィルムを何本か、というパッケージを持って、占領軍のキャンプをまわっている、といった話をはじめて、なかなか本題に入らない。いったん私にわたした名刺をとりあげて、

「ですから、これにも、いたずらがしてありましてね」

と、折り目をふたつつけて、畳んで見せる。すると、ドラムをたたいている半裸の女の漫画が、秘処もあらわに、両足を高だかとひろげた全裸の女になるのだった。

「こんなものが、案外よろこばれるんです。あたしがフィルムと映写機、女の子がレコード・プレイヤーとレコードを持って、身軽なものでね。それでいて、けっこう忙しいんです。でも、このところ、こっちの手つだいで、仕事は休んでいるんですが……」

と、プログラムの原稿をひらくのだけれども、すぐにまた話が横道にそれて、

「戦争前から、そんな仕事をしていたわけじゃなくって、若いころは日本舞踊の師匠をしていました。子どもが歌劇というのも、まんざら縁がないわけじゃない。しばらく、あたしは宝塚歌劇団で、日舞を教えていたんです」

そういわれれば、日本舞踊のお師匠さんらしくなくもない態度で、歯切れよく老人は話をした。私は持てあまし気味で、話を聞いていたが、そのうちに聞きずてに出来ないことを、老人は口にした。

「最初は小石川の小日向水道町で、踊りの稽古所をやっていたんですが……」

「ほんとうですか」

「ええ、小日向水道町をご存じで？　近くにまだ無名時代の円歌が住んでいましてね。落語家の三遊亭円歌が」

この円歌は先代で、「呼びだし電話」なぞを得意にした早口の落語家だ。小日向水道町は、知っているどころではない。私が生れた町と、江戸川ひとすじをへだてた隣りの町だ。円歌が若いころ、そのへんに住んでいたことも、む

ろん知っている。

「すると、あなたはそこのお生れなんですか」

私が聞くと、生れは北陸のほうなのだが、若いころに東京に出てきて、最初に所帯を持ったのが小日向水道町なのだ、と老人は話した。川をへだてた関口水道町で生れたことを、私がいうと、老人は奇遇を連発して、

「円歌さんの面倒を見ていた紺屋《こうや》がありましてね。なんといったかな」

「太田屋ですよ。その次に露地があって、長谷川医院という病院があって、その次がぼくのうちです」

「そうですか。世のなか、狭いもんですね」

といったことから、老人は宝塚に歌劇場が出来て、日舞の教師になった話、当時の宝塚の私鉄の終点で、線路が半円をえがいて、そのまま始発になるありさまなぞを、手ぶりも熱心に話しはじめた。

*

夏のはじめか、おわりごろか、ロビーがすこし暑かったころだったのだろう。老人は話しながら、ポケットから手ぬぐいを出して、汗をふいた。ふいてから、その手ぬぐいをひろげて見せて、

「これ、吉原に出来た魯瓶《ロビン》というキャバレの手ぬぐいですよ。このあいだ、開店祝いに呼ばれていったら、いっしょに行った知りあい連中が、帰りにこの手ぬぐい、棄てて行こうとするんです。吉原って書いてあるからですが、あたしはそれがおもしろくてね。みんなのを貰って、うちに何本もあります」

そこで、話が戦前の吉原のことになって、若い衆が下足札をまいて、紐をたぐって、がらがらと引きよせるさまや、下足札で柱をたたいて、鼠鳴きをするさまなぞを、実演してくれる。広告の話なんぞはそっちのけで、私は老人の言葉にひきこまれていた。そのうちに、また聞きずてに出来ないことを、いい出したのである。

「宝塚をくびになって、東京へ帰って来てからは、日支事変、大東亜戦争でしょう。日舞どころじゃ、ありません。

稽古所もひらけないから、グリコのおまけをつくって、食っていたんです」

「グリコのおまけ?」

「ほら、ひと粒三百メートルですよ」

と、老人は両手をあげて、グリコの商標のまねをしてみせて、

「あのグリコに戦争前、小さなおまけがついていたのを、知りませんか」

「知っています。知っているどころじゃなくて、ぼくはあのおまけのファンでしたよ。あれをつくる工場に、行っていらしたんですか」

私が目をまるくすると、老人はおもしろそうに笑って、

「工場なんて、あれはささやかな家内工業でね。あたしがグリコから請負って、ひとりで工夫して、ひとりでつくって、おさめていたんです」

この話は、信じられなかった。その不信が、私の表情に出たのだろう。

「そのころの型が、いまでも残っていますよ。つくったおまけを、見本帳みたいに、スクラップ・ブックに貼ったのもあるから、そうだ、日曜日にでも、見にきませんか。あたしのすまいは、芝の明舟町。六代目が住んでいた近所ですから」

と、老人はいくらか誇らしげにいって、また私の手から名刺をとりあげた。そこに住所を書きこんで、返してよこしながら、

「ぜひ遊びに来てください。玉子丼をご馳走しますよ。自分でいうのもおかしいが、あたしの玉子丼は、絶品でしてね。そんじょそこらのそば屋では、あたしのような玉子丼は、食べられません」

六代目がかつて住んでいた町にいて、玉子丼を自慢するもと日本舞踊の師匠、戦前のグリコのおまけの考案製作者という この老人に、私は深い興味を持った。六代目とは、いうまでもないだろうが、先代の尾上菊五郎のことである。ところで、ここで邪魔が入った。宣伝部室から、渋谷君が出てきて、ページ下一段の小さな広告なら、つきあってあげてもいい、と耳うちに来たのだ。渋谷君というのは、私

と机をならべていた女子宣伝部員で、むろん邪魔のつもりではない。私がうまく断れないで、話が長びいている、と思った彼女が、宣伝部長の川崎さんと相談して、助け舟に出てきてくれたのだ。

けれど、こちらはもう少し、話を聞いていたかった。老人のほうは大よろこびで、にわかに仕事の話にもどった。プログラムのページ下の広告は、大きさがきまっているから、原稿がいつでも用意してある。それを受けとって、老人は帰りがけに、

「ほんとうに、今度の日曜日にでも、ぜひ来てくださいよ」

と、念を押した。グリコのおまけを、ひとりで工夫して、ひとりでつくっていた、というのが、私にはどうしても、信じられなかった。いまでもグリコには、小さなプラスティック製の自動車なんぞが、おまけについているようだけれど、戦前は本体の菓子箱の上に、小さな紙箱がついていて、そのなかに小さな紙製の紙おまけが入っていた。紙と針金、きびがらに木ぎれぐらいが材料だったろう。小さな木ぎれの鉢に、楊子に色紙の花と葉をつけたチューリップ、といった平凡なものから、二、三枚の紙に、人の顔がえがいてあって、小さなページが何段かに切れている。それをあちらにめくり、こちらにめくる、と顔の表情が変る百面相絵本。だぶだぶの服のピエロの紙人形が、二枚の厚紙で出来ていて、二枚のあいだに車輪がたに、足を挟んでピンでとめてある。板の間に立てて押すと、次つぎに足が出て歩いているように見える人形。なかなかに手がこんだものもあって、子どもには楽しみだった。

小学生のころの私は、それらを集めて、ボール箱に、大事にためこんでいたものだ。それを、日本舞踊の師匠、宝塚の初期の教師、いまはブルーフィルムとヌードで占領軍をまわっている老人が、ひとりでこしらえていた、というのは、私にはきわめて小説的な事件だった。しかも、そのひとは職業のスタートを、私が生れた場所のすぐ近くで、はじめている。私は日曜日になるのを待ちかねて、芝の明舟町へ出かけていった。

そこは私にとって、六代目が住んでいた町というより、

宝石社の近く、ということで、馴染のある場所だった。そのころは永瀬三吾氏が、編集長だった推理小説雑誌の「宝石」は、芝西久保巴町の宝石社が出していた。いまでも、あの一部には、戦災をまぬがれた古い木造二階屋が、いくらか残っている。虎の門よりの明舟町の老人が住んでいたところは、先ごろホテル・オークラであったパーティの帰りに、歩いてみたけれど、それらしい家なみは見つからなかった。取りはらわれて、ビルディングでも建ったのだろう。当時はいかにも、東京の町屋という感じの木造平屋、三軒長屋ぐらいだったように、記憶している。そこをたずねた思い出のために、老人の名を正確に書きとめておきたいのだけれど、ここまで書いても、思い出せない。残念だけど、グリコの老人としておこう。

芝明舟町

グリコのおまけをつくっていた老人の名は、まだ思い出せない。ただオペラ歌手の夫婦のご亭主のほうの名は、おぼろげに思い出した。たしか、竹原正三といった。奥さんのほうは、いちばん下に、子がついたことしか、思い出せない。老人は、どちらの父親だったのか。グリコのおまけ、という記憶の前に、ほかのことが、かすんでしまっている。芝明舟町に、六代目尾上菊五郎が住んでいた、と書いたのも、私のおぼえ違いである。十五代、耳の大きな市村羽左衛門だ。だから、グリコ老人は、

「あたしのすまいは、芝の明舟町。六代目が住んでいた近所ですから」

といったのではなく、

「あたしのすまいは、芝の明舟町。橘屋が住んでいた近所ですから」

といったのだろう。歌舞伎の大名代とおぼえこんでいて、戦災で焼け残った家なみの記憶から、戦後まで生きていた六代目のほうを、老人の言葉に、はめこんでしまったらしい。昭和の二十年代には、そうした町なみが、あちらこちらに残っていた。五十年代の現在も、残っているところがないわけではないが、窓がアルミ・サッシにつけかえてあったりする。もっとも、そこに住んでいる人にとっては、そうせざるをえないのだろう。


日曜日に、私は芝の明舟町をたずねた。前にもいったように、西久保巴町に宝石社があって、そこへ何度も出かけているから、馴染のない町すじではない。現在のように、大きな地名で一括して、丁目でわけてあるよりは、小さな町のほうが、探しやすい。番地をたよりに、私は老人のすまいを、すぐに見つけた。焼けのこった木造の二階屋だったろう。二軒長屋か、三軒長屋か、とにかく長屋づくりで、入り口のガラス障子のわきに、格子の出窓があった。出窓には、草花の鉢が、おいてあった。いまから自由に、思い出をつくりあげるとすれば、青あおとした稗蒔《ひえまき》の平たい鉢で、陶製の藁葺屋根の家や、小さな案山子《かかし》が立ててある。あるいは、親芋が水盤に伏せてあって、何本ものびた芽のひとつに、葉がひらいている。どちらかを、おきたいところだけれど、現実の出窓には、なにがおいてあったのだろう。


そんなことは、まあ、どうでもいいわけで、ガラス障子に声をかけると、老人が顔を出した。土間に入ると、そこに出窓の幅で、半分に仕切られていて、分厚い板の机のようなものが、おいてあった。出窓を背にして、箱みたいな椅子があって、座蒲団が敷いてある。あがり口の縁板に、座蒲団を敷いて、私をかけさせると、老人は出窓を背に、箱みたいな椅子にすわった。

「昔はこうやって、グリコのおまけをつくっていたんですよ。こわすのも面倒なんで、そのままにしてあります。つくりつけて、しまったんでね」

と、老人は楽しげにいいながら、机の下に手を入れて、つくりかけの下駄みたいなものを、いくつも取りだした。板にトタン板のようなものが、植えつけてあって、それは型であった。金属板のはじは、刃をつけたように、磨《と》ぎあげてあって、いまでも切れそうだ。その板が、楕円形や瓢簞がたに、なっている。大小の型を、なつかしそうに手にとりながら、

「これで、厚紙や色紙を、まず打ちぬくんですよ。この上に——」

と、机の上を、老人はさししめして、

「紙を重ねておいて、型をのせて、木槌でたたくんです。ほら、この板の上、傷だらけでしょう」

分厚い机の上は、なるほど大小の傷でおおわれ、糊のあとらしい斑らが、さらに複雑な模様をつくっていた。老人は手さきが器用らしく、小さな型なぞは、自分でつくるのだ、といった。手に負えないものは、専門家にたのむ。大きな複雑な型や、材料の紙にあらかじめ、絵を印刷しなければならない場合だ。けれど、印刷屋にたのむときにも、下絵は自分でかく、といった。

「型で打ちぬいた材料を、こんどはひとつひとつ、貼りあわせたり、針金でとめたりして、つくるんです。そういう細かい仕事が、もともと好きだったんですね」

「どういうおまけをつくるか、というアイディアの段階から、ひとりでやっていらしたんですね」

「何種類を何個ずつ、と請負うんですから、ぜんぶ自分でやりますよ。そりゃあ、最初に見本をつくって、こんなのはどうでしょう、と見せたりはしますがね」

次に老人は、埃やけしたスクラップ・ブックを取りだした。

「これを、見ていてください。きっと、なつかしいのが、ありますよ」

といって、老人は立ちあがった。屋内は八畳ひと間に台所、それに二階がついているらしい。あるいは、下が四畳半に六畳、二階もふた間だったのか、そのへんの記憶は、はっきりしない。とにかく老人は、私にスクラップ・ブックをあずけて、台所に入った。ご自慢の玉子丼を、つくる

ためだろう。

＊

いま残念に思うのは、老人がどんなきっかけで、グリコから、おまけの製作をひきうけたのか、それを聞きだせなかったことだ。いまでも私は、取材でひとの話を聞くときに、自分からいいだせないのは、いいたくない部分があるからだろう、と思って、遠慮してしまう。まして、そのころは、どうしようもない聞きべただった。老人はひとりで、グリコのおまけを、全部つくっていたようなことをいっていた。スクラップ・ブックをひろげてみると、確かにそこには、見おぼえのあるおまけが、貼りつけてあった。

むろん、見おぼえのないものもある。立体的なもので、見あたらないのもあった。スクラップ・ブックだから、前に書いたチューリップの鉢なんかは、貼りつけられないだろう。しかし、貼りつけられそうなもので、見あたらないのもあった。たしか、郷土玩具のシリーズがあって、あれは滋賀県の大津かどこかの山車人形《だし》だ。大入道が首をのばし、目をむき、舌を出すのがあって、それを紙人形にしたのを、近所の子があてて、うらやましかった記憶がある。

だから、老人ひとりでなく、何人かそれぞれ横のつながりはなくて、グリコから請負っているおまけ製作者が、いたのだろう。でも、そのスクラップ・ブックは、じゅうぶん私を楽しませた。歩くピエロや、百面相絵本や、思い出のおまけを、いつまでも、私は眺めていた。そこへ、老人は丼をふたつ、盆にのせて、持ちだしてきた。ご自慢の玉子丼である。昭和二十八年か、九年のことだから、食糧事情はもう、それほど悪くはなかった。外食券なるものが、まだあって、私のようなひとり暮しのものは、区役所に申請すると、それが交付される。その外食券で、食堂などに行くと、かなり安かった。

しかし、外食券がなくても、どこでも食事は出来て、いまでも四谷の交叉点にある「かつ新」というとんかつ屋や、きしめん屋を、私は昼食のときに愛用していた。いまの武蔵野館ビルのあたりのハモニカ横丁に「丸福」という屋台店に近い店があって、あげたてのカツレツ、コロッケ、いちばん安いカレーライスも、うまかった。そんなころだから、玉子丼には魅力はなかった。したがって、老人が自慢するほどの味だったかどうか、記憶はない。といって、まずかった、という記憶もないから、ひと通りのものだったのだろう。

老人は玉子丼の自慢をしながら、私といっしょに食いおわると、台所に持っていってから、話のつづきをはじめた。昔の小日向水道町のはなし、宝塚のはなし、吉原のはなし。グリコのおまけの話になると、スクラップ・ブックのページをくって、くわしくなって、おもしろかったけれども、ほかのことは、くり返しが多かった。それを私が、かじをとったら、もっと役に立つ話を、聞きだせたのだろう。けれど、私はただうなずいて、聞いているだけだったから、だんだん退屈してきた。老人のほうも、話のたねがなくなって、黙りがちになった。

かなりの時間もたっていたので、玉子丼とおもしろい話の礼をいって、私は立ちあがった。それきり、私はその老人とあっていない。五年後か十年後か、とにかくだいぶたってから、オペラ歌手の竹原正三夫婦が、パリでなにかの活動をしている記事を、新聞か週刊誌で、読んだことがある。私はあの老人を、思い出した。そのころはまだ、老人が竹原氏の父親なのか、奥さんの父親なのかも、おぼえていたはずである。奥さんの名前も、わすれてはいなかった。けれども、芝の明舟町へ行ってみようか、という気は起らなかった。

前後二回、あっただけだけれど、グリコのおまけつくりのこの老人のことは、妙にわすれられない。そのくせ、名前も思い出せないし、顔立ちも目に浮かんで来ないのだから、どうかしている。グリコのおまけ、ということだけで、私の頭のなかに、強く刻みつけられたのだろう。明舟町の長屋のすがた、土間のすみの仕事場、大小の下駄みたいに見えた打型、そんなものが、目に浮かんできて、もう一度、あの老人にあってみたい、と思うのだが、まだご健在だろうか。

そのころ、私は恋をしていた。初恋といっても、いいのだろう。私は本を読んだり、映画を見たりすることでは、きわめて早熟だったが、行動の面では晩稲《おくて》そのもので、女性の友だちもいなかった。小学校の二年か三年のとき、ななめうらの家にいた一年ぐらい下の女の子と、いっしょに学校へ行くのが、楽しみだった、というような思い出はある。裏通りに、長屋を持っていた老夫婦のところへ、半年ばかりあずけられていた少女と、なんとか口がききたくて、ほかの子どもたちの助けを借りた、といった思い出もある。けれど、二十歳を越えても、私のロマンスはつねに一方的で、積極的に異性に近づくことは、出来なかった。二十四、五で、はじめて紅燈の巷に足を踏みいれるまで、私は女のからだを知らなかった。

だから、初恋といってもいいのだが、それは私がまだ西武新宿線の沼袋駅の近くに下宿して、読物雑誌がつぶれて行くのに、おろおろしていたころから始まって、二十年ちかくつづいた。正直にいうと、いまでも私の内部では、おわっているといいきれないのだから、ロマンティックな話である。私がロマンティックな小説をきらい、センティメンタルな小説は、もっと嫌うのも、じつは本人にそうした部分が、たくさんあるからだろう。ロマンティックで、センティメンタルな性格を、押えつづけてみたところで、はじまらないといえば、はじまらない。けれど、ひとりの女に二十年も、未練を持ちつづけた話なぞ、しらふで語れるものでもあるまい。だから、出来ればさけて通りたいのだが、私が推理小説の専業作家になるまでの過程で、重要な役わりをつとめた人物である。てれずに、書くことにしよう。

歌舞伎町の追剝

この文章は、長篇小説「やぶにらみの時計」によって、推理小説の専門作家になるまでの私に、大きく影響した人びとや出来ごとを書くのが目的だから、好きになった女性についても、当然ふれなければならないだろう。だが、どうもてれくさくて、グリコのおまけの老人のことに、道草をくったわけだけれど、道草ついでに、最近わかった事実をつけくわえておく。

推理作家協会の大先輩である阿部主計さんは、読物雑誌の作家だったころからの私を、知っている。亡兄、鶯春亭梅橋がまだ学生で、落語家になりたくて、正岡容を戦争ちゅうにたずねたとき、そこにたまたま阿部さんがいあわせた、という古い因縁まである。大坪砂男がまだ長野県の野沢に住んで、東京に出てくると、日本橋の骨董屋、相馬堂に泊っていたころ、私はそこにたずねていって、翻訳家の宇野利泰さんや、作家の日影丈吉さん、夢座海二さんと知りあった。阿部さんも、宇野さん、日影さんといっしょに、よく大坪さんをたずねて来たので、私は紹介されたのだった。正岡容は私の最初の師匠、大坪砂男は二番目の師匠、そのどちらとも、阿部さんは友人だったわけで、当時は中学校の先生だった。以来、長年にわたってつきあっていただいて、いまだに古い東京風俗のこと、映画のこと、芝居のこと、講談落語のこと、わからないことがあると、夜ひるかまわず、阿部さんに電話をかけている。

その阿部さんのお知りあいに、オペラにくわしいご婦人がいるというので、竹原正三氏のことを、聞いてもらったら、私が思い出せなかった竹原夫人の名前が、あっさりわかった。占領軍のキャンプをまわっていたライラック・シスターズというグループがあって、歌手三人、ピアノ演奏ひとり、バレエ・ダンサーひとり、演出家山本紫朗氏の指導で、オーディションにうかって、働いていたのだけれど、良家のお嬢さんがたなので、夜ふけに黒人兵の運転するトラックなどで、送られて帰るのが体裁わるく、間もなく解散した。その歌手三人のなかに、梅村聖子《まり》さんというソプラノがいて、竹原正三氏と結婚、のちにパリに行った、というのである。

阿部さんのお知りあいの方というのが、そのライラック・シスターズのひとりだった、というのだから、間違いない。阿部さんから話を聞いたとたん、そうだ、そういう名前だった、と私も思い出した。それにしても、たいへんな偶然で、世のなかは狭いものだ、という気がする。といっても、竹原夫人の名前がわかっただけで、グリコのおまけの老人が、どちらの父親かは、わからない。

阿部さんのお知りあいの記憶では、竹原正三氏は上野出ではなく、慶応出身で、そのころ父親とふたり暮しだったという。とすると、私のあった老人は、竹原氏のお父さんだったかも知れない。いわばアマチュアから、プロフェショナルになったとすると、自分たちの仲間だけで、オペラをやろうとしたのもわかるし、父親がプログラムの広告とりにまで歩いて、応援したのもわかる。いっぽうグリコの老人が、本業は占領軍のキャンプまわり、といっていたことを考えると、ライラック・シスターズの一員だった梅村聖子さんの父親だったのかも知れない。阿部さんのお知りあいは、その後、竹原さんと梅村さんが、パリで離婚したと聞いている。竹原氏はまだパリにいて、東京新聞にときどき通信記事を書いているが、梅村さんのその後はわからないという。

とにかく、竹原正三、梅村聖子というおふたりの名が、芸名ではなく、本名であるならば、グリコのおまけの老人の苗字は、竹原か梅村、というところまで、限定されたわけである。阿部さんのお知りあいは、竹原氏の話をするときに、お父さまとふたり暮しだった、ということを、まずいいだしたそうだ。いっぽう、梅村聖子さんの名を知ったとたん、私の記憶のなかで、グリコの老人がなんども、娘が、娘が、といっていたような気がしていた。だから、どちらとも、決められない。この問題は、ここまでにしておくことにする。

＊

その女性は、もちろんまだ生きていて、結婚しているはずだから、名前はかりに有紀子《ゆきこ》としておこう。有紀子というのは、私の長篇第二作「猫の舌に釘をうて」の女主人公の名前だ。主人公の名前は淡路瑛一、私の以前のペンネームのひとつを、そのまま使っている。つまり「猫の舌に釘をうて」の登場人物には、私の作品ちゅうただひとつ、それぞれにモデルがあるのだ。小説の有紀子は、さんどりえという喫茶店で働いていて、のちに製薬会社の若い社長と結婚する。モデルになったほうの有紀子は、この本が出たときにはまだ、結婚してはいなかったが、「猫の舌に釘をうて」を読んで、

「あなたがこんな気持でいたこと、ちっとも知らなかった」

と、私にいった。そんなふうに、私は恋をするとき、いつも消極的で、不器用だった。そのくせ、やたらに惚れっぽくて、大袈裟にいえば、毎日のように恋をしていた。といっても、いつも一方通行で、こちらの気持を、相手につたえることが出来ない。ときには、口をきく機会をつかむまでに、くたびれはてて、あきらめてしまう。将棋の手を読むように、頭のなかで恋のすじみちを組立てていって、ああ、またどうせだめだろう。仕事をそっちのけにして、こんなことを考えていたら、食えなくなってしまう。いまのうちに、あきらめたほうが無難だ、ということにしてしまうのだから、だらしがない。

新宿の紀伊國屋書店のとなり、新星館という映画館の前通りにあった丘珈琲店に、私が入りびたっていたときに、有紀子はそこへウェイトレスとして、入ってきた。私がまだ中野区の沼袋に下宿して、読物雑誌の小説を書いていたころだから、昭和二十七年の末だったろう。私はもう丘の常連として、大きな顔をしていたから、有紀子が店へ入ったその日から、口をきくことが出来た。私より二つ下の昭和六年の生れで、北陸の育ちだということも、たちまち聞きだすことが出来た。私より背が高く、ときどきに店へ着てくるチャイナ・ドレスがよく似あって、首すじの長いのが、美しく見える女性だった。

いまの歌舞伎町しか知らないひとには、信じられないかも知れないが、区役所を通りこして、コマ劇場うらの通りへくると、そのころは夜はもうまっ暗で、職安通りの近くに、追剝ぎが出たことがある。丘のウェイトレスのひとりが、その被害にあって、鉛管の切れっぱしで頭を殴られ、気をうしなっているあいだに、ハンドバッグを奪われた。

その子は大久保に住んでいて、遅番で店をおわって、家へ帰るとちゅう、職安通りに近い暗がりで、被害にあったわけである。

それ以来、丘では遅番のウェイトレスを、閉店まぎわまでいあわせた常連が、もよりの駅まで送っていくことになった。しめた、とばかり、私は有紀子が遅番の日には、丘に遅くまでいて、送っていった。といっても、そのころ有紀子は杉並のほうに住んでいて、青梅街道を走っていた都電にのって帰る。だから、送るといっても、紀伊國屋書店のところから、大ガードをくぐって、都電の終点までの短い距離だった。それでも、喋りながら歩いて、私はいろいろなことを聞きだした。

私がいつも、大坪砂男といっしょにいたせいか、有紀子はわりあい気をゆるして、話をしてくれたようだった。大坪さんは、だんだん小説を書くかずが減って、貧乏はしていたが、金歯をはがして売りながら、一行一行、瘠せる思いで書く芸術派の推理作家として、新聞のコラムに出たりして、丘の有名人であった。前にも書いたように、俳優の有島一郎や永井智雄、芥川比呂志もときおり見かけて、丘にはコーヒー好きの文化人が、珍しくはなかった。けれど、毎日かならず顔を見せていたのは、戦前からの挿絵画家の富田千秋さんと、大坪さんのふたりだった。

だから、ウェイトレスたちも、富田さんと大坪さんには、素直な口をきいていた。ただ有紀子の場合は、それだけではなかった。北陸に生れた有紀子は、小さいころに父親をうしなって、母親に育てられた。妹がいるだけで、男のきょうだいはいなかったから、なおさら父親が恋しかったらしい。この父親のイメージを追う有紀子の性質に、後年、私はつらい思いをすることになるのだけれど、大坪さんにもそういう信頼を寄せていたらしい。それに、はっきりとはいわなかったが、郷里で失恋して、有紀子は東京へ出てきたようだった。そんなことを、私が聞きだしたころ、有紀子も店に馴れてきて、常連たちに誘われるようになった。といっても、大勢いっしょに、酒を飲みにいくぐらいのことだったが、私はせいぜいその仲間にもくわわるようにした。

もっとも、私はしょっちゅう金がなかったから、最後まででつきあって、終電ぎりぎりの新宿駅まで、有紀子を送っていくことは、なかなか出来なかった。とちゅうで、割勘の金がなくなって、まだもう一軒よっていくというみんなと別れて、沼袋まで歩いて帰ったこともある。そんなふうに、有紀子につきまといながら、私は自分の好意を相手につたえることは出来なかった。

おそらく、一年とはたたなかったろうが、半年か、十カ月かた東京ですごして、有紀子は郷里へ帰ることになった。私は郷里の住所を聞きだして、有紀子が東京を離れると、すぐに手紙を書いた。有紀子からは、すぐに返事がきた。毛筆で書いたきれいな草書の手紙だった。その字のうまさに、気おくれしながらも、私は原稿用紙に何枚もの手紙を、毎日のように書いた。二通に一通、三通に一通は返事がきた。

ライヴァルは大勢いたから、私は最初から、半ばあきらめていた。手紙を書く、といったひとも、いたらしい。けれど、実際に書いたのは、私ひとりだったのかも知れない。そんな意味のことが、有紀子の返事にあって、私は元気づいた。面とむかっては、思うことのいえない私でも、文章では自由にものがいえる。そう思って、私は次つぎに手紙を書いた。といっても、私の心をつたえることは、けっきょく出来ないで、新宿通信といったものにしか、ならなかったのだけれど。

そのころ、私は時代もの作家をあきらめて、オペラ口紅の宣伝部につとめはじめた。住居も沼袋をひきはらって、大塚坂下町の二階借り、兄の鶯春亭梅橋と同居をはじめた。松村喜雄と共同作業で、フランス・ミステリの翻訳をはじめ、やがて、最初の長篇小説「魔海風雲録」を書きはじめた。私が仕事に精を出せたのは、有紀子に手紙を書けば返事がくる、という張りがあったせいだろう。

前に書いたU子の事件があったのは、有紀子が故郷へ帰っていたあいだのことだ。有紀子がいなかったら、あるいは私は、もっとU子に深入りしていたかも知れない。そのうちに、大坪さんは歌舞伎町から、大岡山へ引越して、そのあとへ私が入ることになった。一年ばかりで、有紀子も東京へもどって来ることになった。それから、彼女が遅い結婚をするまで、妙なつきあいがつづくことになった。

橋からの眺め

昭和三十六年の六月に出した私の長篇推理小説第二作「猫の舌に釘をうて」のなかに、一人称の主人公である「私」が、女主人公の有紀子と、夜の千住新橋の上を、行ったり来たりしながら、話をする場面がある。もちろん、現在の千住新橋ではない。架けかわる前の車道も歩道も、平坦な橋である。

有紀子のモデルになった女性のことを考えると、私はいつも自分で書いたこの場面を思い出す。「私」と有紀子がかわす会話は、いうまでもなく、小説のストーリイから生れた架空のものであるけれども、そこに書かれた情景と、「私」の心情は、私のものであるからだ。私はよく、有紀子を家まで送っていって、戸口でわかれることが出来ないで、とちゅうまで送ってきてもらい、また家まで送ってゆく、ということをくりかえした。千住新橋のはしから、はしまで、三回も四回も往復した記憶が、この場面になっている。

暗いなかに、東武電車と常磐線の鉄橋が、わずかに高低をちがえて、遠く横たわっているのが、電車が通るとわかる。光の数珠のような、その電車のすがたを眺めて、私は橋の手すりに、長いこと寄りかかったりしていたものだ。目の下の荒川には、岸よりに洲があって、そのはずれで、夜釣りをしている人があった。カンテラの火が、小さくまたたいていて、どう見ても、夜釣りをしているらしいのだが、なにを釣っていたのだろう。二十年前の荒川だから、「猫の舌に釘をうて」のこの場面を、いまの私が書きなおすとしたら、穴子つりにでもするに違いない。

トラックが走りすぎると、橋が揺れる。私たちがどんな話をしたのか、もうおぼえていないけれど、千住新橋の上を往復した記憶は、なんどかある。あるときは、橋のたもとに、タクシイを待たしておいて二、三度、往復してから、日光街道をどこまでも、走ったことがあった。夕方の蔵前橋の上を、往復したこともあった。蔵前橋の近くに、有紀子がつとめていたことがあったから、仕事のおわるころにたずねて行くと、しばらく橋の上を歩きながら、話をすることになったのだろう。喫茶店や酒場で話をしていた記憶より、歩いている記憶のほうが多くて、私が世田谷の大原町に住んでいたころ、有紀子は下北沢に部屋借りをしていた。距離は急げば、二十分たらずで、歩けるところだった。そのあいだを、ゆっくりなんども往復したこともあった。

それはもう、私が結婚して、そろそろ早川書房を、やめようとしていた時分だから、話は飛んでしまう。だが、都筑道夫という名前をつかいはじめてから、ことし昭和五十七年七月で、まる三十三年、そのうちの十七年間ばかりは、このひとと交渉があって、それが私のこころを豊かにもしたし、ある意味では、振りまわされもした。彼女の同性の友人たちのなかに、私を道化役と評したひとがいた。忠実な騎士と評したひともいた。女を書くのが、苦手な作家になってしまったのを、私はときどき、このひとのせいにすることがある。だから、時間が飛躍するのはかまわずに、書いてしまうことにしよう。

私の長女は、世田谷の大原町で生れた。その子を乳母車にのせて、私は晩めしのあと、しばしば散歩をした。下北沢のほうまで歩いて、有紀子が部屋を借りている近くを通る。古い和洋折衷の住宅で、母屋から突きだした洋室を、彼女は借りていた。その窓に、あかりがともっていると、私は声をかけて、暗い屋敷町の露地から露地を、ふたりで乳母車を押しながら、歩くのだった。大原町の私の家が近くなると、また下北沢へひき返す。彼女の部屋が近くなると、また大原町へひきかえす。最後に下北沢へ彼女を送りとどけて、私は眠った長女の乳母車を押しながら、大原町の小さな借家へもどる。夜といっても、ふたりとも翌朝のつとめがあるから、それほど遅い時間ではない。ひととすれちがうことも、たびたびあった。知ったひとにあうことを私は恐れなかったし、有紀子も夫婦のように見られることを嫌わなかった。

有紀子との仲が、それ以上にすすまないことに、私は絶対の自信を持っていた。なにも力むことはないが、だから、家に待っている妻に対して、私は気がとがめなかった。まったく力むことではなく、いまでも妻に冷笑される。有紀子のからだに、私は指一本ふれたことがなかった。大塚坂下町で二階借りをしていた私が、新潟へ帰った有紀子に、やたらに手紙を書いたことは、前回にしるしたけれども、彼女がふたたび東京へ出てくると、一年に一度だけ求婚するという、妙なとりきめが出来あがった。なんべんめかの求婚のあとで――相変らずのノーの返事を聞いたあとで、私はいったものだ。

「じゃあ、ぼくは結婚するよ。ひとりで暮して行けなくなったような気がするんだ」

「そのほうが、わたしも安心して、つきあえるわ」

というような会話が、とりかわされた記憶がある。だから、私は妻に対して、すこしも気がとがめずに、有紀子とのつきあいをつづけた。有紀子のことは、最初から話してあったから、妻も嫉妬をむきだしに出来なかったらしい。妻に対する私の態度が、身勝手で残酷だったのはわかっているが、どうしようもなかった。年に一度の求婚は、東京へふたたび出てきた有紀子が、よくいっしょに歩いていた女の子の言葉から、はじまったのではなかったろうか。女の子といっても、有紀子とそれほど年は違わなかったようだが、小柄ではきはきした女性だった。その女の子と有紀子と私の三人で、新橋へ行ったときのことだ。神田であって、新橋まで地下鉄でいったのだが、そこに用があったのは有紀子だけで、彼女がその用をたしてくるあいだ、私と女の子は烏森の喫茶店で待っていた。そのときに突然、

「都筑さんはどうして、有紀ちゃんと結婚してあげないの？　有紀ちゃんには、それがいちばんいいような気がするんだけど」

という意味のことを、女の子がいいだした。そういわれたことがうれしくて、いまでもおぼえているのに違いないが、私はどぎまぎした。してあげないのではなく、しても

らえないのだ、と力説しているうちに、けっきょく意志表示を、はっきりしていない私が、悪いのだろう、という結論に達した。女の子はたしか、ワンちゃん、というあだ名で、呼ばれていたが、そのワンちゃんがいった。

「あたしたちがわかるんだから、有紀ちゃんにもわかっているはずだけど、はっきりいわれないと、困るのかも知れないわね」

「はっきりいって、それっきりになってしまうと、ぼくが困る。年に一度求婚することにするかな」

こんなふうな会話から、出てきたことなのだが、年に一度の求婚という発想には、最初から、承知してくれるはずはない、というあきらめがこめられていて、はなはだ男らしくない。もともと、私はあらゆることに、オール・オワ・ナッシングという姿勢を持たず、いまも持っていない。そのころの私は、早く作家として、世に認められたい、とも思わずに、「作家のようなもの」であることで、満足していた。だから、有紀子に恋人がいない時期に、「恋人のようなもの」の役をつとめることで、最初から満足していたのだった。この年に一度の求婚は、実際には二、三回しか行われなかったのだろう。返事がいつも、ノーであったことは、いうまでもない。

＊

有紀子は東京へもどってから、なにをしていたのか、よくおぼえていない。丘珈琲店へ、ふたたびつとめたのかも知れないが、そうだとしても、わずかな間だったろう。間もなく、大坪さんの紹介で、日本推理作家協会の事務を、手つだうことになった。日本推理作家協会は、そのころはまだ探偵作家クラブ――いや、もう日本探偵作家クラブと改称されていたかも知れない。とにかく、木々高太郎が会長で、大坪さんが幹事長をつとめていた。

このころの大坪さんは、新宿の歌舞伎町から、目黒の大岡山に引越して、いよいよ小説が書けなくなっていた。年に短篇を一本、書くのがせいぜいで、これでは生活できるはずがない。探偵作家クラブの幹事長の仕事は、もちろん無給で、交通費が出るていどだったらしい。それくらいだから、事務の手つだいの有紀子に、給料がどのくらい出たのか。やはり大坪さんが関係していたある文芸団体の事務所に、有紀子は毎日つめることになって、探偵作家クラブのほうは、もよおしもののときに、手つだうようになった。

その文芸団体の事務所は、神田の古書店街にあった。駿河台下に近い横丁の古本屋の二階で、たしか八畳ぐらいの和室だったように、おぼえている。私は神田へ出ると、その事務所によって、有紀子と話しこんでいた。探偵作家クラブの会合でも、私は有紀子を手つだって、受付の机にならんですわったりした。私は以前からの会員だし、師匠の大坪さんが幹事長だから、会を手つだうのは当然で、気がねせずに、彼女とならんでいられた。当時の会長の木々高太郎は、江戸川乱歩と対立する文学派の巨匠だったが、クラブのことは、大坪さんまかせだった。乱歩さんは、俗ないいかたをすれば、大親分だったひとで、推理小説をさかんにするためなら、清濁あわせ呑もうというところがあったが、木々さんは大親分になれないひとだった。

上野の本牧亭で、田辺南鶴の探偵実話講談を聞く会、というのを、探偵作家クラブでやったとき、私は有紀子と受付の机にすわっていて、大変に困ったことがある。本牧亭は入り口を入ったところが下足、板の間へあがって、階段をのぼった二階が、楽屋や高座や客席だった。階段の下に机をすえて、私と有紀子が会費をうけとっていると、木々さんが七、八人、慶応のひとをつれて、入ってきた。医学部の先生がたや助手らしい人たちで、親睦会かなにかの流れらしい。みんな、お酒が入っているようだった。講談の田辺南鶴さんは、そのころ探偵作家クラブの会員で、クラブとタイアップして、一門会のようなものをやろうというのが、その晩の企画だった。したがって、一般のお客はおことわりだった。だが、クラブとしても、会員が大勢きてくれなければ、赤字になる。ご家族、友人、知人、おさそいあわせて、と案内状にも書いてあったと思う。だから、つれが多いことは、ありがたかったのだが、木々さんは自分の会費を払って、階段をあがっていく。つづいて七、八人、ぞろぞろあがって行くひとたちが、だれひとり会費を払おうとしない。

有紀子は、あっけにとられている。私はあわてて、階段をあがっていって、木々さんのすぐうしろの人を、押しとどめた。木々さんはもう客席へ入ってしまったから、私は安心して、

「すみません。下で会費をお払いください」

といった。偉いお医者さんらしいひとや、これから偉くなりそうな人たちが、酒で赤らんだ顔を、意外そうに私にむけた。いちばん偉そうな人が代表して、

「林先生がおもしろい会へつれて行ってやるというんで、ついて来たんでね。会費のことなんぞ、聞いていないよ」

というから、私は困ってしまった。

本牧亭の一夜

私は五十を越したいまでも、恰幅のいい偉そうな顔をしたひとと、口をきくのを苦手としている。そのときは二十五、六で、相手はほんとうに偉いひとらしかったから、なおさらだ。いっそのこと、

「それじゃあ、けっこうです。どうぞ、お入りください」

といってしまおうか、と思ったが、その夜の探偵作家クラブ貸切りの田辺南鶴独演会、あまり入りがよくなかった。講談の南鶴さんは、前にもいったように、当時はクラブの会員だったが、一年かそこら前にも、その肝入りで、新宿末広亭を聞く会、というのを、探偵作家クラブはやっている。本牧亭の場合とちがい、一般のお客も入って、二階席

をクラブ員に確保しておく、という会で、番組も特別のものではない。色物席に出ている南鶴さんを、クラブ員が総見する、というかたちのものだった。そのときにも、南鶴さんは、明治の探偵実話をやったのだが、これがなんとも、だらしのないものだった。

かなり時間をかけたのに、寄りみちのむだ話ばかり多くて、なかなか本題に入らない。やっと入ったと思ったら、小唄かなにかの浮気な女師匠が殺されて、その死体が発見されたところで、時間がなくなってしまった。今回の案内状に書いてある演目を見ると、どうやら、おなじ話らしい。独演会で、たっぷり時間をかけたところで、この前の調子だったら、いくらも先へはすすまないだろう、と会員諸氏が思ったかどうか、そこまではわからないけれど、入りはあまりかんばしくない。そんな心配は、私がすることはないのだが、あとの心配はしなければいけないだろう。この様子を、だれが見ていて、噂のたねにしないともかぎらない。

江戸川、木々、両巨頭の対立といっても、ふたりが正面きって、仲たがいをしているわけではない。それぞれの派の作家たちが、対立しているわけで、大坪さんは木々派だった。木々会長が、大学関係のひとを七、八人つれてきて、フリーパスで入れた、ということが、乱歩派の作家に知れたら、大坪さんの立場は悪くなる。木々派の作家にしたって、こういう場合、乱歩さんなら絶対に、自分の会費だけ払って、あがってしまうようなことはしない、とわかっているから、うまくおさめられないと、大坪さんの責任にしかねない。それを、私は心配したのだ。大いに困って、

「とにかく、会費はいただかないと……」

私がくりかえすと、酔った顔つきの偉そうなひとは、

「それなら、ぼくは帰るよ。みんな、帰ろう、帰ろう」

といいだした。そのひとが階段をおりかけると、ほかのひともおりだしたから、私は困った。あとで木々さんに、

「みんなはどうしたの」

と、聞かれたら、返事のしようがない。あからさまに、

「会費のことでトラブルがあって、みなさん、お帰りになりました」

とはいえないだろう。だいたい木々さんは、自分のつれてきた人たちが、つづいて入って来ないのを、ぜんぜん気にしないのかしら、と私は腹が立ってきた。そのときの会費は、いくらだったろう。昭和二十九年か、三十年のことだから二、三百円だったに違いない。映画の封切館が百五十円ぐらい、タバコのピースが四十五円、コーヒーが一杯五十円、私の原稿料が一枚百円だったころだ。教授についてて来たのだから、あきらめて払ってくれればいいのに、と思ったものだが、いま考えると、あのひとたち、どこへ行くとも教えられずに、講釈場なんぞへつれて来られて、めんくらっていたのかも知れない。会費を請求されたのを、いい機会に、帰りたかったのかも知れない。木々さんのほうも、帰りたいやつは帰るだろう、と思っていたのかも知れない。けれど、そのときの私は、

「少しはこっちの身にもなってくれ」

といいたかった。それほど困ったから、このときのことが、いまだに記憶に残っているのだろう。どう結着がついたかというと、そのひとたちは、帰らなかった。当時の本牧亭は、階段をあがった右手に板戸があって、そこが楽屋口だった。その板戸があいて、大坪さんが出てきた。ほっとして、私は事情を大坪さんに耳うちして、有紀子のいる受付へおりてしまった。

「どうなった?」

と、有紀子は心配そうだった。私は大坪さんにまかしたことを告げたが、たぶん会費は払われないで、落語の「三人無筆」ではないが、この七、八人の慶応のひとたちは、来なかったことになったのだろう。

＊

「こないだ有美子《ゆみこ》が、もうそろそろ姉さんと瑛一さんの、錫婚式じゃないかしら、なんていっていたわ。あの子にいわせると、あたしたち、わかれたあと、仲好くしている夫婦みたいなものなんですって」

という有紀子の言葉が、「猫の舌に釘をうて」の千住新橋の場面に、入っている。有美子というのは、有紀子の妹

の名で、「私」とは面識があることになっている。現実の有紀子にも妹がいて、姉より先に結婚していたが、私は面識がない。

「わかれたあと、仲好くしている夫婦みたい」

という言葉も、有紀子の妹がいったものではないのだが、だれにいわれたのだったろう。有紀子が大変におもしろがったので、おぼえているのだけれど、私にしてみれば、苦笑するしかない言葉だった。結婚してもう十二年になるはずの有紀子は、二十年も前にそんなことをいわれて、おもしろがった記憶など、とうになくしているに違いない。だが、私の頭には刻みこまれていて、なぜ有紀子は、あんなにおもしろがったのだろう、といまでも考える。

神保町の児童文芸の協会につとめていたころ、有紀子はたしか巣鴨の駅に近いアパートに住んでいた。私はよく夕方に、神保町の事務所をたずねて、帰りがけの用につきあったり、映画を見たりしてから、巣鴨まで送っていった。ところが、ある日、神保町をたずねると、大坪さんがいて、私は喫茶店にさそわれた。二階に事務所がある古書店のわき、露地のなかにある有名な喫茶店で、ラドリオといったろうか。のちに有紀子に最後の求婚をしたのも、そこなのだけれど、

「きみは腹を立てるだろうし、ぼくにも苦笑ものなんだが、理事の意見だからね。有紀ちゃんの立場もあるから、聞いてくれよ」

と、大坪さんが切りだしたのは、出入禁止通告だった。理事のひとりの筒井敏雄という作家から、有紀子ひとりのときが多い事務所に、会員でもない青年がしじゅう出入りするのは、いいことではないと思う、あなたの弟子らしいが、はっきりと伝えてくれ、といわれたのだそうだ。筒井さんは読物雑誌で、ときどき私と名前をならべていた作家だが、年齢はだいぶ上で、たしか戦前のサンデー毎日大衆文芸賞出身だったと記憶している。読物雑誌総崩れで、私が泥縄翻訳家に転身したように、児童読物を書きだしていたわけだろう。事務所で一度あったことがあるが、小柄な肥ったひとだった。

有紀子が協会の用で、このひとをたずねたとき、あぶな

絵のコレクションなるものを見せられて、はじめてだから、おもしろかったけれど、いささか危険な雰囲気だった、という話を聞いていたので、私は腹が立つよりも、おかしかった。いい年をして、つまらないことをいう、と思ったが、近年、当時の筒井さんぐらいの年齢になったときに、その気持がわかった。

「わかりました。外で待っていることにします」

私が答えると、大坪さんはつづけて、

「ついでに断っておくけれど、彼女がぼくの愛人だという噂が、耳に入るかも知れない。ほかの作家からも、目をつけられているらしくてね。それをよけるために、有紀ちゃんに頼まれたことなんだから、気にしないでくれたまえ。そういうことになれば、うるさくはなくなるだろうが、きみにほんとの恋人ができたときの障害になりゃしないか、といったんだがね。噂にすぎないことを、相手に納得させられるものを持っていますから、大丈夫です。というんだよ、彼女」

大坪さんは、女性に手の早いひとだったが、このときには私のこころは騒がなかった。私は嫉妬の感情は強いほうだが、肝腎なところに働かないような、おかしな傾向がある。当時から現在まで、同輩や後輩の作家に対して、ほとんど嫉妬を感じないし、ライヴァル意識がない。自信があるからではない。「なにを書くか」ということより、「どう書くか」ということに、主力をそそいでいる作家が、少いせいではないか、と自分では思っている。女性には焼きもちをやくほうだが、有紀子には嫉妬したことがなかった。最初から、あきらめていたせいだろう。いや、未練も嫉妬のひとつのかたちだとすれば、私はいまでも有紀子のそばにいる男性に、嫉妬しつづけていることになるかも知れない。

それはとにかく、大坪さんにいわれてからは、私は事務所をたずねないことにした。電話をしておいて、外で待っていればいいのだから、困ることはなかった。もっとも、そのころから、有紀子の行動範囲はひろがってきて、人形劇のグループとか、なにかの同人雑誌のグループとかのつきあいで、私が電話をしても、今夜はだめ、というときが多くなった。私もしょっちゅう金のない暮しで、間借りの部屋から出られないことが多かった。有紀子に暇があって、いっしょに映画を見にいったりすると、帰りに酒を飲むことはもちろん、めしを食う金もないありさまだった。

巣鴨の駅前に、おでん屋がいつも出ていたので、そこでよく冷酒を飲み、おでんで腹をみたしてから、有紀子をアパートへ送ったことを、おぼえている。屋台のおやじと顔なじみになって、寄らないときでも声をかけられたりしたから、なんども床几に腰をおろしたのだろう。私はやたらに人見知りをするたちなので、おやじさんはいつも、有紀子に話しかけた。奥さん、奥さんを連発するので、私は有紀子に弁解したことがある。

「夫婦に見てくれるから、あすこへ寄りたがるわけじゃないよ」

「どうして、そんなことというの。わたしもう、奥さん、と呼ばれると、うれしい気のする年なのよ」

と、有紀子は笑っていた。それなら、ほんとうにそうなってくれてもいいじゃないか、と思ったが、そう口にだすことは出来なかった。アパートは大塚のほうへ行く線路ぎわから、すこし入ったところにあった。部屋は二階だったように、記憶している。玄関の戸はいつもあけっぱなしで、有紀子は階段をあがって行くのを、私が見まもっていることは許したけれども、お茶でも飲んでいけ、というような言葉は、決して聞かしてはくれなかった。私は巣鴨駅へもどると、おでんの屋台を大きく迂回して、切符売場へ近づくのだった。

電話の声

有紀子のことを、書きつづけているせいか、妙な夢を見た。おそろしい夢、といったほうが、いいかも知れない。そばに人がいなかったから、正確にはわからないが、たぶん私は、おびえた大声をあげて、その声におどろいて、目をさましたのだろう。目がさめてから、思い出すたびに、ぞっとした。その怖さが、どこから来るのかは、よくわからない。夜ふけの廊下を、歩いている夢だった。床も、天井も、柱も、黒光りしているような、古い日本家屋で、ぼんやり灯りがついている。私がなんで、そんなところを歩いているのかは、わからない。けれど、だだっぴろい家のなかに、私ひとりしかいないことは、わかっている。

そこへ、電話のベルが鳴るのだ。二階で、ベルが鳴っている。廊下の片がわに、黒光りした階段があって、私はそれをのぼって行く。階段というより、梯子段か段梯子という、古風な言葉をつかったほうが、ふさわしいような、狭くて急なしろものだ。だから、両手を段板にかけて、四つん匍いの恰好で、私はのぼって行くのだが、二階座敷に顔を出してみると、そこには電話がない。

階下の長い廊下は、以前にたずねたことがある旧家の印象が、出てきたものかも知れない。住んだことのある家では、なさそうだった。だが、二階の様子は、記憶にあった。私が小学校一年生ぐらいのとき、一年ばかり住んだことのある長屋の二階、四畳半と六畳のふた間つづきらしい。梯子段をあがったところが四畳半、六畳にはガラス戸があって、その外は物干台だった。灯りはついていなくて、ガラス戸のそとの夜の光が、かすかに明るい。私はあわてて、梯子段をまたあともどりする。この家には、ふた間つづきの座敷が、いくつも並んでいるけれど、廊下でつながれてはいない、ということが、なぜか私にはわかっているのである。

そのへんから、思い出すと、怖くなってくるのだが、ふた間つづきの隣りへ行くためには、いったん梯子段をおりて、また梯子段をのぼらなければならない。つまり、四畳半と六畳ぐらいのふた間つづきの座敷が、そのうちの二階には、いくつも並んでいて、ひとつひとつ梯子段がついているのだ。そのなんとも奇妙な感じを、夢のなかの私は、すなおに受けいれていて、電話のベルにあせりながら、隣りの梯子段をのぼって行く。まっくらな四畳半で、電話が鳴っている。私が匍いよって、受話器をとりあげると、女の声がなにかいっている。よく知っている女の声だ、ということはわかるのだが、なにをいっているのかは、わからない。そのうちに、ひとことだけ、はっきり、

「五郎ちゃんが来るから、電話しないで」

といった。つづいてまた、なにかいっているが、意味はさっぱりわからない。

「五郎ちゃんが来るから」

というのも、わからない。ありふれた名前だが、私の周囲に、思いあたる人物はいなかった。私がなにもいわないうちに、電話は切れてしまった。しかたがないから、受話器をおいて、六畳を見ると、そこに彼女がすわっていた。二階はまっくらだが、ガラス戸のそとの夜あかりのせいで、六畳にすわっている女のすがたは、おぼろげに見えた。彼女は和服をきて、両手を膝において、端然とすわっていた。

それを見たとたん、私は叫び声をあげたらしい。目がさめた。おかしな夢を見たものだ、と思って、どうも落着かない。夢というものは、いつでも過去とむすびついている。夢知らせなぞというものを、私は信じない。けれど、その夢は気になった。同時に、これほどきっちりとまとまった——違和感にみちみちた奇妙な夢を、そのままにして、わすれてしまうのは、惜しかった。ちょうど、八枚のショート・ショートを書かなければ、ならない時期だった。

なまじっか、小細工を弄さないで、夢を見たとおり、そのまま書いて、そういう夢を見た男が、なにをするか、というストーリイにするべきだろう。ストーリイの後半は、なんとか出来あがった。だが、いざ書きはじめると、私が感じた異様なものが、なかなか出せない。柱も、天井も黒光りした古い木造家屋の威圧感。梯子段がいくつも並んだ不思議さ。ことに受話器をおいたとたん、いままで電話で話していた相手が、目の前にすわっていた怖さ。それを、言葉でつたえることが、出来ないのだ。いくら書きなおしても、自分自身が、納得しない。八枚のショート・ショートを書きあげるのに、一週間ばかりも、かかってしまった。

どうやら書きあげて、渡したものの、満足のいく出来ばえではない。そのせいかも知れないが、いつまでも夢が気になった。こういう場合、小説に書いてしまうと、落着く

のが普通なのだが、今回はそうならない。次の仕事にまで影響して、八月はだいぶ諸方に迷惑をかけてしまった。夢にたたられたのだ、といって、ごまかしているのだが、いまでも気になっている。すわっていた女が、有紀子かどうかは、はっきりしない。ただ有紀子は、和服の着こなしのうまい、和服のよく似あう女性なのだ。

＊

先日、久しぶりに神田へいって、児童文藝家協会があったあたりを、歩いてみた。二階を事務所に借りていた古書店は、なくなっているようで、ビジネス・ビルディングが建っていた。喫茶店のラドリオは、以前とおなじところにあって、昔のままのようだった。そこで、私が最後の求婚をしたのは、早川書房へ入社して、間もなくのことだったろう。私が結婚したのが、昭和三十一年の十一月で、早川書房へ入ったのは、おなじ年の五月だったから、七月か、八月のことだったと思う。返事は聞かなくても、わかっていた。いわば、一種の儀式として、私は聞いたのだった。私が早川書房へ入ったのは、「エラリイ・クイーンズ・ミステリ・マガジン」日本語版を、編集するためだったから、それまでの時間の自由になる生活とは、まったく違ってしまった。敗戦直後のカストリ雑誌の編集とは、くらべものにならない忙しさだった。どうして、早川書房へ入ることになったか、といういきさつは、あとでもう一度、戻って書こう。いまは有紀子とのつながりを、書きすすめたい。

とにかく、私は忙しくなって、しばらく有紀子と連絡をとらなかった。わすれよう、としていたのかも知れない。大坪さんとも、あう機会がすくなくなった。もともと、私は勤勉な人間ではないが、この時期には、かなり一所懸命になっていた。それというのが、日本探偵作家クラブの土曜会で、「エラリイ・クイーンズ・ミステリ・マガジン」日本語版発刊の発表会をもよおしてくれたのに、原因がある。早川さんといっしょに、私もならばされて、江戸川乱歩さんが挨拶をしてくれたのだが、

「知っているひとも多いだろうが、ＥＱＭＭはきわめて高級な専門誌だ。日本でやっても、一年もつかどうか、わからないような雑誌なのだから、みんなで力を貸してやっていただきたい」

という意味の言葉が、その挨拶のなかにあった。乱歩さん、ひどいことをいうな、と思ったが、考えてみると、その通りなのだ。バックナンバーから、作品が選べるといっても、短篇小説、中篇小説とクイーンのコメントだけで、成立っている雑誌だ。しかも、小説を自由にえらべるわけではない。本社がアメリカ国外の掲載権を、持っていない小説もある。つまり、本国版にのっているからといって、日本語版につかえるとは、かぎらないわけだ。おまけに、最初はやたらにきびしい話を聞かされて、こちらで勝手に、編集後記を書くことも、いけないのではないか、と思うくらいだった。もっとも、どうせむこうには、日本語の読めるひとはいないだろう、とたかをくくって、海外情報などのコラムをつくったら、案の定、文句はいって来なかったけれど。

だから、たしかに日本で、一年もつかどうか、乱歩さんがあやぶんだのも、無理はなかった。しかし、はっきりそういわれると、その通りにはしたくない。せめて二、三年はつづく雑誌にしたい、と思って、私は一所懸命になっていたのである。雑誌にのせる作品の選定と、クイーンの解説がない場合に解説を書くこと。そのほかにも、私には仕事があった。ハヤカワ・ポケット・ミステリ・ブックスの作品選定と解説も、私の仕事だった。だから、本国版の雑誌を読むだけでなく、単行本の長篇も、たくさん読まなければならない。だから、有紀子とつきあう暇がなかった、ということもある。

ある日、大坪さんが、早川書房にやってきた。探偵作家クラブの幹事長として、賛助会費の集金にきたのだが、その用がすんでから、私を近くの喫茶店にさそった。当時、私たちがよくつかっていた喫茶店は、社にいちばん近い日宝、神田駅にちかい小鍛冶。この二軒は、外堀通りと昭和通りをむすぶ大通りを挟んで、斜めにむかいあっている。小鍛冶はいまでもあるが、日宝はなくなったらしい。そのどちらへ行ったのか、おぼえていないけれど、喫茶店のテーブルにむかいあうと、大坪さんは私にとって、きわめてショッキングなことを、いいだした。

有紀子が協会を無断でやめて、妻子のある男とともに、行方不明になった、というのだ。ショッキングといっても、行方不明という点、心中のおそれもある、という点であって、妻子のある男性と駈けおちしたことは、私をおどろかしはしなかった。そんなことが起っても、不思議はないような気が、なんとなくしていたからだ。私が黙っていると、大坪さんはつづけて、

「でも、心配することはないんだ。きのう、妹さんから電報があってね。ふたりは見つかって、無事だった。彼女はいま、実家にいる。男のほうは、東京へ帰るらしい」

といった。私はそれ以上のくわしいことを、聞く気にはなれなかった。大坪さんは、私がもう、彼女に関心がなくなった、と思ったのかも知れない。有紀子の話は、それきりになった。実家のところ番地は、以前つぎからつぎと、手紙を書いて送った場所なのだから、私はわすれてはいない。けれど、こんどは手紙も書かなかった。知らぬ顔をしていなければ、いけないような気がしたのだろう。それから、何カ月かしたある日、早川書房の二階の編集室で、私が仕事をしていると、階下の営業部から、電話だという声があった。電話番号簿で、早川書房をひくと、まっさきに出ているのが、階下の営業部の電話番号だった。だから、私と仕事の上で、つながりのある人からの電話ではない、ということは、すぐにわかった。

階下へおりて、受話器をとりあげてみると、電話の声は有紀子だった。なにごともなかったような声だった。東京へ出てきて、勤めをはじめている、ということなので、私はさっそくその晩、あう約束をした。あってみると、有紀子は以前と変らなかった。そうして、つきあいが復活したのだが、同時にいっそう私の役どころは、はっきりきまってしまったようだった。

聖橋夜景

前進座の中村翫右衛門が死んだ。その死亡記事を、新聞で読んでいて、私はある剣劇俳優を思い出した。二十代に浅草で、私は生れてはじめて、女剣劇を見たのだが、そこで脇役のトップをつとめていた男優だ。いまでは名前もおぼえていないが、女座長の扮する旅がらすに、助けられる病身の浪人といった役で、こちらが気恥ずかしくなるくらい、くさい芝居をしていた。いやがらせにきた三下やっこぐらい、あっさり投げとばせそうな大きな身ぶり、手ぶりで、からださえ丈夫なら、とその浪人がなげいていると、私のとなりにいた中年女性が、感きわまったように、

「なんとかは、うまいねえ」

と、つぶやいたのだ。なんとか、というのは、むろんその男優の名前である。その名ばかりか、女座長の名も、芝居の題名もわすれてしまったのに、となりの客の言葉だけをおぼえているのは、ショックをうけたからだ。中年女性には、つれがあったわけではなく、感嘆のあまり口に出した言葉だった。メークアップもあくどいし、演技も不自然きわまる俳優に、その中年女性は感動しているのだった。たぶん私はそのとき、気が弱っていたのだろう。あとで、この話を年上のひとにしたら、

「なにも、考えこむことはないじゃないか。そのご婦人は、うまい役者の芝居を、見たことがないだけの話さ」

と、あっさり片づけられた。そういわれれば、そうには違いない。だから、私は気が弱っていたのだろう、と思うのだけれど、そういわれて、そうには違いない、と考えても、ショックはおさまらなかった。中年女性の感嘆は、私には心からのものに聞えたし、

「なんとかは、うまいねえ」

といういいかたから推して、なんとかの演技を見るのが、

はじめてのはずはない。この婦人にとっては、なんとかは名優だったのだ。そういう意識を持ったひとに、ほんとうの名優を見せたら、なんというだろう。妙なたとえだけれど、今川焼しか食べたことがなくて、それを無上のうまいものと思っているひとに、虎屋の饅頭を食べさせたら、

「なんだ、こりゃあ。あんまり甘くないし、熱くもないじゃないか」

というのではなかろうか。そう思ったのである。いっぽう、この婦人にとっての名優であるなんとか氏は、それなりの自信を持って、くさい芝居をしていたのだろう。それは、当人に聞いてみなければ、わからないことかも知れないが、くさい芝居だ、へたな演技をしている、と思いながら、そういう動きが出来るはずもあるまい。それから三十年がたって、中村翫右衛門の訃報を読んだときに、剣劇俳優なんとか氏のことを——というよりも、それを見ていた中年女性の、

「なんとかは、うまいねえ」

という言葉を思い出したのは、翫右衛門が十代の私にとっての名優だったからだ。山中貞雄の映画「河内山宗俊」の金子市之丞、おなじく「人情紙風船」の髪結新三、舞台では真山青果「元禄忠臣蔵」の「御浜御殿綱豊卿」の富森助右衛門、「仙石屋敷」の仙石伯耆守、おなじ真山青果「新門辰五郎」の会津の小鉄を見て、こんなうまい役者がいるのか、と十代の私は思ったものだ。なにも浅草の中年女性をひきあいに、私の観賞眼を誇るわけではない。戦争ちゅうの舞台をもう一度、見ることは出来ない相談だが、映画はおなじものを見なおせる。三十代、四十代で、「河内山宗俊」「人情紙風船」を見なおして、十代の感想が間違っていなかったことを、私は知った。翫右衛門は若いころから、岡鬼太郎のような点の辛い批評家にも、うまさをみとめられていた人だから、それは当然だろう。といっても、私はここで、演技論をしようというわけではない。自信ということを、考えてみようとしているのである。十代の末に売文生活をはじめたとき、私はひそかに、役者でいえば、中村翫右衛門のような、うまい小説家になりたい、と思っていた。ところが、いつまでたっても、自信が持て

ない。実はいまだに自信がなくて、小説を書きはじめるたびに、

「三十年以上、おれは文章を書いて、めしを食ってきているのだ。どう間違っても、箸にも棒にもかからない、とうてい活字にはならない、というような水準以下の作品が、出来るはずはないんだ。安心しろ。安心しろ」

と、自分にいいきかせている。なんとか自信を持とうとして、若いころには、自分を元気づける方法を、いろいろ考えたものだ。早川書房にいて、解説や雑文をたくさん書かなければならなかったときには、

「こんなにうまくていいのかしら」

なぞと口走って、生島治郎や田中潤司を、辟易させたものだった。ときには、そんなつけ元気も、ききめがあるのである。しかし、つけ元気はつけ元気で、持続することはない。もっとも、私にも一度だけ、

「おれはいま、傑作を書いているらしいぞ」

という一種の恍惚感にひたりながら、小説を書いていたことがある。昭和四十五年ぐらいのことか、「小説新潮」に「人形の家」という、二十枚の怪談を書いていたときだ。大した苦労もなしに、ぱっとストーリイが出来て、とちゅう一度もつかえずに、すらすらと書けたし、書きおわってからも、いい気持だった。

「自信のあるひとは、いつもこんな気分を味わっているのか」

と、思って、うらやましかった。それほどではないにしても、書きおわったときに、わりあい増しなものが出来たような気がして、書いていたあいだの苦い渋滞感が、たちまち消えてしまったことは、なんどかある。一年三百六十五日、一日二十四時間、たえず自信を持ちつづけている、というようなひとは、めったにいないのだろうから、まあ、私も四十を越してからは、いくらか自信が出来て、それを自覚していないだけのことかも知れない。それに自信はなくても、〆切というものがあるから、原稿を書くほうは、そうそう困りもしないわけだ。けれども、人とのつきあい、ことに女性とのつきあいでは、私はしょっちゅう困っていた。

＊

有紀子との長年のつきあいのかたちも、あらゆることに自信を持てない私の性格のあらわれだったのだろう。早川書房は現在、千代田区の東松下町にあるが、私が入社したころは多町二丁目の裏通りにあった。入社して一年目ぐらいに、表通りに新社屋が建って、そちらに移ったのである。大坪砂男氏から、有紀子の行方不明を聞かされたのは、表通りに面した社屋のころだった。「エラリイ・クイーンズ・ミステリ・マガジン」日本語版がはじまったばかりで、私は夢中だったし、触れてはいけないことのような気がして、前回にも書いた通り、私は有紀子に連絡をとらなかった。

そっとしておかなければいけない、と思ったことが、その後もつきあいが続いた理由だろうけれど、同時にそうした自信のなさが、私の役わりをきめてしまったようだ。数カ月後に、有紀子から電話があった、と前回に書いたけれども、これは私の思いちがいで、一年ちかくたっていたのかも知れない。有紀子はすっかり元気になって、蔵前国技館の相撲博物館につとめていた。東京にまた出てくるまでに、どういうことがあったのか、どういう縁で、相撲博物館につとめたのか、大坪さんの紹介でないことはわかったけれど、私は聞かなかったし、有紀子も話さなかった。巣鴨のアパートに住んでいたのが、そのころで、間もなく下北沢へ引越したのだろう。

有紀子はときどき電話をかけてきて、そのたびに私はいそいそと、蔵前へ出かけていった。その電話で呼びだされることが、だんだん間遠になったと思ったら、ある日、お茶の水へんであえないだろうか、という電話があった。駅の近くの喫茶店で、あう約束をして行ってみると、有紀子はもう先にきていた。なんとなく、様子がおかしかった。有紀子が探偵作家クラブの手つだいをしていたころ、偶然、夜ふけに新宿駅であったことがある。酒に酔っていて、最終列車で実家へ行くところだ、というので、上野駅まで送っていった。そのとき有紀子は失恋して、東京にいるのが、いやになったらしい。お茶の水の喫茶店のすみに、すわっている有紀子は、むろん酔ってはいなかったが、そのときと同じ顔をしていた。

窓からは、聖橋が見えた。日が暮れかけて、聖橋の上の人通りが、だんだん影になって行く。私は黙って、有紀子が話をはじめるのを待った。話しはじめようとすると、ウェイトレスがきて、邪魔された。私は窓から聖橋の夜景を眺めて、待っていた。すると、有紀子はハンカチを目にあてて、泣きはじめた。声こそ出てなかったが、まわりの客にも、わかるような泣きかただった。近くのテーブルにいる学生たちが、こちらを見るので、私は逃げだしたくなった。

「出ようか」

と、声をかけても、有紀子は首をふる。そこで無理につれだしても、泣いている女性といっしょに、ラッシュアワーの駅附近を、歩くことになるだけだから、私はただ待っていた。どのくらい泣いていて、どんなふうに話しはじめたか、むろんおぼえていないのだけれど、とにかく有紀子は話しはじめて、その内容は私を打ちのめした。有名な作家に恋をして、ここしばらく関係がつづいていたのだが、どうやらあきられて、棄てられたらしい。自分のほうは、まだ未練があるのだけれど、あってくれなくなって、久しい。しかも、はっきりした絶縁状と見られるような小説を――つまり、自分をモデルにした小説を、今月号の某誌に発表している。きょうそれを読んで、とてもひとりではいられないから、来てもらったのだ、という内容だった。だれのなんという小説で、どこの雑誌にのったのだ、と聞いても、

「悲しくなって、雑誌は棄ててしまったから、いま持ってはいない」

という返事で、作家の名前だけをいった、私には、とうてい太刀打ちできない相手だった。そのひとに、有紀子が打ちこんだ理由も、すぐにのみこめた。有紀子が幼いころに死んだという、父親のイメージを持った人物だった。

「きみをモデルにしたことは、間違いないの？」

私が聞くと、有紀子はうなずいた。

「ひどい書きかたがしてあるのかい」

「冷いことを書かれちゃった」

このひとことで、私にその小説を読む勇気がなくなった。セックス描写のうまい作家は、いくらもいる。だが、それが官能描写にまで、高まっている作家は、多くない。有紀子の相手は、私がかねがね、あんなふうに女が書けたらなあ、と感嘆していた官能描写の名手だった。そのひとが、有紀子を書いたら、生きいきしているに違いない。そんなものを読んだら、私はいたたまれないだろう。そう思いながら、私は懸命に有紀子をなぐさめていた。どんなふうになぐさめたのか、おぼえてはいないけれど、とにかく有紀子を送りとどけて、私はアパートの玄関に背をむけた。

大きな椅子

有紀子が自分のことを、つめたく書かれたといって、悲しんでいた小説は、実はモデルがほかにあった。それが、どうしてわかったのか、いまは思い出せない。次の月の雑誌に、その小説の第二部がのって、誤解がそれでとけた、といったことだったのだろう。間もなく、有紀子は元気になった。

話は前後するが、当時の私は忙しかった。「エラリイ・クイーンズ・ミステリ・マガジン」日本語版の編集、その解説の翻訳、クイーンの解説がついていないものには、調べてこちらで書かなければならない。そのほかに、「ハヤカワ・ミステリ・ブックス」の作品を選ぶこととその解説を書くこと。これがすべて、私の仕事だった。往復の電車のなかでも、夜の寝床のなかでも、私は本を読んでいた。毎晩、酒を飲んだ時期もあったが、酔って帰っても、一ページでも二ページでも、読むようにしていた。そうしないと、間にあわなかったのである。しらふで、寝床のなかで読んでいるとき、それがおもしろい作品だと、なかなかとちゅうで、やめられない。けれども、午前三時が限度だった。翌日、遅くとも正午までには、出社しなければならない。ほんとうは、午前九時までに、出社しなければいけないのだが、そんな時間に出たところで、仕事にならないときが多い。私はしょっちゅう、遅刻していた。

早川書房にタイム・レコーダーがとりつけられたのは、私のためだ、という説さえあった。そのとき、早川社長に、大久保康雄氏がいったという。タイム・レコーダーをつけたところで、遅刻する人間は遅刻するものだ。中央公論社にタイム・レコーダーがとりつけられたのは、田中西二郎のためなんだが、レコーダーがついても、田中は遅刻したからね、といったというのである。梶井基次郎を世に出した編集者であり、由利湛というペンネームで、記憶に残る推理小説を一篇だったか、二篇だったか、とにかく書いたひとであり、グレアム・グリーンの名訳者である田中西二郎氏を、私は尊敬していたから、この大久保氏の話を、事実なのかどうかは知らないが、いまでもおぼえている。

まあ、遅刻はしても、おもしろくてやめられないときは、午前三時になっても、出社しなければならない。ときは、私は結末を読んで、安心して寝ることにしていた。犯人やトリックがわかると、安心して寝られるわけだ。次の日の通勤電車のなかで、つづきを読みはじめるのだが、結末がわかっているから、おもしろくない場合もある。そうした作品は、どこかに欠陥があった。犯人やトリックがわかってしまうと、おもしろくないミステリは、これからの世のなかでは、商売にならない、という認識を、ポケット・ミステリの作品選択を担当して間もなく、私は持った。

雑誌の作品を選ぶのにも、私はその認識にしたがって、配列を考えた。翻訳ミステリだけの雑誌というと、手本は「新青年」の臨時増刊しかない。増刊号は、もちろん毎月でるわけではない。だが、ＥＱＭＭ日本語版は、毎月ださなければならない。小説専門雑誌のすくないアメリカと違って、日本は小説雑誌だらけだ。ミステリ・マニアのよろこぶような編集をしたのでは、長つづきしない。私は推理小説を推理小説と考えないで、その傾向だけを考えて、ヴァライエティを心がけながら、同時にコラムを増していった。しかし、余分な原稿料は出ないということなので、それを全部、自分で書いた。

その材料さがしのためにも、原書を読まなければならない。ときには一日に二冊、三冊、読むような生活をしていた。早川書房にいた約四年間に、おびただしい数のミステリを読んだわけだが、じつは読むそばから、わすれている。私自身の実になったかどうか、さまざまの小説技法が頭に入ったし、鑑賞力が増してもいるのだろうが、読者の立場で、好きなものだけを読んでいても、同じだったような気もする。

それはとにかく、雑誌もどうやら軌道にのって、ポケット・ミステリの新刊点数もふえていった。ひとつだけ気になったのは、ＥＱＭＭ日本語版に、競争誌がないことだった。こうしたリツル・マガジンは、いくら好調だったところで、一誌だけ孤立していたのでは高が知れている。競争相手があって、はじめて特徴も印象づけられるし、それが出てくるということは、こういうタイプの雑誌が、それだけ世に迎えられる、ということだろう。だから、競争誌のないことだけが、私の不安だった。

競争相手が出来れば、もう少し原稿料も出してもらえるだろう。そうすれば、社外のひとたちにも、原稿を依頼できる。当時の私の解説やコラムの稿料は、一枚百円だった。早川書房に入社する前、「探偵倶楽部」や「宝石」で、翻訳でもらっていた稿料が、一枚百円から百五十円だったから、不服はなかったけれど、読物雑誌に小説を書いて、もらっていた稿料よりは安い。だから、その稿料で、作家にエッセーを書いてもらうわけには、いかなかった。

けれども、やがて「マンハント」日本語版という競争誌が出来て、そのおかげもあったろう。一枚五百円までなら、出してもいい、ということになった。それでも、もちろん、大いばりで依頼できる金額ではない。だから、みんな協力してやってくれ、という乱歩さんの言葉を頼りに、最初は面識のある推理作家に、エッセーをたのんだ。みなさんがいやがらずに、書いてくれたので、私はいくらか度胸がついた。

＊

ＥＱＭＭ日本語版の創刊直後から、いくらかましな稿料が出せるようになったら、福永武彦さんに、エッセーを書いてもらいたい、と私は考えていた。創刊直後、私は福永さんの発言で、たいへん力づけられたことがあったからだ。四号目か五号目が、出たころだったろう。手さぐりの状態で、企画編集をしていて、私はとても不安だった。そのころ、福永さんは、日本読書新聞で月一回、中村真一郎さんとの対談による推理小説時評を、やっておられた。そのある回で、中村さんが、

「『エラリイ・クイーンズ・ミステリ・マガジン』の日本語版には、大いに期待したが、期待外れだったので、もう読んでいない」

という意味のことをいった。それに対して、福永さんが、

「いや、三号目から、よくなっている。読んでみたまえ」

といってくれたのである。この言葉は、慢性自信不足症の私を、大いに力づけた。雑誌の売行きは、社長から不満をいわれていないのだから、悪くはないらしかったが、はっきりした反響がなくて、不安だったときだ。対談時評を読んで、福永さんのミステリ鑑賞眼には、敬服していたところだから、この言葉はうれしかった。だから、推理作家のエッセーが一段落したあと、私は勇気をふるって、福永さんに連載エッセーを頼みにいった。承知していただいたときには、大いに雑誌の方向に自信を持ったものだ。次には松本清張さんと、有馬頼義さんにも、連載エッセーをお願いした。そのころの雑誌のことは、いずれあともどりして触れるつもりだが、ここまでのあらましを説明しておかないと、有紀子の話を、すすめることが出来ない。

「もし引きうけてもらえたら、ぼくは毎月、有馬さんのと

ころへ、原稿をとりに行くことになるが、かまわないか」

ということを、依頼しようと考えたときに、私は有紀子にいったからだ。なぜ、そんなことをいったかといえば、お茶の水の喫茶店で、有紀子が泣きながら、私に話した失恋の相手というのが、有馬さんだったからだ。最初に書いたように、そのときの小説は、有紀子をモデルにしたものではなかったらしい。けれど、もっとずっとあとに、有紀子を知っている人間が読めば、はっきりわかるようなかたちで、有馬さんは彼女とのつきあいを、小説に書いているそうだ。そうだ、というのは、私には読む勇気がなかったからだが、とにかく有馬さんにとっては、秘事ではなくなっていたのだろう。

「わたしが嫌だといったら、頼むのをやめるの」

と、有紀子は聞きかえした。当時の私のことだから、

「やめてもいいよ」

と、答えたのだろう。いまの私なら、やはり、そう答える。そういう面では、私はいっこうに、進歩していない。

「嫌だとはいえないけど、わたしが相撲博物館にいることは、黙っていてね」

と、有紀子はいった。

「もちろんだ。きみを知っているなんて、いやしないさ」

と、答えながら、私はいくらか、ほっとした。有紀子と有馬さんとのことを、私はくわしく聞いてはいない。有紀子のいうことだけを聞いて、こちらから質問はしていないのである。それまでにも、彼女が失恋したらしいことを聞かされたり、きらいな男につきまとわれて困っていることを聞いたりしたが、私はいつもこちらからは深く聞こうとはしなかった。いまの私は、小説書きとしての欲が、いくらか出てきているから、そういう話を聞きだすのも、上手になっているけれど、当時はなによりも、深く知ることが怖かった。控えめな聞き役でいるより、しかたがなくて、それだから、有紀子は私と長くつきあってくれたのかも知れない。有紀子のまわりにいる男はだれも、私にとっては敵わない相手だった。

前にもいったように、私には闘争本能が欠除しているのだろう。有馬頼義さんには、「隣りの椅子」という題名で、

エッセーを連載してもらうことになったが、私にとっては大きな椅子で、有紀子の視界から押し出すことなど、最初から出来ないものとあきらめていた。有紀子の返事で、ほっとしたのは、その言葉から、有馬さんとのことが、この前、東京にいたときの事件、と察しがついたからだった。そのほかの言葉のはしばしからも、児童文学団体の事務所にいたあいだのことで、妻子ある男との失踪が、有馬さんに失恋したことが原因らしい、と察せられたからだった。つまり、妻子ある男というのは、有紀子にとって、東京を棄てる道具だったのだろう、と私には思えて、そのことが、ほっとさせたのだった。

その男の名前も、私は聞かなかったし、顔を見たこともない。だが、嫉妬はしていたのだろう。だから、ほっとしたに違いない。けれど、同時になぜ、そういうときに、私がえらんでもらえないのだろう、とも思った。シュニッツラーやホフマンのロマンティックな小説が、急にきらいになったのは、このころからだ。ミステリでいえば、コーネル・ウールリッチが、きらいになってきた。レイモンド・チャンドラーの隠されたセンティメンタルなところも、いやになりはじめた。私自身がどうしようもなくセンティメンタルで、ロマンティックで、有紀子を安心させることしか出来ないのが、腹立たしかったからだ。

猫の舌を嚙む

早川書房につとめる直前から、やめてふたたび、原稿書きの暮しにもどった当初の数年、このあいだの記憶が、私の過去のなかでは、いちばん混乱、雑然としている。もちろん、大きなことは、はっきりおぼえているが、それが何年何月のことか、思い出せなかったり、前後したりする。一年のあいだに、さまざまな変転があって、それが数年つづいたからだろう。

たとえば深夜、午前一時か二時ごろに、タクシイで、目白通りを走っている光景が、頭のなかに浮かんでくる。夜なかの目白通りを、タクシイで通過することは、珍しくない。それなのに、意味ありげに浮かんでくるのは、はじめてのときの記憶だからではないか、と私は考えるわけだ。目白の駅前を通りこし、聖母病院の坂をくだって、西武新宿線の下落合の駅をすぎる。それからがよくわからなくなって、いつの間にか、青梅街道を横ぎったらしく、水道道路に出ていた。つまり、世田谷区の大原町に、住んでいたころの記憶なのだ。早川書房をやめる直前か、直後のことで、おそらくは講談社からの帰りだろう、と見当をつけて、はっきり記憶がよみがえってくる。

講談社から、「少年マガジン」が出はじめたころ、私はなんどか、別冊附録の企画を手つだった。別冊といっても、新聞一ページぐらいの紙一枚で、これは月刊児童雑誌の、附録をつけなければ、という考えが、持ちこされたものだったろう。たしか二、三回、やっただけで、おわったようにおぼえている。矢田さんはたしか、

「別冊附録というより、折込附録だな」

といっていた。矢田さんというのは、矢田洋という、旧「宝石」出身の推理作家だ。処女作か、第二作の「銀座巴里」という短篇が、松竹で高橋貞二主演の映画になって、幸運なスタートを切ったが、間もなく児童ものの作家に転向、私が知りあったときには、児童雑誌の特集や、附録の企画をひきうけていた。「少年マガジン」の初代編集長の牧野武朗さんが、この矢田さんの企画力を買っていて、いろいろなことをまかせていた。矢田さんと知りあったのは、阿部主計さんの紹介だったろう。矢田さんは、私が早川書房の常勤をやめて、週に一回だったか、二回だったかの嘱託になったとき、もとの文筆稼業にもどる足がかりをつくってくれる気になったらしい。

「こんど、児童雑誌では初めての週刊誌ができるんだが、ぼくが手つだうことになってね。きみもアイディアを、貸してくれないか」

と、声をかけてくれて、創刊号だか、二号目だかの折込附録を、いっしょにつくることになったのだ。講談社別館

の畳敷の部屋で、たしか「きみも名探偵になれる」というタイトルだったと思う。夜遅くまで、スケッチをつくり、割付をした。おわったときには、もう電車はなくなったので、タクシイを呼んでもらったのだ。こんなことを書いたのは、私の記憶が、ヴィデオ・テープのように、まず画面が出てくる、という説明をしたかったからだ。そのテープには、日づけが入っていないので、いつのものだか、わからないことが多い。だから、私が猫の舌を嚙んだのが、いつのことだか、はっきりしないのである。前にもいったように、有紀子というのは、実名ではない。私の長篇推理小説第二作「猫の舌に釘をうて」のなかで、初恋の女性にあたえた仮りの名だ。そのせいか、彼女のことを書いていると、しばしば猫のイメージがわいてくる。猫の舌を嚙んだ、といったのは、私が有紀子のことで、ばかな真似をしてしまった。それを、猫のイメージで、いいあらわしてみたまでである。

私はかなりの浮気性らしく、二十代にはあう女性、十人のうち五人ぐらいを、好きになった。しかし、それは、ちょっといいな、というぐらいのことで、恋といえるようなものではない。だから、私にとって初恋の相手は、「猫の舌に釘をうて」の有紀子のモデルにした女性、ということにする。前回に書いたように、私は有紀子にことわってから、有馬頼義さんに連載エッセーを頼みにいった。

「わたしのことは、黙っていてね」

といわれたのは、簡単にまもれそうだった。むしろ、平静な気持で、有馬さんと話ができるかどうか、ということのほうが、心配だった。しかし、これはなにごともなかった。有馬頼義さんは、かなわない相手だった。小説の描写力でも、私は敬服していたし、女性のあつかいかたでは、それほど噂を聞いたわけではないが、私がしゃっちょこ立ちをしたってかないそうもなかった。こっちはアマチュア、むこうはプロフェショナル、という感じだった。アマチュアが、プロフェショナルに、嫉妬してみても、はじまらない。

有馬さんは、連載エッセーをひきうけてくれて、「隣りの椅子」がはじまった。福永武彦さんと松本清張さん、それと有馬さんの原稿は毎月、私がとりに行った。私は最初、有馬さんとどんな話をするか、有紀子にはいわないようにしていた。ところが、有馬さんの連載がはじまってから、有紀子にあっているうちに、彼女は聞きたがっている、ということに気づいた。いまだに私は、有紀子と有馬さんが、どんなふうに知りあい、どんなふうにわかれたか、知ってはいない。聞いてもしかたがない、とも思ったし、聞くのが恐しくもあった。けれど、有紀子がまだ、有馬さんを愛していることには、だんだんと気づくようになった。

なんとかしてやりたかった。有紀子は、有馬さんに、あいたがっている。しかし、なにかが歯止めになって、有馬さんに電話をかけられないでいる。その歯止めというのは、有馬さんに棄てられたのだ、という思いではないか。そんなことを考えて、私は有紀子との約束を、ある日、やぶってしまった。有馬さんに、私が有紀子とは以前からの知りあいであることを話し、いま蔵前の相撲博物館で働いていることを話し、そこの電話番号を知らせたのである。

＊

そんなばかな真似を、なぜしたのか、いま考えても、わからない。私がセンティメンタルで、ロマンティックな人間だから、といってしまえば、簡単だけれども——いや、あまり複雑なことではなく、それだけのことかも知れない。私の意図を、有馬さんがどう読もうが、かまわなかった。彼女の現在を知って、有馬さんがどうするかも、かまわなかった。有馬さんに話したことを、私は有紀子には、黙っていた。黙っていたことは、間違っていなかった、と思うけれど、有馬さんに話したことは、後悔した。

私はすでに、結婚していた。有紀子が現状より深く、私を近づけないことも、わかっていた。だから、有馬さんに話したのだし、話してよかった、と思いながら、後悔することになったのだった。有馬さんは、有紀子に電話をかけた。すぐに、深いつきあいが、復活したらしい。有紀子はしあわせそうだった。しあわせそうな様子は、長いあいだ、つづいた。よかった、と思いながら、私はねたましく、わびしかった。どうやら、おれはマゾヒストらしいな、とも思った。ちょっと強気に出れば、得な立場に立てるのがわかっていても、私は強気に出たことがない。ひとくちに、強気に出る、といっても、その出かたにいろいろある。その判断がつかないのだ。

いや、判断がついても、出られないことが多い。つい最近のことだけれど、私は久しぶりに、児童ものの長篇小説を、書きおろした。長篇といっても、挿絵のたくさん入る児童もののことだから、百八十枚で一冊になる、といわれた。そのくらいなら、というのが、手をつけた第一の理由だった。怪奇小説でいい。主人公が中学生なら、書きかたは大人ものとおなじでいい。それが第二、第三の理由だった。その書き下しシリーズのトップ・バッターをつとめた作家は、百八十枚きっちりには、書かなかった。三枚だか、四枚だか、少かったと聞いてから、私は仕事にとりかかった。ところが、百枚ばかり書いたところで、割りつけをはじめた編集者が、

「この調子だと、百八十枚では、一冊目とおなじページ数は出せませんよ。すこし、よけいに書いてください」

といいだした。二百枚にすることにして、私は書きすすめた。なぜ、おなじページ数にならないのか、理由はよくわかっている。一冊目の作者のものに、短い会話が多く、地の文でも、改行が多いからだ。私の作品は昭和二十年五月二十五日の東京最後の大空襲から、はじまっている。主人公の中学生が、炎のなかをひとり逃げまわる場面が、えんえんとつづくから、会話がすくない。地の文にも、改行がすくない。本の組みかたは四十二字詰で、私の原稿は二十字二十行に改行はひとつもない、といった調子だから、一枚が本では十行たらずにしかならない。いっぽう二十字二十行の原稿用紙に、十字前後の会話がならんでいれば、本でも二十行になる。これでは、百八十枚でも、大きなひらきが出てくるのは当然だろう。百八十枚でいい、といわれたから、書く気になったのだから、枚数が多くなるのは、うれしくない。うれしくなかったら、百八十枚ですむようにするのは、簡単なことだ。地の文の改行を多くして、会

話をふやせばいい。

ところが、近ごろの私には、それが出来ない。主人公がまっすぐ前をむいて見たことを、書きはじめたとすれば、はっきり横をむくまでは、改行ができないのだ。後半に会話がふえたが、それもふえるべきところで、ふえたのであって、ふやそうとしたわけではない。改行は、しようと思えば、いくらでも出来る。だが、校正が出てきたとき、私はそれを読むことができない。ひところ、平気で改行できた時期の作品が、いまでも文庫本で、重版されているが、私はそれを読みかえすことが出来ない。根がけちなせいか、ひとさまの本でも、びっしり組んでないと、損のような気がして、私は買う気が起らないのである。けっきょく百九十九枚まで書いて、あとは校正刷のときに、書きたすから、ということで、勘弁してもらった。月刊雑誌の仕事が、せまっていたからだ。校正刷に書きくわえ、前の作家の本より、挿絵を五、六枚ふやして、やっとおなじページ数になったのだが、児童図書の挿絵五、六枚は、原稿十枚分以上にあたるだろう。つまり、改行と会話の多いひとより、三十枚ぐらいよけいに書かなければ、私はおなじページ数の本がつくれないわけだ。はっきり数字が出ただけに、ずいぶん損な仕事をしているのだな、と私は思った。それでも、私は改行をふやすことが出来ない。

そういう損な仕事をしていることで、私は快感を感じているらしい。どう考えても、マゾヒズムだ。話が大きくそれてしまったが、有紀子のことを、いつ有馬さんに話したのか、私には思い出せない。「猫の舌に釘をうて」を、有馬さんにさしあげた記憶があるから、そのときかも知れないし、もっと前、「隣りの椅子」の原稿を、どこかの喫茶店で、うけとったときかも知れない。とにかく、有馬さんのお宅で、話したのではなかったろう。

雑誌を裂く

有紀子と最後にあったのは、いつだったろう。丘コーヒー店の常連のひとりで、戦前からの挿絵画家の富田千秋さんが、亡くなったときだったろうか。そのお葬式のときに、顔をあわせていることは、間違いないのだけれど、それが最後かどうかは確かでない。有紀子はいつまでも独身でいて、私をやきもきさせていたが、富田さんのお葬式のときには、もう結婚していたと思う。富田さんが亡くなったのは、いつだったろう。有紀子が結婚したのは、たしか私が四十一歳のとき、昭和四十五年とおぼえているから、記憶にあやまりがなければ、富田さんのお葬式はその年か、四十六年だったのだろう。

その後も、ときどき電話はあったのだが、結婚後の変った姓は聞いても、自宅の住所や、電話番号は聞かなかった。最後には大手の出版社で、児童雑誌の編集をしていたが、ぱったり連絡がとだえてしまった。当時、私は新井薬師の駅の近くに住んでいたが、その借家の家主とのあいだにトラブルがあって、気をとられていた。それが片づいて、現在の東中野へ引越して、しばらくしてから、電話のとだえた理由がわかった。私の留守に、有紀子から電話があったとき、女房が出て、なにかいったらしいのだ。もう電話をしないでくれ、ということだ。かなり強い調子でいったのだろう。何年もたってから、女房にそれを打ちあけられたとき、私は腹が立ったが、なにもいわなかった。

嫉妬しなければいけないようなことは、それまでにもなかったし、それ以後も起りようがない。それはわかっていても、女房は独占欲のつよい女だから、私の心の大きな部分を、有紀子が占めていることに、堪えられなかったのだろう。もともと、私の心情は、有紀子からの連絡がなければ、消えるというようなものではなかった。だから、女房のしたことは、なんの効果もなかった。いや、有紀子のことを、いっそう深く、私のこころの底へ、押しこんでしまう効果は、あったというべきだろう。

　有紀子と有馬さんのつきあいが、どんなふうに復活し、どんなふうにおわったのか、私は知らない。断片的に、有紀子の口から、聞いたことはあった。それを聞かされたときには、当然おわっていたわけだろう。そのおわりかたが、有紀子にとって、前のおわりかたほど、つらいものだったのではなかったのだろうか。有紀子が私を必要としなくなったことは、間違いのない事実だろう。有紀子の青春がおわって、自分の心の傷をいやすのに、ひとの手助けを必要としなくなったに違いない。私にとっては、そこで青春がおわった、というような考えはない。いや、有紀子の役に立っていた、と考えなくなっただけかも知れない。私はずっと、未練がましく、有紀子につきまとっていただけなのである。自分で、そういう状態に、自分で結着をつけることが出来なくて、いつまでも、ぐずぐずしていたのだろう。

　こういうと、私が有紀子のことを、有馬頼義さんに話したのは、結着をつけようとした行為に、なるのかも知れない。しかし、その後も、私は有紀子にあっていた。有紀子がしあわせそうになったのが、うれしかった。だから、結着をつけたい、と思ったわけでもない。ただし、うれしかった、といっても、無条件によろこんでいたわけでもないのだから、始末にわるい。

「どうして、いつも自分から、損な役まわりを選ぶのだろう」

　と、内心ではいつも不平たらたらで、自分の役わりを楽しんでいたのである。この前には、それをマゾヒズムといったけれども、有馬さんが有紀子をモデルに、小説を書いたときには、苦痛を楽しむどころではなかった。はっきりはおぼえていないが、たしか「婦人公論」に、発表されたのではなかったろうか。特大号かなにかで、雑誌はかなり厚かった。新年号だったのかも知れない。有馬さんの小説は、短篇ではなかった。長篇一挙掲載、とうたってあったのかも知れない。

　現在の東中野へ、越してきた直後か、直前のことで、有紀子との縁も切れていたし、有馬さんにお目にかかる機会も、なくなっていたから、雑誌の巻末にならんだ短篇のひとつだったらば、私は読まなかったろう。目次でも、大きくあつかわれていて、うたい文句が、気になったに違いない。読みはじめて間もなく、有紀子のことを書いている、とわかった。わかったところで、どうということはないはずだったが、私は読みつづけられなかった。有紀子の長い髪の毛が、ベッドの上にひろがる描写が、目に入ったとたん、私は雑誌をひきさいていた。それほど力があるわけでもないのに、厚い雑誌を四つに裂いて、私は屑篭にたたきこんでいた。

＊

いつも損な役まわりを選ぶ、と愚痴をいいながら、私がそれを楽しんでいるような性癖は、もちろん子どものころに、出来あがったに違いない。私は三男だが、太平洋戦争末期には、長男の役わりを、押しつけられた。長兄はずっと兵役で不在だったたし、次兄は病身だったからだ。病身だったおかげで、兵隊にとられることをまぬがれて、好きな落語家になれたのだが、落語家としての生活が精一杯で、長男の役わりをひきうけることは出来なかった。そうなると、私に順番がまわってきて、いやおうなしに矢おもてに立った。

いやいやながら、というかたちでは、ないかも知れない。単に受身のかたちで、といったほうがいいのだろうが、この時期にそういう癖がついてしまった。私が推理小説を書くようになったのも、落語家の兄の影響だ。むろん子どもは、周囲の影響で、性格もきまるし、進行方向もきまる。私が映画や芝居が好きになったのは、母や兄の影響で、敗戦後すぐに、劇作家になろうとしたことに、受身という意識はない。しかし、それが時代小説作家、さらに推理作家に方向転換していったのには、単に影響という以上のものがあって、受身という意識がある。不服なわけではなかったが、いささかの抵抗はあって、私の心の底には、落語家の兄に対する憎しみも、あったように思う。兄が生きているあいだ、私はいくらすすめられても、推理小説を書こうとしなかった。

前にも書いたように、私が読物雑誌の時代小説作家になったのは、偶然に近い。遊んでいられる身分ではなかったので、戯曲の勉強をするかたわら、カストリ雑誌につとめたのが縁で、穴埋めの原稿を書くことになったのである。戯曲はなかなか、お金になりそうもなかったから、小説に方向転換することは、いやではなかった。けれども、読物雑誌がつぎつぎにつぶれて行って、生活が成立たなくなったときに、推理作家の大坪砂男に師事しながらも、推理小説を書く気にはなれなかった。

兄はもう、鶯春亭梅橋という名で、真打になっていたが、推理小説は私より、たくさん読んでいた。それも、謎ときのパズラーが好きで、私なんぞは考えもつかないような意見を吐いて、大坪さんを感嘆させたりする。自身でも、推理小説が書きたかったに違いない。読物雑誌がだめになって、私が化粧品会社の宣伝部に入ったころには、

「おれがストーリイを考えるから、推理小説を書けよ」

と、さかんにすすめる。しかし、その思いつきは、とても私には小説化できないようなものだった。だいいち、おなじ小説を読んでも、私は兄より先に、犯人を見ぬけためしがない。こういう兄がそばにいたら、よほどの自信家でなければ、推理小説を書く気にはならないだろう。私ときたら、あらゆることに、まったく自信のない人間だ。いくらすすめても、私が推理小説を書かないものだから、兄はしばしば癇癪を起す。

「お前みたいなばかが、よく小説を書いていられるな」

と、ののしったりするから、かなわない。私だって、兄の影響で小さいときから、推理小説はたくさん読んでいる。時代小説がだめなら、推理小説を書きたいのだが、兄のような論理的な頭は、持っていない。まったく持っていないとも思われないのだが、廻転のしかたが――速度がちがう。いつも兄が先に読んで、たとえば、

「犯人がわかったのは五十二ページ、トリックがわかったのは百十三ページ」

といって、私にまわしてよこす。兄より先にも、兄とお

などところでも、私はわかったことがない。ひょっとしたら、嘘をついているのではないか、と思って、私が先に読んだことがある。あとで読んだ兄は、私が犯人、犯行方法がわかったところより、ずっと先で、どちらもちゃんとあてTしまった。

「そんな頭じゃあ、とてもトリックは考えられないぞ。文章がうまいのはみとめてやるから、おれのトリックで、書けよ。エラリイ・クイーンみたいに、合作をしよう」

と、兄はいうのだが、私はしおれてしまうばかりだった。けれども、だんだん推理小説に近づいて行かざるをえないのは、自分でもわかっていた。松村喜雄さんといっしょに、推理小説の翻訳をはじめたのは、例によって受身ではあったものの、ひとつの接近手段だった。しかし、自分で推理小説を書くときには、ぜったいに兄には相談しないで、内証で書くつもりだった。大坪さんを通じて、宇野利泰さんや、日影丈吉さんと知りあい、探偵作家クラブにも入っていたから、発表する方法はなんとかなる。当時、私は大塚坂下町の古い家の二階を借りて、兄といっしょに暮していた。昭和二十八年から、九年にかけてのことだ。まず兄から逃げだすことを考えて、私は新宿の歌舞伎町に引越した。

大坪さんが三畳間を借りていた家で、新宿区役所の裏通りである。数年前までは、昔からのタバコ屋さんが残っていて、私が借りた部屋の場所が、はっきりわかったのだけれど、そのタバコ屋さんも取りこわされてしまったから、現在、正確には説明できない。大坪さんが大岡山へ越したあとへ、そのまま入るつもりだったが、前からの約束ですぐにふさがってしまったらしく、別の部屋ならあいている、ということで、そこへ入ったのだ。そこへ入る直前に、ささいなことから、私は仕事のめどを失ってしまって、元気なような、落胆したような、おかしな状態で、引越すことになった。大塚坂下町で書いた私の処女長篇、「魔海風雲録」がちょうど本になったので、ある意味では元気がよかった。しかし、「探偵倶楽部」という雑誌に、つづけてやっていた翻訳の仕事が、うまく行かなくなって、生活費をかせぐめどが、うしなわれていた。「魔海風雲録」は、最後の時代小説のつもりで書いたので、本が出たことはうれしかったが、それが手がかりになって、時代小説を書きつづけられる、というようなことに、なるはずはなかった。だから、生活費をかせぎだす方法を、なんとか考えなければならなかった。松村さんとやっていた翻訳が、うまく行かなくなった原因は、「宝石」にのせたシムノンの翻訳だった。「オランダの犯罪」というメグレものの長篇である。

ウールリッチとの闘い

松村喜雄さんと共訳のシムノンは、「オランダの犯罪」という長篇で、雑誌「宝石」の昭和二十八年十一月号にのった。「宝石」といっても、光文社の総合雑誌ではない。岩谷書店が出していた推理小説専門誌だ。共訳といっても、私はフランス語は読めないから、日本語を書きなおしただけである。四百字詰原稿用紙で、三百枚から四百枚のあいだぐらいの分量だろう。松村さんは、大蔵省のつとめがあるので、「宝石」編集部には、私が原稿を持っていった。当時の編集長は、永瀬三吾さんだった。

「探偵倶楽部」という雑誌に、松村さんと共訳というかたちで、フランスの推理小説、冒険小説の抄訳を売りこんでいたことは、前に書いたけれども、そのときの口上は、松村さんが原書から訳し、私がその英訳を参照しながら、手を入れる、ということになっていた。むろん、私は英訳本など持っていないし、持っていたとしても、ろくに読めない。だから、松村さんが忙しくて、もとの原稿が間にあわないと、予告した題名と作者名をつかって、私が創作したこともあった。それらのいかさま翻訳のときには、松村さんの名も、私の名も出さずに、淡路瑛一という筆名をつかった。いまそれらは、「都筑道夫ひとり雑誌」という本に、おさめられている。

　しかし、「オランダの犯罪」は、松村さんが熱心に訳したものだし、「宝石」に採用されたのは、大坪砂男さんの口ききだったから、英訳本を参照してなどという嘘は、最初から、いっていない。私は日本語の面で、協力するだけだということが、はっきり永瀬さんに通じていた。したがって、私がとどけた原稿には、ジョルジュ・シムノン作、松村喜雄訳、としか書いてなかった。永瀬さんは原稿をざっと見てから、

「これだけ、きみが手を入れているのなら、共訳ということにしたほうがいいね。きみの名前を書きくわえなさい」

という意味のことをいった。私は原稿を受けとって、万年筆で自分の名を書入れたのだが、そのときに失敗をやってしまった。正岡容に師事して、寄席のことをいろいろ聞いていたせいか、当時の私は、名前をふたつ横にならべて書くときには、格が上のものが左になる、と思いこんでいたのである。だから、原書を訳して、礎稿をつくった松村さんが左、補佐した私が右にくる、と思ったわけだ。シムノンの名と松村さんの名のあいだに、私は都筑道夫と書いて、永瀬さんにわたした。黙ってうけとったから、あとで妙なさわぎになるとは思いもしないで、私はうちへ帰った。兄の鶯春亭梅橋といっしょに、大塚坂下町に二階借りをしていたころである。

二、三日して、新宿歌舞伎町に、大坪さんをたずねると、なんとなく様子がおかしい。大事な話があるのだが、なかなかいいだせない、といった様子なのだ。そのうちに、
「このあいだの晩、永瀬君がきてね。『オランダの犯罪』の原稿を、黙ってさしだすんだ」

と、大坪さんは口を切った。そんな話に違いない、と思っていたから、

「あれ、だめでしたか」

と、私はいった。大坪さんはいよいよ困ったような表情で、

「いや、不採用じゃないんだが、きみ、松村君とならべて、名前を書いたろう」

「はい、永瀬さんにそういわれましたから」

「でも、松村君の右に、きみの名前を書いたじゃないか。それで、永瀬君は気にしてね。ぼくのところへ、見せにきたんだ。松村君にもきてもらって、まあ、ぼくから注意し

たほうがいいということになったんだが……」

どういうことだか、私にはわけがわからなかったから、

「あの原稿は、松村さんが訳したもので、ぼくは手を加えただけですから、ああ書いたんですが……」

「どうして?」

「寄席の看板なんか、偉いひとの名前を、左がわに書きますから」

「しかし、寄席の看板とは違うよ。あれじゃあ、きみが先になって、訳したようになってしまう」

「だったら、直してくださって、けっこうです」

「もちろん、永瀬君はなおしたがね。松村君も諒解してくれたし……それでも、きみに話をしておかないとね」

私はだんだん、おもしろくなくなってきた。まるで大問題のようではないか、と思ったのである。たしかに、寄席の看板とは違う。あとで知ったのだが、寄席の看板でも、ふたつの名前を、上下左右おなじ寸法で、ならべて書くときには、格が上のほうが右で、それを左と思っていたのは、真打の名は左はし、といったことからの私の誤解だったのだが、つまりは若いものの無知だ。黙ってうけとっておいて、師匠のところへ駈けつけるようなことじゃないだろう、と私は思って、腹が立ってきたのである。松村さんまで呼んで、話しあうようなことだろうか。その場で、

「きみ、これはおかしいよ」

といえばいい。そうすれば、

「どうしてですか」

「きみの名前は、左にするべきだ」

「でも、それだと、ぼくが先になったように――ぼくが偉いようになってしまいます」

「そんなことはないだろう」

「しかし、寄席の看板では、偉いひとが左にきます」

「そうかも知れないけど、普通は逆だよ」

「そうですか。でしたら、直してください」

という会話だけで、片がついてしまう。それを持ってまわって、大問題にされたのでは、かなわない。それでは、私がまるで増上慢で、松村さんをないがしろにしたみたいではないか。事実、永瀬さんも、大坪さんも、松村さんも、

そう思ったのかも知れない。それならそれで、

「こんな生意気なことをしてはいけない」

とか、

「不届きだから、きみの名前は削るよ」

とか、はっきりいえばいいだろう。そう思って、私はおそらく、ふくれっつらで帰ったらしい。

＊

いま考えても、永瀬さんや大坪さんが、あんなふうに持ってまわった態度に出たのが、私にはわからない。私をいたわってくれたのだろうが、不愉快ないたわりかただった。私の誤解が原因なだけに、恥ずかしさを拡大されたような気持だった。殿様が鷺を烏だといったのを、家来たちが困った、困ったと相談したあげく、おそるおそる、あれは鷺というものでございます、といって来るようなもので、私は殿様ではない。永瀬さんから見れば、新人のものかき。大坪さんから見れば、弟子なのだから、端的にいってくれても、いいじゃないか。そう思ったのも、当時の私の甘えだったかも知れないが、とにかく、

「こういう仕事は、もうしないほうがいいな」

と、考えた。松村さんにあって、迷惑をかけたことをあやまると、大坪さんに呼ばれたときには、かなり面くらったような話をしていた。それでいちおう、「オランダの犯罪」の問題は、片がついたわけだけれども、やはり松村さんとの共同作業はおわりになってしまった。「探偵倶楽部」の編集部へいったときに、

「もうフランスものは、たね切れです」

というと、編集長はこともなげに、

「そりゃあ、フランスものより、こっちはアメリカもののほうがいい。あんた、英語ができるんだから、ウールリッチかなんか、やってください」

共同作業売りこみのときの嘘が、ここでたたってくるとは、思わなかった。いまさら、あれは嘘です、ともいえない。あいまいな返事をして帰ったけれども、間もなくこのために、大げさにいえば、私の運命は変ることになった。

そのときには、はじめての長篇小説を書く仕事があったし、オペラ口紅の宣伝部に、まだつとめていて、月給がもらえたから、あせることもなかったのだが、一年後に苦しむ羽目になったのである。

長篇小説を書きおろす話は、いちばん最後に私が書いていた読物雑誌から、持ちこまれた。牛込の薬王寺町に、湊書房という小出版社があって、「娯楽雑誌」という小判雑誌を出していた。たしか、そこにいた編集者だったと思うが、三鍋さんというひとがフリーになって、出版ブローカーをはじめた。いまでいえば、エディトリアル・プロダクションということになろうが、ただし個人で、単行本の企画を立てて、出版社へ売りこんで、原稿とりから割りつけまで、すべて引きうける。そういうことを、三鍋さんはやっていて、湊書房に、新進作家の書きおろし時代小説シリーズを、売りこんだのである。

三鍋さんはしじゅう、紀伊國屋わきの丘珈琲店にきていて、私とも毎日あう。それで、やってみないか、ということになって、私は生れてはじめて、長篇小説を書くことになった。こうした事情は、有紀子のことを書く前に、もう話してあるから、くりかえすまでもないだろう。「魔海風雲録」が若潮社という、湊書房の別会社から出たときには、私は新宿歌舞伎町に引越していた。オペラ口紅もやめてしまって、なんとか原稿を売りたいのだが、なかなか仕事は舞いこまない。そこで、いよいよ独力の翻訳をはじめることにした。といっても、私の英語は早稲田実業学校で一年生、二年生のときに、いいかげんに教わっただけのものだ。あらかた、わすれてしまっている。

「探偵倶楽部」の編集長が、ウールリッチを、というのだから、それをやって持っていけば、買ってくれることは、間違いがない。神田の古本屋へいって、「エラリイ・クイーンズ・ミステリ・マガジン」の古いのを探したら、Meet Me by the Mannequin という短篇ののっている号があった。コピイライトを見ると、翻訳権は切れている。立読みしてみても、さっぱり読めなかったけれど、とにかくそれを買って、コンサイスの英和辞典も買って帰った。

歌舞伎町の三畳間へ帰って、ＥＱＭＭをひろげて見たが、やっぱり読めるどころではない。一語一語、辞書をひいてみても、意味は通じない。しかし、あきらめてしまうわけにはいかないから、参考書を買ってきた。滝口直太郎の「テーブル式英語便覧」という本だったと、おぼえている。それをなんども、なんども読んでから、辞書と首っぴきで、コーネル・ウールリッチと闘いはじめた。姉をたよりに、都会に出てきた若い女の話、ということぐらいはわかったが、題名を正確に理解することすら、出来なかったのだから、乱暴きわまる。ひとり暮しをはじめて、町角の洋服屋のショーウインドウのマネキンが、唯一の友人。朝晩ここのなかで、おはよう、おやすみをいうようになる、という状況から、題名は「マネキンさん今晩は」とした。わからないところがあると、宇野利泰さんに電話で聞いて、どうやら最後まで、日本語にしてしまった。

高田の馬場

すぐ上の兄の鶯春亭梅橋は、昭和三十年十月二十七日午後六時二十五分に、京橋の荒川医院で死んだ。本名は松岡勤治、大正十五年九月の生れだから、二十九歳になったばかりだった。死亡診断書に書かれた病名は、肺肉腫だったが、解剖してみると、肺に肉腫ができていただけでなく、胃には癌がひろがっていた。胸から腹へかけての激しい痛みに、苦しみつづけながら、死んでいったわけだ。

その兄が、いつ真打になったか、私はおぼえていない。そのことを以前に書いたら、演芸作家の大野桂さんが、教えてくだすった。斎藤忠市郎というひとが編んだ「近代落語家昇進改名年譜」によると、昭和二十四年の四月だそうである。正岡容の紹介で、古今亭志ん生に弟子入りし、古今亭志ん治になったのが、昭和十八年。昭和二十一年に、古今亭今輔の門に移って、桃源亭花輔になり、二十四年に二十二歳で、真打になったわけだ。それから、六年しかたっていない。死ぬ間際の二日半ばかり、私は枕もとにつきそっていたが、兄はなんどか、もう聞きとりにくくなっている声で、

「死にたくない」

といった。死ぬことへの恐れだけでなく、まだやりたいことが山ほどあって、無念の言葉だったに違いない。からだの不調は、前年からあったのだろうが、私はもちろん、当人もあまり気にしていなかった。いや、気にはしていたのだろうが、なにしろ昭和十五、六年から、からだはずっと不調で、そのために戦争に狩りだされることなく、落語家になれたようなものだった。晩年にかかった医者が、兄の左胸に聴診器をあてて、

「心臓が遠くにあるよ。ああ、ここだ。ここにあった」

と、胸のまんなかに、あてなおしたのを、おぼえている。

中学二年生のときに、肺浸潤になって、胸に空気を注入する気胸療法を、長いあいだつづけていたので、心臓が胸の中央のほうへ、押されていたのだ。しょっちゅう肩のこりや、あちこちの痛みをうったえて、話を教わりにくる前座さんや私に、背なかや足をもませていた。

「丈夫なやつには、わからない。丈夫なやつは、きらいだ」

というのが、兄の口ぐせだった。ところが、私ときたらめったに病気をすることがない。小学生のときには、体操の時間に出たことがないほど弱かったのに、学徒動員で飛行機工場へつれて行かれるころから、ほとんど病気と縁がなくなった。ほんとうに病弱だったわけではなく、学校嫌悪病にすぎなかったのではないか、と思うくらいだから、病人の気持はわからない。

だから、昭和二十九年から三十年にかけて、私は兄から逃げつづけていた。私には自分から、新しい仕事を切りひらいて行こう、というような闘争心はない。運命にしたがって、ひとから声をかけられるのを、待っているといった

ふうだから、あせらずに仕事をしていた。そのかわり、与えられた仕事はなるべくこなして、キャンセルをしたことがなかったのだから、器用さと幸運には、恵まれていたのだろう。したがって、どうやら食うだけの金しか入らない、という不満はあったが、不平はなかった。兄のほうは、からだが思うようにならなかったせいか、不平不満が積みかさなっていて、昼間から酒を飲んでは、議論を吹っかける。落語のこと、推理小説のこと、ナンセンスを理解しない寄席の客のことから、ハヤカワ・ミステリの誤植の多いことまで、理屈っぽい不平不満がつづくのだ。

　私も理屈っぽいほうだけれど、論理的な頭の回転速度では、とうてい兄にかなわない。おまけに、感情がともなって、同輩の芸のことなぞになると、辛辣きわまる悪口になるのだから、もっともだとは思いながらも、とても聞いてはいられない。具体例をあげると、そのころ探偵作家クラブといっていた現在の日本推理作家協会は、月に一度、土曜会という会合をやっていて、ある日の例会の余興に、邑《むら》井操《いみさお》の探偵講談をやらないか、という話が、保篠龍緒さんから、大坪砂男さんにあった。当時、大坪さんはクラブの書記長だったから、

「いまの邑井操は、うまいのかね」

　と、私に聞いた。邑井操というのは、講談のビッグ・ネームだが、当時それを名のっていたひとの芸を、私は聞いたことがなかった。保篠さんは、戦前からアルセーヌ・ルパン・シリーズを翻訳していた人で、そのルパンものの講談化を、邑井氏がやっているから、クラブの例会で、みんなに聞かせたい、ということだったのだが、

「うまけりゃいいんだが、そうでないと、ひと工夫しなけりゃならない。保篠さんからの話を、ことわるわけにも行かないからね」

　大坪さんがそういうので、私は兄に聞いてみた。兄の言葉は容赦のないもので、とてもそのままつたえる気にはならなかったから、「若いころから、修業をきちんとして、講釈師になったひとではないようですよ。話術研究の会でなんか、やっているそうですから、新作は得意なんでしょうが……」

と、私は大坪さんにいった。兄はただひとこと、

「あれは、しろうとだよ」

といったのだ。大坪さんはうなずいて、

「それじゃあ、梅橋さんに探偵落語をやってもらえないかな。落語講談の二本立てなら、かっこうがつくだろう」

＊

その土曜会は、余興に関するかぎり、さんざんだった。兄は張切って、その日のために新作をつくったのだが、稽古不足で、出来はよくなかった。兄はその話を以後、寄席ではやらなかったと思う。不可能犯罪をあつかったナンセンス・ミステリで、落語としては、ストーリイがありすぎたからだ。実をいうと、半分の責任は、私にあった。兄に相談されて、ストーリイをつくったのが、私だからだ。いま講談社文庫に入っている私のショート・ショート集「夢幻地獄四十八景」のなかに、「ごろつき」という作品がある。それが、そのときのストーリイである。お読みになった方は、落語ふうの話だ、と思ったろう。けれど、あくまで読ませるための発想で、話せる題材ではない。だから、その晩もあまりうけなかったし、以後も高座にはかけなかったはずだ。

それはとにかく、邑井操のルパン講談も、ひどいものだった。私が邑井操の講談を聞いたのは、あとにもさきにも、そのときだけだから、やりにくい雰囲気の場所で、いつもの力が発揮できなかったのかも知れない。私は神田伯龍、服部伸の世話物のような、人情噺ふうの演じかたが好きだったから、好みにあわなかったこともあるだろう。けれども、へたな講談だった。しろうとだ、と兄がいったのも、無理はない、と私は思った。そこまではいいのだが、大塚坂下町の二階借りの部屋へ帰ってから、兄の悪口には閉口した。邑井操のルパンの脚色法、演じかたのまずさからはじまって、しろうとに花を持たせてやったのに、あいつ、挨拶もしやがらない、とまでいいだして、保篠さん、大坪さんにまで、あたるのである。その日、会場へついてから、大坪さんが兄にたのんだことがある。

「不服かも知れないが、保篠さんの顔を立てて、梅橋さん、あんたが先にやってくれないか」

ということだった。兄はあっさり承知したのだが、

「それはいいよ。大坪さんだって、ああいうしかなかったろう。それがわかっているから、こっちもなにもいわずに承知したんだ。だけど、大坪さんだって、それをひとこと、邑井操にいうべきだよ。邑井もいわれなくたって、わかるべきなんだ。色物の定席には出られない、講談席にだってほとんど出ていないんだからね。プロとしてのキャリアは、こっちのほうが、長いんだ」

つまり、邑井操としては、兄の立場を察して、

「わたしのほうは、地味な講談ですから、先にやらしてもらって、あとを落語で明るくおさめてください」

というべきだ。そうすれば兄のほうも、

「いや、いや、こっちは軽い落語なんですから、前座をつとめさせていただきます」

と、頭をさげて、なんのわだかまりも残らない。ところが、邑井操は知らん顔、ごくろうさまのひとこともなく、まるっきり口をきかなかった。芸人として、礼儀を知らなすぎる、と兄はいうのだった。

「相手が礼儀をまもれば、こっちだって、このしろうとめ、と思っても、ちゃんと先生と立ててやるさ。保篠さんも、保篠さんだ。おれになにもいわないのはいいとしても、大坪さんには、気をつかってくれて、ありがとう、というひとことぐらい、あるべきだよ。なんにも、いっていなかったぜ。年よりのくせに、そんなこともわからないんなら、芸人なんぞつれて来なけりゃいいんだよ」

邑井操の出来が悪かったことだけなら、私も、そうだ、そうだ、その通り、その通り、といって、聞きながしていられる。だが、こうまでくどくいわれては、かなわない。自分の落語が思うように出来なかったので、八つあたりをしているのだ、とわかるだけに、こちらはかなわない。

「だんだん、正岡さんに似てくるね。わかったよ。相手は洋服すがたで、講談をやろうって人なんだから、きっと自分を芸人だとは思っていないんだよ。そうだとしたら、しようがないじゃないか」

ということで、逃げようとしても、ゆるしてくれない。こういうことが、しょっちゅうある上に、あんまをさせられ、使いはしりをさせられるので、

「落語家をつづけているから、いやなことが重なるんじゃないかな。いっそラジオ作家になってしまったら、どうなんだろう」

と、すすめてみたこともある。たしか文化放送だったと思うが、兄はリーダー格で、若手の落語家といっしょに、立体落語というコメディ番組をやっていて、さかんに台本も書いていた。落語を劇にしたものが多かったが、ときにはオリジナルのナンセンス・ドラマもあって、その出来はよかったからだ。一時はその気になって、作家専業になることも考えたらしいが、けっきょくは落語と縁がきれなかった。

私のほうは疲れはてて、大塚坂下町から逃げだした。新宿の歌舞伎町へ移り、さらに高田馬場へ越した。小滝橋よりに、シチズン時計の工場があって、いまではボーリング場になっているが、その建物の横手、古びた木造二階屋の二階を借りたのである。兄のほうは、二階から一階におりて、おなじ大塚坂下町の小さな道路ぎわの部屋に越した。そこへ移ってから、からだの痛みを口にすることが、いよいよ多くなって、私をしばしば呼びつけた。電話があって、急用があるというので、いってみると、兄はいつも寝床のなかだ。背なかをさすれ、肩をもめで、半日はつきあわされる。しまいには、翻訳の仕事がふえて、暇がないといって、私はことわることが多くなった。呼びだしがかからなくなって、ほっとしたときには、兄は入院していたのだった。

階段の怪談

兄の鶯春亭梅橋が、胸部の激痛にたえきれなくなって、

京橋の荒川医院に入院したのは、昭和三十年の十月になってからだろう。私が新宿の歌舞伎町から、高田馬場へ越したのが、いつだったかは、おぼえていない。たぶん、九月ごろだった。その時分から、私は酒をかなり飲むようになったし、洋書を——といっても、ペイパーバックの古本ばかりだけれど、買いあつめるようになっていたから、創作翻訳ではない翻訳の仕事が、いくらか軌道にのっていたらしい。

というのは、ひとつ鮮明におぼえている光景がある。いや、泥酔状態の記憶だから、ところどころ、フラッシュを焚いたように鮮烈に、というべきか。神田の古本屋で、ペイパーバックを、十冊ばかり買った帰り、歌舞伎町で酒を飲んで、どうやら歩いて帰ったらしい。あるいは中央線の終電車にのって、東中野でおりたのか。とにかく、小滝橋へんを、泥酔して歩いていて、高田馬場のほうへ、道路を横断するとちゅうで、かかえていた紙づつみを、落してしまったのだ。外国雑誌の「ライフ」かなにかの見ひらき二ページで、ペイパーバック十冊ばかりを、つつんであったのだから、やぶれやすい。

本は道路に散乱した。信号は赤に変って、車があとからあとから、走ってくる。その道路のまんなかで、私はふらふらしながら、ペイパーバックをひろい集めているのだ。車は警笛を鳴らし、私をどなりつける運転手もあった。その光景が、いまでも目に浮かんでくる。どうやら、ひろいあつめて、二階借りの部屋へ帰ったのだが、翌日になって、しらべてみると、一冊たりない。記憶というのは、おかしなもので、そのとき買った本の題名などは、まるでおぼえていないのに、一冊たりなかったことと、その一冊、おそらくはタクシイのタイヤにでも、はねとばされて、見つからなかった本の作者、題名だけは、はっきりおぼえている。

ロン・チェイニイ・ジュニアがドラキュラに扮した「夜の悪魔」、ウールリッチ原作の「幻の女」、エセル・リーナ・ホワイト原作の「らせん階段」を監督したロバート・シオドマックの弟で、やはりハリウッドで監督もし、映画脚本を書いていたカート・シオドマックの小説。といっても、邦訳のある「ドノバンの脳髄」ではない。その次に書いたＳＦっ気はないサスペンス小説で、Whomsoever I Shall Kiss、デル・ブックであった。「ドノバンの脳髄」は、私が最初に読みとおした英語の長篇小説だから、シオドマックのこの本も、買ったのだろう。不思議なことに、買ったその晩になくして以来、この小説には二度とお目にかかれなかった。古本屋がよいはそれ以後、熱中する一方だったから、たいがいの作品には二度、三度、出あっているのだけれど、それだけが例外で、私がだれにキスをするのか、ついにわからずじまいなのだ。

＊

洋書蒐集のことは、しばらくおいて、兄の死について書きすすめよう。小滝橋から、高田馬場へむかって、右がわのシチズン時計のすこし手前を、右に露地へ入って、しばらく行った右がわに、その二階屋はあった。板塀に、横びきの板戸のついた門があって、十歩ばかりの敷石が、玄関までつづいている。左手に、ささやかな庭があって、玄関を入ったすぐのところが、たしか二畳の畳を敷いた寄りつきになっていた。右正面に階段、右の壁によせて、小机をおいた上に、電話がのせてある。正面に台所までの廊下、左にふた部屋あって、八畳と六畳だったろう。台所の手前、階段の下には、二畳の小座敷があった。

この構造が、これからの話に必要なのだけれど、階段をあがると、左に短かく廊下があって、手前が八畳、奥が六畳ではなかったろうか。私は手前の八畳を借りていて、奥はのぞいてみたこともないから、正確に六畳とは、いえないわけだ。そこには、早稲田の学生が住んでいた。この学生、夏休みで帰省したまま、十月の半ばをすぎても、帰ってきていなかった。階下の女主人も、熱海かどこかへ出かけて三、四日は、留守であった。

京橋の病院へは、しじゅう見舞いにいっていた。ふた月もつか、ひと月もつか、長くはないことは、私たちにはわかっていたが、当人はむろん、死を覚悟してはいなかったろう。入院が長びきそうなので、じれったがって、機嫌はあまりよくなかった。私が見舞いにいくと、京橋の通りの本屋で、新刊のミステリを買って来させた。日本作家のものは、めったに読まない。翻訳ミステリだから、ハヤカワ・ミステリということになるわけだが、E・S・ガードナーやニコラス・ブレイク、アンドリュウ・ガーヴといった本格ものは、そうあとからあとからは出ない。ヒッチコック監督の「泥棒成金」が、公開されるのにあわせて、デイヴィッド・ドッジの原作が出たので、買っていったら、ひどく怒られたのを、おぼえている。

「いまのおれには、推理小説しか、楽しみがないんだぞ。これが、推理小説か。もっと、よく選んで、買ってこい」

というのである。本格にあらざれば推理小説にあらず、という口で、兄は中途はんぱなスリラーが、いちばん嫌いだった。そんなものを選んで買ってきた私の間ぬけさ加減から、例によって八つあたりになる。江戸川乱歩さんの名が、まだ監修者として出ていたころだ。その乱歩さんが選んだのか、そのころにセレクションの手助けをしていた植草甚一さんが選んだのか、ドロシイ・ソールズベリ・デイヴィスの「優しい殺人者」、マーガレット・ミラーの「鉄の門」なぞは、兄の気に入らない作品だったから、

「乱歩さんも、どうかしちまったな。こんなものを選ぶようじゃあ、お先まっくらだ。探せばまだ、本格ものがいくらもあるに違いないんだから、無精すぎるよ。早川だって、乱歩さんをありがたがって、いいなりに出すことはないんだ」

と、八つあたりがはじまる。小学生、中学生のころよりは、私もいちおう進歩して、犯人をあてることでは、兄に負けないようになってはいた。だが、私のあてかたは、作者の書きかた、というか、小説つくりの技巧の面から、見当をつける。兄の論理的なあてかたには、依然としてかなわない。だから、だんだん本格ものが、嫌いになってきていた。したがって、つい反論をしてしまって、

「もういい、帰れ。こんど来るときには、ガードナーの新しいのかなんか、必ずさがして来いよ」

ということになる。十月の二十日前後、私は仕事が忙しくて、兄の見舞いをおこたっていた。十月の二十三日か、二十四日の夜だった。なんの仕事をしていたのか、もうお

ぼえていないけれど、高田馬場の二階借りの部屋で、私は原稿を書いていた。前にいった通り、隣室の学生もいない。階下の女主人もいない。十二時ごろに、仕事を切りあげて、私は床についた。疲れていたが、なんとなく眠れない。

以下の出来ごとは、本誌に以前、連載していたエッセーのなかで、ちょっと書いたことがある。そのくりかえしになるわけだが、省くわけにも行かない。八畳間の床の間を頭にして、夜具が敷いてあった。床の間の壁のむこうは、階段である。梯子段といったほうが、感じが出るかも知れない。戦災をまぬがれた二階屋で、山の手の住宅街によくあった和風の木造、前庭と横庭のあるところが、中産階級の家らしいという、古ぼけた建物だ。大通りから、ひっこんでいるので、夜は静かだった。いつの間にか寝ついたのか、それとも半醒半睡、疲れてうとうとしていたのか、はっきりしないのだが、床の間のむこうで、足音がした。

軽く階段を、あがってくる足音だった。私は別段、おどろかなかった。隣室の学生が、故郷《くに》から戻ってきても、不思議はないころだ。戸じまりはしてあるが、玄関の右わき、隣家とのさかいの塀ぎわを入ると、勝手口がある。そこの錠は、鍵があれば、外からあけられる。勝手口の手前の二畳間の窓が、いつもあけられるようになっていて、格子のあいだから手をさしこんで、窓をあけると、柱に勝手口の鍵がぶらさげてある。夜おそく帰ったものは、それでお勝手から、入ることになっていた。学生はもちろん、それを知っている。だから、私は学生が帰ってきたものと思って、怪しまなかったのである。

ところが、足音は階段をあがりきったのに、隣室の襖のあく音はしない。襖には柱に掛金をつけて、小さな南京錠がさがっていたが、それをあけるのに、大して手間どるはずはない。手洗いが階下にしかないから、階段の上にはひと晩じゅう、小さな電灯がついている。手もとが見えない、ということはない。酔っていて、なかなか錠があけられないなら、もっと物音がするだろう。とうとう、隣室の襖はあかなかった。

おかしいな、とはじめて思った。私の部屋の襖には、錠はないけれど、こちらにも入って来ないから、泥坊ではない。しばらくすると、また軽い足音が、階段をのぼってきた。軽快な足どりだった。ははあ、猫か、と思った。近所に数匹の猫がいて、よくトタン屋根の上で遊んだり、寝ていたりする。なかでも大きく、いっこうに人をおそれないのが一匹、こいつには窓をあける特技がある。前述の二畳間の格子窓を、ひっかいてあけて、忍びこんでくることがあった。階下の女主人の部屋で、襖でもあけておこうものなら、茶簞笥の戸をあけて、菓子ぐらい持っていきかねない。階段の上の壁には、裾のほうに、掃除用の小さな掃きだし窓がある。勝手わきの窓から入って、二畳の障子のやぶれから、廊下へ出たものの、どこの襖もしまっている。二階へあがっても、おなじことなので、掃きだし窓をあけて出ていく。あの大猫なら、そのくらいの芸当はやりそうだった。

　私は安心して、足音が消えたのも、怪しまなかった。ところが、しばらくして、また足音があがって来たのだ。猫にしても、しつこすぎる。三度目の足音が、階段の上で消えてから、私は考えたすえに、起きあがった。襖をあけて、首だけ出せば、すぐ右手の壁に、掃きだし窓が見える。それは、ちゃんとしまって、隙間もなかった。こうなると、階下の二畳の窓を、あらためるまでもない。茶簞笥の戸や、窓ぐらい、平気であけてしまう古猫には、よそでもお目にかかっている。けれど、あとをきちんとしめていく猫なんぞ、いるはずがない。階段の下の寄りつきには、電話が小机にのっている。

「兄貴が死ぬんだな」

　と、私は思った。はっきり時間はおぼえていないが、午前一時前後だったろう。こっちから、病院へかけてみるわけには行かない。私は夜具にもどって、天井を見つめていた。五分後か、十分後か、三十分後か、おぼえていないが、電話のベルが鳴った。階段をおりていって、受話器をとりあげると、長兄の声が、次兄の危篤をつげた。すぐ行く、と答えて、私は急いで服を着た。タクシイ代ぐらいはあって、私は大通りで、空車の赤い灯を待った。京橋の病院についたとき、兄はなかば意識をうしなっていて、長兄やその嫁や、弟が枕もとに立っていた。

死ぬまでの時間

親しい人が死ぬときに、知らせがある、というのは、よく聞く話である。寝台車で旅をしていて、ふと目がさめる。疲れているのに、なかなか眠りにもどれない。列車のスピードが落ちはじめたので、

「駅を通過するんだな。いま、どのへんだろう」

と、思って、カーテンをすこしあけてみた。窓の外には、しらじらと明るいプラットフォームが、ゆっくりと通りすぎている。夜なかのことだから、むろん、だれもいない。腕時計を見ると、午前三時になろうとしている。目をあげて、プラットフォームを見ると、もう外れにちかい柱のかげに、人が立っている。それが、こんなところにいるはずのない叔父だったから、なんとも異様な感じがした。見なおそうとしたときには、列車はスピードをあげて、窓の外は闇になっている。そのまま、ろくろく眠れずに、目的地について、気になるから、叔父の家に電話してみた。すると、けさがた、急に発作を起して、午前三時ちょっと前に、死んだという。こういうたぐいの話を、一度や二度は、だれでも耳にしているだろう。

私の聞いた足音も、そのたぐいだったわけだが、兄の鶯春亭梅橋は、まだ死んではいなかった。翌日の――いや、正確にいえば、その日の夕方まで、生きていた。持ちなおす見こみは、まったくなかったけれど、ときどき目をひらいては、私たちの顔を見まわして、なにかいった。ほとんど聞きとれなかったが、意味がわかることもあった。

「もうだめなのかな」

といわれたときには、私たちは返事ができなかった。あけがたに医者がきて、

「もうひと晩ぐらい、持ちそうだ。痛みをやわらげること以外、なにも出来ない状態だから、あわせたい人がいたら、

なるべく早く呼びなさい」

といったので、私は兄の耳に口を寄せた。

「あいたい人がいれば、呼んでくるよ」

兄はぼんやりした目で、私を見てから、

「だれにもあいたくない」

といって、目蓋をとじた。看病づかれの兄や兄嫁、弟は、いったん家へ帰って、夕方、また来ることになった。

「またすぐ来るからな」

と、長兄がいったら、梅橋は目をあけて、

「おれがいちばん、いい男だ」

と、つぶやいた。

「うん、そうだな」

といって、兄や弟は病室を出ていった。私はひとり残って、ドアの外に面会謝絶の札をかけながら、病室のあかりを消して、ベッドのわきに、腰をおろした。窓のカーテンは、もう明るくなっている。瘠せこけた兄の顔は、どす黒かった。その顔を見つめながら、私は黙って、腰かけていた。ほっとしたような、苦しいような、おかしな気分だった。三十になるやならずで、こんなふうに死んでいくのは、くやしいだろうな、と思うと、胸が痛くなるくらいだったが、心のどこかでは、ほっとしていた。

「これでもう、こきつかわれずにすむ。ばか呼ばわりをされずにすむ。安心して、推理小説も書けるだろう」

と、考えていた。春風亭柳昇さんの書いたものを読むと、梅橋は私のことを、才能のある弟として、自慢していたらしい。けれど、私にむかっては、小説を読んだ、ともいわないし、おもしろかった、つまらなかったもいわない。

「薄情だ。病人の肩をもむくらいなことが、なんで出来ない。そんなに人の気持がわからなくて、よく小説が書けたものだ」

といった言葉が、飛んでくるだけだった。ことに私が、まるで俳句のつくれない人間なのに、兄は腹を立てていた。もっとも金のかからない遊びとして、兄は連句をやりたがった。兄の俳句、連句は、落語より古い。連句も、本格的なものだったらしい。しかし、落語家になってからは、相手がいなくて、困っていた。

「連句ってのは、独吟ばかりやっていちゃあ、いいものも出来ないし、つまらない」

といって、私に教えこもうとした。私も俳句はきらいではない。だが、自分ではつくれない。他人の俳句を読むのは好きだが、自分でつくろうとすると、十七文字におさまる世界が、頭に浮かんで来ないのだ。

「大きなことを、詠みこもうとしちゃ、いけない。お前はほんとに、不器用だな」

と、兄はいって、私にいくつも、つくらせる。ひとつとして、採用にならないから、連句はいっこうに、進行しない。私はいやになってくるし、兄はじれてくる。最後はいつも、喧嘩になった。いまでも私は、俳句がつくれない。つくろうという気も起きないのは、兄にさんざん、毒づかれたせいだろう。時代小説をあきらめて、泥縄翻訳家として、推理小説に近づいていた私は、そのうち推理小説を書こう、と思っていた。だが、推理小説を書けば、まず兄に読ませなければならない。そう考えると、気おくれがして、書けなかった。論理的な矛盾を発見する兄の眼力は、じっさい大したものだった。

私は原書で、新しいアメリカの推理小説を、読みはじめていたから、いわゆる本格の謎とき推理小説の時代は、もうおわった、と考えていた。けれども、日本ではまだ、本格でなければ推理小説ではない、という時代がつづいていた。私にしても、本格はきらいではない。最初は密室ものかなにか、大トリックのあるものを、書きたかった。だが、そういうものを書いたら、たちまち兄の餌食になって、めちゃめちゃに叩かれるにきまっている。だから、なかなか書けなかった。死にかけている兄の枕もとで、

「これで安心して、推理小説が書ける」

と、私が思ったのは、そんな理由からだった。

＊

俳句と論理的思考力だけではなく、ギャグの感覚でも、兄にはかなわなかった。満洲から帰ってこない古今亭志ん生の門から、正岡容の命令で、古今亭今輔の門に移ってか

ら、兄はいっさい古典落語をやらなかった。志ん生への義理立てだったらしく、兄はたぶん、正岡さんにいわれた通りの行動をとったことを、後悔していたのだろう。柳家金語楼の作品と、自分の作品しか、やらなかったのだが、どれにも新しく、鋭いギャグがちりばめられていた。

もともと派手な顔立ちでもなく、明るい性格でもなかった兄が、晩年はいよいよ顔色が悪く、陰気になっていた。話術もまだ未完成だった。それでも、話をはじめると、東京では、かなり客を笑わせていた。それはギャグの切れあじのよさと、それを入れる場所のえらびかたが、的確だったからだろう。私は兄のギャグが好きだった。推理小説を書くなら、アクション・コメディを書きたかった。そうした笑いの感覚は、マルクス兄弟や、ローレルとハーディや、ハロルド・ロイドや、大口ブラウンのアメリカ喜劇映画で、子どものころに、身についたものだった。そのスラプスティック・コメディも、推理小説も、私は兄に教わったのである。

だから、いま死ぬのでは、死にきれないだろう、という兄を思うこころと、どうしても助からないものなら、一日でも早く死んでくれたほうが、影響から脱せられる、という気持のふたつが私のなかで、ひしめきあっていたのだろう。時間のかかる翻訳をやって、疲れきって夜具に入った私は、うつらうつらしながら、兄が早く死ねばいい、と考えていたらしい。それで、おかしな物音がしたときに、ああ、兄が死ぬのだな、と思ったのだろう。物音の正体は、なんだかわからない。窓のそとのトタン屋根を、猫が歩く足音だったのかも知れないし、まったくの幻聴だったのかも知れない。

私は一日、兄のベッドのそばに、すわっていた。カーテンをしめきった薄暗い病室で、兄は瘠せこけた顔と胸に、汗を浮かべて、眠っていた。息づかいは荒かったが、ほぼ一定していた。私はタオルをしぼって、ときどき顔と胸を、ぬぐってやった。つめたいタオルがあたると、びくっとしたように、兄は目をひらいた。私がその目をのぞきこむと、兄はしばらく見つめてから、ゆっくり目をとじた。タオルがふれたときでなくても、兄はときどき目をひらいた。私は兄を見つめていて、目をひらくと、こちらの顔が見えるように、中腰になった。

　戦争末期、祖母が高齢で死んだとき、私はそばについていたから、ひとが人でなくなるところを見るのは、はじめてではない。数年前に母が死んだときには、私は沼袋に下宿していて、死目にはあえなかったが、死顔は見ている。だから、たったひとり、静かな病室で、兄を見まもっているのも、怖くはなかった。日ちゅうに一度、医者がきて、モルフィネらしい注射をしていった。看護婦さんが持ってきてくれた食事を、私は病室のすみで食って、すわりつづけていた。兄の顔いろは、乾きかけた壁土のようで、目のまわりも、不自然にくぼんでいた。すでに、生きているひとの顔ではなかった。それでも、顔には汗が浮かんでいた。タオルでふいてやると、兄は目をひらいた。私が顔を近づけると、兄はしばらく、こちらを見つめてから、かすれた声でいった。

「死にたくない」

　私がうなずくと、兄は目をとじた。私は椅子に腰をおとして、兄の横顔を見つめていた。部屋のなかは、だんだん暗くなっていった。いつの間にか、息づかいが聞えなくなっていた。兄は口をあいて、もう目はあかなくなっていた。私はその横顔を見つめて、じっとすわっていた。しなければいけないことがある、と頭のどこかで、私は自分にいい聞かせていた。けれども、立ちあがれなかった。立ちあがりたくもなかった。涙は出ない。ただ胸が、ひどく重くなっていた。このまますわって、兄がつめたくなっていくのを、見とどけていたかった。病室のあかりもつけずに、私はすわりつづけていた。けれど、ドアにノックの音がして、立ちあがらないわけには行かなかった。ドアをあけると、兄と親しい三笑亭夢楽さんが、立っていた。

「そんなに悪いの?」

　夢楽さんは、面会謝絶の札を指さした。

「どうぞ」

　といって、私は夢楽さんを病室へ入れた。兄の顔を見て、夢楽さんは眉をひそめた。

「だめだったんです」

私がいうと、夢楽さんは聞きかえした。

「だめだったって?」

「さっき、息をひきとりました」

「お医者さんには、知らせたの?」

私は首をふった。

「早く呼んでこなくちゃ、だめだ。うちにも電話しなくちゃ——協会のほうには、ぼくが電話してあげるから」

夢楽さんにせき立てられても、私は病室を出たくなかった。しかし、じっとしているわけにも行かない。私は病室を出ると、階下の受付にいた看護婦さんに、兄が死んだことを告げた。それから、受付のわきの電話で、長兄に知らせた。涙も出なかったし、声もふるえなかった。

釈梅橋

医者がきて、死亡を確認した。鶯春亭梅橋は、壁土のような顔いろで、口をあいて死んでいた。父や兄が駈けつけて、病室はいっぱいになった。三笑亭夢楽さんは、藝術協会への連絡や、新聞に死亡記事が出るように、手配してくれるといって、帰っていった。兄嫁は薬局から、消毒用アルコールと脱脂綿をたくさんもらってきて、私たちは死者のからだを、清めにかかった。裸にすると、兄のからだは、ミイラみたいに瘠せほそっていた。脱脂綿にアルコールをしませて、私たちは死人のからだを、ごしごし拭いた。いくら拭いても、きれいになったような気がしない。だが、綿は汚れて、屑かごのなかに、山になった。両手を胸で組みあわせて、顔に逆さの頬かむりを、手拭いでさせた。口があいたままなので、とじさせるためだった。顎に手拭いをかけて、両はじを頭の上で、きつく結んで、口がしまるようにしたのである。

「先生と相談して、あした、千葉大へはこぶことにした。解剖してもらうんだ。今夜はここへおいておくんだが、お前は疲れていたら、帰ってもいいぞ」

と、長兄がいった。

「いや、べつに用もないし、そう疲れてもいないから、もうひと晩、ここにいるよ」

と、私はいった。着がえやベッドで読んでいた本をまとめて、兄たちは帰っていった。私はベッドのわきの壁に、椅子を押しつけて、腰をおろした。壁によりかかって、手拭いをむすんだ顔を、私は見まもった。手拭いが滑稽で、死顔はいっそうグロテスクに見えた。手拭いをゆるめてみると、まだ口があいてしまう。強くむすびなおして、私はまた壁によりかかった。ゆうべはぜんぜん寝ていないし、食欲がなくて、あまり食べてもいない。疲れて、腹がへっていた。食べたくはなかったが、眠くはあった。

その病室は、スクリーンでふたつに仕切られていて、ベッドがもうひとつ、入っていた。そちらにも入院患者がいたのだけれど、兄が死にかけたので、ほかの部屋へ移っていた。だから、ベッドはあいている。私はそっちへいって、服のままベッドに横になった。目をとじても、眠れなかった。疲れて、からだはぐったりしているのに、頭は妙に冴えていて、眠れなかった。スクリーンは、淡いクリームいろのプラスティックだったように思う。そのむこうのベッドに、呼吸をしなくなった兄が、瘠せこけて、横たわっている。まだ二十九歳だった。

私は二十六歳だった。あと三年で、死ななければならないとしたら、あせるにちがいない。兄は昭和十九年に、落語家になった。作家の正岡容の紹介で、古今亭志ん生の弟子になったのである。昭和二十一年に古今亭今輔の門に移り、二十四年に真打になった。わずか十一年の落語家生活だった。落語の創作だけでなく、漫才の台本、声帯模写の構成、落語ドラマの放送台本もさかんに書いて、才能がひ

ろがりかけていたときに、死んでしまったのだ。暗い部屋のなかで、仄白い天井を見あげながら、

「死にたくない」

といった兄の最後の言葉を、私は思い出していた。それを思い出すと、いよいよ眠れなくなった。その晩、私はうとうとしては起きあがって、兄の死体を見にいった。なんどめかに、手拭いをはずしてみると、もう口はひらかなかった。私は安心して、またベッドに横になった。それからの数日のことは、あまりよくおぼえていない。死亡診断書に書かれた兄の死因は、肺肉腫だったが、千葉大で解剖してみると、胃に癌も発生していた。私は長兄といっしょに、千葉まで遺骨をとりにいった。葬式は長兄の家でおこなった。私は受付の机にすわったが、藝術協会の事務員のひとがつきっきりで、世話をやいてくれたから、めんくらわずにすんだ。兄の戒名は、釈梅橋。正岡容さんが通夜にきてくれて、私は久しぶりに話をした。前年に、「魔海風雲録」を出した直後、後藤竹志さんに出あって、近ぢか正岡さんにあうというので、

「じゃあ、そのとき、さしあげてください。こんなものを出しました、という挨拶はしておきたいですから」

と、一冊わたした。その話をしたら、正岡さんは笑って、

「あずかっている、という話は聞いたが、持ってこなかったよ。あのひとのことだから、あたしのところじゃなく、古本屋へ持っていったんじゃないのかね」

そのころはもう、私の手もとには一冊しか、「魔海風雲録」は残っていなかった。だから、あらためて正岡さんに、本をさしあげることは出来なかった。そういえば、この三月十一日に、狭山温から電話があって、後藤竹志さんが亡くなったことを、知らされた。正岡さんと後藤さんは、私が小説家になるきっかけを、つくってくれた人である。どちらも、明治三十七年の生れ。正岡さんは、昭和三十三年に、五十四歳で亡くなった。後藤さんは晩年、どんな仕事をしていたのか、昭和五十八年三月十日に、七十九歳で亡くなったわけである。

＊

鶯春亭梅橋の葬式がすんで、私には以前とおなじ生活が、またはじまった。ある日、外出からもどってくると、台所わきの二畳の小部屋に、私の夜具蒲団や机が、乱暴に入れてあった。階下に暮している女性は、また旅行に出ていて、不在だった。

「やれやれ、おいでなすったらしいな。ぼくがひとりで、文句をいわれなきゃならないのか。いやだなあ」

と、私は思った。私が階下の女性に払っていた部屋代は、八畳間という広さからいうと、かなり安いものだった。安いのには、それなりの理由があった。小滝橋に近いその露地の奥の二階屋は、階下の女性のものではなかった。くわしいことはわからないが、名古屋かどこかの中小企業の、社長の持家だったらしい。その社長が、階下の女性を、世話していたわけだ。だが、女性にいわせると、約束がちがって、

「うちがあるから、そこに住め、生活費もくれる、という話だったのに、二階の学生の部屋代が、わたしに入るだけなのよ。これじゃあ、留守番に利用されているようなものだから、二階を借りてくれない？」

そういう話で、私は部屋を借りたのだった。つまり、安いかわりに、社長が出てきたときには、階下の二畳にいてもらう、ということになっていたのだ。ひと月に一度か、ふた月に一度しか、東京へは出てこない。出てきて四、五日いるだけだから、我慢してもらいたい、といわれて、覚悟はしていたけれど、そのひとが来たときに、女性が留守にするとは、思わなかった。

「まさか、来るのがわかっていて、逃げたんじゃないだろうな」

と、思いながら、私は二畳で仕事をはじめた。夜がふけて、裏口から、社長さんなるものが、もどってきた。背の高い、肥った赤ら顔のひとで、私の苦手なタイプだった。しかも、酒に酔っている。障子のそとから、

「あんたはいったい、なんですか。なんで、二階をつかっ

ていたんですか」

と、声をかけてきた。知らん顔はできないから、障子をあけて、私はあいさつした。

「はじめまして。Aさんから、二階の八畳を借りた都筑というものです。Aさんから、お聞きになっていないでしょうか」

女性の苗字を、かりにAさんとしておく。実をいうと、苗字が思い出せないのだ。思い出せたとしても、はっきり書かないほうが、いいだろう。社長さんの苗字も、わすれてしまった。

「ここはAのうちじゃない。わたしの家だ。わたしはなんにも、聞いていない。出ていってもらおう」

「そういわれても、困ります。あなたの家だということは、知っています。だから、荷物をここへおろされても、黙っているじゃありませんか。でも、Aさんはここの管理を、まかされているように、ぼくは聞きました。Aさんに部屋代を払っているんですから、いきなり出ていけといわれても、どうしていいか、わかりませんよ」

「Aには、部屋を貸す権利なんか、ないんだ」

「でも、下の部屋を自由につかって、家財道具もおいてあるんだから、だれだって信じるでしょう。越してきたばかりで、ぼくはそんなに簡単には、動けません。あなたには迷惑でしょうが、ぼくも被害者のわけですよ。ぼくに文句をいわないで、Aさんにいってください」

度胸をすえて、私がいうと、社長は不愉快そうな顔で、

「まあ、しかたがない」

と、二階へあがってしまった。ほっとして、私は障子をしめた。未経験な私にも、社長のほうが、Aさんに惚れていて、Aさんのほうはそれほどでもないらしい、という見当ぐらいはついた。社長は惚れてはいても、あまり金はつかいたくない。四、五日しかいないのだから、住むところを与えておけば、生活費はわずかでいい、と考えたのか。その金額が気に入らなくて、Aさんは、それっぱかりなら受けとらない、といいだしたのではなかろうか。私はそう解釈していた。

どうやら、社長に対する一種のいやがらせの道具として、

私はつかわれたらしい。Aさんの気持も、社長の気持も、わかるような気がした。社長にすれば月に四、五日、拘束するだけなのだから、生活費のたりないところは、自分でなんとかしてくれても、いいではないか、という考えなのだろう。Aさんのほうは、いるのは四、五日でも、その持家に住まわされている以上、まるまる拘束されているのと、変りがない、ちゃんと生活できるようにしてくれ、というのだろう。どちらも、もっともだけれど、どちらも虫がよすぎる。それを眺めているのは、おもしろいけれど、Aさんに逃げていられてはかなわない。私は二畳で、小さくなって寝ながら、ため息をついていた。あくる日の晩、私が外出から帰って、大通りから露地を曲ろうとすると、駅のほうから社長が歩いてきて、

「きみ、ちょっと話がある。どこかそのへんで、一杯やろう」

と、声をかけてきた。こっちにあたられては、かなわない、と思ったが、しかたがない。社長についていって、小滝橋の角の飲み屋へ入った。いまは通りの両がわに、たくさんスナックがならんでいるが、当時は夜ふけに、タクシイの運転手があつまるので、ちょっと知られた食堂があるきりで、酒の店は小滝橋の角までいかなければ、なかったのだ。

「きみ、Aさんはどこへ行ったか、知っているのかね」

私に酒をすすめながら、社長はいった。

「知りません。ぼくもしばらく、あすこにいなかったんです。兄が死んだもんで、その通夜やら、葬式やらで、ずっと実家にいましたから」

「そりゃあ、大変だった。帰ってきてみたら、Aさんは出かけていたのかね」

どうやら社長は、あまり気の強いひとではなさそうだった。いくらか安心して、私はつがれるままに、酒を飲んだ。

天国と地獄

昭和二十年五月の大空襲で、生家が焼けて以来、八畳の座敷を、ひとりでつかうなぞという暮しは、はじめてだった。だから、高田馬場の二階借りは、天国といってもよかった。だが、二階屋の持ちぬしである名古屋の社長さんが、上京してくると、とたんに階下の二畳へ押しこめられる。それまで、ひとりで借りた部屋は、たいがい三畳間だった。三畳間の一畳分が、上半分あるいは下半分、押入になっていて、寝台車の上段か下段という感じ。そんな変則三畳ではあっても、とにかく畳を三枚、占有できた。ところが、そこはまったくの二畳、押入もなんにもないのだからこれまでの最低、地獄だった。

高田馬場というよりも、小滝橋にちかいその二階屋に、どのくらい住んだか、はっきりとした記憶がない。長くはなかった。半年ぐらいだったろう。そのあいだに、たしか三度、天国から地獄へつきおとされた。あとの二度は、ああ、またか、というていどで、苦笑しながら、二畳へひきこもったが、最初は社長たる人物の気ごころが知れない。不安で、みじめだった。おまけに夜、ばったり道で出くわして、酒場へつれこまれたのだから、なおさらだった。人みしりをするたちで、私はなにをいっていいのか、さっぱりわからない。相手はかなり、酔っている。

だが、幸いなことに、小心らしい人物だった。社長氏は大きな顔のわりに、小心らしい人物だった。大きなからだ、大きな顔のわりに、小心らしい人物だった。商売人としての手腕は、むろん知りようもない。私がなにをいったらいいのか、大いに迷っていると、社長氏のほうから、くどくどと話しはじめた。かりにAさんとした女性が、いかに冷いか、という愚痴だった。いわば女にふられた話だから、えんえんと聞かされるのは、かなわない。はじめは、そう思ったが、これがなかなか、ためになった。おもしろくて、ためになる。むかしの講談社の雑誌のモットーみたいな話だった。

このところ、いつ上京してもAさんはいない。階下の二部屋を、自由につかわせて、二階の学生の部屋代も、あたえている。自分が東京へ出てくるのは、月に一度か、ふた月に三度、せいぜい五日ぐらいで、二、三日のこともある。長くても、一週間だ。それも、昼間は仕事で出あるいているのだから、朝晩の世話ぐらい、してくれてもいいではないか。自分がくると帰るまで、どこかへ消えてしまう。伊豆へいったの、熱海へいったの、だれといっしょか知らないが、のんびり遊んであるくだけの金は、あるらしい。その上に、なんの不足があるのだろう。

社長は、かなり酔っていて、くどくどとおなじことをくり返した。酒は強いらしく、飲みつづけて、私にもさかんにすすめる。当時は私も、かなり飲むほうだったから、ご馳走になるのは、ありがたかった。だから、酒をつがれたり、ついだりしながら、私は愚痴を聞いていた。なんとなく、おかしいような、気の毒なような気持だったが、ひとごとではないところもあった。

「なぜだろうねえ」

と、社長氏はなんどもいった。

「さあ、ぼくなんかには、わかりませんが……」

と、私は答えたけれども、わからないわけではなかった。社長氏にあって、話を聞いたのは、その日がはじめてだが、私はAさんの話も聞いている。ごくそっけなくいえば、社長氏のほうは、Aさんに惚れている。Aさんのほうは、惚れていない。それだけのことなのだが、はっきりそれを、

「Aさんとはわかれたほうが、いいですよ。社長さんが思っているほど、Aさんは思っていませんよ」

というわけにも行かない。第一、それくらいのことは、第三者にはひと目でわかる。私なんぞにはわからないことが、社長氏とAさんのあいだには、あるのかも知れない。私はただ、愚痴の聞き役でいればいい。そう思って、つきあっているうちに、社長氏はひどく酔ってきた。

「しっかりしてください。もう帰りましょう」

小滝橋の角から、シチズン時計の裏手まで、社長は私の肩につかまって、よろよろと歩いた。うちについたときに

は、玄関の式台にすわりこんでしまって、自分では靴もぬげないくらいだった。ご馳走になったのだから、しかたがない。私はうずくまって、社長氏の靴の紐をほどいて、ぬがしてやった。私にうながされて、畳を二枚しいたあがりはなに、社長氏は匍いあがったものの、そこで寝こんでしまった。

私は二階へあがって、八畳間へ入った。押入に、夜具がひと組あって、社長氏のものだ、とAさんにいわれていた。それを敷いてから、私は下におりていって、社長氏をゆり起した。夜具を敷いたから、二階へあがって、寝てください。こんなところに酔いつぶれてしまうと、風邪をひきますよ、と私がいうと、社長は両手をついて、ようやく起きあがった。

「いいひとだな、きみは」

といってから、四つん匍いで、社長氏は階段をあがっていった。蟇《がま》のような恰好だった。のそのそと階段をあがりながら、社長氏はつぶやいていた。

「Aさんがきみのように、親切にしてくれるといいんだが……」

吹きだしそうになるのをこらえて、私は台所わきの二畳に入った。

＊

Aさんはその後、新宿で飲み屋をひらいた。私は大坪さんにつれられて、二、三度その店へいったことがある。昭和四十年代のすえに、新宿の裏通りで、私は偶然、Aさんに出あった。そのときもう、六十を越していたようだったが、血色がよく、実に元気だった。飲み屋を自分でやるのは、めんどうくさくなったので、ひとに貸している、ということだった。

「貸しているのは、店だけ。あたしは二階に住んでいるの。ひとりで、のんきに暮している。忙しいでしょうけど、暇ができたら、寄ってみて。昔ばなしでもしようよ」

と、Aさんは笑っていた。同年輩の女性のつれが、ふたりばかりあって、これから温泉へ出かけるところだ、といっていた。Ａさんの身の上を、私はくわしく聞いていない。生別か死別かわすれたが、三十代で独身にもどって、ずっと水商売をやってきた、と聞いたおぼえがある。

　高田馬場にいたころのＡさんは、人につかわれての水商売にくたびれて、ひとやすみしたくなっていたらしい。社長氏は、名古屋に会社を持っていて、東京に家を一軒、持っている。そして、Ａさんに惚れこんでいる。社長氏の気持を、Ａさんが最初、どんなふうに受けとめたかは、私にはわからない。しかし、社長氏には、妻子がある。わかれる気がないのは、最初からわかっていたろうから、長つづきするものと、思うはずもない。

　Ａさんは、あるていど、金を持っていたらしい。その金を生かす機会がくるまで、一年か二年か、三年か四年か、有給休暇がとれるようなつもりで、社長氏の話にのったのだろう。ところが、思ったほどの有給ではなかったので、それでは完全な休暇にしてしまおう、と考えたらしい。社長氏への奉仕を、拒否することに、きめたわけだ。Ａさんにとっては、経済的な安定がまず必要で、愛情はあってもなくても、よかったのだろう。

「もっと、ふたりで話しあえば、いいのにな」

　と、二畳で寝ながら、私は甘っちょろいことを考えたが、Ａさんはもう、社長氏との関係を、有利に打ちきる方法を、考えていたのかも知れない。社長氏が上京する時期は、ほぼきまっていたらしいから、その時期になると、出かけてしまう。昼間は社長氏がいないのがわかっているから、電話をかけてくることがあった。

「社長、まだいるの。いつごろ帰るか、聞いていない？　あたしがどこへ行ったか、しつこく聞かなかった？」

　そんなことばかりいうから、私はいくらか腹が立って、

「ぼくのことを、白い目で見てますよ。いづらいから、帰ってきてくれませんか」

　と、文句をいった。ところが、Ａさんは平然たるもので、

「知らん顔をしてりゃあ、いいのよ。あんたにすぐ、出ていけとはいってないんでしょ」

「最初は、いわれましたよ。ちゃんとあなたに、部屋代を払っているんだから、苦情はあなたにいってくれ、と返事

しといた」

「だったら、それでいいじゃない。あたしから電話があったこと、社長にいっちゃだめよ」

そんなぐあいに、Aさんは話しあいを避けて、解決を長びかそうとしていた。月日がたって、いらいらがつのるのは、社長氏のほうで、Aさんではない。私の部屋代は、ふつうの貸間の三畳分ぐらいだったから——それだって、ないよりはましだとしても、金だけのことではなかったろう。社長氏に対する一種のいやがらせ、という意味があったにちがいない。安くしてあげるのだから、そのくらいの役わりは、我慢してくれ、ということらしく、私もそれはわかっていた。わかっていても、気の弱い私には、その役わりはつらかった。

長びけば長びくほど、この家で暮した、というAさんの実績は、大きくなる。社長氏がじれにじれて、わかれ話を持ちだしたとき、その実績はものをいうはずだ。そういうリアリストの女性を相手にしながら、いやがらせの道具である私を相手に、酔って愚痴をこぼして、

「Aさんがもっと、やさしかったらなあ」

と、つぶやく社長氏は、滑稽で悲しかった。だが、翌朝、顔をあわした社長氏は、大まじめな顔をして、

「きみの立場もわかるが、やっぱり間借人として、みとめるわけにはいかない。しかし、苦情はきみのいう通り、Aさんにいうことにする。そのあとで、きみがここにいたいというなら、最優先で部屋を貸すことにしよう。それまでは、わたしはきみを無視する」

といった。わかったような、わからないような話だから、礼をいうことはない、と思って、

「わかりました」

と、私は答えた。むこうも不愉快だろうが、こっちだって愉快ではない。夕方、顔をあわせずにすむように、社長氏のいるあいだ、私は外出することが多くなった。おかげで、だいぶ仕事が遅れて、部屋代の安いありがたみも、薄くなった。天国と地獄のあいだの上下運動は、二、三回あって、そのうちのいつだったか、おぼえていないけれど、とにかく地獄での一夜だった。二畳いっぱいの夜具の枕も

とに、亡兄の形見のラジオをおいて、音をしぼって聞いていると、NHKの第二放送で、座談会をやっていた。数日後、大岡山へ大坪砂男をたずねると、その座談会の話が出た。高木彬光さんや島田一男さんが、ものすごく怒ってい る、という話だった。それは、福永武彦さんや中村真一郎さん、堀田善衛さんたちによる座談会で、テーマは東西の推理小説だった。日本の推理小説が、大きく変ろうとしていたころのことだ。

NHK座談会

NHKの第二放送で、その座談会があったのは、昭和三十年の冬か、三十一年の春のことだったろう。当時の私は、泥縄翻訳家がいくらか、さまになりかかっていたところで、まだ食うのが精一杯、多少の金の余裕があれば、古本屋をあるいて、ペイパーバックのミステリを買いあつめていた。日本の雑誌は、あまり読んでいなかったから、はっきりしたことはいえないのだが、そのころの推理小説界に、あまり外部からの刺激はなかった。

むろん、翻訳ミステリという大きな刺激はあったのだが、日本の推理小説は、それを刺激として、まだ受けとっていなかったのである。いわゆる戦後派五人男——高木、島田、山田、香山、大坪の五人からあと、一般雑誌に出ていく作家は、きわめて少く、わずか三種の専門誌に、ほとんどの作家がとじこもっていた。なぜ、そうならざるをえないのか、だれも考えていないような観さえあった。だから、NHK第二放送のこの座談会は、日本の推理小説界に、外界から投げこまれた最初の爆弾だったのかも知れない。それは、

「日本の推理小説は、つまり泥くさいんだよ」

という、ひとことだった。前回に書いたように、座談会の出席者は中村真一郎、福永武彦、堀田善衛。ほかにもう

ひとり、いたような気もするけれど、わすれてしまった。私はせまい二畳の夜具のなかで、ラジオを聞いていて、三人の純文学作家が、実によく推理小説を読んでいるのに、おどろいた。寝床で聞いていたのだから、放送時間は十時か、十一時だったろう。

中村真一郎さんが、ミステリをよく読むらしいことは、私は目撃して、知っていた。新宿の歌舞伎町にいたころ、紀伊國屋書店の喫茶室で二度ばかり、中村さんがコーヒーかなにかを飲みながら、ハヤカワ・ミステリを読んでいるのを、見かけていたのである。しかし、その座談会での話では、福永武彦さんのほうが、もっと推理小説好きらしく感じられた。あるいは、福永さんの好みが、私の好みに似ているると感じた、というべきだろうか。

「日本の推理小説は、つまり泥くさいんだよ」

といったのが、だれだったのかは、思い出せない。とりわけ、この言葉に、感銘はしなかったからだ。海外ミステリしか読まないもののあいだでは、よくいわれていたことだったから、この人たちにとっては、なおさらだろう、と思っただけだった。死んだばかりの兄は、翻訳ミステリもよく読んだが、横溝正史、高木彬光のファンでもあって、こちこちの本格派だった。トリックを見ぬく眼力では、私はまるでかなわなかったが、小説の上手下手はわからない。その兄でさえ、

「横溝さんや高木さんも、もうすこし、しゃれた書きかたをしてくれるとね」

といっていたくらいだ。だから、さほど痛烈な発言とも思わなかったわけで、そんなことより、座談会そのものが、私には重大に考えられた。ＮＨＫが、こういう人たちで、こういう座談会を放送する。日本の推理小説も、変ろうとしているのだ、と思ったのだ。けれども、数日後に大岡山へいって、大坪砂男さんにあうと、一部分だけが重大にうけとられているらしい。

「みんな、腹を立てているらしいよ。泥くさいとは、なにごとだって――純文学の連中が、弱いものいじめをした、という受けとりかたをしているんだな」

と、大坪さんはおもしろがっていた。高木彬光さんと島

田一男さんが、たいへん怒っている、という話だったが、これはどこまで事実かわからない。もともと大坪さんは、以前から高木さん、島田さんたち、いわゆる本格派と対立して、いわゆる芸術派の論客だったから、大げさにおもしろがっていたのかも知れない。この本格派と芸術派というのは、ひとくちにいえば、江戸川乱歩派と木々高太郎派であって、大坪さんは木々派の代表作家だった。といっても、当時すでに木々派は力をうしなっていたし、大坪さんはもともと、木々さんに心服していたわけでもなかった。

「木々さんの小説、そんなに芸術的ですかね。大佛さんや久生十蘭にくらべると、文章なんかも、ずいぶんいい加減な気がするんですが……」

生意気ざかりの私は、大坪さんにいったことがある。

「木々さんの昔の作品に、登場人物のひとりが、『あのひとは、トマトを煎餅のように食べる』というところがあって、それを別の人物が、『感覚的で、するどい』とほめる場面があった、とおぼえているんです。それを読んだとき、奇をてらって、頭でこしらえた表現で、感覚的でも、するどくもないじゃないか、と思ったんですが……」

私がこういうと、大坪さんはにやにやして、

「あのひとは医学博士で、教養があるから、ストーリイが高級そうに見えるんだ。文章は書きっぱなしだよ。ことにもう、あのひとは小説が書けなくなっている」

と、断定的にいった。大坪さん自身も、小説が書けなくなっていたころだから、精力的に仕事をしている高木さんや、島田さんに対して、反発があったのだろう。しかし、この「泥くさい」という言葉に、腹を立てた人たちがいたことは、事実らしい。大坪さんから聞いただけでなく、ほかからも私は聞いた。痛快がっている人も、多かった。教養番組だから、そうたくさんの人が聞いたとは思えないが、日本じゅうに流れる国営放送の電波に、こういう言葉がのったのだ。日本のミステリは遅れている、といいやすくなったような気がした。だから、私は昭和三十一年に、早川書房で「エラリイ・クイーンズ・ミステリ・マガジン」日本語版を、編集するようになると、さっそく編集後記で、日本の推理小説は、英米にくらべて、四半世紀遅れている、

と書いた。

＊

名古屋の社長さんさえ来なければ、二階の八畳間の暮しは快適だったが、来るとたちまち、薄暗い二畳におりなければならない。それがいやで、私は引越しを計画しはじめた。翻訳の仕事がいくらか増えて、ひどい貧乏ぐらしではなくなったが、そう遠くへ引越すだけの余裕はないし、面倒でもあった。ところへ、日影丈吉さんから、ありがたい話があった。

「すぐ近くに、知りあいがいて、部屋貸しをしているんだが、ちょうどあいたそうだよ」

といわれて、見にいってみると、ほんとうにすぐ近くだった。高田馬場の駅のほうへ、横丁の数で四つばかり先、部屋のひろさは四畳だったと思う。平屋の裏手の部屋で、玄関から入らずに、いきなり小さな空地から、ガラス障子をあけると、その四畳になる。ガラス障子には、南京錠がついていて、いつ出かけても、いつ帰ってきても、貸しぬしの一家をさわがせずにすむ。それが気に入って、私はさっそく貸してもらうことにした。夜具がひと組、机がひとつ、ラジオがひとつ、ペイパーバックのミステリがひと山、それだけの世帯だから、引越しは簡単だった。

貸しぬしは織田さんといって、酒造会社だったか、そうした会社の組合事務所だったかにつとめている人で、奥さんとのあいだに子どもがひとり、いたかいなかったか、はっきり記憶がないけれども、日影さんの料理研究家としてのほうの知りあいらしい。静かなご家族で、こっちの仕事を承知で貸してくれたのだから、居ごこちはよかった。夜なかまで仕事をして、正午《ひる》ごろ起きる、という生活を、私は無事につづけることが出来た。だが、仕事のほうでは、あまり無事とはいえない事態が、起りはじめていた。

いちおうさまになりかけていた翻訳業のほうで、基礎のなさがあらわれはじめたのである。なにしろ、ろくに英語を知らずにやっているのだから、丹念に辞書をひくより、方法がない。だから、一本一本に大変な時間がかかる。新しい注文があれば、金が欲しいから、つい引きうけてしまう。仕事がふえても、一本あたりの所要時間は、いっこうに短かくならない。

ことに「探偵倶楽部」で、編集長の中村博さんから、近ごろガードナーが評判がいいから、翻訳権の切れた長篇を、四回連載ぐらいでやってください、といわれたときには、大いに弱った。四回連載というと、適当にカットしても、一回百枚はわたさなければならない。一回百枚の仕事がふえるのはうれしいが、自信がなかった。しかし、長いあいだ、いろいろと仕事をさせてくれて、生活費かせぎの中心になっていた雑誌だから、中村さんのいうことは、断れない。

ひきうけて、「そそっかしい小猫」が翻訳権が切れていたので、それをやることにしたけれども、まず私の訳した題名、「軽はずみな小猫」が、中村さんの気に入らなかった。

「もっと派手な題でなければ、困りますよ。長篇連載ですからねえ」

しかたがないから、やりはじめたのだが、一回百枚はとても出来ない。第一回が五十枚だったが、二回は三十枚、三回は二十枚と、だんだんに減っていく。私の語学力では、月にせいぜい六、七十枚、翻訳するのがようやくで、ほかに雑文なんぞ、月産百枚ぐらいで、なんとか食っていた時期なのである。毎月わたす原稿が、少くなるばかりなので、とうとう中村さんが怒ってしまった。

「大坪さんのお弟子さんだから、仕事が遅いのは仕方がないが、こんな調子では、予定が立ちません。あと一回で、おわらせてください」

「申しわけありません。それじゃ、来月できるだけやって、最後に読者へ、中絶するおわびの言葉を書きます」

私がいうと、中村さんは不思議そうな顔をして、

「おわびの言葉なんか、いらないでしょう。ちゃんと話はおわるんだから」

つまり中村さんは、連載中絶でなく、あと一回で、全篇をダイジェストして、完結させせろ、というのである。

「あなたなら、出来るでしょう。『オペラの怪人』なんか、手ぎわがよかったですよ。あれだって、もとは五百枚ぐらいでしょう」

ガストン・ルルウの「オペラの怪人」は、完訳したら、五百枚ではきかないだろう。それを改造社版の「世界探偵小説全集」の「オペラの怪人」をつかって、和文和訳で百枚のダイジェスト版を、私は書いたことがある。「探偵倶楽部」に買ってもらったことは、いうまでもない。それ以前には、松村喜雄さんが訳して持っていた七百枚ぐらいの原稿——ガボリオーかだれかの長篇を、やはり百枚にリライトしたことがある。

だが、それとこれとは、話がちがう。なにしろガードナーの長篇の、まだ四分の一ぐらいまでしか、翻訳はすんでいないのだ。あとの四分の三を、五十枚かそこらでダイジェストできるわけがない。それまでと、まるっきり調子がちがってしまって、読者はめんくらうに違いない。

馬脚をあらわす

日本の本は買って読んで、数冊たまると、古本屋へはこんでしまう。兄の鶯春亭梅橋が生きているうちは、ハヤカワ・ミステリを自分で買わなくてもすんだのだが、そういかなくなって、本代もばかにならない。英語のペイパーバックは、近所の古本屋では買ってくれないから、それだけが自然にたまっていった。当時、神田の古本屋で、ペイパーバックは三十円、四十円ぐらいだったろう。二十円均一の箱もあって、汚れた本がならんでいた。そんななかに、エイヴォン・ブックのチャンドラーの短篇集が、隠れていたりした。

神田日活館のすこし先の露地の露店や、渋谷の道玄坂下の石井書店へいくと、新しいペイパーバックが、安くならんでいた。金があるときは、布のバッグを下げて、神田から渋谷、目黒とまわってあるいた。目黒にも一、二軒、ペイパーバックをたくさんおいた古本屋が、あったのだ。やたらに買って、やたらに読んで、いちおうわかったような気がしていたから、英語がわかってきたつもりでいたが、いざ翻訳するとなると、やたらに手間がかかる。

すこし仕事がふえると、それだけ時間がかかるわけだから、睡眠時間がへって、つらい毎日だった。細ぎれに眠って、短時間に熟睡する方法を身につけたのは、そのころだろう。ちゃんと蒲団を敷いて、横になると、いかにも寝るという感じで、心理的に安心してしまうらしい。いくら、目ざまし時計をかけておいても、二時間ねるつもりが、五時間ぐらい、寝てしまう。だから、座蒲団一枚で、大きな辞書を枕にする。そうすると、一時間なら一時間、ぐっすり眠れる。

五十代なかばにさしかかった現在でも、貧乏ひまなしの境遇をぬけられず、月のうち十五、六日は、私は夜具を敷いて寝られない。座蒲団をならべて、辞書が枕では肩が凝るので、いちおう普通の枕をして、一日二十四時間のうち、あちらで一時間、こちらで三時間、きれぎれに眠る。おとしあたりまでは、頭がぼうっとしたときに、五分間、十分間、熟睡して、また仕事をつづけることも出来たが、さすがにもう十分のつもりで寝ても、三十分になってしまう。それでも、そんな寝かたがいまも出来るのは、この二十代の訓練のおかげだろう。

時間のやりくりをつけて、たんねんに辞書をひいても、もともと基礎がないのだから、わからないところだらけで、翻訳のスピードはあがらない。辞書は研究社の「大英和辞典」と、三省堂の「コンサイス英和辞典」の二冊しか、持っていなかったから、スラングが出てくると、どうしようもない。そういう無理が、E・S・ガードナーの「そそっかしい小猫」を、「探偵倶楽部」に連載したとき、はっきり出てしまった。毎月、約束どおりの枚数がこなせないで、すこしずつしか、進行しない。あと一回で、おわらせる、と厳命されたときには、頭をかかえた。

おわびの言葉をつけて、中絶するのだったら、私は心臓発作を起したことにでも、癌のうたがいで入院したことにでも、なんにでもするつもりだったが、編集長の中村さんは、あと百枚でおわらせる、というのである。それまでに、ずいぶん抄訳やダイジェスト、ときには架空の外国作家名をつかって、創作訳もやってきたのだから、やってやれないことはない。だが、現代のアメリカ作家のものを、訳しはじめてからは、私は抄訳はやらない方針だった。

「探偵倶楽部」に訳して、記憶にのこっているのは、ダシル・ハメット、コーネル・ウールリッチ、フレッチャー・プラット、ブルーノ・フィッシャー。最初に訳したのが、ウールリッチの「マネキンさん今晩は」という短篇だったが、そのほかに二、三本、短篇と中篇を訳している。その中篇が、いちばん長い仕事だった。フレッチャー・プラットとブルーノ・フィッシャーは、そのころの日本には、まだ未紹介の作家だったが、おもしろい作品だった。フィッシャーのものは、中篇だったと思う。被害者自身が犯人をさがす、という趣向で、それが幽霊探偵でないところがみそになっていた。後頭部を殴られて、頭蓋が陥没したのだが、その骨の落ちこみかたが幸いして、出血はひどいけれど、死にきれない。ショックで、記憶をうしなって、ふらふら歩いているところから、話がはじまる。背中が血まみれだから、通りすぎる人が、おどろくので、自分も異常に気づく。もう手当のしようもなく、あと数時間の命、と知って、犯人を探そうとする。しかし、過激な動きはできない。

作家が知られていないので、中村編集長はあまりいい顔はしなかったが、自分で読んだのか、それとも当時、編集部にいた色川武大さんがおもしろがってくれたのか、あとでの評判はよかった。ああいうものなら、作者が有名でなくてもいい、まかせる、と中村さんはいって、私の持ちこむものは、なんでも採用してくれた。それらを、私は一所懸命、忠実に訳した。だから、いまさら抄訳はできない。といって、中村編集長に反対もできない。私は頭をかかえた。

*

頭をかかえたものの、私には選択の余地はなかった。「探偵倶楽部」から、つづけて注文をとるためには、いわれた通りにするしかない。といって、「そそっかしい小猫」は未訳のまま、残るわけだから、うかつな抄訳はできない。私は覚悟をきめて、非常手段をとった。それまでにも、なんどかやった創作翻訳の手を、つかったのである。そらおそろしくて、百枚は書けなかったから、五十枚ぐらいにしたように、おぼえている。それまで訳したところを、素材としてつかって、まったく「そそっかしい小猫」の後半とは、無関係な結末を、創作してわたしたのだ。

中村編集長には、怒られないですんだけれども、あと味は悪かった。私にはやっぱり、翻訳などは出来ないのだ。そう思って、私は元気をうしなった。だからといって、いったん翻訳から遠ざかったら、食っていけなくなる。

「しかたがない。長いものには手を出さないで、性にあった短篇だけを訳して、あとは雑文で食っていこう」

そう考えて、元気を出そうとしたが、なかなか立ちなおれない。といっても、いい加減なたちだから、それほど絶望したわけではない。酒を飲んで、から元気をつけて、

「あれなら、ガードナーを傷つけない。ああいう芸当は、ぼくでなけりゃあ、出来ないよ」

と、放言していたし、なんとかなるだろう、と思っていた。原書を読んでいると、ストーリイはちゃんと読みとれるような気がして、版権ぎれのおもしろい短篇が、次つぎに見つかる。語学の才能に自信をうしなったから、小説の観賞力に自信を持って、埋めあわせをつけたわけだ。そのほうの自信は、正岡容のところへ出入りしたころから、多少はあった。正岡さんから本を借りて、それが短篇集だったりしたとき、

「ぼくはこれが、いちばんいい、と思いました」

といって返す。すると、次に遊びにいったとき、

「お前はなかなか、変ったところに目をつけるね。わすれていたんで、読みかえしてみたんだが、あれはちょっと変

っている」

　といわれることが、なんどかあった。大坪砂男からは、

「きみは小説を書くほうじゃ、まだ一人前とはいえないが、読むほうじゃあ、一人前だね」

　といわれていた。正岡さんのときには、これは正岡さん好みだな、と思う作品を、大坪さんのときには、大坪さん好みと思う作品を、私はあげていたのだから、相当にずるい。私自身の好みは、かなりかたよっていたが、それだけに、変ったものを、見つけだすことは出来た。そのころは、ロマンティックな作品が好きで、ミステリではウールリッチ、翻訳で読む小説ではホフマンが好きだった。まだ野方に住んでいたころに、高円寺の喫茶店で、東大の独文の学生に、友人から紹介されて、なんどか話をしたことがある。ホフマンの話が出たときに、

「そんなものまで、読んでいるんですか」

　と、相手は目をまるくした。「牡猫ムルの人生観」や「ブランビラ姫」で、ホフマンがつかった技巧を、私がとくとくと分析してみせたからだ。後年、私が早川書房に入ってから、だれかの紹介で、翻訳をやりたい、といってきた男が、その学生だった。数年ぶりのめぐりあいに、相手も私もおどろいたが、すぐに出たのが、ホフマンの話だった。ところが、私はもうホフマンが嫌いになっていた。その相手が、若死にした森郁夫だったということは、以前にちょっと書いたような気がする。

　私はひとりの作家に夢中になって、出来るかぎりたくさん読むが、その作家の小説技術がだいたいわかってしまうと、手のうち見えたり、という気がして、どうでもよくなる癖がある。ときには、きらいになることもある。ホフマンは嫌いになったし、ウールリッチも嫌いになった。レイ・ブラッドベリも、早川書房にいたころ、やめてからもしばらくは、凝りに凝って訳したくらい好きだったが、いまでは嫌いになっている。

　それはとにかく、まだ完全に元気をとりもどしきらないうちに、またしても、馬脚をあらわす羽目になって、私は頭をかかえることになった。岩谷書店の「宝石」の別冊で、翻訳ものだけのシリーズをやっていて、ガードナー篇とか、

クイーン篇とか、一冊がひとりの作家の特集になっている、というのがあった。そのアガサ・クリスティー篇に、未紹介の中篇を訳してくれ、といわれたのだ。私はクリスティーが、昔からあまり好きではない。ことわればよかったのに、手もとの短篇集に The Underdog が入っていた。それが、注文どおりの長さだったので、ついひきうけてしまった。

それまで、私が読んだ英文小説のほとんどが、アメリカ作家のものだった。イギリス作家のものは、SFのジョン・ウィンダムの長篇を訳そうとして——第一章だけでも、ためしに訳して、読ましてくれれば、その結果で翻訳権をとる、という出版社があったからだが、音をあげたことがある。だから、イギリス作家のものには、手を出さないつもりだったが、クリスティーなら、やさしいだろう、と思ったのである。ところが、ガードナー・ショックのあとだから、なかなか入りこめない。

日にちはどんどんたっていく。しめきりがすぎても、やっと半分しか出来ない。もう枚数がきまらないと、どうにもならない。その枚数分だけ、あけて待っているから、なるべく正確に、数えてくれ、といわれた。どういう計算で、何枚と答えたのかは、もうおぼえていないけれど、とにかく枚数をきめて、書きつづけた。仕事は遅遅として、はかどらない。私の間借りずまいには、電話がないから、電報がきた。

負け犬

岩谷書店の推理小説雑誌「宝石」は、そのころ、だれが編集長だったのだろう。まだ永瀬三吾さんだったかも知れないし、谷井さんというひとに、変っていたかも知れない。おぼえていないが、「宝石」編集部から、催促の電報が毎日きた。むろん、電報をうけとってすぐ、こちらが電話をかければ、催促の回数はへるわけだが、仕事はちっともはかどらない。だから、報告ができなくて、やむをえず、電報を無視することになる。

昭和三十一年の五月、十日前後だったとおぼえている。電報がつづけて、二通きた。いよいよ最後通牒だな、と思った。やっぱり泥縄で、翻訳家にはなれそうもない。外国人の名前で、創作を書いて持っていくと、文句なしにのせてくれて、こんどは六十枚ぐらいのものをとか、百枚ぐらいのものをとか、注文をくれる。ちゃんと翻訳したものの場合でも、選択眼は信用されていて、これはつまらない、と返されたことはない。

それでいながら、小説を書いてみないか、とはいわれないのだから、私の気持は複雑だった。頭から尻まで、私が創作した翻訳を読んで、

「日本に紹介されていなくても、外国にはおもしろいものを書くひとが、いるんだねえ。きみのダイジェストのしかたも、うまいんだろうが……またこのくらいのものを、探してください」

というのだが、

「これだけ料理できるんだから、自分で書いてみないか」

とはいってくれない。くやしくないことはなかったが、小説を書いて、売りこもうという気はなかった。それまでに二回か、三回、売りこみをやったことがあるが、どうもうまく行かない。売りこみそこねた原稿は、注文がほかからあって、枚数がちょうどよかったときに、売ってしまって、棄てた作品は百枚ものが一本、四十枚ぐらいのものが一本、それだけだったと、おぼえている。

だから、アガサ・クリスティーの The Underdog が遅遅としてすすまなくて、翻訳業はつづけられそうもない、と思って、不安になってはいたが、ノイローゼになるほどではなかった。のんきな生れつきのせいだろうが、だからといって、不安でなかったわけではない。困ったなあ、と思いながら、机の前にすわりこんで、電報に責められていた。

二通きた電報のうち、一通は「宝石」からの催促だったが、もう一通は早川書房の田村隆一さんからだった。電話

をかけてくれ、という文面で、いったい、なんだろう、と私は首をかしげた。なにか用があって、早川書房から、連絡があるとすれば、田中潤司君の名でくるはずだった。大坪砂男のところで、顔をあわせて以来、田中君とは親しくしていた。神田多町の早川書房へも、田中君をたずねて、しばしば行った。そのときに、田村隆一さんに紹介されたから、知らないあいだではない。

織田さんの裏部屋を借りて、引越してからは、電話がなくなって、私は小まめに人と連絡をとらなくなっていた。田中君のほうからも、連絡がとだえていた。しかし、とにかく電報をもらったのだから、連絡をとらなければならない。田中君から、ハヤカワ・ミステリの解説つき目録を、手つだってくれないか、という話があったので、たぶんそのことだろう、と思っていたが、電話をかけてみると、その話はぜんぜん出ない。ちょっと相談したいことがあるから、きょうあすのうちに、早川書房へきてくれないか、といわれた。

部屋にとじこもっていても、昼間はあまり仕事にならない。私は翌日の午後、神田へ出かけていった。早川書房の編集部は、いまは東松下町にあって、多町には営業部だけが先ごろまで、残っていたそうだが、昭和三十一年には多町の社屋のうら、木造の二階屋の一階が営業、二階が編集部になっていた。田村さんは、ここでは落着いて、話が出来ないから、といって、私をつれ出した。神田駅から出てきた角に、いまもある喫茶店、小鍛冶の二階につれていかれたのだと思う。

「困ったことが出来たので、きみにぜひ力を貸してもらいたい。そちらにも都合はあるだろうが、なんとか承知してくれないか。うん、といってもらいたいんだ」

というような、やや強引ないいかたで、田村さんはいきなり、本題に入った。その話は、私をめんくらわせるに十分な、大きなことであった。早川書房で、「エラリイ・クイーンズ・ミステリ・マガジン」の日本語版を出すことになって、もう進行している。その編集責任者として、入社してくれないか、という話だったのである。

＊

「エラリイ・クイーンズ・ミステリ・マガジン」は、翻訳権ぎれの短篇をさがすのに、さかんに利用していたから、もちろん知っていたし、古本屋で買って、かなりの冊数を持っていた。その日本語版が、早川書房から出るという話を、そのとき知っていたかどうかは、記憶がない。正式な発表は、私が入ってからしたはずだから、噂が流れている、というていどだったのだろう。「宝石」の編集者からでも、聞いていたのかも知れない。初耳だったのかも知れないが、おどろきはしなかった。ハヤカワ・ミステリ・ブックスが好調な早川書房だから、考えても不思議はなかった。

「田中君が編集を担当することになっていて、もう創刊号、第二号は、原稿が印刷屋に入っているんだ。創刊号は、再校が出はじめている」

と、田村さんは事情を説明した。

「ところが、田中君が社長と衝突して、急にやめてしまってね。雑誌のために、人をふやしはしたんだが、みんな推理小説はしろうとだ。このままだと、創刊を断念することにもなりかねないんだが、そんなことは出来やしない。きみなら出来ると思って、相談するわけなんだが、引きうけてくれるだろう」

きわめて強引ないいかたなのだが、田村さんの口から出ると、ふわふわとしたかたちになって、大したことではないような気がしてくる。だからといって、私に出来るとは、思えなかった。

「無理ですよ。雑誌編集の経験は、多少はありますけど、割りつけなんかを、ちゃんと勉強していませんから」

と、私は逃げ腰になった。

「それは、心配ない。割りつけは、別にやる人がいる。きみはただ、EQMMのバックナンバーから、作品を選んで、翻訳を依頼して、それをどういう順序でならべるか、考えてくれるだけでいい」

と、田村さんの話は、いかにも簡単そうだった。

「つまり、英米ミステリの知識があれば、編集の専門技術は、必要ないのさ。ぼくにはそこまでの知識はないし、知識のありそうな若い人を、考えてみたんだが、きみが一番だろう、と思ってね」

私は田村さんと、推理小説の話をしたことはない。「宝石」や「探偵倶楽部」に、私が訳したものを、見ているとも考えられないのだが、そのときは調べて、観賞力を評価してくれたのだろう、と思った。

「田中君はどうして、急にやめてしまったんですか」

創刊号が出るまぎわに、仕事を投げだしてしまうのは、無責任な話だから、よほどの事情があるのだろう。それを、聞いておかなければならない。だが、田村さんの返事は、こともなげだった。

「田中君から、聞いているんじゃないのかい、きみは」

「なにも、聞いていません。いまの部屋は電話がないから、このところ、ぜんぜん連絡がないんです」

「それじゃあ、よっぽど個人的なことなんだろうね。社長と感情的にうまく行かなくなって、急に出社しなくなってしまったんだが、ぼくにも細かいことはわからない。社長はもう、退社あつかいにしているから、復帰することはありえないよ」

「じゃあ、ほんとうに、雑誌が出なくなるかも、知れないんですか」

「正直なところ、そうなんだ。だから引きうけてくれないか」

「一日、考えさせてください。引きうけるとすると、いつから出社すればいいんでしょう?」

「一日でも、早いほうがいい」

「いま引きうけている仕事が四、五日はかかります。それを片づけてからでないと、出られませんが」

「それで、けっこうだ。ぜひ頼む」

こんなようなやりとりがあって、私は帰った。アガサ・クリスティーの The Underdog にひっかかって、私がおたおたしているうちに、こんなことが起っているとは、知らなかった。どうして、田中君はなにもいって来なかったのだろう、と首をかしげた。早川書房の編集部に、ほかに知りあいはいない。私は宇野利泰さんに電話して、相談してみた。宇野さんは、原稿を依頼されていたはずだから、もちろんEQMM日本語版が出ることは、ご存じだった。けれど、田中君が急にやめたことは、私どうよう初耳だった。

「そりゃあ、田村君、あわてているだろうねえ。大変な仕事だけれど、悪い話じゃないじゃないか」

「ええ、やりがいはある、と思います」

私はすでに、ひきうける気になっていた。翻訳ミステリだけの雑誌を、どうやったらいいのか、想像もつかなかったけれど、むりな翻訳をつづけて、不安な思いをするよりは、ましだろう。田中君のことが、気にならないでもなかったけれど、なん日も休んでいて、私のところへなにもいって来ないのだから、個人的な問題にちがいない。もしなにか大きな問題があるのなら、田村さんが私に話をしたことは、若い社員たちも知っているはずだ。田中君のところへ、すぐに知らせがいって、折りかえし私のもとへなにかいってくるだろう、と思った。

しかし、そういった連絡は、いかなかったらしい。いま考えてみると、田村隆一さんが私に白羽の矢を立てるかも知れない、ということも、立てられた私がおそれげもなく、引きうけるかも知れない、ということも、田中君は考えてみなかったのだろう。実情はわからないが、その晩、田中君からの連絡はなかった。あくる日の午後、私は早川書房に電話をかけて、田村さんに承諾の返事をした。なるべく早く出社してくれ、といわれて、私は前の晩から、覚悟してやりはじめていたことを、スピード・アップした。

「負け犬」として、訳しはじめたアガサ・クリスティーの中篇を、約束した枚数にきっちりおさめて、片をつける仕事である。ちゃんと翻訳していたら、何枚になるか、いつおわるか、わからない。「探偵倶楽部」で、ガードナーをおわらした方法をとるより、しようがなかった。もう翻訳はやらないのだから、かまいはしない。そう思いながらも、ほんとうに負け犬になったような、みじめな気持で、「負け犬」の結末を、私は創作した。

また多町がよい

アガサ・クリスティーの「負け犬」の、翻訳とはいえない原稿を、岩谷書店にわたして、私は泥縄翻訳家の足を洗った。もう翻訳はやらない、と心に誓ったわけではない。自分ではまもりきれない戦場の一部から、口実ができたので逃げだす、といった感じだった。逃げこむさきは、早川書房編集部だった。けれど、そういう段階になっても、まだ私は、自分がどういう雑誌を編集しなければならないのか、知らされていなかったし、知ろうともしなかった。「エラリイ・クイーンズ・ミステリ・マガジン」日本語版、という言葉だけで、なんとなく、わかったような気になっていたのだ。

つまり、泥縄翻訳家から、泥縄編集者にかわっただけのことで、いつもながら、いいかげんなものであった。あきらめがいいせいか、それよりも、たぶん臆病なせいで、私は遠くにあるものに、あれが欲しい、これが欲しい、と手をのばしたことがない。これ、あげようか、とさしだされるものを、ことわったり、つかんだりしてきたわけで、まったく消極的に生きてきた。

早川書房に入ったときも、ぎりぎりまで、給料をいくら貰えるのか、わかっていない状態だった。あすから毎日、出社するというぐらいのときに、はじめて私は、早川社長にあった。しめされた給料の額は、海外ミステリの専門家として、新雑誌の編集長にまねかれた人間、という見かたからは、安いものだった。しかし、編集者としての経験も、学歴もほとんどない人間としては、ちょいとした額であった。

早川さんは、田中潤司君が急にやめた理由も、説明してくれた。わかったような、わからないような説明だったが、私にとっては、もうどうでもよかった。「エラリイ・クイーンズ・ミステリ・マガジン」日本語版を、私は編集しなければならないことになってしまったわけで、もう時間がなかった。創刊号の発売日は、すでにきまっているのに、まだ入っていない原稿もあった。それは、ぜんぶ田中君が書くはずの原稿だった。エラリイ・クイーンの解説の翻訳や、クイーンの解説のないものに、つけるはずの解説である。

早川さんとの話がおわってから、私は二階の編集部へいって、はじめて私は、創刊号の割りつけや校正刷、二号、三号の予定を見せられた。ふたつ折、中とじのうすい雑誌で、翻訳ミステリと、その解説だけが、ならんでいる。解説のいくつかは、まだ原稿が入っていなくて、校正刷に白く、ぽっかりあいていた。レイアウトは、なかなかしゃれていた。表紙の校正も出ていたが、勝呂忠さんのアブストラクトで、これもなかなか、しゃれていた。創刊号の目玉になる作品は、「魔女の棲む家」という題だったと思う、カーの中篇を江戸川乱歩さんが、訳したものであった。

田村隆一さんのアイディアでは、作品はすべて、カーやウールリッチ、クリスティーという作者名だけを出して、翻訳者の名は作品の末尾に、小さくカッコしてつける、ということだったそうだ。その話をしたら、江戸川乱歩さんは、いったそうだ。

「冗談じゃない。訳者の名前は、作者の名前と、ならべなければいけない。カーは私より、あとから小説を書きだした人間だよ。私の名前のほうを、大きくしても、いいくらいなものだ。最後にカッコして、小さくなんていうのは、ぜったい承知できない」

この乱歩さんのひとことで、田村さんのアイディアは、つぶれてしまった。乱歩さんの名前だけを、作者とならべるわけにはいかない。ほかの訳者の名も、作者とならべることになった。

「いま乱歩さんのご機嫌を、損ねることは出来ないからね。困ったものさ」

と、田村さんは苦笑した。その話を聞き、目次のゲラを眺め、レイアウトを見ながら、これは大変なことになった、と私は思った。この雑誌をつくろうとしている人たちは、ミステリの読者のことも、娯楽雑誌のことも、なんにも知らない。これでは、うまく行くはずがない。しかも、いちばん困ったことは、私もなんにも知らない、という点だった。これでは駄目だ。これでは、うまく行くはずがない、ということだけは、かれこれ十年、娯楽雑誌の世界で生きてきたので、わかるのだけれども、では、どうやれば駄目でないか、うまく行くはずになるか、ということは、私にも見当がつかないのだった。

アブストラクトの表紙は、「ハヤカワ・ミステリ・ブックス」で、成功が立証されているから、これは問題はない。簡素で直線的なレイアウトも、中とじのうすい雑誌だから、すっきりして見えるだろう。だが、そういう外観と、訳者の名を末尾に小さく、という気どり。作品の配列。この三つがばらばらだった。三人の人間が、たがいにまったく相談しないで、ひとつの雑誌をつくっている。そんな感じだった。ミステリ好きの読者も、わすれられている。雑誌を買う読者も、わすれられている。

本家のアメリカ版も、殺人現場の絵をつけた俗っぽい中とじの読物雑誌から、やや厚くなったばかりのころで、編集技術の上では、まったく参考にならない。日本にはそれまで、そういうタイプの娯楽雑誌はない。相談し、教えを乞う相手は、いないわけだ。しかも、発売日まで、二十日ぐらいしかない状態だった。一冊だけ、恰好をつければいい、というものではなく、おなじ日に第二号、第三号と毎月、出していかなければならないのだ。

＊

私はそのとき、田中潤司君は正面きって、ひとに反抗できない気の弱さを、持っている青年だから、どたん場になって、これはどうしようもない、と逃げだしたのではないか、とさえ邪推した。早川さんの説明によると、田中君は、「エラリイ・クイーンズ・ミステリ・マガジン」日本語版編集長、という肩書を要求した。それに対して、早川社長は、わが社の編集長は、田村隆一だ、ひとつの編集部に、ふたり編集長はおけない、と断った。そうしたら、田中君は出社しなくなってしまった。なんどか田村さんが電話して、出社するように呼びかけたが、応じないので、退社という扱いにした。早川さんの説明は、そういうことだけで、どうも私には飲みこめなかった。

田中君からは、なんの電話もない。雑誌が出はじめてから、編集部に遊びにくるようになったけれど、単独ストライキといってもいいような行動の真意は、私たちの話題にはのぼらなかった。説明を聞いたのは、二十年くらいたってからで、田中君は雑誌をはじめるにあたって、スタッフに残業手当をみとめるよう、早川さんに要求したのだという。それが応じられなかったので、出社拒否をした。田村さんが、私に話を持ちこもうとは、思ってもみなかった。話があったとき、私が田中君のところに相談にいっていれば、そうした事情がわかって、早川書房は社員に残業手当を出すようになったろう、というのが、二十年後に聞いた説明だった。

これも、私には正直なところ、飲みこめない話である。当時の中とじの翻訳雑誌で、手こずるような原稿はない。当時の翻訳家は、ほとんどが原稿をとどけてくれて、とりにいかなければならない人は、数人だった。残業が必要になるような雑誌でないことは、考えただけでわかる。現に三年半、私が編集を担当したあいだ、定時に退社できなかったことは、たった一回しかなかった。第一、残業が必要ならば、田村さんがいちおう、早川社長に交渉してくれただろう。当時、田村さんから、そうした話は、まるでなかった。田中君は私より若く、ジャーナリズムの経験は浅い。私は先輩のわけだ。こういう場合、私が相談にくるだろう、と考えるのも、おかしなことではなかろうか。

ほんとうの事情は、いまになってはわからないが、「エラリイ・クイーンズ・ミステリ・マガジン」日本語版を編集する、という責任をあたえられた私は、それがどういうものかわかったとき、田中君と田村さんを、ひそかに怨んだものだ。田中君に対しては、わけもいわずに、尻ぬぐいをおっつけたのは、ひどいよ、という気持だった。田村さんに対しては、大したことじゃないような顔をして、自分がやるのはめんどう臭いものだから、ひとをだまして、ひきずりこんで、という気持だった。

田中君の気持はわからなかったが、田村さんの気持はわかった。田村さんには、編集者としての感覚があって、翻訳ミステリのシリーズを出す、となると、ハードカバーでは失敗したんだから、こんどはシグネット版でやってみよう。表紙をアブストラクトにしてみよう。いまなら、「エラリイ・クイーンズ・ミステリ・マガジン」の日本語版を出しても、行けるのではないか。中とじのリツル・マガジン・スタイルでやってみよう。そういう思いつきを、断片として投げだすことでは、実に冴えている。だが、それを日本の現実にあわして、きっちり組立てたり、編集長としてすべてを動かすために、ミステリに深入りして、といった実際行動は、やる気になれないひとなのだった。

私自身が、思いつきで動くなまけものだから、田村さんの立場は、理解できた。翻訳家としての馬脚を、完全にあらわさないうちに、と思って、さしだされた隠れ場所へ、私は見さだめもしないで、逃げこんだわけだ。あたえられた仕事を、やるほかはない。それに、当時の早川書房が、実に仕事をしやすい場所であることは、すぐにわかった。私が社内でたったひとりの、ミステリ専門家だった。専門家の意見を、尊重してくれるところだった。全責任を押しつけられたかわりに、なんでも出来た。編集費はつかえなかったが、どんな企画でも、あっさり通った。

「こういうことを、やってみたいんですが」

と、田村さんに話す。相談する、というかたちではあるけれど、やりますよ、というのと、変りはなかった。

「いいと思ったら、やってください」

田村さんの返事は、いつも同じだった。反対されたり、軌道修正されることはなかったが、私の思いつきの上に、田村さんの思いつきが、乗せられることはあった。乗せられる思いつきは、たいがいの場合、冴えていた。しかし、

「訳者の名は小さく」

という思いつきだけは、いただけなかった。私が入る前だったから、乱歩さんが拒否してくれて、よかった、と思った。翻訳ミステリの読者は、戦後すぐの訳者名なし、あるいは末尾にカッコした名の翻訳で、不信感をいだいてい

る。二、三号でつぶれたり、無断翻訳で出しつづけられなくなった雑誌に、それが多かったからだ。せっかく、「新青年」時代の翻訳家だけでなく、新しい翻訳家が出はじめて、信用がつきはじめたのに、それを冷遇するような思いつきだった。

それは解決されていたわけだが、目の前に目次と、白くあいたままの解説がある。創刊号の目次づらは、きわめてマニアむけのものだった。アブストラクトの表紙、気どったレイアウトの雑誌にしては、本格推理小説雑誌でありすぎて、色気がなかった。「ポケット・ミステリ」で育ちはじめた新しい読者が、わすれられている。雑誌に隙がなさすぎてはいけない。しゃれすぎていてはいけない。どこかに泥くささを残して、つまり、読者を圧倒しすぎてはいけない。そういうことは、私の頭にあった。けれど、では、どうすればいいか、わからない。考えている時間もない。第二号と、第三号のために出来てきていた原稿をつかって、その範囲内で、まず作品をならべかえたが、そこで、私をいよいよ、ふるえあがらせるようなことが起った。

土曜会で発表

私が最初につとめた新月書房という出版社は、神田の多町にあった。多町のはずれで、司町にちかいところだ。早川書房も神田の多町にある。こちらは、神田駅にちかい。およそ十年ぶりに、私はまた多町がよいをすることになったわけだ。それが、はじまって間もなく、探偵作家クラブの例会があった。

例会は毎月一度、土曜日におこなわれて、土曜会と呼ばれていた。私がはじめて、探偵作家クラブへ入ったころは、京橋の八重洲口からきた交叉点の角、第一生命館の最上階の集会場で、土曜会はおこなわれていた。第一生命館は、たしか角から二軒目、いまのブリヂストン・ビルのうしろ半分ぐらいのところにあって、古風な円屋根の塔がある風格のある建物だった。その後、土曜会の会場は、もっと八重洲口によったビルの地下、チャイルズというレストランに移って、私が早川書房に入ったころには、虎の門の晩翠軒でやっていた。

その晩翠軒での五月の土曜会に、私はかならず出席するようにいわれていた。「エラリイ・クイーンズ・ミステリ・マガジン」日本語版の発刊を、江戸川乱歩さんが、探偵作家クラブの会員に、披露してくれる、ということだった。早川書房が主催した発刊披露パーティは、もっと早くにおこなわれていたらしい。それは、早川書房につながりのある翻訳者、ジャーナリストに対する披露だった。推理作家にも、応援してもらわなければならないのだから、土曜会でも披露したほうがいい、と乱歩さんが心配してくれたのだ。

乱歩さんは、「エラリイ・クイーンズ・ミステリ・マガジン」日本語版が出ることを、とてもよろこんでいた。「ハヤカワ・ポケット・ミステリ」は、長いあいだ、江戸川乱歩監修になっていたくらいで、乱歩さんはミステリ出版の隆盛を、心から願っていたのだ。当時の日本の推理小説は、専門雑誌がいちおう三誌あったけれども、一般の娯楽雑誌に出ていける人はすくなく、沈滞した状態だった。それに活を入れるためには、翻訳ミステリの力を借りるしかない、と乱歩さんは考えたのであろう。

この考えは、間違っていなかったが、乱歩さんの思いどおりだったかどうかは、わからない。翻訳ミステリがさかんになって、日本の推理小説もさかんになったが、それは推理作家に日があたったわけではなかったからだ。沈滞していた作家たちは、沈滞したままだった。翻訳ミステリの影響で、新しい作家たちが出てきて、日本の推理小説は、さかんになったのである。それはとにかく、土曜会での乱歩さんのスピーチは、私にとって、ショックだった。

「こんど早川書房から、『エラリイ・クイーンズ・ミステリ・マガジン』の日本語版が出る。ここにいる会員の都筑道夫君が、その編集をすることになった。『エラリイ・クイーンズ・ミステリ・マガジン』はEQMMという略称で知られているが、高級な専門誌だ。いまの日本で出して、一年もつかどうか、わからない。みなさんの協力を、お願いする」

という意味のスピーチを、乱歩さんはしたのだった。乱歩さんが心配して、いってくれているのが、よくわかるだけに、私は大げさにいえば、ふるえあがった。大正なかばから、日本の推理小説の頂点にいて、さまざまな推理小説雑誌の浮沈を見てきたひとが、

「一年もつかどうか、わからない」

という判断をくだしたのだ。乱歩さんは、雑誌編集の専門家ではない。だが、推理小説では、専門家ちゅうの専門家だ。しかも、戦前の「江戸川乱歩全集」発刊のときには、宣伝のアイディアも出して、編集販売の専門家の舌をまかした、という伝説の持ちぬしだ。ハードボイルド・ミステリがわからない、ということで、もう乱歩さんの感覚は古い、とかげぐちをきくひともいたが、日本のミステリ読者は、それほど新しいわけではない。

「一年もつかどうか、わからない」

という判断には、耳をかたむけなければ、ならないだろう。そういう雑誌を、私は編集しなければならないのだ。スピーチは、土曜会の最後に、おこなわれた。私をそばに立たせて、乱歩さんは出席者一同に、話をしたのである。会がおわって、高田馬場へ帰るとちゅう、

「困ったな。困ったな」

と、私は胸のなかで、つぶやいていた。本国版のＥＱＭＭも、私はまだろくろく読んでいない。ゆっくり読んで、日本むけに組みなおすには、どうすればいいか、考えてみる時間はなかった。あいていた解説を、泥縄で埋めて、創刊号はもう印刷にかかっている。毎月きまった発売日に、第二号、第三号と出していかなければならない。どうも、泥縄でなにかをやらなければならないのは、私の宿命であるらしかった。いまでも、私はおなじようなことをやっている。準備期間があると、私は臆病だから、二の足を踏んでしまう。泥縄でやるのが、性にあっているのかも知れない。

*

創刊号の解説の穴を埋めることのほかに、田中潤司君が書くはずだったハヤカワ・ミステリの解説も、私がひきつがなければならなかった。田中君が編集したアンソロジー、「名探偵登場」の最終巻の解説が、本文は校了になっているのに、まだ入っていない。それを、急いで書いてくれ、といわれたのだが、田村さんの口ぶりは、まるでそれ一冊だけ書けば、いいみたいだった。目次の校正刷だけが資料で、私にはほとんど知識がなかった。準備期間もなかった。「エラリイ・クイーンズ・ミステリ・マガジン」日本語版の編集だけを、ひきうけたつもりだったのに、「名探偵登場」最終巻の解説を泥縄で、なんとか恰好をつけたおかげで、ハヤカワ・ミステリの作品選定と解説も、当然のことのように私の仕事になってしまった。ハヤカワ・ミステリのほうは、エラリイ・クイーン、アガサ・クリスティー、ディクスン・カー、E・S・ガードナーなぞ、新作が出ればかならず入れる作家が、何人かきまっていたから、そちらはいちいち、読む必要がない。日本に馴染のない作家のものだけを、読めばよかった。

二号目、三号目の手配がすむと、私はＥＱＭＭのバックナンバーを、猛然と読みはじめた。バックナンバーは、完全にそろってはいなかった。中とじだったころの古い号が、だいぶ足りなかった。アメリカの古本屋に注文したり、都内の古本屋で探したり、たまたま私の持っていたのを提供したり、乱歩さんの手持ちのを借りたり、完全にバックナンバーがそろったのは、一年ばかりたってからだった。

ハヤカワ・ミステリのためにも、本を読まなければならなかったから、私は一日じゅう英語を読んでいた。朝の電車でも読んだし、会社でも読んだ。帰りの電車でも、読んだ。もともと泥縄の英語だから、よくわからないものが多かったが、それでも読んだ。一日に三、四冊、読んだこともある。しかし、泥縄というのは、しかたのないもので、早川書房をやめて、原書を読むことが少くなると、どんどんわからなくなって、近ごろは英語でものを読もうという気力が、なくなってしまった。

　雑誌が進行するにつれて、音をあげたのは、エラリイ・クイーンの解説だった。クイーンの解説がついていないものも、日本に馴染のない作家の場合は、こちらで書かなければならない。その資料あつめは、大変だったから、クイーンの解説があるのは、ありがたかった。だが、それを翻訳するのも、私の仕事なのである。事実だけが書きならべてある場合でも、ところどころ、実に凝った表現がしてあって、どういう意味だか、わからない。私の語学力が不足しているせいだと思って、生島治郎君に相談するのだが、これもわからない。福島正実君に相談しても、わからない。三人でいろいろ考え、あれこれ辞書をひいても、どういうニュアンスがこめられているのか、わからないときには、泣きたくなったものだ。

　当時、アメリカの著作権代理を、日本でしている事務所が、ふたつあった。フォルスター事務所とタトル商会。フォルスター事務所には、星野というひとがいて、アメリカ人ではなく、イギリス人だったようにおぼえているが、日系人だった。AP通信につとめていて、アルバイトみたいに、フォルスター事務所を手つだっていたのだろう。詩を書いていて、田村さんとは親しかったが、私も、福島君も、このひとが嫌いだった。いくらも年はちがわないはずなのに、お前たちとは人種がちがう、という態度で、ひとを見くだすようなところがあった。

　しかし、三人で考えても、クイーンの文章がわからないときには、好き嫌いはいっていられない。AP通信に電話をして、星野さんに相談した。まわりがぜんぶ外人さんだから、電話を切って、しばらく待っていると、たいがい納得できる解答があった。

「こんなことがわからないで、翻訳ものの編集をしているのかね」

　そうはっきりいうわけではないが、そういう感じのする冷笑的な語調で、教えてくれる。教えられてみると、なるほど、ということになって、冷笑されてもしようがないかな、と私たちは顔を見あわせる。だから、ときたま、

「むずかしいねえ、これは——たぶん、こういうことだと

思うんだが……」

と、星野さんがいうことになったときには、ざまをみろ、という気持で、福島君と顔を見あわせた。ほんとうは、万事休す、というわけだから、困るのだけれど、そんな気持になったのは、星野さんの言動に、私たちを反発させるものが、よっぽどあったのだろう。そのうち、クイーンのいいまわしに馴れてきたし、解説もすくなくなったから、AP通信に電話しないでもすむようになったけれど、嫌いだといってしまっては、申しわけないくらい、星野さんには世話になった。

その私たちをてこずらせた解説は、ふたりのエラリイ・クイーンのうち、マンフレッド・B・リーが書いたものだった。というのは、いろいろな文体で、クイーンから手紙がくる。クイーンのサインを印刷した用箋に、ふたりのうちのどちらかの署名があって、手紙の場合は、筆者がわかった。フレデリック・ダネイの手紙は、じつに明快で、よくわかったが、リーのほうは手紙でまで、凝ったいいまわしを使っていて、理解するのに骨が折れた。日本語版一周年のお祝いにもらった手紙なんぞは、雑誌に写真版でのせて、訳文をつけることになったので、音をあげたものだった。拡大鏡で見れば、タイプの文字が読めそうなので、ごまかして訳すわけにはいかない。だから、私はクイーンの小説は、ダネイとリーがふたりでストーリイを考えて、リーがひとりで書いていたにちがいない、と思っている。

鬼たちの反発

やたらに人見知りをする私としては、珍しく——というよりも、いまから思えば、周囲が努力してくれたのだろうが、あんがい早く、早川書房編集部に溶けこむことが出来た。生島治郎も仲よくしてくれたし、福島正実もむこうから近づいてきてくれて、行きつけの渋谷の飲み屋へ、つれていってくれたりした。私はあいかわらず、高田馬場に住んでいたが、帰りには毎日、神田から渋谷へ出て、その飲み屋へよって、終電の山の手線か、ときにはタクシイで、下宿へ帰るようになった。年末ちかくに結婚したとき、世田谷の大原町に部屋を借りたのも、通勤が渋谷経由になるように、するためだった。

創刊号にはさみこんだ読者カードも、そろそろ戻ってきはじめて、それが量を増していったし、三号からは私の考えどおりに、編集することも出来た。好材料はそろっていたわけだが、それでも私には、孤立無援という感じがあって、落着かなかった。社長からも、販売のひとたちからも、売れているかどうかの話がない。

「成績が悪ければ、なにかいわれるはずだ。悪くはないから、なにもいわないんだろう」

と、思っていたが、これもなんとなく、安心できない。本国版を自由に組みほごし、組立てなおしていいのだが、こちらで勝手に原稿をつくってはいけない、といわれただけで、あとはなんの束縛もなかった。完全に私の勝手に出来るのだから、楽といえば楽だし、雲をつかむようなところもあった。こういうときの自信のもとになるのは、外部からの評価だが、それがなかなか現れない。

もっとも、そんなことを気にして、考えこんでいるような暇はなかった。夜は酒をのんでいるから、考えずにすむ。そのうちに、ほっとするようなことが起った。EQMM日本語版の五号目ぐらいが、出たころだったろう。そのころ福永武彦さんと中村真一郎さんが、日本読書新聞に月一回、対談形式で推理小説時評をやっていた。そのある回で、中村真一郎さんが、「EQMMには期待していたが、おもしろくないんで、もう読んでいない」という意味のことをいっている。それに対して、福永武彦さんが、「あきらめずに、読んでみたまえ。三号目から、よくなっている」といっているのだ。

これは私の目についた最初の、はっきりしたかたちの評価だった。以前に書いたNHKラジオの座談会で、日本の推理小説のありかたに、するどい批判をしていた人たちのひとりが、こういう評価をしてくれたことは、実にうれしかった。日本の推理小説雑誌が、相手にしている読者層は、せますぎる。それとは縁のないところに、翻訳ミステリの読者層が、出来はじめている。それは確かだが、ちらばりすぎていて、実体はつかめない。EQMM日本語版は、それをたしかめる探り針になるだろう。するべきだ、と私が考えをかためたのは、福永さんの評価に、自信をえたからだった。

といっても、いきなり新しい傾向の作品を、ずらずら並べるほど、大胆ではないから、アガサ・クリスティーやコーネル・ウールリッチ、日本でもおなじみの作家を主にして、そのあいだに、新しい作家のものをまぜていった。アガサ・クリスティー特集をやったのは、かなり早いころだったと思うが、これは大失敗だった。読者には好評だったのだが、元版出版社のデイヴィス・パブリケーションズから、お叱りをこうむったのである。

クリスティーの短篇を、たしか四本ならべたのだが、ひとりの作家に一度に四本分も著作権使用料をはらう、というのは、まったく非常識なことだ、しかも四篇のうち二篇は海外版掲載権を持っていない、この不始末をどう説明するのか、というきびしい調子の手紙が、デイヴィスから舞いこんだのだ。

これには、めんくらった。本国版があって、海外版があるなかのひとつが、日本語版なのだから、つかった作品に対して、本社が使用料を、作家に支払うだろうことはわかるが、莫大なものであるはずはない。クリスティーが、ほかの人より高いとしても、特集をしなかったとしたら、四人の作家に一本分ずつ払わなければならないのだ。それほど大きなちがいは、ないだろう。けちなことをいう、と思ったが、これはまあ、むこうにこういう特集の習慣がないとすれば、しかたがない。あやまって、以後やらないことにするしか、ないだろう。

だが、海外版掲載権を持っていない、というのには、もっとめんくらって、同時に腹が立った。元版にあるものは、なんでもつかえるもの、と思っていたからだ。つかえないものがあるとしたら、それがわかるようにしてくれなければ、こちらとしては、どうしようもない。本国版のどこを見ても、海外掲載権のあるなしは、書いてないのだ。だから、特集をしたことは謝罪して、掲載権の有無がわかるようにしてくれなければ困る、という注文をつけた。それに対しては、バックナンバーの使用可能作品リストを送る、今後は毎月、リストをつける、という返事がきて、やがてバックナンバーのリストがとどいた。

＊

リストを見ているうちに、ＥＱＭＭ日本語版は、出版におけるアメリカ租界だな、と私は思った。日本の習慣の通用しない雑誌なのだ。なぜかというと、リストにない——つかえない作品のなかには、アメリカ作家の十年前のものが、たくさんある。当時、アメリカ作家の作品は、発表後十年、イギリス作家のものは二十年、翻訳権をだれもとっていない場合、自由に翻訳できることになっていた。だから、ほかの雑誌にならば、無料で翻訳掲載できる作品が、ＥＱＭＭ日本語版には、つかえないのである。

目次のすみに小さく、掲載作品のクレジットを、英文で入れることになっていた。そこへ加えなければ、むこうの事務屋さんは、日本語は読めないだろうから、大丈夫かも知れない。しかし、当時は各タイトル・ページに、英文題名、作者名を入れるレイアウトになっていたから、その方法も、だめだった。けっきょく、あきらめるしかなかったのだ。

ちょうどそのころ、ＥＱＭＭのイタリア版、フランス版、イギリス版が手に入って、それを見ると、元版にないコラムが、それぞれに入っている。各国でやっているのなら、日本でやっても、かまわないだろう。そこで、一ページ、二ページのコラムをいくつか、つくることにした。しかし、翻訳とおなじ稿料で、コラムを書いてくれる人はいない。しかたがないから、私がひとりで書くことにした。そのころの翻訳の稿料は、高いひとで四百字一枚、二百五十円。これはひとりか、ふたり。二百円のひとが何人か。百五十円が、ふつうだった。新人は百二十円、そんなものだったと思う。社内の人間が書いた場合は、だれでも一枚百円ときまっていた。

編集後記は、かなり早くから、つけたような気がする。創刊号から、もうはじめていたのかも知れない。最初はMという署名で書いて、間もなく、都筑道夫、と書くことにした。その編集後記のなかで、古いファンを刺激するようなことを書いたり、同人誌のインタビューに答えて、誤解されやすいことをいったりしたので、その反応がだんだん、私の耳に入るようになった。

「日本の推理小説は、英米にくらべて、四半世紀遅れている」

とか、

「EQMM日本語版を、私は推理小説雑誌ではないつもりで、編集している」

といった言葉が、いわゆるミステリの鬼たちから、反発を買ったのである。前の言葉は、猛然と英米ミステリを読みあさっていた当時の私の、正直な感想だった。内容と形式の多様さ、小説としての洗練度、英米ミステリを公園の花壇とすれば、日本のミステリは長屋の窓の鉢植という感じが、私にはしたのだ。その後、松本清張の活躍、翻訳ミステリで育った新人作家、佐野洋たちが登場して、この差はどんどんちぢまっていった。一時はもう、遅れなぞないように見えたときもあったが、現在はまた差がひらいて、十五年ぐらいの遅れになっているような気がする。

あとの言葉は、私の心がまえだった。誌名の通り、推理小説雑誌であることは、わかりきっている。だが、日本的な感覚で、推理興味のつよい作品を選んで、ならべたのでは、いい作品ばかりであっても、単調になってしまうし、第一、日本人むきでない作品ばかりが、残ってしまう。推理作家が書いたものでも、そこにはユーモラスなもの、ロマンティックなもの、ファンタスティックなもの、いろいろある。時代ものもあれば、未来ものもある。だから、それらが推理小説のひとつのタイプであることを、いったんわすれよう。ユーモア小説、恋愛小説、幻想小説、時代小説、未来小説と考えて、ふつうの雑誌を、ヴァライエティゆたかに編集するつもりになれば、新鮮なものが出来るだろう。そう考えたわけである。

いまの人たちが考えると、そんなことはあたり前じゃないか、というかも知れない。だが、当時はちょっと毛いろの変ったものをのせると、これが推理小説か、冗談じゃない、といわれたのだ。

「こんなものが、推理小説か」

というのは、亡兄、鶯春亭梅橋がよく口にした言葉だった。私の頭のなかにある鬼の典型は、兄の梅橋だった。ひょっとすると、私が新しいタイプ、新しいタイプといい、そういうものをあさるようになったのは、兄にいつも、犯人あてで遅れをとっていたせいかも知れない。だから、こういういいかたをすれば、鬼たちが怒るだろう、とわかっていた。事実、反響のなかには、

「EQMMを推理小説雑誌と思っていない人間に、編集をまかせておいていいのか」

という糾弾調のものまであった。私はマニアを刺激したかった。刺激しながら、ミステリはこんなふうに変って来ているんだ、といっていると、相手は好きになってやるものか、という読みかたをするだろう。そういう読みかたをしていて、その作品の魅力にとらえられはじめたら、これは強烈にとらえられてしまうはずだ。そこまで、はっきり考えたわけではないが、だいたい、そんな感じでいたのである。

反発して、読んでくれなければ、それでもいい、というつもりだった。当時の推理小説のマニアは、現在のSFの若いファンたちに、似ているところがある。もちろん、当時のミステリ・マニアの数にくらべて、現在のSFファンの数は、くらべものにならないくらいだろう。けれども、そのジャンルの一般化の邪魔になっている点では、変りがないように思われる。なにしろ、

「SFというのは、ガキの読むものだろう」

という人がいるのだ。EQMM日本語版が出はじめたころには、

「推理小説というのは、変人が読むものだろう」

という人がいたのである。

馬小屋図書館

　現代とちがって、かれこれ三十年前、情報量のすくなかったころだから、英米ミステリの翻訳紹介にも、苦労があった。毎度いうことだけれど、ハイウェイなぞという言葉も、読者の常識にまだなっていない時代だ。有料の自動車専用道路があって、ところどころに料金徴集所がある、というようなことも、説明が必要だった。田舎の鉄道の駅の描写に、アップル・マシンというのが出てきて、みんなで頭をかかえたこともあった。自動販売機らしいが、確証がない。アメリカ通のひとに聞いて、やはりそうだ、とわかったのだが、小銭を入れると、林檎がひとつ、ごろんと出てくる機械なぞ、当時の私たちには、考えられなかったのだ。

　もっと新しいラジオの人気番組名や、洗剤のたぐいの商品名となると、こちらにいるアメリカ人に聞いても、わからないことがあった。だから、むこうの婦人雑誌の広告にまで、気をくばっていなければならない。戦争に負けて、海外の事情が入りはじめて、十年そこそこ、わからないことが多かったし、抵抗も多かった。たとえば創作の面で、ＳＦのなかに日本人を登場させるとき、名前をカタカナで書くのは、私なぞがやりはじめたことだが、いまの人たちには考えられないような抵抗も、あったのである。

　千年、二千年の未来には、日本語——ことに漢字はどうなっているか、わからない。だから、カタカナで書いてみたわけだが、当時はそれは、日系米人をすぐに連想させた。いや、日本人の顔をして、アメリカ軍の制服を着た勝利者を、連想させるのだ。敗戦直後、雑誌の校正刷を持って、ＧＨＱの検閲部へ通ったときのことを、思い出してしまう。いまでもアメリカ大使館の日本人職員に、ときどきいるが、おなじ顔立ちでも、お前たちとは違うんだぞ、と見くだした態度をする男。そういう日系人に、よく出くわしていた私は、イチロー・タジマと書いたりすることにも、おかしな抵抗があったのだ。

そういう偏見が、こちらにもあったし、世間一般にもあった。戦前の探偵小説は本格、変格とふたつにわけて呼ばれていて、一般的には変格が主流——江戸川乱歩に代表される猟奇の読物が、探偵小説だった。変りものが読む小説、と見られることが、多かったのである。戦後は本格が主流になって、こんどは理屈っぽい小説、ということになった。やはり、熱狂的なファンは、変人と見られがちだった。本格といっても、怪奇趣味のつよいディクスン・カーあたりが、持てはやされていたことも、戦前と主流があまり違わないような、印象をあたえたのかも知れない。

それはもちろん偏見であったし、私が考えていたほど、ひろがっていた偏見ではないかも知れないが、まだ推理小説は一般の読物ではなく、NHKの座談会で、日本の推理小説は泥くさい、といわれるような状態だったことは、事実なのである。その状態をくつがえして、推理小説にしゃれた知的なエンタテインメント、という認識をひろめたのが、ハヤカワ・ミステリだった。一時期のセレクターとして、自讃しているわけではない。学者、作家、音楽家、俳優、さまざまな人たちが、推理小説の愛読者であることを、表明しはじめた時期をしらべれば、それはわかるはずだ。早川書房が、ハヤカワ・ミステリの出版活動に対して、第二回の江戸川乱歩賞をうけた時期と、それは相前後しているのである。

日本の推理小説は、昭和二十年代の末から、三十年代へかけて、ゆっくり大きく変っていった。変える力になったのは、ハヤカワ・ミステリと松本清張だった。好き嫌いは別として、これをみとめずに、日本の推理小説史を語ることは、出来ないだろう。つまり、日本の推理小説界と、あまり関係のないところから、ミステリは変っていったわけだ。三十年ちかくたった現在、日本の推理小説は、ひろがりすぎてしまったようにも見える。その一方で、あいかわらずトリックのためのトリックの、人間を無視したような推理小説もあって、むしろ、混沌としている、というべきだろうか。

私が泥縄翻訳家として、アメリカのペイパーバックを集めはじめたときには、まだ手さぐり状態だったが、すこしずつ目のくばりかたがわかってくると、新しいものが次つぎに見つかる。ちょうど占領軍のキャンプが、どんどん減っていった時期で、閉鎖されたライブラリイから、たくさんの本が屑屋に払いさげられた。それが古本屋に出まわりはじめて、わりあい新しい本を、安く手に入れることが出来るようになって、私の蔵書は急激に増えた。軍の図書館の本には、ミステリやSFが、たくさんあったのである。ジャケットは棄てられ、扉には大きな図書館印が押されて、うしろの見返しには、貸出カードを入れる袋が貼ってあった。カードが入れっぱなしの本もあったし、表紙のクロースが裂けているのもあって、汚れた本が多かったが、とにもかくにもハードカヴァーで、しかも安かった。最初は一冊五十円均一か、百円均一で、古本屋に出たのではなかったろうか。

＊

早川書房に入って間もなく、知らない古本屋から、電話がかかってきて、そういう図書館本を、大量に見せられたときのことを、いまでもおぼえている。古本屋ではなく、廃品業者だったのかも知れないが、名古屋以西のキャンプのライブラリイの払下げを、ぜんぶ集めてきた、という話だった。おき場所がないので、青山の騎兵聯隊あとの馬小屋に、山づみにしてある。

「推理小説も、たくさんあるようです。見にきていただけませんか。いまから、お迎えにいっても、いいですけど……」

という電話だった。早川書房だけでなく、ほかへも電話をしたのかどうか、聞いてみると、どこかの大学――たしか外語大だった――の英文学の先生と、植草甚一さんに話してみて、ふたりとも、その日にくることになっている、という返事だった。大学教授とは、選ぶ本がちがうだろうが、植草さんとは重なる恐れがある。すぐに迎えにきてもらうことにして、私は会計から、現金を出してもらった。騎兵聯隊というのは、私の記憶ちがいかも知れない。いまになって調べてみても、青山に騎兵聯隊があったかどうか、不確かだからだ。しかし、つれていかれたのは、東宮御所の近くのがらんとした場所で、いかにも馬小屋らしい建物だった。

だだっぴろい空地のすみに、細長い建物があって、内部はコの字を並べたように、いくつにも仕切られていた。埃だらけで、藁くずなぞがちらばっている床に、たくさんの本が、小山をつくっている。内部ぜんたいに、一種の異臭が、かすかに残っていた。あからさまにいえば、麦飯を食べている人、ビールをたくさん飲んだ人が、用をたしたあとの大便所へ、入ったような臭いだった。いたたまれないほどではなかったから、古いにおいが、しみついていたのだろう。だから、馬小屋だったことは、確かにちがいない。そのせいで、青山の騎兵聯隊、という記憶になってしまったらしい。歩兵聯隊だったのだろうか。

たえられないほどではないにしても、異臭は異臭だった。そのなかで、私は本の山をくずしていった。植草さんも、ちょっと遅れてきたから、こちらの目の色は、変っていたことだろう。外語大だったか、大学からきていたのは、大橋健三郎さんだったように、おぼえている。三人はそれぞれに、山をくずしにかかった。たしかにミステリやSFが多く、大橋さんはいくらか、がっかりしていたようだった。

GI相手の図書館だから、大衆小説が多いのは、当然だったろう。私は大よろこびで、植草さんに先を越されまいと、本の山のあいだを駈けあるいた。ミステリ・ライターでも、知らない名前が、やたらにあった。SF作家は、なおさらだった。サイモン・アンド・シュースターのインナー・サンクタム・ミステリが、かなりあったし、ランダム・ハウス・ミステリもあった。ミステリ・ハウスなんぞという、知らない出版社の本もあった。

手あたりしだい、という感じで、百冊ばかりも買ったたろうか。車ではこぶのに、苦労をしたことだろうが、そのへんは記憶にない。当時はまだ新刊書が、どんどん入っては来なかったし、ドルが高かったから、私たちには新刊は買いきれなかった。だから、この図書館の払いさげ本は、ありがたかった。この馬小屋あとで、人に見せたあと、業者たちは古本屋にも流したらしいが、ひと月ばかりして、中野の鍋屋横丁の十貫坂上、小さな集会場のような建物の二階を借りて、本をならべていた。まだ見のこしがありそうで、私はいってみたけれども、こんどは大した収穫はなかった。

早川書房に入る前から、私は週に二度ぐらい、古本あさりに歩いていた。神田、渋谷、目黒というコースを、一日のうちにまわるのだから、大変だった。専修大学前の北沢書店あたりからはじめて、東京泰文社、神保町の交叉点を越えると、道路を反対がわにわたって、いまは種苗会社になっている以前の神田日活のひとつ先の横丁、ここに露店があって、新しい雑誌やペイパーバックが並んでいた。噂によると、その露店をひらいている髯のおじいさんは、羽田の空港に入っている廃品回収業者で、アメリカからの旅客が、機内で読んで空港の屑籠にほうりこんでいく本を、持ってくるのだ、ということだった。たしかに最新の「プレイボーイ」や「アーゴシイ」、新刊のペイパーバック・ミステリなどが、ここにあった。

道路のむこうがわの小宮山書店にも、店外に出した箱に、ペイパーバックや図書館本があったし、駿河台下からお茶の水へのぼる坂のまだのぼりかけたところへ、神田日活の前の通りから、ななめに抜ける道のなかほどにも、ペイパーバックをならべた店があった。そこから坂のとば口へ出て、お茶の水のほうへちょっとのぼったあたりには、いまでも文庫本専門の古本屋があるはずだ。そこにも、アメリカのペイパーバックがあった。あとは小川町のほうへ行って、美津濃スポーツの先のブック・ブラザース。神田はそこでおしまいで、お茶の水から国電にのる。

山の手線にのりかえて、まず目黒でおりる。権之助坂とは反対に、白金台のほうへいく坂のとちゅうにも、わりあい大きな古本屋があって、ペイパーバックスがかなりあった。ここでは古いデル・ブックとか、エイヴォン・ブックの珍しいのを、掘りだした記憶がある。権之助坂のほうにも、脇へ入ったところに、一軒あったような気がするが、よくおぼえていない。終点は渋谷で、道玄坂下に二軒、アメリカ雑誌、ペイパーバックスの専門店があった。午後から神田、目黒と歩いて、日暮れがたに渋谷へくると、しばしば植草さんと顔があった。一軒は恋文横丁のなかのお婆さんの店で、ここはあまり品物が動かない。道玄坂よりの横丁にあった石井さんという人のお店は、新しい雑誌、本が入って、植草さんはよくここにいた。宇野利泰さんだったか、田中潤司君だったかの紹介で、私が植草さんと口をきくようになったのは、この石井さんの店でだった。植草さんは私たちとあうと、いつも近所の喫茶店へさそってくれて、新しい小説の話を聞かしてくれた。

むずかしい仕事

渋谷道玄坂の、下から見て右がわの一郭には、いつまでも戦後が残っていた。露地がくねくね入りくんだ一郭へ入ると、バラックの長屋を、小さくしきった店が、左右にならんでいる。洋品店もあれば、アクセサリの店もあったし、ガラス窓に赤いセロファンを貼って、板戸をしめたバーもあった。露地の曲りかどには、粗末な共同便所があった。妙なところに空地があって、コンクリートの建物の残骸が、あったりもした。

そこは、道玄坂キネマといったろうか、映画館があったところで、空襲で焼けたあとに、土台やら映写室の外がこいやらが、残っているのだった。当時の映画館は、木造でも、木造モルタル塗でも、可燃性のフィルムをあつかう映写室だけは、コンクリートづくりになっていたようだ。映画館の焼けあとには、柱の上に巣箱をのせたみたいに、二階の映写室とその支柱が、にょきっと残っていたものだ。山の手の屋敷町の焼けあとで、煉瓦づくりの煖炉と煙突が、トーテムポールみたいに立っているのと、おなじわけである。それを完全に、取りのぞくのは大変なので、道玄坂のマーケットでは、空地のままにしてあったのだろう。

植草甚一さんは、英米仏の新しいミステリを、たくさん読んでいて、江戸川乱歩さんにも、一目おかれていたから、とうぜん探偵作家クラブに入っていたはずだ。私が植草さんを知ったのは、クラブの土曜会でだったろう。新宿の紀伊國屋書店でも、ときどき出あった。紀伊國屋が、まだ道路からひっこんで、新星館という映画館とならんでいたころで、左右に小さな店のならんだ横丁を入っていくと、正面に入り口が見える。その上のバルコニーみたいなところで、植草さんはよく、手すりによりかかって、新着の本をひろい読みしていた。だから、顔は知っていたけれども、話をするようになったのは、渋谷の石井さんの古本屋で、紹介されてからだった。

「ああ、それはおもしろいですよ。アメリカのミステリにも、そういう変な作家が出てきたんですねえ」

石井さんの店で、私が棚から一冊ぬきだして、ひろい読みをしていると、植草さんはわきから、声をかけてくれる。知らない作家だが、どんなものを書くひとなのだろう、と私が思って、ひろげて見ていると、植草さんはもう知っていて、教えてくれるわけだ。

「それは読んでいませんが、その次に書いたのは、ちょいとしたものでしたよ」

といったぐあいで、植草さんが知らない作家は、いないみたいだった。ハヤカワ・ミステリのはじめのころは、乱歩さんにたのまれて、植草さんは新しい作家の作品を選ぶ上で、助言をしていたのだけれど、私が早川書房へ入ったときには、縁が切れていた。ということは、植草さんの助言の重さまで、私の肩にかかってきたわけなので、大いに発奮したものだった。

「お茶でも飲みに行きましょうか」

本を買って、店を出ると、植草さんはときどき、私をさそってくれた。井の頭線の出入り口に通ずる露地に、トップという喫茶店があって、そこが植草さんごひいきの店だった。コーヒーを飲みながら、植草さんは最近に読んだ小説の話、見た映画の話を聞かせてくれた。そういう話をするのも、聞くのも、私は子どものころから好きだった。死んだ落語家の兄に、見てきた喜劇映画の話などをするときには、ギャグもひとつ残らず、喋ってしまって、

「お前の話を聞くと、おもしろそうだから、見にいきたくなる。それはいいんだが、見ると、ギャグまでみんな聞いているから、おもしろくない。もう喜劇映画の話は、するな」

といわれたくらいだ。だから、植草さんの話を、よろこんで聞いた。こまかいところまで、聞きたがった。けれど、植草さんの話は、小説のこまかいところになると、具体的にならない。どこがどんなふうに変っているか、どんな工夫があるのか、どうおもしろいのか、核心だけをつかみ出して話すのが、苦手なのだろう。しまいには、自分でもじれてきて、

「とにかくこう、実にすごいんです」

と、妙な手まねをする。ところが、その作品を読んでみると、たしかにおもしろい。植草さんがどこに感心したか、よくわかる。書くものにも、それが現れていて、植草さんのエッセーは、なにをいっているのか、なにがいいたいのか、わからないことが多かった。だから、解説者としては、乱歩さんのほうが、すぐれている、と思った。ことわっておくが、植草さんの後年のエッセーについて、いっているのではない。独得のエッセーの書きかたを、植草さんが発見したのは、モダンジャズについて、語るようになってからだろう。対象にいきなり飛びこまないで、ジャズの即興演奏のように、自由に書いていく。話すように書いていく手法が、植草さんのものの考えかたに、ぴったりとあって、成功したのだ。

＊

「エラリイ・クイーンズ・ミステリ・マガジン」日本語版が発刊して間もなく、創元社のミステリ選集の企画に、植草さんがくわわることになった。植草さんが企画の中心になると、これは怖い。選ぶ作品は、たぶん新しすぎて、一般うけはしないだろうけれど、新しい読者もふえている。油断ができないことになった。イギリスのミステリとフランスのミステリでは、私はとうてい、植草さんにかなわない。こちらはフランス語は、まるで出来ないし、英語も独学だから、イギリスのむずかしいものは、読みこなす自信がない。そこで、私は植草さんの手薄なところ、アメリカの新人あたりに、全力を集中することにした。

といって、イギリスをわすれるわけには行かないから、これも植草さんが興味をあまり持たなそうなところに、目をくばることにして、アメリカ中心にやっていく方針を立てたのだ。同時に「エラリイ・クイーンズ・ミステリ・マガジン」に、「ぺいぱあ・ないふ」という新作紹介欄をつくって、前宣伝につとめることにした。短かい枚数で、読者の気をひくということも、植草さんは苦手のはずだ、と思ったからだ。

敗戦後二度目の翻訳ミステリ・ブームが起ったところで、中央公論社や新潮社からも、シリーズが出はじめていたが、いわゆる古典が中心だった。ハヤカワ・ミステリはもう基盤ができつつあったから、古典のシリーズならば、それほど恐れることはない。私が気をつけなければならないのは、創元社の植草セレクションだった。ＥＱＭＭの編集後記や「ぺいぱあ・ないふ」欄で、推理小説が変ってきていることを力説しながら、私は新しい作家のものを、読みあさった。

この時期には、もうひとつ、むずかしいことがあった。新しいミステリを翻訳紹介するためには、新しい翻訳者をふやさなければならない。同時に古いタイプの訳者と、縁を切らなければならない。これが、むずかしい仕事だった。古いということは、泥縄翻訳家である私にとって、大先輩であるわけだから、冷酷にはなりきれない。けれども、「外国ミステリというのは、完全に訳すと、かえってわからなくなりますよ」

と、平然というようなひとや、たとえば面識を面シキと書くようなひとは、あらためてもらいたかった。あらためてもらえなければ、縁を切るよりしようがなかった。あらためてもらえても、依頼するものは限られるようになる。

いまでもおぼえている話しあいは、イギリスの巡査が、ガラガラを振りまわして、犯人を追いかける場面についてのものだ。ガラガラの原語は、たしかラットラーだった。棒のさきに、直角に筒がついていて、ぐるぐる回転するようになっている。筒のなかに、木製の歯車があって、ふりまわすと、ぎりぎりと音がする仕掛。子どものおもちゃにもつかわれて、日本でいえば、たしかにガラガラである。

スコットランド・ヤード初期の巡査は、日本の岡っ引が呼子を吹き、現在のイギリス巡査が呼子を吹くように、このラットラーなるものを振って、同僚を呼んだものだそうだ。作品のなかに、ちゃんと説明もあったと思うし、訳者もむろん、わかって訳していたのだが、巡査がガラガラを振りまわしたのでは、どうにも滑稽だ。いまなら、そのままラットラーとカタカナで、書くところだろう。

「これ、なんとかなりませんか。ちょっと、おかしい、と思うんですが……」

「しかし、きみ、ラットラーはガラガラだよ。ラットル・スネイクといえば、ガラガラ蛇だ。ガラガラはガラガラとしか、訳しようがないだろう」

「そういえばそうですが、読者は面くらいますよ。ガラガラ蛇は、蛇という言葉がついて、イントネーションが、すこし違ってくるから、赤ん坊のおもちゃと、すぐに結びつかないんじゃないですかね。ただガラガラだと、たちまち幼児語ってことになるでしょう」

「そうかな。しかし、ほかに言葉はないんだ……」

この訳者は誤訳の多寡よりも、語感のないことで、私たちが問題にしていたのだ。

「どうでしょう。呼子と音が似ていて、音を立てる木製の道具となると、鳴子ですね。鳴子として、註をつけたら、どうでしょう」

「鳴子じゃあ、畑や案山子《かかし》を連想して、ガラガラより、もっと悪いだろう」

と、訳者はゆずらない。私にいわせれば、畑や案山子を連想するとは、かぎらない。江戸の辻占売を、連想するひともいるだろうし、泥坊よけを連想するひとも、いるはずだ。案山子でも、辻占でも、泥坊よけでも、とにかく大人のものだ。いっぽうガラガラという言葉は、日本人にとって、赤ん坊のおもちゃでしかない。けっきょく私はあきらめて、どういうことになったのか、よくおぼえていないけれども、ガラガラのまま出たのではないだろうか。この訳者は、依頼する作品に注意して、原稿チェックをおこたらない、ということで、縁を切るまでには、いたらなかった。いちばん困ったのは、

「完全に訳すと、わからなくなりますよ」

というのが、口ぐせの訳者で、「新青年」時代からのひとではあり、乱歩さんや横溝正史さんの友人ではあり、断りにくかったのだが、たとえばカーニバルのサイドショウの会場を、主人公が歩いている場面に、

「ジプシーのテントには、大きな手に、矢がいっぱいさっていた」

という訳文がある。こういうところを、どんどん飛ばしてしまうので、

「ちゃんと訳してください」

と、お願いしたら、完訳するとわからなくなる証拠として、こう訳してきたのである。たしかにわけがわからないが、それは訳者がわかっていないからで、

「ジプシーの手相見のテントには、説明の矢印がいっぱいついた大きな手が、看板になっていた」

と、ちょっと言葉を足せば、だれにでもわかる。古いつきあいの訳者なので、実をいうと、私が決心するまでの数冊は、福島正実君がゲラにまっ赤に手を入れて、出していたのである。

競争相手

「外国ミステリというのは、ぜんぶ訳すと、わからなくなりますよ」

という訳者とは、縁を切るよりなかったが、これはいやな仕事だった。しかし、熱心な訳者が、英米の新しい風俗をしらべて、私たちとも相談しあって、省略のない翻訳をつくろうとしているのに、日本にないものは、みんな切りすててしまうのでは、どうにも困る。といって、私自身も、いいかげんな翻訳をやってきた身だから、大きな顔はできない。それに、新しい風俗をしらべるのも、むずかしいことは、むずかしい。

なんどもいうけれども、当時はいまとちがって、海外旅行は気軽にできなかったし、情報量もすくなかった。たとえば、ニューヨークの地下鉄の入り口のターンスタイルなんかでも、文章で書いてあったのでは、よくわからない。知っているひとの話を聞いたり、映画で見たりして、だいたいわかったつもりでも、実感はわかない。羽田空港の送迎デッキに、ターンスタイルの入り口が出来たとき、わざわざ見にいって、

「なるほど、こういうものなんだね」

と、納得したものだ。やはり乗物の改札口のことだったと思うが、

「スロットに落したコインが、大きくなって、彼をとがめて、目をむいたように見えた」

という文章があって、みんなで頭をひねったのも、おぼえている。コインが大きくなるとは、どういうことなのか。文章をいくら読みなおしてみても、意味がわからない。アメリカ風物についてのエッセー集を、研究社から出していた中内正利さんに、このときは教わったのだと思う。

入り口を通るひとが、コインをちゃんと入れるかどうか、

ブースのなかにいる係員によく見えるように、スロットの下の小窓が、レンズになっている。それで、コインが大きくなって見えるのだ、と教えられたときには、苦笑いをしたものだ。わかってみれば、おもしろいところを、とらえた描写だと思うが、アメリカの読者でも、地方に住んでいるひとに、わかるのだろうか。そう思うくらいだから、日本人にわからないのは当然かも知れない。しらべるのも、当時は大変だったのだが、問題の訳者はこういうところを、ぜんぶ省略してしまうのだった。

「わかりにくいところは、訳註をつけても、言葉を足してもけっこうですから、ぜんぶ訳してください」

といっても、しらべて訳してはくれない。この前、例にあげたように、

「ジプシーのテントには、大きな手に、矢がいっぱいささっていた」

というような訳しかたをしてくる。カーニバルのサイドショウが、なんなのかもわかっていないし、そういうところに出ているジプシーが、なにを商売にしているかも、わかっていないのだ。しかたがないから、福島正実君が初校をまっ赤になおすことになる。本になったのを見れば、こちらがどれだけ、苦労しているかがわかって、次にはちゃんとやってくれるだろう。こちらはそう期待するのだが、その次もまた、実は福島正実訳といった本を、つくることになるのだった。その訳者は、ある作家の作品ばかりを、次つぎに訳すことに、いちおうの約束ができていたらしく、一冊おわると、

「次はこれをやります」

といってくる。はっきりはことわりにくいから、

「申しわけありませんが、それはもう別のひとに、お願いしてあります」

と、返事をした。

「それでは、これを」

「実はそれも、もう別のひとに」

といったやりとりがあって、先方もどうやら、気がついたらしい。なにもいってこなくなったから、私と福島君は、いくらかうしろめたさを感じながらも、

「これで、難問も片がついた」

と、ほっとした。ところが、間もなく社長のところへ、江戸川乱歩さんから、電話がかかってきた。戦前からのヴェテラン翻訳者で、ハヤカワ・ミステリ創刊のときから、何冊も訳しているひとを、なぜ理由もなく、ことわるのだ、という話で、

「乱歩さん、かなり怒っているよ。きみ、いちど説明しにいかなければ、まずいだろう」

社長にいわれて、気が重かったが、しかたがない。最後に出た本の初校ゲラ、福島君がまっ赤に手を入れたのを持って、私は池袋へ出かけていった。

「婉曲におことわりした理由は、本を見てもわかりません。これを、ご覧になってください。あの方も、おわかりになっているはずなんですが……」

赤字だらけ、書きこみだくさんの初校をさしだすと、乱歩さんはすぐ、事情がわかったらしい。

「ずっとこうなのかね」

「このところ、三、四冊、福島君がこうやっています。以前のものは、いずれほかのひとに、改訳してもらうことになるでしょう。もちろん、問題のすくないものもあるんですが……」

と、説明してから、私は最近の方針を話した。乱歩さんはうなずいて、

「わかった。これじゃあ、やむをえない。ぼくから、うまく話しておこう。そんなことじゃないか、と実は思っていたんだが、横溝君から、ぜひ口をきいてくれ、といわれたんでねえ」

「申しわけありません。よろしく、お願いします」

と、私は頭をさげた。さげながら、私は気がとがめていた。

*

乱歩さんが納得してくれれば、私たちにとっては、もう問題は解決したわけだ。けれども、当時の乱歩さんは、横溝正史さんと仲直りしたばかりだった。つまり、それまで

不仲だったわけで、おもに横溝さんのほうが、乱歩さんを避けていたらしい。そのころの横溝さんは乗りものぎらいで、会合なぞには出席しなかったから、乱歩さんと外で顔をあわすことはない。だから、訪問しあったり、電話や手紙の交渉が、なかったということだろう。もっとも、昭和二十九年の乱歩さんの還暦パーティには、横溝さんも出席している。顔も見たくない、というほど、はげしい嫌悪では、なかったのかも知れない。それとも、不仲になったのが、還暦パーティ以後なのか。あるいは、周囲がうわさするほど、不仲ではなかったのか。不和の原因は、もっと前に起っているように、私は聞いた。しかし、くわしくは書くまい。

とにかく、昭和三十一年の第二回江戸川乱歩賞の授賞式が、日比谷の松本楼でひらかれたときに、横溝さんが出席して、乱歩さんと廊下で握手をした。私たちがそれを取りまいて、拍手をしたのだから、不和があって、和解があったのは、事実なのだ。還暦パーティのときには、私は受付のデスクにすわっていたが、松本楼では受賞者がわとして、出席していた。第二回の江戸川乱歩賞は、ハヤカワ・ミステリ出版の功績によって、早川清社長がホームズ像をうけたので、田村隆一と私が編集部代表として、社長についていったのである。

そんなわけで、和解したばかりの横溝さんに、頼まれたことだから、乱歩さんとしても、いい返事がしたかったろう。池袋の江戸川邸へいくのに、私が気が重かったのは、きっと横溝さんを通じて、乱歩さんに話があったのだろう、と察していたからだ。しかし、戦前のような抄訳ではいけない、と乱歩さんもいっているのだから、赤インクの書きこみだらけの校正刷を見せれば、それでも依頼しつづけろ、とはいわないだろう。そう思っていたわけだが、その通りになってみると、乱歩さん、横溝さんに返事がしにくいだろう、と気がとがめたのだった。

雑誌も軌道にのってきたし、ハヤカワ・ミステリの企画も、新しい方向にむけられそうになってきたが、あいかわらず私には自信がなかった。雑誌のスタイルは、読者にうけいれられたようだけれど、内容的には不自由な気がしてしようがない。もとがきまっているものだから、工夫をするにも、限りがある。コラムを少しずつ、ふやしていったけれど、まだ外部には頼めないから、私が書かなければならない。ことに気になったのは、リツル・マガジンとして、孤立していることだった。

こういう雑誌が、日本にたった一種類しかないのでは、調子が出れば出るほど、読者の望みはひろがってくる。アメリカにEQMMという原本があって、それを日本むきに配列しなおしていることは、読者も知っているが、つかえない作品もあるのは知らない。粗悪な紙に、活字ばかりが無愛想にならんで、エラリイ・クイーンのコメントも、だんだん少くなっていることは、なおさら知らない。

傾向のすこし違う類似誌があれば、こちらは気どった顔で、本家は趣味がいいのだ、といっていられる。私は競争相手が、ほしかった。だから、新宿の喫茶店丘で知りあった中田雅久さんが、ハードボイルド・ミステリ雑誌の「マンハント」を、久保書店で出したいから、参考意見を聞かしてくれ、といってきたときには、ほっとしたものだ。私は協力を約束したが、この「マンハント」日本語版のニュースは、エージェントのタトル商会から、早川社長の耳に入ったらしい。競争相手の出現を、社長はひどく心配した。だから、私はまったく内証で「マンハント」日本語版に、協力することにした。この雑誌が三号や四号で、つぶれてしまっては、困るのだ。

私の考えが間違っていなかったことは、いまでは事実が証明している。「エラリイ・クイーンズ・ミステリ・マガジン」日本語版の成績が、いちばんよかったのは、「マンハント」日本語版があり、「アルフレッド・ヒッチコックス・ミステリ・マガジン」日本語版があり、どちらも好調だったときなのである。私は安心して、知的なエンタテインメントのリツル・マガジン、正統派のミステリ雑誌、という態度を、かためていった。外部のひとにも、エッセーを依頼できるようになって、まずよく知っている推理作家からはじめ、やがて福永武彦氏、中村真一郎氏、松本清張氏、有馬頼義氏に、連載エッセーを書いてもらえるようにもなった。

「マンハント」日本語版では、エヴァン・ハンターのルンペン探偵もの、マット・コーデル・シリーズの翻訳をたのまれて、それがゴールド・メダル・ブックスで本になったときのカート・キャノンという名にして、連載した。もちろん、都筑道夫では出来ないから、淡路瑛一という別名で訳した。これは好評で、のちに贋作を書くことにもなった。ハンフリイ・ボガート主演の映画「黄金」の原作者、B・トレヴンの短篇小説を、浪花節台本のスタイルで訳す、というようないたずらもやった。そうした自由はうらやましかったが、「マンハント」も「ヒッチコック・マガジン」も、その自由に編集できたために、かえって推理小説雑誌らしさが薄れて、長つづきしなかったのかも知れない。

一時間の仕事場

時間のことだけをいえば、「エラリイ・クイーンズ・ミステリ・マガジン」日本語版の編集は、それほどつらい仕事ではなかった。なにしろ、九十パーセントは、翻訳原稿だ。自宅まで、こちらから取りにいかなければならない訳者は、ほんの数人で、そのひとたちも、用のついでに原稿を持ってきてくれることが多く、銀座や新宿へんまで、取りにいけばよかった。どちらかといえば、原稿を社まで、とどけてくれる人が多かった。福永武彦さんや、松本清張さん、有馬頼義さんにエッセーを依頼できるようになってからは、私が取りにいかなければならなかったが、それまではコラムはぜんぶ、私が書いていた。

したがって、作品の配列がきまれば、仕事はおよそ、おわったようなものだった。つまり、読んで選ぶのが、私の仕事だった。EQMM日本語版が出て、二年ちかくたったころには、ハヤカワ・ミステリ・ブックスの新刊が、月に十数冊も出るようなことがあった。アール・スタンリイ・ガードナーのものとか、アガサ・クリスティーのものとか、全作品を出すときまっていて、手のかからないものもあったが、点数がふえれば、責任を持たなければならないものも、ふえてくる。それをなんとか、ひとりでやることが出来たのは、原稿とりの苦労がないせいだったろう。

読んで、選んで、依頼して、あとはコラムや解説を書くだけでいい。読むのは、電車のなかでも、うちでも出来る。会社では、ひととあうとき以外、本を読むか、原稿を書くかしていた。喫茶店でも、電車のなかでも、本を読んでいた。こういうと、いかにも勤勉のようだが、もちろん会社では同僚とお喋りもしたし、帰りに酒も飲んだ。けれども、いまの私には、われながら信じられないくらい、おびただしい量の新刊推理小説を読んでいたことは、事実である。

読めば読むほど、それまでマニア仲間でいわれていたことが、間違いであるように、私には思えてきた。推理小説は、再読できない。犯人やトリックがわかってしまえば、もう読めない。そういうことを、私も信じていた。死んだ兄は、私が先に読んでしまったミステリのことを、話そうとすると、怒ったものだった。私の話しかたでは、犯人やトリックが、わかってしまう、というのである。しかし、たくさん読まなければならなくなって、私の読書法は変った。会社で読んでいて、長時間、外出しなければならなくなったときや、うちで寝床で読んでいて、どうにも眠くなったとき、結末が気になると、躊躇なく最後のほうのページをひらいて、犯人やトリックを確認してから、本をとじるようになったのだ。そうしておいて、時間をへだてて、読みつづける習慣がついてみると、トリックや犯人がわかっているほうが、作品のよしあしがわかることに、気がついたのである。

すでに翻訳のある作品を、新訳で再刊するかどうか、きめなければならないこともあって、それを読みなおしてみたときにも、おなじことを感じた。これは、犯人やトリック、動機が最初からわかっていた場合、まったく興味がわかない作品はつまり、小説として欠陥がある、ということではないか。

「そんなことは、わかりきっているじゃないか」

という人が、いまでは多いことだろう。けれども、

「犯人のわかっている推理小説は、二度と読めない」

というのは、当時の日本の推理小説界最大の迷信だったのだ。これはむしろ、

「一度だけ、読ませてしまえばいいのだ」

という、作者を安心させるための定義だったのかも知れない。それはとにかく、この迷信に気づくと同時に、作品紹介の書きかたのこつが、わかってきた。読者は推理小説を、批評するために読むわけではない。だから、トリックや犯人については、もちろん、不注意に書くわけにはいかない。だが、こちらは犯人やトリックが、わかっていて読んで、ほかのおもしろさのポイントを、発見しているのだから、それを中心に書けばいい。単に中心にするだけでなく、そのおもしろさを誇張して語れば、読者も興味を持つだろう。ＥＱＭＭ日本語版の新刊紹介欄である「ぺいぱあ・ないふ」のページの書きかたを、私はそういう方針で、すこしずつ変えていった。

＊

早川書房の退社時間は、午後五時だった。その時間がくると、さっと私は帰ってしまう。どこかで訳者とあう約束があることも、たまにはあったけれど、たいがいは福島正実といっしょに、渋谷で酒を飲む。そのくせ、翌朝は十時、十一時、ときには十二時ちかくに、出社する。規定の出社時間は、営業部が八時半、編集部は九時だったから、時間に関する限り、私はきわめて、不まじめな社員だった。

早川書房に入社した五月から、結婚した十一月まで、私は毎朝、八時半に出社していた。女房をもらって、引越しをしたとたんに、会社につくのが、九時半になった。それが、十時になり、十一時になり、十一時半になっていった

わけだ。この遅刻常習は、かなり問題になったらしく、やがてタイム・レコーダーが設置されたのは、私のためだ、という噂が当時あった。この噂には、大久保康雄さんが、早川社長にいった言葉、という附録がついていた。

「中央公論社にタイム・レコーダーがついたのは、田中西二郎のためだ、といわれていたんだがね。だけど、タイム・レコーダーがついても、田中はしょっちゅう、遅刻したよ」

という言葉である。田中西二郎さんはかつては梶井基次郎に、名作を書かせた名編集者で、当時はグレアム・グリーンの諸作や、メルヴィルの「白鯨」の名訳者だったから、この噂が耳に入ったとき、私はにこにこしたものである。

早川書房につとめた足かけ四年、私は毎朝、だいたい八時に起きていた。前にも書いたように、入社したときには、高田馬場に住んでいたし、独身だから、朝食はたいがい食わないで、山の手線の外まわり電車にのる。すると、八時半ごろには、神田についてしまうのだ。所帯を持ったのは、世田谷区の大原町で、女房が朝めしをつくってくれるから、当然それを食って、出かける。京王線の笹塚駅から、新宿へ出て、国電中央線にのりかえるか、水道道路を走るバスで、渋谷へ出て、地下鉄で神田へいくかだが、笹塚まで歩くのがめんどうくさく、後者のルートを選ぶことが多かった。八時に起きて、朝めしを食って、このルートで出かけると、会社へつくのは九時半から、十時ちかくになる。バスを一台のがしただけで、十分から二十分、ちがってくるのだ。気まぐれで、ルートはしばしば変るから、早川書房にいるあいだ、私は定期券というものを、買ったことがなかった。

九時半から十時が、十時半になり、十一時になり、十一時半になったのは、仕事に馴れて、ずうずうしくなったからだろう。来客があるのは、早くて十二時。それ以前は、どうせ本を読んでいるだけだから、うちで寝ころがっていたほうが、多く読める。おまけに、本業は小説、という気負いが、こちらにはある。といったって、エラリイ・クイーンとおなじとまで、思いあがったわけではない。けれど、サム・マーウィン・ジュニアぐらいのつもりではいて、御大クイーンはじめ、アントニイ・バウチャーの雑誌編集ぶりがわかってくると、その合理性を、まねたくなったのだ。

外国雑誌のエディター・イン・チーフに似て、私も作品選定が主で、日本の編集者のように、原稿あつめの苦労は、ほとんどない。校正も見なければならないから、ぜんぜん社に出ないわけにはいかないが、あらかたは、うちにいても出来る。しかし、それをいってみても、会社がわが納得するはずはないから、毎日ちゃんと出社していたけれど、連日の遅刻をとがめられても、すみません、気をつけます、というだけで、あらためはしなかった。雑誌はきちんと出ているし、「ハヤカワ・ミステリ」の点数もふえ、部数もふえているのだから、いいじゃないか、という気があったのだ。

毎朝、八時ごろには起きていた、と書いたけれども、実をいうと、仕事が順調になるにしたがって、私はしばしば寝坊をするようになった。女房に八時に起されても、なかなか寝床から出られない。うちで原稿を書く時間が、ふえたからだった。「ハヤカワ・ミステリ」の点数がふえ、雑誌のクイーンの解説はへり、つまり、私がしらべて、書かなければならないことが増えて、資料あつめに金がかかるようになったからだ。古本屋をめぐってのペイパーバックあさりだけでは、追いつかなくなって、新刊書をあつめるようになると、毎月の給料は本代で消えてしまう。正確にいえば、当時は酒を飲んでいたから、本屋と飲み屋のつけを払うと、月給袋はからになる、というべきだろう。

社内原稿の稿料だけでは、生活が出来ないから、ほかの仕事をしなければならない。「マンハント」に協力したのも、競争誌がなければ困る、ということのほかに、仕事がふえればありがたい、という気持が、もちろんあった。ほかには、児童ものの翻訳をやった。これは、福島正実が世話してくれた。家族の多い福島君も、サイドワークが必要で、以前から児童ものをやっていたのである。国電神田駅の近くに、いまでも小鍛冶という喫茶店がある。そこの二階のすみのテーブルで、昼休みにはいつも、福島君は原稿を書いていた。私もまねをして、小鍛冶の二階を、十二時から一時までの仕事場にするようになった。どんな仕事でも、私はひきうけた。ラジオの映画紹介の時間に、スリラー映画の新作について、喋るような仕事もひきうけたし、実話雑誌にアメリカの犯罪実話を書いたりもした。

　そのころ銀座のイエナ書店のゴールド・メダル・ブックスの棚で、私はカート・キャノンという作家の短篇集を見つけた。主人公もカート・キャノン、免許をとりあげられた飲んだくれの私立探偵だ。カート・キャノンが、エヴァン・ハンターの別名であることは、すぐにわかった。EQMMだけでなく、「マンハント」や「アルフレッド・ヒッチコックス・ミステリ・マガジン」、「マイケル・シェーン・ミステリ・マガジン」などのバックナンバーも、私は蒐集していたから、簡単にさがしだしたのだ。カート・キャノンは、エヴァン・ハンターが「マンハント」の初期に、マット・コーデルという私立探偵を主人公にして、連載していたシリーズだった。「マンハント」日本語版の中田雅久さんと相談して、私はこのシリーズをひきうけることにした。

　ゴールド・メダル・ブックス版は、それほど書きくわえてあるわけではなかったが、マット・コーデルよりも、カート・キャノンのほうが響きがいい。ゴールド・メダル・ブックをテキストに、私はこのシリーズを翻訳した。小鍛冶の二階でもやったし、うちでもやったが、当時、翻訳者としての私が、いちばん力を入れていたのは、レイ・ブラッドベリと、このカート・キャノンだった。

百度目の正直

　このエッセーを書きはじめてから、八年と四カ月になった。一回が四百字詰十二枚、最初のうちは二十枚ぐらい書いていたから、もう千五百枚になっているのではなかろうか。私のほうは、習慣のようになって、書きつづけているのだが、ときどきは担当編集者以外、だれも読んでいないのではないか、と思ったりもする。最初の約束は、題名どおり、「やぶにらみの時計」を出版するまえ、私がどんな生きかたをしてきたか、書いてみよう、ということだったのだが、なにもそれをまもることもないだろう。

貴重な誌面を、占めつづけるのもなんだから、そろそろやめようよ、といったことも、なんどかあったのだが、不思議なことに、

「今月のだれだれさんについての記述は、都筑さんの思いちがいじゃないかな。あのころ、だれだれさんは、まだフリーになっていませんでしたよ」

といったような電話や、手紙をそういうときに、いただくので、もうすこしつづけようか、という気持になった。いちばんおどろいたのは、私の一時期の生活のよりどころであった雑誌、「ポケット講談」の編集長、後藤竹志さんのことを、書きつづけはじめたときだった。後藤さんは小説的な、おもしろい生きかたをしていた人なので、実をいうと、もう亡くなっているだろう、と思って、安心して書きはじめたのだが、次の年の元日、年賀状を見ていて、ぎょっとした。最後にあってから、二十年ぐらいたつ――その間、一度も年賀状をもらったことのない後藤さんからの一枚が、あったからだ。

ご無沙汰をつづけているが、元気で仕事をしているようで、けっこうです、といったごく普通の文面だったけれど、そのはがきのむこうに、まだ生きていますよ、読みましたよ、とにやにやしている後藤さんの顔が、私には見えるような気がした。べつに私は、悪意を持って書いていたわけではないから、かまわないようなものだけれども、年賀状を見たとたん、みょうに萎縮してしまって、あとは思うように書けなかった。

そういう意味では、ＥＱＭＭの創刊当時にさしかかったいまはなおさら、書きにくい。登場人物が全員、ジャーナリズムで現役として、活躍しておいでだからだが、そのいっぽう読物雑誌の終末期や、翻訳小説雑誌の誕生期のことを、あるていど鳥瞰的に知っていて、あるていど自由に発言できる人間は、すくなくなっている。だから、書いておいたほうがいい、と思って、つづけている。

ただどこまで、自分に正直になれるか、という問題があって、筆がしぶることがある。闘争本能も旺盛でなく、自己顕示欲もとぼしい私だから、それほど自分を美化することはあるまい。そう思うのだけれども、当時の私の行動について、自己弁護することはあるだろう。私の立場を離れて、書けるはずもないのだから、大なり小なり、そうなることは避けられないにしても、出来るだけ公平でありたい、と思うので、書きにくくなっているのだ。それが、私の百度目における正直な心境だ。

しかし、ふりかえってみて、早川書房にいた足かけ四年間ほど、商売ということを考えて、実行していた時期は、私にはなかったことも、事実である。三十五年も小説を書きつづけていれば、いま持てはやされている小説ジャンルで、どういうものが長続きしそうか、次にはどういうジャンルが流行しそうか、あるていどの判断はつくようになる。というよりも、流行にあわせて、どんなジャンルだって、こなそうと思えば、こなせるようになる。けれど、小説を書く場合には、わかっていても、やりたくない、という気持が大きい。いやなことはしたくないから、小説を書いているのだ、という気があるせいだろう。

＊

雑誌を編集していたときには、ひとに雇われているのだ、雇いぬしは金をもうけるために、私に金を払っているのだ、という頭があって、商売だけを考えることが出来た。あらゆることに自信がない――というより、自信を持続させることが出来ない私が、あの当時だけは、日本の推理界かくあるべし、という意見にも、英米のミステリはこういう方向に動いている、という観察にも、自信を持ちつづけることが出来た。だから、商業主義オンリーでなく、日本の推理小説に貢献している、という満足感を持ちながら、商売だけを考えていられたようだ。

幸運もあってのことだけれど、私のねらいはほぼすべて、いい結果におわった。見通しの狂った唯一の例外は、イァン・フレミングだった。しかし、結果はよかったのだから、これこそ幸運だったのだろう。イアン・フレミングのLive and Let Dieを、ハヤカワ・ミステリに入れるとき、私の気持は、

「これくらいの道楽は、ゆるしてもらえるだろう」

というものだった。私がフレミングをはじめて読んだのは、たしかパーマ・ブックス版のLive and Let Dieで、Too Hot to Handleという題になっていたように思う。道玄坂のバラックの古本屋で、それを買ったとき、植草甚一さんがそばにいて、あとで喫茶店でコーヒーをご馳走になったのを、おぼえている。

「そのフレミングという作家は、いまイギリスのインテリに、評判がいいんですよ。一般的には、まだそれほど売れていませんがね」

と、例によって、植草さんは教えてくれた。

「ぱらぱらっと見た感じでは、かなり派手な活劇みたいですね」

私がいうと、植草さんはにこにこして、

「連続活劇の心意気で、書いていますよ。それでいて、荒っぽくない。趣味的に凝った文体でね。そこがインテリにうけて、一般的には、ぱっとしないところでしょう。うんとお金をかけて、映画にでもしたら、もっとうけるでしょうがね」

「それじゃあ、日本の読者には、むかないかも知れませんね」

「おもしろい話が、ありますよ。ロンドンの左翼系の新聞が、フレミングをとりあげていましてね。イギリスの読書階級ともあろうものが、こんな絵空ごとの活劇をよろこんでいるようでは、イギリス文化の先ゆきが、思いやられる、という趣旨で、作者そのものよりも、読者を攻撃しているんです」

こういう話を聞いたせいもあって、すぐにはToo Hot to Handleは読まなかった。わき道にそれるが、この本を手にとった理由が、もうひとつあった。Too Hot to Handleというのが、小学生のとき、私が最初におぼえた英語の熟語だったからだ。クラーク・ゲーブル主演の「地球を駈ける男」というアクション・コメディが、戦前にあって、

当世風にいえば、やらせカメラマン、でっちあげスクープをするニュース・カメラマンを主人公にした話で、私のお気に入り映画のひとつだったが、その原題が、Too Hot to Handle。あつかいにくいことやものの意味だと、映画雑誌で読んで、おぼえたのだけれど、これは前にも書いたかも知れない。ついでのついでにいえば、その次におぼえたのが、ありきたりの恋愛映画を意味するBoy Meets Girlで、ジェイムズ・キャグニイの主演映画の題名になっていたのだが、それはけっきょく日本では公開されなかった。

007との出あい

Live and Let Dieを読まないうちに、私はもう一冊、イアン・フレミングの本を手に入れた。これもアメリカ版だが、ハードカヴァーで、たしかマクミラン社の出版だったと思う。ジャケットのないキャンプ・ライブラリイ本だったが、とにかく初版の「カジノ・ロワイヤル」だった。しかし、それも読まないうちに、本物のハードカヴァーを手に入れた。本物というのも、変ないいかただが、ジョナサン・ケイプ社版の「ドクター・ノオ」を、新刊で買ったのだ。

ジョナサン・ケイプのイァン・フレミング本をデザインして、フレミングが有名になるとともに、有名になったあの画家は、なんという名前だったろう。ハロルド・チョピンか、チョッピングか、そんなふうな名前だったような気がするが、はっきりしない。拳銃や短剣、髑髏といったものに、花や鳥をあしらって、図案ふうの細密画にしたジャケットが、なかなかよかった。といっても、「ドクター・ノオ」のジャケットが、どんな絵だったかは、思い出せない。貝殻とさそり、拳銃を配したデザインだったろうか。

ジャケットを取ると、茶いろっぽいクロースの平《ひら》に、金版が押してあった。草のしげみのなかに、ハニーチル・ライダーが立っている影絵が、小口によせて、押してあった。のちに、これには、金で押してあるものと、黒で押してあるものと、二種類あって、ぜんぜん押してない、つまり一色のクロース表紙のものもあることが、わかった。その金、黒、なしの三種類を、苦労してあつめたほど、私はフレミングに凝ることになったのだが、その「ドクター・ノオ」を手にして、読んでみようという気になった。

買った順序に義理を立てて、「死ぬのは奴らだ」から、読んだのだが、それは前回にいったパーマ・ブックス版のToo Hot to Handleではなく、原題そのままのシグネット・ブックだったと思う。それを読んで、私は夢中になったのだが、その話をする前に、ジャケットの画家について、もうすこしより道をしたい。チョッピングだか、チョピンだか、そのイラストレーターは、のちにFLYという長篇小説を出版した。一冊だけで、あとはつづかなかったようだが、FLYは自分でジャケット・デザインをして、それが大へんおもしろかった。

白地に蠅が一匹だったたか、二匹だったか、写真のような細密さで、隅に小さくかいてある。それだけなら、雑誌の「プレイボーイ」に、フランス作家ジョルジュ・ランジュランの中篇、「蠅」がのったときに、すでにだれかがやっている。見ひらきの二ページの左がわに、題名、作者名、書きだしが、細長く刷ってあって、あとの大部分はまっ白、すみに蠅が一匹、実物大の細密画で、かいてあった。イギリスの「蠅」が、その真似におわらなかったのは――いや、ランジュランの「蠅」のイラストレーションも、彼だったような気もするのだが、とにかく奇抜ないたずらがしてあった。表紙には実物大の蠅のほか、まったく文字がないのだ。作品名、作者名は、背と裏表紙に、あっさり入っている。まあ、これは作者が装釘者でなければ、とても出来ないことだろう。英米のブック・ストアでも、新刊書は平づみにする。この本は平づみにしたら、なんの本だかわからない。だが、白い本に本物の蠅が、とまっているように見えて、手をのばす客も多いだろう。

この真似を、私はいっぺんやってみたくて、「怪奇小説という題名の怪奇小説」というショート・ノヴェルを、桃源社から出したときに、無理をいって、やってもらった。黒一色の崖の細密画だけで、表紙にはなにも入れずに、裏表紙に題名、作者名を入れた。帯をかけるから、「蠅」の場合ほど奇抜にはならないが、変ってはいるだろう。ところが、出て間もなく、書店へいってみたら、ちゃんと裏返しにして、平づみにしてあった。

＊

シグネット・ブックで読んだ「死ぬのは奴らだ」は、実におもしろかった。あの手この手の大活劇を、古めかしさと新しさをこきまぜて、あざやかに展開している。なるほど、これならうるさい読書階級に、うけるはずだ、と思った。同時に私は、ある一冊の児童図書を思い出した。またより道になるだろうし、前にも書いたことがある話なのだが、いまだに不明な部分があるので、くりかえさせてもらいたい。

戦争直前、私は岩波文庫の新刊で、いっぷう変ったギリシャ神話集を読んだ。アメリカの数学者だったか、科学者だったかが、自分の子どもたちに、古典に興味を持たせようとして、書いたものだったように記憶している。著者の一家が、夏の休暇かなにかを、いなかのコテージですごしているところから、話がはじまる。親戚の大学生が遊びにきて、なにかのきっかけで、その青年が子どもたちに、ギリシャ神話を話して聞かせることになる。ひとつのエピソードがおわると、また大学生と子どもたちの会話になって、著者である父親が、意見をのべたりする。

「どうも、きみに喋らせると、ギリシャ神話もハリウッド製みたいだな。マーキュリイがまるで、漫画のスーパーマンじゃないか」

といったりするわけだ。マーキュリイはクイック・シルヴァーという名になっていて、主人公の危機をすくいに、颯爽と登場するのだ。

「いいじゃないですか、おじさん。子どもたちは、おもしろがっているんですから」

事実、このアメリカナイズしたギリシャ神話は、おもしろかった。ヘラクレスの冒険も、イアソンの金羊毛さがしも、私はこの本でおぼえたのである。エピソードとエピソードのあいだには、父親、母親、大学生、子どもたちが、話しあうブリッジ的部分があって、ただおもしろおかしく、というだけに流れない工夫がある。

ジェイムズ・ボンドの冒険を読んだとき、私はこの本を思い出した。しかし、その岩波文庫を、私は戦災で焼いてしまっている。おまけに、戦後この本は復刊されていない。もうひとつおまけに、私は書名も、作者名も、きれいさっぱりわすれている。しかし、私はこの本を読んでいたおかげで、アガサ・クリスティーのポアロをヘラクレスに見立てた連作なんぞを、理解することが出来たのだ。といったところで、題も著者もわからないのでは、どうにもならない。

だから、イァン・フレミングの紹介文を書いたときには、そのことには触れなかった。そうしたら、イギリスの批評家が、ジェイムズ・ボンドは、スポーツカーにのって、ドラゴンを退治にいくセイント・ジェイムズなのだ、と書いているのを読んだときには、わが意をえたり、と思った。その言葉は、フレミングについて書くときに、しばしば引用させてもらった。いっぽうで、海外児童文学にくわしいひとに、岩波文庫で出た本のことを聞いてみたが、だれも知らない。岩波書店に問いあわせれば、戦前の刊行書目が残っているだろうから、わかるかも知れない。けれども、発行年度もわからない、書名も、著者も、訳者もわからない。資料をしらべるひとに、時間と忍耐を要求することになるだろう。それほど親しいひとは、岩波書店にはいないので、ときどきエッセーに書いてみたり、ひとに聞いたりしている。マーキュリイがクイック・シルヴァーという名で出てくるギリシャ神話を、どなたかおぼえていないだろうか。

そういうわけで、「死ぬのは奴らだ」は気に入ったのだが、つづいて読んだ「カジノ・ロワイヤル」は、あまり感心しなかった。だが、「ドクター・ノオ」はおもしろかったので、私はフレミングの著作を、ぜんぶ集めることにした。ハヤカワ・ミステリにも入れなかったが、こうした大活劇を、日本の読者が受け入れてくれるかどうか、見当もつかなかった。新しい推理小説も、かなり受入れられるようにはなっていたが、ジョルジュ・シムノンなぞはまだ駄目だったし、毛色の変ったものは、まだ無理な気がした。それに推理小説の歴史の上で、フレミングはどうしても、紹介しなければならない作家ではないだろう。

　しかし、私のセレクションで、ハヤカワ・ミステリは上むきになっているようだから、ここらでちょっと、道楽をしてもいいだろう。悪口をいわれるのを覚悟で、私は「死ぬのは奴らだ」を、ハヤカワ・ミステリに入れることにした。悪口をいわれたら、一作だけでやめればいい。実際、私は恐るおそる、「死ぬのは奴らだ」を出したのだった。ところが、反響は意外だった。知人の口から、

「こんなおもしろい小説、読んだことないよ」

　という声が出る。この作家のものを、もっと出してくれ、という投書もある。書評もいちおう、好意的だった。読書家で、推理小説も読んでいることは知っていたが、まさかこういうものは、と思うような学者が、エッセーのなかで、

「こんど早川で、イァン・フレミングの作品が出たが、実は前から、この作者のものを読んでいて、おもしろいから、ひとにすすめたかった。これで、だれにでもすすめられるようになった」

　といったことを、書いてくれたりもした。ほっとしたけれど、まだ油断はできない。もともとガードナーのメイスンものなぞより、発行部数もすくなかったし、売行も悪くはないが、特によくもなかったからだ。だから、「ドクター・ノオ」と、出たばかりの「ゴールドフィンガー」しか、翻訳権はとらなかった。「ゴールドフィンガー」は、いちばん気に入った作品だったが、全体がゲームで構成されていて、クライマックスはフォート・ノックスの金塊強奪。そこへ行くまで、カード・ゲームからゴルフ・マッチ、カー・チェイスとゲームがエスカレートしていく。そういう大まじめな顔つきで、実は遊んでいる作風が、こんどこそ反発されそうな気がした。

「しかし、まあ、『死ぬのは奴らだ』を、受入れる読者はいたんだから、やってみてもいいだろう」

と、思って、翻訳権をとったのだが、それが出るまで、私は早川書房にいなかったのではなかろうか。英米でも、日本でも、イァン・フレミングがペイパーバックで、爆発的に売れだしたのは、映画の二作目「ロシアより愛をこめて」が、大ヒットしてからだった。イァン・フレミングが取材に日本へきたとき、日本の大新聞は、彼がなにものか知らなかった。本人の立場も、アメリカの雑誌にたのまれて、旅行記を書くための取材で、つまり取材費は雑誌もちだった。それを利用して、フレミングは「００７は二度死ぬ」の取材もしていったのである。フレミングはなんとか、自作を映画に売ろうとしていたが、やっとその数本の契約ができて、ほっとした時期だったらしい。

しかし、映画の一作目「ドクター・ノオ」は、金のかけかたが足りなくて、平均点の出来だった。「ロシアより愛をこめて」で、ボンド・ブームは起ったのである。インテリの娯楽から、大衆のヒーローになるまで、大へんな時間がかかったわけだ。

翻訳者たち

前回にギリシャ神話のリトールド本のことを、書名も、著者名もわすれてしまったから、ご存じのかたは教えていただきたい、と書いたところ、大勢のかたにお手紙、お電話を早川書房あてに頂戴した。個人的な思い出を、気ままに書いているこのエッセー、それほど、みなさんに読んでいただいているのか、と思うと、うかつには書けないような気分になった。

それらのお手紙やご伝言は、私のもとへ届けられている。本来ならば、いちいち礼状をさしあげなければいけないのだが、おととしあたりから、どうも体調が不安定で、とりわけ今年は、春から夏へかけて、心身ともに衰えている。

食っていくための仕事をするだけで、精一杯で、浮世の義理はすべて欠いている状況なので、この誌面でお礼を申しあげるだけで、ご勘弁ねがいたい。みなさん、ありがとうございました。

ところで、それらのご教示はすべて、それはナサニエル・ホーソンの「ワンダー・ブック」だろう、ということで、一致している。たしか作ちゅうに、コミックスの「スーパーマン」に言及した部分が、あったようにおぼえているので、ホーソンといわれても、そうだった、と膝をたたくことにはならないのだけれど、私の記憶なんぞはあてにならない。仕事が一段落したら、「ワンダー・ブック」を読んでみよう。お手紙のなかに、お手持ちの本をくださる、というお申しいでがあったけれども、これはご好意だけを、ありがたく頂戴しておきたい。いま私の住んでいる東中野の駅のそばには、郵便局が三軒あるのだが、どれも便利な位置とはいえない。歩いていくのは、ちょっと億劫だし、タクシイにのれば、近すぎて、運転手に舌うちをされる。客に露骨にいやな顔をして、商売ができるのは、国鉄の駅員とタクシイの運転手ぐらいだろう。むろん愛想のいいひともいるが、不愛想なのにあたる率のほうが多い。バスも通っているが、乗りかえなければならなかったり、なかなか来なかったりで、つかう気はしない。だから、郵便小包を出さなければならないことになると、私はなん日も考えこんでしまう。私自身がいやなことは、相手はさほど苦にならないとしても、させたくはない。そんなわけで、辞退させていただく。

＊

もう少し、イァン・フレミングの本の装釘について、書いておきたい。まだ名前の思い出せない装釘者のことは、三島由紀夫のエッセーにも出てくる。三島がロンドンにいったとき、パーティに招待されて、そこで紹介された人物のなかに、イァン・フレミング氏の本の装釘で有名になり、最近、小説も書いた画家がいるわけだ。推理小説ぎらいの三島の記憶にも、残ったくらいだから、当時、優雅でグロテスクな細密画のジャケットは、よほど評判になっていたのだろう。

たとえば「007は二度死ぬ」のジャケットは、大きながま蛙を中心にしたものだったが、この本は日本語の題名をつけた最初のエンタテインメントでもある。ジャケットをとると、クロースの本表紙の平に、「二度だけの命」という日本文字が、金で押してあるのだ。

それまでにも、日本の事物を紹介した本や、日本人が英語で書いた本の扉、表紙に日本文字が書かれたためしはある。けれども、英語国民が英語で書いた娯楽小説に、日本語の題名がついたのは、これが最初なのである。だいぶ前のことだが、この題名について、和田誠さんが書いていた。フリッツ・ラングがアメリカで撮った犯罪映画に、「暗黒街の弾痕」というのがあって、原題が You Only Live Once、「007は二度死ぬ」の You Only Live Twice は、これをもじったものかどうか。和田さんがそう書いたら、いや、あれは原書に引用された俳句の英訳の言葉で、もじりではない、と人に教えられたというのである。

しかし、これは教えた人のほうが間違っていて、和田さんのほうが正解に近い。You Only Live Twice という言葉でおわる英語の俳句は、イァン・フレミングがつくったもので、それを考えたときのフレミングの頭には、ヘンリイ・フォンダ主演の映画まで、思いうかべたかどうかわからないにしても、「人生はたった一度」という成語、You Only Live Once があったことは、間違いないからだ。

そういえば、私が最初に読んだフレミングの作品、Live and Let Die も、Live and Let Live「共存共栄」という成語を踏まえた題名だった。ハヤカワ・ミステリに入れることにきめて、さて題名をどうするか、ずいぶん頭を痛めたものだった。当時は邦題をぜんぶ、福島正実や生島治郎の知恵を借りながら、私が考えていたのである。

「共存共栄」は「こっちも生き、あっちも生かす」だが、この題名は「こっちは生きて、あっちは死なす」だから、「死ぬのは奴らだ」ということになったのだが、歯ぎれがよくて、力づよい題名を、と考えに考えたすえに、ふっと出てきた。

話はわき道にそれたけれども、当時きまって苦労したのは、イギリス作家の題名ではない。アール・スタンリイ・ガードナーのA・A・フェア名義の作品だった。私が早川にいたころに出たフェア名義の作品は、題名がきまって二重の意味を持っていた。それでいながら、言葉は単純で、交通標識の「カーヴに注意」Beware the Curves とか、食卓用語の「調味料をとってください」Pass the Gravy なのである。前者はたしか「曲線美に御用心」、後者は「うまい汁」という題になったが、それでは裏の意味しか出ていない。

「もう少し、普通にアメリカ人がうけとる意味も、入れられないかしらね」

「題名にかなをふってもよければ、曲線美にカーヴとルビをつけて、『カーヴに注意』と出来るんだがなあ」

「ルビは無理だし、ちょっとそっけないよ。やっぱり『曲線美に御用心』かな。こっちのほうが、売れる題ではあるね」

しかし、もうすこしなんとかならないものかと、福島正実、生島治郎と話しているうちに、駄じゃれづくしになってしまう。原題がしゃれなのだから、うまいしゃれが出れば、それが題名になるのだが、そうはいかない。A・A・フェアの題名は、決定までにいつも、長いおしゃべりがあった。

題名を編集部でつけてしまうというのは、べつに翻訳者のセンスを、信用しなかったからではない。訳者がきまらないうちに、その作品の紹介記事を、雑誌に書いたりすることがあって、いつの間にか、それが毎度の例になったのである。

ひとつには、「エラリイ・クイーンズ・ミステリ・マガジン」日本語版が調子よくのびつつあって、新しい翻訳者がふえてきた。ハヤカワ・ミステリの毎月の点数もふえていたから、翻訳者はいくらでも必要だった。前にも書いたように、翻訳家の交替期でもあって、完訳、忠実という方針を、うけいれてもらえない人とは、縁を切らざるをえない、というところへ来ていた。アメリカ風俗を知りたくて、新しいアメリカ・ミステリを読むひともいる。だから、日本人にはわからない風俗習慣も、ていねいに説明しよう。簡単にいえば、そういう方針だった。アメリカできょうあったことが、きょう日本につたわってくる現在では、わからないような苦労があって、先日もいまは翻訳から離れた人と、電話で話していて、

「いまの翻訳家は、たいがいのことを、そのままかたかなで書けばいいんだから、楽だねえ」

ということになった。いや、話が本すじをそれてしまったが、そういう時期だったから、新しい訳者はミステリにくわしいとはかぎらない。たいがいの場合、専門知識は私のほうがあったから、けっきょく演出家のような立場に立つことになったのだった。

当時の新人のなかで、もっとも印象的な登場をしたのは、やはり田中小実昌さんだったろう。EQMMが出はじめて間もなく、中村能三さんから、話があった。

「ぼくのところで、同人雑誌をやっていた人のなかに、米軍キャンプで働いているのがいるんだ。新しいスラングなんかも、よく知っている。雑誌の仕事を、させてやってくれないか」

アメリカ語と毎日、接触しているような人は、こちらもちょうど探しているところだった。

「ぜひ紹介してください。早川書房へきてくれると、いちばんありがたいんですが……」

と、私はいったのだが、それから間もなくのある日、階下から早川社長の大きな声がした。

「都筑君、古本屋さんが見えたよ」

道玄坂のマーケットのなかの古本屋、石井さんのところにいた碇《いかり》さんというひとが、神保町の洋書屋をまわった帰りに、ときどきよってくれていた。その碇さんが来たのだろう、と思って、二階の編集部からおりていくと、丸顔のひとが禿げあがった頭をタオルで拭きながら、立っていた。たしか残暑のきびしいころで、半ズボンすがただったのではなかろうか。風呂敷づつみを片手にもって、ぴょこんと頭をさげた。

「田中小実昌です。中村能三さんから、話していただいたと思うんですが……」

あっと思って、私はすぐ二階へあがってもらった。話を聞くと、座間の米軍キャンプの医療研究所といったか、とにかく研究機関につとめていて、キャンプ・ライブラリイの本も、いろいろ読んでいる。リチャード・マシスンやジェイムズ・M・ケインの名が出てきたので、そういう新しいものを読んでいる人なら、心づよいと思った。

「ちょうど、ケインの短篇がありますよ。ためしに、訳してみてくれませんか」

と、私がわたしたのが、「冷蔵庫の中の赤ん坊」だった。田中さんは数日のうちに、それを訳してもってきてくれた。顔も、からだも、まるまるとしているのに、原稿の文字はちまちまっとしていて、直木三十五の原稿を、だれかが評して、

「蚊の死骸をならべたような」

といったのを、私は思い出した。そこはおかしかったが、訳文はおかしくなかった。その場で読んで、その場で採用をきめたように、記憶している。すぐに次のテキストをわたしたが、それはなんだったろう。ハーラン・エリスンの愚連隊ものだったかも知れない。というのは、三回目か四回目にあったとき、隠語の話が出たからだ。田中さんは野師の隠語に詳しかった。

「新宿で、野師をやったことがあるんです。戦争から帰ってきて、無試験だったから、東大の印度哲学へ入ったんですけどね。食いぶちを、稼がなきゃならないでしょう。渋谷で軽演劇の裏方をやったり、新宿で野師をやったり、いろいろやりましたよ」

「野師といっても、いろいろあるでしょう。なにをやったんです?」

「ロクマというのが、ありましてね」

ロクマとはなにか、私は知っていた。田中小実昌さんと私とは、思いがけないつながりがあるのが、そのときの話でわかったのだ。

軽ハードボイルド

ロクマというのは、野師の隠語で、易者のことである。十二支を書いた幕を、うしろに張って、それを棒でさししめしながら、

「子どし生れのひとは……」

と、独得のふしをつけて、生れどしと性格についての説明をする。易によって、運命を予知することが、いかに人生にプラスするか、という話をして、幕のうしろや、近くの易断所にいる先生のところへ、客をまわす。いまでも、ときたま見かけることがあるが、それがロクマである。机の上に算木や筮竹をおいて、軒下に出ている大道易者も、ロクマというのだろうが、田中小実昌さんがやっていたのは幕の前で説明するほうだったらしい。酔うと、浪花節のような声で、

「丑どし生れのひとは……」

と、やってみせてくれた。

「新宿でやっていたのなら、ナンレイ先生を知っていますか」

と、私は聞いた。

「そりゃあ、知ってますよ。新宿でロクマをやっていて、ナンレイさんを知らなけりゃあ、もぐりだ。ナンレイさんは偉いひとで、怖いひとですからね」

と、田中さんは答えてから、

「都筑さんは、ナンレイさんを知っているの?」

ナンレイは号で、たぶん南嶺と書くのだろう。いまの紀伊國屋ビルの一部分が、むかし丘という喫茶店で、そこに一時期、私が入りびたっていたことは、前に書いた。そこの常連だったひとたちとは、いまでも思いがけないところで、出あうことがある。その常連のなかに、先生と呼ばれるひとが、三人いた。

ひとりは戦前からの挿絵画家、富田千秋さんで、私は処女出版の長篇時代小説「魔海風雲録」の装釘をこの先生にしていただいた。ひとりは、私の師匠だった作家の大坪砂男。もうひとりが、ナンレイ先生だ。いつまでも、カタカナで書くのは失礼だから、間違っているかも知れないが、南嶺さんと書くことにしよう。南嶺さんは古い常連だし、こちらは人見知りするたちの口の重い人間だから、あまり話をしたことはない。顔があえば、挨拶をするていどだったから、お医者さんか、と最初は思った。けれど、ほかの常連と話しているのを聞くと、ざっくばらんで、医者らしくない。マスターの秋山さんに聞いたら、易者の先生だ、と教えられた。小実昌さんの言葉どおり、新宿で南嶺さんを知らない易者は、もぐりだというくらい、実力のあるひとだったらしい。

いま思い出したが、丘に一時期、もうひとり先生がいた。これはお医者さんで、家城《いえき》さん、といった。歌舞伎町で、病院をひらいている皮膚科の先生で、なにか家庭的な悩みがあったらしく、夜あうと、いつも酔っていた。ほかの三人の先生より若くて、まだ三十代前半のようだった。ある晩、その家城さんと大坪さんと、私の三人で話をしていたとき、家城さんがあまり酔った調子で、からむようないいかたをするので、私はつい腹が立って、口走った。

「そんなに帰りたくないほど、つらいのなら、奥さんと別れてしまえばいいじゃないですか」

そうしたら、大坪さんがいつになく、強い調子で、

「きみ、そんな無責任なことを、いうもんじゃない。奥さんにも感情もあれば、意志もある。悩みもするんだ」

しゅんとなって、私は黙りこんだ。当時から近年まで、知りあう女性にやたらに惚れて、私は失恋ばかりしていたけれど、そのころはとりわけ、男と女のつきあいかたなぞ、なんにもわかっていなかったのだ。大坪さんに、つよい調子で叱られたのは、あとにも先にもそのときだけだから、いまでも思い出す。家城さんは間もなく、病院をやめて、どこへ行ってしまったのか、丘の常連たちには、わからなくなってしまった。

何年かたって、私が高田馬場で、部屋がりをしていたと

きだったろう。夜、ラジオを聞きながら、仕事をしていたら、とつぜん聞きおぼえのある声が、耳に入ってきた。それはクイズ番組で、日本全国あちこちに、司会者が出かけていく、という形式だったから、NHK第一放送だったにちがいない。その晩は、北海道の炭鉱町からの中継で、町の人びと何人かが、次つぎに出て、クイズに答え、正解できれば何問でも挑戦できて、賞品が出る、といった形式だった。その何人目かに、聞きおぼえのある声が出て、おやっと思ったとたん、

「診療所の医者で、家城といいます」

といった。家城先生は、たしか関西のひとだったけれど、北海道へいって、炭鉱の診療所につとめていたのである。なつかしく耳をかたむけていると、家城さんは次つぎに正解を出して、とうとう全問、答えてしまった。私は音を立てずに、拍手のまねをして、大雪の晩、新宿、銀座、池袋と家城さんにひっぱりまわされて、夜半まで飲みつづけたことを思い出した。その晩の家城さんは、かなり荒れていたが、数年をへだてて、ラジオで聞いた声は元気そうだった。それから、三十年ちかく、たっている。お医者さんは、めったに転業しないものだから、もう北海道の炭鉱にはいないだろうが、家城先生、どこかで火傷や湿疹の患者を、診ているにちがいない。

＊

家城先生とはラジオで再会したが、南嶺先生とはテレヴィジョンで再会した。紀伊國屋ビルが建つので、丘が歌舞伎町へ移転して、酒場になってしまってからは、常連たちの噂も耳に入らなくなった。早川書房をやめて、ずいぶんたってからだから、十五、六年まえだろう。ある日、テレヴィジョンで俳優の山村聰の半生をふりかえる番組があった。その終りちかく、趣味を語るコーナーがあって、釣りの話になったとき、南嶺先生がゲストで出てきたのだ。アナウンサーが、こちらはどういう方で、と聞くと、南嶺さんは笑顔で、

「わたしは釣道具屋のおやじで、山村さんの釣友だちで

す」

するど、山村聰は手をふって、

「いや、わたしの釣りの師匠ですよ」

南嶺さんが釣り好きだということは、秋山さんからも聞いた記憶があるが、易のほうは隠退して、趣味に専念するようになったらしい。

話が横道にそれたけれども、田中小実昌さんが南嶺さんを知っていて、新宿でロクマをやったことがある、と聞いて、私は親近感をおぼえた。それは、私が南嶺さんを知っていたから、というだけではない。ずっと前に書いたと思うが、私の父は弟のすすめで、蛇や赤とんぼ、猿の頭なんぞの黒焼屋をはじめたのだけれど、なかなかうまく行かない。それで、はじめのうち、早稲田の大学通りに、夜店を出していた。父は口べただったから、戸板の上に蛇の蒸焼の粉末や、赤とんぼの黒焼などをならべて、三寸というやりかたをしていたが、弟のほうは——つまり私の叔父は、大じめというやりかた、大道に立って、最初はなにを売るかわからない。お喋りで客をあつめて、しまいに薬を売りつける、というやり方をしていた。この大じめには、ミンサイという催眠術の本を売るもの、リツという法律の本を売るものなんぞがあって、叔父のはマキスイといったと思う。マキは巻きつくところからだろうが、蛇のことで、スイが薬のことらしい。叔父は大じめがうまかったらしく、晩年、

「おれが喋りはじめたら、まわりの店には、客がいなくなったものだ」

と、自慢していた。説得力がある、というよりも、大きな声で、強引に喋って、納得させてしまう話しかたで、戦争ちゅうの町会で、意志を通してしまうのを聞いていると、たしかにうまかったろう、と思う。私はいやでしようがなかったけれども。

私が小学校へ入るころには、わが家もなんとかなって、夜店はやめてしまったが、年月がたって、敗戦直後、こんどは父と私が、露店をやることになった。音羽の護国寺から、富士見坂をのぼった右角の焼けあとを、大塚仲町の町会のひとたちが片づけて、露天市をはじめることになった。

つまり、店をやっていても、売るものがない。鋳物の鍋とか、石鹼、軍手、芋飴なぞの闇商品は手に入っても、まさか万年筆屋の店さきで、鍋や石鹼は売れない。そこで露天市をということになって、昭和二十年の九月はじめ、私も焼けあと整理に狩りだされ、そのかわりに店を出す権利が出来た。露店商の鑑札をとって、長兄はまだ軍隊から帰ってないし、次兄は寄席がはじまっていたから、私が父と交替で商売をした。なにを売ったかというと、世話をしてくれる人があって、葡萄糖が手に入った。黄いろい葡萄糖の大きなかたまりを、出刃庖丁でたたきわって、小さなかたまりにして、売ったのである。砂糖のかわりに、煮物なぞにつかう人もいたろうし、キャンデイみたいにしゃぶる人もいたろうが、黙ってすわっていても、よく売れた。ただこちらも甘味に飢えていたから、つい商品に手を出して、口に運んでしまう。客に値段を聞かれたとき、大きなかたまりが口に入っていて、返事が出来ないで、あわてたこともあった。

この青空市は、ひと月ぐらいしかつづかなかったように、おぼえている。とにかく、私のところでは、長兄も帰ってきて、関口水道町の焼けあとに、バラックを建てることになって、十月のなかばごろにはやめていた。そんなわずかではあっても、私自身、露店商を経験したし、叔父の話には野師の隠語がよく出てきたし、そんなことから、小実昌さんに親近感をおぼえたのだ。たとえばサクラという言葉は、たいがいのひとが知っているが、野師はトハという。サクラの役をつとめることを、トハを打つ、というのだけれど、それを私が知っていたので、

「都筑さん、ほんとうに知っているんだなあ」

と、小実昌さんも感心していた。いばるような知識ではないが、こういう共通の経験、共通の知人は、知りあったばかりの人間を、親しくさせる。いっしょに、お酒を飲むようになって、すぐにEQMMだけでなく、ポケット・ミステリの翻訳も、たのむようになった。たしか最初は、J・B・オサリバンという新人のハードボイルド、「憑かれた死」という長篇だったろう。イギリス作家のアメリカふうミステリで、被害者の視点——幽霊の一人称で書いて

あるのが、おもしろかった。小実昌さんは、座間ホスピタルへ通っていて昼休みと夜、うちへ帰ってから、翻訳をしていたのだが、わからない俗語があると、同僚に聞く。ユダヤ系、イタリア系、ポーランド系、黒人、生きた辞書が周囲にいたわけで、こちらも自然、俗語だくさんのハードボイルドふうの作品を、たのむことになった。それを私は、軽ハードボイルド、と名づけた。小実昌さんの軽ハードボイルドは、若い読者をひきつけはじめた。

ところで、前に書いたイァン・フレミング作品の装釘画家の名は、リチャード・チョッピングだった。読者からのお便りで、教えていただいたのだけれど、ここでお礼を申しあげる。ありがとうございました。

軽ハードボイルドつづき

田中小実昌さんの最初の長篇の翻訳が、イギリスの作家の——正確にいうと、たしかアイルランドの作家だった、と思うけれども、J・B・オサリバンの「憑かれた死」だった、ということは、前回に書いた。舞台はアメリカになっていた、と思うが、スティーヴ・シルクという私立探偵のシリーズの一作目だ。一人称小説だが、「私」はシルクではない。「私」は冒頭で殺されて、幽霊になって、自分を殺した犯人をさがす。うまく行かないので、スティーヴ・シルクに依頼して、くっついて歩く、という構成だった、と思う。

もっとも、幽霊が主人公というミステリは、これが最初ではない。作者の名はわすれたが、「死後」という作品があって、ハヤカワ・ミステリに入っているけれど、長篇では、これが最初のはずだ。文字どおり主人公の死後の物語で、発表当時、アメリカの書評でも、評判になったものである。いま半分だけ思い出したが、なんとかカリンフォード——そうだ、ガイ・カリンフォードだ。ガイというのは男名前だけれども、これはペンネームで、実は女だったのではなかったかしら。

J・B・オサリバンが評判がよかったので、小実昌さんには、次にもイギリス製ハードボイルドを訳してもらった。ピーター・チェイニイである。私がさだめたこの路線が、小実昌さんのレッテルになってしまったのは、よかったのか、悪かったのか。ところで、軽ハードボイルドという呼称を、私が最初につかったのは、カーター・ブラウンの作品の解説でだったと思う。解説のタイトルにも、つかったのだが、営業サイドから、反対があった。なにも自分から、軽いものだということは、ないだろう、というのである。軽いということは、すなわち、無価値に通ずる、というわけだ。

これには、もっともなところもあったのだから、隔世の感がある。いまでは、軽チャーっぽい、なぞというキャッチフレーズが、人びとにアピールする。私の感覚は、すこし早すぎたのかも知れない。もっとも、ダシル・ハメットやレイモンド・チャンドラー、ロス・マクドナルドに対置して、ミッキイ・スピレーンからピーター・チェイニイ、ジェイムズ・ハドリイ・チェイス、カーター・ブラウンまで、ひっくるめて、軽ハードボイルドと呼んだのだから、いささか乱暴ではあった。

そういえば、小実昌さんはジェイムズ・ハドリイ・チェイスも、ずいぶん訳している。なんという題だったか、肥った殺し屋が出てくる作品があって、あれはよかった。酒ずきで、フラスコにウイスキーなんぞを入れて、いつも尻ポケットにつっこんでいる殺し屋、というのは、よく出てくるけれども、チェイスのその作品に出てくる肥った殺し屋は、粉末ジュースを溶かして、つくったジュース——妙ないいかただけれど、それをフラスコに入れて、持ってあるいているのである。子どものころ、粉末ジュースが好きだったが、貧しくて、しょっちゅうは買えなかった。それでいま、いつも愛用している、というわけだ。この一事だけで、性格をよくあらわしている。俳優の宍戸錠が、この殺し屋の役を、やりたがっていたっけ。

チェイスの生れは、ロンドンだけれども、本名がルネ・レイモンドだから、英仏の混血なのかも知れない。そのせいかどうか、フランスでいちばん人気があって、フランスに住んでいる。いや、千九百六年の生れだから、まだ生きているかどうか。フランスで、よく映画にもなっている。チェイス原作の映画で、私の好きなのは——ああ、また題名が思い出せない。主演はアンリ・ヴィダルだったろうか。ペーター・ヴァン・アイクの大金持が、妻が浮気をしているのに気づいて、ひねくれた復讐をしようとする。不治のやまいにかかっているので、自殺をしてしまうのだ。大金持だったのは昔のこと、いまは金がない。だが、莫大な保険に入っている。ただし、自殺では保険はおりない。

「お前たち、金がほしかったら、これを事故にみせかけてみろ」

という遺書を残して、自殺するのだ。この着想が、実におもしろい。妻と情夫は懸命になって、自殺を事故死にみせようとする。もちろん失敗して、他殺にみられて、ふたりは犯人にされてしまうのだが、原作のタイトルは、たしか「There is Always Price-tag といったと思う。なんにでも、値札はついているよ——いい思いをするには、代償をはらわなけりゃあ、いけないんだ、というわけで、しゃれたタイトルである。ハヤカワ・ミステリか創元推理文庫に、翻訳が入っているはずで、小実昌さんの訳だろう。私は原文で読んだのだが、ここだけの話、映画のほうがおもしろい、と思った記憶がある。この作品なぞは、軽ハードボイルドといえないものだ。

＊

田中小実昌さんに、軽ハードボイルドをたのんだのは、もちろん、ほんとうのハードボイルドはわからない人なのだ、と思ったわけではない。それどころか、よくわかる人だな、と敬服していた。知りあって間もなく、私は小実昌さんに、たしか「シグマ」といったと思うが、同人雑誌を見せてもらった。中村能三さんのところへ、出入りしているひとたちで、やっていた同人雑誌だったらしいが、それに小実昌さんの小説がのっていた。米軍キャンプではたらく日本人を、えがいた小説で、犯罪小説ではない。しかし、ハードボイルドといっていいものだった。アーネスト・ヘミングウエイの小説も、ハードボイルドであって、Hard-boiled というのは、ミステリだけの用語ではないのだ。

「これは、ハードボイルドですね」

と、私がいったら、小実昌さんはてれていたが、それをきっかけにハードボイルドの話をした。そうしたら、小実昌さん、

「ほら、絵にあるでしょう。蜘蛛の巣みたいな線を、でたらめに、ぐるぐる、ぐるぐる書いていっているうちに、白く残ったところが、なにかのかたちになる。そういう絵みたいなものだ、と思うんですよ、ハードボイルドってのは」

といいだしたのだ。

「読者につたえたいのは、まんなかの白いところなんだけど、言葉でいってしまうと、どうも嘘になる。だから、関係がないようなことを、いろいろいっているうちに、まんなかの白い部分が、わかるようにしよう。それが、ハードボイルドじゃあ、ありませんかね」

聞いていて、私は大坪砂男のことばを、思い出した。

「いい主題ってものは、けっきょく言葉では、いいあらわせない。だから、無数の言葉で包囲して、主題が逃げないようにして、読者にさしだすんだよ」

ハードボイルドを、抑えたロマンティシズムとか、抑えたセンチメンタリズムとかいうよりも、言葉は長いけれど、小実昌さんや大坪さんのいいかたのほうが、本質に迫っているように思う。ものの本質を、短いことばで表現することは、むずかしい。小実昌さん、大坪さんとおなじような意味のことを、かつて私は、

「くらげにだって、生きがいはある」

という、チャールズ・チャップリンの「ライムライト」のせりふを借りて、説明しようとしたり、

「ハードボイルドは、若者の文学ではない。じじいの文学だ」

　といってみたりしたけれども、けっきょくは、なぜそうなのか、ということを、えんえんと解説しなければ、ならなかった。たとえば、くらげみたいな、ふわふわした生きものにだって、ちゃんと生きがいはある。

「まして、きみは人間だろう。死ぬなんてことを、考えちゃいけない」

　と、歩けなくなったバレリーナをはげまして、チャップリンはいうんだけれども、これはハードボイルドの精神に通ずる。ふにゃふにゃしていて、透明に近くって、なんにもないのが、見とおせるようなくらげにも、意識というものは、あるはずだ。それを認識することから、ハードボイルドは、はじまる。つまり、日本調でいえば、

「鳴く虫よりも、なかなかに、鳴かぬ蛍が身をこがす」

　という文句があるだろう。この文句は、きみ、なかなかハードボイルドですよ、というようなことになるのである。近ごろは、男の美学、といういいかたが、はやっているけれども、考えてごらんなさい。ハードボイルドのどこが、男の美学なのか？　江戸趣味の男性にとっては、結城ぞっきの和服で、雪駄《せった》ちゃらちゃら、そり身になって、

「おつでげすね」

　というのが、男の美学だろう。ゲイ趣味の男性にとっては、金髪のウィッグにロブ・デコルテの裾をひくのが、男の美学にちがいない。ハードボイルドは男の美学、という場合には、やはりたくさんの説明が必要なのである。また日本調でいけば、

「いわぬは、いうにいやまさる」

　という、ひとことでだって、注釈をつけさえすれば、よくハードボイルドを、説明することが出来る。だいたい、レイモンド・チャンドラーはアメリカよりも、イギリスを愛した紳士で、しばしばセンティメンタリズムが露出して、あれでアルコール依存症でなかったら、とてもハードボイルド・ミステリなんぞ、書きそうもない。ロス・マクドナ

ルドの晩年の作品は、因果はめぐる小車の、まるで大南北《おおなんぼく》の歌舞伎脚本で、あれで心身症でなかったら、ハードボイルド作家といえるかどうか……

悪口みたいになってしまったが、そんなつもりはない。ハードボイルドの解釈のむずかしさを、大げさにいってみせたまでだ。たとえば、ジョルジュ・シムノンを読みかえすたびに、メグレ・シリーズのほとんどは、ハードボイルド・ミステリであるように思う。だから、私は近ごろは、

「作者が『これはハードボイルド・ミステリだ』といえば、それはハードボイルド・ミステリなのだ。読者はそれを読んで、『こんなハードボイルドがあるもんか』といえばいい。あるいは『なるほど、これこそハードボイルドだ』といえばいい」

とさえ、思っている。もちろん、

「ハードボイルド・ミステリなんか、大きらいだ」

という作家がいて、それなのに書いた作品はハードボイルド・ミステリだ、という場合も、ありうるだろう。

田中小実昌さんの話をしていたのが、軽ハードボイルドに深入りして、いわゆる正統派ハードボイルドについての考察に、それてしまった。小実昌さんは、ハードボイルドがわかっていたし、アメリカ語の味もわかっていたから、ジェイムズ・M・ケインの「郵便配達は二度ベルを鳴らす」にしても、故田中西二郎さんの訳と、どっちがどっちか、という翻訳をなすっている。だが、軽ハードボイルドの訳は絶妙で、あとからきた翻訳者たちに、ずいぶん影響をあたえたはずである。私はこのごろ、ほとんど外出をしないので、小実昌さんとは、長いこと、お目にかかっていない。ときおり電話で、映画の話をするぐらいだ。小実昌さんが映画がすきなのは、ひとの知るところだが、私はその観賞力に、敬服している。

流星と自転車

田中小実昌さんは、座談の名手でもある。的屋《てきや》だったころの話は、後年みずから小説に書いているが、占領軍キャンプで働いていたときの話、その最後のつとめ先である座間ホスピタルの同僚の話、みんな実に、おもしろい。いまも住んでおいでの東玉川界隈の話も、おもしろかったが、そのなかで、わすれられない話がある。

それは私が、もう早川書房をやめてから、新宿歌舞伎町の飲み屋あたりで、聞いたものだけれど、ついでにここに、書いておこう。小実昌さんのうちの近所に、スナック・バーがあって、夏の晩、そこへ行ったときの話だ。鉤の手のカウンターだけの小さな店内に、みんな顔見知りらしい男女の客がいて、お喋りをしている。夏のことだから、お化のはなしに、なったらしい。地方から出てきて間のないらしい女が、

「お化は見たことないけど、人魂なら見たことあるよ」

と、話しはじめた。国鉄の地方の小駅ちかくの踏切で、ひとが轢かれて、死んだというので、おっかなびっくり、自転車でいってみた、といった話だったろう。私がわすれたのか、小実昌さんがくわしくは、話さなかったのか。とにかく、このへんは、私の創作、と思っていただいていい。

「踏切についたら、死骸はもう、警察だか、病院だかへ、運ばれちゃって、だれもいないのよ」

それでも、線路の枕木に、血のあとらしい黒いしみが、自転車の電灯で、見てとれた。終列車も通過したあとで、踏切は暗く、淋しい。すこしさきに、駅舎の灯がまたたいているだけで、星のまばらな空を、トンネルのある山の影が、ななめに区切っている。だんだん怖くなってきて、自転車にのると、あわてて帰りはじめた。

「そしたらすぐ、ぼおっと足もとがあかるいのに、気づい

たのよ。ふっと見ると、自転車のうしろの輪のところに、人魂が浮いているじゃない。浮いているっていうより、ころがっていたの。風船玉ぐらいの大きさで、青白く光ってた。わあっと思って、もう夢中、ぐいぐいペダルをこいだんだけど、その人魂、どこまでも、ついてくるのよ。あたし、泣きながら、自転車、こいだんじゃないのかな。でも、気がついたら、人魂はだんだん小さくなって、いなくなっちゃった」

女の夢中な喋りかたには、迫真力があって、人をひきつけた。聴衆の熱心さに、女は得意満面で、話しおわった。するど、学生らしい若者が、すみから口をだして、

「ぼくも見たこと、ありますよ、いなかで」

いなか、といっても、城下町の旧家でのことらしい。隣家に葬式のあった晩、青年が二階の窓から、そとを見ると、となりの家の屋根が一カ所、ぼやっと青く光っていた。

「そのときは、どうってことも、なかったんですけどね。お通夜から帰ってきたおやじに、その話をしたら、『そりゃあ、お前、人魂だぞ』っていうんです。とたんに、怖くなりましたね」

「東京でだって人魂ぐらい、見られたよ。もっとも、昔のはなしだが……」

といったのは、いちばん年長の男で、

「戦争末期の大空襲のときの話だ。疎開地があったおかげで、おれんとこは、焼けのこったんだがね。みんな、疎開地に逃げこめばいい、と思っていたから、ずいぶん死んだぜ。敵さん、ちゃんと知っていて、その疎開地の両はじに、焼夷弾をばらまいた。炎の壁ができちまって、逃げこめないわけさ。焼跡の死体を片づけおわってからだから、そうだな。空襲から三日目か、四日目の晩だよ。おれは中学生で、勉強部屋が二階にあってね。あんたの話じゃないが、ひょいと窓から、おもてを見ると、疎開地のむこうは、いちめんの焼跡だ。そこに、ぽつぽつ、ぽつぽつ、青白く火が燃えている。十や二十じゃないぜ。まるで、青い蠟燭をたくさん、でたらめに、立てならべたみたいだったな。人魂も、あれだけたくさんだと、べつに怖くはないね」

「燐が燃えていたわけでしょう」

学生がいうと、初老の男はうなずいて、

「燐が燃えるのが、つまり人魂さ」

わたしも見た、ぼくも見た、おれも見た、あたしも見た、と大なり小なり、みんなが人魂体験をもっていて、口ぐちに話しついでいると、それまで黙っていたひとりの女——若い女が、よほど口惜しかったのだろう。カウンターに身をのりだして、

「なによ、人魂なんて……あたしなんか、星が流れるのを見たよ」

小実昌さんは笑いながら、

「むきになってんの。東京の子なんだね、きっと」

と、話をしめくくった。私は笑いかけて、とつぜん感動におそわれた。そのとき、歌舞伎町の飲み屋を出て、空をあおいだとしても、雲のあるなしにかかわらず、星は見えないだろう。東玉川でも、そうなのかも知れない。私たちは、酒を飲んで、街を歩いていて、その上に夜空があり、星があることを、わすれている。人魂を見ていない口惜しさに、その若い女は、いつか流れ星を見たことを思いだして、対抗しようとしたのだろう。

「いい話だな。小実さん、それ、小説にお書きなさいよ」

と、私はいった。田中さんは笑って、

「だめだよ。これだけじゃあ、あたしゃあ、小説は書けないよ」

「じゃあ、ぼくが書いても、いいですか」

「どうぞ。どうぞ。書いてよ、都筑さん」

ちょうど「中央公論」で、ショート・ショート特集の企画があって、私は一本たのまれていた。そこに、この話を書いたのだが、失敗したら、小実昌さんに申しわけがない。しかし、話を聞きおわった直後、じわじわと迫ってきた感動を、どう書きあらわしたら、いいのだろう。説明してしまっては、ぶちこわしだから、私はずいぶん苦労をした。あっさり、次の言葉、

「あたしなんか、星の流れるのを見たよ」

で、終らせられればいいのだけれど、落語でいう間ぬけ落と思われては、かなわない。けっきょく、聞いていた語り手の「私」に、ごくあっさり、感動したことをいわせて、

しめくくった。だが、「中央公論」が出て、読みなおしてみると、うまくない。「都筑道夫ショート・ショート集成」に入れるときに、直してみたが、まだ落着かない。間ぬけ落とみられてもいい、と覚悟するより、しようがないのかも知れない。

＊

おなじときに、小実昌さんから、聞いたのだったろうか。自転車の話がある。これも、おなじスナックだったたか、小実昌さんは、自転車にのって、飲みにいった。のちには小実昌さん、あっちこっちでバスに乗って、終点までいくのが、好きになったけれど、そのころは自転車で、どこへでも行っていたらしい。その晩も、店のわきに自転車をおいて、小実昌さんは、酒を飲んだ。ところが、お神輿《みこし》をあげて、店から出てみると、自転車がない。そのへんの露地を、のぞいてみても、やっぱりない。

「やられた」

しかたがないから、あきらめて帰って、数日後、その店のちかくを散歩していると、すこし離れたところに、生垣をめぐらした家があった。引きちがいの板戸の門があって、その左右が生垣になっている。なにげなく、生垣のあいだから、庭をのぞくと、そこに自転車が、何台も何台もおいてある。

「はてな」

その一台に、見おぼえがあって、自分のもののような気がする。近づいて、生垣のあいだから、のぞいてみると、間違いない。自分の自転車だ。ずらっと並んでいるほかの自転車も、うしろの泥よけに書いてある名は、みんな違っている。小実昌さんは、門の板戸をあけて、なかに入った。敷石が三、四枚あって、玄関にはガラス格子の戸が、はまっている。

「こんにちは」

と、声をかけたが、返事はない。

「ごめんください」

声を大きくしても、やはり家のなかは、ひっそりしている。玄関の横手は縁側で、ガラス戸がしまっていた。なかの障子も、しまっている。前が庭で、自転車がならんでいるわけだ。黙って持っていくより、しかたがない。小実昌さんが庭へ入ろうとしたら、ガラス格子の内がわで、捩じこみ錠をあける音がして、玄関がひらくと、品のいいお婆さんが顔を出した。小実昌さんは頭をさげて、

「こんにちは」

「はい、こんにちは」

「すみません。あれ、ぼくの自転車なんですが……道におきっぱなしにして、すみません。持っていって、いいですか」

「いいですよ。まだ、たくさんありますから」

自転車を持ってかえって、それからときどき、通りがかりに、生垣をのぞいてみると、一台もなくなっていたり、二、三台あったり、五、六台にふえたり、また一台もなくなったりしたという。

「たまると、売るのかしらね」

と、小実昌さんは、笑っていた。私は大笑いしながら、

「まだ、たくさんありますから、というのが、いいね。実にいい。これも、小説になりますよ」

「都筑さん、これも書く?」

と、小実昌さんはにやにやしていたが、私むきの材料ではない。というよりも、この妙な味をだすのは、むずかしいから、私は敬遠した。前の人魂のはなしも、この自転車のはなしも、小実昌さんは、あとで小説に書いている。といっても、ふたつの短篇小説にしたわけではない。長篇小説のなかのエピソードとして、書いているのだ。「自動巻時計の一日」という長篇小説で、河出書房から、書きおろしで出て、いまはたしか角川文庫に入っている。

占領軍のホスピタルにつとめている男の日常生活を、淡々と書いたもので、人魂のはなしも、ごく無造作に書いている。もちろん、感動を説明したりはしていない。それでいて、話を聞いたときとおなじ感動が、ちゃんと出ているので、私は脱帽した。自転車の老婆のはなしは、もともとエピソードむきで、頭も尻尾もないような書きかたをしたほうが、いい材料だから、むろん効果をあげていた。こう

したことに目をつけて、けれんのない具体性をもって、書いていける田中さんが、うらやましかった。小実昌さんの小説のなかでは、私はこの「自動巻時計の一日」や、「乙女島のおとめたち」という本にまとめられている短篇が好きだ。「自動巻時計の一日」は、直木賞の候補になったが、この小説の新しさは、選者たちにはわからなくて、

「ただ日常の瑣事をならべただけで、これは小説ではない」

といった選評まであったのには、がっかりした。のちに谷崎潤一郎賞を、「ぽろぽろ」でとったとき、けっきょく日本では、種あかしをしないと、だめなんだな、と私は思ったものだ。「ぽろぽろ」では、小実さんは自分のものの見かた、考えかたを表面に出して、つまり姿勢を主に、出来事を従にして、書いている。優劣はべつにして、形式としては古い。だから、種あかし、というのである。

森郁夫の思い出

前回、田中小実昌さんの谷崎潤一郎賞受賞作の題名を、「ぽろぽろ」と書いてしまったけれど、これは私の間違いで、正しくは「ポロポロ」だった。おわびをして、訂正させていただく。書物や文房具はふえていくのに、部屋はひろがらない。あたりまえのことであって、そんな部屋があれば、化物屋敷だが、そこへ持ってきて、私には整理整頓の才能がない。あれども使えず、という資料ばかりになって、記憶にたよることになるから、こういう間違いを、しょっちゅう犯す。おゆるしいただきたい。

森郁夫は、私とおない年だから、昭和六十年には、五十六歳になる。生きていればの話で、森君が死んだのは、い

つだったろう。かなりの月日がたってから、

「森さんなら、亡くなりましたよ。ご存じなかったですか」

というようなかたちで、訃報を聞いた。そのせいで、はっきり日にちを、おぼえていないらしい。早川書房でつきあった翻訳者のなかで、森郁夫はわすれられないひとりだが、考えてみると、あまりよく知らないことに、気がついた。第一、顔も思いだせない。思いだそうとすると、メル・ファラーの顔が浮かんでくる。オードリイ・ヘプバーンのご亭主だったメル・ファラーも、過去の俳優になってしまったが、あれほど眉の下のくぼみが深くなく、口が大きくないのが、森君の顔だったように思う。

ひょろりと背が高くて、顔は長めで、手も長かった。その長い手を、いつも持ちあつかっているようで、かなりのてれ屋だった。だれの紹介で、早川書房へきたのかも、思いだせない。しかし、それが、初対面ではなかった。前にいちど、あったことがあって、印象に残っていた。私がまだ、読物雑誌に時代小説を書いていて、中野区の野方に部屋を借りていたころだ。高円寺によく、遊びにいっていて、森君にあったのだった。そのころ、高円寺に「紫苑」「カブース」「独歩」といった喫茶店があって、そのどれかで、出あったのだ。いちばん多く、私が入りびたっていたのは、「紫苑」だったから、たぶんそこであったのだろう。

当時の友だちのひとりに、加藤薫という男がいて、中野の大和町に住んでいた。加藤は戯曲を書いていて、池袋の舞台芸術学院で、演出を勉強していた。おなじ読物雑誌のもの書き仲間で、おなじ野方に住んでいた狭山温が、ひところ、どこかの小劇団にいて、そこで加藤と知りあって、私に紹介したように、記憶している。私が二十二、三のころで、狭山はすこし年上、加藤はおない年だったろう。みんな金はなく、暇はあったから、よく喫茶店に腰をすえて、いつまでもお喋りをしていたものだ。狭山はいまも、小説を書いている。加藤は舞台芸術学院を出てから、バレエの台本を書いていたが、その後、トラヴェル・ライターになった。自分で写真を撮って、旅行記事を書く仕事だ。いつぞや、実業之日本社のパーティで、久しぶりにあったが、

あれから、また十年の余がたってしまった。私は筆不精で、出不精だものだから、古い友だちとは、疎遠になるばかりだ。

このころの話は、以前に書いたけれども、加藤は高円寺は地もとだから、喫茶店での知りあいが多く、「紫苑」でさまざまな人を、私たちに引きあわせた。俳優の浜村純さんに、紹介されたのも、おぼえているが、いちばん印象に残ったのは、森郁夫だった。

「このひと、東大の秀才だよ。独文でホフマンを、研究しているんだって……きみ、ホフマン、好きだったろう」

そんな調子で、加藤は森君を紹介した。人見知りをしそうな、ひょろりとした青年は、いかにも秀才らしかった。私もやたらに、人見知りをするたちだから、初対面のひとと、話なぞ出来ないのだが、ホフマンが口をひらかせた。ドイツ・ローマン派の幻想小説家、E・T・A・ホフマンに、当時の私は夢中になっていた。ドイツ語の知識はないから、翻訳にたよっていたのだが、日本語になっているものは、ぜんぶ読んでいいた。

ただし、現在の私は、ロマンティシズムに興味はなくなっている。時代伝奇小説を書くときにも、ロマンティックにならないように、気をつかっている。現代は、ロマンティシズムをむきだしに、できる時代ではない。てれもせずに、ロマンティックな小説を書けば、古めかしくなるばかりだろう。E・T・A・ホフマンにとっても、ロマンティシズムは、自己をえがくための、時代を反映した技法にすぎなかったのだ、と私は考えている。それはとにかく、ホフマンのおかげで、話がはずんで、瘠せた大学生の森君は印象に残ったのである。

*

二度目にあったのが、だれかの紹介で、早川書房へ、森君がやってきたときだった。顔を見て、名前を聞いたとたん、私は高円寺を思いだした。

「前にいちど、あってますね」

私がいうと、森君はにこにこして、

「おぼえていたんですか。ぼくのほうは、都筑さんにあえ、といわれたときに、ひょっとしたら、あのときの人かな、と思っていたんです」

東大だからといって、安心はできない。東大英文の偉い先生に、翻訳をお願いしたら、会話の一部の“Yes, Yes, and Yes”というのを、「そうだ。そうだ。そして、そうだ」と、訳してきた。これには困って、無断でなおすわけにはいかないから、ほかにも問題点はあったので、「直していただけませんか」と、おそるおそる申しあげたところ、にべもなく断られてしまった。「私にはこれ以上、訳せません。気に入らなければ、勝手になおしてください」

しばらくのあいだ、早川書房では、肯定の返事をするときに、「そうだ。そうだ。そして、そうだ」というのが、はやったものであった。そういうお偉い教授先生がいるいっぽう、先日、亡くなられた青木雄造さんのように、推理小説が好きで、手堅い翻訳をしてくださる人もいる。当時、駒場の助手だった深井淳さんが訳したエドマンド・クリスピンの「お楽しみの埋葬」は、日本語にしにくいクリスピンの翻訳の最高のものだろう。ギャグが日本語にならないので、日本ではクリスピンがうけないのだが、ほかのひとの翻訳は、ギャグであることさえ、気づかずに訳している場合が多い。深井さんの訳は、ギャグはぜんぶわかっていて、無理な工夫——日本語のギャグを創作したりしないで、あっさり訳している。そこが、いいのだ。

だから、森君にもテスト・ケースとして、短篇を訳してもらった。それが、だれの作品だったか、思いだせない。最初にたのんだ長篇は、だれのものだったろう。短篇はコーネル・ウールリッチのような気がする。「晩餐後の物語」ではなかったかしら。長篇のほうは、例の「ぜんぶ訳すと、わからなくなります」という老大家を、おことわりしたあとを、引きうけてもらったように思う。作家の名前が、なかなか思いだせないで、さっきから困っていたのだが、やっと浮かんできた。ハーバート・ブリーンである。といっても、最近の長篇かどうか、はっきりしない。森君の文章は、しっかりしたものだった。だから、安心して、次つぎに仕事をたのんだ。ハヤカワ・ファンタジイがはじまった直後の「火星人ゴーホーム」なぞは、楽しんで訳していた。

「こういう小説、書きたいな」

　というから、

「書けばいいじゃないか。きみなら、書けるよ」

　私がいうと、森君は目をそらして、

「小説も書きたいし、文芸評論も書きたいけど、どうも自信がなくてねえ」

「ぼくだって、自信がなくて、書いていたよ。自信がつくまで待っていたら、いつまでたっても、書けないね。それより、原稿の書きかたを、なんとかしないと、翻訳もできなくなるよ。ぜったい、書痙になるから」

　たいがいの人が、ばらの原稿用紙でも、天糊のものでも、百枚ぐらい重ねておいて、書くけれど、森君は机の上に、小学生がつかうような、セルロイドの下敷をおいて、ばらの原稿用紙を一枚、その上にのせて書く。なぜ下敷をつかうかというと、万年筆で突刺すようにあるいは叩くように、大きな文字を書くからだ。原稿用紙を重ねておいたのでは、かたい手ごたえがないし、次の一枚にあとがつくのが、気になってしかたがない。だから、一枚だけ別にして、書くのだが、下敷をおかないと、机に傷がつくおそれがある、というのだ。筆圧が高いことは、いうまでもないだろう。しかし、見た目には、文字が大きく、きれいな原稿だった。

　はにかみ屋の森君が、ときどき、ずうずうしい人間に、見えることがあった。あいつ、二重人格じゃないか、とか、ほんとうは押しのつよい男なんだろう、というものもいた。そういうとき、私は死んだばかりの兄の言葉を、思いだした。

「なよずうってのは、いいたいことが素直にいえなくて、いおう、いおう、という気持を押えつけているから、出るときには、言葉が威勢よく出てしまうんだ。だから、ずうずうしいみたいに、誤解されるんだよ。やっぱり、ほんとうは気が弱いんだ」

　なよずうというのは、兄の造語で、なよなよしているようでいて、ずうずうしい人間のことである。森君が、ずうずうしく見えるときは、まったくなよずうだった。原稿料をあげてもらえないか、といいだしたり、早目に払ってくれないか、というとき、森君の口調は、きょうこそ、いおう、今度こそ、いおう、と思いつづけてきて、やっと思いきっていった、というところがあった。早くいいおわってしまいたい、という調子が、聞くひとによっては、横柄に感じられたり、ずうずうしく見えたりする。

なよなよしているようで、といっても、女性的ではない。はにかみ屋が、女性的に見える、という程度には、女性的に見えたかも知れない。むしろ、ジェイムズ・ステュウアートが、善良な青年の役をやるときに、上半身をゆらゆらさせながら、両手をひらひら動かす。あんな感じだった。そういってみても、ビデオ・ファンでもないと、若いころのジミイを知ってはいないだろう。最近の映画には、ああいう役柄が少いから、現役スターの名をあげることも出来ない。

はにかみ屋のところが、母性本能をくすぐるのか、森君は女性にもてたようだった。ようだった、というのは、森君と女の話なぞ、したことがなかったからだ。当時の私は毎晩、酒を飲んでいたが、森君といっしょに飲んだ記憶は、ほとんどない。ただ森君が、私のうちに来たり、私が彼のところへ行ったりした記憶はかなりある。私は編集者だから、翻訳者のところへいくことは、当然のようだけれども、多くはなかった。若い訳者はたいがい、出来あがった原稿を、早川書房まで、持ってきてくれたからだ。こちらから、とりにいくのは、ユニバーサル映画の宣伝部にいた青田勝さんなぞ、勤めを持っているひとや、田中西二郎さんのように遅筆のひと、妹尾韶夫さんのように都外にいるお年よりだけだった。だから、森君のところへは、友人として行ったのである。そのときの話は、次回に書く。

酒屋の息子

森郁夫は、酒屋の息子だった。といっても、小売りの酒屋ではない。酒造業の家の息子だった。愛媛県だったように、おぼえているけれど、四国のどこかの造り酒屋で、酒の名前は、なんといったろう。

当時の私は、かなり飲んでいて、それも、日本酒ばかりだったから、森君はよく、自分のところの酒を、とどけてくれた。よしあしがわかるほど、舌は肥えていないが、うまい酒のように、私には思えた。しかし、その酒を、森君といっしょに飲んだ記憶はない。私はすぐまっ赤になるので、昼間は飲まないことにしていた。森君とは、昼間、あうことが多かったので、いっしょに飲んだ記憶が、ないのだろう。

変なことを、おぼえている。森郁夫のことを、思いだそうとすると、その光景が浮かぶのだが、私が見ていたわけではない。森君がボートのなかに、仰むけに寝そべって、空を見あげている。日は傾きかけているが、空は青く、まぶしくかがやいている。東京大学の受験をすませて、郷里に帰っていたときで、合格の通知もきていた。間もなく東京へ、行かなければならない。だが、漠然とした不安があって、その日も、ひとりボートで、海へ出ていたのである。

つまり、森君から聞いた話が、ひとつのイメージになって、いまでも記憶に残っているのだ。話に実感が、こもっていたせいだろう。森君は郷里の町で、ずばぬけた秀才だったらしい。家の期待を背負って、東京へ出ていくわけで、有名にならなければ、という気持が、不安をかもしていたようだ。

森君の間借りをしていた部屋で、その話を聞いたのだが、場所はどこだったろう。学生時代は、高円寺であったことがあるのだから、そこにいたらしい。しかし、私がたずねたのは、高円寺ではなかったようだ。もし高円寺だったら、以前、よくいった喫茶店のことが、話題になったはずだし、そこへ行ってみる、ということも、あったろうに、そんな記憶は、残っていないからだ。

中央線の中野から先が、高架になってから、十五年以上たっているに違いない。私は現在、東中野に住んでいるが、考えてみると、荻窪駅におりたことがあるだけで、高円寺にも、阿佐谷にも、この二十年、行ったことがない。荻窪を歩いていて、森君のことは思いださなかったから、たぶん阿佐谷に住んでいたのだろう。

駅から歩いて十分ほどのところで、八畳と四畳半のふた部屋を、借りていたように、おぼえている。最初にいったのは、原稿とりで、出来ているのだが、風邪をひいて、とどけられない、という電話をもらったからだった。原稿料が出ていたので、それを持って、出かけたのでは、なかったかと思う。たずねると、若い女性が出てきた。森君は氷枕をして、横になっていて、その女性を、近所に住むモダン・ダンスをやっているひとで、見舞いにきてくれたのだ、と紹介した。

その次にたずねたときにも、女性がいて、これは近所の大学生、フランス語を見てあげているのだ、ということだった。独身時代、下宿に女客があったことなぞ、なかった私は、うらやましく思ったものだ。二度目のときの女性の顔は、おぼえていないが、最初の女性はその後、舞台やテレヴィジョンで、なんども見ている。パントマイムのヨネヤマ・ママコさんである。

ボートの話を聞いたのは、夏だったろう。森君の部屋は、窓や戸をあけておくと、風通しがよくて、ふたりで畳に寝っころがって、話をしていたのを、おぼえている。そのころの私は、ほとんど旅の経験がなかったから、四国へも行ったことはない。その空のいろが、どんな青さかわからないわけだけれど、不安感はよくわかった。その不安が、いまでもつづいている、と森君はいった。

「都筑さんは、うらやましいよ。ぼくとおない年で、とっくに方向が、きまっているんだから。ぼくなんか、なにをしたらいいのか、いまだにわからない」

「ぼくだって、きまっちゃあ、いないんだよ。もの書きにはなりたかったけど、時代小説を書きだしたのも、ミステリの翻訳をはじめたのも、翻訳雑誌の編集をするようになったのも、人にいわれて、なんとなくやったことだから」

「でも、小説は書きつづけるんじゃないの」

「うん、こんどは推理小説を、専門に書くことになるのかな。だけど、どうなるか、わからないよ。まず生活が、あるからね」

「それなんだよね。食う、ということが、まっさきにある。ミステリの翻訳だって、りっぱな仕事だけど、うちのほうじゃあ、みとめてくれるかどうか、わからないからな」

「翻訳をやりながら、小説でも、文芸評論でも、好きなものを書けば、いいじゃないか」

「そりゃあ、書ければ、いいけどさ」

「書いてみなけりゃ、わからないじゃないか。なになにをやらなきゃ、いけないって、きめてしまうことは、ないんじゃないかな」

「行きあたりばったりってのは、ぼくも好きだよ。都筑さんの場合は、行きあたりばったりでも、やったら、みんな出来たわけだろう。出来なかったら、いまみたいなことは、いわないと思うよ」

「出来たっていったって、いちおう金がもらえた、というだけで、大成功したわけじゃない。あてがわれたもののなかで、自分の好きなところだけを、楽しんでやってきた、ということに、なるのかな。それが、気楽なような気がするね」


こんな話をしたように、記憶している。私の印象では、森君は文芸評論を書きたかったらしい。しかし、評論を主にした文筆活動で、生活することを考えると、不安になるのだろう。たぶん森君は、私とおなじように、あまり掛けはなれたことを、一度にはできない性分だったのだろう。時代小説から、ミステリの翻訳へ、私はずいぶん、違うことをやりだしたようだが、大衆文芸という、おなじジャンルのなかのことなのだ。

＊

早川書房をやめてからも、一、二度、森君とはあったような気がする。けれども、筆不精の私は、年賀状の返事もださないので、だんだん疎遠になった。もの書きが筆不精というのも、おかしいかも知れないが、仕事の原稿のほかは、なにも書きたくない。日記もつけないし、手紙の返事も、なかなか書けない。仕事をするのが遅いせいで、ひとづきあいの時間を、つくることも出来ない。

早川書房につとめる女性と、森君が結婚したということは、聞いたけれども、その後はニュースを聞かなかった。十年ぐらいたったのではないか、と思うが、

「近ごろ、森君の翻訳を見かけないね」

と、早川書房のひとに聞いたら、

「ご存じなかったんですか。森さんはずっと前に、亡くなりましたよ」

そういわれて、私は茫然としてしまった。早川書房にいた女性との結婚は、長つづきしないで、わかれてしまって、郷里の親御さんのすすめる人と、再婚したという。奥さんが妊娠して、出産のために、四国の実家に帰って、しばらく森君は東京で、ひとり暮しをしていたのだそうだ。

夏のことで、酒に酔って、扇風機をかけたまま、寝てしまった。だれが、どんなふうに、発見したのかは、わからない。死んでいて、扇風機がまわっていた、というから、心臓麻痺を起したのだろう。それを聞いたとき、

「なんて、ばかな死にかたをしたんだ」

と、私は腹が立った。そのいっぽうで、森君らしい死にかたのような気もした。らしい、というのは、森君にも、ご遺族にも、失礼ないいかただろう。だが、私の記憶にある森郁夫には、いつの間にか、毀れてしまっていそうな——あぶなっかしげなところが、あったのである。

森君をわすれられないのは、やはり同年の生れだからだろう。はたち代に知りあった同年が、この世から、先にいなくなってしまうのは、いやなものだ。ことに仕事がおなじものが、いなくなってしまうと、足もとが揺れるような気がする。福島正実が死んだときにも、それを感じた。

福島君はまだしも、日本にSFを根づかせる、という大仕事をして、自分のいいたいことも、語ってから死んだので、いくらか慰めにはなる。森郁夫にも、翻訳の仕事は残るだろうが、それは彼の肉声ではない。肉声をもっと、聞いておけば、よかった、と思う。

森君を思いだすと、つづいて浮かんでくる顔は、田中西二郎さんである。ヴェテラン翻訳家で、ずっと年長で、森君と似ているわけではないが、翻訳家としての態度に、どこか通じるところがある。

私が田中さんの名前を知ったのは、岩谷書店の推理小説雑誌「宝石」でだった。昭和二十三、四年のことだったと思うが、「肉体の門殺人事件」という短篇がのった。作者は由利湛——それとも、耽だったろうか。それが、田中西二郎さんだったのである。

「肉体の門」は、夜の女たちをえがいた田村泰次郎のベストセラー小説で、空気座という劇団が、いまの新宿丸井のところにあった映画館、帝都座の五階の小劇場で、劇化上演、大当りをとった。主役の復員兵をやった田中実という俳優は、映画化のときに引きぬかれて、おなじ役をやって、以後、新東宝の映画俳優になった。谷崎潤一郎の「細雪」の映画化に出たとき、原作者の名前の一部をもらって、この俳優は改名した。田崎潤となったのである。

「肉体の門殺人事件」は、空気座の大当りにあやかろうと、「肉体の門」を上演した地方劇団だったか、しろうと劇団だったか、とにかく小劇団の内部で、殺人事件が起るはなしだった。「肉体の門」に乗せたところや、題名の古めかしさで、私は反感をおぼえながら、読みはじめたのだが、これは論理なぞとき小説として、しっかりしたものだった。

いったい、この作者は、なにものだろう、と思って、「宝石」のひとに聞くと、以前は「中央公論」にいて、梶井基次郎にいい仕事をさせた編集者として、知られたひとだ、ということだった。本名は田中西二郎。私はこの名とペンネームを、しっかりとおぼえこんだが、その後、推理小説にはお目にかからなかった。かわりに、本名の仕事で、再会したのが、グレアム・グリーンの「情事の終り」の翻訳だった。最初は出版社が、情事という言葉をきらって、「恋の終り」という題名だったが、その訳文に、私は酔った。作品そのものも、グリーンの全作ちゅう、いちばん、私はいまでも好きで、

「あれは、実は推理小説なんだよ。ミステリの歴史のなかで、もっとも意外な犯人だ。しかも、犯人をしゃべってしまっても、おもしろさは変らないんだから、気が楽だね。犯人は神さまなんだ」

といういいかたで、若いひとにすすめている。だから、「エラリイ・クイーンズ・ミステリ・マガジン」日本語版

の編集をはじめると、田中さんが乗ってくれそうな作品を探した。ヘレン・マクロイの中国を舞台にした中篇があったので、それを持っていった。田中さんは乗り気になって、凝りに凝って、訳してくれた。「燕京綺譚」が、それである。つくりすぎて、翻訳を逸脱している、という人もいたが、私は満足だった。演出が濃厚ではあっても、作品本来の方向を、はずれてはいない。

火葬場の煙突

ここ十余年、私は中野区の東中野に住んでいる。その前の十五年ばかりは、おなじ区内の上高田、西武新宿線の新井薬師の駅ちかくで、すごした。親のうちを出て、二十代前半の二、三年、部屋がりをしていたのは、沼袋だった。だから、中野区での暮しが、ずいぶんと長いわけだ。

上高田のうちは、西武線の線路と、早稲田通りの中間にあった。早稲田通りは、私が中野区に住みはじめたときには、昭和通りだった。私のうちから、昭和通りへでる道のひとつは、落合の火葬場のわきを通る。左がわに煙突を見ながら、ゆるい坂を歩く道だ。

田中西二郎さんの告別式は、その落合の火葬場で、おこなわれた。あれは、いつだったろう。私はもう、東中野に移っていた。雨がふっていたのを、おぼえている。告別式がおわって、火葬場をあとにしながら、ふりかえると、雨のなかに、汚れた煙突がそびえていた。

グレアム・グリーンの「情事の終り」のなかにも、火葬場の煙突が出てくるのを、私は思いだした。女主人公が死んで、その葬儀に、主人公の小説家が出る場面だ。新進評論家から、インタビューを申しこまれて、主人公は葬儀場にいく前に、あうことにする。評論家は、若い女をつれてくる。自信まんまんな評論家の態度に、主人公は意地わるな気持になって、女をとってやるつもりで、葬儀場への道案内をたのむ。

友人の妻を愛して、そのひとが死んで、葬儀の日に、たまたまあった若い女を、くどこうとする。主人公の心の動きが、実にうまく書けている場面で、若い女と歩いていくく視野のなかで、映画の移動撮影のように、煙突が近づいてくる。もう一カ所、主人公が図書館で、私立探偵とあう場面も、私は好きで、この貧乏くさい子づれの探偵、映画だったら、ジョン・ミルズにやらせたいな、と読みかえすたびに思う。しかし、不遜ないいかただが、この私立探偵、頑張れば私にも、書けるかも知れない。けれど、葬儀場にいたる場面は、むつかしい。田中さんの訳文も、よかった。グレアム・グリーンの書いた葬儀場の煙突を思いだすと、田中さんの告別式の日の火葬場の煙突が、私の目には浮かんでくる。

早川書房にいたころ、私はよく遅刻した。というよりも、遅刻しない日のほうが、珍しかった。早川書房にタイム・レコーダーが設置されたのは、私のためだ、といわれている。タイム・カードを押すようになれば、都筑もちゃんと出てくるだろう、というわけで、設置されたというのだけれど、そのときに、大久保康雄さんが曰く、

「タイム・レコーダーをつけたって、遅刻するものは、遅刻するさ。中央公論社にタイム・レコーダーがついたのは、田中西二郎を遅刻させないためだったんだが、ついてからも、田中君は遅刻していたよ」

この話を聞いて、私はよけい田中さんに、親近感を持ったものだ。ヘレン・マクロイの「燕京綺譚」を、熱を入れて訳してくれたことは、この前に書いた。あれは翻訳を逸脱している、という批判があったことも、この前に書いた。たしかに、田中さんの翻訳は、ことに自分の気に入った作品の場合、感情移入が激しかったが、それでもいい、と私は思うし、そういうところが好きだった。ハーマン・メルヴィルの「白鯨」の書きだしを、田中さんはたしか、

「罷りいでたるは、イシュメイルという風来坊だ」

と、訳していた。ほかのひとの訳では、

「私の名はイシュメイルとしておこう」

「私のことはイシュメイルと呼んでもらいたい」

なぞになっている。原文はたしか、

Call me Ishmael.

である。いま私の手もとには、「白鯨」の原書もなければ、田中さんの翻訳も、ほかのひとの翻訳もない。だから、引用は正確ではないかも知れない。けれど、それほど違ってはいないはずだ。私は無遠慮に、

「あれは、いささか、演出過剰じゃありませんか」

といったことがある。

「そうかも知れないんだが、あれだけの大長篇でしょう。その書きだしがCall me Ishmaelじゃあ、軽すぎるような気がしてねえ。それに日本の読者には、イシュメイルが聖書のイシュマエル、宿なしの風来坊を意味する、ということが、ぴんと来ない。だから、ああいうふうにしてみたんです」

と、西二郎さんはいった。ロスアンジェルス・オリンピックの閉会式に、わかれの詩を朗読した直後、急死したリチャード・ベイスハートが、ジョン・ヒューストン監督の「白鯨」で、イシュメイルに扮して、登場するファースト・シーンは、たしかに、罷りいでたるは、という趣きがなくもなかった。私だったら、どう訳すだろう。「白鯨」なんて大物に、私が手をだすはずもないが、たぶん原文の長さにこだわって、

「イシュメイルと呼んでもらおう」

とするのではなかろうか。

*

二十四、五のときに、私はしばらくコピーライターをつとめたことがある。読物雑誌が廃刊また廃刊、時代小説を買ってくれるところがなくなって、化粧品会社の宣伝部に入ったのだ。当時は、コピーライターなぞという呼びかたはなくて、文案係といった。新聞、雑誌だけでなく、業界紙にも、これはつきあいで、広告をだすのだが、そうそうはつきあいきれない。ことわり役を、私はしばしば仰せつかった。実力がないのか、広告もすくなく、記事もすくない業界紙があって、穴うめみたいに、小説がのっていた。

それが、翻訳小説で、しかもイギリスの世紀末詩人、アーニスト・ダウスンの短篇だった。どういうつもりだろう、と思いながらも、私はダウスンが好きだったから、読んでいた。

その業界紙から、広告をとりにきて、ことわり役を、私がうけもった。気弱そうなひとで、広告屋らしくなかった。聞いてみると、編集から、広告とりまで、ひとりでやっていて、ダウスンを訳したのも、そのひとだった。いつの間にか、私たちは広告そっちのけで、世紀末作家の話をしていた。年月がたって、早川書房の編集者になってから、田中西二郎さんのところへうかがったとき、

「仕事を手つだってもらっている古い友人なんだがね。出来るひとなんだが、一度、なにかやらしてみてくれないかな」

という話があった。名前を聞くと、いまはもう記憶にないが、そのときには、ぴんときた。化粧品の業界紙に、アーニスト・ダウスンを訳していた人だったのだ。

「その方なら、ぼく、前にお目にかかっていますよ」

世間は狭いものだ、とよくいうけれども、西二郎さんを思い出すと、この偶然が浮かんでくる。ただし、そのひとに、翻訳をお願いしたかどうかは、記憶にない。たぶん、私が早川書房をやめる直前で、曖昧になってしまったのだろう。

西二郎さんと、小説の文体、技巧なぞについて、話をするようになったのは、むしろ早川書房をやめてからだった。田中さんは西池袋に住んでいて、私の上高田のうちからは、車なら十五分か、二十分だった。私のほうから行ったり、西二郎さんが来てくれたりして、おつきあいいただいた。私が東中野に移ってからは、お目にかかることがなくなったが、電話はときおり、いただいた。暇ができたら、あいましょう、といつも話したものだが、その機会がなかった。

どうして、こんな自由な時間が、なくなったのだろう。田中小実昌さん、宇野利泰さん、阿部主計さん、古いつきあいの方がたと、近ごろは電話で話すことさえ、あまりなくなってしまった。午後一時か二時に起きて、仕事の電話、仕事の客、そろそろ仕事にとりかかると、すぐ晩めしだ。

また仕事をはじめて、ひと息つくと、もう午前一時か二時になっている。以前とちがって、夜おそくまで、相手が起きているかどうか、わからないし、これという用もないのだから、遠慮することになる。人とあって、むだ話をする時間というものは、もう私たちにはなくなってしまったらしい。

創作でも、翻訳でも、数をこなさなければ、近ごろは生活していけない。量と質とを平均させることは、きわめてむずかしい。田中西二郎さんは、そのむずかしいことを、性分でやらずにはいられなかった翻訳家だった、と思う。

最近、原文の小説の上っつらを、なぞっているだけの翻訳が、多くなっているような気がする。たとえば、音読できる翻訳がすくない。会話を感情をこめて、読むことができない。こういういいかたをすると、

「なにも声をだして、翻訳小説を読むことは、ないじゃないか」

という反論が、あるかも知れない。それに対しては、

「じゃあ、小説のなかの人物は、声をだして話をしないのかな」

といいたい。リアリティは、ロマンティックな小説の場合も、ファンタスティックな小説の場合も、基礎になるものだろう。第一、原文を書いた作者は、地の文のリズム、会話の現実感を、大事にしているはずだ。

現在、翻訳小説の出版点数は、実に多い。だから、平板、単調な翻訳が目立つのであって、へたな翻訳のしめるパーセンテイジは、以前も現在も、変らないのかも知れない。しかし、出版点数がふえれば、すぐれた翻訳がふえて、しかるべきではなかろうか。もっとも、量がふえて、質が落ちているのは、翻訳だけではない。創作も同様で、上っつらのストーリイだけのものが、氾濫している。

ごく最近になくなった翻訳家が、精力的に仕事をしていたころ、天糊の原稿用紙をつかっていて、それがきちんとしたまま、つまり、一枚もはがさずに、編集者にわたしていた、という話を聞いて、首をかしげたおぼえがある。書きなおしが一枚もない、ということで、それを誇っていたような話を、そのひとの担当者から、私は聞いた。

訂正がない、というのは、むしろ恥ずかしいことだろう。実際に書きつぶしがなくて、上へ上へとめくっていって、一冊そのままだったとしても、恥ずかしいから、一枚一枚、はがしてわたすくらいの神経が、あってもいいだろう、と思ったものだ。それはもう、二十年も前のことだから、田中西二郎さんに、話した記憶がある。

「そんなふうに、翻訳ができたら、楽だろうね。追いつめられて、はんぶん狂ったような状態にならないと、そういうことは出来ないからなあ」

と、田中さんは苦笑していた。森郁夫も、自分の気に入った作品だと、そのなかに入りこんで、楽しんで訳していた。若死にしないで、いまでも翻訳をつづけていたら、田中西二郎さんのような、翻訳家になったのではないか、と思う。

翻訳研究会

翻訳研究会というものが、どうして出来たのか、いつごろ出来たのか、はっきりとはおぼえていない。「エラリイ・クイーンズ・ミステリ・マガジン」日本語版は、新人翻訳家を探して、次つぎに起用していかなければならないわけだが、その採択を私ひとりに、まかしておいて、大丈夫なのか、ということだったようなふしもある。

早川社長と村崎敏郎さんの発案で、翻訳研究会がはじまったのは、EQMM日本語版に、中内正利さんのアメリカ風俗紹介の連載が、スタートして間もなくのころだったろう。なんども書いたことだが、当時はいまと違って、アメリカの日常生活を、知るのがむつかしかった。中内さんが、英語研究雑誌に書いていたエッセーを、私に教えてくれたのは、宇野利泰さんだった。つまり、中内さんの連載は、宇野さんのすすめで、はじまったのだ。

早川社長と村崎さんがきめたメンバーは、まず村上啓夫さんで、それから、私に相談があった。ミステリの翻訳研究会なら、アメリカ風俗にくわしい人が、いなければいけない。そこで、中内正利さんにお願いして、さらに宇野利泰さん、青田勝さんにも、参加していただいた。EQMM日本語版にのった新人の翻訳を材料に、毎月一回、内輪の研究会をひらく、というのだから、一種のチェック機関と見られても、しかたがない。事実、研究会の結果を、

「あなたの翻訳に、こういう誤訳がありましたよ」

と、中村保男さんに話して、怒らしてしまったおぼえがある。そんな秘密チェック機関になるか、ならないかは、持っていきかた次第だろう。中村さんで懲りて、研究会の結果は、私が自分で気がついたような顔をして、新人翻訳家につたえることにしたら、うまく行くようになった。チェック機関が、目を光らしている、という印象よりも、自分の翻訳をとりあげてくれた編集者がアフター・ケアをしてくれている、という感じのほうが、よかったわけだ。

翻訳研究会の第一回は、神田駅のそばの焼鳥屋の二階にあつまった。最初はもちろん、顔あわせの晩めしを食う会で、二回目から、取りあげる作品をきめて、研究会らしくすることにしたが、とくに新人の翻訳には限らない、というほうへ、持っていった。なんに限らず、訳文を検討しようというには、下調べをしなければならない。みなさん、それほど暇ではないから、三回、四回と回をかさねるにしたがって、雑談のほうが、多くなった。

私にとっては、そのほうが、よかった。もともと私は、年上のひとの話を聞くのが、好きなのである。敗戦直後に、正岡容のもとに出入りするようになったときも、話を聞くのがたのしみで、せっせと通ったものだった。おかげで、永井荷風がとつぜん、正岡さんをたずねてきたときに、いあわせた私が取次にでて、ほんのひとこと、ふたことではあるけれども、言葉がかわせた。あっ、荷風だ、と気づいたとたんに、私の膝はふるえだしたものだ。

大坪砂男について歩いたときも、宇野利泰さん、阿部主計さん、日影丈吉さんたちが集って、ときには半日を雑談に送るのが、楽しかったし、ためにもなった。二十代の私は、こういう年長者たちの話を聞いて、人とのつきあいかたや、心のつかいかたを、おぼえたのである。もっとも、おぼえただけで、金がなかったり、暇がなかったり、その両方がなかったりで、実行できないことが多く、いまもしょっちゅう、不義理を重ねている。

だから、私にとって、雑談の多くなった翻訳研究会は、楽しかった。英語について、アメリカ風俗について、推理小説についての雑談だから、勉強になった。けっきょく、この会は、泥縄編集者、都筑道夫に勉強させる会として、成功だった。けれど、EQMM日本語版の誌面に、成果がすぐ反映するような会にはならなかったから、一年か、一年半かで、うやむやに消えてしまった。

たしか「金湊」といったが、廃業したお相撲さんがやっていて、塩焼なんぞが、とてもおいしかったけれど、その焼鳥屋の二階で、二回ぐらい研究会をやったと思う。そのあとは神保町の中華料理店の小部屋、如水会館の小集会場なぞ、そのときどきに場所を移して、村崎敏郎さんのお宅、中内正利さんのお宅に、集らしていただいたこともある。

中内正利さんは、なに銀行だったかはわすれたが、銀行の本店の外国部のようなところに、つとめていた。戦前、ニューヨークの支店にいて、都市生活者の日常さまざまのことを、経験していて、それをエッセーに書いていた。推理小説なぞの文章を例にして、英文学者が問題にしない新聞の買いかた、セルフ・サーヴィス食堂での食事のしかた、といった生活風俗をあつかったところが、ユニークだった。都会派の小説を理解するには、欠かせないそういうことを、書いてくれるひとが、当時はいなかったのである。

地下鉄にのるのに、Tokenを買って、改札口の箱に入れると、Turnstileが一回だけ動く、ということや、Automatというセルフ・サーヴィス・レストランでは、どうすればいいか、といったことは、アメリカ映画にも出てくるが、ことこまかには見せてくれない。中内さんが書いてくれて、詳細にわかったのだ。俗語の辞典も少かったから、パン三枚がさねのサンドウィッチのことを、Three-deckerということは、いまではコンサイス英和にも出ているが、私は中内さんのエッセーで、おぼえた。ドーナッツとコーヒーのいちばん安直な朝食のことを、Doughnuts'n ということも、中内さんに教わった。ドーナッツ・アンド・コーヒーのコーヒーが省略され、さらに縮まって、ドナツンになるわけだ。こういうことは、興味を持ちはじめると、対象がやたらにあって、実におもしろい。

スティーヴン・キングや、ローレンス・サンダーズの小説は、そういう生活の瑣事の描写がつみかさなって、深みになっているが、現在もアメリカの商品が輸入されず、資料もすくないとしたら、われわれには読みこなせないだろう。中内さんのはじめたアメリカ考現学エッセーは、貴重なものだったのである。

＊

これは、きわめて私的なことだが、中内さんのお宅にうかがったとき、書斎のデスクが、印象に残った。左右の袖に四つずつだったか、五つずつだったか、引出しがあるだけで、まんなかは厚板一枚、引出しのないデスクだった。まんなかの引出しは、座机でも、腰かけ机でも、長時間、原稿を書いたりするときには、ないほうがいい。中内さんのデスクは、トップの板と引出しつきの両袖が、別べつになっていて、つまり、縦長のふたつの箱を、間隔をおいてならべた上に、板をのせただけ、というものだった。

そんなデスクを、私はそれまで、見たことがなかった。いかにも使いよさそうで、うらやましかった。けれど、当時の私は、洋風デスクをおけるような家には、住んでいなかったから、うらやんだだけだった。早川書房をやめて、もの書きに逆もどりすると間もなく、八畳ほどの洋間のある家に、引っこした。その洋間を、仕事部屋にすることにきめると、私はまず、あのデスクを探した。中内さんのところで見たデスクだ。

しかし、両袖のボックスと、一枚の板からなるデスクは、なかなか見つからなかった。伊勢丹デパートの家具売場で、ようやく見つけることができたが、中内さんのものほど、立派ではなかった。袖ボックスの大きさや、板の大きさはおなじぐらいだが、中内さんのは木のいろが黒く、どっしりしていた。私が見つけたのは、ニスのいろも明るく、かなり安っぽく見えるものだった。けれど、これ一種類しかない、というのだから、しかたがない。

そのデスクを買って、私は洋間にすえた。思った通り、それはつかいよかった。ほぼ十五年のあいだ、私はそのデスクで、仕事をした。長いあいだデスクにむかっていると、膝を組んだり、椅子にあぐらをかいたり、姿勢をかえなければ、つかれてしまう。片立膝の半分あぐらのかたちが、私のお気に入りの姿勢だった。袖ボックスのいちばん下の引出しをあけて、そこに片足をのせる。もういっぽうの足は、椅子の上で片あぐらを組む、という恰好だ。これがいちばん長つづきした。

そういう楽な姿勢をとるときに、まんなかにも引出しがあると、膝がつかえてしまって、うまくいかないのだ。たくさんの小説を、このデスクで生産したが、いまのマンションに引っこすときに、親戚の子どもにやってしまった。いまの仕事部屋には、大きな腰かけ机が、おけなかったからだ。十年間、私は座卓兼用の炬燵で仕事をして、現在はまた椅子に腰かけて、ワード・プロセッサーを叩いている。それ専用の台も、厚さ二センチ五ミリの一枚板に、スティールの脚がついている。ものを書くには、上板の厚みはすくないほうが、いいのである。

話が横道にそれたけれども、どうして翻訳研究会が、とりやめになったのかは、思い出せない。EQMMの編集費が、増えはじめたことと、関係があったろうか。私の書くコラム以外に、連載エッセーが増えていたから、それらの原稿料は、翻訳の稿料よりも、高かったことはたしかだった。そのために、研究会の費用が削られて、解散ということになったのかも知れない。対外的には、存在をあきらかにしていない研究会——こんないいかたをすると、いよいよチェック機関めいてしまうが、むしろ個人的なあつまり、といった感じになっていたので、自然解散になってしまったところもある。しかし、晩めしを食いながら、年長者の話を聞いて、予約した場所の時間がつきても、話はつきず、喫茶店でまたしゃべりつづけるこの会は、私には毎月の楽しみだった。メンバーのうち、村崎さんがまず亡くなり、村上さんも亡くなった。中内さんは、どうしておいでだろう。青田さんとも、ずいぶんお目にかからない。宇野さんとは、ときどき電話でお話ししていたが、このところ、ご無沙汰している。

考えてみると、ちょうどいま、私は当時のこの方がたの年齢になっているのだ。若いひとたちと話をしているときに、あのひとたちのように、私は話題が豊富になっているだろうか、とふと思うことがある。ひとつ、はっきりいえることは、男が家族を養うために、しなければならない仕事の量が、やたらに増えている事実だ。三十年まえ、十の仕事で、家族が養えたとすれば、いまは二十五の仕事をしないと、養うことができない。私は二十年まえとくらべて、三倍ぐらい仕事をしているが、豊かになった、という気は、まったくしない。むしろ、貧しくなっている、というのが、実感だ。私のコラムだけでなく、作家のエッセーを、EQMMにふやそうとしはじめたころ、当時の小説雑誌の稿料よりも、ずっとずっと安い値段で、みなさん、ひきうけてくださった。なんにもいわずに引きうけてくれたひともいれば、

「そんなに安いのかい」

と、苦笑しながら、引きうけてくれたひともいる。だが、にべもなく断られはしなかった。いまの私なら、ことわるだろう。それだけ、世のなかは、悪くなっている。

軽井沢のつめたい水

私の書くコラムのほかに、エッセーを、「エラリイ・クイーンズ・ミステリ・マガジン」日本語版に載せられるようになったとき、やはり最初は推理小説家に依頼した。な

にしろ、原稿料が安いから、顔見知りでないと、頼みにくい。日本の推理小説専門誌の稿料も安いから、おどろかないでくれるだろう、と思ったのだ。事実、どなたも心よく、ひきうけてくれた。外国雑誌の日本語版が、ないわけではなかったが、推理小説の専門誌で、しかもエラリイ・クイーンの編集、ということに、権威があったのだ。

この認識は、私に自信と勇気を、あたえてくれた。雑誌をやっていく上で、ということも、もちろんだけれど、それ以上に、推理小説が生活の基礎になった人間としての私に、自信と勇気を、あたえてくれたのである。この点は、説明が必要だろう。当時の日本の推理小説がおかれた位置――そのみじめな状態を、肌で感じていて、いまも発言できる立場にいるひとは、きわめて少いからだ。いつぞや書いたNHKラジオの座談会で、

「日本の推理小説というのは、ひとことでいえば、泥くさいんだよ」

といわれたことに、腹を立てたひとたちの心情を、理解できる人間は、もう少い。その憤慨は複雑で、泥くさいものしか書けない、ということもあるだろうが、書くしかない、という立場でもある腹立たしさ。外国推理小説しか読まない読者と、日本の推理小説しか読まない読者が、はっきりわかれていて、日本の推理作家は肩身がせまかった時代。それが、想像できるだろうか。

現役作家は、松本清張以後のひとが、ほとんどである。以前も現役、以後も現役という数人は、当時から「オール讀物」なぞに、書けたひとだから、いまも現役なので、みじめさは実感していない。日本推理作家協会の前身、「探偵作家クラブ」時代の会員でも、ものを書いていたひとでないと、わからない。その肩身のせまさを、実感している現役作家は、私と山村正夫さんぐらいだろう。

いつかも書いたが、「ハヤカワ・ミステリ」の成功が、日本のミステリを刺激して、推理小説の地位は、向上したのである。日本の推理小説は、最初から海外ミステリの影響で、成長したにはちがいない。だが、戦前の翻訳紹介のされかたは、偏っていたし、長篇は抄訳がほとんどで、完全ともいえなかった。私が早川書房の編集者だったから、

古巣の肩を持つわけではない。戦前の日本の探偵小説が、「新青年」という雑誌に育てられたように、戦後の日本推理小説は、「ハヤカワ・ミステリ」に育てられた、といっていいのである。

探偵小説は戦争で圧迫され、戦後に息をふきかえして、さかんになるかに見えたが、十年とはつづかなかった。大ざっぱで、無遠慮ないいかたをすれば、本誌、別冊、また別冊、雑誌が数を出そうとして、基礎の修業のできていない新人を、なんでもかんでも、押しだしたせいで、読者に愛想をつかされたのである。あきらめのいい新人は、どんどん筆を折っていったが、なんとか食っていこうとした人たちは、わずか三誌の専門雑誌にたよって、なんとか息をついていた。

私が最近、新人賞の選評や、今年の収穫といったエッセーで、心配症のような、厳格すぎるようなことをいうのは、この当時のことを、実感として、知っているからである。デッサンをやっていない新人が、なんでもいいから、数をそろえよう、としているみたいに、押しだされている最近のすがたは、あのころに似ているのだ。あのころとくらべて、見かけだけは、華やかだけれども、外国ものしか読まない読者が、目立ってきているし、はっきり日本作家に、愛想をつかしているひとも多い。

専門誌にたよって、息をついていたひとりだった私が、EQMM日本語版の編集長になって、英米のミステリはこんなに多彩だ、日本は四半世紀おくれている、といいだしたのだから、風あたりは激しかった。裏切者あつかいもされた。私は気が弱いから、だれかがいわなければならないことを——散発的には、いいはじめたひともいたことを、おずおず活字にしただけだった。「ハヤカワ・ミステリ」の選択方針を変えたことにも、雑誌の編集方針のさだめかたについても、手さぐりだった。したがって、人びとがEQMM日本語版に、権威をみとめてくれたことは、私に自信を持たせたのだ。日本の推理小説は、古いものを手本にしすぎる。海外のミステリは、こんなに変ってきているのだから、これを手本にしてくれ、と安心して、いえるようになったのである。

最初に助けになったのは、読書新聞にのった福永武彦さんと、中村真一郎さんの対談だった。翻訳推理小説についての対談で、ＥＱＭＭについても、言及している。両氏は例のＮＨＫ座談会のメンバーだし、中村さんが「ハヤカワ・ミステリ」を読んでいるすがたは、紀伊國屋書店の喫茶室で、ときおり見かけていた。どちらもグレイト・リーダーだから、おそるおそる読むと、

「ＥＱＭＭの日本語版には、期待していたのだが、大したことはない。二号まで読んで、やめてしまった」

という意味のことを、中村さんがいっている。がっかりしたが、すぐにつづいて、福永さんの言葉があった。

「そんなことをいわないで、読んでみたまえ。三号から、よくなっている」

という意味のことを、いっているのだ。すでに書いたように、私が早川書房に入ったとき、創刊号と第二号の編集は、おわっていた。その編集方針は、日本の推理小説マニアの好みに、あわせたものだった。作品のひとつ、ふたつを入れかえることは出来たが、方針そのものを、変える時間はなかった。だから、私の編集といえるのは、三号からなのだ。スタートしたばかりの雑誌を、がらっと変えては、読者がめんくらう。三号から、すこし変えたのを、ちゃんと読みとってくれた人がいる。これは、実にうれしかった。

＊

私は闘争本能が乏しいせいか、若いころから、ほめられても、けなされても、大よろこびもしなければ、大憤慨もしない。腹の立つことがあっても、ひと晩、寝れば、わすれてしまう。だから、自信がない、と自分で思いこんでいるのは、単に臆病なだけであって、実は大へんな自信家なのかな、と考えることもある。臆病と自信とは、共存するのだろうか。しかし、このときの福永さんの言葉は、うれしかった。

私の仕事場は、あいかわらず、ごった返していて、資料をさがしだすことが出来ない。だから、間違っているかも知れないが、まだ福永さんはそのとき、加田伶太郎の匿名

で、推理小説を書いては、いなかったと思う。ちゃんと見てくれるひとがある、という印象がさきにあって、加田伶太郎は福永さんだ、という知識が、あとにつづいたように、記憶している。

とにかく、いつか福永さんに、エッセーを書いてもらいたい、と思っていた。しかし、なんのつてもない。それで、推理作家のエッセーから、はじめたのだが、これは失敗だった。いいものを、書いてもらえなかったわけではない。テーマをきめない単発のエッセーでは、雑誌にそぐわない、ということに、私が気づかなかったのだ。海外作品をあつかうかどうかは、ともかくも、テーマに連続性を持たせなければならない。私は思いきって、福永さんに電話をかけた。雑誌がはじまって二年目の、夏のことだったろう。

ところが、あいにく福永さんは、次の日から、軽井沢追分の別荘へ、出かけることになっていた。帰ってきてからなら、いつでもあってくれる、という約束はもらったが、それでは遅すぎる。福永さんは学習院大学で、フランス文学を教えていたから、その夏休みのあいだ、追分にいっているわけだ。

当時の「ハヤカワ・ミステリ」が、世間にうったえなければならないことは、推理小説は俗悪な読物ではない、ということだった。誤解を覚悟でいえば、閉鎖的なマニアのための読物でも、女こどもの読物でもない。もっとモダーンで、しゃれた娯楽で、大学教授も愛読するようなものなのだ、ということなのである。現在から見れば、滑稽かも知れない。だが、当時はそういうキャンペーンが必要で、「ハヤカワ・ミステリ」が作品そのもので、効果をあげつつあったのだ。そこへ雑誌という、宣伝手段にもつかえるものが、出たのだから、最大限に利用しよう、と私たちは考えていたのである。いまは、そんな意欲が、滑稽に感じるくらい、推理小説、推理作家への認識は高まっているけれど、本質はどうだろう。女こどもの読物に、質的には低落しているのではないか。

私はとにかく、待ちきれなかった。早川社長に、軽井沢にいかしてくれ、と私はたのんだ。千葉や神奈川あたりでも、なかなか出ていかれないので、まして泊りがけ、ひきうけてくれるかどうか、わからない交渉にいくのだ。だめだろう、と思いながらも、私は熱をこめて、たのんだ。こういうことは、いま早川書房にいるひとたちにも、わからないだろう。編集者の出張なぞ、考えられない規模で、仕事をしていたのだ。

私の意気ごみが通じたのか、早川さんは、そういうことなら、ひとりより、ふたりのほうが、成功する率は多いだろうから、いっしょに行こう、といってくれた。信越線の電車にのるのは、はじめての私は、行く決心はしたものの、心細かったところだから、大いに安心して、社長といっしょに、上野を立った。三十年たらず前、小出版社の社員はこんなもので、それまで私はひとりでは、東海道線の鈍行列車に、一度のったことがあるだけだった。上野からのった電車は、急行ではあったと思うが、やたらに停車して、ひどく混んでいた。席がなくて、私も早川さんも、押されながら、立ちっぱなしの旅をした。ななめになって、窓にせまる青葉を見ていたのを、おぼえている。

追分の油屋旅館に、予約がしてあって、つくとすぐ、私は福永さんの別荘をたずねた。福永さんはおどろいていたが、今夜、油屋で夕食をごいっしょに出来ないだろうか、とお願いして、私はひきさがった。福永さんのところには、矢内原伊作さんが来ていたので、ごいっしょにどうぞ、ということになった。第三者がそばにいたほうが、そっけなくことわられることが、少いだろう。八分どおり成功、と思って、油屋にもどって、汗を流すことにした。早川さんと風呂場におりて、背なかの流しっこをしたのだが、私の番になって、早川さんが私に湯をかけたとたん、飛びあがった。私の前の蛇口からは、高原のつめたい水しか、出なかったからである。

おいわけ油屋

　追分の油屋の風呂場には、蛇口が三つあったように、おぼえている。なにしろ、以来いちども、私は油屋へいったことがない。だから、おぼえているのは、あの水の骨を刺すような冷たさだけだ。おなじ大きさの蛇口が、ふたつならんでいて、別の板壁のすこし高いところに、小さな蛇口があったようだ。早川社長と私は、ふたつの蛇口の前にすわった。早川さんの背なかを流すときには、その前の蛇口をつかった。

　これは、ちょうどいい加減のお湯だった。私が流してもらう番になって、自分の前の蛇口も、湯だと思うのは、当然だろう。おまけに、あまり勢いよく出なかったから、はねて手にかかることもなかった。私が桶にいっぱいにしたのを、早川さんは無造作にとった。背なかにあびせられた私は、悲鳴をあげた。山奥の谷川の水みたいに、冷たかったからだ。冷たいというよりも、痛かった。福永武彦さんと、はじめてあったときのことを、思い出そうとすると、とたんにこの水の冷たさが、背によみがえってくる。

　二階の広間で、夕食をしながら、福永さんと矢内原さんと、どんな話をしたのかは、この水の冷たさに押されて、記憶のなかから、出てしまったらしい。ほとんど、おぼえていないのである。福永さんは上機嫌で、推理小説の話がはずんだ。連載エッセーも、ひきうけてくれた。話をして、うれしかったのは、福永さんの推理小説についての考えかたが、私とごく近いことだった。

　またくり返すが、狭い探偵小説の世界のなかにいて、私は垣根をこわそうとしていた。福永さんのような発言力のあるひとが、味方についてくれそうだ、ということは、うれしかったのである。内部には、宇野利泰さんをはじめとして、私を応援してくれるひとは、いくらかいたけれど、外部に味方がほしかった。なにしろ、翻訳ミステリ・ブームで、新潮社でも、創元社でも、シリーズを出している。ことに創元社は、植草甚一さんを、セレクターとしている。早川社長とちがって、競争相手が必要だ、と私は考えていたし、ことに翻訳ミステリ雑誌が、ほかでも出てくれることを、待ってはいたけれど、油断ができないのは事実だった。

もっとも、正直なところ、私は創元社の植草セレクションは、大して怖くなかった。古本屋でよくあって、お茶をご馳走になったことは、前に書いたが、話をしてみて、このひとは要約ができないひとだ、と思っていたからだ。あるいは小説をほめる。こういうところがある。ここがいい。いろいろ、いうのだけれど、ぴんと来ない。その小説を読んでみると、植草さんがなにをいいたかったのか、はじめてわかって、あのひとの眼力は大したものなんだな、と感心する。まだ植草さんは、自分の文体を、つくりあげていなかったのだ。

こういったら、いいのかな。いや、こんな話があるから、これを聞かせれば、わかってくれるだろう。そういう廻りみちに、味のある文体を、「マンハント」日本語版に、二ページの雑学エッセーを書き、江戸川乱歩編集の「宝石」に海外ミステリ紹介を、毎号四ページ書き、ジャズ雑誌にエッセーを書くうちに、植草さんは編みだしていったのだ。このひとに、長文のエッセーを書かせたら、おもしろいものが出来る、と睨んだ「マンハント」日本語版の中田雅久編集長のセンスは、高く評価されるべきだ。野坂昭如や大橋巨泉を、それぞれの専門の世界から、一般ジャーナリズムにひっぱりだしたのも、中田雅久なのである。ついでにいえば、私に捕物帳を書かせたのもまた、中田雅久である。

そんなわけで、植草さんが解説を書くとしても、怖くはなかった。セレクションのほうも、日本のミステリ読者を、あまり考えないだろうから、とたかをくくっていた。それがあたっていたことは、創元社の「クライム・クラブ」を見れば、わかるだろう。あのシリーズは、実にすぐれたセレクションだが、その選択意図が、編集者につたわっていない。したがって、宇野利泰さん、中村能三さんなぞ二、三は別として、翻訳者も作品を把握していない。だから、失敗したのだろう。ひと口でいえば、十年はやかった。いま出したら、どうかといえば、若い読者が多くなっているから、やはりだめだろう。

競争誌ができてからも、「マンハント」の中田雅久は、編集センスと技術では怖かったが、海外ミステリはくわしくない。「ヒッチコック・マガジン」の中原弓彦——現在の小林信彦は、センスはありそうだったが、私よりも若い。これからセンスに磨きをかけていくひとで、真底ミステリが好きなようには、見えなかった。怖かったのは、「宝石」に手をだした江戸川乱歩さんだ。乱歩さんの推理小説観は古くなっていたが、戦前から本を売る勘はするどい。ミステリに対する情熱は、私なんぞ、足もとにもおよばない。自分では好きになれないタイプのものでも、勘にあえば、とりあげるだろう。おまけに、顔がひろい。文壇作家の動員がうまくいって、その刺激で、新人が育ってきたら、「宝石」は成功するだろう。だから、怖かったのだが、「宝石」は翻訳雑誌ではない。その成功は、翻訳雑誌にはむしろ、プラスになる。

そんなふうに考えて、EQMMの二年目後半からの私には、いささかの余裕がでてきていた。結城昌治そのほか二、三のひとから、当時の私は、自信満々に見えた、といわれたことがある。そう見えたとすれば、「いささかの余裕」が、態度に現われていたのだろう。その余裕のもとをつくってくれたのが、福永さんが私にしめしてくれた理解だった。なにしろ、早川さんの私を見る目が、違ってきたのだ。「福永さんはきみのことを、ミステリの先輩として、あつかっているねえ」

といって——おかげで、早川書房をやめるまで、私はワンマン編集をつづけられたのである。

＊

ここでちょっと、個人的な思い出に、話をそらしたい。先日、私の著書目録をつくってくれている大山真市さんがきて、古い「宝石」をおいていった。昭和二十一年九月号、発刊五冊目で、わずか八十四ページの薄さだ。定価は五円。探偵劇特輯号で、乱歩、横溝、城昌幸の短篇小説を脚色した戯曲が、四本ならんでいる。その一本が、久生十蘭の「キャラコさん」なので、大山さんが持ってきてくれたのである。

巻頭に二ページ、舞台写真がのっている。といっても、四作が実際に上演されたわけではない。新国劇の中堅俳優をつかって、雑誌のために撮ったもので、清水彰、岡秀夫、美園晴子なぞが、出ている。そのなかで、乱歩さんの「二廃人」の斎藤氏、城さんの若さま侍を演じているのが、磐《いわ》城《き》吉二郎。この名前を見たとたん、私は戦争ちゅうの少年時代を、思い出したのである。

私のうちの裏通りに、二軒長屋がいくつかあって、その通りが、子どもたちの遊び場になっていたことは、ずいぶん前に書いた。二軒長屋のひとつは、もうひとつ裏の通りに、出る角にあった。むかって左の一軒は、井上さんといって、小学校で、私より一年上の姉と、一年下の妹がいた。この姉のほうが、私を作家として、最初にみとめた人物であることは、以前に書いたと思う。年下の子どもたちを集めて、私が即席のおとぎ話をしているのを聞いて、小説を書け、とすすめたのである。むかって右の一軒は、名前が思い出せない。小林さん、といったような気がするので、仮りにその名で、話をすすめよう。

その小林家にも、姉妹がいて、実に美しいふたりだった。同年輩のほかは、みんな大人に見えたころだから、お姉さんの年はわからない。妹は中学生だったのだろうか。外に出てきて、私たちと、言葉をかわすことは、ほとんどなかった。だから、ときどきしか、見かけなかったが、この美しい姉妹は、私たちのあこがれで、いたずら小僧のなかに、格子戸わきの格子窓から、屋内をのぞくものも、あったくらいだ。

この小林さんのうちの表札が、ある日、新しくなって、そこに磐城吉二郎と書いてあった。引越したわけではなく、あいかわらず美人姉妹は、見かけることができた。磐城さんは新国劇の若手俳優で、お姉さんと結婚したのだ、ということが、そのうちにわかって、私はなんとなく、がっかりした。やがて、戦争が激しくなって、大劇場は閉鎖されたが、それでも私は、新国劇の芝居を、なんどか見た。新宿第一劇場で、真山青果の「会津の小鉄」を見たり、錦糸町の錦糸町東宝で、「国定忠治」を見たりしているのだが、大きな役にはついていなくて、どれが磐城さんか、わからなかった。

昭和二十年五月の空襲で、私の町内は焼けて、敗戦後、小林さんの一家は、焼跡にもどっては来なかった。井上さんの一家も、もどっては来なかったが、数子さん、といったろうか、お姉さんのほうとは、敗戦直後に、一度あったことがある。私はまだ、小説を書きはじめては、いなかった。小林さんの美しい姉妹のことも、いつか私の頭から、消えていったが、あれは早川書房へ入って、間もなくだったろう。ある日、私は青田勝さんをたずねて、総武線の下総中山の駅でおりた。青田さんは、ユニバーサル映画につとめていたから、たいがいそちらに行くのだが、その日はつごうで、自宅のほうにうかがったのである。

下総中山の駅前の通りは、坂になっていて、のぼりきったところが、法華経寺だ。青田さんのお宅は、寺門前を左へいったところ、とおぼえている。翻訳原稿をうけとって、話しこんで、辞去したときには、もう夕方になっていた。法華経寺の前の坂道は、人通りが多かった。私が坂をおりていくと、とちゅうで女のひととすれちがった。赤ちゃんを、おぶっていたような記憶もあるが、はっきりしない。すれちがってすぐ、

「巖さんじゃ、ありません？　松岡さんでしょう？」

と、声をかけられた。当時の私は、完全に都筑道夫であって、早川書房でも、このペンネームをつかっていた。本名で、ひとに呼ばれることは、年に一度、あるかないかだった。だから、戦争ちゅうの私を知っているひと、ということは、ふりむかないうちから、わかっていた。ふりむいて、すれちがったばかりの女性の顔を見たとたん、私は思い出した。小林さんのお姉さんだった。所帯やつれ、といった感じが、いくらかはあったが、美しい面影は残っていた。そこで立ちばなしをしたわけだが、なにを話したのか、もうおぼえてはいない。妹さんのことを、聞いたのかどう

か。おぼえているのは、こちらには印象が深くても、むこうに私の印象が、残っていようとは思わなかった。それが、むこうから声をかけてくれた、という喜びだけであった。

けれど、そんな偶然の出あいも、いつかわすれてしまっていた。それが、大山さんの持ってきてくれた「宝石」をひらいて、写真を見たおかげで、とつぜん浮上してきたのである。たまたま探偵劇の特集で、新国劇の俳優をつかった写真があって、ちょうど私が早川書房のころを、書いているところだったのが、不思議にさえ思われる。磐城吉二郎さんの顔を、はじめて私は確認した。新国劇をやめて、磐木吉二郎と改名して、テレビに出ていたらしいが、いまどうしているだろう。

ぺいぱあ・ないふ

福永武彦さんが、連載エッセーをひきうけてくれたので、元気づいた私は、松本清張、有馬頼義の両氏にも、エッセーをお願いしにいった。おふたりとも、承知してくれて、福永さんの「深夜の散歩」、松本さんの「黒い手帖」、有馬さんの「隣りの椅子」、三本の連載エッセーが、前後してスタートした。この三つの原稿は、出来るだけ私がとりにいくようにしたけれども、正直なところ、松本さんと有馬さんのところでは、なんの話をしていいのか、わからなくて、ただかしこまっていた。

むろん先方から、いろいろ話はしてくれるのだが、興味も知識もないことが多かったから、聞きじょうずでさえ、いられない。ただ聞いているだけで、あまり会話がはずまなかった。そこへ行くと、福永さんのところでは、話題はいつも、海外ミステリだったから、私もおしゃべりになれた。

「きみ、小説を書くつもりはないの」

とあるとき、福永さんがいった。最近、読んだ海外の新人の作品のことを、私が話したあとだったろう。

「実はしばらく、大衆小説を書いていたんです。いまはEQMMの編集がおもしろくて、小説は開店休業ですけど」

私が答えると、福永さんはうなずいて、

「そうだろうね。『ぺいぱあ・ないふ』を、きみが書いていると聞いて、小説が書けるひとだ、と思っていたんだ。つぼを押えて、あれだけ手ぎわよく、ダイジェストできれば、自分でも書けるはずだから」

福永さんにほめられて、うれしかったのは、いうまでもないけれど、「エラリイ・クイーンズ・ミステリ・マガジン」日本語版に、私が書いていたもののなかで、いちばん評判がよかったのが、英米の新作紹介欄「ぺいぱあ・ないふ」だった。

「作品そのものよりも、きみの紹介のほうが、おもしろいことがあるね」

と、福島正実にいわれたこともある。「ぺいぱあ・ないふ」は、ハヤカワ・ミステリの前宣伝のために、はじめたものだ。だから、間もなく翻訳のでる作品を、読者が読みたくなるように、紹介しなければならない。もちろん、宣伝のためだけのページではないから、翻訳をだすつもりのないものを、取りあげたこともあったり、実際に訳書がでるまで、長いあいだがあったこともある。しかし、どの場合でも、かぎられた枚数のなかで、それがどんな作品で、どこに作者の狙いがあるか、読者につたえなければならない。

だいたい私は、子どものころから、読んだ本、見た映画の話を、ひとにするのが好きだった。おもしろいことがあると、黙っていられない性質、といっていいのかも知れない。それが、いくらか上手になったのは、早死にした落語家の兄のおかげだった。兄の鶯春亭梅橋は、戦争ちゅうから結核をわずらって、寝ていることが多かった。敗戦後も、寄席へ出かける時間まで寝ていて、帰ってくると、またすぐ寝る、という時期があった。私のほうは、劇作家になるつもりで、さかんに芝居や映画を、見てまわっていた。そして、見てきた芝居、映画の話を、兄にして聞かせた。ことにアメリカ喜劇の話は、兄も聞きたがった。

私の話はこまかくて、スラプスティック・コメディのギャグなんぞも、すべてことこまかに喋る。兄も最初は、それをよろこんで聞いていたのだが、すこし体調がよくなって、私の話でおもしろかった映画は、自分で見にいかれるようになると、文句をいいだした。頭からしまいまで、私が説明してしまうから、実際に見るときに、つまらない、というのである。そのくせ、私が映画を見てくると、話を聞きたがる。

私のほうも、おもしろい映画を見ると、だれかに話したい。しかし、くわしく話すと、文句をいわれる。だから、工夫をするようになった。なにしろ、兄は気が弱くて、ひとにふだんは苦情もいえない。文句のいえる相手に、文句をいいだすと、限度がなくなって、じつに口汚くなる。頭の論理的な回転は早いひとで、そこへ感情の爆発がくわわるのだから、罵られるほうは、たまらない。自分の頭の悪さを、徹底的に証明されたような気がして、劣等感にとらわれてしまう。それが嫌だから、工夫をするわけだ。

喜劇映画から、その特徴がよく現れていて、あらかじめ聞いていても、見ればまた笑えるギャグを選んで、ストーリイに織りこんでいく。クライマックスがどう盛りあがるか、アウトラインを匂わせたところで、やめる。そういった工夫で、兄に文句をいわれないようになった。口汚く兄に罵られなかったら、私はダイジェストのこつを、身につけることは出来なかったろう。もうひとつには、二十歳前後の数年間、読物雑誌に毎月百枚、長篇講談のダイジェストをやったことも、役に立ったにちがいない。昔の講談の速記本は、地の文も、会話も追いこんで、改行なし。原稿用紙で千枚、千五百枚くらいあるものを、大幅に刈りこんで、百枚にするのだから、大変なようだけれども、たいがいは脇筋がいくつもある。それを取りのぞけばいい。だから、枚数の比較でいうほど、むずかしくはないのだけれども、脇筋におもしろい、あるいは有名なエピソードがある場合、それをどう本筋にとりいれるか、それは工夫が必要だった。

＊

海外作家についての紹介、評論を読んでいて、そこに言及されている作品のどこがおもしろいのか、わからないことが、しばしばある。ひと口でいえば、わずかな言葉で、特徴をいいあらわすのが、へたなのである。それは、文章のじょうず、へたとはあまり関係がない。もちろん、へたな文章では、いいたいことを、的確にいえないわけだから、まったく関係がなくはない。けれど、文章はうまいのに、作品紹介はうまくない場合は、しばしばある。

それがなぜかを考えると、他人の思惑を気にしていることが、多いように思う。ある小説を、ひとりはおもしろがり、ひとりはつまらながる、ということは、つねにある。それを気にしはじめたら、ある作品のおもしろさ、というものは、語ることができない。つまらなさを前提に、おもしろさを語って、説得力がだせるはずはないからだ。つまり、ごく単純なことが、しばしばわすれられている。あるいは、古い考えかただ、と思われているのである。

つまり、ひとの作品のおもしろさを語るのも、自分を語ることなのだ、ということが、わすれられているのだ。刈りこみかたも重要だけれど、それ以上に、自分がその作品のどこを、どうおもしろがったか、それを端的に語ることが、大事なのだろう。同時にそのひとつの作品が、ミステリの歴史の過去から、現在にいたる縦の流れのなかで、そして、現在という横のつながりのなかで、どんなふうに位置するかを、語らなければならない。

ひと口でいえば、その作品を、パースペクティーヴのなかで、とらえなければならないわけだ。だからといって、そういうとらえかたが出来なかったら、ミステリは語れないか、といえば、そうでもない。たとえば、ある作品を読んだ感想、あるいは批評であっても、はじめてミステリを読んだひとだって、書けないわけではない。たとえば、犯人を隠していることが、不都合だという論であっても、なぜそう考えるかが、誠実に語られていれば、おもしろいエッセーになりうるだろう。しかし、未紹介の作家の作品を、はじめて紹介するときなぞには、パースペクティーヴのあることが、必要だと思う。

わずかしかミステリを読んでいない人間が、たいして新味もない作品を、やたらにおもしろがってしまうことは、多いにありうる。むろん、たくさん読んでいたって、全部をおぼえているわけではないから、同じことにはなりうるのだが、時間にたえてきた作品、傑作といわれてきた作品を読んでいれば、小説を理解する力には、差がでてくる。

すくなくとも、作者の狙いを、誤って読みとることは、なくなるだろう。たとえば謎とき、犯人さがしの小説は、こうでなければならない、というような先入観に、人はしばしば、とらわれやすい。けれど、そういうルールが、あてはまる作品と、そうでない作品がある。それを見きわめるにも、先入観はないほうがいい。いや、ルールがある、あるいはあったことを知っていて、それをわすれる必要が、あるのだろう。

前にいったことと、矛盾するようだけれども、まず自分を白紙にして、その作者の狙いを見きわめる。その上で、自分を表面にだして、どう理解したかを、語るのである。そこまできて、はじめて整理のしかたが、問題になってくる。

早川書房をやめて、だいぶたった昭和四十年代の後半に、遠ざかっていた海外ミステリの紹介を、私はまたやりはじめたことがある。紹介のお手本をしめしてやろう、なぞという気持からではない。多少、それがあったことは、たしかだろうが、それだけではないのだ。しばらくつづけて、やめてしまったけれど、その間、英米の新刊を、たくさん読んだことは、いまの私に役立っていると思う。

それはとにかく、私は「ぺいぱあ・ないふ」を、苦労して書いていたわけではない。ハヤカワ・ミステリのセレクションのために、多いときには、日に三、四冊の原書を読んでいたのも、仕事だから、というだけでなく、読むのが好きだったからだ。だから、「ぺいぱあ・ないふ」も、私は楽しんで書いていた。こんなにおもしろい作品を読んだぞ、ということを、あるいは期待したのに、こういうところで、がっかりしてね、ということを、早くひとにつたえたかった。

だから、それを福永さんたちにみとめてもらったことは、うれしかった。もう兄の梅橋は死んでいたが、いまなら、文句もいわれまい、と思った。福永さんに、「ぺいぱあ・ないふ」をほめられたとき、まず思い出したのが、兄が死ぬ数週間まえに、さんざん文句をいわれたことだったからだ。兄は入院してからも、ベッドでハヤカワ・ミステリを読んでいた。作品供給は、私の役目だった。こんなのを読んだよ、と私が説明して、

「じゃあ、それを読んでみよう。持ってきてくれ」

ということになる。ところが、ときには兄の好みでない作品を、持っていくことになって、そういうときには、例のごとく、文句をいわれる。

「病院のベッドに寝たきりで、仕事はできない、金は入ってこない、ほかになんの楽しみもない人間に、こんなものを読まして、よく平気でいられるな。おれの金で買った本なら、金を返してもらってこい、というところだ。大ばか野郎」

青い顔をして、声にも元気のなくなった病人が、罵りつづけるのだから、聞いているほうは、実につらい。腹を立てて、推薦するのをやめにすると、病院の近くの本屋へいって、なんでもいいから、買ってこい、ということになる。ガードナーのメイスンものがあれば、文句はいわれないですむのだが、新刊がないと、大変だった。壁に本を投げつけて、嘆くのである。それを思い出して、いまならうまく予備知識をあたえて、文句をいわれないだろう、と私は考えたものだった。

反対尋問

「エラリイ・クイーンズ・ミステリ・マガジン」日本語版に、「反対尋問」という匿名批評のページを、つくったきっかけは、ひとつのゴシップだった。私があるゴシップを聞いて、ありそうなことだ、と思うと同時に、そんなことで、いいのかな、と考えたからだった。

ある推理小説雑誌の投書欄に、読者の批評がのった。その雑誌に、発表されたばかりのある作品を、けなした投書だった。けなされた作家は、腹を立てた。そして、編集長に文句をつけた、というのである。こんな投書をとりあげたのは、内容に共感するところが、あったからだろう。きみも内心では、あれは駄作だ、と思っているから、投書をのせたにちがいない。そんな編集者の雑誌には、もう書かない。こういわれて、編集長は頭をかかえた、というゴシップを、聞いたのである。

まるで笑い話だが、その作家を知っているひとには、信憑性のある噂だった。誇張があるにしても、事実ではあるだろう、と思えるゴシップだった。おまけに、この噂の反応には、子どもだよ、それじゃあ、と作家を笑うものと、編集長の黒星だね、という二種類があって、それは当然かも知れないが、後者のほうが多く、私の耳に入ってきた。つまり、けなすよりも、ほめたほうが、人間は育つ。批評は作家を、育てるものでなければならない、というわけだ。

当時は事実、毒舌の批評が、まれだった。ほかのジャンルの作家、批評家の発言が、出はじめてはいたけれど、それはおもに、海外ミステリについてだった。推理小説専門の評論家は、いいたいことをいおうものなら、ただでさえすくない仕事の場所が、なくなってしまう、という状態だった。日本の推理小説は、ぬるま湯につかって、しなびかけていたのである。だから、NHKラジオの座談会での、日本のミステリは、ひと口にいえば、泥くさいんだよ、という言葉が、波乱を起したのだった。

批評がそんな有様で、いいはずはない。作家を育てる批評、というのも、私には滑稽だった。推理小説の批評は、推理作家のためのものではない。批評は推理小説のための、読者のための、批評家のためのものだぐらい、常識ではないか。第一、かげでは、

「やつら、小説が書きたくても、書けないから、批評を書いて、ひとのものに、けちをつけているのさ」

といっている作家たちが、どんな顔をして、

「批評に育てていただきたい」

なぞといえるのだろう。批評は作家を、育てるものでなければならない、といった言葉が、耳に入ったら、

「冗談じゃない。批評なんぞに、育てられてたまるかよ。よけいなお世話だ」

ぐらいの啖呵を切るのが、あたり前ではないか。そりゃあ、けなされて、いい気持はしないだろうが、世のなかのひと全部、自分に好意を持ってくれる、と思うほど、子どもではないだろう。こんなふうに、甘やかされたがるから、日本の推理小説は、不自然なトリックばかりを考えて、いつまでも、おとなの小説になれないんだ、と私は思った。

うろおぼえだが、当時こんな作品があった。雪のつもった原のまんなかに、ひとが倒れている。うしろから刺されたか、殴られたか、とにかく他殺なのだが、死人のもののほか、足跡がない。ディクスン・カーばりの不可能犯罪ストーリイなのだが、解決を読んで、唖然とした。犯人は被害者のうしろから、自転車で追っていって、殺すのだけれど、それでは車輪のあとが残る。どうやって、消したと思います？

犯人は氷かき機を、自転車の荷台にのせ、シェイヴ・アイスをまきちらして、車輪のあとを消すのである！　たしかペダルをふむ力で、氷かき機がまわるように、仕掛をするのだったろう。ことわっておくが、ナンセンス・ミステリではない。本格推理小説にあらざれば推理小説にあらず、という当時の中堅ミステリ作家は、なによりもまずトリックと、大まじめに、こんなばかげたことを、考えていたの

である。

おもしろいじゃないか、というひとも、あるかも知れない。だから、傑作だ、と書いてもいい。しかし、ばかばかしい、と書いたら、推理小説雑誌には、のせてもらえないようでは困る。載せられるところを、つくらなければ、いけない。推理小説の専門誌でも、日本作家とあまり関係のないEQMM日本語版こそ、それをやるべきだろう、と考えて、「反対尋問」という欄をつくったのだった。

*

作家を育てるものであれ、という言葉のほかに、おせじ批評を擁護する弁として、

「けなすのはやさしいが、ほめるのはむずかしい」

というのがある。これも、ばかばかしい話で、批評は読解力の表白なのだから、ほめるのも、けなすのも、変りはない。安易に書くのなら、ほめられて、腹を立てるひとはいないが、けなされれば、たいがい腹を立てる。だから、見当ちがいを書いても、ほめておけば、文句はいわれない。ほめるほうが、やさしい、ということになる。もっとも、心にもない世辞をいうのは、つらいものだから、という意味ならば、たしかに、ほめるのはむずかしい。しかし、この言葉、そういう意味で、つかわれたことはないだろう。

責任を持って、けなすためには、一行二行の短評では、説得力を持たせられない。じゅうぶんなスペースを、とりたかったが、ほかのコラムとのつりあいもある。やはり見ひらき二ページで、スタートした。実名では、書いたひとのほかでの仕事に、影響があるといけないから、匿名にせざるをえない。筆致で書き手がわかってしまうと、いけないから、私が文章を統一することにして、三、四人の持ちまわりで、はじめたのである。

それがだれだれだったのか、もう明らかにしても、いいころだろうが、無断で暴露するわけにもいかない。了解をもとめよう、と思っていたが、仕事に追われているうちに、しめきりが過ぎて、あわてて書いているいまは、夜なかだ。電話をかけて、相手が寝ていたら、申しわけがない。評論

家ひとり、作家ひとり、翻訳家ひとり、とだけ、いっておこう。私も書いた。この四人がレギュラーで、実は私がいちばん多く書いている。スタートしてから、いちど書きたい、という申入れをうけて、臨時にお願いしたひともあった。

批評が最初から、悪口をいうのが目的であって、いいはずはない。けれども、まわりがお世辞だらけだから、ここでは気がねをしないものを、というのが旗じるしだ。とにかく、けなそう、とスタートしたのだが、これが案外、反響がなかった。

私はもともと臆病だから、転換の気運が背後になければ、爆弾を投げる積極性はない。松本清張さんの出現と、ハヤカワ・ミステリの成功で、日本の推理小説も、変化しようとしていたから、毒舌批評で拍車をかけよう、としたわけだ。しかし、考えてみると、EQMMの読者は、もともと日本作家のものは、軽蔑しているひとが多い。「宝石」誌でなら、ショッキングな発言も、EQMMでは、あたり前なのだ。悪口をいわれた作家も、内心おもしろくはなかったろうが、相手が悪い、とあきらめたらしい。反論大歓迎、と呼びかけていたのに、なにもいって来なかった。

かげでいったことが、人づてに耳に入って来たことはある。いまでも、おぼえているのは、私が担当した回で、

「なにしろ、へたくそな作家だから」

と、書いたところ、その作家、

「自分がへたなことは、よく承知している。だから、へたな作家と書かれても、しかたがない。しかし、へたくそな作家とは、なにごとだ。くそは、よけいだ」

と、憤慨したという。これには、苦笑のほかなかった。

もっと派手に爆発して、これこそ批評だ、といわれないまでも、痛快がってもらいたかった。それが、じわじわ燃えたような状態では、読物としては失敗、ということになる。

したがって、レギュラー陣も拍子ぬけして、いくつも読んで書くのは、めんどうくさい、という声も出てきた。それもあって、私の担当した回が多い、という結果になったのである。たしか二月号で、前年度回顧の匿名座談会をやった。出席者はレギュラー四人。それを二度、やったよう

な記憶がある。読物としては失敗でも、反論を期待しながら、足かけ二年は、つづけたのだろう。

その後も、おせじ批評は、はびこっている。だいたい日本では、推理小説の批評に、大きなスペースを、さくことがない。わずかなスペースなのだから、ほめられるものだけ、取りあげようじゃないか、そのほうが無事だよ、というのが、甘やかし批評擁護の言葉として、くわわるようになった。

「反対尋問」では、短篇小説ひとつについての論争を、いく月にもわたってやっても、いいつもりでいた。けれども、さっきいったように、憤懣のつぶやきが、まわりまわって聞えてくるだけで、理路整然といいかえしてくる作家は、いなかった。もっとも、論争を読物として、成功させるのは、むずかしい。

「ぺいぱあ・ないふ」欄で、八百長論争をやったときも、わずかな反響があっただけだ。そのことは、だいぶ以前に、書いたつもりでいたのだが、それは思いちがいらしい。ここで、書いておこう。万一、思っていた通り、すでに書いてあったら、重複、おゆるしいただきたい。

八百長といっても、ひとり二役をやったり、こまかい打ちあわせの上で、誌上喧嘩をしたわけではない。「ぺいぱあ・ないふ」で、たまにはSFをとりあげてみよう、と思って、それなら、いっそ論争をやったら、読者のSFへの関心を、あおる役に立つのではないか、と考えたのだ。そこで、矢野徹さんに話をして、

「ぼくが悪口をいうから、いかにも腹を立てたように、反論してくれませんか」

と、頼んだのである。それ以上の打ちあわせは、しなかった。ただ両人が読んでいて、まだ記憶のうすれていない作品でないと、ことは面倒だ。たくさん読んでいるのは、矢野さんのほうだから、なにを選んでも、おどろくまい。私のほうは、少ししか読んでいないから、自由に選ばれては、かなわない。私が主に意見をだして、とりあげるのは、ロバート・ハインラインの「ダブル・スター」ときめた。当時、この作品はシグネット・ブックスで、廉価本がでて間がなかったのだろう。アメリカン・ペイパーバックスを

おく古本屋で、しばしば目につく作品だったのである。

　いまではもう、記憶がうすれているが、旅役者が、政治家の影武者になる話で、それに暗殺がからむ。暗殺者のターゲットにされるために、雇われたのに気がついて、とんでもない、と逃げるうちに、たいして勇気もない旅役者が、ヒーローにならざるをえなくなる、といったストーリイでは、なかったろうか。設定は伝奇小説の定石のひとつで、それを未来世界に持っていったところが、みその作品だ。ということは、SFでなくとも書ける、ということだから、そこを捉えれば、悪口がいえる。その線でいくことだけ、矢野さんに話しておいて、論争をはじめたのである。

からぶり論争

「エラリイ・クイーンズ・ミステリ・マガジン」日本語版の「ぺいぱあ・ないふ」欄で、矢野徹さんと論争をしたのが、いつのことだったのか、思い出せないだけでなく、その内容も、私はわすれてしまっている。私がSF作品の悪口をいい、矢野さんが反論をしたわけだが、どんなふうに展開したか、おぼえていないのだ。

　八百長とはいっても、段どりをきめたわけではない。どうおさまりをつけるかも、もちろん、きめてはいなかった。おまけに、私に誤算があって、四回かそこらで、打ちきることになってしまった。前回に書いたように、私がまずロバート・ハインラインの「ダブル・スター」を、「ぺいぱあ・ないふ」欄でとりあげて、悪口をいう。伝奇小説でお馴染の替え玉物語、なぜSFで書かなければならないのか、という趣旨だった。現在の私は、考えかたが変っているから、いま「ダブル・スター」を読んで、どう思うかわからない。当時は本気で、そこに不満を持ったのである。

矢野さんが、それを読んで、反論を書く。それにまた、私が反駁する。矢野さんが、また反論する。それが活字になったところで、読者からの投書があった。幾通かあったので、私はよろこんだのだが、読んでみて、はっと思った。しろうとをいじめては、かわいそうではないか、という意味の投書が、二通ばかり、あったからだ。私は専門家、矢野さんはしろうとと、しろうとの投書をとりあげて、叩いている、と見た読者がいたわけだ。

二通かそこらの投書だが、そこにはSFがまだ、ひろく関心を持たれていないことが、現れていた。矢野さんはアメリカのSF大会にも出席して、英語で書いたSFラジオ・ドラマが、むこうでオン・エアされてもいた。それらのことは、江戸川乱歩さんが、エッセーに書いている。そのすぐあとに、乱歩さんのお声がかりで、矢野さんは「宝石」にSFの現状を、たくさんの作品名をあげて、書いた。私たちはそれを読んで、SFを見すごしては、いけないな、と思ったのである。

だから、矢野さんは専門家で、私がしろうとだった。こっちがしろうとだったから、SFの大家、ハインラインの作品に、むきになって、疑問を呈したのだった。ところが、読者は逆に見る。たとえ、ひとりふたりの読者でも、そう見るひとがいては、矢野さんに申しわけがない。こっちから、声をかけて、反論してもらったのだ。といって、いまさら矢野さんのことを、紹介しなおすわけにもいかない。

論争は打ちきることにした。SFに注意をむけようという企画は、からぶりにおわってしまった。それどころか、SF否定のような印象を、あたえただろう、と思って、私は大いに気にしたものだ。実はこのころから、福島正実と話しあって、早川でSFをやろうか、と考えはじめていたからである。そのころ、神田岩本町の大成建設にいた矢野さんを、福島君とふたりでたずねたのは、論争のかなり前だったと思う。

私たちが知らないうちに、アメリカでさかんになってい たSFを、日本に紹介しようという試みは、なんども行わ れていた。けれども、みんな腰くだけで、長つづきしない。大出版社は、そんな冒険はしないから、小出版社が手をだ すことになって、翻訳者がそろわなかったり、作品の選択 が甘かったりして、ぐずぐずにおわってしまう。

なによりも、日本の娯楽小説の読者は、サイエンス、科 学という言葉に、恐れをいだくらしい。私もそのひとりな のだが、読んでみると、それほど、むずかしくはない。け れども、読んでもらえなければ、どうしようもない。

早川書房は、翻訳出版の専門家と見られている。そこで、SFを出して失敗したら、当分のあいだ、手をだす出版社 は、なくなるのではないか、と思った。いまの若いひとに は、大げさに聞えるかも知れないが、十年、遅くなるだろ う、と思った。どういう方法をとればいいか、考えている ときに、たまたま手にとったのが、ジャック・フィニイの The Body Snatchers だった。

たしかデル・ブックスのオリジナルで、私は新刊で買っ たように、記憶している。ジャック・フィニイという新人 作家は、「プレイボーイ」誌かなにかにのった短篇小説、「死人のポケットのなかには」を読んで、感心していたし、EQMMコンテストに、The Widow's Walk という短篇で、入選していることも知っていた。最初の長篇小説、「五人 対賭博場」も、すでに読んでいたのではなかろうか。

だから、奇抜なアイディアの作品だろう、とは思ったけ れど、ファンタスティックなものとは、考えなかった。読 みはじめて間もなく、これだ、と思った。この作品が、「盗まれた街」という題で、ハヤカワ・ファンタジイのト ップ・バッターになったわけだけれど、こういう怪奇小説 にちかいサイエンス・ファンタジイなら、日本の推理小説 の読者にも、受入れられるだろう、と思ったのだ。

*

ジャック・フィニイの The Body Snatchers を、EQM

Mの「ぺいぱあ・ないふ」欄で、紹介したかどうか、おぼえていないけれど、「盗まれた街」という訳題をつけたのは、私である。現在なら、あっさり「ボディ・スナッチャーズ」でも、すんだかも知れないが、四半世紀まえは、そうはいかない。

この題名から、まず出てくる日本語は、死体泥棒だろう。しかし、この小説で、盗まれるのは、死体ではない。生きた人間のからだである。といって、肉体泥棒では、エロティックな小説のように、誤解される恐れがある。SFとしては、「人体泥棒」とするところだが、字づらがあまり、よろしくない。

それに、「人体泥棒」では、当時としては奇抜すぎた。もっと普通小説に近く、それでいて、怪奇的な雰囲気を持っていて、宇宙生命体の地球侵略の物語であることも、暗示している題名。そういうものでなければ、いけない。

映画のほうでは、H・G・ウェルズ原作の「宇宙戦争」や、ナイジェル・ニールのTVドラマを原作にした「原子人間」、レイモンド・F・ジョーンズの This Island Earth が原作の「宇宙水爆戦」なんぞが、いかにもSFらしい題名で、そのころに公開されていて、評判にはなっていた。出版のほうでも、元々社の十数冊、室町書房の二冊、長つづきはしなかったが、話題にはなったのである。だから、下地はできつつあったのだ。ただ私の場合、長つづきさせなければならない、という大前提があった。

ハヤカワ・ミステリの新刊が月に五点、六点、多いときには七、八点も出て、増刷がおなじくらいある、という好調期に、新しいシリーズをはじめるのだから、「日本におけるSFの前途」なんてことを、考えないにしても、慎重になるだろう。題名を翻訳するにしても、いろいろ工夫をしたわけで、「盗まれた街」というタイトルには、自信があった。

こういう作品が、あと四、五冊みつかれば、スタートできる、と思った。恐怖小説ふうのものばかりでも、いけない。SFらしくて、わかりやすいものも混ぜて、最初に発表するラインナップは、最低五冊、必要だろう。予備が五冊から、十冊なければ、スタートはできない。SFらしいものも、最初から入れなければならない、というのは、それを待ちのぞんでいる読者も、いるはずだから、あまりおっかなびっくり、出しているような感じでもまずい、と考えたのである。

そういうときに、ぶつかったのが、フレドリック・ブラウンのMartians Go Homeで、タイトルを見ただけで、いける、と思った。「ヤンキー・ゴー・ホーム」という言葉が、巷にあふれているときだ。そのまま「火星人ゴーホーム」で、通用する。フレドリック・ブラウンのミステリは、あまり読んでいなかったけれど、SFの短篇は読んでいた。元々社で出た「発狂した宇宙」は、ひどい翻訳だったが、作品のよさはわかった。だから、「火星人ゴーホーム」を手にしただけで、これとジャック・フィニイとで、スタートできる、と思ったわけだが、読んでみて、おもしろいので、ますます安心した。

アイザック・アシモフやロバート・ハインライン、レイ・ブラッドベリといった大家は、敬遠することにして、日本の読者むきのものをまず選んで、ラインナップをつくった。アンソロジイを一冊、入れることも、わすれなかった。

そのアンソロジイ、「宇宙の怪物たち」がいま、手もとにないので、うろおぼえだけれども、レイ・ブラッドベリの作品も、入っていたのではなかろうか。それを、私が翻訳するつもりでいたら、編者のジューディス・メリルが、その一篇だけ、海外版への権利を持っていない、といってきた。かわりに、このなかから、どれでも一篇、選んでくれ、といって、雑誌の短篇のコピイを三、四篇、送ってきた。そのなかに、タイム・マシンを処刑の牢屋につかうという、おもしろいアイディアのものがあったので、ブラッドベリはあきらめて、それを私が訳したのだった、と記憶している。

当時の私は、ブラッドベリが好きだった。EQMMに犯罪ものの短篇があったので、それを翻訳して以来、文体にとりつかれていた。原文のリズムを、なんとか日本語に移そうとして、四苦八苦したので、掲載直後、大阪のNHKからラジオ・ドラマにしたい、といってきたときは、うれしかった。しかも、私に脚色してくれ、というのである。ラジオ・ドラマを書いたことは、いちどもなかったのだが、ふたつ返事でひきうけた。NHKでは、いちおう放送日時をきめて、脚色権の申込みをしたのだが、返事がこない。しかたがないから、オリジナルのラジオ・ドラマを書いてみないか、といわれた。時間がないから、F・R・ストックトンの有名なユーモア怪談、「幽霊の移転」のアイディアを借りて、五十分もののドラマを書いた。そのころになって、ブラッドベリのエージェントから、OKがきた。間をおいて、私は脚色台本をつくって、つまり返事が遅れたおかげで、ラジオの仕事が二本できたわけだ。

その脚色台本は、活字になっていないが、森繁久弥主演で放送されたオリジナルの「午後十時十分をおわすれなく」は、徳間書店から出した「都筑道夫ドラマ・ランド」に、収録してある。

それはとにかく、「SFマガジン」の初期にも、私はブラッドベリをいくつか訳している。わざわざ選んだわけではないが、「イカロス・モンゴルフィエ・ライト」のように、ほとんどストーリイのない、文体だけで読ませている作品があったりして、楽しい苦労をしたものだ。しかし、いくら好きな作家でも、ブラッドベリには短篇集しかない。もっとシリーズが安定してから、取りあげるなら、取りあげるとして、これも敬遠した。

いちおうのラインナップをつくってから、福島君とも相談して、企画会議にだした。当時は企画をだして、反対されることはなかったのだが、さすがにSFをやることには、早川社長、不安だったようだ。それも、SFという言葉はつかわずに、ハヤカワ・ファンタジイとすることで、説得できた。

幻想と怪奇

ハヤカワ・ファンタジイは、ジャック・フィニイの「盗まれた街」をトップ・バッターにして、スタートした。二作目が、フレドリック・ブラウンの「火星人ゴーホーム」だったろう。「盗まれた街」は福島正実が翻訳し、「火星人ゴーホーム」は森郁夫が訳した。最初に発表したラインナップは、五冊だったか、十冊だったか。それ以後の選択は、しばらく福島君とふたりでやって、あとは私は手をひいた。

ハヤカワ・ミステリの作品をえらんで、新しいものには、解説を書く。「エラリイ・クイーンズ・ミステリ・マガジン」日本語版の編集をして、クイーンの解説を翻訳し、ないものには私が書く。これだけの仕事でも、毎月、毎月、おびただしい新刊小説と資料を、読まなければならない。福島君がSFに熱中しはじめていたから、分担することにしたのである。

といっても、まったくSFを読まなくなったわけではない。ちょうど、そのころアメリカでは、SFがすこし下火になっていて、アイザック・アシモフやロバート・ハインラインぐらいしか、ハードカヴァーで本が出せなくなっていた。ペイパーバックでも、SFはバランタインとエースぐらいしか、出さなくなっていた。出版業界誌の「パブリッシャーズ・ウィークリイ」に、SF作家が純粋なSFが出せなくなって、恐怖小説を書いている、という記事がでた。

私はそれに興味を持って、SF作家の名前が、ハードカヴァー本の予告リストに出ると、注文していた。しかし、それらの多くは、予告だけで出なかったり、普通の小説だったりした。

私は長篇の怪奇小説を、それもゴシック・ホラーではなく、モダン・ホラーを、ハヤカワ・ファンタジイに入れたかったのである。私は子どものころから、怪談が好きで、ことに岡本綺堂の「青蛙堂鬼談」は、くりかえし読んでいた。翻訳出版の編集者になる前、時代小説を書いていたころには、自分でも怪談を書いた。だが、私の小説を買ってくれるような読物雑誌では、綺堂ふうの怪談は、歓迎されない。

　私の好きなタイプの怪談が、なにも風変りなわけではなく、怪談の歴史の上では、ごく新しいものなのだ、と気づいたのは、編集者になって、原書を読みあさりだしてからだ。アルフレッド・ヒッチコック編集、という怪奇小説、恐怖小説のアンソロジイが、デル・ブックスだったか、ポピュラー・ライブラリイ・ブックスだったかで、数冊でていた。その一冊に、ジョン・スタインベックの The Snake が、入っていたのである。

　この「蛇」は、短篇集 The Long Valley のなかの作品で、当時、すでに大久保康雄さんの訳があった。その翻訳で読んで、なんともいえない怖さに、私は感嘆していた。こういう作品こそ、現代の怪談だ、と思ったが、それを声高に、いう自信はなかった。それでも、大久保さんの訳を手本に、自分で翻訳して、

「新しい怪談の傑作ですよ」

　といって、「探偵倶楽部」という雑誌に、売りこんだおぼえがある。早川書房に入る一年ぐらい前のことだ。ヒッチコックがほんとうに、自分で選んでいるかどうかは、ともかくも、「蛇」を怪奇小説と見る編集者が、アメリカにいる。そのことが、私に自信をつけた。おなじころに、題名はわすれたけれど、ニューヨークを舞台にした短篇小説のアンソロジイが、バンタム・ブックだったかで出て、それでトルーマン・カポーティの「ミリアム」を読んだ。

　カポーティはカポート、あるいはカポーテという読みかたで、すでにアメリカの三島由紀夫といった紹介がされていて、「遠い声遠い部屋」の翻訳が出ていたと思う。「ミリアム」を読んで、「蛇」が怪談といえるなら、これも怪談だ、と思った。「ミリアム」を自分で訳して、「蛇」も入れて、新しい怪談のアンソロジイを、つくりたかった。

　だれかが怨みをのんで死んで、その幽霊が出る。あるい

は、だれが見ても、幽霊とわかる幽霊が出てくる。そういう怪談は、私にはつまらなかった。

私が最初の師匠、正岡容に見かぎられたのは、生意気な発言のせいだったが、こちらが見かぎったのは、怪談のせいだった。岡本綺堂のような怪談を、いま書いても、だめだ。もっと幽霊のでる理由を、はっきり書かなければいけない。綺堂は古いよ、というのを聞いて、例の生意気で、古いのはそっちじゃないか、と思ったのである。個人の感じる恐しさを書くのが、現代の怪談だ、と私は考えていた。人間の恐しさ、といってしまったのでは、文学すべてがそうではないか、といわれそうだが、目の前の人間がとつぜん、底の知れない怖さを見せる瞬間、あるいは、それを感じる個人の心の不気味さを書く。狂気や孤独からくる人間の変質を、論理を越えた論理でえがくのが、現代の怪談だ、と考えていたのである。

*

私は怪談は好きだが、幽霊を信じてはいない。私よりも、もっと徹底して、幽霊を信じもしないし、幽霊ばなしも好きではない、というひとが読んで、なんだかわからないが、みょうに怖かったな、というような小説。そういうものでなければ、この合理主義の現代に、怪談は生きのこれない、と思うのだ。極言すれば、怖くなくてもいい。あれを読んだら、なんだか落着かなくなった、というような短篇小説でいい。

スタインベックの「蛇」や、カポーティの「ミリアム」は、作者が怪談として、書いたものではないだろう。それでも、いっこうにかまわない。これらを怪談として、ハヤカワ・ミステリで紹介したい、と思ったのだが、いきなり新しい怪談ばかり集めたのでは、拒否反応を起される。

そこで、もっと怪談らしい怪談から、年代順に配列して、「蛇」や「ミリアム」でしめくくる。そういうアンソロジイを、つくろうと思った。アメリカのランダム・ハウスに、モダーン・ライブラリイという便利なシリーズがあって、たとえばハーマン・メルヴィルの「モビイ・ディック」なぞが、一冊で読める。日本の岩波文庫の「白鯨」にも、入っている有名な挿絵がついて、ジャイアント版だったと思う。その大きくて、厚いジャイアント版の一冊に、怪談のアンソロジイがあった。選びかたは新しくないが、定評のある短篇は、網羅されている、じつに便利な一冊だ。私の手持ちのアンソロジイや、個人の短篇集と、このモダーン・ライブラリイ・ジャイアントから選んで、年代順にならべていったら、とても一冊には、おさまらなくなった。

そこで、上下二冊にして、編集したのが、ハヤカワ・ポケット・ミステリの「幻想と怪奇」だった。このアンソロジイは、さいわいに好評で、なんども版を重ねたが、いまから思うと、もっと調子にのって、「続幻想と怪奇」を二冊ぐらい、出してもよかったろう。モダン・ホラーばかりを集めて、追討ちをかけておけば、もっと新しいタイプの怪談が、日本に根づいたかも知れない。しかし、

「おもしろかったけれど、『蛇』や『ミリアム』は、やっぱり怪談とはいえないんじゃないかな」

という声もかなりあって、私はいくらか、がっかりしてしまったのだ。けっきょく、このアンソロジイは、編者である私に、いちばん役に立ったようである。近代怪談というものを、じっくり考える機会を、与えてくれたからだ。

編集者をやめて、作家にもどってから、私はショート・ショートをたくさん、書くようになった。いっぽうに、星新一のSFショート・ショートがあって、雑誌でそれとならぶことが多かったから、私は怪談をおもに書いた。のちには意識的に、自分を怪談作家と考えるようになって、それも怪談らしくない怪談を、たくさん書いた。海外の新しい作品を読むほうは、すっかりなまけてしまっているが、パトリシア・ハイスミスなぞは、現在でも、幽霊らしい幽霊の出てこない、あるいはまったく、超自然現象のない怪奇小説の短篇を、書いているらしい。

EQMM日本語版で、ロバート・ブロックの短篇特集をやったのは、「幻想と怪奇」を出すまえだったろうか、あとだったろうか。あの特集で、私が翻訳した作品の原題は、たしか Enoch といったと思う。スペリングが間違っているかも知れないが、それを読んだのは、やはりだれかのア

ンソロジイでだったろう。それとも、本国版のEQMMに、再録されていたのだろうか。ロバート・ブロックが「サイコ」で一躍、有名になったのは、千九百五十九年のことだから、日本語版の特集が、それ以前であれば、私は「イノック」ではじめて、この作者を知ったのだろう。

いまの私は、ブロックが好きではない。最初から、ゴシックの尾をひきずって、ブロックは怪談を書いていたが、その尾がいつまでも、切れないからだ。しかし、「イノック」を読んだときには、感服した。狂った男の独白の文体が、うまく生きていて、怖い小説になっている。だから、自分で翻訳して、「頭上の侏儒」という題をつけた。それを含めて、雑誌で特集を計画して、さて、ほかにはどんな作品をえらんだのか、思い出せない。

この特集に、どんな読者の反応があったかは、おぼえていないけれど、イラストレーションを、真鍋博にやってもらって、その評判はよかった。早川書房での、真鍋君のはじめての仕事ではなかったろうか。真鍋博は、小笠原豊樹の紹介で、私をたずねてきた。詩の雑誌のイラストレーションや、山川方夫の著書の装釘なぞを、すでにやっていて、無名のひとではなかった。それに、偶然、神田の画廊で、私は個展を見たことがあって、かわった絵をかくひとだな、という記憶を持っていた。

翻訳者をえらぶのは、私にまかされていたから、独断できめることができたが、絵はそうはいかない。装釘本や雑誌をあずかって、早川社長や桜井専務、福島君、生島治郎君なぞに、見てもらったのだが、反応はよくなかった。病的ではないか。神経質すぎる。暗い感じがする。そういう意見が、多かった。当時の真鍋氏の画風は、いまのように、明るいものではなかった。

山川方夫の本の表紙は、黒一色の線画だった。いちめんに植物の葉と蔓が、からみあっていて、実がなっている。その実が、みんな人間の顔になっている、という絵だ。おもしろい絵だったが、たしかに病的な感じもあった。詩の雑誌のものは、小さいカットだったから、この装釘が印象を決定したのだった。小笠原豊樹氏から、山川さんの本を見せられたとき、長い髪をふりみだして、青白い顔をした猫背の、目だけが熱っぽく光っている青年画家を、私も思いうかべたものだった。

ところが、実際にあらわれたのは、姿勢のいい長身で、髪は坊ちゃん刈りのような、大きな声で、はきはきものをいう若者だった。

しかし、読者の目にふれるのは、画家ではなくて、絵なのだから、編集会議の意見も、無視できない。そこで、怪奇小説の特集のときに、真鍋君をまた持ちだして、許可をとったのだった。

日本コンテスト

「エラリイ・クイーンズ・ミステリ・マガジン」日本語版のロバート・ブロック特集は、読者の反応をおぼえていない、と書いたけれども、それはどうやら、これも前回に書いたように、現在の私が、ブロックに興味をうしなっているせいらしい。その後に、ひとと話をしたら、

「あの特集は、記憶に残っている」

と、何人かがいった。EQMM日本語版を、私が編集していたのは、昭和三十一年から三十四年にかけてだから、四半世紀をこす昔のことだ。二十五年以上たって、ひとがおぼえているのだから、企画としては、失敗でなかったのだろう。ブロックの恐怖小説は玉石混淆《ぎょくせきこんこう》、古めかしいものが多いのだが、当時はまだ未紹介だったし、特集は三篇だったと思う。だから、いいものが選べたのだろう。ロバート・ブロックは、すでにたくさんの短篇怪奇小説を、書いている作家だった。といっても、私はそう多くは、読んでいなかった。Enoch もたしか、だれかがアンソロジイに選んでいたのを、たまたま読んだのだった。

EQMM日本語版のイラストレーションは、カットといっていたくらいで、抽象的なものが多かった。しかし、ブロック特集では、具象的で、変ったカットをつかいたくて、

真鍋博さんを起用したのだった。それまで、カットは作品とは無関係に、かいてもらっていたが、真鍋さんには、どんな内容か知ってもらった。校正刷を読ませたのではなく、私が荒筋を話したのだと思う。内容を暗示していて、独立した絵としても、おもしろい。つまり、つかず離れずのイラストレーションを、かいてもらいたかった。

はじめての試みだから、まずスケッチをつくってもらった。たしか四枚、必要なところに、十枚ぐらいスケッチを、真鍋さんは書いてきた。そのなかの四枚に、いろいろと注文をつけて、墨を入れてもらうことにしたのだが、出来あがってきたのを見て、

「このひとは、大丈夫だ」

と、思った。こうしてくれ、と私がいった通りには、書いてこなかったからだ。だが、こちらのいうことを、聞かなかったわけではない。編集者がなにを望んでいるかを、理解した上で、画家の感覚で、それを具体化してきたのである。つまり、こんな感じ、というものが、漠然と頭にあるのだが、画家ではないから、うまく説明できない。絵を見て、

「そうだ。おれが考えていたのは、こういうものだったのだ」

と、膝をたたく。そういう絵を、ちゃんとつくってくれたのだ。簡単にいえば、エディトリアルな勘がある、ということだが、もうちょっと複雑ななにかがある。真鍋博は、そういう勘を、持っていたのである。とにかくブロック特集のイラストレーションは、読者にうけるより先に、編集部内で、好評だった。

その後の四半世紀のあいだに、私はずいぶん、絵や小説の新人とつきあってきたが、編集者として注文をつけたとき、先輩として助言したとき、そのまま聞かずに、工夫を自分でつけくわえてくる。そういう人が、のびていった。山藤章二、結城昌治、田中小実昌、みんなそうだった。

＊

結城昌治さんは、第一回ＥＱＭＭ日本コンテストに入選

して、作家としてのスタートを切った。アメリカ版のコンテストから、ジェイムズ・ヤッフェ、ジャック・フィニイ、スタンリイ・エリン、多くの作家が育っていた。すでに名のある作家も、応募していて、権威のあるものだった。それを、日本でもやろう、といいだしたのは、早川社長だったか、田村隆一編集部長だったか、私でないことは確かだった。

日本コンテストは、日本で短篇推理小説を募集して、当選作は英訳して、本国版のコンテストに送る、という企画である。いちおう予選というかたちだが、アメリカで特別あつかいしてくれるわけではない。アメリカ版コンテストの応募作品として、受けつけてくれるだけのことだ。

つまり、賞金のほかに、副賞として、英訳および応募手続の代行のつくコンテスト、ということになる。短篇ミステリの傾向として、ストーリイも大事だけれども、スタイルも重要になっているので、問題は英語だ、英語の小説を日本語にするよりも、日本語の小説を英語にするほうが、むずかしい、と私は思っていた。なにしろ、日本の読者には、英米の小説を読みたい、という積極性がある。アメリカの読者は、日本のミステリなぞ、読みたがっていない。これは翻訳なんだから、多少、読みづらくてもしかたがない、とは思ってくれないのである。この違いは、じつに大きい。ちゃんと英語の小説になっていなければ、下位入選もおぼつかないだろう。

いっぽう早川書房には、日本の作家の作品をのせる雑誌がない。本国版コンテストのことは、考えないとすると、せっかく送りだした新人を、自分のところで、育てていくことができない。当選したひとにしても、賞金をもらったあとは、ひとりで歩いていかなければいけない。

景気づけになる以外、メリットのない企画だった。けれども、断乎、反対するほどのディメリットもない。英訳者をさがす役目が、私や生島君に押しつけられたら、反対していたかも知れない。しかし、それは心あたりがある、ということだったので、賛成した。審査員の人選は、編集会議でおこなって、佐藤春夫先生の名をだしたのは、田村さんだったろう。私は福永武彦さんをあげた。大井広介さんは、だれが名をだしたのか、おぼえていないけれど、この三人のとりあわせは悪くなかった。江戸川乱歩さんの名は、最初から出なかった。当時、乱歩さんがもう「宝石」の編集に、手をだしていたからだろうか。植草甚一さんの名も、これは創元社のセレクションをしていたせいで、出なかった。審査員はそんなふうに、すんなりきまったが、引受けてくれなければ、どうしようもない。

福永さんは、私がお願いにいって、引受けていただいた。大井さんのところへは、うかがった記憶がないから、ほかのひとが担当したのだろう。佐藤さんのところへは、うかがった記憶が、鮮明にある。あるいは、まず社長と田村さんがいって、承諾していただいてから、私が細かい説明にうかがったのかも知れないが、とにかく、辛かった記憶があるのだ。

佐藤春夫といえば、大詩人、大作家である。私の師匠だった大坪砂男は、佐藤門下だから、大師匠ということになる。そういうつながりはとにかく、私は偉いひとが、いまでも苦手だ。正岡容のところに、出入りしていた十七歳のころ、永井荷風の前に立って、口がきけなくなったことがある。以前にいちど、書いたことがあるはずだが、昭和二十一年八月十一日、日曜日だったので、昼ちょっとすぎから、市川の正岡さんのうちへ行っていた。午後の三時ごろだったか、庭木戸のところに、だれかきたので、私が出ていってみると、背の高い老人がいて、

「ああ、びっくりした」

と、笑ってから、

「正岡君、おいでですか」

木戸の板ばりの部分は、かなり高かったので、それがあいて、小さな私が、いきなり目に入ったから、ああ、びっくりした、ということになったのだろう。

「どちらさまですか」

「永井です」

大きな麦藁帽子の下に、どこかで見たような顔があったが、まだ私にはわからなかった。正岡さんの声が、

「先生!」

と、うしろでした。とたんに、永井荷風だとわかって、

私は口がきけなくなった。膝もふるえた。わきへどいて、荷風を通すのが、精いっぱいだった。そういう記憶があるから、佐藤春夫のところへいくのは、気がすすまなかった。ただ以前に、大坪さんから、

「佐藤先生は、怖そうに見えるが、やさしいひとだ。話しかけても、なかなか返事をしないので、ご機嫌をそこねたかな、とあわてるひとが多いんだがね。どんな相手にでも、佐藤さんは真剣に、よく考えてから、返事をしようとする。だから、手間がかかるんだ」

という話を、聞いたことがあった。それを頼みにして、私は目白に出かけた。佐藤邸は、文京区の関口町にある。私が通った小学校のすぐそばだ。「新青年」の表紙をかいていた画家、松野一夫のうちも、その近くにある。子どものころ、露地から露地をぬけて、松野家の樹木におおわれた玄関をのぞき、佐藤邸の赤っぽい中国ふうの塀そとを、歩いたおぼえが、なんどもあった。

私が通った小学校も、その隣りの椿山荘も、昭和二十年五月二十五日の空襲で、すぐ手前まで焼けたが、助かった。火の手は江戸川橋から、目白坂をのぼっていって、坂の上で、くたびれてしまったようだった。佐藤邸や松野邸のある新坂のほうは、もうすこし上のほう、独逸協会学校中学校や、目白天主堂あたりまで、坂ぞいの建物は焼けたが、奥のほうは残っていた。だから、佐藤邸の赤い中国ふうの塀は、子どものころに見たままだった。

近ごろは目白台から、音羽におりる坂を、目白坂というようだが、当時は新坂といった。江戸川公園のわきから、椿山荘へあがる狭い坂が、ほんとうの目白坂だ。岡本綺堂の長篇小説、「白蝶怪」を読むと、江戸時代のこのあたりが、目に見えるように、書いてある。坂をのぼっていくと、すこし勾配がゆるくなるところの右がわに、八幡神社があって、左がわに目白不動があった。「白蝶怪」のころには、関口台から音羽におりる唯一の坂だった。ひろいほうの坂は、あとから出来たから、新坂なのである。

私は都電で江戸川橋までいって、目白坂をのぼった。子どものころをなつかしんでから、新坂へ出たのは、気が重かったせいだろう。佐藤邸の内部を、はっきりとはおぼえ

ていないが、玄関がすぐに広間に直結していた記憶がある。土間があって、つくりつけの下駄箱なぞがあって、板の間になるのだが、その板の間はさほど高くなく、廊下という感じでもなく、すぐに四角い板敷の広間になっていた。その広間の大半が、わずかに高くなっていて、畳敷だったか、絨緞が敷いてあったのか、とにかく座敷になっていた。奥によせて、ひとまわり小さい四角が、そこにある、という感じだった。薄暗いせいもあって、天井は高かったように、おぼえている。そこに佐藤先生がすわっていて、私はなんだか、広間でもなく、応接間でもなく、道場へ案内されたような気がした。

私は緊張して、先生の前にすわった。大きな耳が印象的で、思ったほど、怖くはなかった。挨拶がすむと、先生のほうから、最近の推理小説はどんな傾向なのか、というような話を持ちだしてくれて、気は軽くなったのだが、私はまだ緊張が残っていて、膝をくずすことが出来なかった。私は三男に生れて、親もそろそろ、子のしつけが面倒になっていたのか、正座のしかたを教わっていない。変なすわりぐせがついてしまって、右足がすこし曲っている。長いあいだ、四角くすわっていられないので、そろそろ謝って、と思っていると、先生が急に話題をかえた。

「いまきみがすわっているところには、きのう、おもしろい人物がいてね」

佐藤春夫氏が、おもしろそうに話しはじめたので、私は膝をくずすチャンスを、失ってしまった。

「きのう、そこにすわっていた人物というのは、以前、やくざだった老人でね」

足がしびれて、じいんと音がしてくるようだったが、それを我慢して、話のとぎれるのを待った。ところが、

「いくら楽にしろといっても、膝をくずさないんだ」

と、佐藤先生はいいだした。

「座蒲団も敷かない。ああいう連中は、律義なものだね。二時間ぐらい、いたのかな。帰るまで、きちんとすわっていたよ」

こちらは最初から、大詩人をたずねた緊張で、固くなっている。そこへ、こんな話をされたのだから、

「膝をくずさせていただきます」

とはいえなくなってしまった。片手をうしろにまわして、足の指をつねりながら、私は先生の話を聞いた。

やくざの話が、どんな内容だったか、おぼえていない。先生は機嫌がよかったようで、それからそれへ、話はつづいた。聞いていればいいのは楽だし、やがて足も無感覚になって、つらい、という気はしなくなった。けれども、

「お邪魔をいたしました」

と、挨拶をして、腰をあげようとしたときに、愕然とした。両手をついて、腰をあげることは出来たが、立てた膝が、からだを支えてくれないのである。自分の足では、ないようだった。まるで、力が入らない。私は懸命に歩いた。ひょこひょこ、歩いているのが、自分にもわかった。玄関までいって、なにかにつかまった。先生はただ、こっちを見ているだけで、なにもいわない。気づかれずにすんだのか、気づいて知らぬ顔をしてくれたのか、わからないけれど、

「失礼いたしました」

と、また頭をさげて、靴をつっかけた。ちゃんと履けたのかどうかも、わからないような状態で、外に出てから、赤い塀によりかかって、息をついた。

もちろん、いまでは細かいことは、おぼえていないけれども、膝から下が自分でなくなったような、あの狼狽した感じは思い出せる。大失態を演じた、という記憶が、いつまでも残って、コンテストの審査会のときに、先生の前にでるのが、つらかった。

このことを思い出すと、いつもきまって、古川緑波のエピソードが、頭に浮かんでくる。正岡容から聞いた逸話で、正岡さんは直接、緑波から聞いたのだそうである。

谷崎潤一郎に、古川緑波があいにいくことになった。文藝春秋の映画雑誌の編集者だったころか、俳優になってからか、おぼえていないが、谷崎さんが神戸の岡本にいたじぶんのことだ。

榎本健一にくらべて、古川緑波は話題になることがすくない。俳優としては、エノケンよりロッパのほうが、ずっと大きい、と私は思う。それはとにかく、「劇書ノート」という読書随筆が、いまも筑摩叢書に入っているくらいで、緑波はたいへんな読書家だった。谷崎潤一郎は、あこがれの作家であって、そのひとにあう、というだけで、足がふるえたという。

「ちょうど、すき焼きで一杯、やろうとしていたところだ。きみも、つきあいたまえ」

と、谷崎さんにいわれて、緑波は大感激。鍋の前にすわったが、大谷崎とすでにいわれていた文豪、あこがれの大作家を前に、どうも落着かない。

ちょっと断っておくが、大作家はダイサッカだけれど、大谷崎はダイタニザキではない。オオタニザキである。歌舞伎役者をほめる言葉に、

「大きい」

というのがある。オオハリマとか、オオナリコマと声をかける。それとおなじ、オオタニザキなのである。

それはとにかく、緑波は緊張して、なにを食っているのかも、わからない。なにを話しているのかも、わからない。これでは、いけない。こうなったら、はったりで行くしかない、と思った。

「この肉は、実にうまい。あんまりうまいから、もう先生には食べさせない。食べられないようにして、ぼくがひとりで、いただきます」

といって、緑波は鍋のなかに、唾を吐いた。ところがである。

「谷崎さんは、おどろかないんだ。にこにこしながら、鍋のなかを、箸でかきまわして、『こうしてしまえば、きみ、わからないよ』というんだよ、谷崎さんは——大したひとだね、あのひとは」

と、緑波は正岡さんにいったそうだ。文学青年、緑波が

大作家のまえで緊張して、大芝居をしたつもりが、あっさりいなされて、まいったわけなのだろう。

＊

いまでも浅草や、銀座へ車でいくときに、早稲田の通りにさしかかって、目白の台を左に見ると、私は佐藤春夫を思い出す。私の緊張ぶりを思い出し、古川緑波のエピソードを思い出す。

条件反射による連想作用とでも、いうものだろうか。私の生れたところで、いまも通った小学校が、あるせいかも知れない。目白坂の風景は、夢のなかによく出てくる。緑がたくさんあって、不動堂の風情もよかった。

目白八景というのがあって、どういうものかおぼえていないけれど、蜀山人が狂詩をつくっている。寺のならんだ坂道が、夢のなかでは、自宅への道になって、出てきたりする。関口台町小学校の階段にすわって、ひとを待っている夢を、見たりもする。

いつぞや佐藤春夫邸が、解体されて、郷里の和歌山に再建される、という記事が、新聞に出ていた。中国ふうの塀をめぐらしたあの家が、保存されるのは、いい話である。

さて、日本コンテストのことに戻ろう。原稿がくるかどうか、私は心配していたが、ぽつりぽつり集まってきて、しめきり間際には、どっと来た。当選作がアメリカに送られる、という条件は、魅力があったのだろう。その点については、私の感覚は狂っていて、時代を読めなかったわけだ。

百篇は越したのでは、なかったろうか。懸賞小説の応募数が、年ごとにふえるばかりの現在とはちがう。推理小説は金になる、という考えを、ひとがまだ抱いていないころだから、私は二、三十篇もくれば、成功だと思っていた。それが、百篇もきたのは、やはり松本清張さんの成功の影響だろう。推理小説マニア以外のところから、じわじわと盛りあがってくるものがあるのを、私は感じて、うれしかった。

編集部が総がかりで、下読みにとりかかる直前ぐらいだ

ったろう。福永武彦さんのところへ行ったら、

「療養所で知りあった若いひとで、いまでもうちへくるミステリ・ファンがいてね。長篇を書いて、持ってきたんだ。読んでやってくれないか」

といって、分厚い原稿をさしだされた。

「コンテストの予選が、おわってからでよければ、拝見します」

「むろん、それでいいよ。早川じゃあ、日本の作家のものは、出さないだろうが、きみの意見が聞きたいんだ」

それが、結城昌治の処女長篇、「髭のある男たち」だった。

応募作の下読みは、早川社長の自宅でやった。現在、早川書房のある場所に、二階屋が建っていて、その二階の部屋を、提供してもらったのだ。畳の部屋で、楽な姿勢で、読んだほうが、能率があがるだろう、というわけである。原稿をまわりにおいて、あぐらをかいたり、寝ころんだりしながら、次つぎに読んでいった。

私と生島治郎、福島正実の三人だったか、そのころいた女性もくわわっていたか、おぼえていないのだが、思ったほど、つらくはなかった。近ごろと違って、小説にもなにも、なっていないものが、多かったからだ。

どうして、応募する気になったのか、これが小説になっていると、思っているのだろうか、と首をひねるような原稿は、いまでもあるのだろう。しかし、ずっと少くなっているはずだ。みんなが、文章で表現することをおぼえて、最低水準はあがっている。そのかわり、きわだった個性がなく、どれも一応、小説にはなっているが、もう一歩の踏みこみがない、というのが、現状だと思う。

日本コンテストのときは、原稿数を、あっという間に、三分の一にすることができた。その三十篇ぐらいを、各人ぜんぶ読む、という方法をとったはずだ。

「これ、ちょっといいですよ」

と、ある一篇を私にさしだしたのは、生島治郎だったと思う。「寒中水泳」という題名で、作者は結城さんだった。ただし、当時はまだ、この筆名ではなく、本名だったのだけれど。

「おや」
と、思って、私はすぐに、その原稿を読んでみた。不満なところもあるにはあったが、これまでの日本の推理小説、ことに短篇推理小説が、持っていなかった感覚があった。それは、姿勢といったら、いいものかも知れない。日本の探偵小説の垢が、まったくついていない。外国ミステリで、育ったひと、という感じがしたのだ。

私が期待したのは、そういう推理小説だった。福永さんから、お預かりした長篇の原稿は、うちにおいてあった。そのころは、世田谷区の大原町に、住んでいたはずだ。結婚して、もう長女が生れていたのではなかろうか。その長女がもう結婚して、子どもを生んでいる。その孫が、もう四つになっているのだから、ずいぶんと昔のはなしだ。

うちに帰って、私は「髭のある男たち」を、読みはじめた。はじめての長篇とは、思えない出来ばえだった。ひと晩で、読んだわけではない。ハヤカワ・ミステリのために、英米の新作も、読まなければならない。生原稿だから、持ってあるくわけにも行かず、いく晩もかかって、読んだのだろう。

横文字の作品を、帰りの電車のなかで読み、うちに戻って、結城さんの原稿をひろげる。そのあいだに、違和感はなかった。結城さんのほうが、おおむね、へたに見えた、というだけのことで、異質のものを読む、という感じはなかった。それは「髭のある男たち」の第一稿だったのだから、へたに見えて、当然だったろう。

このひとは大丈夫だ、と思った。「寒中水泳」は、予選通過の六篇だったか、八篇だったかのなかに残った。まだコピイ・マシーンなぞ、なかった時代だから、審査員もまわし読みをする。三人の審査員のつごうを聞いて、一度に読んでもらって、次にまわす、という方法をとったのか、二篇ずつにわけて、ぐるぐる廻す、という方法をとったのか、どっちだったろう。

とにかく福永さんのところへ、原稿をとどけたとき、私は「寒中水泳」を、いちばん上にのせて、さしだした。
「これが、入りましたよ」
私がいうと、福永さんは苦笑して、

「残ったか。困ったな」

最後の電話

EQMM日本コンテストの話を中断して、小泉喜美子さんのことを、書こうと思う。横溝正史氏に以前、お目にかかったときに、

「年上の知りあいが死ぬのも、もちろん嫌だけれど、年下のことに十とは違わないひとに死なれると、ほんとうにつらい。死にたくなかったろうと思い、次はこちらかと思ったりして……」

といった言葉を、うかがった。このごろ、その気持がよくわかる。横溝さんは気が沈んで、お葬式には出られなかったそうだ。私も小泉さんのお葬式には、出かけられなかったけれど、それは気持のことではなかった。いろいろの事情があって、家を出ることが、できなかったのである。

小泉さんとは、年に一度か二度、パーティなぞでお目にかかるだけで、親しいおつきあいではなかった。ここ数年は、からだを悪くして、私がパーティに出なくなったので、いよいよ顔をあわせることが、なくなった。ただときどき、小泉さんから電話があって、長ばなしをすることはあった。

電話はたいがい、夜かかってきて、小泉さんはいつも、お酒が入っているようだった。私のほうは、たいがい寝床のなかだった。うちにいて、起きているときには、仕事をしているから、あまり長い話はできないからだ。最後に電話をもらったのは、九月か十月のはじめだったろう。

私はやはり寝床のなかにいたが、夜ではなく、夕方だったような記憶もある。ワード・プロセッサーのキイを強く打つせいで、右腕はいつも棒のようで、背なかから、胸まで痛い。ペンを持っていたときにも、原稿用紙の一枚下まで、あとがつくほど力を入れて、おかげで書痙になったので、ワード・プロセッサーをつかいはじめたのだが、書痙

はいっこうになおらない。筆圧の高い人間は、タイプ圧も強いらしい。両手をつかうから、肩こりはいっそう激しく、ときには腰かけていられなくなる。

こういう癖は、長い年月のあいだに、完全に身についてしまって、なおらないらしい。腰かけていられなくなると、十分でも、二十分でも、横になる。余裕があれば、一時間、二時間、寝ることもある。したがって、寝床に入っていた、という記憶だけでは、午前か午後か、夜かわからない状態になっている。だから、夕方という記憶のほうが、正しいかも知れない。

「都筑さん、腹を立てているのに、どうして文句をいわないんです?」

というような言葉で、小泉さんの最後の電話は、はじまった。なんだか、さっぱりわからない。

「怒っているなら、抗議をしたら、いいじゃありませんか。わたしは、抗議しましたよ」

お酒が入っているようだが、そう酔っているようには、聞えなかった。なんのことだろう、と聞きかえすと、

「ベスト・テンのことよ。『週刊文春』のベスト・テン・アンケートの依頼の手紙に、資料がつけてあったでしょう?」

「そうでしたかね。ぼくはこのごろ、そういう返事は、たいがい出さないから……なにしろ、あまり読まないし、読んでも、すぐわすれるからね」

「返事は関係ないの。その資料というのは、戦後のおもな作家のおもな作品を列挙するから、ベストをえらぶ参考にどうぞ、というものなのよ。そのなかに、都筑さんも、わたしも、入っていないの。もっと若い作家が、ちゃんと入っているのに」

「そうですか」

「そうですかって、都筑さん、それを見て、腹を立てたんでしょう?」

「よくおぼえていないけど、その資料、見ていないんじゃないかな。このところ、めちゃめちゃな生活をしていて、郵便物をあけない日も、あるんですよ。暇になったら、読むつもりで、机の下につっこんでおいて、そのまま、わす

れてしまったりして……」

「そんなことといって、都筑さんも憤慨していたって、ひとがいってたわよ」

と、小泉さんは、信用しない。そういう誤報をつたえるひとがいるから、話がややこしくなってくる。

「なにかの間違いですよ、それは……なにかいわれて、それは不届きですな、ぐらいの返事はしたかも知れないが……憤慨するなんて、ありえない。ぼくがのんきなのは、小泉さんも知っているでしょう」

「もっと正直になったって、いいでしょう」

と、小泉さんは、なかなか容赦してくれない。

「わたしは『週刊文春』に電話して、抗議をしたわよ。そしたら、また腹が立つの。あの資料は、時間がなかったので、いろんな賞の受賞作家と受賞作品を、リストアップしたものなんですって。わたしも都筑さんも、乱歩賞や協会賞はもちろん、なんの賞もとっていないでしょう。だから、リストに入っていなかったのよ。時間がなかったので、杜撰なことになってしまって、申しわけありませんって、あやまっていたけれど、こんな話って、あるかしら。日本では、賞をとっていない推理作家は、推理作家として、みとめられないってことじゃない」

推理小説の話をするとき、日本では、というのが、小泉さんの口ぐせだった。もっとも私も、日本では、とよくいうようだ。

「わたしも、都筑さんも、日本語で書いて、日本の読者に読ましているから、けっきょく作家じゃないってわけですよ」

皮肉たっぷりな口調になって、小泉さんは腹立たしげだった。

＊

小泉喜美子さんの電話は、いつもこういう調子だった。ひと口でいえば、自分は不当に扱われている、という不満の表明だった。自分の好きな小説が、自分の書く小説が、なぜ現在の日本では、受入れられないのか、という不満だった。

　私もよく、日本の推理小説は、足踏みしている、それどころか、後退しはじめている、幼稚な文体の小説が多すぎる、なぞと公言したり、書いたりしているので、小泉さんは同志と見てくれていたのだろう。もっとも、私はいい加減で、自分の言葉に力があるとは、思っていない。

「なぜかというと、最初から翻訳ミステリを読んでいたんだから、国産の推理小説がひとつもなくなっても、かまわない、というところが、あるんだね、きっと」

　と、小泉さんにいったことがある。

「でも、そうなったら、自分の小説も、出してもらえなくなってしまうじゃない」

「いや、推理小説が、まったくなくなるってことは、ありえないでしょう。だから、ぼくの小説も、なんとか出してもらえるんじゃないかな。だいたい推理小説は、エンタテインメントの片すみに、小ぢんまりと、異彩を放っているもので、第一線で華ばなしく、売れるものじゃないんですよ」

「わたしもそう思うけれど、いま出版界はそう考えていないでしょう？　小ぢんまりしたものは、出せなくなっているんですよ。都筑さんは、自信も実績もあるから、安心していられるでしょうけれど……」

「ぼくはぜんぜん、自信なんかないですよ」

　最後の電話でも、そんな話が、くりかえされた。小泉さんには、鬱勃たる不満と不安が、あったらしい。私がのんきな返事をするものだから、

「長ばなしがうるさいんで、いいかげんな返事をしているんでしょう」

　と、怒られることもあった。いいかげんに返事をしたわけではなく、長いあいだ、小説で食ってきたので、この先もなんとか、やっていけるだろう、とたかをくくっているに過ぎない。それも、一種の自信なのかも知れないが、自分では楽天主義と思っている。

　小泉さんは短篇小説よりも、長篇小説を書きたかったのだろうか。自分の好きなタイプの長篇を、時間をかけて書くことが、なかなか出来ないのに、いら立っているようかな

話をしていた。私は小泉さんの小説の忠実な読者ではないので、長短どちらに分があったか、わからない。しかし、せっかちと遅筆は、両立する性格だから、一作一作の反応が、すぐにわかる長篇を、書きたかったのかも知れない。東京人らしく、せっかちなところが、小泉さんには、あったような気がする。

「思いきって、翻訳をやめる気は、ないんですか」

と、私が無遠慮にいったら、小泉さんは一瞬、絶句した。小泉さんの翻訳は、私もよく読んでいる。自分が好きな作家のものを、うれしそうに訳しているので、安心できた。近ごろの翻訳で、会話のぶっきらぼうなのに、私は辟易しているのだが、その点も安心だった。だから、翻訳をやることそのものに、反対だったわけではない。

ただ小説への思いを、熱心に語られると、先に小説を書きだした、というだけの無責任な他人としては、そんな発言をするしか、なかったのである。

「でも、翻訳をやめちゃったら、食えないもの」

しばらくしてから、小泉さんは、子どもっぽい調子でいった。てれて、そんな口調で、いっているような気がして、

「悪いことを、いってしまったな」

と、私は思った。小泉さんの仕事ぶりを、私は知らないのだが、翻訳では期日を律気にまもって、遅いほうではなかった、と聞いている。そうだとすると、小説は翻訳のように、機械的にできない部分がある。異質の言葉にせよ、かたちがいちおう出来ている翻訳とちがって、手さぐりの部分が多い、という意味だ。小説専業にして、次から次に、期日をまもって、書くことを考えると、ためらいが出るのだろう。

小泉さんと最初にあったのは、私がまだ早川書房にいたころで、むろん翻訳家志望のお嬢さんとして、たずねてきたのだけれど、そのころから、小説も書きたがっていた。いや、翻訳よりも、推理小説を書くことが、ほんとうの目的らしく、たしか第二回のコンテストに、応募したと記憶している。第一回にも、応募していたかも知れないが、田中小実昌さんとならんで、佳作になったのは、第二回目だったろう。

そのときの作品が、歌舞伎の「景清」を踏まえたものなのに、選考座談会では、だれも気づいていない、という不満を、かなりあとで、私にいった。だれも気づかなかったのではなく、そのことを話題にする以前のことが、いろいろあって、座談会の速記を整理するときに、省略されたようにおぼえていたが、それをいいわけと、受けとったらしい。

そんなふうに、作品のすみからすみまで、批評家に理解されないと、気がすまないところも、小泉さんにあったのだとすると、近年の電話でのいら立ちは、無理もない、と思う。ある風景が書きたくて、ひとつの物語を書くこともあるし、有名な作品を裏返して、ストーリイをつくることもある。作者でなければわからない部分は、ずいぶんある。小泉喜美子さんは、自分の好きなタイプの推理小説に、こだわりつづけて、まだやりたいことがあったろうが、壮烈な戦死をとげたように、私には思われる。

審査会当日

この回想記の連載をはじめて、どうやら十回目の正月を、むかえたらしい。十としをとった、ということなので、その間、記憶力のおとろえを、しみじみ感じる。おとろえた、とは思いたくないので、関心を失った部分が、どんどん脱落していくのだ、といっている。

元日から仕事をするつもりが、ついのんびりして、寝床で本を読んで、すごしてしまった。暮れに真山青果の「元禄忠臣蔵」を、読みかえしたのがきっかけで、森鷗外の史伝ものをひと通り、芥川龍之介の時代もの、明治もの、長谷川伸の「日本敵討ち異相」と「荒木又右衛門」までで、仕事をはじめた。そのとき、戦争ちゅうに、講談社の「真山青果全集」で、「元禄忠臣蔵」や「随筆滝沢馬琴」を読んだときのことを、あざやかに思い出した。ことに中学一年の夏休み、国語の自由宿題に、「随筆滝沢馬琴」の年表を丸写しにして提出して、最高点をもらったのを、思い出した。いくらか気がとがめたのか、和綴の縦罫ノートに、黒インクで写して、馬琴の肖像を艶紙で、横山隆一ばりのシルエットに切抜いて、それを扉に貼ったりした。

そういうことは、よくおぼえているし、長谷川伸の「荒木又右衛門」を、三十年くらい前に、最初に読んだ三畳の下宿なぞも、思い出せる。だから、記憶にむらが出来ただけだ、と考えているのだが、なぜそんなことから、書きはじめたかというと、小泉喜美子さんがＥＱＭＭ日本コンテストに、「我が盲目の君」を応募して、準佳作になったのが第一回のとき、とみんなが書いている。田中小実昌さんの作品も、いっしょに準佳作になったという。

私はそれは、二回目のことだと、おぼえていたのだ。みんなは当時の雑誌を見て、そういっているのだろう。私は記憶だけで書いているので、すっかり自信を失った。そこで、むらが出来ただけだ、と自分にいいきかしているわけである。

田中小実昌さんのは、ごく短い作品で、坂のとちゅうかどこか、とにかく道のまんなかに、パイプが落ちている。というよりも、そっとおいた、という感じで、パイプのボウルには、タバコがつめてあって、煙をあげている。なんでそんな、おかしな状況ができあがったのか、という話だった。第二回のときはもう、私は嘱託になっていて、週に二度ぐらいしか、早川書房に顔をだしていない。前編集長として、審査に出たので、下読みにかかわった記憶はない。けれど、小実昌さんの作品は、

「こんなのでも、ミステリといえるかね。とにかく、読んでみてください」

といわれて、原稿を読んで、

「ぼくはミステリだと思うな。コンテストの応募作品として、あつかわしてくれませんか」

そう返事をした記憶もある。すると、やっぱり一回目なのか。そのへんは、あいまいのまま、話をすすめよう。福

永武彦さんが、結城昌治の「寒中水泳」が候補に残った、と聞いて、

「そりゃあ、困ったね」

といったのは、私に長篇小説をあずけたばかりだったからだろう。

「でも、ぼくがいいはって、候補にしたわけじゃ、ありませんよ。みんなが、有力候補にあげたんです」

私がいうと、福永さんは苦笑して、

「知っている人間の作品を、審査するのは、つらいもんだよ。ぼくは黙っていることにしよう」

審査会の当日を書かなければ、ならないわけだが、場所がどこだったかも、実はおぼえていない。早川書房はよく、築地の芳蘭亭といったろうか、和風の中華料理屋をつかっていたから、そこだったにちがいない。早ばやと大井広介さんが来て、早川社長と雑談をはじめた。映画の話だった。つぎに福永さん、最後に佐藤春夫氏がみえて、審査がはじまった。私が司会をつとめたのだが、

「これは、入選作をむこうへ送る――日本代表をえらぶコンテストのわけですから、審査はきびしくお願いします。強いて入選作を、だす必要もありません」

というような、きれいごとをいってしまったものだから、だいぶ時間がかかったのを、おぼえている。そして、ほかのことは、ほとんどおぼえていない。「寒中水泳」がやはり有力だったが、なかなか決定しなかったことを、おぼえているだけだ。

けっきょく審査員の不満点を、私が作者につたえて、手を入れてもらう、という条件つきで、「寒中水泳」が入選ときまった。いま思い出したが、直木賞作家の田岡典夫氏の作品と、せりあったのでは、なかったろうか。田岡さんの作品は、戦国末期が舞台の時代ミステリだった。

応募規定には、有名無名を問わず、とあったけれど、既成作家の応募は田岡氏ひとり、と記憶している。田岡氏は「強情いちご」という作品で、昭和十七年下半期の直木賞をとって、戦後はユーモラスな時代小説、「権九郎旅日記」という長篇を書いていたが、コンテスト当時は仕事をしていなかったらしい。娯楽雑誌の衰退で、時代小説作家の多

くが、沈黙せざるをえなかったころだから、田岡さんも、そのひとりだったのだろう。

とにかく受賞がきまって、私は結城さんにあった。早川書房は、日本作家の本は出していなかったが、受賞ときまれば長篇も出せるだろう。編集会議にもちだすと、OKだったので、その話もしたはずだ。結城さんはすぐに、「寒中水泳」に手を入れてきて、

「本名はつかいたくないんで、都筑さん、ペンネームをつけてくれませんか」

といった。平凡といえば平凡だが、いい名前だったから、

「ぼくだったら、そのままつかいますよ。ぼくは巖という、およそ見かけとちがう名前をつけられて、小学生のころ、からかわれたからね。それで、会社でもペンネームをつかっているんですが……」

と、私は反対した。しかし、どうしても、本名はつかいたくないという。

＊

私はなにかにつけて、ものを技術的に見ようとするから、小説ちゅうの人名にも、印象にのこる名のつけかた、といった理論を発見していた。大げさに、威張るほどの理論ではない。苗字か名か、どちらかを派手に、というだけのことだ。両方、派手だったり、風変りではいけない。どちらかは野暮で、泥くさいぐらいがいい。そして、名は二通りに、読めるほうがいい。ことにペンネームは、そうするべきで、むずかしいほうの読みかたにしておいて、通称ができるようにする。そういう理論である。

もっとも、自分のペンネームをつけたときには、まだ技術的に考えたりしていなかったし、実在したふたりの人名を、つなげあわしてつけたので、この理論にしたがってはいない。以前に私は、結城勉という名前を、つかったことがある。ツトムはベンとも読めて、ユウキツトム、ユウキベン、耳にはいい名前だが、目にはごてごてしていすぎる。

苗字だけ残して、名を考えた。
　まず耳にやさしく、華やかな名を、頭のなかで、いろいろ選んだ。マサハルというのが、浮かんできた。ユウキマサハル。悪くない。結城がすっきりしていて、やや読みにくいから、マサハルは泥くさい字をあてたい。そこで、正治という字を考えた。これなら、ショージとも読める。しかし、泥くさすぎて、嫌がるかも知れない。そこで、昌治というのも考えて、
　　結城正治
　　結城昌治
　　　ゆうきまさはる
　ふたつを書いて、かなをふって、結城さんにしめすと、あとのほうが選ばれた。コンテストの結果が発表されて、英訳がすすめられたが、前にもいった通り、私はあまり期待していなかった。英語の小説を、日本語にする場合でも、当人が小説を書くくらいのほうがいい。日本語を英語にする場合は、もっとそういう勘が、必要だろう。ただ英語が書けるというだけでは、だめにちがいない、と思っていた。
　しかも、純文学より、大衆小説のほうが、英訳はむずかしいだろう、と私は考えていた。凝った英語は、つかえないからだ。はたして、できあがった英訳は、ちゃんと英語になっている、というだけのものだった。私の英語はいいかげんなものだから、どこがどう悪いとはいえない。けれども、読むだけは、多いときには日に三、四冊、英語のポピュラー・ノヴェルを、読んでいる。だから、小説じゃなくなっちゃったみたいだな、という感じぐらいはわかるつもりだった。
　しかし、その感じを、説明することはできない。おなじ小説の英訳がふたつあって、どちらがいいかの判定なら、くだせたかも知れないが、もうひとり頼むような、経済的余裕も、時間的余裕もなかった。だから、そのまま送ったのだが、案の定、本誌からはなにもいってこなかった。
　けれど、折からの推理小説ブームで、結城さんは注目されたようだった。それならば、コンテストは成功したといって、いいだろうと思った。審査会当日のことで、もうひ

とつおぼえていることがある。たしか審査がおわってから、食事になったのだろう。あとにまだ用事があるとかで、福永さんがまず帰り、しばらくして、佐藤先生も帰ったけれど、大井さんがお酒の機嫌で、お喋りになった。さっきのつづき、映画の話である。それも、サイレント映画の話だ。

早川社長も映画は、昔から見ているらしいから、話がはずんだ。私は年上のひとに、映画や芝居の話を聞くのが好きだ。それで、しばらくは座が持ったのだが、大井さん、しまいには立ちあがって、阪東妻三郎の立ちまわりのサイレント時代と、トーキーになってからの違いを、実演しはじめたりした。

もうひとつ、大井さんが連続活劇を見たのは九州で、早川さんは東京という違いが、微妙に影響しはじめた。話が嚙みあわなくなってきたのだ。それでなくても、早川さんは、うんざりしはじめていた。そこへ、嚙みあわなくなったのだから、私は弱った。しかし、大井さんはすっかり話に身が入って、なかなかやめそうもない。

私としては、もともと知らない話だから、食いちがいもなにもない。「無頭騎士」という、首のない怪人が自転車にのって、現れる連続活劇の話なんぞは、もっとくわしく聞きたいくらいだった。あとでの早川さんの話では、

「東京では、やらなかったと思うよ。大阪から西だけでやって、東京には来なかった映画が、あるようだからね。そういうのじゃないかな」

ということだったが、自転車にのるというところが、おかしくていい。しかし、ディテイルを聞いて、くわしく話をはじめられたら、あとで社長に、怒られそうな雲ゆきだった。といって、私はその日が、大井さんとは初対面だったと思う。だから、うまく話をさえぎって、おひらきにすることも、出来なかった。やっと大井さんが腰をあげると、それを玄関で見おくってから、早川さんはいった。

「まいったねえ、都筑君」

別冊計画

「知っている人間の作品を、審査するのは、つらいもんだよ。ぼくは黙っていることにしよう」

EQMM日本コンテストの最終選考の前に、福永武彦さんが、こんなふうに私にいった、と前回に書いた。ひょっとして、誤解されるといけないから、補足しておく。黙っている、というのは、結城昌治を知っていることを、関係者に黙っている、という意味では、もちろんない。選考についての発言を、控えよう、という意味だ。

だから、すでに長篇小説があって、それを読んだことも、福永さんは黙っていた。授賞作なし、ということに、選考会がかたむいたときにも、福永さんは発言しなかった。候補作のなかでは、「寒中水泳」がいちばん、まとまっている。けれど、翻訳して、アメリカに送るほど、傑出してはいない、というのが、佐藤春夫と大井広介の意見だった。これは、妥当な意見だったし、国際的なコンテストなのだから、選考はきびしく、授賞作なしでも、かまわない、と最初にいったのは、私である。

正直なところは、前にも書いたが、本国版コンテストへの参加について、私は期待していなかった。普通の応募作として、受入れるというのだから、よほど英語が、しっかりしていなければ、入選はおぼつかない。本国版コンテストを基準にしては、最初から審査はできない、といってもいい。

しかし、授賞作なし、ということになると、長篇「髭のある男たち」を、早川書房から出すのは、むずかしくなる。福永さんは、選考委員として、公正でなければならない立場だが、私は主催者がわの、いわば利益代表だ。ちょうど佐藤先生が、

「このひとの作品を、ほかに読めると、また評価がちがっ

てくるんだがね」

といいだした。授賞ときめるか、佳作とするか、なにかのきっかけが、欲しいところなのだった。そこで、

「実はこのひとの長篇を、あずかっているんです。なかなか、しっかり出来ているんで、出したい、と思っているんですが……」

と、私はいった。そういうものがあるのなら、これを授賞作としよう、ということになって、佐藤さんがいった。

「福永さん、それでよろしいですか」

「もちろん、けっこうです。さっきから、だめがいろいろ、出ていますね。それを都筑君から、作者につたえてもらって、手を入れさせたら、どうでしょう」

「それがいい。その点は、都筑君に一任しよう。しかし、新人の作品というものは、あまり注文をつけて、手を入れさせると、かんじんの活気が、なくなってしまう。いちばん大事なところだけを、なおしてもらってください」

佐藤春夫氏のこの言葉は、ずっとあとになって、若いひとの原稿を、よく見るようになってから、思いあたった。


とにかく、そんな経過で、第一回の選考はおわった。「寒中水泳」は雑誌にのって、「髭のある男たち」の出版も、あっさりきまった。

けれど、早川書房はそのころ、日本作家の作品を、長いあいだ出していなかった。いきなり一点、単行本を出しても、うまくいくかどうか、わからない。日本作家の作品で、「別冊エラリイ・クイーンズ・ミステリ・マガジン」を出して、まず下地をつくってはどうか、というアイディアが、編集会議に持ちだされた。このアイディア、だれが出したものだったろう。

早川社長か、田村隆一さんか、どちらかに違いない。あるいは、私だったのかも知れないが、はっきりした記憶はない。当時の私は毎月、EQMMにのせる作品をえらび、ハヤカワ・ミステリに入れる作品をえらぶのに、読むだけでも忙しい。両方の解説も、書かなければならない。

その上に、別冊をだす、ということになれば、仕事がふえる。私がいいだすはずはない、と思うのだが、いまとなっては、思い出せない。それでも、別冊をだすことになる

と、私は工夫を楽しんだ。中身は推理小説専門誌だから、あまり変ったことはできない。だが、表紙は風変りなものにして、ただの推理小説雑誌ではないぞ、という顔がしたかった。

　ひとつ、やってみたいことがあったので、真鍋博さんがきたときに、相談した。私のアイディアというのは、白地に墨の細密画で、ものかげにうずくまったり、腹ばいになったりして、犠牲者にむかって、凶器をかまえている殺し屋を、いくたりも書く。殺し屋はみんな、表紙の下方にむいている。しかし、殺し屋たちが隠れている物は、絵では書かない。さまざまな色の厚手のセロファンを、さまざまなかたちに切りぬいて、殺し屋ひとりひとりの前に立てる。そして、表紙の下端になるところには、風船を持った少年のすがたを、これも切りぬきで立てる。

　それにライトをあてて、写真にとると、風船を持った少年の影が、白地にうつって、さまざまな色の影のなかに、さまざまな殺し屋のすがたが見える。絵にかいただけのものとは、違った味わいのある表紙が、できるはずだった。

アメリカの雑誌の広告だったと思うが、絵とシルエットを、組みあわせたものを見ていたので、技術的にも可能だろう、と思っていた。

　真鍋さんはおもしろがって、スケッチをつくってくれることになった。同時に「髭のある男たち」の装釘スケッチも、髭づくしで、やってみてくれ、と私はたのんだ。

＊

　やがて、真鍋さんが持ってきてくれたスケッチは、別冊の表紙も、「髭のある男たち」の装釘も、鉛筆がきながら、丹念なものだった。

　表紙のほうは、殺し屋がユーモラスに書きわけてあって、もっている凶器も、拳銃、猟銃、機関銃、クロス・ボウ、スリング・ショット、とさまざまで、おもしろい。薄いセロファンだったが、殺し屋ひとりひとりの前に、色さまざまに立ててあって、風船を持った少年の切りぬきも、ちゃんと貼りつけてあった。光をあてれば、仕上りの効果が、わかるようになっているのだった。

「髭のある男たち」の装釘は、逆立ちした顎ひげみたいな木が、ならんでいる道を、髭の容疑者を逮捕して、髭の刑事が連行している。容疑者の両手をうしろにまわして、刑事が長い顎ひげで、縛りあげている、という絵だった。古代の海図の四隅で、子どもの顔が風を吹いているみたいに、四隅に髭の男の顔があって、その髭のはしがのびて、つながりあって、アール・ヌーヴォーふうの枠になっている。それらの髭は、ぜんぶスタイルを変えて、書きわけてあった。

雑誌の表紙もよかったが、私はもっと、装釘が気に入った。日本には珍しいユーモア・ミステリのしゃれた味が、的確に視覚化されている。けれど、けっきょくは、ふたつながら、実際にはつかわれず、私は残念な思いをした。

装釘のほうは、風変りすぎるとか、ふざけすぎているとか、推理小説らしくないとか、最初から拒否反応があって、私がいくら、風変りで、ふざけたところがあって、これまでの推理小説らしくない作品なのだから、

「これでいい、と思うんですが……」

と、力説しても、説得することはできなかった。表紙のほうは、雑誌なのだから、これくらい変っていても、いいだろう、ということで、大きな反対はなかった。しかし、技術的にできるかどうか、ということが、問題になった。印刷屋へ持っていって、見てもらうと、出来ないことはないが、普通の一枚の絵の場合の倍ぐらい、費用がかかる、といわれた。それで、だめになったのである。

もちろん、表紙の工夫だけをしていたわけではない。原稿の依頼も、はじめていた。結城さん、田中小実昌さん、高橋泰邦さん、新人はこの三人に、早くから頼んでおいた。福永さんと佐藤先生にも、承知していただいたし、松本清張さんも最初は、承知してくださったのだが、けっきょく期日に間にあわなかった。

既成の推理作家では、島田一男さんのところで、話をしているうちに、鉄道公安官を主人公に書きたい、ということが出て、それをお願いした。島田さんは張りきって、プランの細かい話をしてくれたが、そこで私は失敗してしま

った。

「こういう動機を考えたんだが、どうだろうね。だれもまだ書いていない、と思うんだが、ぼくはそれほどたくさん、読んでいるわけじゃないから……」

といわれて、私はうかつに、

「それは、新しいと思いますね。だれも書いていないでしょう。それをぜひ、お願いします」

と、答えてしまったのである。たしかに意表をついた動機だったが、その後、なん年もたって、ヘレン・マクロイの古い長篇を読んでいたら、ちゃんとあった。エドガー・ウォーレスの中篇にもあった。たくさん読んでいるつもりでも、あてにはならない。世界じゅうの推理小説を、ぜんぶ読むのは不可能で、以来、前人未踏はありえない、と私は思うようになった。

まったく新しい動機とか、トリックなんてものは、ありはしないんだ。かならず、だれかが書いている。そんなことに、こだわっているよりも、ぜんたいの仕組みに、力をそそぐべきだ、と思うようになった。だから、前例があるからといって、島田さんの作品が、無価値になるわけではないのだけれど、私はうかつなことをいったのが、恥ずかしかった。

結城さん、田中さん、高橋さんの作品は、早くできあがったので、勝手なことをいわしてもらった。題名から、表現方法まで、細かく意見をのべて、書きなおしてもらったのだが、威張った編集者だ、と思われたことだろう。編集者の神経が、行きとどいた雑誌を、つくりたかったのである。

そのいっぽうで、私はそろそろ、編集の仕事に、あきはじめていた。解説やコラムを書いていたので、まったく書くことから、離れていたわけではない。それが、かえって、いけなかったのかも知れない。小説が書きたくて、しかたがなかった。結婚して、子どもができていたので、給料だけでは苦しかった。福島正実の紹介で、児童ものの名作リライトなんぞをやって、足しにしていたけれど、私は原稿を書くのが、早くはない。

もっとも、近ごろよりは、ずっと早くて、三日間、会社をやすんで、毎日八十枚ずつ書いて、児童ものを一冊、つくったこともあったが、それはたまに出来る早業だった。二足のわらじが、はけるたちではないらしい、という自覚が、できはじめていた。

この別冊の編集がすすんで、結城さん、田中さんの原稿に、細かい注文をつけていると、やたらに自分でも、小説が書きたくなった。そのくせ「マンハント」日本語版の編集長、中田雅久から、おなじところで出している小説雑誌に、小説をたのまれて書いたりすると、時間に追われて、やっつけ仕事をすることになる。

「やはり、専業にならなければ、小説にはもどれない」

と、私は考えはじめて、早川書房をやめるチャンスを、待っていた。

別冊発進

前回を発表したとたんに、知人から電話があった。私が失敗した動機の問題なるものは、もっとくわしく書くべきではないか、というのである。島田一男の「鉄道公安官」もの第一作は、いまでも読めるのかも知れないが、ヘレン・マクロイの旧作長篇は手に入らないだろう。自分だけ、心得ていられたのでは、気になってしようがない、という。

こういう話を書くときに、いつもこの悩みが出てくる。トリックや動機を、あきらかにしてはいけない、というのは、推理小説のルールだが、あんがい気にしない作家が多い。私もそのひとりだが、犯人やトリックがわかったら、もう読めないような、ちゃちな小説は、書いてはいない、という自負を持っている作家が多いのである。

読者としても、五十年ちかくミステリを読んできて、トリックや犯人が、後半までわからない、という作品には、ほとんどお目にかからない。早川書房で毎月、おびただしい数のミステリを読んでいたときには、夜半になると、読みかけの作品の結末をさきに見て、安心して寝たものだった。読みつづけると、翌朝、起きることができないし、気になるところ――こいつが犯人にちがいないんだが、といったところを、そのままにしておいては、眠れない。そこで、結末を読んで、やっぱり、と安心して、眠ったのである。

しかし、これは私個人の意見にすぎない。だから出版されたばかりの作品は、紹介のルールをまもらなければいけない。けれど、十年もたった作品なら、それを論ずる場合、トリックや動機にふれる必要があれば、ルールを気にすることはない。私はそう考えているのだが、いざとなると、ためらうことが多く、舌たらずだった、とあとで思う。今回も知人に、文句をいわれることになった。曖昧さを、じれったく思った方が、ほかにも多いのではなかろうか。

島田一男さんの作品は、列車のなかで、化学者が殺される。石油の精製法かなにかだった、とおぼえているが、その画期的な新方法を発見した化学者で、いくつもの会社が、それを独占しようと、あらそっていた。化学者はある一社と契約して、上京するところだった。したがって、産業スパイがその発見を盗もうとして、殺人になってしまった、と判断される。そんなストーリイだった。契約した会社の人間が、そばについていても、嫌疑外におかれるわけだ。

だが、実は契約した会社が、その発見を闇に葬るために、化学者を抹殺した、というのが真相で、つまり発見は大発見で、社会の利益にはなる。けれど、あまりにも画期的であるために、これまでの方法を、完全に棄てなければならない。石油業界のためには、ならない、というわけなのだ。

この意表をついた動機に、私は感嘆して、それをぜひ別冊に、とお願いした。活字になってからの評判も、悪くなかったから、私は満足していたのだが、その後、ヘレン・マクロイのある長篇を読んで、しまった、と思った。マクロイの初期の作品で、千九百三十年代末か、四十年代のものだ。題名もおぼえていないくらいで、傑作とはいえない作品だったろう。

スパイ小説ふうに、なっていたのではないか、と思う。画期的な発明をした化学者が殺されて、敵がわスパイの仕業と考えられる。やれやれ、と私は思った。被害者と契約した会社が、発明を葬るために、殺したのだとわかったところで、私は頭をかかえた。もちろん、島田一男の作品が、無価値になったからではない。

「そういう動機は、前例がないでしょう」

といった自分が、恥ずかしかったからだ。さらに古い作品にも、似たものがあった。エドガー・ウォーレスの「正義の四人」シリーズの一篇で、たしか、害虫駆除の農薬を発明した人物を、それが自然を破壊することになる、というので、抹殺する話――現代を先取りしたようなテーマだった、と記憶しているが、こちらには契約していたので、嫌疑の外におかれる、というような工夫はなかったろう。だから、厳密には同じアイディアとは、いえないのだが、発想は似ている。そんなことがあってから、

「こういうトリックに、前例はありますか」

と、聞かれた場合、

「いまは思いうかばないけど、きっとありますよ。だからといって、書いてはいけない、というものじゃない。前例がある、と覚悟して、そのトリックだけに頼らずに、書くんですね」

と、私はこういうことにしている。

＊

記憶の濃淡は、なんによって、きまるのだろう。「別冊エラリイ・クイーンズ・ミステリ・マガジン」は、スタートしたわけだけれど、記憶に残っているのは、結城昌治さんや田中小実昌さん、高橋泰邦さんと、こまかい打ちあわせをしたこと、真鍋博さんと挿絵の相談をしたこと、第一号が出てからのことは、なにもおぼえていない。実際に現物が手もとにないから、どんな表紙だったた

のかも、思い出せない。

評判がかんばしくなかったから、わすれてしまったのではなかろうか。この別冊は、四号で打ちきりになった、と記憶しているが、二号目のラインナップなぞ、なにもおぼえていないのだ。ひょっとすると、第一号が出ないうちに、私は常勤でなくなったのかも知れない。しかし、二号目の原稿のあつまりぐあいを、心配したのをおぼえている。やはり、私が嘱託にならないうちに、一号は出たのだろう。

真鍋博さんには、島田一男さんの「鉄道公安官」の挿絵を、かいてもらった。挿絵ふうの人物をかくのは、苦手だから、といって、真鍋さんは最初、ことわってきた。しかし、ふつうの挿絵をかいてもらう気は、こちらにはなかったから、

「それじゃあ、人物をださない挿絵を、かいてください」

と、私はくどいた。

「それじゃあ、カットになってしまうでしょう。それでも、いいんですか」

「いいや、カットとはちがうけど、人物なしでも、挿絵はできるはずですよ」

まだイラストレーションという言葉は、小説雑誌にはつかわれないころだった。

「とにかく、原稿を読んでみてください」

と、私はねばったものの、挿絵のスペースは、かなり大きい。カットを大きくしただけでは、そのスペースは埋められない。どうしたらいいのか、私にもわからなかった。しかし、とにかく原稿を読んでもらってから、話しあった。列車を中心に、重要な場面を象徴するもの――たとえば海岸なら、貝殻といったものを、機関車や客車、貨車なぞと組みあわせて、やってみたら、ということに相談がまとまって、スケッチをつくってもらった。そのスケッチに注文をつけて、完成した挿絵は、これまでにないものになった。

といっても、まったく人物なしでは、小説の挿絵にはならない。人物を小さく配して、物の一部のようにあつかう手法を、真鍋さんは工夫した。「朝日ジャーナル」で、モルデカイ・ロシュワルトだったろうか、英語で書いているエジプト人作家とおぼえているが、そのひとのSFを連載

することになって、真鍋さんのこの手法が、目をつけられた。「レベル・セブン」という題名だったと思うが、この翻訳SFの挿絵によって、真鍋博は新しいイラストレーターという評価を、確立したのだった。

私は早川書房に入った年に結婚して、翌年に長女が生れ、別冊が出たころには、次の子どもが生れようとしていた。生れてみたら、それも女の子だったわけだが、真剣に生活を考えなければならなくなっていた。EQMMでときおり翻訳をやったり、作品解説を書けば、月給とは別に、原稿料がもらえたが、額は多くない。もともと泥縄の翻訳業で、エラリイ・クイーンの解説を訳したおかげで、いくらか達者になったといっても、筆はいっこうに早くならない。

なにしろ、レイ・ブラッドベリの作品なんぞを、楽しみながら訳して、原文が韻を踏んでいるところは、日本語でも韻を踏み、言葉のリズムを生かそう、と考えたりするのだから、時間がかかる。短篇小説しか、翻訳できなかった。長女が生れるときに、間借りの六畳を出て、小さな借家を借りたのが、本でいっぱいになりはじめて、その本代だけでも、まごまごすると、月給が飛んでしまう。しかし、解説を書くためには、資料をそろえなければならない。

別名をつかって、ほかの雑誌に翻訳をやったり、児童もののリライトをやったりした。小さな借家を借りるときには、「小説公園」という雑誌に、ジャック・フィニイの短篇を売った。「プレイボーイ」にのった「死人のポケットのなかには」という作品で、「小説公園」には、たしか清水俊二さんに、紹介していただいたのだと思う。新作だから、ちゃんと翻訳権をとって、五十枚くらいの作品だったが、原稿料で引越しができた。ふつうの雑誌は、翻訳でもこんなに原稿料をくれるのか、とおどろいたものだ。早川では社内原稿料で、安いのはわかっていたが、その十数倍もくれたのだ。

児童もののリライトは、福島正実が紹介してくれて、単行本を二冊やった。それが、出産費用になったのだった。子どもひとりにつき、一冊というわけである。しかし、このリライトには、懺悔しなければならないことがある。一冊はアメリカの有名な少女推理小説のシリーズ、ナンシイ・ドルウものひとつで、あてがわれた作品を、読まずにひきうけた。いざ始めることになって、読んでみたら、まさに少女小説、薄味もいいところで、おもしろくもなんともない。ストーリイはご都合主義で、サスペンスというほどのものもない。

「アメリカの女の子は、こんなもので、満足しているのかね。サトウ・ハチローが、むかし書いていた少女ミステリだって、もっとおもしろかったぜ」

と、顔をしかめてみたが、もうどうしようもない。三十前後の私は、生意気で、贅沢だった。金は欲しいが、自分がつまらないと思うものを、まともに訳す気には、なれなかった。時間はどんどん、たっていく。金の必要は、せまってくる。やりかけてみても、間のぬけたせりふのやりとりに——いま読めば、べつの感想があるかも知れないが、当時はそう思った——筆はさからって、ちっとも進まない。そのとき、私は「探偵倶楽部」で、にせ翻訳をやったことを、思い出した。うしろめたさを感じながらも、翻訳と称して、創作をするのは、なかなか楽しかった。あの手をつかえば、筆は走る。私は原作の登場人物、シテュエーションはそのままつかって、ストーリイの展開はもっと派手に、ナンシイ・ドルウの大冒険を、でっちあげてしまったのである。

ホーム・ドラマを大活劇に、脚色しているシナリオ・ライターになった気分で、原稿はどんどん進んだ。もちろん、うしろめたさはある。やはり、翻訳では、満足できないのだな、とも思う。その気持は、二冊目のリライトをやったときに、いよいよ激しくなってきた。

児童読物へ

児童図書のリライトというのは、なんだかおかしなものだ。もともと、児童むきに書かれた作品でも、すこし高級なら、翻訳ではなく、リライトということになる。むずかしいものを、書きなおしていいのなら、おもしろくないものを、書きなおしてもいいだろう。私はそう考えたのだが、おもしろい、おもしろくないの判断は、だれがするのか、ということは考えなかった。

私にあたえられたナンシイ・ドルウは、とにかく、おもしろくなかった。いまでは、ほとんど記憶していないが、いなかの町に、サーカス団が汽車でくるところから、話がはじまる。同時に脱獄した凶悪犯が、町に入りこんで、事件が起る。そんな発端だったが、どうも薄味で、ストーリイがはずんで行かない。自分がおもしろくないものは、筆がすすまないので、締切りを大幅に遅れてしまった。やけになったような状態で、人物と設定はそのままに、派手に書きなおしてしまったのである。

ナンシイ・ドルウものを、書いた作者がだれだったか、おぼえていない。むろん、当時の著作権法では、翻訳権の切れた作品、自由に翻訳できる作品だった。題名と出版社を書かなければ、懺悔にはならないだろう。しかし、原題も私のつけた訳題も、わすれてしまった。出版社は児童図書専門のところだが、これもおぼえていない。出版社がつけた題名は、「象牙のお守り」だった。訳者の名としては、「マンハント」のカート・キャノンにつかった淡路瑛一を、流用したのだと思う。この「象牙のお守り」は、一冊ぐらい、仕事部屋のどこかにあるはずだが、ちょっと探しても、見つからなかった。

淡路瑛一というのは、二十代前半に、読物雑誌に時代小説を書いていたころ、淡路龍太郎という名を、つかっていた。その名前だけを、取りかえたものだ。もう一冊のリライトは、これは本が手もとになくても、「象牙のお守り」よりはいくらか、よけいにおぼえている。一日に八十枚ずつ書いて、三日間で一冊、しあげるという早業をやったからだ。

講談社の児童部で、たしか「世界探偵小説全集」といったと思うが、大人もののミステリを、児童ものにリライトする、という企画があって、福島君と私が作品選択を依頼された。選択には謝礼はでないが、そのうちの一冊を、担当する条件だった。ヴァン・ダインの「ドラゴン殺人事件」や、ディクスン・カーの「曲がった蝶つがい」なぞを、選んだおぼえがある。私がリライトする作品を、なんにしようか考えて、

「日本人を主人公にしたスパイ小説が、アメリカにありますよ。まだ一冊も、日本には紹介されていないんです」

と、私がいったら、講談社児童部の担当のひとが、それはいい、と乗り気になった。ジョン・P・マークァンドのミスタ・モト・シリーズのことである。その一冊を、私はペイパーバックで持っていたのだが、実は読んでいなかった。マークァンドはピュリッツァー賞作家で、推理作家ではないが、戦前、ミスタ・モト・シリーズを何冊か、書いている。戦後も一冊だけ、Stopover Tokyo というモト氏の登場作を書いた。日米開戦までに、ピーター・ローレ主演で、八作くらい映画になっている。いわゆるBクラスのスリラーらしい。そのていどの知識しか、なかった。

余談になるが、そのうちの一本だけが、ビデオになっている。Mr. Moto's Last Warning という千九百三十九年の作品で、むろんミスタ・モトのキャラクターだけをつかったオリジナルだ。脚本はフィリップ・マクドナルドが、書いている。このシリーズは、日本では一本も、公開されていない。ロスアンジェルスのビデオ屋のカタログで見て、ハワイにいる娘に、取りよせてもらった。

発売元の名前のないダビング・テープが届いたが、画質はそれほど悪くない。フランス海軍の輸送船が、地中海で爆破される。その陰謀を、インターポールのミスタ・モトが阻止する、という話で、ジョージ・サンダーズとリカード・コーテスが、悪役をつとめている。ストーリイは常識的で、安あがりにつくってあるが、ピーター・ローレはおもしろかった。

マルセーユだったと思うが、とにかく港町で、モト氏は東洋骨董屋の店主に化けている。まんまるめがねに出っ歯の滑稽な日本人で、ばか丁寧な英語を喋って、やたらにぺこぺこ頭をさげる。おもてに出ても、あうひとごとに頭をさげて、にこにこしながら、警察署に入っていく。ひとけのない廊下にくると、口もとをひきしめて、署長室のドア

をあけたときには、眼光するどいインターポールのミスタ・モトになっている。ピーター・ローレはやはり、うまい役者だったんだな、と思った。この作品、むこうの批評家の書いたものによると、モト・シリーズのなかでは、凡作であるらしい。しかし、私の想像していたような作品だった。

*

話をもどすと、私の持っていたペイパーバックスのミスタ・モトを、締切りが迫ったので、読んでみた。このシリーズは、たしか五、六冊あって、Stopover Tokyo 以外は、Thank You, Mr. Moto とか、Mr. Moto Is So Sorry とか、みんな Mr. Moto という名前が入っている。そのうちのどれだったか、おぼえていないが、読んでみると、想像していたような、アクション・スリラーではない。いまでいうポリティカル・スリラーを、すこしロマンティックにしたようなものだった。

大人ものを、児童ものにするのだから、原作にはない少年少女を登場させて、視点を変えなければならないのは、ほかのひとも、やらなければならない。私の場合は、子どもを出したくらいでは、追いつきそうもなかった。下関から、はじまって、登場人物たちは関釜連絡船にのる。釜山から汽車にのって、張家口までいく。ナレーターはアメリカ人のジャーナリストで、うろおぼえだが、日本の満洲建国にからむ事件だった、と思う。重要書類をとどけるアメリカの女性がいて、その書類を隠した銀のシガレットケースを、ジャーナリストが預かるか、間違えて渡されるかして、ストーリイが進展していく。

しかし、スピーディーな展開ではない。清朝末裔の貴族や、モンゴルの軍人などが出てきて、悪役は日本の高級軍人と中国の政商では、なかったろうか。そのままでは、どうにも児童ものにはならない。恋愛と政治はとりのぞいて、スピーディーなアクション・ストーリイにしなければならない。

時代を現代にするわけには、いかなかった。海外旅行が、まだ自由でなかったし、中国を舞台にできなくなる。清朝のプリンスを、ぐっと若くして、それを誘拐、利用しようとする軍閥のたくらみを、モトさんが阻止する、という話にすれば、なんとかなるだろう。清朝末裔の少年は、自分の身分を知らずに、サーカスの虎つかいになっている。東京の靖国神社の大祭に、サーカス一座が出ているところから、書きはじめた。

アメリカ青年が、間違えられて、シガレットケースを、渡される。善悪いりみだれる一行が、東京から下関、釜山をへて、張家口までいく、という道程は、原作どおりにして、起ることだけ派手なアクションの連続にしたのだが、いまだから臆面もなくいえるので、私はいたって臆病だ。なかなか、書きすすめることができない。

そのうちに、約束の日はすぎてしまった。催促がきびしくなって、私は度胸をすえた。たしか二百四十枚弱、残っていたのだろう。三日ぐらいなら、休むことができる。この当時、私はときどき胃痙攣を起して、会社をやすんでいた。一度は会社で起して、のたうちまわって、苦しんだ。胃痙攣は、私の持病として、みとめられていたわけだ。

それを口実にして、三日間、会社をやすんで、私は朝から晩まで、原稿を書いた。八十枚ずつ書いて、三日目は七十数枚、どうやら波乱万丈の冒険物語を書きあげた。私は昔から、筆は遅いほうで、いまはますます遅くなっている。それでも、ときどき二十四時間で、五、六十枚、書くことがあるけれど、それがつづくわけではない。八十枚ずつ三日というのは、私には大記録だから、いまだにおぼえているのだろう。二十四ぐらいのときに、年末の金をつくらなければならなくて、二十七時間ほど、飲まず食わずで、百二十枚、書いたことがあって、それが一日の最高記録である。

このミスタ・モトのリライトは、「銀のたばこケースの謎」という題名、伊藤照夫という訳者名で、出版された。原作者の名は、マーカンドと表記された。評判はよかったらしく、以後、講談社児童部とのつながりができた。しかし、私は気がとがめて、リライトの児童読物は、ひきうけなかった。十五年ばかりたって、ほかの児童図書専門の出版社から、おなじ題名の本がでた。原作マーカンドとなっていて、児童文学の大家が、翻訳している。

本屋で見かけて、やれやれ、これで旧悪が暴露されたか、と手にとってみたら、靖国神社の場面から、はじまっている。とちゅうをひらくと、原作にはない馬賊の襲撃シーンがある。なんのことはない。私の半創作を、そっくりそのまま、自分の文章で書いただけのものだった。この児童文学の大家は、マークァンドの原作を、持ってもいないのだろう。にやにやしながら、私はその本を、本屋の棚にもどした。

リライトはひきうけなかった、と書いたけれど、もう一度だけ、やったことがある。推理小説専業になってから、エドガー・ライス・バローズの火星シリーズが、持てはやされたとき、やはり講談社で、児童むき火星シリーズをやることになった。そのうちの一冊を、ぜひやってくれ、といわれた。なにを受持ったか、わすれてしまったが、バローズの火星ものは、たいてい腰くだけになって、ラストがつまらない。このときも、最後のほうは、勝手につくりかえてしまった。

講談社の児童図書では、「怪談そのほか」というのに、サキの「ひらいた窓」が、私の翻訳でのっていて、いまも版を重ねている。これは、やさしい言葉をつかっているだけで、ちゃんとした翻訳であることを、おことわりしておく。

それはとにかく、ひさしぶりに創作翻訳をやったせいで、ますます私は、小説が書きたくなった。といっても、雑誌と単行本の作品選択をやって、その解説を書くのは、楽ではない。頼まれもしない小説を、こつこつ書くだけの元気はなかった。そういうときに、矢田洋から、電話があった。矢田洋は、岩谷書店の推理小説雑誌「宝石」の懸賞に、「銀座巴里」という作品が入選して、それがすぐ松竹で映画になる、という幸運なスタートをして、間もなく児童読物に転向したひとだ。当時は講談社で、「少年倶楽部」の附録の考案、といった仕事までしていた。

私は新宿に住んでいたころ、大坪砂男に紹介されて、なんどかあっていた。電話の内容は、こんど講談社から、

「少年マガジン」という児童ものの週刊誌が出る。いまその仕事をしているのだが、手つだってくれないか、という話だった。

探偵ゲーム

読物雑誌に、時代小説を書きはじめたときから、私には自主性がなかった。これ、やってみないか、といわれて、やってみる。矢田洋さんから、児童ものの週刊誌がでるので、自分の引きうけたところを、手つだってくれないか、といわれたときにも、なんとなく承知して、講談社へ出かけていった。

自主性がない、といっても、いやいや引きうけるわけではない。新しいことをやるのは好きだし、収入は多くなるほうが、いいにきまっている。原書あつめに、金はますますかかるようになっていたし、結婚して、子どもができて、生活費もかさむ。夜、こっちにきて、手つだってくれれば、いいんだよ、といわれて、引きうけた。なにをやるんだか、よくわからなかったが、附録つくりだ、というところに、興味があった。

戦前の児童雑誌には、たくさん附録がついていた。エンパイア・ステート・ビルディングとか、姫路城とか、軍艦なぞの組立模型は、いまの子どもがプラスティック・モデルに夢中になるように、私たちを熱中させたものだった。戦後はいろいろ、素材を規制されていて、豪華な附録はつけられなくなっていたが、それでもまだ、「少年倶楽部」や「少女倶楽部」には、いくつも附録がついていた。そういう伝統があるので、週刊誌でも、児童ものには附録が必要、ということになったのだろう。

どんなものを考えているのか、興味があって、私は矢田さんにあいにいった。「週刊少年マガジン」初代編集長の牧野さんに、紹介されてから、別館につれていかれた。別館は講談社のうしろにあって、いまは取りこわされてしまったらしい。西洋館という言葉の、いかにもふさわしい重厚な二階建で、内部は和洋折衷だった。漫画家や作家が、そこに泊りこんで、仕事をしていた。いわゆるカンヅメの場所だった。

和室に入って、仕事がはじまった。週刊誌だから、複雑な附録はつけられない。タブロイドの新聞一ページ大の、折込み附録をつけるのだという。漫画新聞といった感じで、それを探偵特集にしたい、というのだった。それはいいのだが、今夜じゅうに、つくらなければならない、といわれて、あわてた。お膳の上に、大きな白紙をひろげて、割りつけをしながら、ここは絵だけのクイズにしようとか、ここは推理パズルとか、きめていった。割りつけがきまると、絵だけの部分は、絵コンテをつくって、文章は手わけして書いて、あらかた片がついたのが、午前二時ちかくだった。

あらかた、というのは、インタビューをひとつ、入れることにしたから、その原稿は後送ということになったのだ。名探偵インタビューと称して、少年探偵団の小林芳雄団長のことを、江戸川乱歩さんに聞く、というインタビューだった。江戸川邸には、数日ちゅうにいくことにして、その日はタクシイを呼んでもらった。真夜中の街を、車で走ったことがないわけではない。しかし、翻訳出版には、仕事が夜半をすぎる、ということはなかったから、タクシイで帰宅するのは、酔ったときだ。だから、車中では寝ているか、うとうとしているかで、じっくり夜の街を、眺めたことはなかった。

私は当時、世田谷の大原町、水道道路ぞいに、小さな家を借りていた。文京区の音羽から、甲州街道のさきまで、寝しずまった街を走るあいだ、私は原稿生活にもどることばかり、考えていた。ほとんどのひとが、寝ているときに、こうしてタクシイを走らせている。フリーになる、ということの象徴のように、それが思われて、私は左右の窓を眺めつづけた。道をよく知っている運転手で、露地から露地へ、くねくねと走っていく。くたびれはてていたから、大原町へ近づいたときには、眠ってしまったが、暗い露地のたたずまいを、私はいまでも思い出す。

乱歩さんのところには、たぶん次の日曜日に、行ったのだろう。私がひとりでいったのか、矢田さんもいっしょに行ったのかは、記憶がない。「怪人二十面相」シリーズの初期のものは、雑誌連載ちゅうにも読み、本になってからも、読んでいる。戦後のたしか第一作が、「青銅の魔人」だろう。これが実におもしろい、といわれて、本で読んだし、児童もののリライトをはじめるとき、参考のために、それまでの全作品をそろえて、読みかえした。だから、私は少年探偵団には、くわしかった。小林少年のことを、作者がどこまで書いているか、知っていたわけだ。

矢田さんの狙いは、明智小五郎と知りあう前の小林芳雄は、どんな少年だったか、というところにあった。いい狙いだが、乱歩さんが応じてくれるかどうか、心配だった。作者が書いていないのは、考えたことがないか、あるいは、書かないほうが効果的だ、と思っているからである。現在の私でいえば、なめくじ長屋のセンセーの名前を教えろ、退職刑事の名前を教えろ、などといわれたら、断乎、解答を拒否する。百万円だす、といわれても——これは答えますが、まあ、そういうことはないだろう。とにかく、むずかしいだろう、と思いながら、池袋の江戸川邸へいった。

「きょうは、早川書房の用ではないんです。講談社の児童部の仕事でして……」

私が切りだすと、先生はにやにやして、

「ほかの仕事をして、大丈夫なのかね」

「大丈夫じゃあないでしょうが、本代を稼がなければ、なりませんから」

「うん、洋書をあつめるのは、大変だからねえ」

と、先生は機嫌がいい。乱歩さんは、推理小説批評ののる新聞、雑誌をいくつもとっていて、アントニイ・バウチャーやジェイムズ・サンドウがとりあげる作品を、ひところは全部とりよせていた。だから、私の解説にも金がかかっていることを、理解してくれたのである。

*

インタビューの趣旨を、恐るおそる私が切りだすと、乱

歩さんは顔をしかめて、

「おもしろいけど、困ったね。考えたこともないよ」

やっぱり、だめか、と思ったら、すぐにつづけて、

「いま考えることにするか」

ほっとして、私はノートをひらいた。どんなことになったのか、まったくおぼえていないけれど、江戸川邸から戻ると、すぐに原稿にして、講談社にとどけたような気がする。その後、附録を考えたかどうか、記憶がないが、「少年マガジン」の仕事はつづけて入った。それも、連載小説を書いてくれ、という依頼だった。雑誌がではじめて、すぐだったような気がする。「銀のたばこケースの謎」を読んで、私をえらんだのだろうが、意外だった。どんなものを、先方がのぞんでいるのかも、わからなかった。牧野編集長の希望を聞いて、書きはじめた。

一回、十五枚ぐらいだったろう。若い男が主人公で、それが拳銃の名手。少年が副主人公で、悪とたたかうアクション小説、というのが、牧野さんの希望だった。「拳銃天使」という題名が、すぐに浮かんだ。それが支障なく、受入れられたので、私は安心した。

「カウボーイを主人公に、出来ませんか」

と、牧野さんにいわれて、

「カウボーイが主人公で、拳銃をつかう。馬もつかうことに、なるでしょうね。あとは乱歩さんの少年もののような調子で、いいわけですか」

と、私は念を押した。

「そうです。そうです」

という返事だったので、それなら、書けそうだ、と思った。挿絵は小松崎茂さんにきまって、たしか南米の牧場で育った若者が、愛馬をつれて、日本にやってくる、という設定にしたのだと思う。書きはじめてみると、十五枚のうちに毎回、山をつくり、アクション場面をつくるのは、なかなかむずかしかった。地の文はすくなく、それも二十字詰で五行以上、つづけないように。そして、できるだけ会話で、ストーリイを運んでくれ、といわれているから、なおさらだった。

余談になるが、十数年後、地の文は二十字詰めで三行ま

で、三行を越えるときは改行、といわれるようになって、私は児童ものは断ることにした。海外作品を読んでいるせいで、私は改行の多い地の文は、きらいだった。たとえば、

彼は橋をわたると、歩きつづけた。
右がわに、本屋があった。
彼は本屋に入って、新刊の棚の前にいった。

というような文章は、私には書けない。橋をわたって、歩きながら、右手を見ると、本屋があるのに気づく。入っていく、というのは、一連の動作である。切れ目はないのだから、改行する必然も、必要もない。しかし、それが条件なら、しかたがない。仕事がしたかったら、のむしかない。私は小説が書きたかったし、リライトをやって、改行だくさんにも、馴れていた。久しぶりに、定期的に小説を書くのは、実にたのしかった。連載がスタートすると間もなく、

「もう一本、連載をひきうけてくれませんか、漫画の原作を」

と、牧野さんにいわれた。漫画家がストーリイも考えるのが、基本ではあるけれど、雑誌がふえて、漫画もより多く必要になっている。絵はうまいが、ストーリイづくりはうまくない、という画家もいる。原作があれば、そういう画家も、どんどんつかえる。

「だから、これから漫画の原作というのは、仕事として確立してきますよ」

と、説明されたが、どんなふうに書くのか、わからない。これまでの原作原稿を、いくつか見せてもらった。まだ専門の劇画原作者はいなくて、テレビのライターが、副業に書いていた。それも二、三人しか、いなかった。シノプシスのように書いたものも、シナリオふうに書いたものもあった。

「せりふはぜんぶ、書いてもらいたいんです。ですから、シナリオふうに書いてもらうほうが、いいんです。コマわりまでしてもらえれば、理想的です」

コマわりというのは、一ページをなんコマにして、どこ

を大きくするか、といったことを、指定する作業だった。

「つまり、絵コンテつきのシナリオを、書けばいいわけですか」

「そうですね。そうです」

おなじ言葉を重ねながら、相槌をうつのが、牧野さんの癖だった。映画脚本は、書いてみたいもののひとつだった。SFものをやってもらいたいが、あまりむずかしくては困る、といわれて、私はひきうけた。小説といっしょに、連載されるわけだから、都筑道夫はつかえない。「銀のたばこケースの謎」のときの伊藤照夫という名を、つかうことにして、「パトロールQ」というシリーズを考えた。Qと呼ばれる宇宙パトロール隊員が、指名手配の悪党を追って、地球にやってくる。Qは小人星の人間なので、ひどく小さい、という設定だ。つまり、ハル・クレメントのNeedleと日本の一寸法師を、いっしょにしたわけだった。一回なん枚ぐらい書いたか、おぼえていないが、コマわりがあるだけ、小説より、骨が折れた。

音羽九丁

以前にも書いたことだが、私は子どものころから、戯曲を読むのが好きだった。それに関連して、映画の脚本を読むのも、好きだった。最初に読んだのは、フランク・キャプラ監督のコロンビア映画、「我が家の楽園」のロバート・リスキンの脚本だった。ジェイムズ・ステュウアートとジーン・アーサー主演のこの映画が、昭和十四年に日本で公開されたとき、映画雑誌にシナリオの翻訳がのったのである。小学生の私には、靴をへだてて、痒きをかくようだったが、「我が家の楽園」を見たい、とは思った。しかし、私の行動範囲の洋画二番館、三番館には、落ちてこなくて、見ることができたのは昭和二十三年、再公開のときだった。

その後、外国映画の翻訳シナリオには、出くわさなかったけれど、日本映画のシナリオはいくつも読んだ。三村伸太郎の「人情紙風船」や、伊丹万作の「無法松の一生」、黒澤明の「達磨寺のドイツ人」なぞを、「映画評論」や「シナリオ」といった雑誌で読んで、これはみんなおもしろかった。

だから、漫画の原作を、シナリオのように書く、ということには、興味があった。けれども、コマわりをつけるのは、気が重いことだった。絵コンテつきのシナリオ、というのに、興味を持って、コマわりもひきうけたのだが、どうやっていいか、わからない。がむしゃらにやっているうちに、馴れてきて、どうやら恰好がつくようになった。そうなると、変った工夫がしてみたくなる。ひところ、アクション劇画のクライマックス・シーンに、見ひらき二ページぜんぶを、ひとコマの大画面にして、迫力をだすのが、はやったけれども、あれを最初にやったのは、じつは私だったのである。

「週刊少年マガジン」のスタートは、好調だったのだろう。私は十数年ぶりに、音羽の通りに縁ができた。現在の文京区音羽は、江戸川橋よりの一丁目と、護国寺よりの二丁目しかないが、以前は逆に、護国寺よりが一丁目で、江戸川橋へかけて、九丁目まであった。銀座八丁という言葉があるから、音羽九丁といっても、おかしくはあるまい。子どものころから、歩きなれた音羽九丁を、また歩くことになるのは、うれしくもあった。最初に折込み附録をつくったとき、矢田洋さんと半徹夜をした講談社別館に、しばしば泊りこむようになったからだ。

別館でのカンヅメ生活は、かなり記憶にあざやかなのに、そのころ私の生れた家が、どうなっていたか、おぼえていない。関口水道町の生家は、飯田橋から江戸川橋をへて、池袋にぬける高速道路ができたとき、取りはらわれて、いまでは道のまんなかになっている。江戸川橋から飯田橋にむかって、二番目の華水橋のまん前という、目標が残っているから、位置だけはわかる。長兄がそこで、オートバイの修理工場をやっていたが、失敗して、家を手ばなすことになった。それが、いつだったか、思い出せない。講談社別館に通いはじめたころには、父や兄や弟は、引越したあとだったのかも知れない。

「週刊少年マガジン」に、「拳銃天使」という連載小説と、「パトロールQ」という連載漫画の原作を、書きはじめて、どのくらいたってからか、「少女クラブ」からも話があって、連載小説を書くことになった。長篇ではなく、読切連載という依頼だったから、一回二十五枚ぐらいではなかったろうか。怪奇的な探偵小説を、というのが、編集長の丸山さんの希望だったので、民俗学をまなぶ学生を主人公にして、怪談じたての事件を書くことにした。「漫画王」だったか、秋田書店の雑誌から、連載小説を依頼されたのも、このころだった。

当時、水道道路ぞいの世田谷大原町に、私は住んでいた。秋田書店からの話は、「拳銃天使」のようなものを、という注文だった。それから考えると、「拳銃天使」は評判がよかったのだろう。おなじようなものを、といわれて、「拳銃天使」はローン・レンジャーの少年版だから、もっと原型に近づけることにして、「拳銃仮面」というマスクト・ヒーローものを、書くことにした。それを、大原町の小さな借家で書いたのを、おぼえている。ところが、「少女クラブ」の読切連載は、第一回から、新井薬師の借家で、書いた記憶がある。

とすると、秋田書店からの注文のほうが、早かったのかも知れない。秋田書店からは、漫画の原作もたのまれた。これは、長期の連載ではなかったろう。「少女クラブ」でも、小説と併行して、漫画の原作を、という話があった。そろそろ、完全に編集の仕事はやめなければ、それだけの原稿は、こなせない、と思った。原稿を書くほうが、楽しかったからだが、経済的な理由もあった。

ふたり目の子どもが生れようとしているのに、女房の体調がよくない。女房のいちばん下の妹に、東京へきてもらって、家事を手つだってもらうことになった。夫婦と長女の三人ぐらしが、四人になり、すぐに五人になるわけで、蔵書はふえるばかりだし、小さな家ではどうしようもない。それまでも毎月の本代はたいへんで、一枚百円の社内原稿では、いくら書いても、追いつかなかった。長女が生れるときにも、清水俊二さんに紹介していただいて、六興出版の雑誌「小説公園」に、一枚千円で、短篇ミステリの翻訳を二篇、買ってもらって、出産費用にあてたくらいだった。

矢田さんの話にのって、児童雑誌の仕事に手をだしたのも、どうせ書くなら、割りのいい原稿を、書きたかったからだ。編集の仕事に、あきていたことは事実だったが、英米ミステリから、完全に離れる気はなかった。ということは、本を買いつづけるわけで、これは考えなければ、ならなかった。

＊

私は嘱託にしてもらって、早川書房にはたしか、週に一度、出勤していた。十九で原稿を書きはじめたのが、狭いバラックのひと間に、六人ぐらしのときだったから、ほかのものが寝しずまった深夜、仕事をするくせが自然についた。だから、常勤だったときにも、しょっちゅう遅刻していた。午前三時までは、原稿を書いたり、セレクトのための原書を読んで、それがしばしば、四時、四時半になるから、けっきょく遅刻してしまう。嘱託になってからは、もう居直ったかたちで、午後から顔をだしていた。

セレクションを手つだったり、アドヴァイスをしたり、出来るだけのことはするつもりだったが、毎日、出ていないと、仕事の動きがよくわからない。だんだん、いづらくなってきた。ここらが引きどきだろう、と考えたのが、昭和三十四年の夏ごろ、とおぼえている。実際にやめたのは、九月か十月だったと思う。四年ぶりに、もとの束縛のない生活にもどったわけだが、以前とちがって、家族がいる。のんびりしては、いられなかった。

ことに九月には、ふたり目の女の子が生れて、住居もなんとかしなければ、ならない。週刊二本、月刊三本の連載があって、暮しのめどはついているが、それだけに忙しい。そのほかに、岩谷書店の「宝石」から、翻訳の注文があったり、サントリーのPR雑誌「洋酒天国」から、創作ショートト・ショートの注文があったりした。そのときに書いたのが、「二十一の目」という作品で、以後おぼえきれないほどのショート・ショートを、書くことになった。そういうこともあって、児童もの専門になった、という気はしなかった。

あいかわらず受身の態度ではあったが、私はいそいそと忙しさのなかに、飛びこんでいったのだった。講談社別館に泊りこむことは、だんだん多くなって、たしかその年の暮れから、三十五年の正月へかけてだったと思う。十二月の十日ごろから、別館にカンヅメになって、大晦日の夜に自宅に帰り、正月の三ガ日だけ休んで、四日からまたカンヅメになる、ということもあった。別館にカンヅメになっているのは、漫画家が多かった。近ごろのように、アシスタントをたくさん使うひとは、まだいなかったようだが、ひとりぐらい助手をつかうひとはいたし、画材も多い。

地方在住の日本画家で、ひと月か、ふたつき滞在して、絵本を一冊かきあげていく人もあった。そういうひとたちは、大きな机が必要だが、小説や漫画の原作は、小さな机ですむ。私はたいがい四畳半に入っていたが、大晦日が近づくと、みなさん、引きあげていく。部屋があいたので、八畳だったか、十畳だったかに移って、私は年末の書きためをした。家具のない和室は、なんとなく淋しい。かつて住んだこともないような、立派なつくりの座敷で、スティーム暖房が通っている。あけがた近くまで、仕事をして、昼ごろまで眠って、また仕事をする。三度の（私は二度のことが、多かったが）食事は、近所のすし屋や鰻屋からとる。風呂はやがて、地下室にできたけれど、それまでは風呂券をもらって、講談社の二、三軒さきにあった銭湯にいった。「週刊少年マガジン」の担当者にことわって、「宝石」から頼まれた翻訳も、あいだに挟んで、私は机にむかいつづけた。そのとき、訳したのは、フレドリック・ブラウンのSF短篇「パラドックス・ロスト」だった。

たしか、一階の奥のほうの部屋だった。ならびの玄関ちかくには、格天井の大きな洋間があって、そこは東京裁判のときに、キーナン検事が論告を書いた場所だ、ということだった。別館は戦後、占領軍に接収されていたらしい。その暮れには、私が入っていた部屋のそばに、「パトロールQ」の漫画家も、カンヅメになっていた。奥さんが鍋や材料持参で慰問にきて、台所でお汁粉をよくつくっていた。私もしばしば、お相伴にあずかった。年内入稿の分が片づくまでは、数時間おきに、担当編集者がきて、原稿を持っていく。それが一段落すると、いくらか余裕ができて、書きためた分を、大晦日の晩にわたして、大原町の家にもどった。

稿料は、横線なしの小切手でもらっていたから、大晦日の午後、銀行に飛んでいって、現金にしてあった。それを持って、家に帰って、経済的にはのんびりした、気分的には忙しい正月をむかえた。なにしろ、せまい家のなかに、二歳になったばかりの女の子と、三カ月の女の子がいて、かわるがわるに泣声をあげる。春になったら、引越しさきを探さなければ、ならないと思いながら、除夜の鐘を聞いた。

しかし、春になっても、なかなか適当な貸家は、見つからなかった。世田谷区が好きなわけではなかったが、遠くに越すのは、面倒くさい。近いところで、見つけようとしたのだが、家賃の高いところしかない。笹塚の駅の近くに、手ごろな二階家があったが、あまりに線路に近いので、考えているうちに、ほかにきまってしまった。サラリーマンではなく、もの書きだという理由で、ことわられたところもあった。代田橋の駅の近くに、ばかに安い貸家があったが、産婦人科かなにかの医院のあとで、玄関のドアをあけると、正面に受付の窓がある。小さい部屋がいくつも並んでいて、たがいに行き来できない。いくら安くても、これでは使いにくい。もっと遠くてもいい、と不動産屋にいったら、新井薬師に手ごろな貸家があるという。

見にいってみると、古い家だったが、和室が三部屋に、洋間がひとつ、家賃も予算にあっていた。だが、そこで十五年も、すごすことになるとは、思わなかった。

吉良の墓

新井薬師は、知らない土地ではない。江戸川橋の親のうちを出て、最初に下宿をしたのが、となり駅の沼袋だった。

そのころの散歩コースは、中野駅の周辺から、新井薬師一帯だった。沼袋の下宿は、西武新宿の駅にむかって、線路の右がわにあったが、いったん左がわにわたって、線路ぞいの道をたどるのが、いちばんわかりやすい新井薬師へのコースだった。まんなかへんに、神社がある。氷川神社だと思うが、道ぞいに鳥居があって、石段の上に、神社がある。新井薬師にむかって、そこでは右がわが線路、左がわが神社の森、夜は淋しい。幽霊が出るという噂が、立ったこともある。

ことし昭和六十一年の晩春にも、ここに幽霊がでる、という噂を聞いた。神社の鳥居の近くの道ばたに、公衆電話のボックスがある。曇り日や雨の晩なぞに、そのボックスで、電話をかけている人がいる。近づいてみると、ドアもあかず、出ていく人影も見なかったのに、ボックスにはだれもいない。気のせいだったのかな、と思って、通りすぎてから、ふりかえってみると、また電話をかけている人影が見えるという、よくあるパターンだ。

三十五年まえの噂を、くわしくはおぼえていないが、電話ボックスは当時から、あったような気がする。やはり、そこにからまる話だったのかも知れない。近年にいったことはないが、いまでも神社の前は淋しいから、そんな噂が立つのだろう。そこを通って、駅のわきの踏切をわたると、薬師さまへいく大通りの最初の角ちかくに、遠藤書店という古本屋があった。駅前にも一軒、古本屋があって、これはいかにも古本屋らしい店だったが、遠藤書店のほうには、ごく新しい本がならんでいた。新刊書が安く手に入るので、私はしばしば、ここを利用した。

いつの間にか、この遠藤書店は店じまいしてしまったが、小十年がたって、早川書房の編集者になった私は、世田谷区経堂の村上啓夫さんの家をたずねた。帰りがけに、商店街のとちゅうの古本屋を、なんの気なしにのぞくと、店主の顔に見おぼえがあった。むこうも、おやっという表情になった。そこが、遠藤書店の移転さきだったのである。ぼくをおぼえていますか。ええ、おぼえていますとも。しばらくでした、といった挨拶があって、いろいろ話をした。

しじゅう引越しをしていたころは、越すさきざきで、古本屋に顔なじみができた。金がなくなると、辞書なぞを売って、原稿料が入ると、また買いもどしていたからだ。大塚仲町の交叉点の近くのヤマノ井書店にも、よく通った。この古本屋のことは、のちに「猫の舌に釘をうて」という作品に、書いたけれども、このヤマノ井書店は移転して、いまも高田馬場の戸塚交叉点の近くで、営業している。その高田馬場の小滝橋よりに、二階借りをしていたときには、千野書店という古本屋に、英和大辞典なぞを、よく持ちこんだ。近ごろタクシイで通って、窓から見たところでは、この店はなくなってしまったらしいが、十五年ばかり前に、通りかかったときには、まだあって、ちょっとのぞいてみたら、店番をしていた奥さんが、私をおぼえていてくれた。子どものころの私の、図書館がわりだった水道端の数井書店からはじまって、古本屋とのつきあいは多い。

話が横道にそれたが、新井薬師の遠藤書店の四辻を、左にいくと、斜めに昭和通りにでる道がある。いまでいえば、早稲田通りだけれど、その斜めの道のとちゅうに、万昌院功運禅寺という寺がある。大正末に、牛込にあった万昌院と三田にあった功運寺が、ここへ移って、ひとつの寺になったのだけれども、吉良上野介の墓があるので、知られている。浮世絵の歌川豊国のなん代かの墓もある。林芙美子の墓もある。

門をくぐると、左がわに鐘楼があって、そのまわりが、牡丹畑だった。花どきには、実に見事で、なんども見にいった。「雪崩連太郎幻視行」シリーズの一篇で、私は北陸を舞台にして、牡丹畑のある寺を書いたが、その花畑の描写は、この万昌院の印象を、借用したものだった。

*

新井薬師駅ちかくに、見つけた借家というのは、地名でいうと、中野区上高田二丁目だった。住みついて間もなく、表記が変って、上高田四丁目になったけれど、とにかく万昌院の近くだった。早稲田通りから入ってくると、万昌院門前をすぎて、すこし先を右に曲ったところ。前はファイバー・ボードをつくる工場で、塀そとが銀杏の並木になっていた道はやがて坂になって、おりきったところが西武線の踏切だった。その手前の右手に、中野区立第五中学校があって、左に坂をのぼっていくと、新井薬師の駅に達する。

家のそばにバス・ストップがあって、新宿西口へいくバスが通っている。そのわりに、車の往来は激しくない。便利で、静かで、家賃も手ごろだった。すぐ近くに、小学校も中学校もあるから、子どもが大きくなっても、通学の心配をしないですむ。家主にあってみると、もの書きだからといって、ことわられるようなこともなかったので、私はそこを借りることにした。当時は雑誌になん本、連載を持っている、と説明しても、もの書きは不安定な職業だ、と警戒されたものであった。そう見られることが正しいだけに、そう見られるのは、閉口だった。

世田谷の大原町から、中野の上高田へ引越したのが、春だったのか、秋だったのか、おぼえていない。冬ではなかったと思うが、それも間違っているかも知れない。たぶん、昭和三十五年の晩春だったろう。妻と妹、長女と生れたばかりの次女、それに私の五人家族が、新居に落着くと、まずしたことは、テレビの購入だった。それまで、私の家には、テレビがなかった。電機屋をさがして、近所を歩くついでに、万昌院へいってみた。牡丹を見るためにである。

だから、引越したのは晩春、初夏のころではないか、と思うのだが、山門へ入ってみると、おどろいたことに、牡丹畑はなくなっていた。幼稚園ができていて、その生垣のそとに、ほんの少し、残っていたような気もするが、あの見事な花むらは、消えうせていた。ひどくがっかりしたことを、記憶しているけれど、ひとさまのお寺なのだから、どうしようもない。

新居は玄関の右手に、八畳敷くらいの洋間があって、そこが私の仕事部屋になった。だが、蔵書を整理する時間がなくて、ふた月、三月は玄関左手の六畳間で、原稿を書いた。それでも、落着いて、仕事をする場所ができて、「少年マガジン」の原稿も、別館にこもらずに、すみそうだった。昼間、ちゃんと仕事をして、夜は遊びにでかけられる。けれども、それまで私は、もっぱら渋谷で、酒を飲んでいた。しかし、渋谷まで出るのは、億劫だった。

五十代なかばを過ぎたいまでも、私はひとりで、はじめての店に入るのは、好きではない。当時はぜんぜん、入れなかった。新井薬師の駅のまわりや、東中野の駅のちかくに、たくさん飲み屋はならんでいたが、ひとりでは入れない。「マンハント」日本語版を出していた久保書店が、新井薬師の駅のむこうがわで、歩いていける距離だった。そこへいって、編集長の中田雅久をさそいだして、知っている店に、つれていってもらうことを考えたが、近所には馴染の店はないという。

けっきょく上高田に、かれこれ十五年、いまの東中野に移って、たしか十三年たつというのに、新井薬師では二、三度、東中野では六、七度しか、飲み屋やスナックに入ったことがない。体調が変って、ほとんど酒が飲めなくなってから四、五年になるから、二十三年間として、ひところは店を出たら、夜があけていたことも、しばしばあったくらい、よく飲んでいた。だから、地元での成績は、劣悪ということになろう。

新宿のゴールデン街に、一軒だけ知っている店があって、新井薬師に越した当座は、そこへ出かけたが、間もなく代がわりして、店名も変ってしまった。まだそこがあるうちだったが、新宿区役所うらの通りの「まつ」という店に、山下諭一につれられていった。だから、ゴールデン街の知った店が、代がわりしても、困ることはなかった。「まつ」へは以来、酒が飲めなくなるまで、よく通った。朝まで飲むことが、ときどきあったといっても、それは大勢いるときで、多量に飲むわけではない。みんなが騒いでいるときに、ほとんど飲まずに、中やすみをとっていて、まわりが疲れてきたころに、また元気そうに飲みはじめる。だから、ふたり三人のときには、長時間は飲まなかったし、はしごもしなかった。家ではほとんど飲まなかったから、ほんらい酒好きではないのだろう。

「少女クラブ」の連載小説は、この家で書きはじめた、という記憶は、間違いがないようだ。前にもいったように、和木俊一という民俗学をまなぶ学生を、探偵役にしたゴースト・ディテクティヴもので、通しタイトルを「ゆうれい通信」とした読切連載である。たしか二年、つづいたのではなかろうか。二年目は、読切連載ではなく、十二回の中篇小説だった。その後も、学研の学年別雑誌などで、この和木俊一ものは、かなり長く書きつづけた。私の最初のシリーズ・キャラクターである。

それを書きはじめたことで、推理小説を書きたい、という願いは、いちおう満足させられた。「少女クラブ」につづいて、「少年クラブ」からも、連載小説の注文があったが、こちらはSFをということで、たしか「スターパトロール」という題名で、書いたようにおぼえている。「少年マガジン」の「パトロールQ」を、もうすこしリアルにしたような冒険小説だった。

その「パトロールQ」が、ラジオの連続ドラマになったのは、上高田に越して二年目のことだったと思う。そうだとすると、このコミックスのシナリオは、一年以上、書きつづけたことになるから、あるいは越したその年のことかも知れない。ラジオ・ドラマ化の話があったとき、ひとつ腹の立ったことがある。原作料の話になったとき、文芸家協会に入っているか、と聞かれたのだ。入っていないと原作料が安いのだという。不合理な話だと思ったが、しかたがない。

「入っていませんから、安いほうで、けっこうです」

と、返事をしたが、私は探偵作家クラブの会員歴は古い。作家にも職能団体は必要だがいくつも入ることはない、と思っていた。早川書房にいたときから、ときおりラジオで、推理小説の話やミステリ映画についてのお喋りをしたが、その出演料には、そんな差別はなかった。むろん知名度による差はあったが、文芸家協会の会員かどうか、という差

はなかった。もっとあとに、なにかのラジオ・ドラマ化の話があったときには、

「協会に入っていないと、原作料が安いのでしたら、お話には応じません」

と、ことわってしまった。そんなに豊かな暮しではないから、後悔したけれども、それだけのために、文芸家協会に入りたい、とは思わなかった。児童物を生活の中心にして、翻訳やミステリの解説を書いているうちに、はじめての講演申しこみがあった。

銀杏並木

中野区上高田の家を思い出そうとすると、目に浮かんでくるのは、前の銀杏並木《いちょうなみき》と、庭の桜の木である。道路はそれほど、ひろくない。庭もひろくはない。だから、銀杏も桜も、太い木ではなかった。雑司が谷の鬼子母神境内へいくと、たしか天然記念物になっていたと思うが、すばらしい銀杏の大木がある。近ごろ行っていないけれども、いまでもあるだろう。あれほど大きくなると、銀杏では似合わない。公孫樹と書かなければ、あの堂堂とした幹の太さ、数えきれないほどの枝、そのたくましいひろがりは、現せないと思う。あれにくらべたら、上高田の家の前の並木は、かな草書のいいてふだった。だから、秋になるまでは、

「ああ、並木があるな」

というていどの認識しか、なかった。しかし、葉が黄ばみはじめると、なん本もならんでいるだけに、風情があった。散りはじめると、もっとよかった。銀杏の三角の葉が、はらはらはらはら散るところへ、バスが走ってきて、停留所にとまる。書斎の窓から、私はよくそれを眺めて、時間をつぶした。桜のほうも、春になって、花が咲くまで、大して気にとめなかった。桜よりも、銀杏にさきに関心を持った記憶があるから、やはり引越したのは、昭和三十五年

の葉桜のころだったのだろう。

私の記憶がこのへんから、時間的に曖昧になってくるのは、生活のリズムが一定してきたせいらしい。十五年間、上高田にすんで、あまり多作をせずに、ゆっくりしたペースで、仕事をしてきた。つまり、基本の生活に激しい起伏がないから、印象に残る出来ごとが、どの時期に起ったか、記憶のなかで、うまく結びつかないのである。たとえば、家の前はファイバー・ボードをつくる工場だったが、そこで火事があった。

工場はかなりのひろさがあって、長い塀がつづいていた。その外が銀杏並木で、道路のこちらがわに、私のすまいなぞが、ならんでいたわけだ。工場の塀のはずれに、住宅や商店のワン・ブロックがあって、あいだが露地になっていた。バスは住宅や商店のブロックの先を、左に曲って、商店街や万昌院の通りを、早稲田通りへむかう。歩行者はブロックの手前で、工場のはずれの露地へ入って、突きあたりを右へ、バス通りに出るのが、ふつうだった。その露地の突きあたりに、工場の横門があって、なかはファイバー・ボードの乾燥場だった。出来あがったばかりで、ぐにゃっとした感じの煉瓦いろのボードが、一定の間隔をおいて、乾燥枠にぶらさげてある。

そういう乾燥枠が、いくつもならんだ先に、石づくりの建物があって、危険物貯蔵の標識がついていた。どういうわけでか、そこへ火が入ったのである。夜だったが、それほど遅くはなかった。おもてが騒がしいので、窓のカーテンをあけてみると、前の工場の塀のむこうが、まっ赤だった。おどろいて、外に出てみると、塀のはずれの露地に、ひとが走りこんでいく。私もいってみると、乾燥場のむこうに、火の手があがっていた。赤く見えるだけではなく、炎と煙がすさまじく、立ちのぼっているのが、見える。燃えたつ炎のひびきまで、聞えるようだった。

大戦末期の空襲のとき以来、そんなに近く、火ばしらの猛威を見たことはなかったから、私は怯えた。ただ風むきが逆で、工場の奥のほうへ、吹きつけていた。消防署が近くにあるので、ポンプ車もすぐ駈けつけて、消火がはじまっていた。風が変らなければ、延焼の心配はない。そう思って、私は火の手を見つめていた。思った通り、工場内だけの火事ですんだのだが、強烈に記憶に残っている。だが、越してきた年のことなのか、翌年のことなのか、もっとあとのことなのか、はっきりしない。

越してきた年では、なさそうだ。露地のつきあたりを右に、バス通りへでる短い横丁には、トタン張りの芝居小屋があった。いかにも、仮小屋といった感じで、細長いトタン板の箱みたいなのが、横丁にへばりついている。私が沼袋の下宿屋にいて、万昌院に牡丹を見にきたころには、どさ廻りの剣劇なんぞが、この小屋にかかっていた。当時は沼袋にも、野方にも、そんな芝居小屋があって、夜おそく銭湯にいくと、おしろいを塗ったままの役者たちが、入っていたものだ。三つの小屋のうちでは、この上高田のものが、いちばんお粗末で、記憶に残っていたから、引越してきて、

「おや、まだあの小屋がある」

と、にやにやした。さすがに、もう興行はしていなかったが、古いポスターをトタン板にこびりつかせて、残骸をさらしていたのである。場末のおもむきがあって、私はこの横丁が好きだったが、間もなく小屋は、とりこわされてしまった。越した年の暮れに、なくなったようにおぼえている。ファイバー・ボードの工場の火事は、小屋がなくなってからのことだった。

＊

中野区あたりを、郊外といったら、笑われるにちがいない。しかし、上高田のトタン張りの小屋や、沼袋の駅前通りにあった板張りの小屋の風景は、私には郊外のものに見えた。二十五年から三十年まえには、そんな感じが、環状線のすぐ外がわに、まだ残っていたのである。そういうところに住んで、私は児童読物の連載をつづけていた。東京新聞社から、講演の依頼があって、それが仕事の方向をかえたのは、夏のはじめだったろう。伊勢丹ホールで、推理小説の講演会をおこなうから、海外ミステリについて、話してくれないか、という依頼だった。

仕事がひろがるのは、けっこうだから、引きうけたものの、知らないひとたちの前で、お喋りをするのは、はじめてだ。小学生のころ、みんなの前で、童話をしゃべったりすることは、よくあった。兄が落語家になったとき、講釈師になろうか、と思ったこともある。現在、私は月に二回、西武百貨店の「池袋コミュニティ・カレッジ」で、エンタテインメント作法入門、という講座をもっている。一回二時間、娯楽読物の書きかたについて、お喋りをしているわけだ。だから、人前で話をするのは気がすすまない、というのはおかしいかも知れないが、なるべくならば黙っていたい。引きうけたものの、この講演会は気が重かった。

もっとも、人見知りをする私のくせは、年をくうにつれて、激しくなっているから、いまよりは流暢に、このときは話ができたかも知れない。それに、講演がうまくいったかどうかは、関係がない。風変りな海外ミステリの話をして、あまり日本にないようなミステリを、私も書いてみたいと思っています、としめくくった。そのことだけが、関係がある。講演会がおわって、ホールを出ようとしたところで、中央公論社の佐藤優さんに、私は呼びとめられた。佐藤さんは、単行本の編集者で、初対面ではなかった。中央公論社が、海外の古典ミステリの翻訳をだしたときに、お目にかかったことがある。その佐藤さんが、伊勢丹ホールの廊下で、

「書く気があるんだったら、うちで書きおろし長篇をやってくれませんか、都筑さん」

といわれたのだった。例によって、スケジュールのことなぞ考えずに、私は引きうけてしまった。内容に注文はつけない、ということだったから、秋までに書く、と約束してしまったのである。しかし、私にはなんのアイディアもなかった。とりわけて、書きたいこともない。児童読物を書きながら、とりとめなく考えているときに、中野の駅の近くで、一軒の家を見た。駅前の商店街のはずれから、昭和通り、いまの早稲田通りへ出ようとして、露地をぬけていくと、ちょっとした広場がある。なん軒かの家が、取りはらわれたあとのような空間で、モルタル二階建のアパートや、木造住宅が、その空地をとりかこんでいた。

その正面に、背の高い二階屋があった。木造の古風なつくりで、二軒長屋らしい。窓のガラスがやぶれていて、もう人は住んでいないようだった。住人の立ちのきがすすんでいて、やがて大きなマンションでも、建つのだろう。この二軒長屋も、なくなってしまうに違いない。戦争ちゅうまでは、東京のどこにも、こういう二階屋があった。だが、私の生れたあたりの二階屋よりも、その二軒長屋は、よっぽど頑丈で、重厚にできていた。こんな建物は、これからは出来なくなるばかりだろう。残しておきたい、と思った。偶然、露地をたどっていて、空地に出たときに、正面にそれが目についたときは、しばらく立ちどまって、眺めていたものだ。屋根瓦だけを見ても、安普請ではない。

そのへん一帯は、間もなく中野ブロードウエイというビルになった。東京がどんどん変っていく時期だった。取りこわされるこの二軒長屋を、書いておきたい、と思った。モダーンなストーリイのなかに、移りかわっていく町のすがたを、書きとめる。アメリカの作家が、ニューヨークや、ロスアンジェルスを、克明に書くように、東京のあちこちを書く。つまり、背景がストーリイとおなじ重さをもつ小説を書こう、と私は考えたのだった。

私の作風は、住人が立ちのいたあとの、古めかしい二軒長屋から、生れたということに、なるのだろう。町の風景を、奇抜なストーリイを語りながら、描写していく。主人公といっしょに、読者も東京のあちこちを、歩いているような気分にさせる。そんな小説を書く、という方針がまずきまって、作者の立場はバス・ガイドだな、と思ったとたんに、実況放送という言葉が、頭に浮かんだ。フランスのヌーヴォー・ロマンが、話題になりはじめていたときで、翻訳も出はじめていた。そのひとつに、二人称で書いたものがあった。

主人公を、きみ、と呼んで、読者と同化させながら、ストーリイを進行させていく。その手法は、実況放送スタイル、といってもいい。サスペンス・ストーリイを語るには、もってこいの手法だろう。最初の書きおろし長篇は、もう出来たも同然だ、と私は思った。技法と背景をえらぶことから、いまも私は小説をつくっていくが、その癖はここで、はじまったのだった。もう出来たも同然、と考えたのは、むろん早計で、なかなかストーリイはかたまらなかった。実況放送スタイルということは、時間とともに、ストーリイが進行するわけだから、せいぜい二十四時間で、片がつく物語でなければならない。一日の奇妙な体験を語るには、時間を小見出しにするのが、いいだろう。二十四時間のストーリイを、なん時なん分という区切りかたで、きみはいまどこそこにいて、目の前にはなになにがある、というスタイルで書く。そうした設定ができないと、現在でも私は、そこに登場する人物を、思い浮かべることができない。背景がまずあって、その前に立たせるには、どんな職業、どんな性格の人物がふさわしいか、考えるのだ。

秋の雷雨

前回に書いたように、まず背景をきめて、どう扱うかを考えていると、だんだん人物が浮かんできて、ストーリイがまとまってくる、という私の小説作法は、「やぶにらみの時計」のとき、さだまったらしい。そのときには、苦しまぎれの方法だった。いくら机の前で考えても、奇抜なトリックも思いつかないし、異様な事件も浮かんでこない。「やっぱり、推理小説というものは、おれのように頭の悪い人間には、書けないのかな」

と、だんだん自信がなくなっていく。児童物のミステリでは、わりあい簡単に事件を思いつくのに、最初の書きおろし長篇推理小説だ、と思うと、なにも出てこない。すっかり自信をうしなったときに、中野駅界隈を歩いていて、木造二階建の廃屋を見かけたのだった。これを書きたい、と思って、眺めているうちに、ひとりの男がこうした場所を、歩きまわる姿が、頭に浮かんだわけだ。しかし、そこから先が、なかなかまとまらないうちに、九月の二十なん日かになった。この日づけは、初版の「やぶにらみの時計」には、中扉の裏に書いてある。けれど、いまは取りだせないので、曖昧のままで勘弁していただく。

いつものように、歌舞伎町の「まつ」で、友人たちと酒を飲んでいると、とつぜん季節はずれの雷雨があった。小気味のいいような夕立だった。すさまじい雨音に、ガラス戸をあけて、外を見たくらいだった。アスファルトの道路をうつ雨のしぶきが、きわめて新鮮に見えた。しばらく降りつづいてから、雨は嘘のように、あがった。

雨あがりの町が、またよかった。星がきれいに出て、町が洗われたみたいだった。私は外に出て、歩きまわった。歩きまわるうちに、この季節はずれの雷雨から、物語をはじめよう、と思った。実況放送スタイルは、すでにきまっていたから、あとは普通でない状況に、主人公を投げこめばよかった。目がさめたら、別人にされていた、という設定は、ありふれている。ありふれているだけに、変った扱いかたをすれば、新鮮に軽快に、見えるかも知れない。

別人にされた男が、自分を探して、東京を歩きまわる。そういう話を書こう、と私は考えた。主人公が目にするものを、こと細かに、読者につたえたい。好きなサスペンス映画が、私の頭にあった。ジュールス・ダッシン監督の「裸の町」と、その影響でつくられた誘拐ものの映画である。後者は邦題をわすれてしまったが、原題は「ユニオン・ステイション」で、トマス・ウォルシュの長篇小説を、映画にしたものだった。「裸の町」はニューヨークが舞台、「ユニオン・ステイション」も原作はニューヨークで、たしか「マンハッタンの悪夢」という題名だ。ペンシルヴェニア・ステイションが、主要舞台になっている。映画はそれを、たしかサンフランシスコに、移していた。前者は繁華な大通りから、さびれた裏町まで、大都会を犯人が逃げまわり、刑事が追いかける。後者はユニオン・ステイション周辺を、誘拐された盲目の娘と、犯人を探しもとめて、刑事たちが動きまわる。どちらも、町が大きな役割をつとめていた。

昭和二十年代に、日本で公開されたこの二本の映画は、セミ・ドキュメンタリイ・タッチと呼ばれて、話題になった。背景だけは、そうしたタッチでえがいて、ストーリイはファンタスティックなものを、私は書きたかった。アウトラインがきまって、書きはじめると、私の筆はやたらに細部にこだわった。大まかな小説がきらいなせいで、ミニチュア工芸品のような、手のこんだ小説を書きたかったのだが、あまりに瑣末に走りすぎているのではないか、という心配もあった。

本になってから、事実、瑣末主義といわれもしたが、いまになって、読みなおしてみると、それほど微に入り、細にわたってはいない。近年の作品のほうが、もっと大道具、小道具の描写が多くなっている。描写技術が進歩して、ストーリイとのからみあいが、自然になったのだ、と自分では思っているが、年をとって、くどくなっているのかも知れない。それはとにかく、最初の長篇小説は、順調にすすんでいって、やがて私の手を離れた。装釘は真鍋博さんが、やってくれることになって、各章の小見出し、時間をあらわす数字の上に、さまざまな時計の絵をつける、というアイディアも、編集の佐藤さんがおもしろがってくれた。

あとは本になるのを、待つばかりだった。東都書房からも、書きおろし長篇を依頼されたのは、「やぶにらみの時計」を書いている最中だったと思う。ショート・ショートの注文もあって、仕事は順調だったわけだ。しかし、短篇小説の注文には困った。

＊

いまの私は、短篇作家だろう。自分では、長篇が苦手とも思っていないが、長篇小説はそれほど、書いていない。短篇小説は読むのも、書くのも好きだ。しかし、二十五年まえには、短篇小説をどう書いたらいいのか、わからなかった。というよりも、新人らしく目立つ短篇に、こだわっていたらしい。

実況放送スタイル、といった趣向優先の手法では、短篇小説は書けない。といって、いかにも推理小説らしい短篇推理小説は、書きたくなかった。事件があって、犯人はだれか、というだけの短篇は、書きたくなかった。だからといって、それに替るものは、思いつかない。

ショート・ショートの場合は、もっと自由に考えることができて、SFでも、怪談でも、書くことができたから、そうした迷いはなかった。だから、犯人はだれだ、という小説は書くまいとしていながら、やはり推理小説に縛られていたのだろう。当時の私は、短篇小説を恐るおそる、書いていた。

鉛筆で原稿を書くようになったのは、そのころだろう。万年筆で書くと、つい大きな楷書になってしまって、なかなかスピードがでない。たまたま、丸善で電動鉛筆削りを見つけた。いまでは珍しくも、なんともないが、どこの電機メーカーもまだ、そんなものは、つくっていなかった。だが、私は映画で見て、興味を持っていた。フランス映画の「死刑台のエレベーター」、ルイ・マル監督の処女作で、日本では昭和三十三年に公開された。

スリラー映画としても、すぐれたものだったし、マイルズ・デイヴィスの即興演奏による音楽も、評判になったけれど、新しい小道具が、私には興味があった。日本人がはじめて見るものばかり、次つぎに出てきた。主人公はガス・ライターを持っている。会社のデスクには、カード式のデジタル時計がある。電動鉛筆削りもあって、女性事務員が、それで鉛筆をとがらしている。鉛筆削りぐらいは、電気仕掛だとすぐわかったが、あの数字のカードが、時間を知らせる時計は、ほんとうにあるのだろうか。なぜあのライターは、あんなに長く炎がのびるのだろう。なぞと話題にして、私たちは目を見はったものだった。

その電動鉛筆削りが、丸善の文具売場にあったのだ。その後、日本の電機メーカーでつくったものは、鉛筆を水平に、機械の横から、さしこむスタイルばかりだが、丸善にあったのは「死刑台のエレベーター」とおなじ、四角い箱の上板に穴があって、鉛筆を垂直にさしこむスタイルだった。私はそれを買って帰って、鉛筆で原稿を書くことにした。気が変ったせいも、あるのかも知れないが、鉛筆にしてから、いくらか早く、原稿を書くことができた。

ずいぶん長いあいだ、私はその電動鉛筆削りを、愛用した。のちに横型のものもつかってみたが、忙しい人間には、縦型のほうがいいように思う。原稿用紙をにらんだまんま、機械は見ないで、鉛筆をとがらす、という芸当は、横型ではできない。なぜ縦型のものが、いまはなくなってしまったのだろう。

とにかく、私は第二作目の長篇を考えはじめた。趣向をいくつも思いついて、どれを採用したらいいのか、わからなくなるくらい、アイディアが浮かんでくる。表紙には題名、著者名が印刷してあって、なかは白紙の束見本を、利用した手記というスタイル。グレアム・グリーンが「情事の終り」でつかったテクニック、連想によって、回想を前後自由に動かす手法で書く。ひとりの人物が、探偵で、犯人で、被害者を兼ねる、という設定。趣向があまり重なれば、趣向だおれになる恐れがある。どれかを、棄てなければならない。

しかし、どれを棄てるべきか、決断がつかなかった。ぜんぶつかって、うるさくなりすぎなければ、趣向がたくさんあっても、かまわないだろう、と考えて、けっきょく成りゆきに、したがうことにした。中心になるのは、推理小説なのだから、むろん探偵、犯人、被害者をひとりが兼ねる、という設定であるはずだった。その設定を、どうすれば可能か、考えはじめたときに、まず私が自分に禁じたのは、記憶喪失はつかわない、ということだった。記憶喪失をつかえば、わけはない。そんなイージイな手をつかうくらいなら、探偵イコール犯人イコール被害者なんて設定は、とりあげないほうがいい。

けれども、記憶喪失をつかわないとなると、探偵をしていくうちに、自分が犯罪を行うことになり、そのどちらかのために、被害者にされる、という手しかないだろう。そういう真相に、ミスディレクションのための事件をのせて、ストーリイのアウトラインができあがると、すぐに書きはじめた。

フランスのセバスチャン・ジャプリゾという新人が、ひとりの人物が探偵で犯人で被害者、という作品を書いて、評判になっている。そういうニュースを聞いたのは、原稿を書きあげた直後か、終りかけていたころだった。やがて日本でも、翻訳がでると聞いて、私がいちばん心配したのは、記憶喪失をつかっているかどうか、ということだった。私はフランスのミステリを、あまり信用していなかったから、たぶんつかっているだろうと、たかをくくっていたのだが、もし記憶喪失をつかわずに、見事に処理していたら、どうしよう。

こちらがまだ二作目であるだけに、心配だったのだが、そのうちに原書を読んだひとがいて、聞くことができた。ほっとしたのは、やはり記憶喪失をつかっていたからである。なんでそんな安易なことで、長篇を書く気になれるのだろう、と私は思った。もっとも、それを安易とするのは、マニアの見かたであって、記憶喪失のつかいかたが、うまいかどうかが、問題だといまの私は考える。けれど、当時はそれだけで、勝った、と思って、ジャプリゾの作品が翻訳されても、読みもしなかった。私の第二作で、作者がもっとも楽しんだのは、題名だった。「猫の舌に釘をうて」とは、どういう意味なのか、私にもわからない。

一人四役

ジョルジュ・シムノンはベルギー人だが、フランスの作家といっていいだろう。ジュリアン・デュヴィヴィエ監督の映画、アリ・ボールがメグレをやった「モンパルナスの夜」を、戦争直前に見て、私はシムノンが好きになった。正確にいうと、インキジノフが演じた犯人、ラディックにひかれたので、アリ・ボールのメグレは、あまり印象に残っていない。ピエル・ブランシャールがラスコーリニコフをやった「罪と罰」で、アリ・ボールの判事が、蠅をとらえる譬えばなしをするシーンを、「モンパルナスの夜」のシーンだと、長いあいだ、思いこんでいたくらいだ。リュカ刑事が聞きこみに歩くシーンで、手前の刑事のうしろ姿は動かずに、背景だけがダブって変っていく。それが「望郷」で、ジャン・ギャバンのペペ・ル・モコが、カスバを出ていくところの手法とおなじで、よくおぼえている。

そんなていどで、原作の「男の首」を読んだのは、戦後になってからだったが、とにかくシムノンは好きで、近来、ますます熱中している。だが、五十年代から六十年代へかけて、日本に輸入されたフランス作家は、ボワローとナルスジャックにしても、ノエル・カレフにしても、好きにはなれなかった。おもしろい、と思うことはあるが、こくがないような気がして、しかたがない。だから、長篇第二作の「猫の舌に釘をうて」を書きはじめて、探偵と犯人と被害者を、ひとりが兼ねる、というアイディアが、セバスチャン・ジャプリゾと偶然に一致したときも、それほど気にしなかったのだ。いや、気にはしたが、たかをくくっていた、というべきだろうか。

私の頭にあったのは、映画の「大時計」だった。原作はケネス・フィアリングのミステリだけれど、小説よりも映画のほうが、私は気にいっていた。たくさん雑誌をだしている大出版社が舞台で、主人公は犯罪雑誌を担当の編集者。部下を的確につかって、ひとを探しだすことにかけては、無類の才能を持っているが、酒癖がよくない。酒場で出あった女にさそわれて、その部屋にいくが、ささいなことから、相手を殴りたおしてしまう。その死体が発見されたことを、新聞で読んで、後悔しているところへ、なんにでも口だしする社長が、この事件を雑誌であつかって、警察の鼻をあかしてやれ、という。

主人公は女のマンションを出るとき、だれかに見られたような気がしている。だから、社長命令をさいわいに、その目撃者を探しにかかる。つまり、犯人が探偵役をつとめて、自分を探すようなふりをしながら、目撃者を探す、というのが、このストーリイの趣向なのだけれど、もうひとつ底がある。主人公の編集者を演じるのが、レイ・ミランド。あくの強い社長が、チャールズ・ロートン。こう書けば、わかるだろうが、ミランドは女を突きとばして、部屋を出ていった。女は死んではいない。そのあとへ、入ってきた社長のロートンが、嫉妬から殴りころしてしまったのだ。こんなストーリイで、小説のほうでは最後ちかくまで真相を隠し、映画はとちゅうで明していたように、記憶している。

ストーリイの細部は、うろおぼえだけれども、罪におびえる主要人物ふたりが、それぞれに部下をつかって、目撃者さがしをする。それがいっぽうにとっては、真犯人をつきとめることになる、という二重構造が、「大時計」のみそなのである。複雑な趣向だけれども、それが実にうまく、画面で語られていた。そこをもう一歩、押しすすめてみよう、というのが、「猫の舌に釘をうて」の発想のもとだった。

これを書いていたのは、昭和三十六年の前半だったろう。児童ものの連載も、まだつづいていたはずだし、ＳＦの短篇も書きはじめていた。ショート・ショートも、書きはじめていた。そのころの私が、短篇小説を苦手にしていたことは、前回に書いた。しかし、ＳＦとショート・ショートは、そうでもなかった。抽象的なアイディアを、展開させることで、ＳＦもショート・ショートも、ストーリイをつくりあげられるからだろう。

現代を背景にしたミステリの短篇は、そうはいかない。どうしても、生活が反映する。作者の生活が、にじみだすのだ。現代ものの長篇小説にも、とうぜん生活は反映するが、主要人物がひとり、ふたりではない。枚数も、たくさんある。書きすすめていくうちに、作者の生活実感が分散して、主要人物の生活をつくりあげていく。だが、短篇の場合は、人物もすくなく、枚数もすくない。作者がよけい、というか、濃厚に、というか、出てしまうことになる。つまり、自分が裸にならなければならない度合が、多いわけだ。それが、臆病な私には、うまくいかない。人生観とか、大げさなことでなくとも、どんな女性が好きか、どんな色彩が好きか、どんなことに腹が立つか、そういったものまで、外にだしたくなかったのである。

だから、現代ものの短篇ミステリは、筆がすらすら、すすまなかった。というよりも、アイディアと私の生活感覚とが、うまく結びつかなかったのかも知れない。のちになって、当時のショート・ショートを読みかえして、自分が出ていることの多いのに、おどろいた経験があるからだ。短篇ミステリやSFを読みかえしても、それを書いたときの生活状態や、感情は浮かんでこない。

ところが、ショート・ショートを読みかえすと、これは夫婦げんかの最中に、書いたのだなとか、ひどい寝不足のときに書いたらしいとか、わかることが多いのである。他人が読んだのでは、そういう個人感情はわからないだろうが、生活感はわかるのではないか、と思う。だから、たくさんのショート・ショートが、書けたのかも知れない。日記のかわりに、俳句をつくる、というひとがいる。私は日記のかわりに、ショート・ショートを書いていたのだろう。

＊

苦手の短篇ミステリは、それほど、たくさん書いていたわけではないので、助かっていた。児童ものの連載を書きつづけながら、SFの短篇やショート・ショートを書いて、書きおろし長篇もすすめていたのだから、かなりの量産をしていたことになる。といったところで、月づき五百枚も、六百枚も書いていたわけではない。一度だけ、月産六百数十枚という月があったのを、おぼえている。三百枚という月も、なんどかあった。普通は二百枚前後だったから、三十年たった現在と、あまり変りがない。

しかし、しょっちゅう映画を見にいったり、酒を飲みにいったりもしていた。いまは枚数は大差がなくても、遊んであるくことができないのだから、それだけ体力がおとろえているわけだ。第一作の「やぶにらみの時計」は、多くの書評にとりあげられて、長篇小説の注文がつづいた。作家専業にもどった生活は、いちおう順調だったが、私にはひとつ、心配があった。満十九歳で、最初の原稿料をもらって一年目くらい、都筑道夫という筆名をつけて、フルタイム・ライターの生活が、いちおう順調になったころに、とつぜんスランプになったことがある。

注文がないとか、書いたものを、けなされたとか、外からの原因はなにもない。もっとも、そうした外がわの原因で、ほんとうに小説が書けなくなる、ということはないだろう。自信がなくなったり、いやになったりしたのなら、無理をすれば書ける。もともと、口では自信ありげなことをいっても、ほんとうに自信があったためしはないのだから、そういうスランプの心配はなかった。しかし、あのときのスランプは、ひどかった。ある日、とつぜん小説の書きかたが、わからなくなったのだ。なにを、どう書いていいか、まったくわからない。

無理してみても、書きながら読んでいる自分が、ちっともおもしろくない。当時は親のうちにいたから、あきらめて、本ばかり読んでいた。一年くらい、そのスランプがつづいたような気がするが、実際には数カ月、せいぜい半年だったろう。親のうちにいても、小づかいの面倒までは、見てもらえなかったのだから、一年も仕事しないで、いられるはずがない。それにしても、つらかった。

このスランプは、ある日、はじまったときと同様に、とつぜんなおった。聞こうとして、かけていたわけではないが、ラジオで音楽をやっていて、いいピアノの音がした。私はそれほど、クラシック音楽が好きでもないし、くわしくもない。しかし、年上の知人に、近代音楽の好きなひとがいて、ことにラヴェルが好きだった。ギーゼキングのピアノのレコードを、たくさん持っていて、そのひとの家にいくと、よく聞かされたものだった。だから、ラジオを聞いていて、ああ、ギーゼキングのラヴェルだな、と思ったが、曲名まではわからない。

そのときも、本を読んでいたのだろうが、私はページを伏せて、聞きいった。なぜだかわからないが、聞いているうちに、小説が書きたくなった。曲がおわってのアナウンスで、ラヴェルの「沈める寺」だとわかったときには、私は机に原稿用紙をひろげていた。創作意欲というと、大げさになるけれど、フランスの近代音楽を聞いて、それが起って、書きはじめたのが、時代伝奇小説なのだから、おかしい。ともかくも、それでスランプを、脱することができたのである。

私にとって、推理小説は、新しい世界だ。ものを書く生活には、馴れているが、推理小説で新しくスタートして、どうやら順調にすすみはじめた。時代小説を書きはじめたときと、おなじように、一年くらいで、またスランプがくるのではないか、という心配があったのである。

二十そこそこのときと違って、いまは女房がいて、子どもがふたりいる。スランプになったからといって、あきらめて、本を読んでいるわけには、いかない。といって、気にしてばかりはいられないから、考えないことにして、私は「猫の舌に釘をうて」を、書きつづけた。主人公の名は、淡路瑛一とした。カート・キャノン・シリーズを、翻訳したときに、つかった別名のひとつである。前にいったように、現代ものの短篇で、自分をだす勇気がないのを、気にしていたから、この長篇では思いきって自己をだしてみよう、と考えたのだ。それで、主人公の名前も、作者自身のものを、つかったわけだった。一人称の手記というスタイルだから、犯人であり、探偵であり、被害者であって、その上、作者でもある。一人四役の小説なのだった。

やたらに技巧を凝らしたものだから、とちゅうで、なんどもストップして、たしかそのあいだに、「少年マガジン」の漫画の原作が、おわったのだろう。つづいて、連載小説のほうも、完結した。

猫の足あと

これも、前回に書いたように、私はスランプの記憶に脅かされながら、仕事をつづけた。「少年マガジン」の小説の連載がおわり、連載劇画の原作もおわったけれども、「少女クラブ」の連載小説と漫画の原作はつづいていたし、「少年クラブ」の連載SF小説も、はじまっていたから、生活の不安はなかった。「猫の舌に釘をうて」は、昭和三十六年の六月に本になって、東見本に書いた手記、結末のほうには白紙がつづく、という趣向が、いちおう話題になったようだった。東都書房からは、つづけて書きおろし長篇を書くように、依頼があったし、親会社の講談社からも、書きおろしの依頼があった。

週刊誌から、冒険小説の連載もたのまれた。それに応じたのが、「なめくじに聞いてみろ」だ。すこし遅れて、「紙の罠」の連載もはじまった。どちらも、双葉社の週刊誌で、前者が「週刊大衆」、後者が「週刊実話特報」だったと思うが、逆かも知れないし、両者とも「週刊実話特報」だったかも知れない。本になったのが、前者は三十七年の七月、後者が九月だから、おなじ週刊誌ということはないだろう。ことに「紙の罠」は、かなり書きなおした記憶があるから、やはり同時期に並行して、書いたのだと思う。

書きおろし長篇は、読者が一気に読んでくれるから、趣向を重視して、書くことができる。しかし、連載小説は一回一回、おもしろくなければならない。趣向よりも、ストーリイの起伏を主眼にして、エピソードの連続のようなものを、書こうと考えた。そうなると、警察官を主人公にした事件ものは書けない。それに、私は当時から、刑事を書くのは嫌いだった。脇役にするならいいが、大きな公的組織の一員を、主人公にしたくはなかった。個人が書きたかった。私立探偵は書きたかったが、それを主人公にするとなると、現実感を持って、書かなければならない。アメリカン・ハードボイルドに出てくるような私立探偵は、当時の東京ではいかにも現実味がなかった。そこで、私は世相風俗を忠実にうつしながら、いかにもフィクショナルな主人公を設定して、一種の悪漢小説を書こう、と考えたらしい。

いまでも、私は好奇心は旺盛だが、行動力がともなわない。もともと、出不精な人間なのだが、以前は新しいもの、変ったものがあると、口実をつけて、飛んでいった。女房の手前、口実が必要なのである。どういうものか、女房はいまだに、小説家は机の前にすわっていれば、小説が書けるもの、と思いこんでいて、私が寝ころんでいたり、外出したりするのを嫌う。暖房器具のなかった独身のころ、ついた癖で、私は本を寝床で読む。すると、また怠けている、ということになる。外へ出かけるのも、座談会があるとか、雑誌社にうちあわせにいくとか、口実が必要で、それでも昔は、よく出かけた。東京タワーができたときにも、東京にはじめてローラー・コースターが出来たときにも、すぐ飛んでいった。水着喫茶、ヌード喫茶ができたときにも、そういうところへ、ひとりで行けないたちだから、友人や編集者にご同行ねがって、作品にとりいれた。五十に近づいて、ずうずうしくなったのか、たいていのところへは、ひとりで出かけられるようになったら、口実をつくるのが、めんどうになって、あまり出かけなくなってしまった。

三十年代のヌード喫茶というのは、ノーパン喫茶からあとの露出ぶりから見たら、まったく看板に偽りありで、いまでいえばバニー・ガール、肩と腿をむきだしたウェイトレスが、コーヒーをはこび、客がタバコをくわえると、パンツにはさんでいるマッチで、火をつけてくれる。一定の時間がくると、彼女たちが一列に、座席のあいだを行進し、音楽にあわせて、東京音頭のごとき手ぶりをする。それだけの他愛のないものだったが、業者はいろいろ考える、と目をまるくした。あれも、関西から渡来したのだろうか。ともかくも、そうした尖端風俗と実用的でない知識をちりばめて、アンチ・ヒーローふうに、ひねったスーパー・ヒーローものを、週刊誌に書こう、と私は考えたのである。

＊

いい塩梅《あんばい》に、スランプは来なかったけれど、書くスピードは、いっこうに早くならない。「やぶにらみの時計」につづいて、中央公論社から書きおろしの依頼があって、取材もはじめていたのだが、これがいっこうに、進まなかった。「虚影の島」という題名もきまって、百枚ほど書いたのだが、まだ殺人が起らない。その調子で書いていくと、六百枚くらいになりそうだった。

主人公はミステリ雑誌の編集者で、仕事に嫌気がさして、やめてしまう。デスクの私物を整理していると、一通の封書がでてくる。五、六年まえ、ある作家に未解決の有名事件を、誌上推理してもらう連載をやっていたとき、読者からきた長文の手紙だ。奇妙な手紙で、東北の都市で起った殺人事件が、くわしく書いてある。その犯人を知っているのだが、証拠がないから、警察はとりあげてくれない。先生に証拠を探してもらえないだろうか、と書いてある。おもしろそうな事件だったが、作家に見せて、調べてみよう、といいだされたら、会社が費用をもたなければならない。そんなことのできる雑誌ではなかったから、握りつぶしたものだった。

それを読みなおしてみて、主人公は興味を持つ。郷里へ帰って、親の仕事をつがなければならないのだが、実はあまり気がすすまない。退職金をつかって、この事件を調べてみよう、と思い立つ。刑事を主人公にはしたくないし、ふつうの巻きこまれ型のミステリも、書きたくない。EQMM日本語版で、松本清張さんの「黒い手帖」を連載ちゅう、北陸からだったと思うが、妙な手紙がきたことがある。あきらかに、ひとを中傷して、楽しむための手紙だったし、編集部あてだったから、清張さんには見せなかったが、どんなひとが書いたのか、という興味はあった。内容はわすれたが、そのことを思い出して、発端に利用したのである。

舞台は仙台にすることにして、中央公論出版部の佐藤さんに、取材のお膳立てをしてもらった。装釘は真鍋博さんにやってもらうので、同行をお願いして、全日空で仙台へ飛んだ。飛行機は、はじめてだった。当時はまだ、高所恐怖症を自覚してはいなかったから、怖がっていたわけではないが、飛行機にのりたいとは、思わなかった。しかし、機会があれば、乗ってみたほうがいい、と思って、反対はしなかった。

その仙台ゆきの飛行機は、むしろ爽快だったくらいで、私は怖くはなかった。ところが、その取材旅行のあとで、私は飛行機にのれなくなった。推理作家協会で、浜松の航空自衛隊を、見学する会があって、羽田から輸送機にのせられた。もちろんプロペラ機で、機内は片がわしか座席がない。偉いひとが座席にすわって、武装した兵員は、床にじかにすわるのかも知れない。床は鋲を打ったような鉄板で、すこし隙間があった。私たちは座席にすわって、自衛隊機は飛び立った。雨もよいの暗い空模様で、そのせいか、離陸の時間が予定より、大幅に遅れたが、海にでると、晴れていた。

私は窓から、きらきら光る海を、眺めていた。眩しくなって、ふと足もとを見ると、床の鉄板の隙間からも、海が見えた。床の下は、荷物を入れる場所だから、海が見えるはずはない。だが、なにかが光ったような気がして、それを海が光っている、と思いこんだのだ。とたんに、私のからだは、座席に凍りついた。離陸が遅れたことで、不安をおぼえていたせいかも知れない。空が雨雲でおおわれたくらいで、飛びあがれない飛行機。床の鉄板に隙間があって、そこからも海が見える飛行機。そんなものに乗って、高い空に浮かんでいるのだ、と思ったら、呼吸もできないほど、恐ろしくなった。

自衛隊の見学がおわると、帰りも輸送機で送ってくれることになっていたが、私は親戚のうちに泊る、と称して、別行動をとった。従兄がいることは事実だったが、本音は空を飛びたくなかったからだ。電車で帰って以来、なんだか高いところが、怖くなった。デパートの屋上へのぼっても、足もとの鉄板のあいだに、きらりと光った海を思い出して、腹のあたりが寒くなる。それから十年ばかり、私は飛行機にのることが、どうしても出来なかった。それどころではない。ビルの五、六階以上にいると、窓に近よることが、出来なくなった。いっぽう日本の建物は、どんどん高くなっていく。ホテルで座談会があって、行ってみたら十なん階に、部屋がとってあったりする。窓のそばへいくと、十なん階下に地面がある、と思っただけで、落着けない。テーブルを見つめて、話をしていても、からだはふらふら、窓に近よっていきそうな気がする。そういう思いをして以来、座談会に出てくれ、といわれると、場所は九階より下でなければ、出席できません、と断るようにした。戦前のデパートは九階が限度で、その上に屋上庭園がある。子どものころから、九階までには馴れているわけで、そこまでは我慢しなければ、みっともない、と考えたからである。

十年ばかりして、知人にさそわれて、四国へいった。お膳立ては知人がしてくれて、私が高所恐怖症なのを、知らないものだから、往復ともに飛行機の予約をしてしまった。観念してのったら、なんともない。高所恐怖症がなおったのだ、と思って、帰ってきてから、ビルの十階以上にのぼってみた。窓から下を見たら、気持が悪くなった。往復の飛行機で、窓から下を見て、平気だったのに、どうしたわけだろう。ある日、テレビを見ていたら、ある解釈ができた。高層ビル用の自動窓ふき機械のコマーシャル・フィルムを、そのときやっていたのだが、その機械が壁面をのぼってくるところを、上から見おろすシーンがあった。見たとたん、気持が悪くなった。私のは連続性高所恐怖症とでもいうのか、壁でつながって、高くなったところが、怖いらしい。飛行機は地上から、切りはなされているから、我慢できるらしいのだ。話がわきへそれてしまったが、はじめてプロペラ機で、仙台へいったときには、なんの自覚もなく、眺望を楽しんでいた。

他人迷惑

前回、「エラリイ・クイーンズ・ミステリ・マガジン」日本語版にきた読者の投書から、長篇小説のアイディアを得た、と書いた。その投書の内容は、おぼえていない、とも書いた。それが、まるでアイディアを得たとき、すでにおぼえていなかったように、うけとられそうな文章になっている。

「やぶにらみの時計」につづいて、中央公論社から、書きおろし長篇を依頼されて、ストーリイを考えはじめたときには、その投書を利用しよう、と思ったくらいだから、むろんおぼえていた。昭和三十六年にはおぼえていたが、昭和六十一年には、もうおぼえていない、という意味なのだが、どうも曖昧な文章になってしまった。

読者に正確なイメージをあたえる努力、それが作家の文章のすべてだ、と私は考えている。私のような視覚型の人間は、ある場面を書くときには、頭のなかにその画像があって、それを見ながら、書いている。たとえば、喫茶店で主人公が他人とあう。その店には、テーブルがいくつあって、マスターはどんな顔をしているか、客はなん人ぐらい入っているか、見ながら書いている。むろん、それをぜんぶ書いていたら、くどくなるばかりだから、必要なポイントだけを押えて、書くわけだが、頭のなかには、全景がある。それと、まったくおなじものを、読者に思いうかべてもらおうとして、努力するわけだ。

そうした作業を、長いあいだ、やってきたのに、いまだに読みかえすと、曖昧なところのある文章を書いているのだから、恥ずかしい。もっとも、見たことを書く努力をしてきたので、考えたことを書くのは、苦手になってしまったのかも知れない。具体的なもののための文体になっていて、抽象的なもののための文体では、ないのだろう。三十八年も文章で、めしを食ってきたのに、なんということだ、と自分でも、あきれている。

しかし、やめてしまうわけには行かないから、出来るだけやってみよう。その投書は、日本海沿岸の都市からきたもので、殺人か傷害か、警察が捜査をして、未解決のままになっている事件を、説明してあったらしい。らしい、というのは、「虚影の島」という題名で、書こうとした長篇の構想は、アウトラインだけおぼえている。そこから類推して、らしい、というわけだが、投書のぬしには、犯人はだれか、確信がある。警察にも証言したのだが、証拠がなくて、逮捕されてはいない。自分にも証拠はあげられないのだが、その人物の名前はこう、性格はこう、行動はこう、と中傷としか考えられないようなことが、書きつらねてあった。便箋二十枚ぐらいの長い手紙で、私は返事をださなかったが、投書のぬしは、いちおう気が晴れたのか、それきりなにも、いっては来なかった。

もちろん、それをそのまま、使ったわけではない。第一、投書は棄ててしまって、すでに手もとにはなかった。あったとしても、そのまま使って、いいはずはない。数年前の手紙が、事実を書いたものかどうか、調べてみようと考える。そういうアイディアの基本にした、というだけのことだ。構想がかたまらないうちに、仙台に取材にいったのは、日本海がわまで、出かけるのは億劫だけれど、やはり北のほうにしたい、という気持のほかに、もうひとつ理由があった。

真鍋博さんが、ガラス食器の会社から、ディザインをたのまれて、私のアイディアで、「トーキング・グラス」というセットをつくった。一ダースか、半ダースかはわすれたが、グラスひとつにアルファベットが一字ずつ、プリントしてあって、いくつかの言葉に組合せられる、というセットだった。たいして売れなかったのではないかと思うが、その担当者が仙台支社の責任者になって、手紙をくれた。仙台にも馴れて、あちこち案内ができるから、こちらへ来るようなことがあったら、声をかけてください、という挨拶だった。それで、知っているひとがいたほうがいい、仙台へいこう、ときめたわけだった。

ついでに、作並温泉にもいってみたかった。こちらは、島田一男さんに、「作並」という短篇小説があって、印象に残っていたからだ。その後いちども、読みなおしていないので、現在ではなぜ印象に残ったのか、いうことはできないけれど、このふたつの理由で、仙台と作並温泉へいこう、という気になったのだ。

＊

実際にいってみると、作並はありふれた温泉場で、ここを書いてみよう、という気は起らなかった。すこし手前の橋だけが、強烈に印象に残っている。日本で一番か、二番か、三番だったか、高いところにかかっていることで、知られた橋だそうで、中央からのぞくと、河原でなにかしているひとが、小指の爪ほどに見えた。白い石の河原がひろがって、まんなかに細く、川が流れている。まっしろな河原に、いくたりかの人がいて、手拭をかぶった女のひとも、いるようだった。

私はそれを、欄干から首をのばして、見おろすことができたのだから、高所恐怖症とはいえないだろう。仙台で城のうしろの、深い谷にかかった橋を見たときにも、緑の底を平気でのぞきこめた。そこでは、下の風景よりも、橋桁の落書のほうが、おもしろかった。飛びおり自殺の名所だそうで、「若い命を大切に」とか、「自殺なんて馬鹿のすることだ」といった忠告や、男女ふたりづれの名前が落書してある。いくつか変ったのがあって、「○○さんときたけど、こんどは□□くんときたい」というのがあったし、「今度きたときには、かならず飛びおりる」というのもあった。後者には住所氏名も書いてあって、それがなかなか、今度こられそうもない九州の果ての住人なのには、笑ってしまった。

とにかく深い谷間も、のぞきこめたので、このことも後年、私の高所恐怖症を、解釈するのに役立った。このまえ書いた高層ビルの窓ふき機械のコマーシャルのほかに、実際にいちばん怖かったのは、名古屋のビジネス・ホテルでの経験だ。「小説現代」に「食道楽五十三次」というルポルタージュを、連載していた昭和四十六年のことで、山藤章二さんと編集部の鈴木隆さんと、三人で名古屋にいった。開業したばかりのホテルで、あてがわれた部屋は、九階より上だった。おそるおそる窓に近づいて、カーテンをあけたとたん、私は首すじが氷になった。

一種のエア・ダクトになっているのか、私たちの部屋は、ホテルの裏の通りから、大きく引っこんだところにあった。つまり凹がたになっていて、その底辺に二部屋ぐらいが、窓をあけているのだ。そのひとつから、私は外を見たのだった。上部の空間は、二階か三階まで、とどきそうな塀で、ふさがれている。その高い塀には、隅に小さな潜り戸がついていたから、あるいは大きな門なのかも知れない。ちょうど、大型トラックが入れそうな幅で、下はなにもないコンクリートの床だから、私たちの部屋のはるか下が、なにかの搬入口だったのだろうか。そんなことが考えられないほど、私を怯やかしたのは、左右に見える壁に、ひとつも窓がないことだった。ずっとむこうの高い塀の外には、普通の民家の前面が、二軒ほど見える。

おまけに、私が立っている窓は、はめ殺しではない。半分くらい、あけられるようになっている。目の下の空間を見おろしていると、この窓のほかには、真下の壁には窓がないような気がしてきた。この窓から飛びおりたら死体は永久に見つからないのではないか。私はあわてて、窓のカーテンをしめると、ほかのふたりに頼んだ。

このカーテンは、ぜったいにあけないでくれ。私は窓から、いちばん遠いベッドに、寝かしてもらう。そう頼んだのである。窓ぎわに寝ていると、夜なかに頭がおかしくなって、飛びおりそうな気がしたのだ。山藤さんも、鈴木さんも、酒を飲まないので、一年間の取材ちゅう、宿にもどってから、酒を飲むことはなかったが、その晩だけは飲んで寝た。他人迷惑な話である。この経験も、のちに解釈に役立って、私の高所恐怖症は、連続性のものに違いない、ということになった。そう解釈したら、わりあい気が楽になって、高層ビルの上のレストランなんぞにも、行かれるようになった。飛行機の上で、食事をしているつもりに、なればいいのだ、と考えたからだ。

重症の知人で、エスカレーターの両側が、透明になってから、乗ることができなくなった、というひとがいる。そういうのは本物で、私のはけっきょく、疑似高所恐怖症なのかも知れない。それでも、ひとところへ行くときには、しばしば迷惑をかける。そういえば、他人迷惑というのが、「虚影の島」のテーマだった。つまり、投書はある殺人計画のオープニング・セレモニーのごときもので、これで東京から、作家が取材にきたら、実行するつもりだった。いわば殺人機械がセットしてあって、投書の反応に運命を賭けていた。反応がなかったので、犯人はあきらめたのだが、数年後に思いがけなく、期待どおりの動きがあった。そのために、殺人機械が動きだして、いくたりかが死ぬ。主人公は事件を解決して、自分が来なかったら、殺人は起らなかったのだ、と気づく。真犯人は自分なのだ、はた迷惑なことをしてしまった、と重い心で、故郷へ帰るという結末で、しろうと探偵を皮肉ったところが、みそであった。

殺人を実行する人間の設定は、うまくいっていたのだが、細部の工夫がなかなか出来ない。おまけに、書きはじめて、百枚になっても、最初の殺人を起すことができなかった。現在でも、死体の出てこない小説を書くのは、苦手なくらい、私は自信がないのだから、二十五年まえはなおさらで、とうとう中絶してしまった。取材に同行してくれた真鍋さんや、中央公論社の佐藤優さんには、まことにすまないことをした、と思っている。名前を思い出せないが、仙台を案内してくれたガラス食器の会社のひとにも、申しわけがない。この失敗が、心のしこりになって、その後、恐れていたスランプが、やってきたのかも知れない。

けれども、作並ちかくの橋、城のうしろの橋のほかに、この取材旅行には、印象ぶかい光景が、記憶に残っている。町の名前はわすれたが、遊廓のあとの光景である。日本でただ一カ所、売春防止法の制定以前、自主的に総廃業したのが、仙台の赤線地帯だという話だったが、建物はまだ、そのままに残っていた。外地から引きあげた人たちのアパートになっているとかで、住みあらしていたけれど、繁昌のおもかげは感じられた。この印象は、後年、江戸の吉原を書くときに、たいへん役に立ったものである。

夢のあと

仙台の遊廓は、売春防止法ができる以前に、自主的に一斉廃業した、と前回に書いた。日本全国ただ一カ所の自主廃業だそうで、よくも気がそろったものだ、と感心する。娼家の軒数が、すくないせいもあったのだろう。私の見たひとくるわだけで、奥にひろがっては、いなかったのかも知れない。

仙台の旅館について、一服してから、まず真鍋さんが、ガラス食器会社の仙台支社に、電話をかけた。見せたいものがあるから、こちらへ来ませんか。それから、市内をご案内しましょう、と支社長がいうので、住所を聞いて、タクシイで出かけた。近ごろのビジネス街という感じではな

く、昔ふうの問屋街といった町なみに、その支社はあって、たしか二階建の日本家屋だった。一別以来の挨拶がすむと、

「常識的でも、まず青葉城へご案内しなきゃ、いけませんね。でも、出かける前に、ちょっとそこまで、歩いてくれませんか。都筑さんに、見せたいものがあるんです」

　サンダルばきのまま、支社長は店をでた。木造の二階屋のならんだ通りを、数歩いったところで、支社長は立ちどまった。一軒おいて隣り、といった近さだった。そこで、町なみは、⊓の字がたに凹んでいた。コンクリートの角柱が、左右に立っている。それは明らかに、門柱だった。取りはずされた門扉は、たぶん鉄製で、上にはアーチがたの飾りが、ついていたのだろう。

　庭のような、だが、なにもない空間の正面に四、五軒、左右には三、四軒、町なみの二階屋よりも、背も高く、間口もひろい木造二階建の家があった。正面の家はひときわ大きく、堂堂としていたから、三階建だったかも知れない。

　私は早熟な少年だったが、セックスには臆病だったから、戦火に焼ける前の吉原も、品川も、川崎も、新宿も見ていない。だが、明治の吉原の街景は、小説を書くようになってから、写真や絵で見ている。だから、その⊓の字にならんだ建物が、娼家だということは、ひと目でわかった。

「遊廓ですね」

　私がいうと、支社長はうなずいて、

「遊廓です。売防法以前に、一斉廃業して、引揚者住宅になっているんですが、ちょっとした見ものでしょう」

　それはまさに、つわものどもの夢のあと、といった感じだった。かつては吉原を真似て、中央に植込みや、燈籠があったろう空間に、私は入っていった。どの一軒も、大きな瓦屋根をそびえさして、棟の両端に、古怪な鬼瓦や、魚のかたちの飾瓦を突きあげている。一階の庇屋根も深く、玄関はひろい。いまでは、住むひともすくないのか、玄関の戸がなくなっていたり、腰戸のガラスが破れているところもあった。二階には格子窓がならんで、一階の片がわは、張見世《はりみせ》の格子になっている。片がわは障子窓で、紙はあらかた、破れていた。玄関をのぞくと、ひろい廊下が、奥まででまっすぐ、のびている。

土間から廊下にあがって、数歩のところに、二階への梯子段があった。幅のひろい梯子段で、ひとが五、六人ならんで、のぼれそうだった。廊下の幅は、その倍ぐらい、あるわけだ。江戸の吉原では、廊下をすすんでから、ひっかえすかたちで、梯子段がついていたという。入口の土間からは、梯子の裏がわが見える。しかし、地方の女郎屋は、梯子がまっすぐについているところが、多かったらしい。ここもそうだった。

玄関わきの張見世は、遊女がならんで、客を待つ座敷だ。馴染みの女がいない客は、格子の外から、張見世をのぞきこんで、どれがいいか、見立てるわけだ。店にあがる気はないのに、ひやかし、といって、女の顔を見てあるく客もある。客と女は、格子をへだてて、話をすることもある。たばこ盆をそばにおいて、客にすすめたりもする。吸いつけたばこの長ぎせるを、格子のあいだから、さしのばして、

「旦那、一服おあがんなはい」

といったぐあいに、話のきっかけをつけるのだ。客はそれを自慢にして、花川戸助六のせりふに、

「きせるの雨がふるようだ」

というのは、そのことだ。張見世の格子の長さ、廊下の幅のひろさから見て、仙台の遊女屋は、明治に建ったものなのだろう。かつては、一流の妓楼だったものが、いまはすっかり住みあらされて、廊下は足跡だらけ、障子は紙がやぶれて、張見世の格子のなかには、縄をはって、洗濯ものが乾してある。そうした大きな建物が、あっけらかんと晴れた空の下に、ならんだところは、卒塔婆小町の群象を見るようだった。

＊

場所は東一番丁のはずれ、と聞いたような記憶があるが、はっきりはおぼえていない。しかし、仙台の取材で、いちばん鮮明に画像として、私の頭に残っているのは、この遊廓のあとだった。

後年にも、私は凝った遊廓の建物を、静岡県で見たことがある。これも取材で、箱根山を越したとき、三島の市内

をタクシイで走っていたら、

「有名な三島女郎衆は、昭和のはじめに、市のはずれに追いはらわれましてね。新地と呼ばれて、五軒だけが営業していたんですが、戦争ちゅうに四軒が廃業して、いまでも一軒だけ、残っていますよ」

と、運転手がいいだした。

「まさか、営業しているわけじゃあ、ないでしょう」

「もちろん、いまはアパートになっていますよ。売防法のあと、電機産業の会社が、土地を買いましてね。建物もこわしたり、改装したりしたんですが、もとの大見世が一軒、まだ個人が持っているんですかね。むかしのまんま、残っているんです。以前は茅町いまは清住町というんですが……」

「よし、そこへ行ってもらおう」

期待していったら、大きな空地みたいなところに、プレハブらしい建物や、戦前の下宿屋を補修したような建物が四、五軒、ぽつんぽつんと建っている。がっかりしかけて、奥のほうを見たとたん、私は目をみはった。同行の山藤章二さんも、「小説現代」の鈴木さんも、しばらくはなにもいわなかった。

奥に一軒、古風な木造二階屋が、高だかと建っている。いかにも大正の妓楼といった建物で、二階大屋根の入母屋の壁には、唐獅子の鏝絵が、白い漆喰で浮きあがっている。その下の二階庇は、中央が半円形に盛りあがって、たぶん化粧庇というのだろう。円みの下の懸魚《けぎょ》という飾りは、渦巻く波か雲か。盛りあがりの左右に、押えのように立っている飾り瓦は、鯉の滝のぼり。ちょっと見ると、硯みたいなかたちに、滝水と鯉をまとめているのだ。玄関庇の縁瓦は、笹を散らした上を、唐獅子が走っていて、両端に牡丹の花が立っている。

こんなふうに、描写していたら、きりがない。興味のあるかたは、私の「目と耳と舌の冒険」という本のなかの「食道楽五十三次」に山藤さんが微細にえがいた絵が、おさめてあるから、ご覧いただきたい。窓ガラスが破れていたり、村岡荘という大きな表札が、かかっているところは、老残の美女というおもむきだけれど、いつまで見ていても、あきなかった。

重厚な木造建築が、軒をならべている時代に、こうした飾りだくさんの建物を見たら、顔をしかめて、

「どうして、見るからに女郎屋という、こんな建物をつくるのかねえ」

というかも知れない。しかし、手のこんだ飾り瓦なぞ、おいそれとつくれない現在、肉眼でしみじみと、この複雑華麗な二階屋を見られたのは、しあわせだった。それが、昭和四十六年のことだから、あの建物、もう建っていないだろう。

しかし、私の記憶には、仙台の妓楼とともに、あざやかに残っていて、江戸の品川、新宿、明治の吉原を書くとき、ずいぶん役に立っている。江戸の吉原は、屋根に瓦をつかうことを、禁じられていて、入り口はひっこんでいる、といったきまりがあったから、この記憶をあてはめると、間違いになる。

さて、話を仙台にもどそう。市内をあちこち見てまわって、次の日には作並にいった。翌日、また仙台にもどってから、松島にいって、取材をおわった。東京へもどって、印象がうすれないうちにと、私は原稿用紙にむかった。

雨の日の東京、主人公は酒場で、酒を飲んでいる。会社で私物を整理して、退職金をもらってきた晩で、内ポケットに手紙が一通、入っている。酒場のすみで、それを取りだして、読みかえしているうちに、

「退職金をつかって、こいつを調べてみるかな、ひとつ」

と、考えはじめる。それでも、まだ決心がつかなくて、酔ったいきおいで、投書のきたコラムを書いてもらった推理作家のところに、相談にいく。そのへんは、うまく書けたのだけれど、枚数はふえていくのに、ストーリイがはずみださない。

だんだん、気が重くなった。週刊誌の連載小説があったから、渋滞した書きおろしに、かかりきっても、いられない。

机の引出しにしまって、ときどき出してみるが、どうにもならなくて、ついにあきらめてしまった。いまだったら、無理に書きすすめようとしないで、最初か途中からか、大

幅に書きなおしてから、先へすすんだろう。しかし、そのときには、こういう地味な作品は、自分には書けない、と思いこんでしまったらしい。

そのころ、私はプラスティック・モデルに凝りはじめていた。仕事のあいまに、クラシック・カーをつくっていると、心がやすまって、スランプの恐怖をわすれていられる。厳密にいうと、書けなくなる、というよりも、なにを書いていいのか、わからなくなるのではないか、という恐怖だったようだ。それはたぶん、私が趣向ということに、こだわりすぎたせいだろう。

ひとひねりした作品を、書かなければ、せっかく迂回してきて、ミステリにたどりついた意味がない。かつてやった人はいても、海外にはいまやっている人がいても、いまの日本にはない作風、それを書かなければ、と思いこんでいると、簡単な足がかりが、身近にないだけに、心細い。

はっきりわかってきて、心配だったのは、ものごとをうまく説明することが、できない点だった。彼はなになに商事の営業部員で、ことし二十八歳である、といった文章が、どうも書けない。第一、彼という代名詞がつかえない。である、という切りかたも、できない。なぜかわからないが、ショート・ショートでなら、彼も彼女もつかえる。そのかわり、彼と書きはじめたら、その人物に名前はつけられない。つまり、名前も職業も、限定する必要のないストーリイの場合なら、代名詞がつかえるのだ。

である、というのも、エッセーでなら、どうやらつかえる。こうした文章のくせが、だんだん際立って、私を悩ましたのだった。

二十四羽の黒つぐみ

いつごろだか、思い出せないが、星新一さんといっしょに、蔵前の玩具会社へ、見学にいったことがある。資料室に案内されて、海外のおもちゃが、たくさんならんでいるのを見た。知っているものが多かったが、なんのための玩具か、見当のつかないものもあった。わからないもののなかに、小さなベッドのようなプラスティック製品があって、星さんが興味を持った。

四角い板に、四本の脚がついている。板は脚のちょうど中間についているから、裏がえしても、まったくおなじ形態になる。だから、ベッドみたいに見えるのだが、それにしては、板にいくつも、穴があいているのが、わからない。穴は十ぐらいあったと思うが、そのひとつひとつに、やはりプラスティックの棒がさしてある。棒は四本の脚よりも、いくらか短い。穴いっぱいの太さで、指で押しても、引いても動かない、そういう装置に、プラスティックの小槌のようなものが、附属している。そのトンカチで、棒をたたくらしいが、それでどうなるのかが、わからない。

星さんが聞くと、社員が説明してくれた。幼児の玩具で、杭をうったり、釘をうったりする行為を、教えるためのものだという。星さんは、タイルの床にあぐらをかいて、トンカチで棒をたたいた。一本一本、穴へたたきこんで、平らになると、ひっくり返す。そして、また叩く。

「なんとなく、やめられなくなるね」

と、星さんがいうので、私もやってみた。とんとん、とんとん、棒をたたきこんで、ひっくり返す。とんとん、とんとん、また叩いて、平らにする。別におもしろいわけではないが、やめられない。

「手だけが、自然に動くみたいだね」

私がいうと、星さんは笑って、

「子ども部屋で、小さな子どもがたったひとり、いつまでも、それを叩いているってのは、なんだか気味がわるいね」

そのときは、それだけだったが、間もなくデパートの玩具売場で、私はそのアメリカ製おもちゃを見かけた。買って帰って、書斎の板の間において、たたいてみた。ぼんやりとトンカチを動かして、こんこんと棒が沈んでいく音を聞いていると、みょうに落着く。

「これはいい」

私は集中力のない人間で、タバコがやめられないのも、そのせいだ。集中ができないから、しばしば仕事を中断するが、そのときにタバコに火をつければ、一本が灰になったところで、仕事にもどる。タバコをやめたら、仕事がつかえると、手近な本をひろげたりして、もとに戻るのに、時間がかかる。だから、タバコはやめられない。当時はもっと、仕事の手をやすめることが、多かった。本を読んだり、プラスティック・モデルをつくったりすると、その間、書きかけの小説のことは、頭から消えてしまう。このおもちゃは、手は動くし、音はするし、頭はそれに関係なく、仕事のつづきを考えられる。

しかし、とんとん叩いてはひっくり返し、またトンカチをふって、ひっくり返しているところを、家族が見たら、気が狂ったか、と思うだろう。そこで、娘たちにも披露することにした。子どもたちは、幼稚園に入るか、入らないかのころだから、最初は興味を持った。とんとん、とんとん、やっていたけれども、半日であきてしまった。あきてくれて幸いで、子どもに占領されては、かなわない。

数カ月してから、デパートのイギリス商品展で、おなじ玩具をみつけた。おなじものだが、かたちは違う。ベッドみたいな長方形の台ではなく、楕円形で黄いろい台だ。脚は四本でなく、五本だったかも知れない。コックの人形のかたちをした脚で、とらんぷの絵札のように、上半身が上下につながっていた。ひっくり返しても、料理人が立っているわけだ。黄いろい台に、さしてある棒は、黒い鳥のかたちをしている。反対のはしにも、頭があって、逆さまにしても、鳥が出ている恰好に、なるのだった。

ベッドがたよりも大きくて、黒い鳥の棒は、二十四本あった。つまり「マザー・グース」のSing a Song of Sixpenceを、かたどった玩具なのだ。二十四羽の黒つぐみを、コックがパイのなかに焼きこんだら、ナイフを入れたとたん、唄いだしたという、あの童謡だ。小槌はふつうのかたちだが、台が実におもしろく出来ている。大きいだけに、高価だったが、私はそれを買った。ところが、これは失敗だった。よくできていて、英米の幼児はよろこぶかも知れないが、かたちが邪魔になって、たたいていると、

「いい年をして、おれはなにをしているんだろう」

と、ばかばかしくなってくる。だから、それはしまいこんで、ただの台と棒のものを、たたきつづけた。それにしても、この玩具、いったい、なんという名前なのだろう。いまだに、わからない。イギリス製のものの函には、ただFour and Twenty Blackbirdsと書いてあった。のちに輸入小物屋で、考えごとをしながら、手だけ動かすための玩具で、もうすこし、ばかばかしくないものを見つけた。

それは、大小の磁石のリングを組みあわせたもので、短い筒のようになっている。ばらして、机上にならべて、反発させたり、引きよせたり、釣りあげたりして、遊ぶわけで、Executive Tranquilizerという名がついていた。だが、うわの空で、もてあそんでいると、大きなリングが勢いよく、机上を走っていって、茶碗を落したりする。名前からいうと、気をしずめるための玩具だが、あまり役に立たなかった。

台に棒をたたきこむ玩具は、木魚をたたきながら、お経を読んで、精神統一するような効果が、あるのかも知れない。

＊

なにかというと、机をはなれて、とんとんやっていたくらいだから、私は仕事がきらいだった。いや、嫌いといってしまうと、事実とちがってくる。思うように書けないので、仕事をつづけたくなくなるのだ、といってみても、ちょっと違う。とにかく、仕事の量は、多くなかった。しかも、だんだん量がへってくる。

ストーリイが、出来ないわけではない。そこが、いちばん問題だった。風変りなストーリイは、いくらでも思いつくのだが、書きはじめると、すぐつかえてしまう。書きやすいように、ストーリイを曲げていくと、風変りなところが、消えてしまって、平凡な話になってしまう。短篇小説を書くのが、いよいよつらくなった。

ショート・ショートだと、そんな抵抗はなくて、らくに書ける。いまと違って、連載の長篇アクション小説が一本、それを本にして、つまり年に一冊、単行本をだして、月に一、二本、ショート・ショートを書けば、暮していけた。だから、さしあたって、生活の不安はなかったけれど、短篇で失敗ばかりしていれば、どうなるかわからない。

これも、一種のスランプだった。おまけに私は、エッセーが苦手だった。身辺雑記が、書けない。私の身のまわりのことなんぞ、ひとが読んで、おもしろいはずはない、という頭があって、書きにくい。どうしても、引きうけざるをえないときには、おもしろくなるように、嘘を書く。だが、エッセーで、嘘を書くのは、気がとがめる。むろん、ミステリについての評論なら、書けたけれど、随筆といわれると、ことわることになる。自分のことが、書けるようになったのは、四十をすぎてからだった。

短篇小説も苦手、随筆も苦手ときては、どうしようもない。私はだんだん、原稿用紙にむかうのが、恐しくなってきた。例のおもちゃぐらいでは、気はまぎれない。クラシック・カーのプラスティック・モデルを、せっせとつくって、日を送った。デューゼンバーグ、イスパノスイザ、ロールス・ロイス・シルヴァー・ファントム、ちょうど仕事が一段落して、書きおろしにとりかかる時期だった。それを、一日のばしにして、クラシック・カーをつくっていた。

だが、いつまでも、そんなことはしていられない。あのときの状態は、自分でスランプを、つくりだしていたようにも思われるが、まごまごすると、仮性スランプが真性スランプになりかねない。私は以前、ギーゼキングのピアノを聞いて、スランプを脱したことを、思い出した。

環状六号道路から、東中野の陸橋の落合よりのほうを、駅のほうに曲ったところに、いまは土手にそって、小公園がある。公園につづいて、床店《とこみせ》の焼鳥屋、今川焼屋、不動産屋がならんでいるが、以前は公園がなくて、もっとたくさん、商店がならんでいた。そのなかに、レコード屋があった。私はそこへいって、モダン・ジャズのレコードを一枚、買ってきた。ZENというタイトルで、チコ・ハミルトンのバンドが、フレッド・カッツをフューチャーしたアルバムだった。

モダン・ジャズについてのエッセーが、普通の雑誌にも目につきだしたころで、はやりだから、聞いてみよう、と思っただけで、格別の理由はなかった。もっと以前、フランスの若手監督たちが、映画にモダン・ジャズをつかったので、マイルズ・デイヴィスやアート・ブレイキーの名前ぐらいは、私も知っていたが、チコ・ハミルトンは、はじめてだった。タイトルが日本の禅で、曲目のなかに、「サイエンス・フィクション」というのがあったので、選んだのである。

この前、クラシックを聞いて、スランプを脱したのは、まったくの偶然で、ラジオから聞えてきたのだった。音楽が好きなわけではない。嫌いなわけでもないから、もう一度、ためしてみたのだが、効果はあった。といっても、たちまち、書けるようになったわけではない。フレッド・カッツの「禅」を聞きおわると、すぐまたレコード屋へいって、ジョン・コルトレーンとチャーリイ・ミンガスのアルバムを、買ってきた。しばらくのあいだは、レコード屋へ日参した。

次つぎにモダン・ジャズを聞いているうちに、短篇小説が書けなくても、いいじゃないか、という気になってきた。長篇小説とショート・ショートだけでも、なんとかなるだろう。事実、好きなだけ、レコードが買えるし、酒も飲める。あせることない。そう考えたら、気が楽になって、新しい書きおろしが、はじめられた。

子どもがまだ小さかったし、物価もいくらか安かったせいだろう。現在のように、税金に追いかけられることもなく、仕事量を多くしなくても、じゅうぶんやっていけたのだ。ふりかえってみると、いちばん私の生活が豊かだったのは、仕事の不安をかかえていたあのころだ。せいぜい月に、百枚ぐらいしか、書いていなかったのに、海のある風景を書こう、と思ったらすぐ、ハイヤーをたのんで、房総半島を一周してきたり、京都を書きたくなると二、三日、行ってくることができた。いまは月に二百枚以上、書いているけれども、そんなことはとても出来ない。物価のあがりかたにくらべて、原稿料が追いついていないのだ。

しかし、とにかくモダン・ジャズのおかげで、私は仮性スランプを切りぬけることができたのである。

レトロ屋さん

レトロという言葉が、はやっている。レトロは、うしろむき、逆を意味する接頭辞だけれど、いま流行しているのは、レトラスペクト——回顧、回想の略語らしい。しばらく前は、回顧趣味というと、いかにも年よりくさいように、白い目で見られたものだ。それが、レトロと名を変えただけで、おしゃれな感覚のように、取りあげられるのだから、おかしい。

回顧趣味といっても、もっぱら昭和の過去に、目がむけられているようだが、そういう傾向の小説や、記事を読んでいると、しばしば首をかしげたくなる。ていねいに調べずに、自分の印象と知識だけで、書いているものが、多いからだ。昭和の過去は、近未来というSF用語にならえば、近過去だろう。言葉のひびきの悪いのは、ご勘弁ねがって、それをつかうが、近過去を書くのは、むずかしい。そのなかで、育ったひとが、いまでも大勢、生きているからである。

たとえば、昨昭和六十一年度の江戸川乱歩賞をとった「花園の迷宮」を、出版後だいぶたってから、ひとに借りて、私は読みかけたのだが、プロローグだけで、先へすすめなくなってしまった。プロローグの背景は、たしか昭和七年の浅草松竹座で、観客席で客が殺される。導入部から、あらい描写で、戦前の六区のイメージが、私には感じられなかったが、作風は人さまざま、文句をいってもしようがない。先へすすめなくなったのは、

「松竹座の椅子は、ベンチだったかな。それとも、肘かけがついていたかしら。臨官席にそのとき、巡査がいたか、いなかったか、これは大事なことなのに、作者はなぜ書かないのだろう」

と、気になりだしたからだ。昭和十年以降の浅草しか、

私は知らないが、軽演劇でも、映画でも、小さな小屋はベンチ・スタイルの客席が多かった。肘かけで区分され、シートのあげさげできる椅子を、映画館が採用するようになったのは、関東大震災後のことだそうだ。繁華街の小屋が、いつまでもベンチを残していたのは、客の入りを考えてのことだろう。六連の肘かけつきの椅子には、とうぜん六人しか、かけられない。おなじ長さのベンチなら、つめれば七人、八人かけられる。近年とちがって、映画館がしじゅう、満員になる時代だった。

記憶がはっきりしないのだが、松竹座は震災後に建って、国際劇場ができるまでは、浅草における松竹の看板の小屋だったのだから、肘かけつきの椅子だったろう。もしもベンチだったら、満員の客席で、人が殺されて、左右の客が気づかないはずはない。なによりも、作者は松竹座の臨官席の位置、高さを確認して、客席の殺人を書いたのだろうか。それが気になったのである。

昭和二十年の敗戦まで、東京の劇場には、臨官席があって、ときどき巡査がすわっていた。客席も男子席、同伴席、女子席にわかれていた。といっても、それがまもられていたという、記憶はない。臨官席は、客席の後方にあって、一段高く、木の囲いがしてあることが、多かった。特に区別してないところもあったが、巡査が任意に検分できる席は、つねに用意してあった。臨官席で見ているうちに、映画が好きになって、巡査をやめて、批評家になったひとが、戦前にいたくらいである。

私は子どものころ、一段高いそこにもぐりこんで、映画を見たことがあるが、スクリーンの反射で、かなり客席の様子がよく見えた。巡査はいつも、いるわけではない。客も意識しないことが多い。しかし、劇場の支配人や、軽演劇の舞台の役者は、意識している。巡査がいれば、アドリブ演技などは、できないからだ、したがって、客席にさわぎが起った場合、臨官席に巡査がいれば、すぐ飛んでくるはずで、いたか、いなかったか、書かなければ、いけないだろう。そうした現在とのちがいに、気をくばらなかったら、過去をえがく意味はない。

これが松竹座でなく、架空の劇場だったら、昭和七年が背景でも、さほど気にならなかったろう。実在の場所を、気軽につかいすぎる傾向が、気になるのだ。作者はどこへでも、好きな建物をたてることができる。皇居のある場所に、高層ビルを建てることだって、現実感をあたえるには、大力量が必要だけれども、できなくはない。近過去をえがく場合、実在のものをつかうのは、同様にむずかしいのである。最近、私も大失敗をやったので、なおさらそう思う。

*

昭和十五年に行きだおれで死んだ画家、長谷川利行が、昭和七年に「地下鉄ストア」という油絵をかいている。壁面が大きな時計になったビルが、街角に建っている絵だ。ある雑誌のレトロ趣味の特集号に、この絵がとりあげられていた。その解説に、

「浅草雷門に出現した風変りな建物であった」

と、評論家が書いているのを読んで、私は吹きだした。浅草に地下鉄ストアがあったなんて、聞いたこともない。雷門の地下鉄の駅の建物には、六階の展望塔があって、メトロ・タワーと呼ばれていた。大震災で十二階が倒れたあと、昭和八年だったか、九年だったかに、松屋デパートが建つまで、それは浅草で、いちばん高い建物だった。けれど、地下鉄ストアとは、呼ばれていない。

上野の山下にあったのと、神田の須田町にいまもあるのが、地下鉄ストアで、それほど風変りな建物でもなかった。ただの四角いビルディングだが、山下のストアの壁面には、日本一、大きいという電気時計がついていて、数字が12しかなく、あとが地下鉄ストアという、文字なのが珍しかった。てっぺんに12があって、1が地、2が下、3が鉄、4がス、5がト、6がア、7がト、8がス、9が鉄、10が下、11が地という文字になっているのだ。長谷川利行の絵を見たとたん、山下の地下鉄ストアだな、と私は思った。しかし、こんな角にあったかな、という気もした。

いっぽう、須田町の地下鉄ストアに、そんな時計があった記憶が、私にはなかった。いま須田町の角にある建物に、時計はないと思う。しかし、位置はぴったりだ、と迷って

いるときに、森銑三が昭和十一年に発表した随筆を読んだ。雪の晩に、須田町の交叉点で、電車を待つ場面があって、

「筋向ひの地下鉄道の日本一大きいとかいふ電気時計の針が、音もなく廻つてゐる。それが今夜は思ひなしか、少し無気味にも感ぜられる」

という文章がある。そうか。須田町の地下鉄ストアにも、時計があったのか、と私はおどろいた。昭和十年代なら、市電にのって、あの交叉点をなんど通ったか知れないのに、私はなにを見ていたのだろう。そう思って、河出文庫のアンソロジイ「東京浅草ミステリー傑作選」に、序文をたのまれたとき、

「東京の過去をふりかえることが、ブームになっているらしい。けれど、放浪の画家、長谷川利行が、昭和七年にかいた『地下鉄ストア』の絵を、評論家が『浅草雷門に出現した風変りな建物』と、解説しているのを見たりすると、あぶなっかしくて、しかたがない。雷門の地下鉄ビルには、メトロ・タワーという塔があって、松屋ができるまでは、浅草一の高さを誇っていたが、地下鉄ストアとはいわない。利行がかいたのは、神田須田町の角の建物だろう」

と、書いてしまった。それは、ことし昭和六十二年二月に、活字になったのだが、その後、一枚の古い写真を見た。戦前の上野駅前を、車坂方向から撮った写真である。とうぜん地下鉄ストアも、おさまっている。時計が識別できるほど、大きく写ってはいないが、それは長谷川利行の絵そのままであった。私は視覚型の人間で、記憶はつねに画面として、頭に浮かんでくる。考えてみると、私は車坂のほうから、地下鉄ストアを見た記憶がない。だから、利行の絵を最初に見たとき、

「ああ、上野の地下鉄ストアだ。でも、ちょっと位置がおかしいな」

と、思ったらしい。須田町だ、と断定しないで、だろう、と書いておいて、よかったけれど、それにしても、ひとの誤りを、得意気に訂正しておいて、自分も間違っていては、いけませんね。あらためて、訂正しなおします。長谷川利行の「地下鉄ストア」は、上野にあった建物を、えがいたものなのである。この建物は昭和二年に、浅草から上野ま

で、地下鉄が開通したとき、できたものだろう。昭和四年の浅草をえがいた川端康成の「浅草紅団」のなかに、登場人物のひとりが、上野のアパートの窓から、文字が数字のかわりをつとめている大時計を、眺める場面があったとおぼえている。

今回、本題をはなれて、こんな寄りみちをしたのは、流行となると、たちまちレトロ屋さんが輩出して、ずいぶんいい加減なのも、なかにはある。自分の失敗を例にして、近過去を書くむずかしさを、いいたかったからである。なにしろ、このエッセーも、近過去を書いている。自分の見たことだけを、書いているけれど、記憶が正しいとは限らない。たとえば、しょっちゅう見ていた二階屋を、ほかのひとが三階建だという。調べてみると、その家は崖に建っていて、二階に玄関がついている。だから、裏から見れば、三階建だった、ということも、ありうるのだ。

記憶を資料で裏付けして、書くように心がけても、ときにはそれが、あてにならなかったりもする。ひとに聞いた話だが、牛込の薬王寺町から、四谷三丁目にかかっている曙橋は、新宿区の資料にも、東京都の資料にも、昭和十なん年かに、架橋されたことになっているそうだ。たしかに、その当時に着手されたのだろうが、戦争で中断されて、実際に橋がかかったのは、二十年代のすえか、三十年代のはじめだった。両端の道だけが完成して、長いあいだ柵でふさがれていたものだ。

臨官席で思い出したことだが、小芝居の小屋を改装した映画館が、私の子どものころには、あちこちにあって、一階は椅子席になおしてあるが、二階は畳敷のままなのもあった。山の手線の大塚駅のそばには、昭和二十年の五月に、空襲で焼けるまで、一階も畳という映画館があった。大都、極東、全勝といったマイナー会社の映画をやっていて、それらの会社の映画は、日活を中心に統合されて、大映になるまで、音楽だけをつけた字幕入りの無声映画が、ほとんどだったから、弁士がついていた。だから、その映画館は、明治大正の場末の小屋が、昭和にぽつんと取りのこされたような感じだった。

大塚鈴本という寄席があって、私はよくそこへ通ったのだが、都電の終点から、鈴本へいくとちゅうに、その映画館があった。寄席がはねて、出てくるころに、その映画館も終映時間で、大きく扉をひらいていたから、赤茶けた畳の座席が見えたのである。さすがに下足番は、いなかったようで、客は自分の履物を、それぞれに持って、あがっていたらしい。最後にその前を通ったときには、大映の時代劇をやっていたから、もう弁士はついていなかったわけだが、畳は畳のままだった。いまでも地方に、二階は畳席という映画館があるのを、最近にテレビで見て、私はまた、その大塚の小屋を思い出した。

断続スランプ

近過去ブームにふれて、寄り道をして、過去を書くむずかしさをのべたけれども、言葉がわすれられていくことが、それに拍車をかけている。たとえば床の間、床脇、違い棚という言葉を、知らないひとが、多くなった。こういうと、団地やマンション、日本間らしい日本間のない家で、育ったひとが、おとなになってきたからだ、と思うかも知れないけれど、ちょっと違う。

床の間のない家で育っても、映画や芝居、他人の家や旅館で、見ないということはない。床の間も床脇も、違い棚も天袋、地袋も、見てはいるのだ。だが、それをなんというのか、言葉を教わらずに、育ったひとが多いのである。床の間という言葉を、知らないひとは少いだろうが、そこにさげる絵や文字の装飾品は、掛軸という呼び名だけでなく、カケモノとも、カケジともいうことは知らない。

床脇は知っていても、違い棚を知らない。まして、違い棚の二枚の板が、上下ゆきちがう、それぞれの端が上むきに、反っている。その部分を、筆返し、ということは知らない。筆をおいたとき、ころがっても、落ちてしまわずに、押しかえすから、筆返し、というのか、書道で横棒をひくときの末尾の筆法に、反りあがったかたちが似ているからか、そこまでは、私も知らない。

そういう言葉を、親が教えないから、見てはいても、名称を知らないひとが、ふえてきたのだろう。言葉をたくさん知らなくても、生活をしていくには、それほど困らない。しかし、小説は言葉にたよるしかないのだから、困ってしまう。江戸、明治、大正を背景に、小説を書いていると、はて、この言葉は、説明なしでわかるかな、と実にしばしば考えこむことになる。

私は時代小説を書くときに、いつも岡本綺堂の「半七捕物帳」を、読みかえしている。大正から昭和のはじめにかけて、綺堂はこのシリーズを書いた。幕末の風俗習慣は、いろいろ解説しているけれど、下町ことばや、物の名称なぞには、神経質になっていない。当時の読者は、それらをつかって生きていたのだから、当然のことなのだろう。しかし、読者と知識を共有している、というこの自信は、現代の作家にはうらやましい。

なんどもいう通り、私は視覚型の作家で、自分の頭のなかのスクリーンに、浮かんでいる画像を、そのまま読者にも、思いうかべてもらいたい。そう考えて、描写に苦労するのだけれど、その道具は言葉である。現代生活からは、わすれられた――あるいは、使用法が違ってきているような言葉を、つかわざるをえないことが、しばしばある。

子どものころから、普通につかっていて、だれでも知っているもの、と思っていた言葉が、とつぜん通用しなくなったのは、昭和三十年代半ばころからだろう。当時はまだ、いまほど神経質になっていなかったが、書きにくくなったことは、確かだった。私はそのころ、時代小説は開店休業にしていたから、直接的な書きにくさではなかった。だから、そのことが、仮性スランプの原因ではなかったろう。

奇抜な設定を考えて、ストーリイをつくっていく。そういう書きかたをしていたわけだが、絵空事に現実感をあたえるむずかしさに、筆がすすまなかったらしい。らしい、というのは、その自覚が当時あったら、作風を変える努力をしていたはずだ。もっとあとには、そういう努力をしている。だから、そのころは自覚しないで、模索していたらしい、と考えるわけだ。

だれの言葉かは思い出せないが、早川書房で、作品をえらんでいたころに、たしかイギリスの評論で読んで、感銘をうけたものがあった。文字どおりにはおぼえていないが、それは次のような意味の言葉だった。

「小説が読者を感動させるのは、異常のなかにもある日常を、日常のなかにもある異常を、まざまざとえがいて、納得させたときである。普遍に通じる特殊、特殊に通じる普遍を、対象に見いだすのが、作家の作業なのだ」

わかりきったことのようだが、実行するとなると、むずかしい。当時の私は、まことしやかな嘘ばなし、というよりも、

「嘘だってことは、わかりますよね。でも、この嘘、おもしろいでしょう」

という感じで、ストーリイをつくっていた。そういうストーリイも、迫真力を持たなかったら、読者は納得しない。まず第一に、作者自身が納得しない。要するに、技術が未熟だから、うまく書けなかったのだが、

「へたなんだから、しようがないだろう」

と、いなおるには、私は小説をたくさん、読みすぎていた。小説のよしあしが、わかるつもりでいた。視覚型が、豊富な言葉を惜しげもなくつかって、一行一行、楽しめる小説が、好きだった。自分もそういう作品が、書きたかった。

＊

このエッセーは、タイトルを、「推理作家の出来るまで」としたくらいで、私が推理小説専業になるまでを、書くつもりだった。年代でいえば、三十年代なかばまでを、書くつもりだったのである。だから、作品でいえば、「やぶにらみの時計」が本になったところで、おわるべきだったのかも知れない。

ところが、書きすすめているうちに、落着かなくなってきた。「やぶにらみの時計」で、私は推理作家になったのだろうか、という気がしてきたのだ。「なめくじ長屋捕物

さわぎ」を書いて、はじめて私は自分がわかってきたのではないだろうか。自信を持ったわけではない。それまでの作品を、否定するわけでもない。「やぶにらみの時計」や「猫の舌に釘をうて」、「誘拐作戦」や「なめくじに聞いてみろ」を書いたことは、意味があった、と思っている。

しかし、それらの作品を、いまにもスランプがはじまりそうな不安な状態で、私は書いていた。とうとう来た、となんども思いながら、プラスティック・モデルをつくって、気持をごまかしたり、幼児玩具の棒たたきをたたいて、神経を集中させたりしながら、書いていたのである。それでも、だめになったとき、モダン・ジャズのレコードを毎日、一枚ずつ買ってきて、それを聞いて、なんとか持ちなおしたことは、この前に書いた。

それを、仮性スランプと呼んだけれども、断続スランプといったほうが、正確だったかも知れない。スランプを脱したつもりで、書きおろしをはじめたのだが、なかなか、思うようにはいかなかった。それは、長篇七作目の「三重露出」で、山田風太郎の忍者小説ブームと、アール・ノーマンというアメリカ作家の作品に、触発されたものだった。

忍者小説については、解説の必要もないだろう。アール・ノーマンの作品は、バーンズ・バニオンという私立探偵を、主人公にしたシリーズで、たしかバークリイ・ブックスだったと思うが、ペイパーバックスのオリジナルだった。主人公のバニオンは、占領軍兵士として、東京にきたアメリカ人で、現地除隊して、軍人奨学金で上智大学に学んだあと、国に帰る気がなくなって、新橋のおんぼろビルに、私立探偵のオフィスをかまえる。そういう設定のコミカルなハードボイルド・ミステリで、第一作が Kill Me in Tokyo、以後の題名にも Kill Me と地名がついていて、新宿、銀座、吉原、六本木なぞがあった。最後は熱海で、その二、三作まえから、このシリーズは、日本で出版されている。

作者のノーマンは、主人公のように日本にきて、そのまま帰らなかったのかも知れない。東京が気にいって、そこを舞台に、ミステリを書く気になったらしい。ほかにも、占領軍出身の作家は、いるだろう。漫画家で、詩人で、近年は絵本作家として有名な、シェル・シルヴァスタインも、最初の漫画集は、日本で出版している。それはともかく、バーンズ・バニオン・ミステリは、東京の風俗が細かく書いてあるので、プレイ・ガイドがわりに、占領軍兵士に人気があった。ところが、バークリイ・ブックスでは、もう品切れの作品もある。そこでアール・パブリッシング・カンパニイというのをつくって、ノーマンは新作とともに、旧作も東京で出したのだった。

このシリーズは、推理小説としての筋立てこそ、かなりお手軽だったが、東京の書きかたはおもしろかった。いわゆるミステリ・マニアは、アメリカ人むけの誇張を、無知と勘違いして、否定の評価しかしなかったが、ニホン語のつかいかたや、日本風俗のつかいかたに、私は感服していた。占領軍が東京の街路につけたストリート・ネーム、アヴィニュー・ナンバーがつかってあるところも、おもしろかった。

このシリーズの風俗資料としての価値は、もっと注目されるべきだろう。昭和三十年代の東京の風俗を、このシリーズほど、カリカチュアライズして、くわしく書いたものは、日本の作品にもない。それを利用して、現代の忍者小説を、私は書こうとしたのである。外人の視点で、日本ふうのナンセンス・アクション小説を書く、というのが、私の狙いだった。地の文にも、その狙いを生かすためには、外人作家の翻訳、という形式をとるのが、いちばんだろう。

しかし、それだけでは、ただのいたずらになってしまいはしないか。それが、私には気になった。いまなら、架空の作家の名で、私の翻訳というスタイルで、ナンセンス・アクションの部分だけを、書くにちがいない。しかし、そのときには、そんなスタイルをつかう自信はなかった。

だから、それを翻訳している人物を設定して、別のストーリイを書く。それを、翻訳スタイルの部分と、交互にならべる、という方法をとることにしたのである。翻訳の部分を二段組、翻訳者の部分を一段組にする、という手も、思いついた。このアイディアは、編集者に受け入れられた。書きあげるのが遅れたために、とちゅうで担当者がかわってしまって、最初の版では、活字の大きさを違える、というだけになってしまった。けれど、当時の私は、そういう思いつきだけで、書く意欲がわいたものだった。

占領軍のつけた街路名はちゃんと地図になって、神田のタトル商会あたりで、売っていたものだが、だんだん使われなくなって、目につかなくなっていた。たしかタトル商会の出版だった、と記憶していたので、神田の店にいって聞いてみると、黄いろくなりかけたのが、まだ売れのこっていた。大よろこびで、それを買ってきて、私は「三重露出」を書きはじめた。

畳をタタミ・マット、障子をショージ・パネル、忍者をニンジュツィストという呼びかたなぞは、ノーマンの書きかたを、そのまま使わしてもらうことにした。そういう書きかたをしていると、猿飛佐助はサスキイ・ジ・エイプマン、霧隠才蔵はサイゾー・ザ・ミストマン、児雷也はジライヤー・ザ・サンダー・ボーイ、まるでプロレスラーだね、といったギャグが、どんどん出てきて、ストーリイをつくっていくのは、楽しかった。もっとも、伊豆半島の古い西洋館に、シンミリ・キャスルという名をつけたのは、ノーマンの作品からの借用だった。あまりうまい命名なので、借用したのである。

黄色い部屋へ

いまにはじまったわけではないけれど、目次の締切のほうが早いので、題名だけを先にわたすことが多い。それから、本文を書きはじめると、題名のしめす出来ごとまで行かないうちに、枚数がつきてしまうことがある。今回はそれが、書かないうちから、わかっている。電話でタイトルをいったとき、とんでもない勘違いをしてしまったからだ。それを説明していると、長くなるから、題名には、なんの意味もありません、とだけ申しあげて、本文にとりかかることにする。

「三重露出」は、昭和三十九年の十二月に本になったが、昭和四十年、四十一年と、私には著書がない。まったく、原稿を書いていなかったわけでは、ないはずだ。ふたりの娘は、幼稚園、小学校という年齢になっていた。いまなら、二年間、一冊の本もださなかったら、一家心中でもしなければならない。それなのに、税金に追われて、おろおろした記憶もないし、小づかいに困った記憶もない。ずいぶん、のんびり暮していた。

書きおろし長篇のかたわらに、ショート・ショートを書いていたから、それは書きつづけていたはずだ。ほかには、映画のシナリオや、テレビのフォーマットつくりをやって、昭和四十年をすごしたらしい。昭和三十七年に、「紙の罠」が日活で映画になった。亡くなった中平康さんの監督で、「危《やば》いことなら銭になる」という題名だった。これがきっかけで、映画とかかわりが出来たのである。

主演は宍戸錠と長門裕之、浅丘ルリ子で、しゃれた都会的アクション・コメディになっていた。「なめくじに聞いてみろ」も、おなじ日活と、映画化の契約ができたが、原作料はもらったものの、なかなか実現しないで、けっきょく東宝に、映画化権が転売され、岡本喜八監督の手で完成した。タイトルは「殺人狂時代」、仲代達矢主演のモノクローム映画で、私は気にいったが、会社は気にいらなかったらしい。完成から公開まで、ずいぶんと日にちがかかった。「三重露出」も、ニンジャ・ストーリイの部分だけ取りだして、日活で映画になった。

長谷部安春さんの第一回監督作品で、小林旭が主演、題はよくおぼえていないが、「俺にさわると危ないぜ」といったかと思う。これらは、ジェイムズ・ボンド・ブームの影響で、映画の素材として取りあげられたのだけれど、日本映画はもう、いわゆる斜陽の時代に入っていたから、原作料はさほど多くはなかった。しかし、目をつけられたくらいだから、「三重露出」は小説として、失敗作でもなかったのだろう。

翻訳スタイルの部分と、翻訳者の出あう事件が、緊密にむすびついていないのが不満だ、という批評が多かったけれど、私は納得しなかった。はっきり関連させてしまったら、もともと嘘らしい話が、どうしようもなく嘘になる。むしろ殺人事件なぞは起らない、わたくし小説のようなものに、するべきだった、とは考えたが、そうなると、恐しくむずかしい。当時の私には、なにもない小説を書く自信はなかった。

いまも、そんな自信はないが、翻訳スタイルの部分を、じゅうぶんに楽しんで書いたので、満足はしていた。その半面、いろいろな疑問が生じて、次の書きおろし長篇に、どういうものを扱ったらいいか、わからなくなった。そこへ、映画やテレビの話がきたので、しばらく長篇小説から、遠ざかることにしたらしい。

まる一年くらい、小説はショート・ショートしか、書かなかったのでは、ないだろうか。だから、スランプだったわけだが、あせりはなかった。スランプがくるのではないか、という不安で、あせっていたときのような、いら立ちがなかったのは、映画脚本やシノプシスが、すらすら書けていたせいだろう。

週刊誌の「平凡パンチ」が発刊して、写真によるクイズを載せたいから、考えてくれないか、という話があったのも、このころだと思う。週に一度、田中小実昌さん、中田雅久さん、山下諭一さん、担当編集者の四人が、私のところにあつまって、お喋りに興じながら、クイズをつくった。この依頼は、私にあったわけではなく、中田さんか山下さんかにあって、みんなでやろう、ということになったのだろう。なん枚かの写真から、連想をつなぎあわせて、話題の人物の名前をあてる、というクイズだったようだが、くわしいことは、おぼえていない。どのくらい、つづいたかも、おぼえていない。

けれども、ひとが集って、なにかをやるのは、楽しかった。映画、テレビの仕事も、ひとが集ってやる。だから、楽しくて、スランプでありながらも、私はこの時期、浮きうきしていたようである。

＊

私はもともと、協調性にとぼしい人間であることを、自分でもよくわかっていた。だから、うまく行くかどうかは、わからなかったけれど、新しいことはやってみたかった。東宝から、アクション映画の脚本を、オリジナルで書いてみないか、という話があった。東映からは、東京撮影所が東映テレビ部とは別に、テレビ映画をつくることになったので、企画に参加してくれないか、という話があった。どちらが先だったか、おぼえていない。

戦前の子どものころから、私はシナリオを読んでいた。山中貞雄や伊丹万作のシナリオを、「映画評論」「映画芸術」といった雑誌で読んで、感動していた。黒澤明の若いころのシナリオも、読んでいた。戦後もあれこれ読んでいて、ことに英語の映画脚本を、読むようになってから、いっそう興味を持った。映画脚本がこういうものなら、ぜひ書いてみたい、と思った。

それは、日本のシナリオにくらべて、英語で活字になっている脚本は、地の文が圧倒的に多かったからだ。たとえば、

男が倉庫に入ってくる。

と、日本なら一行で書くところが、

黒い画面に、強烈な白い四角が浮いている。そのなかに、朧ろげな黒いものが、動くのが、次第に見えはじめる。白いのは、戸外の強烈な日ざしである。カメラが後退するにしたがって、黒い部分が見わけられるようになり、そこが倉庫の内部であることがわかる。黒く動いていたのは、倉庫に入ってきたジョンなのである。ジョンはベルトの拳銃に手をかけて、慎重にすすむ。

という具合に、微細に書いてある。はじめは、活字にするときに、完成した映画から、細い部分を書きたしたのではないか、と思った。ところが、映画とちがう場面もあって、そこもくわしく描写してある。そのうちに、わかった。むこうの脚本家は、自分の頭のなかにある映画を、できるだけくわしく、言葉でプロデューサー、監督に説明する。

それが、映画脚本だというのである。つまり、ストーリイを、動きとせりふで書くのではなく、イメージと動きとせりふで、書くわけだ。映画のクレジット・タイトルに、脚本だれだれ、台辞だれだれ、と出ることがある。イメージはいいが、せりふが気にいらない、とプロデューサーが考えて、せりふを別のひとに書かせた、という場合なのだろう。

私のように、協調性のない人間でも、最初にそこまで書いてしまえば、直しをもとめられても、あきらめがつく。東宝のアシスタント・プロデューサーから、相談を持ちかけられたとき、私はその話をした。

「そういう書きかたをして、いいですか」

「好きなように、書いてください」

それで、私はひきうけた。東映からの話は、アウトラインだけの企画書でなく、アメリカのように、ワンクール分のシノプシスを、本にして添えて、企画を売りこみたい、ということだった。その十三話分のシノプシスを、書いてくれないか、というのである。どちらも、アクションものという注文だった。

どちらの担当者にも、ショーン・コネリーの「ロシアより愛をこめて」を例にして、モダン・アクション映画は、アタック・アンド・カウンター・アタックのアイディアで、すべてがきまる、という考えをのべて、私は仕事にとりかかった。東宝のほうは、すべてをまかされたけれど、東映からは基本的な注文があった。特撮に自信があるので、スポーツ・カーが空を飛ぶ、というのをやりたい。そういうスペシャル・カーを駆使するヒーローを、考えてくれまいか、というのである。

どうも子どもっぽいな、と思ったけれども、子どもむきの番組をつくるのではない、というので、ひきうけた。

対スパイ活動をする人間のことを、イギリス俗語で、スパイ・キャッチャーという。それをタイトルにしたら、どうだろう、という案をだしたら、すんなり通った。対破壊活動の国際組織を想定して、その日本支部のトップ・エージェントを主人公にする。ジャパン支部長がナンバー・ワン、参謀格がトゥーなら、トップ・オペレーターはスリーだろうから、J3ということにして、「スパイ・キャッチャーJ3」という総タイトルをつけた。当時、「ルート6」というアメリカTV映画があって、スターリング・シリファントという脚本家が構成し、エピソードの半分ぐらいは、自分で書いていた。コルヴェット・スティングレーにのって、旅をしている青年ふたりの物語で、そのスポーツ・カーが、恰格よかったので、J3の愛車には、それをつかえないか、とすすめた。

しかし、それがセスナ機みたいに、空を飛ぶのでは、ばかばかしい。エア・クッション・システムで、海でも、川でも、草原でも、低く飛びまわるということで、我慢をしてもらって、十三話分のストーリイにとりかかった。だが、短時間に十三のストーリイをつくるのは、骨が折れる。クイズ仲間の小実昌さんや、中田さん、山下さんにも、手つだってもらうことにした。

いろいろなアイディアを出してもらって、十三の設定はできあがったが、敵側の攻撃アイディア、こちらの反撃のアイディアを考えるのは、大変だった。しかし、それもなんとか出来あがって、シノプシスは私がひとりで書いた。

それだけで、あとは勝手におやりください、ということにすれば、よかったのかも知れない。しかし、いくつか脚本も書いてくれ、というような話になって、準備がすすむうちに、様子がおかしくなってきた。テレビ朝日でやることになったが、時間が夜の七時台という。なんだ、けっきょく子ども番組ではないか、と思ったが、どうしようもない。

最初の一、二回に、私のシノプシスがつかわれて、原作者として名をつらねるだけ、ということになった。しかし、制作開始直前だったか、直後だったか、恒文社でだしていた「F6セブン」という週刊誌から、連載小説の依頼があった。アクション小説を、ということなので、「スパイ・キャッチャーJ3」の設定を、そのままつかうことにした。東映にも了解してもらって、むこうのアイディアの車が飛ぶという点をのぞいて、書くことにした。そちらで、大人のアクション小説が書けたので、がっかりしないで、すんだのだ。

共同作業

「スパイ・キャッチャーJ3」の小説版は、「暗殺教程」という題名で、連載をはじめた。たぶん一年ちかく、書きつづけたのではないか、と思う。あるいは、もっと長かったかも知れない。原稿用紙で、七百枚にはなったろう。昭和四十二年の十二月に、桃源社から、本になった。

「三重露出」のつぎの長篇小説で、私の十冊目の著書である。この作品のほかは、ショート・ショートだけしか、小説は書いていなかったことになる。あとは映画とテレビの仕事をしていた。映画脚本を書いていて、いちばんよかったのは、地の文章が洗練を必要としない、ということだった。

映画脚本の地の文は、映画の表面には現れない。監督をふくめた製作関係者が、読むだけである。最後には、消えてしまうわけだ。これは、まことに気が楽だった。描写を工夫して、書きなおし、書きなおしする必要がない。思った通りを書いて、書きたりないな、と思ったら、また書きたせばいい。

会話だけに、工夫を凝らせばいいのだから、半分の苦労ですむわけだ。だいたい私は、ストーリイができあがっても、なかなか小説が書けないたちだった。年とともに、それが激しくなっている。書きっぱなしで、すらすら一気に書くなぞということは、最後の一章ぐらいしか、できない。

ところが、映画脚本の場合は、ストーリイだけに、神経を集中して、すらすら書けた。どんどん書ける。なおすのは、会話だけだ。地の文はなおさない。こんないいことはない、と思った。しかも、地の文をくどく書いたとしても、百五十枚くらいで、一本しあがる。

もっとも、それだけに、打ちあわせがなんどもあって、書きなおしもある。書きなおしは苦にならなかったが、打ちあわせをなんどもやるのは、ずいぶん無駄なことをする、と思った。

集って、酒を飲んで、めしを食って、まだなにも出来ないうちに、あれこれ話をする。むだな時間と、むだな金をつかっている。そんなことをするくらいなら、テーマをきめて、ふたりくらいの作家に書かせて、それから二作をつきあわせて、みがきをかければいいだろう。

さもなければ、ハリウッドのように、脚本家にオフィスをあたえて、そこで仕事をさせれば、たえず注文がつけられるだろう、と思った。けれど、もちろん、別の分野から、臨時に参加した身だから、口にだしては、なにもいわなかった。

映画が魅力をうしないかけているのだから、せめてアメリカ映画のまねをして、洋画の客を奪うぐらいの意気ごみがあってもいいだろう。そう思うのだが、洋画の客と日本映画の客とは、まったく別なのだ、というひとが、映画界には多いようだった。

翻訳ミステリと日本の推理小説は、読者がちがう。かさなる部分はごく少い、と主張して、昭和三十年代はじめ――つまり十年たらず前に、自滅していった推理小説雑誌、編集者、作家たちを、私は思い出した。

映画は金がかかるのだから、注文がつくのは、当然だろう。第一稿ができてから、いろいろダメがでるときに、予算の関係で、こういうことはできない、といわれるのは、納得がいった。しかし、

「こんなことをしても、ちっともおもしろくないでしょう」

といわれるのには、腹が立った。

「でも、こういう場所でのアクションを、つかった映画は、ないはずですよ」

「そりゃあ、おもしろくないからですよ」

これで、片がついてしまう。どうおもしろくないのか、説明してくれれば、こちらも反論のしようがあるのだが、これではどうしようもない。

映画人には、映画は役者とストーリイ、そして、ストーリイよりは役者だ、と考えているひとが、多いようだった。

ストーリイが多少、平凡でも、役者にじゅうぶん芝居をさせれば、映画はなんとかなる、と信じこんでいる。むろん、そういう映画も、あるだろう。

けれど、ドキドキハラハラ、スピードのあるアクション映画を書け、といっておいて、そんなことをいわれてはかなわない。日本のアクション映画で、私が不満に思っていたところが、まさにそれだった。

うまくもない役者に、よけいな芝居をさせて、せっかくの画面の流れを、押しとどめている。アクション映画に必要なのは、なによりも、新しいアクションの段どりだ。あとは個性的な悪役がいて、主人公は逃げまわり、最後に反撃すればいい。極端なことをいえば、若干の人間関係だけで、ストーリイもどうでもいいのだ。

私はなにも、喧嘩すぎての棒ちぎりで、憤懣をいまごろ、ぶちまけているわけではない。まあいくらかは、その気味もあるけれど、憤懣はその後、私が考えて、しりぞけられたアクションの新手を、英米のアクション映画がつかって、そのシーンが評判になったのを見て、溜飲をさげている。

そういう手は、いずれは、だれかが考える。先にやったほうが勝で、

「あんなのは、おれがとうの昔に、考えている」

といっても、手遅れなのだ。ただ私の場合は、こっちが間違っていたのではない、という自己満足が得られたわけだ。

＊

週刊誌「平凡パンチ」の写真クイズづくりは、気ごころの知れた四人があつまって、お喋りをしながら、でっちあげるので、楽しかった。かなり無責任に、やっていられたから、共同作業のつらさはなかった。

しかし、映画やテレビは、無責任ではいられない。こちらの共同作業は、つらかった。胸のなかに、だんだん、もやもやが溜ってくる。ストレスということは、もういわれていたかどうか、思い出せないけれど、これが溜りに溜ったら、よくない結果になるだろう、と思った。

それでも、映画やテレビは好きなので、せっかくのチャンスだから、二、三年は熱中した。なるべく打ちあわせからは、はずしてもらう算段をして、劇場映画を四本、テレビのフォーマットつくりを四本やった。映画脚本は、

百発百中
続百発百中・黄金の眼
国際秘密警察・絶体絶命
怪盗X暁の挑戦

三本は東宝で、最後の一本は日活だった。テレビのフォーマットはぜんぶ東映で、

スパイ・キャッチャーJ3
キャプテン・ウルトラ
一匹狼
キイ・ハンター

テレビの前二本は児童むき、あと二本はおとなむきのものだった。これらのフォーマットは、原作あるいは監修として、私の名前がでてはいるが、基本的なアイディアの一部分を、だしたにすぎないものもある。それでも毎週、原作料なり監修料なりが入ってくるので、その点はありがたかった。

映画四本のうち、ほぼ満足したのは、最初の二本だった。俳優にスローテンポな芝居をさせたり、思い入れが長すぎたりして、おかげで大事な説明の場面が食われたようなことはあったが、私が自信を持っていたアクションの新手は、生かされていたからである。

からのドラム缶を、横積みにしてあるのへ、点火したマッチを次つぎに投げこむと、オイルの残りかすが気化していたのが爆発して、次つぎに吹っとぶ。高く飛ぶのもあれば、低くころがるのもある。外がわも炎につつまれて、吹っとぶのもある。その騒ぎに乗じて、形勢を逆転させる、という「百発百中」のクライマックスなぞは、想像以上の効果をあげていた。

これは、「マンハント」編集長だった中田雅久から聞いた話を、誇張して利用したもので、中田さんが兵隊にとられたときの体験談だ。中国のどこかの戦闘のない後方にいたとき、ドラム缶で、風呂をつくろうとした。兵隊は大勢だから、いくつもつくらなければならない。

なかにガスが充満しているから、まず蓋を切りとってから、マッチをすって、なかに投げこむと、ぼっと燃えあがる。そうしないと、湯をわかしても、油ぎって入れないらしい。だが、蓋を切りとるのは、手間がかかる。飛行場かなにかのひろい空地で、その作業をやっていた。

蓋を切るのを待ちかねて、先にガスを焼いても、おなじことだろう、と考えた兵隊が、なにげなくマッチをすって、蓋の穴に投げこんだ。とたんに、どんと鈍い音がして、そのドラム缶がころがった。と思うと、はねあがって、ほかのドラム缶を蹴ちらして、飛びまわった。小さな穴から、ガスの炎を噴射して、ずんぐりむっくりのロケットに、ドラム缶が化けたわけだ。

しばらくのあいだ、あばれ馬みたいに、はねまわって、どこへ飛んでいくかわからないから、兵隊たちは逃げまわったという。実におもしろい話なので、

「その話、いただきたいね。なにかに、つかえそうだから」

「こっちは小説を書くわけじゃないから、どうぞご利用を」

ということで、記憶にファイルしておいたのを、ひっぱりだして、つかったのだ。めざましい画面にはなったが、一段落したあと、その方法を思いついた人物が、戦争ちゅうの体験を話して、

「だから、やつら、びっくりするにちがいない、とは思っていたが、こんなにうまく行くとはね。われながら、びっくりしたよ」

という場面が、カットされてしまった。だから、観客のなかには、主人公が魔法でもつかったのか、と思ったひとが、いるかも知れない。

しかし、こんなふうに、効果があがって、お客が息をのむのを、映画館で実感すると、もっと脚本が書きたくなる。

それは「百発百中」のクライマックスだが、続篇のクライマックスの手も、うまくいった。ホテルの地下駐車場で、ギャングが待ちうけているところへ、主人公たちが飛びこんでいく場面である。いきなり飛びこんだら、蜂の巣にされる。主人公がいるのは、レストランの材料置場で、シャンパンを寝かした棚状のカートがある。なん段にもなった、壜が口をそろえて、横になっているわけだ。

「シャンパンの気圧は、どのくらいだったかな。そうだ。たぶん、うまく行くだろう。やってみよう」

といったせりふがあって、ひとりがそのカートを、力いっぱい駐車場へ押しだす。もうひとりは拳銃をかまえて、つづけ射ちに、壜の口をくだいていく。シャンパンが噴水みたいに、ギャングに襲いかかる。相手がひるむ隙に、主人公ふたりは駐車場に走りこんで、拳銃を乱射する、という段どりである。この場面の撮影を、私は見せてもらった。仕掛のめんどうなのに、おどろいたものだ。

横丁であそぶ

たしか「続百発百中・黄金の眼」は、約束の期日がせまっても、なかなか手がつけられなくて、宿屋にこもって五、六日で、書いたのだった。

神経を集中することが、なかなか出来なくて、筆がすすまない。といって、人里はなれた山のなかの温泉宿なんかには、とじこもる気になれない。ごく簡単にいくことができて、それでいて近くには、パチンコ屋も、映画館もない、といったところが、ないだろうか。しかも、安あがりでなければならないし、自分でさがすのは、めんどうくさい。

家内に話したら、実家ちかくの知りあいに電話して、出来たばかりの旅館を、紹介してもらった。常磐線の植田の駅のちかくだったと思うが、林のなかに、ぽつんと立った小さな旅館だった。常磐炭鉱が閉山して、離職した中年夫婦が、家族だけでやっている。近くにはパチンコ屋もない、というので、そこへ行くことにした。

　行ってみると、ほんとうに、なんにもないところだった。畑のはずれに、一見、プレハブ住宅のごとき、町工場のごとき、中小企業の社員寮のごとき、ざっぱくな建物がある。奥の部屋へ通されたが、旅館というより、しろうと下宿の感じだった。これでは、仕事をするより、しようがなさそうだ。窓のそとには、菜畑かなにかがあって、そのむこうはなにもない。大きな空があるだけだ。

　はてな、と思って、外にでてみると、狭い畑のむこうは、空間だった。旅館は崖っぷちに、建っているのだった。下には太平洋があって、異様な声にみちていた。おびただしい海猫が、高く低く、舞っているのだった。

　右のほうを見ると、陸地は弧をえがいて、海にせりだしている。地形は低くなっていて、大きな工場のような建物が、遠くに見えた。赤白だんだらの煙突が、高くそびえている。あとで聞くと、火力発電所だ、ということだった。

　左を見ると、崖はひっこんでいて、遠くに低く、岬のような出っぱりがあるだけの、ただいちめんの海だった。畑のはずれは、高くなって、林になっている。正面の下を、見おろす勇気はないので、林のほうへ、のぼっていった。風が強いとみえて、林のまばらな木々は、どれも腰をかがめているみたいに、折れまがっている。

　私はおそるおそる、崖のはずれに近づいて、木の幹にしがみついた。滑稽なすがただったろうが、そうでもしなければ、海を見おろすことは、できなかったのだ。首をのばすと、左手の崖が見えた。私のいるところから、左のほうにかけて、地形は弓なりにくぼみながら、さらに高まっていた。木の幹にすがりながら、足に力をいれて、首をのばすと、えぐったように、切立った崖の腹が見えた。

　皺になった崖の肌は、まんなかへんから下が、黒みがかった色に、変っていた。風のつよい日には、波がそこまで、打ちかかるのだろう。いまはもっと下に、波がぶつかって、しぶきをあげている。それでも、大した勢いだった。崖の一部分には、海に接したところに、洞窟があるらしい。あまり大きくはなさそうだが、そこへ海水が流れこんでいるように見えた。

怯えながら、目をひらいていたせいで、よく見えなかった、ということもあるだろうが、その穴を隠すように、岩がひとつ、海面につきでている。そのせいで、よく見えないのだった。波はその岩の上へ、崖のすそへ、激しく打ちよせて、しぶきを盛大にあげる。しぶきにさそわれるように、海猫が舞いおりながら、さかんに声をあげる。崖のとちゅうの出っぱりに、羽をやすめるのもあった。群れをなして、飛びまわるから、たくさんの白い紙片が、風にまかれて、動いているみたいだった。集団行動がきらいなのか、方角ちがいに、飛んでいくのもある。

この景色が、私は気にいった。風呂場もせまいし、食事は社員食堂ふうだったが、そんなことは、どうでもよかった。経営者には気の毒ながら、ほかに滞在客がないのが、いちばん気にいった。一週間ばかり、私はいたと思うけれど、そのあいだに二度、宴会らしいものがあって、ちょっとうるさかっただけだ。あとは連れこみらしい客が、これも二度ばかり、昼間きたけれど、はなれた部屋に入ったので、うるさくはなかった。

そんな状態だから、仕事はすすんだ。駅のほうまで、行ってみようなんて気は、ぜんぜん起らない。当時はかなり、酒を飲んでいたが、飲みたい、とは思わなかった。

起きると、風呂へ入って、朝めしを食う。すぐに仕事をはじめて、筆がつかえると、林のほうへ出ていって、崖から海を眺める。この崖と海の波と海猫は、じつに強烈に、印象に残った。すこしずつ、かたちを変えて、近年までの私の小説に、なんども出てくる。いちばん最近は、西連寺剛シリーズ「死体置場の舞踏会」のなかの「海猫千羽」で、架空の地名にしてあるが、崖からの眺めを、忠実に描写した。

*

映画脚本を書くのは、私にとって、本職の大通りから、ちょっと横丁に入って、遊ぶようなものだったろう。アクションのアイディアを、いくつも考えるのは、楽ではなかったけれど、おもしろかった。

次の「国際秘密警察・絶体絶命」は、最初、一時間のテレビ映画として、書いた。それより前に、日本でも放映していたアメリカTVシリーズ、「サンセット77」には、エフレム・ジンバリスト・ジュニアとロジャー・スミスが主演していた。アメリカでは、ジンバリスト・ジュニアのほうが、役者の格が上らしい。けれど、日本ではロジャー・スミスのほうが、マスクの甘さで、人気があったらしい。そのロジャー・スミスを、日本に呼んで、一時間ものののTVシリーズをつくる、という企画を、東宝で立てたのだった。

日本がわの主役は三橋達也で、インターポールの秘密捜査官が、日米ふたり組で、活躍するというアイディアである。ロジャー・スミスにあきれられないように、

「うんとしゃれたアクション物にしたい。そのパイロット・フィルム用の本を、書いてください。日本のお客のことなんか、考えなくていいから、しゃれたものをぜひ」

と、おだてられて、私はのり気になった。題名も「キリング・ボトル」という気どったつけかたをして、パイロット・エピソードを書いた。東宝がとってくれた築地の旅館で、書いたような気がするが、あるいはそれは、「黄金の眼」の第二稿のときだったかも知れない。いろいろ工夫を凝らして、楽しんで書いた記憶はあるけれど、ストーリイは思い出せない。

中心になる新手が、悪役のあみだした殺人手段だったのは、おぼえている。相手を公衆電話のボックスにさそいこんで、一瞬に焼殺す、という手だった。「スパイ・キャッチャーJ3」で、つかうつもりで、シノプシスには書いたのだが、テレビでは取りあげられなかった。そこで、小説の「暗殺教程」につかったのだが、映像にしてみたかったので、書いたのだった。

プラスティックだったか、ヴィニールだったか、とにかく、そういうものをつくる方法を、誇張したものだ。基礎になる粉末状の薬品を、箱に入れて、それをふくらます薬

剤を、次に投げこむ。すると、たちまち箱いっぱいに、かすかな白煙をあげて、ふくれあがる。内部はものすごい高熱になるから、大きな箱に人間が入っていたら、ひとたまりもない。冷えれば固まるから、死体をとりだすのも、大変だ。小さな函で、実際につくるところを、工場へいって見せてもらって、ぞっとした記憶がある。山下諭一さんに、つれていってもらったのだと思う。

脚本はできあがって、脚本料ももらったけれど、このTVシリーズの企画は、なかなか進行しなかった。そして、とうとう立消えてしまったのだが、脚本をむだにするのも、なんだから、三橋達也とニック・アダムズの劇場用シリーズ、「国際秘密警察」に流用しよう、ということになったらしい。

関沢新一さんが書きなおして、私は原作者ということで、映画はできあがったが、これは他愛のないものだった。化学火あぶり殺人法をあみだした人物が、雇いぬしに実験してみせる場面を、工夫さえすれば、一瞬に焼死ぬおそろしさが出せる、と私は思っていた。でも、ほかのひとは、そう思わなかったらしい。シャボンの泡みたいなものが、じわじわと盛りあがって、人間を食いころすという、SFのごときものになってしまった。

もしかすると、小説に書いたのは、この映画より、あとだったのかも知れない。劇場映画でも、うまく行かなかったので、やっぱり小説に書こう、ということだったのか、そのへん、記憶がはっきりしない。

いっぽう「黄金の眼」のほうは、私の趣向がほとんど生かされていた。前篇よりも、お金がつかえなくなったらしく、日光へロケにするはずが、箱根になっていたりした。私が長く書きすぎて、はぶかれたのか、それとも、うまく出来ない、ということになったのか、惜しいアイディアがひとつあった。

主人公たちが、崖に三方をかこまれた草原に追いこまれて、火炎放射器をしょったふたりに、襲撃される、という場面だった。

仲間に敵をひきつけさせておいて、主人公は横手にまわる。ふたりの背なかの圧搾空気のタンクを、マグナム拳銃で、次つぎに射ちぬくと、空気の噴射で、ひとりまたひとり、空中に飛びあがる。それを誇張して、ふたりが空中でぶつかったとたん、ガソリンに引火して、人間花火のごとく、散乱する。下の一同、それを見あげて、

「玉屋あ！」

うまくいったら、大爆笑のシーンができるだろう、と楽しみにしていたのだが、はぶかれてしまった。といって、小説に書いたのでは、ばかばかしくなるだけなので、それきり利用してはいない。

当時はこうした工夫をするのが、おもしろくてしようがなかった。おもしろがっているときに、また次つぎにアイディアが浮かぶものらしい。いくらでも新手はできる、といい気になっていたが、アクションものを書くのをやめたら、ぜんぜん出てこなくなった。頭というのは、いったん別のほうにむくと、考える段どりが、まったく違ってしまうものなのだろう。

週刊誌に「暗殺教程」を連載しているうちに、私は断続スランプを乗りきったらしい。イラストを担当した山藤章二さんが、一所懸命になってくれたので、こちらも張りきったのが、好結果をもたらしたのだろうか。山藤さんとは、このときが組んだ最初だったと思う。しばらくして、ユーモラスな画風にかわったが、「暗殺教程」のときは、アメリカふうなアクションむきな絵をかいていた。

話を「黄金の眼」にもどすと、前篇とおなじく、インターポールの星野捜査官と名のる男が主人公で、日本の刑事と国籍不明の女ころし屋が、それにからむ。先だって亡くなった有島一郎さんが、前篇で日本の刑事をやって、実によかった。後篇では佐藤允さんに代ったが、これもよかった。

アクションの終り

東宝映画の「国際秘密警察」シリーズは、たしか五、六本つくられて、私の「キリング・ボトル」を原作とした「絶体絶命」が、最後だったと思う。三橋達也がずっと主演していて、「絶体絶命」にだけ、ニック・アダムズが共演したらしい。「ミスター・ロバーツ」や、「理由なき反抗」の脇役で売出して、アカデミー助演男優賞に、ノミネートされたこともあるこのアメリカ俳優は、千九百六十八年、三十七歳で若死にした。

日本では、「西部の反逆児」という、たしか三十分番組だったと思うが、TV映画のシリーズで、人気があったけれど、死ぬまえの六十六年——昭和四十一年に、東宝で二本、映画にでた。一本目が「フランケンシュタイン対怪獣バラゴン」という特撮映画で、二本目が、「国際秘密警察・絶体絶命」、これは正確にいうと、宝塚映画製作、東宝配給のアクション映画だった。

この映画の出来ばえは、前にいったように、お粗末なものだった。もともと私のつくった筋書も、コミック・ブック調の子どもっぽいものだけれど、それをつつむ大人のしゃれっけが、すっかり消えてしまった。一時間たらずのTV映画のシナリオを、一時間半の劇場映画にのばしたのだから、しようがない、と私はあきらめた。

日活映画の「怪盗X暁の挑戦」は、もっとひどかった。これらの映画脚本は、その前後に書いたラジオ・ドラマとあわせて、数年まえに徳間書店から、「都筑道夫ドラマ・ランド」という本にした。「怪盗X」のもとの脚本は、そのなかに入れたかどうか、おぼえていないが、当時、手もとに生原稿か、最初のプリントがあったら、当然、入っているはずだ。すぐには、本がとりだせない状態なので、いま確かめることは、できない。

例によって、「まったく自由に、しゃれたアクションものを、書いてください。もうスパイものも、秘密捜査官ものも、出つくしているから、怪盗ものなんか、どうでしょうね」といった話で、私は書きはじめた。どんなストーリイだったか、おぼえていないが、江戸川乱歩の怪人二十面相のおとな版、といったものだったろう。

金のことは考えずに、書いてくれ、といわれても、大規模なロケーションなぞは、出来るはずがない。それでも、東京と大阪のあいだを、車で往復するぐらいのことは、できるだろう。東名高速道路がまだ、すいているころだった。だから、車をつかったり、軽飛行機をつかったりして、コミカルな追跡ドラマを書いたのだが、原稿をわたしたあと、音沙汰がない。

だいぶたってから、計画が変ったから、諒承してくれ、という話があった。そんなことだろう、と思っていたから、私はあっさり諒承した。私が書いたのは、コミカルな軽い物語だから、お金をかけて撮ったところで、損をする可能性のほうが、多いだろう。といって、安あがりに撮ったら、電気紙芝居になることは、目に見えていた。そして、その通りになった。小杉勇の監督で、宍戸錠の主演だった。

いま念のために、キネマ旬報の「日本映画監督全集」の小杉勇の項を見たら、この映画は昭和四十年の作品、タイトルは「怪盗X首のない男」となっている。「国際秘密警察・絶体絶命」と同年だと思っていたが、一年早いらしい。タイトルが記憶とちがうのは、製作進行ちゅうに、変ったのだろう。公開順序はともかくも、この二作で、私は映画とのつきあいをやめた。

映画とは、中途はんぱなつきあいは出来ない、とわかったからである。もっと深入りして、どのくらいの金をかけると、どのくらいの映画ができるか、わかるまでになるか、さもなければ、遠ざかるか、どちらかだ。

出来ることがわかれば、出来ないことを書いて、がっかりすることもない。だから、映画界の内部事情に精通すれば、がっかりすることはなくなるだろうが、いっぽう映画は共同作業だ。それなのに、私には協調性がない。地の文に凝らずにすんで、文章では描写しきれない動きは、監督さんまかせで、頭のなかの画面を展開させていく。脚本を書くことそのものは、楽しいのだけれど、けっきょく遠ざかるほうが、無難だろう。

第一、地の文を書きながせるから、楽だなぞと、考えるのがまず、間違っている。大きな予定変更があったあとで、日活および東宝からは、新しい話がくるはずはない。放っておいても、縁は切れるだろう。そう思って、私は小説にもどっていった。映画にかかわったおかげで、いままでよりも気楽に、文章が書けるようになった、ということでもあると、儲けものだったけれども、そんな影響はなかった。

映画脚本を書いたことは、小説では書けない材料を、あつかえたという点で、楽しみにもなったし、それだけプラスにもなったのだろう。けれど、私のその後の小説に、プラスになったかどうかは、わからない。映画もテレビも、なんの影響もなかった、というべきだろうか。

＊

週刊誌に連載ちゅうの「暗殺教程」に、私は没頭した。この作品では、「なめくじに聞いてみろ」でつかった構成を、くりかえしたので、書きすすめる苦労はなかった。二週分で、ひとりの敵を倒す、という構成で、最初の週で、敵の攻撃方法をあきらかにする。次の週で、反撃方法をしめす。攻撃と反撃の二部構成で、基本的には、新手をふたつ、考えればいい。

週にひとつのアイディアで、いいわけだけれども、それだけでは、なかなか持たない。添えもののアイディアが、ふたつや三つ、必要になってくる。したがって、構成がきまっていても、楽はできない。

といっても、こういう場合は、頭がアクションの手を考える方向に、一定してしまうのか、ひとつ、いい手を思いつくと、あとからあとから、出てくることが多い。だから、それほど苦労しないときもあるのだが、出てこなくなると、まったく出てこない。ものを考えるのにも、潮どきというものが、あるのだろう。

長篇のアクション小説は、「なめくじに聞いてみろ」にはじまって、「紙の罠」「悪意銀行」と、これで四作目だった。書きおわったとたんに、アイディアの泉も、乾あがってしまうに違いない、と思った。

「暗殺教程」の後半には、ホンコンとマカオの場面がある。海外旅行もかなり自由になって、行こうと思えば行けたのだが、ふたつの理由であきらめて、行ってきたばかりの人に、話を聞いて書いた。あきらめたふたつの理由のひとつは、ごく簡単で、金がなかった。もうひとつは、もっと深刻で、私は高所恐怖症だった。飛行機は、怖い。「やぶにらみの時計」を書いたあとで、仙台へ取材にいったときは、飛行機も平気だったのだが、その後にだめになった。

なぜ、だめになったかは、前に書いたかも知れないが、浜松の航空自衛隊基地を、見学にいったせいである。どういう経過で、まとまった話か、推理作家協会で、基地を見学にいくことになって、送り迎えをしてくれるというので、私も参加した。

当日は羽田集合で、時間どおりいったのだが、なかなか飛行機のところへ、案内してくれない。朝から曇り空で、集合時間には、小雨がふりはじめた。天候の判断で、離陸をのばしているらしい。心細く思っていると、やっと案内してくれた。

その飛行機には、半分しか椅子がなかった。右がわの窓にそって、椅子が二列にならんでいて、左がわにはなにもない。武装した兵士が大勢、床にすわって、運ばれるところを、映画で見たことがある。これも、そういう兵員輸送機で、椅子には将校がすわるのだろう。床には、すべり止めの粒つぶのついた鉄板が、隙間をあけて、打ちつけてあった。

飛行機のことは、なにも知らないだけに、雑に組立ててあるような気がして、不安だった。おまけに、なかなか飛びたたない。天候のことで、まだ基地と連絡をとっているらしい。そのうちに、プロペラがまわりだして、機は飛びたった。

海へでて、高度があがると、空は晴れて、気持がよかった。窓から見おろすと、海がきらきら光っている。そこまでは、なんともなかったのだが、ひょいと足もとを見たとたん、私のからだは硬わばった。

粒つぶのある鉄板がならんで、床をおおっている。そのあいだに、隙間があることは、前にいったが、ひょいと見たとたん、その隙間で、なにかが光った。すぐ下は海だ、と思ったら、もう窓のそとを、見るどころではない。隣りのひとと、お喋りすることも、できなかった。

あっという間に、浜松の自衛隊基地についたが、それまで私は硬くなって、椅子の腕をつかんでいた。あとになって、よく考えてみると、床の下は荷物を入れるところで、なにも入っていなくても、底がひらいているはずはない。光ったように見えたのは、錯覚にきまっている。

しかし、海が見える。鉄板一枚で、宙に浮いている。そう思ったときの恐怖は、すさまじかった。錯覚でもなんでも、もう飛行機には乗りたくない、と思った。ほかのひとたちは、帰りも自衛隊機で送ってもらったが、私はわかれて、電車で帰った。「なめくじに聞いてみろ」を、書きはじめたころだから、まだ新幹線は、開通していなかった。

その後、偶然から、飛行機に乗ることができるようになったが、それまでに十年はかかったろう。私の高所恐怖症は、想像しているときが、いちばん恐い。高層ビルの屋上の、それも端っこに立っているところを、想像したりすると、とたんに背すじが寒くなる。私はいまも、なるべくならば、飛行機には乗りたくない。

当時はいちばん、ひどかったときだから、海外旅行なぞ、もってのほかだった。したがって、ホンコン、マカオは人の話と資料で書き、ラスト近くの瀬戸内海を、軽飛行機で飛ぶところは、想像で書いた。しかし、後年、どうやら飛行機にのれて、愛媛にいったとき、機上から見た瀬戸内海は、想像と合致していて、安心した。

電車や車でいけるところは、小まめに取材した。「暗殺教程」の取材で、印象に残っているのは、前半にある会津のスキー場を、見にいったときだ。私は車の運転はできないので、兄にたのんで、出かけたのだが、福島県に入ったら、雪になっていた。それも、ひと通りのふりかたではない。

十なん年ぶりの大雪だとかで、郡山から会津若松にむかうころには、前後左右、なんにも見えなくなった。まっ昼間なのに、いちめん灰いろで、走っている車は、ほかにないらしい、とわかったときには、狼狽した。車のまわりで、雪がぐるぐる廻っている。上からふってくるのではなく、顔をむけているほうはどこも、まっこうに降りかかってくるように見える。風に押されて、いつの間にか、車はななめに走っていた。対向車があったら、いつ衝突するかもわからない。吹雪のなかを、私たちだけが、走っているらしい。

運動の時期

福島県の郡山から、会津若松へむけて、雪のなかに、車をすすめた。十なん年ぶりとかいう大雪だったが、郡山の市内を、見てまわっていたときには、ちらちら小雪がふっている、という感じだった。

それが、いつの間にか、牡丹雪になって、風も強くなった。しかし、それほどの大雪になっているとは、わからなかったから、国道四十九号へでた。すすめばすすむほど、車は雪につつまれて、左右の景色が見えなくなった。どのへんを走っているのかも、よくわからない。運転をしている兄も、このへんは不案内だった。それでも、ときどき車とすれちがう。前方の雪の一部が、不意に明るくなって、ヘッドライトになると、車の影がせまってくる、という不気味なすれちがいかただけれど、とにかく通行はある。

道なりに走っていけば、猪苗代湖をまわって、会津若松に入れるのだから、もうすこし行ってみよう、ということになった。正午をすぎたか、すぎないかだから、どんなにゆっくり走っても、夜にはなるまい、と思っていたのだ。

だが、雪の勢いはますすばかりで、見とおしがきかないだけではない。天からふってくる、という気がしなくなった。フロントグラスにむかって、左右、ななめ上、正面から、吹きつけてくる。まるで雪の吹矢が、私たちの車のフロントグラスに、集中攻撃をしかけてくるようだった。

風もいよいよ強くなって、車が押されているのに、気がついた。左がわを走っているつもりが、吹きつける風に押されて、道のまんなかに、車がよっているのだ。対向車があったら、衝突していた、と思うと、ぞっとしたけれど、風のおかげで、助けられたこともあった。

車をとめて、位置をたしかめたとき、雪の小山が目についたのだ。雪がつもって、山になりそうなものが、放置してあるとは、思えない。ひとが倒れているのではないか、と気になった。トレンチ・コートを頭からかぶって、車のそとへ出てみると、小山はバス停留所の標識に、雪がつもっているのだった。

金属パイプの先に、円盤状の標識がついて、下にはコンクリートの台座がある。そういうバス停留所のしるしが、道のはしに立っている。コンクリートのまるい台は、かなり厚いから、私なんぞが押しても、なかなか倒れない。それが、風雪に押したおされて、道にころがって、雪がつもっているのだった。

車がまんなかに押されていなかったら、その標識に、乗りあげていたろう。風のおかげで、助かったわけだが、こうなると、吹雪である。前方からくる車も、うしろからくる車も、なくなったようだった。ここがどこか、標識の雪をはらって、たしかめようとしたが、風が強すぎて、立っていられない。そのくせ雪のためか、風は音がないのだから、妙な気持だった。

寒いのにも恐れをなして、車にもどった。なんにもないところに、私たちだけが、取りのこされたようで、心細い。郡山にひきかえすことにしたが、方向転換しても、吹雪はフロントグラスに襲いかかってくる。風がぐるぐる、まわっているようだった。

おまけに、ヒーターがきかなくなったのか、車のなかにいても、寒くてしようがない。腹もへってきた。郡山を出るときには、まだ空腹を感じなかったので、とちゅうにドライヴインでもあるだろう、と先にのばしたのだが、寒くて、腹がへって、というのは、つらい。よたよたと走りつづけるうちに、いくらか雪の勢いが弱くなった。

道ばたの家が見えるようになったが、食堂らしい店はないし、どこも閉っている。やっとガラス戸に、あかりのついた店があったけれど、食堂ではない。名物の薄皮饅頭の売店だった。しかし、うどんかなにか、出来るかも知れない、と思って、車をとめた。

ガラス戸をあけると、饅頭の函をならべたガラス・ケースの奥が、ひろい土間になっていて、テーブルがふたつ三つ、だるまストーヴが熱気を放っている。しめた、と思って、食べるものが出来るかどうか、聞いた。ストーヴのそばに、中年の男と若い男、若い女が腰かけていた。若い女が立ってきて、私たちの顔をしばらく見てから、

「おまんじゅうしか、売っていないんです」

大柄だが、少女といった感じで、化粧はしていない。目鼻立ちはととのっているが、妙なところがあった。

「ここで、食べさせてもらえますか。熱いお茶があると、ありがたいんだが……とにかく、これをひと函ください」

私がガラス・ケースを指さすと、少女は間をおいて、

「どうぞ、おかけください」

中年男が立って、奥へいった。私たちがテーブルの椅子にかけると、若い男はストーヴの蓋をあけて、石炭をたした。少女は茶碗をテーブルにならべてから、饅頭の函を持ってきた。

「お皿を持ってきましょうか」

「いや、そのままでいいですよ」

土瓶を持って、中年男が奥から出てくると、少女はそれに、ストーヴの上のやかんの湯をさして、私たちのところへ持ってきた。

「どうぞ、ごゆっくり」

かすかな笑顔を見せて、少女はテーブルを離れたが、どうもおかしい。はにかんでいるのか、と最初は思ったが、こちらは色男ぞろいのわけではなし、かなり鈍いのだろう。そんなことより、ひもじさと寒さのほうを、退治しなければならない。お茶を飲み、まんじゅうを食って、いくらか人ごこちがついた。ガラス戸のそとには、まだ雪が激しく、ストーヴの燃える音しか、聞えない。

私も兄も当時は酒を飲んだが、甘いものも嫌いではない。けれど、まんじゅうだけで、空腹をみたすのは、骨が折れる。そんなにつづけざまに、いくつも食えるものではないから、お茶を飲む。土瓶はすぐ、からになった。すると、少女がゆっくり近づいてきて、土瓶を持っていくと、やかんの湯をさして、また持ってきた。

まんじゅうひと函、からにするまでに、もういちど土瓶を持っていったが、そのときには、茶も入れかえてきた。二度とも、こちらがなにもいわないうちで、いよいよ妙な感じだった。返事のしかたも、動作もにぶく、ばかではないか、という気さえするのに、することは行きとどいている。

ひもじさも、寒さも追いはらえたので、その店をでて、郡山にむかったが、この少女のことは、印象に残った。雪はだんだん弱まって、郡山にもどったときには、ちらちら降るていどになっていた。しかし、会津のほうはわからないから、もう一度、行ってみる気はしない。

といって、このまま東京へ帰るのも、残念なので、四号国道を北へむかうことにした。

＊

四号国道は交通量が多いせいか、雪はつもっていなかった。左右もよく見えたが、家の屋根も、田畑も、河原も、まっ白だった。雪のふりだしたのが急で、チェーンの用意のない車が多いせいか、ずいぶん事故が起ったらしい。ガードレールを突きやぶって、道から斜めに、宙づりになったような乗用車が、放置されているかと思うと、橋の手前で、道から飛びだしたトラックが、河原にひっくり返っていたりした。

私たちが吹雪につつまれて、のろのろすすんでいたころには、この国道もかなり視界が悪かったのだろう。ラジオの天気予報を聞くと、まだふるようなことをいっている。福島市内へ入って、駅前の繁華街をひとまわり、喫茶店でコーヒーを飲んでから、東京へ帰ることにした。

ところが、上りの道路はだんだん渋帯して、白河をすぎたところで、とうとう動けなくなってしまった。吹雪のなかで、前後左右、なにも見えないのとは違って、前後には車がつまっているから、心細くはない。

けれど、前後の車から、ひとがおりて、様子を見にいったり、大声で話しあったりしているのを、目にし耳にしていると、いらいらした雰囲気が、圧迫感になってくる。下りの道路も、動けないことはないが、車がつながって、ゆっくりと走っている。そっちのドライヴァーに、聞いたのだろう。前のほうで、男の大声が、

「坂のとちゅうで、トラックがななめになって、動けないんだとよ」

と、どなっている。私も車から出て、すわりっきりで、しびれた足を踏みながら、取材にきたことを、後悔した。実際には一時間ぐらいだったろうが、半日も待たされたような気がして、やっと車の列は動きだした。関東へ入ると、雪もなくて、車のスピードもだせたが、とちゅうで晩めしを食って、東京へたどりついたときには、深夜になっていた。

疲れはてて眠って、翌朝になると、現金なもので、いい経験をした、と思った。むかしは東京にも、大雪がふったから、つもった雪は見たことがある。雪の夜のしずけさも、記憶にある。だが、吹雪は知らない。「暗殺教程」の主人公の名は、吹雪俊介なのだから、吹雪にあう場面が、あってもいい。

ストーリイをちょっと変えればいいのだ、と考えたら、得をしたような気になった。

そんな思い出を残して、「暗殺教程」の連載は、だんだん終りに近づいていった。もうアクションものは、おしまいにしたい。けれど、なにを書いたらいいのか、考えはまとまらなかった。

そのころは、学生運動がさかんになって、安保反対の行動に参加するように、という呼びかけが、私なんぞのところにもあった時期だろう。私は不器用だから、そうした運動にくわわったり、小説を書いたり、できそうもない。娯楽読物の作家は、時代のたいこ持のような顔をして、自分の書きたいものを書く。それが、ほんとうだ、と思ってい

た。

しかし、なにが書きたいのか、わからなくてはしようがない。書斎から出ていく気はしないが、自分のなかで、運動をおこす時期ではあった。私はもう一度、黄金時代の推理小説を、読みかえすことにした。

短篇からはじめて、G・K・チェスタトンのブラウン神父ものを、ぜんぶ読んだ。それから、長篇にうつって、エラリイ・クイーン、ディクスン・カー、時間をかけて、丹念に読んだ。

アクション小説を書き、ショート・ショートでは怪談、SFを書きながら、いわゆる本格ミステリを読んでいたのである。日本の推理小説に、なにがいちばん欠けているか、それを見さだめたかったのである。

私はいわゆる本格物を、ひとつも書いたことがなかった。「猫の舌に釘をうて」という長篇小説は、本格ミステリのような顔はしていても、構成の興味で、書いたものだった。犯人さがしが、目的の小説ではない。ひとつには、私は警察官を書くのが、いやだった。権威を持った人物には、興味がない。時代小説を書いていたころも、有名人を主人公にした作品は、あまりない。しかし、警察の関与しない現代推理小説は、ありえないだろう。

選集でひと息

このエッセーのタイトルは、「推理作家の出来るまで」である。推理作家とは、とうぜん私のことだ。ごく単純に考えれば、私が推理小説専業になったときが、私という「推理作家の出来」たときだが、どうも、そういう気がしない。

模索をつづけていたからでも、ないようだ。模索のことをいうなら、きざなようだが、いまも模索をつづけている。「暗殺教程」を、書きおわろうとしていたときに、私が感じていたのは、混迷に近いものだったろう。

いちおう、それから脱して、一種の安定感が身うちにできたのは、「なめくじ長屋捕物さわぎ」のシリーズを書きはじめ、長篇評論「黄色い部屋はいかに改装されたか?」を、書きはじめてからのような気がする。自信ができた、というわけではない。やっと方向がわかったような気がした、というところだろう。

週刊誌連載の「暗殺教程」が、桃源社から一冊になったのは、昭和四十二年の一月だった。だから、連載がおわったのは、四十一年の十一月ごろだったに違いない。昭和四十年、四十一年と、私は一冊も本をだしていなかった。「暗殺教程」を書いていたし、ショート・ショートや短篇小説も、書いていたはずだが、それにしても、よく生活できたと思う。現在だったら、夜逃げでもしなければならないだろう。前にもいったけれど、この二十年のあいだに、それだけ世のなかが、悪くなっているらしい。

連載がおわって、本になることはきまったが、それから先がわからなかった。アクションのアイディアは、もう絞りつくした感じだった。もともと私には、闘争を描写する、という意欲はなかった。アタック・アンド・カウンター・アタックのくりかえし、というゲームのようなスタイルで、イァン・フレミングは、冒険小説の近代化に成功した。そこに、私は興味を持って、攻防のアイディアをどれだけ出せるか、やってみたのだ。

そういうアイディアは、調子がつくと、次つぎに出てくるが、もう考えなくてもいいとなると、からっぽになったような気がする。昭和四十二年をむかえた私は、そんな状態だった。この年のことは、奇妙になにも、おぼえていない。私は三十七歳から、三十八歳になろうとして、いったい一年間、なにをしていたのだろう。

一月に「暗殺教程」が出て、六月にはもう一冊、昭和三十七年に講談社に書きおろした長篇、「誘拐作戦」が桃源社から、新書判で再刊された。著書は、その二冊だけである。短篇やショート・ショートは、書いていたのだろうが、それも多くはなかったろう。長篇小説は、書いていない。四十一年、四十二年には、私は自閉症のような状態だったらしい。人づきあいが苦痛になって、あまり外に出なくなり、酒をのむことも、すくなくなった記憶がある。からだの具合も、悪かったのだろう。昭和三十年代のはじめ、私の体重は四十四キログラム弱だった。それが、だんだん増えてきて、五十七キロになった時期がある。この年だったような気がするのだが、私は背がひくい。

このところ、体重をはかっていないが、いま四十五キロぐらいだろう。五十二キロという状態が、ずいぶん長くつづいた。そのへんまでなら、身軽に動きまわれるのだが、五十五キロになると、私の身長では、重さを感じる。だから、五十七キロになったときには、苦しかった。

どんな外観だったかというと、そのころはよく和服をきていた。その和服すがたの写真を見て、海音寺潮五郎のパロディだね、といったひとがいる。私自身が、それを聞いたときには、なるほど、と笑ってしまった。いまの俳優でいえば、藤岡琢也の頭を押えつけて、ぶざまにした、というところだろう。

動きまわるのも、おっくうな感じがして、調子がよくなかった。食事をひかえるようにしたが、寝つきが悪くて、寝酒をのむ習慣がついたせいか、いっこうに体重はへらない。なかなか寝られない、というのも、はじめての経験だった。ろくに仕事もせず、外にも出かけず、昼間は長椅子にねそべって、本を読んでばかりいるから、つい読書が昼寝に移行してしまい、それで夜、寝られなかったのかも知れない。

だから、寝るまえに、酒をのむようになったのだが、酒量はたいしたことはない。大きな湯呑にいっぱい、日本酒をひやで飲む。それだけなのだけれど、どうもこうした生活ぶりが、私をすっかり、なまけものにしてしまったらしい。

その以前から、多岐川恭さん、佐野洋さん、結城昌治さんたち、いわゆる清張以後の作家があつまって、「他殺クラブ」という親睦の会をつくっていた。私もさそわれて、そのメンバーになっていたのだけれど、そこにも出かけなくなってしまった。

仕事の面でも、なにを書いていいのか、わからない。以前、心配したスランプともちがって、書けない状態ではなかった。スランプのときには、書きたいことがあっても、書けない、という感じなのだが、このときは違って、ショート・ショートなぞなら、楽ではない場合もあるが、書けることは書ける。それだけにいやな状態だった。

＊

私は人間ぎらいではなく、人間が苦手なのだろう。なんとなく恥ずかしくて、大勢のひとにまじって、話をすることができない。というよりも、たいがいの場合、ひとの興味に入っていくことが、できないのである。

だから、ひとたちの外がわにいて、見たり聞いたりしているのは、好きなのだけれど、なかに入って、話題を受けわたしをすることができない。はたから見ると、ぼんやりとして、つまらなそうに見えるらしい。ぼんやりしていることは、確かだけれども、私はべつに、つまらないわけではない。しかし、つまらなそうには、見えるだろう。

私は興味のとぼしい人間で、推理小説や映画、芝居、落語の話ならできるが、口をだすと、しばしば座をしらけさせる。つい古いことを、持ちだしてしまうせいかも知れない。とにかく、ひとなかに出ないようになって、私はぼんやりしていた。短篇の注文があると、あいかわらず惰性で、アクションものを書いた。そのとき、つくったキャラクターが、よろず揉めごと引きうけ業の片岡直次郎だ。

直次郎が出てこない短篇も、あとで書きなおして、昭和四十三年に「一匹狼」という一冊にした。たぶん四十三年の年末だと思うが、三一書房から、これまでの長篇すべてを、ユニフォーム・エディションで出したい、という話があった。

これはうれしい話だった。ショート・ショートや、最近の短篇は入らないから、全集ではなく選集だけれども、五冊や六冊にはなるはずだった。毎月だしても、半年はかかる。半年のうちには、方向がさだまるだろう。ひと息つける、と思ったからだ。

ただその選集のなかに、処女長篇「魔海風雲録」も入れてくれ、という申入れがあったことが、気がかりだった。その当時の状況としては、ぎょうさんな題名の、それも、はたち代に書いた時代小説を、再刊したくなかった。第一、もう手もとに、本がなかったから、読みかえしてみることも出来ない。

返事をあいまいにしておいて、昔の知人に聞いてみたら、持っている、というので、貸してもらって読んでみた。二度と時代小説を、書くことはあるまい、と思っていたときだから、十数年まえの作品を読みかえすのは、おかしな気分だった。自分でてれながら、読みおわったが、むきになって書いた当時が思い出されて、なつかしくはあった。なんといっても、自分が書いたものではあり、処女出版だ。てれていても、はじまらないから、選集に入れることは、承諾した。ただ多すぎる漢字をへらして、題名をかえることとを条件にした。漢字をへらすのは、問題はなかった。読めばむこうも、そういう申しいでをしたに違いない。しかし、題名をかえることは、反対があったような記憶もある。「いまどき、『魔海風雲録』なんて本を、読もうという気になるひとは、いませんよ」

といって、私はがんばったのかも知れない。どちらにしても、「かがみ地獄」と改題して、推理小説の処女作、「やぶにらみの時計」といっしょに、第一巻におさまることになった。選集としてのタイトルも、「都筑道夫異色シリーズ」ときまって、翌年の三月から、出はじめた。

ほんとうに、そのときは、二度と時代小説は書くまい、と考えていたのである。もともと、歴史小説はきらいだった。処女長篇では、真田十勇士を利用したけれど、それも再刊にのり気でない理由のひとつだった。

私は長谷川伸は好きだが、子母沢寛は好きではない。子母沢寛は勝海舟や、清水次郎長や、国定忠治や、河内山宗俊や、ひとの知っている人物ばかり書く。長谷川伸の股旅ものには、たしか森の石松が脇役で、登場する作品があるだけで、架空の無名人ばかりが出てくる。史実ものでも、「荒木又右衛門」は別として、あまり世に知られない人物の事蹟を、えがいている。そこが、好きだった。私は偉いひとが嫌いで、書きたくもなかったから、歴史小説には食指が動かない。

おまけに、いわゆる娯楽時代小説は、不振の時期だったから、もう時代物を書くことはないだろう、と思ったのだ。それが、間もなく、時代推理小説を書いて、自分の方向を見さだめたような気になったのだから、先のことはわからないものだ。

話はもどるが、昭和四十一年には、「三重露出」が日活で映画になっている。いつのことだったか、思い出せなかったのだが、昭和六十二年の夏のおわりころ、それが「にっかつビデオ」で発売された。そのパッケージを見ると、四十一年公開とある。タイトルは「俺にさわると危ないぜ」で、小林旭の主演。長谷部安春監督の第一回作品だ。クレジット・タイトルには、「三重露出」より、とあって、中西隆三と共同で、私がシナリオを書いたことになっている。

しかし、実をいうと、私はぜんぜん脚本には、タッチしていない。それなのに、名前が出ているのは、「三重露出」の半分、翻訳と称する部分だけを、映画にしたいので、原作料は前例の半額にしてくれ、という申入れがあったからだ。そんな話をのめるものではないから、私はことわった。その結果、原作料として半額、脚本料として半額、合計すれば、この前の映画化のときと、同額になる契約で、むろん脚本は書かなくてもいい、という話しあいになった、とおぼえている。

そんなややこしいことになった理由は、よくわからないが、プロデューサーになにか、都合があったのだろう。四十一年には、そんな臨時収入もあって、一冊も本をださなくて、生活ができたらしい。いま思い出したので、書いておく。そこで、選集に話をもどそう。体裁は、表紙とも裁ちきりのソフト・カバーで、ビニール・カバーをかけた四六判か、B6判だった。ディザインは山藤章二さんで、私のカリカチュアで統一してくれた。ただ毎回、扮装がちがって、私が坊主になっていたり、ナチスの将校になっていたりする。

足踏みつづく

　このところ、体重をはかっていないが、いま四十五キロぐらいだろう、と前回に書いた。掲載誌がとどいて、読みかえして、いい機会だから、体重計にのってみると、四十二キログラムしかない。
　二十二、三のころに、戻ったわけだ。若さが戻ったわけではないから、もう五、六キロふやしたい、と思うが、一日じゅう、すわりきりで、仕事をしているので、たくさんものを食うこともできない。もともと、少年なみの体格なのだから、体重も少年なみで、あきらめよう。
　昭和六十三年をむかえて、誕生日がくると、私は五十九歳になる。あいかわらず、大晦日から元日にかけて、原稿を書いた。まだ追われる感じはないので、むりはしなかったが、調子よく書きすすめることができた。ここ十数年の短篇小説中心から、ことしは長篇小説を主に、移していくつもりなのだが、まだ予定がうまく立てられない。

　昭和六十三年と書いたが、この雑誌には、西暦のほうがふさわしいだろう。西暦ならば、千九百八十八年と私は書く。これを、読みにくいというひとがいるし、新聞の原稿だと、まず一九八八年となおされてしまう。だから、私は元号をつかうことが多い。なぜか、と聞かれることがあるので、余談になるけれども、説明しておきたい。

　まず第一に、センキュウヒャクハチジュウハチネンを、漢字で書けば、とうぜん千九百八十八年だろう。一九八八年と書いたのでは、イチキュウハチハチネンとしか、私には読めない。なぜならば、一九八八年と書くひとも、一月十五日は一月一五日とは書かない。一月十五日をイチガツジュウゴニチと読むならば、十のない八八年は、ハチハチネンとしか、読めないではないか。

　屁理屈を、いっているのではない。字づらの問題、字づかいの問題を、いっているのだ。年と月日が、ひとならびになった場合には、いっそう矛盾を感じる。たとえば去年の大晦日を、一九八七年十二月三十一日と書いたのを読んで、ひとは不統一を感じないのだろうか。元号をつかう場合には、だれも昭和六二年十二月三十一日とは書かない。昭和六十二年十二月三十一日と書くのだから、なおさらだ。一九八七をつかうなら、一二月三一日と書くがいい。昭和六二年一二月三一日と書くがいい。

ここ数年はまだいいが、やがて千九百九十年がくる。これを一九九〇年と書くのは、私にはたえられない。洋数字の0ならともかくも、〇というのは漢字でもなければ、数字でもない。□や△とおなじ記号にすぎない。ひとつの言葉のなかに、数字と漢字と記号をまぜてつかって、いいものだろうか。

もともと、一九八八年という書きかたは、スペースを節約するために、生れたものだ。つまり、便法にすぎない。小さな活字で、なん段にもくむ新聞、週刊誌ならば、スペースの節約も必要だろうし、千九百八十八年では読みにくい、ということも、あるかも知れない。

けれども、二段組の雑誌や一段組、二段組の単行本に、そんな必要があるだろうか。西暦二千年になったら、一九八八派のみなさんは、やはり二〇〇〇年と書くのかしら。二千年のほうが、二字だけにしても、節約になる。それを見とどける楽しみがあるから、七十一歳までは、私は死ねない。

細かいことにこだわるな、といわれるかも知れないが、文章は一字一字のつみかさねで、できあがる。細かいもののつみかさねで、大きなものをつくる作業だ。文章を書くことを、職業にしていながら、細かいことに気をつかわないひとがふえたので、日本語の美しさとリズムが、近ごろの文章から失われていくのでは、ないだろうか。

*

言葉には、はやりすたりがある。ここ十年くらいは、「ナントカ風雲録」とか、「カントカ伝奇」といった題名も、古くさい、といわれることがない。けれど、三一書房から、私の選集が出ることになった昭和四十三年には、「魔海風雲録」という題名が、なんとも時代遅れに見えた。

この私のはじめての書きおろし長篇小説が、若潮社から出たのは、昭和二十九年の十一月だった。娯楽時代小説の衰退は、すでにとめどがなく見えたころで、はやらない題名に、もうなっていたのだけれど、気にしなかった。最初で最後の時代小説のつもりで、私は書いたのだから、むしろ流行遅れのほうが、ふさわしい、と思ったのである。

しかし、四十三年には、気はずかしかった。選集の第一巻で、推理小説のはじめての長篇である「やぶにらみの時計」と、いっしょなのだから、なおさらだった。題名だけで、読者に拒否されたら、選集のその後に、影響する。そこで、「かがみ地獄」と、あらためたのだ。これでも、まだ古めかしいが、「魔海風雲録」よりは、ましだろう、と思ったのである。

そして、二作品をおさめた第一巻は、昭和四十三年の三月にでた。それ以来、昭和五十四年に中公文庫に入るまでに、たしか二度ほど、新書判で、「かがみ地獄」の題名で出ている。新書判にするときには、むずかしい漢字ばかりの小見出しも、

「真田大助、木曾の山中にてもののけに出あうのこと。ならびに、飛びざる佐助のこと」

といった和文調のものに、あらためた。ところが、中公文庫にいれるときには、題名をもとの「魔海風雲録」にもどしてくれ、と先方から、要請があった。小見出しも、漢字ばかりに、もどしたはずだ。

流行は十年周期とよくいうけれど、この場合も、だいたいそれに、あてはまっている。それから十年、伝奇小説の大時代な題名は、数えきれないほど、書店の棚に出没した。そろそろ、あきられるころなのかも知れない。流行というのは、けっきょく同じようなものが、たくさん出て、だんだん水まし状態になって、別のものが望まれるように、なることとなのだろう。

方向をさぐりながら、私はひさしぶりに、海外の新刊ミステリをとりよせて、読みはじめた。同時に、いわゆるゴ

ールデン・エイジの本格推理小説も、ぼつぼつ読みなおした。キングズリイ・エイミズの推理小説に関するエッセーを読んだのは、そのころだった。イギリスの新聞の文芸附録だったか、アメリカの雑誌だったか、おぼえていない。エッセーの題名も、おぼえていないが、その一節は強く印象に残った。

犯罪科学の発達が、クラシカルなミステリを、書きにくくしている。個人の知恵は、科学にも勝てないし、組織の力にも勝てない。だから、論理的なミステリが書けない、というのなら、書ける時代、書ける場所を、とりあげればいいだろう。簡単にいうと、そんな意味の一節だった。この意見は、単純明快すぎて、説得力には欠けるけれど、私にはおもしろかった。

しばらくして、久生十蘭の作品を読みあさっていて、「顎十郎捕物帳」を思い出した。博文館の「奇譚」という雑誌に、六戸部力《むとべつとむ》という別名で、十蘭が連載しはじめたときに、私はこのシリーズを読んでいる。「新青年」の捕物帳特集号に、傑作「遠島船」がのったときも、読んでいる。

それを思い出して、古本屋をさがした。だが、それほど探しまわったわけではないから、みつからなかった。

「推理界」という雑誌ができたのは、四十三年のなかばごろだろう。荒木さんというひとが、編集をしていた。そこから、原稿をたのまれて、私は本格ミステリを書いた。といっても、まともに書いたわけではない。本格物のパロディのような作品を、書いたのである。これは、うまく行かなかった。

そのうちに、六巻の選集は、おわりに近づいた。こうした出版形式のならいで、部数はだんだん、へっていった。その印税だけに、たよっていたわけではなく、児童雑誌に連載小説も書いていたし、PR雑誌にショート・ショートも書いていた。だから、なんとか生活はなりたつが、心細いことは心細い。来年はまた、著書一冊もなし、ということになるのか。

ショート・ショートや児童読物は、本になりにくい時代だった。ミステリの長篇を、書きおろす自信はなかった。本になりやすいシリーズものを、書きたかった。ちょうど、そうした時期に、「推理界」の荒木さんから、捕物帳を書いてくれないか、という話があった。

昭和四十三年の秋か、四十四年のはじめか、はっきりおぼえていないのだが、「なめくじ長屋捕物さわぎ」の最初の七篇が、四十四年十一月づけで、本になっている。「血みどろ砂絵」という題で、桃源社から出た。当時は原稿をわたして、ひと月かそこらで、本になっていたから、七篇目が雑誌にのったのが、九月くらいだろう。「推理界」に毎月、連載したのか、隔月連載だったのか、おぼえていない。毎月ならば、四十四年の二月ごろから、隔月ならば、四十三年九月ころから、捕物帳を書きはじめたことになる。たぶん、毎月連載だったのだろう。

話があったときに、私は迷った。二度と時代小説を、書くつもりはなかったからだ。しかし、アクション小説も、コミック・ミステリも、もう書きたくない。といって、推理小説から、はなれる気はなかった。そうなると、謎とき推理小説を書くしかない。

「捕物帳の新しいアイディアなんか、出てきませんよ」

私が顔をしかめると、荒木さんはいった。

「都筑さんに、捕物帳を書かせたら、きっとおもしろいよ、というのは、実は中田さんのアドヴァイスなんです」

もと「マンハント」日本語版の編集長、中田雅久さんと、荒木さんは親しかったのだ。中田さんのすすめとなると、私も考えてみなければならない。すると、キングズリイ・エイミズの言葉が、頭に浮かんできた。久生十蘭の「遠島船」も、思い出した。けれども、捕物帳にはもう新手はないような気がした。半七、右門、平次、佐七、若さま侍、捕物そば屋、捕物帳なら、たくさん読んでいる。それらを思い出しても、気はすすまなかった。

そこで、私は「半七捕物帳」を読みかえしてみた。半七は私の本棚から、消えたことがない。ほかの捕物帳は、しばらくすると、古本屋へいってしまう。半七もしばしば、古本屋へいくけれど、やがてまた別の版で、新刊書店からもどってくる。だから、なんども読んでいるのだが、こんどは読みかたがちがう。書くために、読むのである。

ぜんぶを読みおわって、いままでの考えかたが、間違っていることに、私は気づいた。いままでは、捕物帳はひとつの小説ジャンルだ、と思っていた。「半七捕物帳」は、江戸の風俗で持っている、と思っていた。ところが、そのときは、いままでの自分の小説の読みかたのいい加減さに、自分であきれた。結果としての私の考えは、

「捕物帳に新手はいらない。そんな工夫をするよりも、まず半七にもどることだ」

というものだった。どうして、そうなのかは、次回に書こう。

時代小説に戻る

「マンハント」日本語版の編集長だった中田雅久さんの感覚に、私は敬意をはらっていた。そのひとが、私に捕物帳を書かせたら、おもしろいものが出来るだろう、というのだから、こちらも真剣に考えることにした。

捕物帳は、子どものころから、読んでいる。最初に読んだのは、佐々木味津三の「右門捕物帖」だろう。野村胡堂の銭形平次と、岡本綺堂の半七は、どちらを先に読んだのか、おぼえていない。林不忘の釘抜藤吉、横溝正史の人形佐七、大林清の紅独楽銀平なんぞも、読んでいる。

戦後にあれこれ読みかえして、「右門捕物帖」は、その幼稚さに辟易した。半七は再読にたえたけれど、それでも捕物帳は推理小説より、一段ひくいジャンルだ、と考えていた。昭和二十年代から、三十年代にかけての推理作家は、トリックをひとつ考えたら、まず現代推理小説につかい、次に捕物帳につかい、最後に児童推理小説につかう、といっていたくらいで、別種の読物と思われていたのである。

近ごろはもう、わすれられてしまったが、そのころは「捕物帳は季の文学である」という言葉が、信じられていた。たしか二十年代に、だれかが書いた評論で、捕物帳は推理小説とちがって、興味の中心は謎ときではない、とい

う趣旨のものだった。江戸の風俗、季節感の文学なのだ、というのである。それが、捕物帳に言及した唯一の評論だったのか、反対意見もなく、推理作家たちに受け入れられていた。

私は「半七捕物帳」を読みかえすと同時に、季の文学だという評論を、探して読んでみた。名前は思い出せないが、読売新聞の記者だったひとが、書いたものだったろう。ひとに借りて、読んでみると、それはさまざまな捕物帳を、分析、総合、解釈して、論理的に考察したものではなかった。

捕物帳についての感想といったもので、対置される推理小説は、三十年代、四十年代のクラシック・ミステリだった。捕物帳は江戸の風俗と、季節感をえがくもの、と断定してしまうと、「半七捕物帳」のほかは、捕物帳とはいえないことになって、まことに具合がわるい。

持っているひとを探して、頭をさげて借りることはなかった、と思ったが、当時としては無視できない意見のように、思われていたのである。やはり自分の頭で、考えてみなければだめだ、ということになって、私は丹念に、「半七捕物帳」を読んだ。半七はこのジャンルの、最初の作品である。

岡本綺堂は、日本的なシャーロック・ホームズ物語を書こうとして、捕物帳というスタイルを考えだした。そして、大正六年から昭和十一年まで、およそ二十年間、そのスタイルに忠実に、六十八篇を書きつづけた。

二十年のあいだに、日本にはさまざまな、海外ミステリが紹介されたが、綺堂はほとんど、影響をうけていないようだ。それが、よかった、と私は思う。江戸のシャーロック・ホームズ物語という、最初にきめたスタイルを、わき目もふらずに、押しすすめた。というよりも、推理小説の流行に、興味がなかったのが、「半七捕物帳」を息の長いシリーズにしたのだろう。

昭和四十二年ごろ、真剣に読みなおしてから、現在までの二十年間、私はなんど「半七捕物帳」を、読みかえしたかわからない。ストーリイはわかっているのに、なんどでも読める。六十八篇のうちでは、初期の作品「春の雪解」

を、もっともすぐれている、と私は思っている。読みかえすたびに、ストーリイのかげに隠れた人物が、具体性を帯びてくるのだ。

下谷の龍泉寺町に、用たしにいった帰り、半七が春の雪にふられて、入谷田圃を通りかかると、娼家の寮らしい風雅な門の前で、女中が按摩を呼びこもうとしている。いいおとくいらしいのに、按摩がなんのかんのといって、逃げるので、半七は不審に思う。数日後、また雪の日に、龍泉寺町に用のできた半七は、帰りにふたたび、おなじ光景にであう。興味を持って、按摩を蕎麦屋につれこんだ半七は、なんだかわけのわからない奇妙な話を、聞かされる。

雪の入谷田圃を背景に、蕎麦屋で按摩と話をする、というところが、「天保六花撰」の片岡直次郎と、按摩の丈賀のであいを思わせる。情緒にとんだ幕あきで、三千歳のような出養生の花魁が、話の中心になってくる。その遊女のはげしい恋が、いくたりもの人間の運命を、変えてしまう。それを、半七の耳にする断片的な情報から、浮かびあがらせていく。

中心人物の花魁と、その恋の相手は、いちども作品の表面に出てこない。それでいながら、読者の想像力を刺激して、具体性を感じさせる。春さきの入谷、金杉あたりの、田圃がつづき、武家の下屋敷や寺の点在する風景も、あざやかにえがかれている。

＊

初期の作品のなかには、「広重と河獺」のように、小品二篇をあわせて、一話になっているものもある。二篇とも、犯罪のように見えた事件が、実はけものの仕業だった、というストーリイで、どちらも偶然に解決される。これが、推理小説といえるか、というひとが多いだろう。けれど、前後の数篇を読んでいくと、取りあわせの妙を感じる。

広重の話のほうは、一立斎広重の「名所江戸百景」の一枚、深川砂村十万坪の図が、重要な役わりをつとめる。その絵を見たことがあるひとには、いっそう興味ぶかいだろう。

浅草田圃にちかい大旗本の屋敷の大屋根に、正月なかばの朝、三歳ばかりの女の子の死体が、横たわっている。町人のむすめで、屋敷のものは、だれも顔に見おぼえはない。その身もと探索を、半七がたのまれる、という事件だ。

子分の馬道の庄太をたずねる途中、絵双紙屋の店さきで見た広重の一枚絵から、ふと思いついて、半七は砂村の稲荷へおまいりにいく。旗本屋敷の大きな屋根、その上からは、浅草田圃のむこうに、吉原の屋根、観音さまの五重塔、本堂、大川のうねりも、見えるだろう。

旗本屋敷をあとに、春の新版の一枚絵がならぶ絵双紙屋の前に、半七は立つ。さらに舞台は、深川にうつって、荒涼たる砂村の風景になる。岡本綺堂がこの作品を書いたときには、広重の「江戸百景」を知っているひとも、多かったろう。絵双紙屋をおぼえているひとも、多かったにちがいない。砂村あたりの風景も、江戸のおもかげを、残していたはずである。

現在にくらべると、時代小説の書きやすい時期だった。現代の読者は、永井荷風の随筆でも読んで、知識を補足すると、いっそう興味がわくかも知れない。タイトルはわすれたが、砂村あたりを歩きまわる随筆が、荷風にあった。そうしたことは、ともかくも、この小品は背景の変化と、とっぴな想定で、気のきいたものになっている。半七と庄太の会話のうまさで、午後の日のかげりを感じさせるあたり、私の好きな一篇だ。

推理小説は、ゴールデン・エイジに入って、パズル性のつよい方向にむかい、さらに第二次大戦後、こんどはパズル性を弱めて、ふつうの小説に近づきはじめた。「半七捕物帳」は、シャーロック・ホームズを江戸にいかしたことで、出発当時は新しく、いままた現代の推理小説が、近づいてきて、新鮮なのである。

かつてエラリイ・クイーンは、ダシル・ハメットについて、ハメットは新しいミステリを発明したのではない、新しいミステリの書きかたを発明したのだ、といった。それを真似ていえば、岡本綺堂は捕物帳というジャンルを、開発したのではない、捕物帳という短篇推理小説の書きかたを、開発したのである。

つまり、最初は過去を舞台にした短篇ミステリだったものが、それにならって書いた人びとの、ミステリについての認識の多少によって、捕物帳という別のジャンルのごとく、見えてきたといっていい。

そう考えてくると、捕物帳に新しさはいらない、という気がしてきた。いらないどころではない。いちばん古い地点、出発点にかえることが、必要なのではないか。「半七捕物帳」に帰ればいいのではないか。江戸を背景にして、短篇推理小説を書けばいい。

そう考えて、半七をなんども読みかえすと同時に、江戸風俗の資料をあさった。現代の推理小説で、刑事を主人公にするのは、きらいな私だから、時代小説でも、与力、同心、岡っ引は、書きたくなかった。アウトローの人物を、主人公にしたかった。

そのとき読んだ資料のなかに、幕末の大道芸人、ものもらいのさまざまを、書いたものがあった。つかえる、と思った。そうした連中が、貧乏長屋にすんでいる。その長屋を舞台にして、題名にもしよう、ときめたとたんに、「なめくじ長屋捕物さわぎ」という通しタイトルが、頭に浮かんだ。故人、古今亭志ん生が、住んでいたという貧乏長屋の異名を、そのまま借用したのである。

志ん生がいた長屋は、たしか本所だったけれど、もっと都心のほうがいい。神田に橋本町という、願人坊主などのすんだ貧しい町がある。そこに、なめくじ長屋を設定した。

進歩した犯罪科学に、邪魔されることなく、謎ときの推理小説が、これで書けるわけだけれど、中心に合理精神の持ちぬしを、すえなければならない。戦前の時代小説で、なじみのある砂絵の芸人を、そこにつかってみたかった。えたいの知れない浪人にして、先生と呼ばせることにしたところで、捕物帳を書きますと、「推理界」に返事をした。

しかし、いざ書きはじめるとなると、岡本綺堂の時代とはちがう。木の枕があったことも、夜具の掛蒲団に袖があったことも、めしを食う膳がひとりひとり別なことも、知らないひとを、相手にしなければならない。どうしても、説明が多くなる。そうしたものを避けて、ストーリイを組立てる手もあるが、それなら、なにも時代小説を書くことはない。現代小説を、書けばいい。

わすれられた風俗を、言葉で再現したい、ということもあって、私は時代小説にもどる気になったのである。「魔海風雲録」を最後に、時代小説は書くまい、と思っていたのだから、もういちど書く意味がなければならない。どうも私には、ひと理屈つけないと、なにごともきめられないところが、あるらしい。いやみかも知れないが、しかたがない。

説明だくさんの小説になるのだから、地の文は古めかしくしたくない。むしろモダンな文体で、逆に会話は古めかしく、明治の東京語で書けば、新しい時代小説になるのではないか。

そのために、グループ探偵のひとりひとりは、カタカナのあだ名で、書くという方針を立てた。そして、第一話を書きはじめたのだが、まだ手さぐりのところが多かった。地の文をモダンにすることに、気をつかいすぎて、ぎこちない部分があったろう。しかし、山藤章二さんが勉強して、ユニークな挿絵をかいてくれたので、私らしいスタイルのものにはなったようだ。

なめくじ餇いだす

「なめくじ長屋捕物さわぎ」を連載しはじめたのは、「推理界」の昭和四十三年十二月号からだ、ということが、ほかのひとの書いたもので、わかった。同時に当時、編集長だった荒木清三さんから、電話をいただいて、掲載は毎月だったことも、わかった。七篇たまったところで、昭和四十四年に、本にしたわけだ。

若いころから、私は数字をおぼえるのが、苦手だった。自宅の電話番号さえ、しばしばわすれる。思い出せなくても、電話機のダイアルに指をかければ、ちゃんとかけることは出来るのだが、口でいって、ひとに番号を教えようとすると、出てこないことがあるのだ。だから、年代もしばしば曖昧になる。

それはとにかく、私が「半七捕物帳」を、久しぶりに精読したのは、昭和四十三年の夏ころだったろう。くりかえしていうけれど、私はいまも「半七捕物帳」を読みかえしている。前回に指摘したこと――岡本綺堂の理解した短篇推理小説の書きかたから、海外のそれが、だんだん離れていって、まるで弧をえがくように、いままた接近している、という指摘は、重要なはずだ。それは、ミステリの小説としての洗練の問題、といいかえてもいい。

千九百三十年代の海外ミステリの好みの変化は、岡本綺堂に影響をおよぼさなかった。彼はほんらい、劇作家であって、小説は余技だったし、その流行にも関心がなかったからだ。最近、ジョルジュ・シムノンのメグレ・シリーズを読みかえして、まるでフランスの「半七捕物帳」だな、と私は思った。

シムノンはおそらく、ほかの推理作家の作品なぞ、ほとんど読まなかったろう。メグレ警視の目をとおして、彼がえがこうとしたのは、終始一貫、犯罪をひきおこす人間関係のドラマだった。だから、いまでも小説として再読三読、四読五読にたえるのである。

半七はメグレほど、感情を表面にださないけれど、作品の読後感はよく似ている。「半七捕物帳」の最高傑作として、前回にあげた「春の雪解」の犯人のすさまじい恋なぞ、シムノンのえがく自己中心の女たちを、思い出させる。事件そのものの起きかたや、背景は古くなっても、人間の心理は大きく変化はしないから、いつまでも読者のこころを、とらえるのだろう。

しかし、「なめくじ長屋捕物さわぎ」を書きはじめたときには、あまりそういう面は考えなかった。私の興味はまだ、もっぱら技術的なことにあったからだ。会話は江戸弁に近づけながら、地の文はモダンにしようとか、グループ探偵の新鮮さを強調するために、砂絵の先生はセンセー、豆蔵と呼ばれた大道曲芸師はマメゾー、幽霊のかっこうをした物もらいはユータ、といったぐあいにカナ書きにしようとか、そういう工夫を、さまざまに凝らしたのだった。

主なる登場人物の名を、カタカナで書くとすると、地の文をモダンにして、外来語も入れようとしたときに、やや混乱する。人名が目立たなくなる恐れがあるからだ。そこで、外来語には、漢字をあてることにした。あて字をする、という思いつきは、むしろ古いから、その漢字に意味を持たせて、新鮮味をだそうとしたのだが、これはなかなか、むずかしかった。アルバイトを有配当、スラムを巣乱、カンバスを書場簾、アリバイを在場居、というあたりは、まあ、うまくいったほうだが、デザインを転作印なぞは苦しい。

技巧的には、きざなくらいな書きかたで、中身は本格推理小説、という方針で、題名は「なめくじ長屋捕物さわぎ」とした。捕物帳とすると、古めかしくなる、と思ったからではない。捕物帳という言葉が、きらいなわけでもない。もっぱら、語感の問題だった。それに、権力を持たない連中の、世に隠れた活躍という意味を持たせたかったので、捕物さわぎ、という言葉をこしらえたのだ。

そうした準備をして、第一話を書きだしたのが、昭和四十三年の九月ころだったろう。茅場町の鎧《よろい》のわたしの渡し舟から、川の上で人間がひとり、消えるという話を考えた。第一話だから、はでに人間消失テーマにしたわけで、タイトルも「人食い舟」と、はったりをきかした。ただし、これは本にするときに、「鎧のわたし」という、さりげないものに変えている。

シリーズのフォーマットを考えながら、私が参考のために読んだのは、「半七捕物帳」だけではない。久生十蘭の「顎十郎捕物帳」を、半七につづく正統派、と私は判定していたから、それもくりかえし読んだ。「半七捕物帳」は最初から、戦前の春陽堂文庫だったろうか、本になっていたものを読んだ。けれど、「顎十郎捕物帳」は、博文館から創刊された「奇譚」という雑誌に、六戸別力の別名で発表されたのを、創刊号から読んでいる。「新青年」の捕物帳特集号に書いた「遠島船」には、あっといった。博文館から、単行本になったときには、作者名が谷川早となってたので、これは名のある探偵作家の別名にちがいない、と思ったものだ。

つまり、子どものころから、好きなシリーズだったから、「半七捕物帳」よりも、むしろ直接の手本になった。「遠島船」や「両国の大鯨」、船頭、囚人、鯨の死骸が消える、というトリッキイな作品に、惚れこんでいたから、そういうものを、書こうとしたのだ。

＊

そんなぐあいに、スタートした「なめくじ長屋捕物さわぎ」が、成功したのかどうか、なんともいえないけれど、二十年もつづいたのだから、失敗ではなかったろう。雑誌に書いているときには、なんの反応もない。本にまとめると、たちまち再版三版とはいかないものの、あまり広告をしなくても、刷っただけは売れる。そんな状態がつづいて、文庫に入るようになってからは、再版三版も普通になった。

もっとも、内容的には変化している。ひとことでいえば、顎十郎から半七へ、近づける努力をしてきた、ということになるだろう。ことに久生十蘭御遺族の許可をえて、「新顎十郎捕物帳」を書くようになってからは、それを意識している。

話をもとに戻すが、久生十蘭は北海道の生れだけれど、「顎十郎捕物帳」の会話は、古い東京の言葉だった。演劇を専攻したくらいだから、耳がよかったのだろう。江戸弁の手本として、私は式亭三馬の著作を読みあさっていた。京伝その他の黄表紙、洒落本、会話を主にした作品は、三馬いがいの作家のものも読んだ。しかし、そのまま真似をしたのでは、注釈をつけなければならない。

しかし、「半七捕物帳」の会話よりも、なまな江戸弁を多くつかいたかった。顎十郎の会話は、明治の東京語を基本にして、それに江戸弁をまぜているらしい。私の祖母は文久生れだし、近所にも老人がいくらもいた。だから、幼時の私の耳には、純東京語が入っている。それを思い出しながら、本でおぼえた江戸の言葉を、まぜていけばいい。

わざとらしくなる危険性が、たぶんにあるのは、わかっている。だが、岡本綺堂が「半七捕物帳」を書いたころ、その周囲には、まだ生粋の東京人がたくさんいた。江戸末期そのままの建物も、いくらも残っていた。町名の変化や、なくなった風俗だけを、説明すればよかった。自然に書ける部分が、多かったわけだ。

だから、だれにでも書けた、というわけでは、もちろんない。綺堂だから、自然に書けたのだが、読者の知識もたくさんあった。すくなくとも、それを信じることができた。現在のように、東京生れの人間が、聞いてほしい、取ってほしい、といった関西弁はつかわずに、聞いてもらいたい、取ってもらいたい、という時代だった。実はその、なになにしてほしい、という言葉づかいが、あちこちで耳に入って、気になりだしたのが、「なめくじ長屋捕物さわぎ」を、書きはじめたころだったのだ。

私が子どものころから、ごく普通につかっていた言葉を、なにげなく小説につかうと、意味がわからないが、書きまちがいではないか、といわれることも、しばしばあるようになっていた。だから、わざとらしくなってもいい、説明がくどくなってもやむをえない、と覚悟をきめたのだった。前回にも書いたけれど、いまの読者にわかることだけ――説明しないですむことだけ、書くのならば、なにも時代小説にすることはない。私は、現代小説も、書いているのだから。

そうしたことはとにかくとして、江戸末期を背景にして、人間消失、密室、すりかわった死体、といった本格ミステリの設定を、書いていくことは、楽しかった。はじめて、推理小説を書いたような気がした。だからといって、すらすら書けたわけではない。ストーリイはどうにか出来ても、思いどおりに書けないで、原稿用紙をやぶってばかりいることも、しょっちゅうだった。

もう一日、もう一日と待ってもらって、それでも予定の半分しか、すすまない。夜ふけに担当のひとがきたので、家じゅうのあかりを消して、女房やまだ小さい子どもたちには、声を立てないようにいいふくめ、息を殺していたこともあった。子どもがおもしろがって、くすくす笑いだすのを、小声でしかりつけながら、情けなくなったのを、おぼえている。どうして、もっと気楽に、細部にこだわらずに書けないのだろう、と思ったからだ。

その後、いくらか力まなくなって、速度が早まった時期もあったが、最近はまた遅くなっている。頭のなかに、およその設計図ができあがっていても、はたしてその通り、言葉で立体化していけるかどうか、不安なのである。おまけに、当初は四百字詰の原稿用紙をつかって、その四百字のなかに、おなじ熟語をつかわない、という規則を、自分に課していた。形容句もそうで、氷のような目つき、と書いたら、その一枚のうちには、氷のような、という形容はつかわない。これは案外、骨が折れるので、やがて二百字詰をつかうようにして、自己規制を半分にした。

時代小説だから、彼、彼女という言葉も禁じた。そのくせがついて、現代小説でも、私は彼、彼女はめったにつかわない。ただしショート・ショートでは、登場人物に名前をつけないことが多いので、彼、彼女ですましている。

これは大坪砂男の影響で、手垢のついた文章は書きたくない、というのが、あのひとの口癖だった。他人のつかいふるした形容句なぞは、つかうな、ということなのだが、独自の工夫をしたつもりでも、その工夫には、やがて自分の手垢がついてくる。それが、自分の文体なのだ、と居直るよりしようがないだろう。

しばらくのあいだ、私は「なめくじ長屋捕物さわぎ」に集中して、現代ものはショート・ショートしか、書かないようにした。それほど、たくさん注文があったわけではないから、結果的にそうなった趣きもあるが、五十枚の短篇を、といった注文がたまにあっても、なめくじ長屋ではいけませんか、と押売りをした。「推理界」いがいにも、捕物帳を書くようになったのは、そうした理由からだった。同時にストーリイを考えるためにも、海外の推理小説を、読みあさった。

江戸風物詩

私が江戸文芸を読むようになったのは、若死にした兄の影響だった。兄は中学校をでると、すぐに落語家になって、昭和三十年に、満二十九歳で死んでしまった。学生のころから、俳句をやっていたし、落語がすきだったから、帝国文庫や有朋堂文庫、日本名著全集なぞを、古本屋で買いあつめて、読みふけっていた。私もそれにならって、曲亭馬琴や山東京伝の長篇小説から、式亭三馬や滝亭鯉丈の滑稽本、黄表紙、川柳、あるものはなんでも読んだ。

以前にも書いたけれども、私に推理小説を読ませたのも、この兄だった。そんな下地があったから、私は最初、時代小説を書いたのだが、「なめくじ長屋捕物さわぎ」をはじめるには、まだ知識が不足だった。

私は視覚型の作家で、小説を書くときには、いつも画像が頭にある。それを見ながら、言葉に移していくわけだ。したがって、江戸を書くには、江戸の町なみが、見えなければいけない。といって、江戸の浮世絵や絵本を買いあつめるほど、金も時間もない。もっと手に入りやすい資料を、あさった。

「なめくじ長屋捕物さわぎ」を書くときに、役に立った資料をあげると、まず菊池貴一郎の「江戸府内絵本風俗往来」である。これは江戸から、明治にかけて生きた市井人が、江戸末期の風俗を、絵入りで書いたもので、私が買ったのは、昭和四十年に、青蛙房が、復刻した本だった。この著者は文章も、絵もしろうとだから、うまくはない。しかし、自分の目で、見てきたことを書いた、という強みがあって、ずいぶん役に立った。

次は有名な「守貞漫稿」、明治末の復刻本を、古本屋で買って持っていたが、ろくに目を通していなかった。久しぶりに、時代小説を書くことになって、あわてて読みふけって、これもずいぶんと役に立った。

　画家の伊藤晴雨さんの「江戸と東京風俗野史」、岡田甫さんの「川柳末摘花詳解」、この二冊は有光書房版である。著者ふたりは、すでに故人だけれど、生前にお目にかかったことがある。出版者の坂本篤氏も、いまは故人で、有光書房もなくなってしまったが、やはり面識があったので、この二冊は親しみをもって、ことあるごとにひらいた。前者は絵本だし、後者も挿図がたくさんあって、江戸を目で見せてくれた。

　古川柳研究家の岡田甫さんは、翻訳ミステリの愛読者だった。はじめて、お目にかかったのは、私が二十歳《はたち》かそこらのときだが、のちに推理小説を書きはじめてからは、著書をお送りしていた。「なめくじ長屋捕物さわぎ」をはじめてからは、そうした縁に甘えて、江戸風俗でわからないことがあると、手紙でうかがった。いつも懇切なご返事をいただいて、お世話になった。

　現在の著者では、林美一さんの時代考証エッセーが、役に立っている。林さんも推理小説がお好きなので、手紙でいろいろ教えていただいた。風俗考証の本はたくさんあるが、文章にかけては、アマチュアのひとの手になるものも多く、読んでいて、イメージがわいてこないことが、しばしばある。林さんの考証は、江戸文芸の挿絵そのほか、証拠となる画像をそえて、説得力もあり、イメージも鮮明なので、私のような視覚型人間にはありがたい。

　こうした資料によって、私の頭には、だんだん江戸の画像が、浮かんできた。私が育ったころには、まだ明治の建物がいくらも残っていて、土蔵づくりの商店もあれば、お中元の季節には、砂糖袋をさげた小僧のすがたも、よく見かけた。足袋屋の看板も、江戸ふうに、足型の片方だけのようなのが、軒庇の上につきでていた。そういう記憶のあることも、時代小説を書く役に立っている。

　しかし、いざ書きはじめてみると、わからないことが、あとからあとから出てきた。なによりも、江戸の庶民の生活感覚が、よくわからない。捕物帳を半七にもどすためには、そして、私という二十世紀後半の作家が、それを書くためには、過去の人間たちのなかに、合理主義の考えかたをする人物を、探偵役として、出せばいいだろう。私はそう考えていた。つまり、登場人物の大半は、過去の江戸庶民であるわけだ。その生活感覚がつかめなくては、書いていけない。

はたちそこそこで、時代小説を書きはじめたころ、あまり調べすぎると、おもしろい小説は書けないよ、と先輩にいわれた。たしかに、夜ふけの神田の大通りで、主人公の浪人が、黒装束の一団と大剣戟を展開する、といった場面は、事実を知ると、書きにくくなる。だから、先輩のいうとおりだ、と思っていたが、そのうちに違うことに気づいた。

現代小説の場合でも、めったにありえないようなことを、しばしば書く。そのときには、荒唐無稽にならないように、工夫を凝らす。時代小説でもおなじことで、事実を無視していいはずはない。現代を知っているように過去も知らなければならない。あまり調べると、書けなくなる、というのは、なまける口実にすぎないだろう。やはり、江戸のイメージを、完全に持たなければならない。

だが、関西でつくられた映画によって、時代小説の読者は、でたらめの江戸に、馴れている。それだけになおさら、イメージをつかんで、書いていくのは、むずかしいことだった。

＊

たとえば、神田祭をえがくにしても、私が育ったころには、もう山車はでなくなっていた。電線が多くて、背の高い人形をのせた山車は、ひきにくくなっていたし、戦争ちゅうで、はでなことは遠慮しなければならなかったのだろう。

私は人形のいくつかが、神酒所に飾ってあるのを見ているから、あるていどの想像はつく。しかし、それらは空襲で焼失してしまったから、戦後に育ったひとたちは、イメージを持ちにくい。私にしても、記憶は薄れていくばかりなので、「なめくじ長屋捕物さわぎ」で、神田祭を書こうとしたときには、苦労をして、けっきょくうまく行かなかった。

たくさん仕事はしていなかったので、資料を読む時間はあった。それにしても、よく本を読んだ。推理小説のありかたに、疑問を持って、古典から現代まで、海外のミステリを、読みかえそうとしたからだ。

「なめくじ長屋捕物さわぎ」で、古典的な推理小説を、過去を背景にして、書こうとしているうちに、いろいろな疑問がでてきたせいだ。十代から読みふけってきて、やがて書くようになった推理小説に、やっと真剣に取りくみだした、ということだったらしい。

そのとき読んだ古典的ミステリのなかでは、エラリイ・クイーンが、いちばん興味があった。ヴァン・ダインやアガサ・クリスティーよりも、エラリイ・クイーンを出発点として、推理小説を考えるべきだ、と思った。クロフツの作品なぞは、ろくに興味を持てなかった。

もちろん、私の趣味にもよることだったろう。しかし、クロフツのミステリには、ほんとうのミステリが、ないような気がした。クロフツが現実的といわれているのは、極端にいえば、想像力がとぼしいだけではないか。そうとまで考えて、やはり不可能犯罪を書くべきだ、と方針をきめたのだった。

それに、江戸を背景にえがく、ということに、私は熱中していたのである。けれど、それほど豊富に、アイディアがあったわけではない。

以前、推理小説の好きな連中があつまって、よくお喋りをした。私たちはあちこちの喫茶店に、半日ぐらいすわりこんで、翻訳の原稿を書いたりしながら、くたびれると、雑談をした。新宿駅の中央通りを、風月堂の手前で、ちょっとわきへ入ったところの、なんといったか、ブランスウィックだったろうか、そことか、寄席の新宿末広の近くのエデンだったか、どちらもひろい店で、いつも客はすくなかった。

そのせいか、私たちがいつまでいても、文句はいわなかった。半日いて、コーヒー二杯ぐらいしか、頼まなかったのだから、ずうずうしい客だった。たとえば、客のひとりが、手洗いに立ったまま、戻ってこない。つれが心配して、手洗いへいってみる。声をかけても、返事がないので、ドアをあけると、だれもいない。それをどんなふうに、解決するか、といった話をするわけだ。

有名なエラリイ・クイーンの話が、私たちの頭にはあったからだろう。クイーンのうちで、ディクスン・カーとクレイトン・ロースンが落ちあって、雑談をしていたときに、アパートメントのある部屋から、家具がぜんぶ消えてしまうという、アイディアがあるんだが、うまく行かない、とロースンがいった。すると、カーもアイディアがあって、まだ書けないでいるといいだす。駅などには、公衆電話のボックスが、ずらりとならんでいる。そこへ、ある容疑者を尾行して、刑事がやってくる。容疑者が電話ボックスのひとつに入ったので、刑事は喫茶室の窓から、見はっている。いつまで待っても、ドアはあかない。

つまり、見はられた電話ボックスから、人間ひとりが、消えてしまうミステリだ。カーのその話を聞くと、それなら解決できそうだ、とロースンがいう。クイーンが口をだして、ふたりのアイディアを交換したら、といいだした。それぞれに相手のアイディアで書いてEQMMにくれないか、という提案をしたのである。けっきょくカーのほうは、家具消失を解決できなかったのか、作品にしなかった。けれど、電話ボックスの人間消失は、ロースンが書いて、クイーンに渡した。それがクレイトン・ロースンの「天外消失」という中篇で、私が編集していたころの日本語版にも訳載した。

そういう逸話があるので、当時のマニアたちは、いろいろなアイディアを出して、だれか書かないか、といっていたのである。これまでにないシテュエーション、変ったテーマを考えて、楽しんでいたわけだ。推理作家をこころざす現在のひとたちも、そんな話をして、楽しんでいるのだろうか。

いくつかコンテストの審査員をつとめていて、応募原稿を読んでいると、どうもそういうことが、近ごろはないような気がする。あるとしても方向がちがうらしい。私たちは、こういうアイディアはまだない、こんな技巧はイギリスの本格派もつかっていない、といった具合に、オリジナリティだけを問題にしていた。こうした傾向がはやっているから、いま書けば売れるだろう、といった考えかたはしなかった。

ミステリに夢中になって、いわば子どもっぽい考えを、口にしていたのである。子どもっぽい情熱で、おとなの小説を書こうとしていた、というと、美化しすぎたことになるかも知れないが、いまの応募原稿からは、おとなの計算が感じられる。この傾向がはやっているから、ひとつやってみよう、と傾向と対策を考慮して、きわめて子どもっぽい推理小説を書く、といったら、意地が悪すぎるだろうか。しかし、そんな気がして、今年のサントリー・ミステリー大賞の選後評で、こころざしが低い、と私はいった。

子どもの心

推理小説のおもしろさは、大人のなかの子ども心を、満足させるところにある、という意見が、ひところ、さかんにのべられた。だれがいいだしたことなのか、私は知らない。イギリスの評論家あたりがいいだしたのを、江戸川乱歩さんが、日本に紹介したものかも知れない。

サマセット・モームは、推理小説がもてはやされるのは、インテリがてれずにミーハーになれるからだ、という意味のことを、皮肉としていっている。

そういう意見が、間違っているとは、思わない。だが、くりかえされるうちに、元来の意味から、はなれていったところは、多分にあるようだ。

モームの皮肉に興味を持って、私はしばしば引用したから、責任もあるだろう。大人のなかの子ども心というのも、おなじ意味が根本にある。ミーハーといい、子ども心という言葉は、その前にあるインテリ、大人とおなじ重みを、持っていなければいけない。むしろ、インテリ、大人という言葉のほうを、重く見るくらいでもいい。それなのに、いつの間にか、あとの子ども心に重点が移って、前の言葉は、ごくごく軽くなってしまった。

すなわち、インテリは教養ある読書人ということで、知識も読解力もある。それが、他人にのぞかれても、てれないですんで、しかもミーハー的興味を、満足させうる読物――推理小説とは、そういうものだ、というのである。

てれないですむ、ということは、こんな低級な文章を読んでいるのか、と笑われるんじゃないか、という心配がないことだ。洗練された文章で書いてあって、しかも、気楽に興味本位に読めなければ、てれずにミーハーになれる、とはいわれない。高級であって、低俗なおもしろさも、持っていなければならない。ほかのインテリが、

「夢中で、なにを読んでいるんだ、ちょっと見せろ」

といって、ひょいと取りあげる。ぱらぱらっとめくって、読んでみて、

「なかなか、しゃれているじゃないか。いい文章だ。読んじまったら、貸してくれよ」

というようなもので、なければいけない。小説はストーリイだけを追って、読むものではない。一行一行、文章を味わうものだ。そうした前提があるから、てれずにミーハーになれる、というモームのいいかたが、皮肉になるのである。

同様に、おとなの童話、大人のなかの子ども心にうったえる小説、というのも、まず大人であることが、必要であるはずだ。ただ年をとっている、という意味ではない。成人としての知識も持ち、社会に適応できる人物、という意味だろう。

ちっとも大人になっていない、ろくに小説も読みこなせない人物の子どもっぽさを、満足させる読物、という意味ではないのだ。そういうはずなのに、いつの間にか、子ど

もっぽい大人のための小説、という解釈が、はびこっていって、そのくらいなら、まだよかった。だんだん子どものための子どもっぽい読物になってしまった。そこに、日本の推理小説の問題があるのだろう。

誤解を恐れずにいえば、英米で発達した推理小説、というものは、女こどもの読物ではないのである。誤解を恐れずに、とお断りしたのだから、女性の読者は腹を立ててはいけない。もちろん、この場合の女こどもは、古いいいかたであって、なんにも知らない人間たち、という軽蔑が、ふくまれている。

なんにも知らないような人間は、推理小説なんぞ読まないのだ。読者の読解力を信頼して、英米の推理作家は、作品を書いている。それにくらべて、日本では、もっと低いところに、狙いをさだめているように見える。

＊

私は「なめくじ長屋捕物さわぎ」を連載しながら、古典といわれるような英米ミステリを、読みかえした。ひとわたり読むと、近年の作品にも、手をのばした。

新刊の原書を、注文してとりよせる、といったことは、やらなくなっていたのだけれど、それをまた、はじめたのである。円高の現在とちがって、かなりの金のかかることだったが、さほどの枚数も書いていないのに、それができたのだから、毎度、くりかえすようだけれども、まだまだ世のなかが、よかったのだ。たくさん読んで、すこし書いているうちに、気になってきたのが、日本の現状——つまり、前段にのべたようなことだった。

ただし、そうはっきり、考えたわけではない。前段の文章は、現在の私の言葉で、整理しなおして、書いたものだから、明確になっている。もっと曖昧模糊としたかたちで、なんとなく落着かないものを、感じはじめたのである。

捕物帳という形式を、考えなおしてみて、書きはじめたことで、私はひとつの方向へ、歩きだした。捕物帳という形式を通じて、短篇推理小説の書きかたが、いくらかわかってきた、といっていいだろう。

書きおろし長篇小説を、しばらく書いていないから、こんどは長篇の書きかたを、考えてみなければ、いけない。そんなつもりで、やたらに海外ミステリを、読んだのである。といっても、当時、どんな作品が印象に残ったか、というと、なにもおぼえていない。おぼえているのは、作家の好き嫌いが、かわったことだ。

推理小説ではなく、SFのほうだけれども、それまで神様のような気がしていたレイ・ブラッドベリが、とつぜん嫌いになった。もうたくさんだ、という感じで、読めなくなったのである。ミステリでは、コーネル・ウールリッチが嫌いになった。ロス・マクドナルドも、嫌いというほどではないが、好きではなくなった。比喩のつかいかたが、鼻についてきたのである。

ひと口でいえば、技巧派の作家が、好きでなくなってきたのだ。以前にもいったが、私はなんによらず、技巧の面から考えて、ものを組立てていくタイプの人間だから、とうぜん、技巧派の作家が好きだった。ブラッドベリも、ウールリッチも、華麗な技巧で、知られる作家である。ロス・マクドナルドは、前のふたりのように、技巧が表面に出てはいないが、計算の行きとどいた作家だ。

それが、嫌いになったのだから、私にとっては、自己を否定するようなものである。日本の作家では、石川淳が嫌いになった。ひところは、いくつかの作品のさわりを、暗誦できるほど、好きだったのに、新作が出ても買わなくなった。三島由紀夫も、嫌いになった。

嫌いになった、といっても、なりかたには差があって、ウールリッチの場合は、正体みえたり、という感じ。ブラッドベリは、どうぞ御勝手に、ぼくは遠慮します、という感じだった。石川淳も、三島由紀夫も、ブラッドベリの場合とおなじような、嫌いになりかただった。そういえば、三島は自分自身が、比喩を多用して、華麗な文章を書くのに、技巧派の作家をきらう傾向がある。自分を三島とくらべるつもりはないが、そういう気持はわかる気がする。

瑣末にこだわらずに、自由に書きたい、と思っても、ストーリイに入っていく姿勢は、どうしても変えられない。それが、ほかの作家のものを読むと、やはり姿勢がきまっているはずなのに、らくらくと入りこんでいるように見える。自分の経験から考えて、苦しんでいるに違いないのに、らくらく書いているような気がして、いやになるのかも知れない。私の場合は捕物帳という、はじめての形式を書きはじめて、文体にいくらか、変化があった。そのせいで、好き嫌いが変ってきた、ということもあるだろう。

こんなことを書いていると、私がたいへん勤勉に仕事をし、勉強していたように、見えそうだ。そうだとしたら、もっと多くの作品が、残っているはずだろう。たしかに、「なめくじ長屋捕物さわぎ」を書きはじめてから、きわめて、スロー・テンポに、私の生産量はふえていった。けれども、目に見えて、ふえていったわけではなく、記憶に残っているのは、しょっちゅう昼寝をしていた、ということだった。

当時の私の仕事部屋は、八畳敷ほどの洋室だった。板の間に腰かけ机をおいて、その正面に、客用の長椅子をおいてあった。一日の大半を、私はそこにこもっていた。しかし、しじゅう仕事をしているわけでも、客がきているわけでもない。

実は長椅子に、横になっていることが、いちばん多かった。長椅子の前には、ティー・テイブルがおいてある。そこにポータブル・テレビをおいて、長椅子に横になる。あるいは、本を持って、横になる。テレビを見ていても、本を読んでいても、いつの間にか、眠ってしまう。

正午ちかくに、和室の寝床をはなれて、食事がすむと、仕事部屋にこもる。朝まで仕事をして、和室の寝床に入る。それが、生活の基本形態なのだけれど、仕事部屋にこもっていても、長椅子で寝ていることが、多かったわけである。寝るつもりで、横になることもあるが、本を読むつもりでいることのほうが、多かった。けれど、十ページも読むと、知らないあいだに、目をとじているのだった。

いくら寝ても、よく寝られた。長椅子に横になるのは、日のあるうち、そして、晩めしのあとが、多かった。夜なかすぎに、やっと仕事をする気になって、机の前にすわる。そうすると、朝になって、仕事に切りがついても、なんとなく眠れないことがあった。そういうときには、大きな茶碗に一杯、ぐっと日本酒をひやで飲んで、寝床に入った。

つまり、一日の大半を、寝ていたわけである。この当時にきまった生活形式は、いまもつづいていて、現在も私は、暇さえあれば、横になっている。酒を飲まなくなったのと、いくらか勤勉になったので、仕事の時間がふえている。そのせいで、時間はいよいよ不規則になって、いつごろ起きているか、寝ているか、はっきりしなくなってしまった。

きょうは正午から、あくる朝の七時まで、仕事をしていて、そのあいだに二、三時間、横になったとする。午前七時に寝て、午前十一時には、もう起きてしまうこともある。前日の残りを五、六枚書いて、午後三時ごろから、七時ごろまで、寝てしまったりもする。仕事をしなければ、寝ている、といってもいい。まったく、われながら、予定がたたない。

だいたい、私には昔から、睡眠に対する信仰のようなものがあって、からだの調子が悪くても、腹の立つことがあっても、アイディアが出てこないときでも、寝てしまえばいい、と信じている。自然に目がさめたときには、調子の悪いのはなおっているし、怒りもわすれているし、頭の廻転もよくなっている。昼間はしばしば、電話で起されるけれど、すぐまた寝られる、という特技を、私は持っているのである。ただし、睡眠のあいだにかかった電話は、なにを話したのか、なにかを引きうけたのか、きれいにわすれてしまっている。だから、私のかわりに、はがきにメモして、出していただくことにしている。

眠りの森

私はどうやら、よく寝るひとと、縁があるようだ。はたち代に、くっついて歩いていた大坪砂男さんも、新宿歌舞伎町の三畳間をたずねると、寝ていることが多かった。

私は前回に、からだの具合が悪いときも、腹の立つときも、寝ればおさまると信じている、と書いたけれども、あれは大坪さんの口まねなのである。大坪さんは、おもしろいストーリイは思いつくのに、それを言葉で具体化するのが、なかなか出来ないひとで、妻子と別居して、貧乏ぐらしをしていた。

以前にも書いたけれど、私たちは当時、紀伊國屋書店のわきの丘という喫茶店に、入りびたっていた。コーヒー、紅茶のほかには、トーストぐらいしか出来ない店だが、いつも常連でいっぱいだった。コーヒーのうまい店で、おまけに月末払いにしてくれたから、金のない私たちには、ありがたかった。

そこへいって、大坪さんがいなければ、また寝ているんだな、ということになって、新宿区役所うらの部屋をたずねる。丘には、大坪さんの親しい作家や、翻訳家もあつまったから、四、五人、顔がそろうと、その日は夜まで、あちこち場所を移して、雑談会になった。この移動サロンで、年上のひとたちに聞いた話で、いまの私は持っている、といってもいいかも知れない。

私が影響をうけた作家は、岡本綺堂、大佛次郎、内田百閒、久生十蘭の四人だけれど、百閒の随筆を読むと、これがまた、よく寝ている。われながら、不思議なくらい、よく寝られた、と書いていたように思う。久生十蘭も、夫人の思い出を読むと、

「寝る子は育つ」

といって、筆がしぶったりすると、すぐ横になったらしい。そういったことを知ってから、私は安心して、ますます寝るようになった。当時は子どもが小さくて、しばしば部屋へ入ってきたから、いまほど安心して、寝られたわけではない。それでも、長椅子に横になって、本をひろげると、いつの間にか、眠っていた。まるで、私の書斎は、眠りの森のようだった。

ただそこにいるのは、お姫さまではなくて、精神集中のできない小男なのだった。長篇ミステリの書きかたを、考えるために、古典を読んだなかでは、エラリイ・クイーンに敬服した。謎ときの推理小説を、考えなおす、ということだったから、ハードボイルドには最初から、手はださな

かった。

ヴァン・ダインは、全作品を読んでみて、小説の書きかたを、あまり知らないような気がした。意識的にパターンを限定しているのか、とも思ったが、そうでもないらしい。もともとヴァン・ダインは、小説家として——ことに大衆小説の作家として、修業をつんだひとではない。

そこへいくと、ディクスン・カーは、大衆作家としての資質があって、ストーリイを語る技術に、一作ごとの進歩があった。「貴婦人として死す」のナンセンスや、「バトラー弁護に立つ」の話術なぞ、にくらしいくらいである。

だが、謎ときのミステリとしては、私はそこが気に入らない。論理的興味という点では、エラリイ・クイーンに一歩をゆずる、と思った。クイーンの千九百三十年代の作品では、私は以前から、「途中の家」が好きだった。そのとき読みかえして、やはり評価は変らなかった。

次点はとなると、以前は「エジプト十字架の秘密」が好きだったが、そのときは変化があって、「オランダ靴の秘密」になった。なぜかというと、「エジプト十字架の秘密」は派手で、ストーリイに動きもある。しかし、論理による謎ときのおもしろさが、すくない怨みがある。

本格推理小説では、事件の異常さと、トリックの奇抜さに、生命があるのではない。謎のおもしろさと、論理の確実さにあるのだ、というのが、そのときの私の結論だった。この考えは、いまも変ってはいない。

古風な探偵小説でなければ、おもしろくない、そういう作品を書く、というひとを見ると、それならクイーンのように、ちゃんと推理のある作品を書いてみろ、と私はいいたくなる。

そのころのことを思い出して、私は先日、三十年代のエラリイ・クイーンを、また読みかえしてみた。こんども「途中の家」が、おもしろかった。いかにも、三十年代の都会ミステリらしく、登場人物の配置ができていて、謎の不思議さも、申しぶんがない。

しかし、こんどは大きな不満があった。この作品を読みかえすのは、二十年ぶりぐらいだろう。その二十年のあいだに、推理小説は進歩したのだ。

＊

ひとことでいえば、「途中の家」のおわったところから、現代のミステリは、はじまるのである。

最近お読みになったひとも、記憶のあざやかなひとも、いることだろうが、「途中の家」は社交界の有名人、金持の男の二重生活の物語だ。ふたりの妻を持つ男の話、といったほうが、わかりやすいかも知れない。いっぽうでは金持の名家の主人、いっぽうでは地道なセールスマン、それぞれの生活にふさわしい女性を、妻にして、たくみに二重生活を送っている。その男が、ふたつの人格をとりかえるための場所で、殺されるのが発端だ。

ふたつの生活の中間点が、殺人現場になるから、「途中の家」というわけである。この殺人現場の状態から、探偵クイーンが組立てる推理は、見事だと思う。しかし、被害者の二重生活が、だんだん明らかになって、関係者の動きが語られるにつれて、私は心配になってきた。

人間関係のドラマが、浮かびあがってくると、二重生活をえらんだ心理を、読者は知りたくなる。それにはぜんぜん、この作品は、応えていなかったのではないか、と思ったのだ。だれが、犯人で、なにが推理の材料になるか、そんなことはわすれていたけれど、心配した点では、私の記憶は正しかった。

探偵クイーンが、推理を展開して、犯人がわかっても、被害者がなぜ、二重生活をつづけたかは、わからない。

「そういうことは、当人に聞いてみないと、わからないでしょう。当人は死んでいるのだから、聞くわけにもいかないし……」

といった調子で、探偵クイーンも、作者クイーンも、すましている。現代のミステリなら、そこからはじまる、といったのは、言葉のあやだけれども、とちゅうに織りこまなければ、いけないことだろう。

犯人はだれか、という謎よりも、なぜ二重生活をつづけたか、という謎のほうが、よっぽど魅力があるのだ。だから、「途中の家」は、現在の倍くらいの長さが、必要な作品なのだろう。

そのあたりに、五十年間の変化がある、というべきか。推理小説には、限界がある。仮にクイーンが、現役作家だとしても、そこまで求めるのはむりだ、というひとも、あるかも知れない。しかし、限界がある、と考えるのが、すでに間違いではないだろうか。

現代の推理小説には、制約もなければ、限界もない。名探偵が堂堂の推理を展開して、犯人を指摘する。その人物は逃げて、車に轢かれてしまう。事件は落着して数日後、名探偵は、自分の論理の矛盾に気づく。真犯人は不明のまま、小説はおわる。そんな作品を書いたって、そこでおわる必然性さえあれば、かまわないのである。

それなら、古風な探偵小説を書いても、かまわないか、というと、もちろん、かまわない。こんな古風な探偵小説を、いまごろ書いて、どういうつもりだろう、といわれるだけだ。もちろん、そういわないひとも、いるだろう。その場合は、どういったひとが、どれだけの小説を読んでいて、どういうものを評価していたか、ということが、問題になるはずだ。

近ごろの日本では、読解力ということが、問題にされなくなっているけれど、本来は問題にされるべきものだろう。もっとも、こういうことを考えていると、思い出すことがある。以前にも書いたことがあるのだが、最近も思い出して、気になっているから、書いておこう。そうだ。ちょうど二十年くらい、前のことだろう。浅草の常盤座で、鈴木澄子一座が、化猫芝居をやったので、見にいったことがある。

鈴木澄子は、戦前の映画女優で、妖婦役、毒婦役で売りだして、のちには「四谷怪談」のお岩や、化猫役で、有名だった。戦争ちゅうから、一座をつくって、芝居をやっていたのだが、それが珍しく、東京に出てきて、常盤座で、「有馬猫」かなにかをやったのだった。私は子どものころ、鈴木澄子の化猫映画のファンだったので、なつかしくて、見にいった。

歌舞伎の「有馬猫」にのっとった台本で、けれん師を相手に、猫が狂うところは、おもしろかったけれど、芝居はひどかった。ことにひとり、くさい芝居をする男優がいて、見ていて恥ずかしくなるほどだった。私の隣りに、肥ったおばさんがいて、その男優が思い入れたっぷりの芝居をするたびに、

「なんとかは、うまいねえ」

と、感に堪えたように、つぶやくのだ。なんとかというのが、そのくさい役者の名前だった。だんだん、私は不愉快になってきた。それと同時に、考えてしまった。隣りの中年女性にとっては、このへたな役者が、名優なのだ。うまい俳優の演技を、見たことがないからだ、といってしまえば、簡単に片はつく。だが、いますぐ役者を入れかえて、名優たちに自然な演技をさせたら、この女性は、ものたりなく思うだけではなかろうか。

そう考えたら、わからなくなった。いますぐ、わからせようとするのは、むりな話だろう。だいいち、よけいなお世話だ、といわれるかも知れない。そして、たしかに、

「なんとかは、うまいねえ」

と、つぶやいているひとの耳に、

「いや、あのなんとかは、実にへたです。とても、見ていられません」

と、ささやくのは、よけいなお世話なのだろう。芝居なら、私とは縁がないから、それでもいい。しかし、推理小説の場合は、そうもいかない。自分の考えを、はっきりいう必要が、あるだろうと思った。

それをまず、作品のかたちでしめすのが、作家というものだろう。「なめくじ長屋捕物さわぎ」を書きはじめて、私はいくらか、推理作家であることに、自信を持ったらしい。長篇の謎とき小説を、書かなければいけないが、その小手しらべに、現代物の短篇小説を書こう。そう考えて、つくりだしたキャラクターが、キリオン・スレイだった、とおぼえている。

主人公はアマチュアにしたかったが、職業を工夫してみても、なかなかうまく行かなかった。アメリカ人の居候という設定は、ずいぶん苦労したつもりだった。あいかわらず、長椅子に横になって、いつの間にか、寝てしまいながら、考えたわけなのだった。

読者はどこに

「なんとかは、うまいねえ」

といった肥ったおばさんが、まだ気になっている。前回、なりゆきで思い出して、書いたものだから、また考えることになった。

二十数年前よりも、現在のほうが、考えなければならない問題だからだ。隣席のおばさんを、感嘆させた男優は、浅草ではいちおう、知られた剣劇俳優だった。梅沢昇一座かどこかで、脇役の筆頭だったように、記憶している。化猫芝居の鈴木澄子一座は無人なので、客演していたのだろう。

したがって、もっと芸達者ぞろいの一座に買われていったら、この男優も、あんがい押えた芝居を、するのかも知れない。脱線するが、むかし羅門光三郎《らもんみつさぶろう》という、時代劇映画の俳優がいた。昭和三十年代ごろまで、東映で脇役をつとめていたが、戦前は主演作品も多かった。

くさい芝居をするひとだったが、昭和十六年、真山青果の「元禄忠臣蔵」を、溝口健二監督が前進座総出演で、映画にしたとき、市川右太衛門なぞといっしょに、この羅門光三郎も出演した。右太衛門のお浜御殿の綱豊卿は、いつもとおなじ芝居をして、旗本退屈男が出世したみたいだったが、羅門は赤穂開城の井関徳兵衛を演じていた。

十六年に見たときの印象は、まったく残っていなかったが、五、六年前、千石の三百人劇場のリヴァイヴァル上映を見て、意外に思った。羅門はいつものくさい演技でなく、河原崎長十郎の大石にあわせて、渋い芝居をしていたからだ。だから、常盤座のなんとかさんも、押えた演技ができるのかも知れない。

しかも、当時のそのクラスの役者が、一流の俳優と共演することは、まずなかった。ところが、いまは格のちがう俳優が、テレビはもちろん、舞台でも共演している。格がちがう、というのは、修業のしかたがちがう、ということである。声の出しかたからちがう俳優が、おなじ舞台に立っている。そういうとき、本格的な修業をしたひとのほうが、へたな役者にあわせている。私にはそう見えるので、よけいなお世話でも、

「なんとかさんは、へたですよ。見てはいられませんよ」

といったほうが、いいのではないか、と思うのだ。わかる客にはわかるさ、と互いにうなずきあっていると、収拾のつかないことに、なりそうな気がする。

芝居のことはとにかくに、もうひとつ、読者がなにをのぞむか、という問題で、考えたことがある。こんどは本の話だから、もっと直接な疑問になるだろう。脱線ついでに、その話をする。

＊

私は怪談を書くのが好きだから、読むのも好きで、現代の作家では、岡本綺堂と内田百閒を、くりかえし読んでいる。古典では上田秋成で、つい最近も、「雨月物語」も「春雨物語」も、なんども読んだ。「春雨物語」を読んだのだが、あの秋成最後の短篇集には、十篇の作品が入っている。十篇のうち、もっとも長いのは、最後の「樊噲《はんかい》」という作品だ。これは、西欧の悪漢小説を思わせる異色作である。

ところで、「春雨物語」は当時、出版されなかった。手写本で、現代につたわって、活字になったのも、昭和になってからかも知れない。写本にはなん種類かあって、そのなかには、「樊噲」が入っていない本もある。入っているが、半分でとぎれているのもある。

私が戦争ちゅう、はじめて読んだ活字本の「春雨物語」は、「樊噲」が半分しかない写本によるものだった。「春雨物語」と「癇癖談《くせものがたり》」を一冊にした岩波文庫版か、冨山房百科文庫の「上田秋成全集一」かのどちらかで、後者の可能性が大きい。

冨山房百科文庫は、現在も刊行されているけれども、戦争ちゅうのこの文庫ほど、内容豊富ではない。坪内逍遙の

戯曲「役の行者」や、森銑三の「おらんだ正月」、平出鏗次郎の「敵討」、「上田秋成全集 一」なぞが、わが家にあった。狂言というものを、文字で知ったのは、「狂言三百番集」上下があったからだった。敗戦直後、古本屋で買った「フランス短篇小説集」は、わすれられない。ユイスマンスとか、バルヴェー・ドオルヴィリイといった作家を知ったのは、この百科文庫のおかげだった。

その「上田秋成全集」は、第一巻だけしか、出なかったような記憶がある。それには「雨月物語」も、「春雨物語」も入っていたが、「樊噲」は半分しかなかったと思う。このタイトルは人名で、漢書や史記に登場する豪傑だ。この名を聞くと、落語ファンは、

「ああ、『野ざらし』のもとになった関西落語か」

と、思うだろう。しかし、秋成の短篇は、樊噲とあだ名された悪党の物語である。鳥取の大山《だいせん》のふもとの村に、大《だい》蔵《ぞう》という乱暴者が住んでいる。小屋にあつまって、若者たちが酒をのんでいたときに、夜ふけに大智明神のお社へ、ひとりで登っていかれるか、という話がでる。

「そんなことは、なんでもない」

と、大蔵がいって、のぼっていく。証拠の品を持って帰ろう、というので、神社の前の賽銭箱を、背なかにしょう。とたんに、箱から二本の手がはえて、逆に大蔵を抱きすくめて、宙に舞いあがる。

箱の化物は明神さまの化身か、それとも、大山の天狗か、大蔵はかかえられて、隠岐《おき》の島へはこばれる。それから、この男の悪の遍歴がはじまるのだが、親きょうだいを殺して、長崎へ逃げ、遊廓の唐人の客に、樊噲と呼ばれるあたりで、記憶はあいまいだけれど、尻きれとんぼに終っている。

落語家の兄にすすめられて、私はこの作品を読んだ。写本でつたわって、後半は発見されていない、と教えられた。ひとつ、ふたりで後半を書こうじゃないか、といいだしたのは、兄だったろう。ふたりで、ストーリイを相談して、現代語で私が書く。兄がそれを、秋成の文体模写で、古文ふうにする。

そんなことを考えたのは、戦争末期か、敗戦直後か、お

ぼえていない。空襲で、本は焼いてしまったが、なぜか「春雨物語」は、戦後もあったからだ。兄が持って歩いていたのだろうか。しかし、贋作「樊噲」を書くこころみは、私たちの手にはあまって、立ちぎえになった。

その後、私は上田秋成から、遠ざかった。「樊噲」の後半のことも、わすれていた。ところが、昭和三十四年の七月に、岩波書店の「日本古典文学大系」で、「上田秋成集」がでて、むろん「春雨物語」も、それには入っていた。私は半分しかない「樊噲」を思い出して、岩波に電話をかけてみた。古典文学大系の担当者に聞くと、「樊噲」の結末を見てくれた。

「この物がたりは、みちのくに古寺の大和尚、八十よのよはひして、けふ終らんとて、湯あみし、衣あらため……その和尚が死ぬまぎわに、話したことになっていますね。ちゃんと終っているようですね」

そんな結末は、私は知らない。だから、近所の本屋に注文して、すぐに「上田秋成集」を取りよせた。たしかに、その「樊噲」は、完結していた。けれど、解説には写本によって、まったくないもの、半分しかないもの、ぜんぶあるものの説明がしてあるだけ。完全なものは、いつ活字になったか、戦前には完本の所在が、わからなかったのか、といった情報はまったくない。「樊噲」の後半は、大蔵の改心するくだりが、文章は見事だけれども、趣向としては平凡で、ちょっとものたりなかった。だが、そこへ行くまでは、おもしろい。それだけに、この解説には、欲求不満におちいった。

贋作を書きたがった兄は、昭和三十年に若死にしている。あと四年、生きていれば、完全な「樊噲」が読めたのだ、という感慨もあった。学者にとっては、戦前の活字本や、いつ完全本が発見されたか、それがいつ活字になったか、といったことに、興味はないらしい。小説として読み、原稿の運命に興味をもつ門外漢とは、ちがうのだろう。

そう思って、私はいつか、そのことをわすれた。さらに年月がたって、昭和五十五年、新潮社の「新潮日本古典集成」で、「春雨物語」と「書初機嫌海」が一冊になって出た。さっそく買ってみると、やはり「樊噲」は、結末まである。そして、解説には活字本のことは、なにも書いてない。またしても、欲求不満になって、腹が立った。翻訳推理小説の解説だったら、作家と作品について書くほかに、戦前にだれそれの翻訳があるが、それは抄訳であったとか、戦後のなにがしの訳が最初の完訳であるとか、書くだろう。

新潮社の解説は、なかなか懇切だっただけに、しろうとの読者をわすれているのが、腹立たしかった。けれども、例によって、私はすぐ、わすれてしまった。そして最近、また新潮本「春雨物語」の「樊噲」を読みかえして、解説のことを思い出した。

「なんとかさんは、うまいねえ」

のおばさんのことを、考えていたところだから、なおさら気になった。「春雨物語」の場合は、どちらの解説も、はじめて読むひとを、想定しているように思われる。しかし、書誌学的なことを——べつな底本による活字本で、すでに読んでいる読者のことを、考えなくていいのだろうか。

江戸後期の上方文学の専門家に、知りあいがいたら、さっそく聞いてみたい。いまの私は、完全版の活字化が戦前か、戦後か、知りたくてしようがない。「春雨物語」そのものとは、関係ないではないか、というかも知れないが、作品の成立事情が問題になるならば、読者に渡ってからのことも、大事ではなかろうか。ことに「春雨物語」は、写本でつたわった短篇集だ。多くの読者が、読めるようになった事情も、重要だろう。

キリオン・スレイを書きはじめるときに、「樊噲」のことは頭になかった。作家としては、読者を想定することに、むずかしさはあまりない。評論家として、日本の推理小説を考えると、さまざまな読者が、浮かんでくるのである。そして、答えはいっこうに、出てこない。

小説は——ことに短篇小説は、広範囲の読者を、満足させることは出来ない。興味を一点にしぼって書かなければ、短篇小説は失敗する。恐怖小説だけれど、恋愛小説としても読める、という短篇が、偶然できあがることはある。しかし、最初から二兎を追ったら、一兎もえられなくなる。

謎ときの論理的な長篇ミステリを、書くための第一歩として、私は短篇のシリーズを考えた。シリーズの主人公を、あまり複雑に設定すると、失敗するということは、以前にも書いたはずだ。単純に論理的思考をする癖のある人物を、設定すればいいのだが、あまり忙しい職業ではいけない。

そこで、私が思いついたのは、アメリカからきた居候だった。アメリカの若い詩人で、推理小説が好きで、なまけもの。裕福な日本の友人宅に、厄介になっている。そういう設定なら、自由がきくと思ったのである。なまけものだから、行動範囲はひろくない。そういうところは、どうしても、作者に似てしまうらしい。

目白の目は青い

長かった梅雨が、やっとあがって、夏らしくなった。それでも、まだ暑さはきびしくない。昼間の戸外は、日ざしが強いが、冷房した喫茶店なぞに入って、しばらくいると、うすら寒くなってくる。

喫茶店なら出てしまえばいいが、私の仕事時間である夜がこまる。きのう、きょうは夜半をすぎても、蒸暑い。だから、クーラーをかける。いちばん弱くして、かけるのだけれど、十分もすると、寒くなる。こういう時期に、風邪をひくと、まことに不愉快だから、クーラーをとめる。

しばらくすると、蒸暑くなって、またクーラーをかける。しばらくすると、うすら寒くなって、クーラーをとめる。

私の仕事部屋は、窓ぎわにワード・プロセッサーがすえてあって、その上にクーラーがついている。いや、クーラーのほうが先だから、その下にしか、ワード・プロセッサーをおくところがなかった、というべきだろう。

立ちあがって、手をのばせば、つけたり消したりできるわけだが、簡単だから、かえって腹が立つ、ということもある。しかし、夏らしくならないうちに、立秋がきて、残暑も残暑らしくない、というのは、自然のつごうだから、腹を立ててみても、はじまらない。腹の立つ原因は、そういう時期に、書きおろしの長篇小説を二本、平行させる羽目になったことだ。

それも、自分が悪いのだから、腹を立てるのは、間違っているだろう。だが、落着かないことは、どうにも落着かない。頭はどうしても、ふたつの長篇に没入して、ほかのことは考えられない。

そういうときは、読者のことも考えない。登場人物と一体になることしか、頭にはないわけだ。読者のことを考えるのは、どういうものを書こうか、と頭のなかで、組立てているときである。

もっとも、キリオン・スレイ・シリーズを組立てていたときには、読者のことを深くは考えなかった。いわゆる本格推理小説のファンを、目標にする、ということで、簡単に片をつけた。

外国人を探偵役にするのは、いい考えだと思ったが、アメリカ人を書く自信はなかった。最近は日本の小説にも、ずいぶん外国人が登場する。たいがいは冒険小説で、上っつらしか書かないから、なんとかなっているものの、その国のひとが読んでも、納得するまで、書きるのは、むずかしい。というよりも、不可能にちかいだろう。

私の場合も、短篇小説だから、それほど内面に踏みこむわけではない。けれど、論理的な思考を展開しなければならないから、性格はかかわってくる。

短篇推理小説の探偵役は、いちいち説明しなくてもいい、という点で、警察関係者にするのがいちばんだ、と私は思う。だが、前にもいったように、私は警察官を書くのがきらいだ。それに、刑事が純粋論理をもてあそぶ、というのも、不自然だ。そういう性癖の人物も、いないとはいえないが、いつまでも組織にとどまってはいられまい。

その人物が、現実的な職業についてさえいればリアリティがあるように、作者も読者も思うようだけれど、私はしばしば、首をかしげる。職業と性格はむすびつくものだ。それに、ひとは生活費を稼がなければならない。職業と性格が離反していれば、ゆたかな収入はのぞめないから、探偵が好きでも、飛びまわってはいられない。

金持で無職、金にも暇にもめぐまれている、という設定にすればいいようなものだが、それはそれで、リアリティがだしにくい。ことに根っからの貧乏人である私には、大金持の生活は書けない。

のちに私が、退職刑事や、なまけものの超自然現象専門探偵をつくったのは、そういうところからきた妥協策だった。現職のときは足の刑事だったのが、老後に頭をつかいだした退職刑事が、あとをついだ息子の話を聞いて、推理をする。大金持の息子が、なまけていられるように、客がきそうもない探偵事務所をひらく。

実をいうと、私は寝たいときに寝て、起きたいときに起きて、気のすすまない仕事はしないですむ、と思って、小説家になったのだけれど、これは誤解だった。だから、心霊探偵の物部太郎は、おやじが大金持だったら、こういうことをする、という私のすがたなのである。それを長篇三作で、つかわなくなってしまったのは、いちいち性格の説明をしなければならず、短篇にはつかえないからだ。つまり、キリオン・スレイは物部太郎の前身、といってもいい存在だった。

＊

なまけもののアメリカ人が、日本にきて居候になる。おいているのは、若手の翻訳家、評論家で、家には多少の財産がある。自称詩人の居候は、なまけてはいられるけれど、あまり行動の自由はない。

そうなると、行動半径は小さくなるから、背景をえらばなければならない。それを、目白に設定したのは、子どものころから、よく知っていて、当時もしじゅう歩いていたからだ。なんどもいったように、私はそのころ、新井薬師に住んでいた。

山の手通りの角から、目白の通りを千歳橋のむこうまで、古本屋が四、五軒あった。それを一軒一軒のぞきながら、ときおり歩いたもので、いちおう過去現在が、私の頭にあったのである。麻布とか、品川に舞台をえらぶと、不安になったときに、いちいち見にいかなければならない。

もちろん、現実どおりの町なみを、書くわけではない。

架空の店舗をならべ、架空の露地のなかに、主人公のすむ家をつくるのだが、現実を知らないと、不安なものなのである。目白には戦災をまぬがれた部分もあり、いかにも新しい店舗もあって、古い山の手の落着きと、モダーンな雰囲気がある。それでいて、遠くから、ひとが押しかけてくるような、雑駁さはない。

しかし、第一作は背景に新宿をえらんだ。作者の出不精が、作品に影響するといっても、まだ私はとじこもりきりの生活はしていなかった。

最初から、シリーズにするつもりはあったが、それほど長つづきはしないだろう、と思っていた。なぜかというと、主人公がアメリカ人という無理が、やがて出てくる、という予感があった。最初はたどたどしい日本語で、なまけものの外人探偵という、おもしろさがだせるにしても、キリオン・スレイは勘がいい。勘がよくなければ、日本の暮しにとけこんで、日本人の心理を、読みとれるようには、ならないだろう。そうすると、いつまでも日本語が、へたでいるわけがない。翻訳家がいつも、通訳としてついているのも、ときには不自然になるだろう。日本語が達者になって、日本人に同化していけば、探偵としては、動かしやすいが、アメリカ人にした意味がなくなる。

自分の創造した人物に、いろいろな欠点を見いだして、いやになる傾向が、私は激しい。むろん欠点というのは、性格的欠点ではない。主人公として、動かしていく上の不利な点のことである。

いいわすれたが、キリオン・スレイという名前は、子どもの命名法といった本から、えらびだした。ペイパーバックスの二冊本で、一冊は男性の名、もう一冊は女性の名、英語圏の名前をあつめた本で、どこの国の系統か、どういう意味があるか、ポピュラーな名か、珍しい名か、くわしく解説してある上に、参考として、苗字についての記述もあった。

そういう便利な本を、買ってあったので、男のほうを調べたら、クィリオンという名が、目についた。フランス系の名で、剣の柄を意味する古語が出典、と書いてあった。平凡でなくて、耳で聞いた感じもいい。それにきめて、苗字のリストを見ていった。名前が変っているから、苗字は平凡なのがいい。といって、重苦しくては、いけないだろう。

ずっとリストを見ていったら、最後のほうにスレイというのがあった。それを見つけたときは、うれしかった。キリオン・スレイ。おぼえやすくて、動かない名前である。

このシリーズは、一誌に連載したものではない。べつべつの雑誌に、飛びとびに書いていった。冒頭に書いたように、私はいま気ぜわしい状態なので、資料をしらべる余裕がないのだが、たぶんこのころから、すこしずつ仕事量をふやしていったのだろう。

子どもが大きくなってきて、いままでのように、たくさんの本を買い、酒を飲んで、すこししか仕事をしないのでは、生活がなり立たなくなってきたのだ。本を買うのは、やめられない。やめられるのは、酒だった。もともと、私は酒が好きで、飲んでいたわけではない。家では、ほとんど飲まなかった。

ゴルフもやらない。マージャンもやらない。野球にも、競馬にも、興味がない。酒でしか、ひととのつきあいが出来ないから、飲んでいた、といってもいい。つまり、酒をやめるということは、人づきあいをやめて、夜、出あるかない、ということになる。

それだけで、浪費がさほど押えられるわけはないから、本を買うのも、かなり押えた。夜あるき、本屋あるきがへって、浮いた時間を、仕事にまわす。そういう計画だったのだが、うまくいったかどうか、いま考えても、よくわからない。

むろん仕事量はふえたのだから、うまくいかなかったわけでもないが、人づきあいが極度にへって、もともと他人と話をするのが苦手なのが、ますます苦手になってしまった。このエッセーにこのところ、他人が登場しないのに、読者も気づいておられるだろう。

周囲のひとたちが、みんな元気で活躍ちゅうなので、無遠慮に書けない、という理由もある。だが、この時期、他人とのつきあいで、書いておきたいようなことも、思いうかばないのである。

私は子どものころから、ひとりで本を読んでいるのが好きで、友だちはすくなかった。はたち代に一年間ほど、マージャンをやったけれど、熱心でもなく、うまくもならなかった。本の話なら、よろこんでするけれども、ほかの話題にはついていけない。本にしても、ベストセラーなぞは読まないから、いよいよ話題はない。

亡くなった渡辺剣次さんが、むかし江戸川乱歩さんのお手つだいをして、「十字路」を書いたとき、私にいったことがある。

「これを機会に、作家になろうか、とも思うが、孤独に弱いからね。孤独に強くないと、作家にはなれないよ」

「そんなことは、ないでしょう。ぼくだって、孤独に弱いのに、なんとか原稿で、めしを食っているもの」

と、私がいったら、渡辺さんは笑って、

「自分のことは、わからないのかな。ぼくが見ていると、きみは実に孤独に強いよ」

三十年以上たってみると、渡辺さんの言葉は、あたっていたのかも知れない。

ワード・プロセッサーにむかうか、本を読むかして、一日をすごして、話しかけても、上の空の返事しかしない、と家内にしばしば、文句をいわれる。

孤独の効用

ワード・プロセッサーをつかうようになっても、小説を書く速度は、早くならない。

体力のおとろえ、ということも、計算に入れなければならないから、手書きのころと、変らないということに、なるだろう。すこし仕事をたくさんすると、ほかのことは、なにも出来ない。

本もろくに読めないので、近ごろは書評をひきうけて、仕事として読むようにしている。手書きで原稿をつくっていたころは、書きだしの一字が、気にいったように書けなくて、原稿用紙をなん枚も、なん枚もやぶるくせがあった。

やぶって棄てるのも、もったいない。裏がえして、メモにつかおうと思って、とっておくと、署名と最初の一字、その日のそ、そ、そ、と一字だけ書いた原稿が、やたらにたまる。書いたときには、気にいらなくて、原稿用紙をあらためたのだが、時間がたってみると、それほどひどい字でもない。

「きみは、頭がおかしいのではないかね」

ときどき、その書きつぶし原稿にむかって——正確には、書きつぶし、というほど、汚れてはいない原稿用紙の山にむかって、話しかけることがあった。

「これはたぶん、一種のパラノイアだよ」

ひとりでいて、ひとりごとを、やたらにいうようになるのは、いい傾向ではない。そんなことを、読むか聞くかした記憶があった。キリオン・スレイのシリーズを書きはじめたころから、そんな生活になっていった。

「さあ、仕事をするんだ」

「いまから、一時間だけ寝るぞ」

といったぐあいに、声にだして、自分に命令することもあった。おなじひとりごとでも、これは気にならない。電車の車掌が、声で行動の確認をするように、自分に命令すると、その気になるのである。ただし、

「いまから、本を読むぞ」

「さあ、トイレにいこう」

といった命令はしない。命令しなくても、その気になれるからだ。

買ったまま、つつみ紙もひらかずに、床につみあげた本が、たくさんあった。しまいには、その重みで、床がかたむいたくらいである。読みたくて、買った本だから、早く読みたい。だが、仕事が遅いから、なかなか読めない。

ことに長篇小説は、なかなか読めなかったから、短篇集やアンソロジイを、なるべく買うようにして、これはよく読んだ。いま記憶に残っているものでは、パトリシア・ハイスミスとクリスティアナ・ブランドの短篇集。どちらも長篇より、いいのではないか、と思った。ことにハイスミ

スは、長篇作家といわれていたし、私もそう評価していた。けれど、短篇には怪談や、奇妙な心理小説があって、気にいった。レイモンド・チャンドラーが、ハイスミスの出世作、「見知らぬ乗客」を、ヒッチコックのために映画脚本にしたときに、

「こんなばかばかしいことを、芝居にできるものか」

と、交換殺人のアイディアを、けなしたという。それが、頭にあったせいか、どうもハイスミスという作家は、好きになれなかった。それが、短篇集――最初の短篇集だったと思うが、それを読んで、すきになったのだった。ところが、近年に翻訳されたハイスミスの短篇集を読んだら、動物を中心にした作品ばかりで、構成した作品集だが、これはがっかりした。

勧善懲悪の動物愛護小説、といったものが多くて、常識をつきぬけたするどさがない。やはりハイスミスは、長篇作家なのかも知れない。

クリスティアナ・ブランドの短篇集は、どれもEQMMに発表された作品で、ぜんぶ翻訳されているから、説明の必要はないだろう。

ハイスミスの短篇は、たぶん私のショート・ショートに、影響をあたえている。私はそのころから、ショート・ショートだけは、推理小説とか、SFとかにこだわらず、きっちりした形のないものでも、自由に書けるようになった。

自分の文体というものを、真剣に考えるようになったのも、そのころだったろう。久生十蘭が好きだったから、それまでにも、文体には気をつかっていた。作者名がなくても、だれの作品か、わかるような小説を書きたい、と思っていた。

しかし、文体は自然にできるものだ、とも考えていた。そして、自分にはもう文体がある、と思っていた。

ところが、いったん気になりだすと、自分の文章には、文体がないように思えてきた。

「なめくじ長屋捕物さわぎ」のシリーズでは、それらしい文体をつくったような気がして、それはそれでいい、と思ったけれど、キリオン・スレイのシリーズはだめだった。「なめくじ長屋」とおなじ文体で、アメリカ人の物語を、

書くわけにはいかない。

といって、あまり大きく違いのある文体は、つくれない。つくれたとしても、急いで書くことが多いのだから、うまくいかないにきまっている。わずかな意識の違いで、つかいわけられなければ、いけないだろう。キリオン・スレイ・シリーズは、構成と文体ともに、苦心したものだった。

＊

孤独の効用という題を、今回はつけた。当時の私に、孤独であることが、役に立ったかどうか、書こうとしているわけだ。

現在の私は、電話のかかってこない日曜日なぞ、晩めしの時間まで、口から言葉を、ひとことも発しないことがある。ワープロの前にすわって、スイッチを入れれば、機械が音を立ててくるから、

「さあ、仕事だ」

と、自分に命令することもない。資料をとりに立とうとして、ワープロ・デスクの脚に、爪さきをぶつけて、

「いてえ！」

なぞと、口走ることはあるが、ひとりごとはいわない。キイ・ボードをたたいていれば、かたかたと音がする。私のかわりに、ひとりごとをいっているような気が、するのかも知れない。

近ごろの私の睡眠時間帯は、まったく一定していなくて、午後四時ころまで、寝ていることもある。午前六時ころに起きて、夜まで仕事をすることもある。朝早くから、仕事をしていて、電話のない日だったりすると、晩めし時分には、口のききかたをわすれたような気がする。そういうときには、

「さて、口がきけるかな」

といってみたりする。仕事時間が長ければ、それだけタバコをたくさん吸うから、喉がおかしくなっている。声の調子が狂っていて、われながら、ぎょっとしたりもするわけだ。あわてて、咳ばらいをして、

「ほんとうに、口がきけなくなっちゃった。どうしよう」

なぞと、さわぎながら、家族の部屋へいくことになる。キリオン・スレイを書きはじめたころは、子どもたちがまだ小学生だったと思う。仕事をしている時間が、だんだん長くなってきても、茶の間をのぞけば、子どもたちがいる。まだ塾がさかんになってはいなかったから、外で遊んでいなければ、茶の間でテレビを見ていた。

だから、子どもたちと話をすることは、けっこう多くて、一日じゅう口をきかないなぞということはない。以前のように、長椅子に寝そべって、本を読んでいるうちに眠ってしまう、ということが、すくなくなっていたのだろう。

仕事のなかで、いちばん多いのは、ショート・ショートだった。短篇ミステリでは、私はパターンにこだわっていた。定形詩のように、きちんとしたものを、書かなければならない、と考えていた。制約にしばられながら、そこに自由をみいだす。それが、推理小説を書くたのしさだ、と考えていたのである。

しかし、ショート・ショートは、私にとって、自由詩みたいなものだった。なにを書いてもいい、ストーリイに、多かれすくなかれ、ひねりがあれば、心理小説になってもいいし、恋愛小説になってもいい。

定形詩の制約もすきだが、自由詩の気楽さもすきだ。しかも、アイディアがひとつあれば、ショート・ショートは書ける。短篇推理小説は、そうはいかない。中心になるアイディアのほかに、ふたつか三つのアイディアがいる。

しかも、ショート・ショートのアイディアが、当時はあとから、あとから出てきた。だから、たくさん書いたのだけれど、本にする気はなかった。長篇や短篇にくらべると、ショート・ショートは、スケッチのようなものだ。画家にたとえれば、画集はだしてもいい、という自信はある。だが、スケッチ集をだすほどの画家には、まだなっていない。そんなふうに、私は自分を考えていたのである。

なによりも、計算が苦手なものだから、切りぬきはとってあっても、それが単行本一冊分、あるかどうか、見当がつかなかった。かりにあるとしても、ばらばらな作品群だ。

私の本は、短篇集であっても、シリーズものだから、あるていど売れるのだ、と考えていた。ショート・ショートでは、本にならない。私は星新一とはちがうのだ、と思っていた。発表さきはPR雑誌が多いから、編集者の目には、あまりとまらない。

「一冊分、たまっていますよ」

と、こちらがいいださないかぎり、むこうから声はかからない、と考えていた。それが、いつの間にか、厚い本の三冊分も、たまっていたのだから、後年、まとめたときに、自分でもあきれてしまった。

私のショート・ショートには、怪談が多い。八十パーセントは、怪談だろう。怪談を書くのは、実にたのしかった。編集者だったころ、怪談のアンソロジイをつくって、近代怪談というものをしきりに考えた。

ところが、日本には近代怪談がすくない。工夫を凝らして、近代怪談をたくさん書くには、ショート・ショートの形式は、もってこいだ。そう思って、書いていたのだが、いずれは長篇で、怪奇小説を書きたい、と思っていた。

しかし、その前に、長篇推理小説を書かなければいけない。トリックに重点をおいたものではなく、謎と論理に重点をおいた長篇である。グレアム・グリーンが、スパイ小説を書くときに、エンタテインメント、と断りがきをつけたのを、手本にして、題名のわきに、謎と論理のエンタテインメント、と書こう。アイディアひとつないうちから、それはきめてあった。

大げさないいかたをすれば、自分の考える現代のミステリを、長篇小説として書かなければ、私は推理作家とはいえない。そう思いこんで、ノートをとりはじめた。私はいい加減な人間で、長篇でも、短篇でも、小説を書くときに、ノートをとったことはない。

ちょうど桃源社から、書きおろし長篇を、という話があった。孤独をえらんだおかげで、方向がさだまったような気がした。

謎と論理

私がどんなふうに、推理小説に興味を持って、それに関わるようになったかを、漫然と書きつづけてきたら、百五十回になってしまった。以前にも書いたように、推理小説としての処女長篇「やぶにらみの時計」が、出版されたところで、最初はおわりにするつもりだった。

けれど、そこまで書いてきても、題名どおり、推理作家が出来あがったような気がしない。「なめくじ長屋捕物さわぎ」のシリーズを書き、「七十五羽の烏」を発表したのが、時代小説と現代小説の両方で、私の推理小説の方向がさだまったときだ、と思う。

そこで、さらに書きつづけて、「七十五羽の烏」のためのノートをとるところまで、たどりついた。ちょうど十二月号でもあるし、この自伝ふうの文章は、おしまいにするべきだろう。

当時の私が考えていたのは、トリックよりもレトリック、ということだった。推理小説は、言葉でつくるもので、トリックでつくるものではない。ごくあたり前のことなのに、日本ではそれがわすれられている。しかし、トリックよりもレトリック、といういいかたは、ごろはいいけれど、わかりにくい。かわりに考えたのが、謎と論理のエンタテインメント、というキャッチフレーズだった。

これも、あたり前のことといえば、それまでなのだけれど、推理小説は謎とトリックのエンタテインメント、という考えかたのほうが、主流をしめていた。トリックは結果であって、端緒ではないはずなのに、そこから考えはじめるから、不自然になる。むしろ、トリックはいらない、そんなものは棄ててしまえ、というのが、私の考えだった。

考えというより、観察の結果というべきだろう。英米のミステリを読んで、その真似をしようとすると、まずトリックが邪魔になる。日本人は物真似の天才で、海外の新しいものを、なんでも取入れてしまう、というけれど、ミステリだけは、そうではない。

といって、独創的なわけでもない。真似は真似なのだが、新しいところは、真似ようとしないで、古いものばかり真似している。これは滑稽なことではないか、というのが、私の意見だった。

私は元来、きわめていい加減で、推理小説を読みはじめたのも、以前に書いたように、死んだ兄にすすめられたからだ。子どものときは、ひとの影響を、だれでもうける。しかし、私の場合は推理小説に深入りしたのも、翻訳の真似ごとをはじめたのも、翻訳出版の編集者になったのも熟慮のすえではない。もののはずみで、ひとの言葉にのってのことだった。

ミステリ作家になったのも、捕物帳を書きはじめたのさえ、ひとにいわれてのことだった。まったく、主体性がない。だから、ここらで自分から、本気になって考えてみようと、推理小説とむきあったのが、「七十五羽の烏」だった。

もっとも、それまではすべて、本気でなかった、というわけではない。ひとにいわれてのことでも、その方向に歩きはじめれば、対策を真剣に考える。翻訳出版の編集者になってからの数年、そして、推理作家になったばかりのころ、私が考えていたのは、大げさにいえば、日本のものしか読まない読者と、翻訳ものの読者を、融合させることだった。

当時はこのふたつの読者層が、かなり明確に、わかれていたのである。昭和三十年代の後半に、その融合は成功した、といっていいだろう。もちろん、私ひとりの力ではない。しかし、発起人として大いに働いた。というくらいには、うぬぼれてもいいような気がする。いわゆる推理文壇も、翻訳文壇も、そのころは狭かったから、

「日本のミステリは、四半世紀もおくれている。なんとかしなければ、いけない」

といいつづけるのは、かなり勇気がいったのだ。これは、当事者でなければ、わからないだろう。さらに恰好のいい

表現をすれば、推理小説全般については、いちおう目的を達した。こんどは、自分自身の推理小説を、完成させよう、というのが、謎と論理のエンタテインメントの実践だった。

それが、私という推理作家の出来あがり、というわけだけれど、はた目には喜劇であろう。融合状態は長続きせずに、二十年かそこらで、創作読者と翻訳読者は、また分離してしまった。海外ミステリとのひらきは、大きくなっている。そして、私はいまだに、自分の推理小説を、つくりあげていない。

二十年まえ、三十年まえとちがって、創作の読者も、翻訳の読者も、格段にふえているから、ひとりやふたりが、

「日本のミステリは、泥くさい」

といったくらいでは、なんの変化も起らないだろう。極端から極端へ、あっさり戻るのが、日本人の特質だとしても、がっかりせざるをえない。

*

昭和四十七年の三月に、「七十五羽の烏」は出版された。私はあと四カ月たらずで、四十三歳になろうとしていた。ずいぶん遅く、本気になったものである。

この作品では、物部太郎という探偵を、私はつくった。この人物は、背景が複雑なので、長篇小説でしかつかっていない。そして、三作だけで、私は書きおろし長篇から、はなれてしまった。作品数では、私は短篇小説を、多く書いている。だから、短篇作家ということに、なるのだろう。

しかし、去年から今年にかけて、書きおろし長篇を三作、私はしあげた。そうすると、短篇作家という自覚は、うすらいでくる。それに、私の短篇はシリーズものが多い。シリーズは、こまぎれの長篇といってもいい。純粋な短篇小説は、怪談とショート・ショートだけ、ということになるだろう。そのショート・ショートも、半分は怪談で、あとの半分がSFとミステリである。

長篇二作を書きあげたあとで、短篇を書こうとしたら、勝手がちがって、うまくいかない。都筑道夫という筆名をつかいはじめて、もう三十九年になる。つかいはじめから、

原稿料をもらっていたので、売文業、足かけ四十年になるわけだが、いつまでたっても、馴れるということがない。よっぽど、不器用なのだろう。最後まで、愚痴をいっていては、みっともない。「七十五羽の烏」の話をすすめよう。この作品と前後して、私は推理小説論を、雑誌に書きはじめた。それが、「黄色い部屋はいかに改装されたか?」である。実作と評論の両方で、私の推理小説観を、知ってもらおうとしたのだった。

実作のほうは、張りきって、前にもいった通り、かなり丁寧にノートをつくってから、それにしたがって、書いていった。けれど、評論のほうは、それほどの準備期間がなかった。したがって、かなり行きあたりばったりのところが、出来てしまった。

それに、十年たったいまでは、考えがかわったところもある。パズル小説の根本は、謎と論理だ、というところには、考えの変化はない。だが、謎とき小説そのものと、時代との関わりに、いまは問題があるような気がしている。

別のエッセーでも、書いたことがあるけれど、この一、二年、海外の作品で、かなりリアリスティックに、現代人のかかえている問題と、謎ときを結びつけたものを読んだ。ところが、結末にきて、とつぜん、つくりものになってしまう作品が、しばしばあった。

なぜ真実味のある作品が、嘘になってしまうかというと、事件のすべてに説明がついて、あまりにも、つじつまがあいすぎるからである。つまり謎がとけるから、そらぞらしくなるのである。

この世のなかのことは、すべて説明がつくものではない。つじつまがあっては、かえっておかしい。そういってしまうと、推理小説では、現代はえがけない、ということになる。えがけない部分も多いが、まったく書けないわけではない。そらぞらしくなるのは、論理と正義を結びつけようとする場合に多い、ということが、考えかたの手がかりになりそうだ。

そういう問題を中心に、もういちど、推理小説論を書きたい、とも思うけれども、それより実作が先だろう。推理小説の基本は、リアリズムである。これは、動かせない。

なぜか、というまでもないだろう。論理的に謎をとく、ということは、読者の常識に、立脚しなければならない。

たとえばSFふうの、魔法の世界や、未来社会を舞台にするにしても、それを現実として、完全に説明しなければ、フェアプレイは行えない。それが、常識に立脚する、ということだ。したがって、ミステリは、時代と切りはなせないのである。

去年に書いた作品と、ことし書いた作品とでは、微妙なちがいがあるはずなのだ。とはいっても、次から次へと短篇を書き、長篇を書く、という状態では、なかなかそうもいかない。

心がまえだけは、現実に密着しているつもりで、現代ミステリを書いていこう、と思っている。ことしはもう一作、長篇を書く予定で、いま準備している。これまで中篇のかたちで、二冊、書いているホテル・ディックのシリーズを、長篇でやるつもりでいて、年末完成が目標だ。

さいわいなことに、私はストレスをあまり感じない。まったく感じないわけではなく、年齢とともに体力が衰えて、がっかりもするし、税金のことを考えると、助けてくれ、と叫びたくもなる。しかし、そういう悩みで、眠れなくなるというほどではない。

体力とともに、自信のあった記憶力も、かなり衰えてきた。先日もあるひとの小説に、歌舞伎のかつらのことが、書いてあったのを思い出して、エッセーに利用した。その本は、戦争ちゅうに読んで、空襲で焼いてしまって、以来、お目にかかっていない。有名作家ではないので、たしかめることも出来ないまま、こういうひとの小説に、歌舞伎のかつらについて、こういうことが出ていた、と書いたのだが、偶然は思いがけない働きをする。

エッセーを書いた直後、たまたま古本屋の目録で、その本を見つけたのである。さっそく注文して、実に四十三年ぶりに、読みかえした。かつらについては、記憶どおりのことが書いてあって、安心した。しかし、それが出てくるのは、小説ではなかった。戯曲だったのである。

印象が強くて、かつらのことはおぼえていたが、小説と戯曲という、単純なことをわすれているのだ。これには、大いに自信を失った。次には印象の強烈だったことも、わすれてしまうに違いない。記憶力が大きく退歩しないうちに、書きたいことを書こうと思う。謎と論理のエンタテインメント、という主張で、長篇のノートを取りはじめたときを、思い出したのが、いい機会だろう。

過去の自分を語ることは、これくらいにして、新しい作品に専念しよう。長いあいだ、つきあっていただいて、ありがとうございました。

あとがき

長いあいだ、ほったらかしにしておいたエッセー、『推理作家の出来るまで』が、ようやく上下二冊の本になった。

これもフリースタイル社の吉田保さんが、力をつくしてくれたおかげである。日下三蔵さんにも、たいへんな御苦労をかけた。私は数字をおぼえるのが、きわめて苦手で、以前は自宅の電話番号さえ、わすれることがあった。だから、ある仕事をはじめた時期など、なかなか正確におぼえてはいられない。日下さんの調べは行きとどいていて、私がわすれているような作品の題名まで、あがっている。むろん、いちいち掲載誌にあたっているのだから、私がおぼえていないだけのことだ。そういえば、ことわっておかなければ、いけないことがある。

早稲田実業学校で、おなじ学年で、中島飛行機の徴用時代に親しくなった林という男がいる。兄が中国で医者をしていて、当時、人気のあった女優の陳雲裳と結婚した、ということだった。ところが、エッセーの連載がおわって、だいぶたってから、あれは事実か、という問いあわせがあった。

グラフ雑誌の中国映画の特集記事で、たしか読んで、林君に聞いたら、肯定したのだったと思う。だから、林君に確かめればいいわけだが、問いあわせがあったときには、疎遠になっていた。ひとづてに聞いたところでは、林君のお兄さんはどうやら、敗戦後、日本へは帰ってこなかったらしい。

くわしいことはわからないので、いじの悪い考えかたをすれば、林君がうそをいったのかも知れない。映画特集をしていた雑誌も、わからない。しかし、陳雲裳がトップハットに燕尾服、むきだしの足で、摩天楼を背景に踊っているレビュー映画の写真が、大きく載っていたのは、はっきり記憶している。

すこし小さい写真では、『中国羅賓漢』という映画の剣戟場面も、載っていた。羅賓漢と書いて、ロビン・フッドと読むらしい。それを見てすぐ、エロール・フリンの映画のまねだな、とわかったのだから、その雑誌は千九百四十年に、出たものだったろう。エロール・フリンの『ロビン・フッドの冒険』は、昭和十五年に日本で公開された。

私はそれを見ていたから、すぐにわかったのである。その年の映画雑誌をしらべて、陳雲裳が日本人医師と結婚した話がでていれば、でたらめでないことがわかるのだけれど、その丹念さはわたしにはない。

都筑道夫

二千年十一月

都筑道夫　年譜

日下三蔵　編

1929年（昭和四年）
七月六日、東京市小石川区関口水道町62で漢方薬局を開いていた松岡家の三男として生れる。本名・巖。

1938年（昭和十一年）七歳
関口台町小学校に入学。

1941年（昭和十五年）十一歳
後に落語家となる次兄・勤治の影響で、芝居や映画に熱中。

この頃から眼鏡をかけるようになる。病弱で看護室の常連。二十歳まで生きないだろう、といわれていた。

1942年（昭和十七年）十三歳
早稲田実業学校に入学。

1943年（昭和十八年）十四歳
九月から学徒徴用で三鷹の中島飛行機工場へ。次兄・勤治は正岡容の紹介で古今亭志ん生に入門、志ん治を名乗る。

1945年（昭和二十年）十六歳
春ごろから、武蔵境の町工場へ転属。五月二十五日の大空襲で焼け出され、大塚仲町の叔父の家に身を寄せる。この頃、山本有三「女人哀詞」を読み、戯曲家を志す。小磯惇というペンネームも考えたが、結局この名前は使わなかった。終戦後、江戸川端にバラックを建てて移り住むが、漢方薬局だけではやっていけず、古本屋を兼業。桃源書房と号す。十二月、親にも内緒で早稲田実業学校を中退。

1946年（昭和二十一年）十七歳
春ごろ、正岡容に入門、習作としてひと幕ものの戯曲を二篇書くが、それとは別に書いた小説「滅びしものは美しきかな」の方が誉められる。「紅毛錦絵」のタイトルで長篇を書き始めるが、五枚ほどで中絶。次兄は今輔門下へ移り、桃源亭花輔を名乗る。

1947年（昭和二十二年）十八歳
四月、正岡容の紹介で神田多町の新月書房に入社し、「スバル」「幕間」「寄席」といった雑誌の編集に従事。初めて小説が活字になったのは、「幕間」の埋め草に書いたショート・ショートで、ペンネームは小林菖夫であった。

1948年（昭和二十三年）十九歳
「スバル」編集部から青灯社に移って「ポケット講談」の編集長をしていた後藤竹志の依頼で、同誌に講談速記本のリライトを毎月百枚ずつ書くようになる。最初の作品は「爆烈お玉」で、ペンネームは伊藤燕玉であった。七月、大坪砂男のデビュー作「天狗」を読んで衝撃を受ける。

1949年（昭和二十四年）二十歳
四月、次兄が真打となり、鶯春亭梅橋を名乗る。「ポケット講談」にさまざまな名前で作品を発表。後藤編集長に中心となるペンネームを決めた方がいいと勧められ、以後、都筑道夫を名乗る。ともに二十五歳で夭折した京大出身の秀才、都筑明と吉村道夫から半分ずつ名前をもらったものだが、初めてこの名前で発表したのは、小説ではなくて実話読物だった。

1950年（昭和二十五年）二十一歳
一月、「ポケット講談」に「木彫りの鶴」を発表。初めて都筑道夫名義で書いた時代小説であった。春ごろ、「実話と読物」の伊藤文八郎に紹介され、同誌にも作品を発表するようになる。この頃のペンネームは、淡路龍太郎、鶴川匡介など。六月ごろ、手紙のやり取りをしていた大坪砂男を、当時寄宿していた骨董店に初めて訪ね、以後、弟子入りに近い形で頻繁に通うようになる。大坪の紹介で、宇野利泰、阿部主計、日影丈吉らと知り合う。

1951年（昭和二十六年）二十二歳

親元を離れ、中野区沼袋町438荒井方に寄宿。読物雑誌に作品を書きつづける。この頃の切りぬきは、後に当時のペンネームをそのまま活かした『都筑道夫ひとり雑誌』としてまとめられた。

1952年（昭和二十七年）二十三歳

五月、日本探偵作家クラブ（現・日本推理作家協会）に入会。

1953年（昭和二十八年）二十四歳

収入源であった小判の読物雑誌が次々とつぶれたため、二月、四谷舟町のオペラ口紅宣伝部に入社、広告の文案を手がけるようになる。この頃、ペイパーバックの推理小説を集めはじめるが、まだ読みこなせなかった。新宿の喫茶店「丘」の常連となる。大坪砂男の紹介で、当時外務省にいた松村喜雄と知り合い、二人で翻訳を始めるが、フランス語の出来る松村が訳した作品を、小説らしくリライトするのが役割であった。後に、松村の翻訳が遅れがちになると、しばしば後半を創作して難を凌いだ。なお、翻訳リストのうち、後の『都筑道夫ひとり雑誌』に収められている作品（☆印）は、創作である。

翻訳　シメノン「オランダの犯罪」共訳・松村喜雄（宝石11）、シメノン「幕を閉じてから」共訳・松村喜雄（探偵倶楽部11）

1954年（昭和二十九年）二十五歳

一月、文京区大塚坂下町へ転居。次兄との同居生活を送る。八月十六日から九月二十二日にかけて、初の書下し長篇『魔海風雲録』を執筆。十月、新宿歌舞伎町879荻須方へ転居。同月、探偵作家クラブ書記局の映画係に就任する。十一月、『魔海風雲録』を若潮社より刊行。ただし、版元倒産で印税はほとんど貰えなかった。十二月、「丘」の常連たちが出版記念会を開いてくれる。

翻訳　シメノン「怪盗ルトン」共訳・松村喜雄（探偵倶楽部2）、ガボリオ「絞首台は待たせておけ」共訳・松村喜雄（探偵倶楽部5）、ホーナング「騒がしき夜の闇」共訳・松村喜雄（探偵倶楽部6）、ツウサン・サマ「恐怖飛行」☆淡路瑛一名義（探偵倶楽部7）、ルネ・ピュジオル「地獄の大使」☆淡路瑛一名義（探偵倶楽部8～9）、ガストン・ルルウ「オペラの怪人」海野雄吉名義（探偵倶楽部9）、ホーナング「恋の陽の下に」共訳・松村

喜雄（探偵倶楽部10）、アペステギュイ「十一時の貴婦人」海野雄吉名義（探偵倶楽部11）

1955年（昭和三十年）二十六歳
独学で英語を習得、時には創作もするリライト翻訳家から、本当の翻訳家へと転身する。この頃、海外のハードボイルド、SFに興味を持つ。五月から、田中潤司と組んで探偵作家クラブ会報に海外ミステリニュース「望遠レンズ」を連載。七月、新宿区戸塚町四丁目768野村方に転居。十月二十七日、次兄が二十九歳の若さで病没。
翻訳　ハンター「闇にひそむ顔」（探偵倶楽部1）、シルヴァ「欲望の港」☆淡路瑛一名義（探偵倶楽部2）、ブースビイ「白妖姫」海野雄吉名義（探偵倶楽部3）、チャペク「噂の男」（宝石4）、ウールリッチ「マネキンさん今晩は」（探偵倶楽部6）、チャンドラー「事件屋商売」（宝石7）、アイリッシュ「電話のベルは死ねと呼ぶ」（探偵倶楽部8）、ジェイコブズ「デッドロック」（宝石11）、アイリッシュ「セントルイス・ブルース」（探偵倶楽部11）、アラン・リード「接吻は血を拭いてから」☆結城勉名義（探偵倶楽部12）

1956年（昭和三十一年）二十七歳
一月、「宝石」にハードボイルド論「彼らは殴りあうだけではない」を発表。同月、新宿区戸塚町三丁目961織田方に転居。五月、創刊されたばかりの「エラリイ・クイーンズ・ミステリ・マガジン」（EQMM）の編集長に招聘され、早川書房に入社、実質的に第三号から編集を担当することになる。同時に、ハヤカワ・ポケット・ミステリの作品セレクトもまかされ、初期には編集部M名義、翌年からは都筑道夫名義で百冊近い本の解説を執筆する。八月、EQMM第二号から、海外ミステリ紹介コーナー「ぺいぱあ・ないふ」を連載。同月、ハヤカワ・ポケット・ミステリから、怪奇小説の流れを系統的に俯瞰できるアンソロジー『幻想と怪奇』全二巻を編集刊行。十一月十一日、結婚と同時に世田谷区大原町1169に転居。十二月から翌年四月まで、「読切雑誌」にSF長篇「地獄の鐘が鳴っている」を連載。
翻訳　サキ「開いた窓」（宝石1）、E・S・ガードナー「あの幽霊を追いかけろ」（探偵倶楽部1〜8）、M・レーン「拳銃の裁き」海野雄吉名義（探偵倶楽部4）、クリスティ「負け犬」（別冊宝石5）、ハメット「うろつくシャム人」（探偵倶楽部6増）、スタインベック「蛇の舌」（探偵倶楽部6増）、フィッシャー「まだ死ぬものか」（探偵倶楽部8）、エバーハート「ワグス

タフ家の真珠」(EQMM9)、チャンドラー「赤い風」(探偵倶楽部12)、クリスティ「危険な女」(知性12)

1957年(昭和三十二年)二十八歳

一月、児童向け翻訳ミステリ『象牙のお守り』(カロリン・キーン/淡路瑛一名義)を保育社より刊行。七月、世田谷区大原町1109に転居。十一月、児童向け翻訳ミステリ『銀のたばこケースの謎』(マーカンド/伊藤照夫名義)を講談社より刊行。十二月十五日、長女・利奈誕生。十二月から、福島正実とともにハヤカワ・ファンタジイ(後のハヤカワ・SF・シリーズ)を発刊。初期九冊の解説を担当する。

翻訳　Q・パトリック「11才の証言」(EQMM3)、エリン「ブレッシントン計画」津川啓子名義(EQMM3)、ブラウン「1999年」(EQMM5)、コールズ「幽霊に手錠はかけられぬ」津川啓子名義(EQMM6)、フィニイ「死人のポケットの中には」(小説公園8)、キッド「遺書」(EQMM9)、アリンガム「見えない扉」(EQMM11)、ハリデイ「死刑前夜」(小説公園12)

1958年(昭和三十三年)二十九歳

EQMM編集のかたわら、創作と翻訳を発表、十一月から翌年三月まで、淡路瑛一名義で「マンハント」に訳載したエヴァン・ハンター(エド・マクベイン)の酔いどれ探偵シリーズは、大きな反響を呼び、六〇年には、贋作シリーズが発表されることになる。十一月、翻訳SF『裸の太陽』(アイザック・アシモフ/伊藤照夫名義)を講談社より刊行。ただし、実際は常盤新平による下訳をそのまま使用したもの。

女を逃がすな(耽奇小説4)、黒猫に礼をいう(耽奇小説5)、ピストルが欲しい(耽奇小説7)、妻を殺したが(探偵倶楽部7増)、死んで行くのは誰だ(耽奇小説9)、人が死ぬのを忘れた日(探偵倶楽部9)、月に罪あり(耽奇小説10)

翻訳　ロックリッジ「誰も言えない」(EQMM4)、E・S・ホールディング「さらば大きな女よ」(EQMM6)、スレッサー「殺人狂」(EQMM8)、アーネスト・レイマン「通話状態良好」(耽奇小説11)

1959年(昭和三十四年)三十歳

EQMM一月号で、初めて日本にショート・ショートという呼称を紹介する。自らも、「洋酒天国」十一月号に発表した「四十二の目」以降、おびただしい数の作品を執筆。二〇〇〇年現在、ショート・ショート作品の数は九百篇を数える。七月、翻訳ミステリ『殺人混成曲』(マリオン・マナリング)を早川書房より刊行。さまざまな名探偵が一堂に会するパスティーシュ長篇だが、探偵ごとに訳者を変えて、全体の演出を担当。同月、「EQMM」の第一回コンテストで社内選考を担当。入選は結城昌治「寒中水泳」で、予選通過者の中には田中小実昌や小泉喜美子がいた。夏ごろ、早川書房を退社。講談社の児童書の仕事を手伝っていたが、創刊されたばかりの「週刊少年マガジン」からも声がかかり、小説「拳銃天使」（21〜38号）、マンガ「パトロールQ」（伊藤照夫名義、画・天馬正人）（30号〜）を連載する。九月二十二日、次女・まゆみ誕生。

　ゆうれい通信（少女クラブ1〜12）、拳銃天使（少年マガジン8／16〜12／13）

翻訳　ブラウン「模範的殺人法」（EQMM1）、ネドモン「対話」（EQMM3）、レイ・ブラッドベリ「町みなが眠ったなかで」（EQMM6）、デイ・キーン「女は汚い罠をかける」（実話と秘録6増）、レイ・ブラッドベリ「月は六月その夜闌けに」（EQMM7）、グルーバー「写真は嘘をつかないが」（EQMM8）、ロバート・ブロック「頭上の侏儒」（EQMM9）

1960年（昭和三十五年）三十一歳

　二月、中野区上高田二丁目287に転居。「マンハント」に酔いどれ探偵の贋作シリーズを連載した他、ショート・ショート、児童向けのミステリ、マンガ原作などを精力的に執筆する。三月から九月まで、真鍋博、岩田宏と組んでナンセンスな暦「だれんだあ・かれんだあ」を「マンハント」に連載。七月二十四日、東京新聞社の講演会に招かれて海外ミステリについて話した際、旧知の編集者に推理小説の執筆を打診され、初の書下しミステリ『やぶにらみの時計』にとりかかる。十二月、真鍋博と組んでショート・ショートの連作にイラストをつけた私家版カレンダー「クレオパトラの眼」を発行。

　耳のある家（少女クラブ1〜12）、レミゼラブル（洋酒天国4）、背中の女（マンハント4）、三匹の目あきの鼠（ヒッチコック・マガジン4）、おれの葬式（マンハント5）、畸形の機械（SFマガジン5）、気のきかないキューピッド（マンハント6）、GO AHEAD!（宝石6）、廿日ネズミと人間と（洋酒天国6）、黒い扇の踊り子（マンハント7）、女神に抱かれて死ね（マンハント8）、ダブル・スティール（別冊サンデー毎日8）、小説エラリイ・クイーンズ・ミステリ・マガジン（EQMM8）、蠅が落ちる（ヒッチコック・マガジン8）、ニューヨークの日本人（マンハント9）、わからないaとわからないb（SFマガジン9）、さよなら（洋酒天国10）、狂ったロボット（宝石12

翻訳　ブラウン「パラドックス・ロースト」（宝石1）、ロバート・ブロック「生きている腕輪」（EQMM4）、ロバート・ブロック「私はあなたの切り裂きジャック」（宝石4）、エヴァン・ハンター「危険な遊戯」（マンハント8）、リチャード・S・プレイザー「穴の恨みは大きいぜ！」（マンハント10）、ジョナサン・クレイグ「身許不明の女」（マンハント11）、エヴァン・ハンター「メリイ・メリイ・クリスマス」（マンハント12）

1961年（昭和三十六年）三十二歳

一月、『やぶにらみの時計』（中央公論社）を刊行して、本格的に推理作家としてデビュー。六月には第二作『猫の舌に釘をうて』（東都書房）を上梓するが、つづいて中央公論社から出るはずだった『虚影の島』は、仙台への取材旅行まで行いながら、百枚ほど書いて破棄。「少年マガジン」に連載したマンガ「パトロールQ」が、ラジオドラマ化される。

やぶにらみの時計（中央公論社1）、砂男（少女クラブ1～12）、アッシャア家の崩壊（マンハント1）、怪談（ヒッチコック・マガジン2）、凶行前三十五年（サンデー毎日特別号3）、影が大きい（実話特報4／20～5／4）、お安く片づけます（サンデー毎日特別号5）、風のたたずむ窓（特集実話特報5／8）猫の舌に釘をうて（東都書房6）、イメージ冷凍業（SFマガジン6）、随筆がかけなくなったわけ（宝石7）、炎の海（朝日新聞7／12）、濡れた恐怖（週刊実話特報7／20）、札束がそこにあるから（週刊大衆8／7～9／4）、不快指数（SFマガジン9増）、宝さがし（漫画讀本9）、花束は大きく（週刊漫画サンデー9／2）、なめくじに聞いてみろ（実話特報9／14～62／3／22）、スターパトロール（少年クラブ9～12）、どろんこタイムズ（中学時代三年生9～62／3）、霊柩車へどうぞ（週刊漫画サンデー9／30）、秘密ショオ（講談倶楽部10）、ひとだまを見た（小説中央公論10）、死体にも足がある（週刊漫画サンデー10／28）、肩がわり屋（推理ストーリー12）

翻訳　エヴァン・ハンター「歩道に血を流して」（マンハント4）

1962年（昭和三十七年）三十三歳

七月、『餓えた遺産』（『なめくじに聞いてみろ』改題）を東都書房より刊行。同月、初の短篇集『いじわるな花束』を七曜社より刊行、佐野洋、樹下太郎、河野典生、多岐川恭ら、新人作家で結成した「他殺クラブ」のメンバーが中心となった「七曜ミステリシリーズ」の第四巻。八月、『誘拐作戦』を講談社より書下し刊行。十二月一日、日活「危いことなら銭になる」（中平康監督）公開。『紙の罠』の映画化で、出演は宍戸錠、浅丘ルリ子。

スターパトロールゆうれい光線（少年クラブ1～6）、隣りは隣り（週刊漫画TIMES1／17〜2／28）、らくがきの根（推理ストーリー3）、帽子をかぶった猫（漫画讀本4）、旧友（別冊小説新潮4）、にわか雨（スリラー街5）、奇蹟を売る男（推理ストーリー7）、幽霊になりたい（週刊大衆8／18）、誘拐作戦（講談社8）、紙の罠（桃源社9）、昔むかしの少しあと（EQMM10）、クレオパトラの眼（宝石11増）

1963年（昭和三十八年）三十四歳

前年に刊行した『誘拐作戦』が、第十六回日本推理作家協会賞の候補となる。七月、「実話特報」に連載した中篇を元に『悪意銀行』を書下し刊行。ひきつづき『第二悪意銀行』を構想、「NG作戦」などを組み込んだ内容になる予定だったが、完成しなかった。八月から翌年一月まで、「ハードボイルド・ミステリィ・マガジン」に雑学エッセー「このあいだのツヅキです」を連載。ただし、第一回のみ、タイトルは「来月もツヅキが出ます」だった。九月、翻訳ミステリ『酔いどれ探偵街を行く』（カート・キャノン＝エド・マクベイン）を早川書房より刊行。

悪意銀行（実話特報1／3〜2／7）、銃声（推理ストーリー1）、奇形児（漫画文芸2）、変身（SFマガジン2）、NG作戦（宝石2）、残酷な夜（週刊大衆3／9）、みけ猫きじ猫からす猫（別冊小説新潮4）、第七感覚（別冊小説新潮6）、悪意銀行（桃源社7）、過去に行った小さな人（SFマガジン7）、鏡の中の悪女（推理ストーリー8）、苦の世界（別冊宝石9）、メタム（小説現代10）、空前絶後意外な結末（宝石12）

1964年（昭和三十九年）三十五歳

早川書房の日本SFシリーズの一冊として、本格スペース・オペラ『地球強奪計画』の刊行が予告されるが、未完成に終わる。予告の文章は、「ついに、太陽系をねらう超人類との対決の時がきた。大宇宙を股にかけて展開される虚々実々のスパイ合戦の結末はいかに？　スペース・オペラの決定版！」であった。後に、冒頭部分が横田順彌編集の同人誌「SF倶楽部四号」（71年5月）に再録された。真鍋博が製作した短篇アニメ映画「潜水艦カシオペア」に原作を提供。十二月、『三重露出』を東都書房より書下し刊行。

目をとじて歩け（推理ストーリー1）、手袋のうらも手袋（別冊宝石1）、死体を着た男（驚異の記録1）、次郎長意外志（週刊漫画TIMES1／11〜2／1）、ギャング予備校（ニュース特報1／28〜2／24）、流刑囚（別冊宝石3）、情夫の義務（話のタネ本4／21）、盗むたのしみ（EQMM10）、三重露出（東都書房12）、偶然信者（週刊現代12／17）、000奇々怪々（EQ

MM12）

1965年（昭和四十年）三十六歳

東映のテレビドラマ「スパイキャッチャーJ3」の原作を担当、十月七日から翌年三月三十一日にかけて全二十六話を放映。出演は、川津祐介、丹波哲郎、江原真二郎で、「ぼくら」十一月号からはマンガ版（画・堀江卓）も連載された。ただし、当初の予定と違って子供向けの作品となったために、使えなくなったアイデアを投入して同一設定の小説『暗殺教程』を連載した。十月二十三日、日活「怪盗X 首のない男」（小杉勇監督）公開。出演は宍戸錠、松原智恵子。シナリオを執筆した後で低予算のモノクロ映画に企画変更、内容は大幅に違ったものとなった。十二月五日、東宝「一〇〇発一〇〇中」（福田純監督）公開。出演は、宝田明、浜美枝。オリジナル・シナリオ「パリから来た男」に岡本喜八が手を加えて映画化したもの。

機械結婚（世界の秘境1）、不法監禁（推理ストーリー2）、ダジャレー男爵の悲しみ（漫画讀本9）、幽霊コンテスト（推理ストーリー10）、暗殺教程（F6セブン11／1〜66／7／9）

1966年（昭和四十一年）三十七歳

二月十二日、日活「俺にさわると危ないぜ」（長谷部安春監督）公開。『三重露出』の翻訳パートの映画化で、シナリオは中西隆三との共同執筆。出演は、小林旭、松原智恵子。

遠来の客（漫画讀本1）、侵入者（漫画讀本2）、地球を救った男（漫画讀本3）、隠密五人男（漫画讀本8）、電話の中の宇宙人（『SFエロチックミステリ』秋田書店10）

1967年（昭和四十二年）三十八歳

二月四日、東宝「殺人狂時代」（岡本喜八監督）公開。『飢えた遺産（なめくじに聞いてみろ）』の映画化。出演は、仲代達矢、団令子。低予算ながら、原作のアイデアをうまく活かした素晴らしい出来映えであった。二月十一日、東宝「国際秘密警察 絶体絶命」（谷口千吉監督）公開。出演は、三橋達也、水野久美。オリジナル・シナリオ「キリング・ボトル」を元に、関沢新一がアレンジしたもの。四月十六日から九月二十四日にかけて、光瀬龍とともに監修を担当した児童向けの東映の特撮テレビドラマ「キャプテンウルトラ」全二十四話が放映される。主演は中田博久で、若き日の小林稔持も出演していた。五月、児童向け翻訳SF『火星のくも人間』（バローズ）を講談社より刊行。十月十七日から翌年七月九日にかけて、原案を提供した東映のテレビドラマ「一匹狼」全三十九話が放映される。出演は、天知茂、野際陽子。十二月、キリオン・スレイシリーズの第一作「剣の柄」を発表、以後、本格推理のシリーズを次々と開始することになる。

幽霊に好かれた男（別冊宝石1）、暗い橋（別冊小説新潮1）、セックス革命（小説現代6）、夢の完全犯罪（漫画讀本7）、剣の柄（推理界12）、頭の戦争（平凡パンチ12／25）

1968年（昭和四十三年）三十九歳

三月十六日、東宝「続一〇〇発一〇〇中　黄金の眼」（福田純監督）公開。オリジナルシナリオ「ベイルートから来た男」に小川英と福田純が手を加えて映画化したもの。出演は、宝田明、前田美波里。三月から十一月まで、三一書房から旧作のリプリント《都筑道夫異色シリーズ》全六巻を刊行。第一長篇『魔海風雲録』を『かがみ地獄』と改題して収めた他、『いじわるな花束』と併せて新たに編んだミステリ中篇集『犯罪見本市』を収録。四月六日から七三年四月七日まで、原案を提供した東映のテレビドラマ「キイハンター」全二百六十二話が放映される。出演は、丹波哲郎、千葉真一。十二月から、「なめくじ長屋捕物さわぎ」の連載を開始、推理味の薄い江戸風俗小説と化していた捕物帳を、本格推理の形に戻す野心的な試みで、著者の代表作となった。

葡う（別冊小説新潮1）、またひとり人の死ぬ夜（話の特集5）、二重底（推理界5）、鏡（ミステリマガジン5）、人類愛（週刊朝日8／16）、悪魔学入門（漫画讀本9）、闇の儀式（推理界10）、裸のアリバイ（推理ストーリー11）、人喰い舟（推理界12）、溶けたナイフ（時12）、宇宙人がやって来た（中一時代12）、ああ、タフガイ（ニュース特報12／25）

1969年（昭和四十四年）四十歳

五月、ショートミステリのアンソロジー『海底の人魚』を新風出版社より刊行。六月、児童向けの怪奇長篇『妖怪紳士』を朝日ソノラマより刊行。十月、自作を解説したエッセー「死体を無事に消すまで」を「ミステリマガジン」に発表。十一月、「なめくじ長屋捕物さわぎ」の第一集『血みどろ砂絵』を桃源社より刊行。

砂絵くずし（推理界1）、湯あがり美人図（推理界2）、でんでんむしむし（推理界3）、怪奇小説という題名の怪奇小説（話の特集3〜12）、本所七不思議（推理界4）、いのしし屋敷（推理界5）、心中不忍池（推理界6）、標的は誰だ（小説宝石7）、温泉宿（ミステリマガジン7）、不動坊火焔（推理界7）、天狗起し（推理界8）、正夢（アサヒ芸能8／14）、三つの願い（アサヒ芸能8／21）、よく遊びよく遊べ（アサヒ芸能8／28）、偶然かそれとも…（アサヒ芸能9／4）、人間そっくり（アサヒ芸能

9／11）、つつもたせ（アサヒ芸能9／18）、もう一人の自分（アサヒ芸能9／25）、赤い箱（アサヒ芸能10／2）、エロスの巣（アサヒ芸能10／9）、サブ（アサヒ芸能10／16）、死刑囚（アサヒ芸能10／23）、見えない情婦（アサヒ芸能10／30）、幽霊売ります（別冊小説新潮10）、南蛮大魔術（推理界10）、死体と寝たい（推理10）、招待旅行（アサヒ芸能11／6）、転移（アサヒ芸能11／13）、裸の街（アサヒ芸能11／20）、やれ突けそれ突け（問題小説11）、羅生門河岸（サンデー毎日読物専科11）、そこつ長屋（ミステリマガジン12）、雪もよい明神下（推理界12）

１９７０年（昭和四十五年）四十一歳

前年に刊行した『血みどろ砂絵』が、第二十三回日本推理作家協会賞の候補となる。七月、「なめくじ長屋捕物さわぎ」の第二集『くらやみ砂絵』を桃源社より刊行。八月、児童向け翻訳ミステリのアンソロジー『恐怖の地下牢』を講談社より刊行。九月、ヒロイック・ファンタジーのアンソロジー『魔女の誕生』を新人物往来社より刊行。十月から翌年十月まで、長篇評論「黄色い部屋はいかに改装されたか？」を「ミステリマガジン」に連載。十二月から翌年十二月まで、エッセー「食道楽五十三次」を「小説現代」に連載。

おしゃべり羽子板（推理界1）、おれは切り札（現代コミック1／8〜3／12）、きつね囃子（推理界2）、らくだの馬（小説現代3）、藤八五文奇妙！（サンデー毎日読物専科3）、花見の仇討（推理界3）、ユダの銃口（問題小説4）、宇宙大密室（ミステリマガジン5）、$HgCl_2$（別冊文藝春秋6）、小梅富士（推理界6）、父子像（ミステリマガジン8）、自由への道（ＳＦマガジン8）、墓場の丁（小説宝石9）、ふたりの夫（小説新潮9）、腹のへった幽霊（別冊週刊大衆10）、ガラスの知恵の輪（問題小説11）、地球に忘れられた夜（ＳＦマガジン12）

１９７１年（昭和四十六年）四十二歳

前年に刊行した『くらやみ砂絵』が、第二十四回日本推理作家協会賞の候補となる。六月より四年間（二期）に亙って、日本推理作家協会理事を務める。七月六日、日本推理作家協会主催「ミステリー講座」（於・三田図書館）の一環として、「海外のミステリー」と題して講演を行う。

妖夢談（小説宝石3）、からくり人形（別冊小説現代7）、歌舞伎町夜景（海7増刊）、虚言因子（推理10）、腎臓プール（オール讀物11）

１９７２年（昭和四十七年）四十三歳

二月、キリオン・スレイシリーズの第一集『キリオン・スレイの生活と推理』を三笠書房より刊行。三月、謎と論理のエンタテインメントを謳った本格ミステリ『七十五羽の烏』を桃源社より書下し刊行。五月、澁澤龍彦との共編で『大坪砂男全集』全二巻を薔薇十字社より刊行。八月、SF&怪奇小説集『十七人目の死神』を桃源社より刊行。九月、ショート・ショート集『夢幻地獄四十八景』を講談社より刊行。

乳房のあるサンドイッチ（問題小説1）、亭主がだんだんふえてゆく（推理2）、七十五羽の烏（桃源社3）、卵（新刊ニュース4／1）、美しき五月の国（毎日新聞4／6）、首つり五人男（別冊週刊大衆4）、アドリブ殺人（推理5）、人面の鷲（週刊小説5／26）、駐車場殺人（「現代推理小説大系月報4」講談社6）、赤い蛭（推理7）、三者三様（週刊小説8／18）、おばけの幽霊（小説CLUB8増）、風見鶏（『十七人目の死神』桃源社8）、九段の母（推理9増）、男殺しの指（別冊小説宝石10）、水幽霊（別冊週刊大衆10）、狂犬日記（問題小説12）

１９７３年（昭和四十八年）四十四歳

前年に刊行した『七十五羽の烏』が、第二十六回日本推理作家協会賞の候補となる。一月、講談社版『現代推理小説大系17』に『三重露出』が収録される。二月、物部太郎シリーズ第二作『最長不倒距離』を徳間書店より書下し刊行。四月から九月まで、《都筑道夫ショート・ショート集成》全三巻を桃源社より刊行。七月、中野区東中野三丁目十一番地二号に転居。八月十三日、日本推理作家協会主催「講演と映画の会」（於・紀伊國屋ホール）の一環として、「論理の楽しみ」と題して講演を行う。九月、初のエッセー集『死体を無事に消すまで』を晶文社より刊行。

浪花ぶし大和亭（小説宝石1）、濹東鬼譚（小説宝石2）、トルコ・コーヒー（小説CLUB2増）、手紙の毒（週刊小説3／16）、最長不倒距離（徳間書店3）、ガラスの貞操帯（小説推理3）、金時計とズロース（小説宝石4）、娼婦の町（別冊小説新潮4）、退職刑事（問題小説6）、鬼を泣かした女（小説宝石6）、不動の滝（小説推理6）、過疎地帯（別冊小説新潮7）、新釈鬼魅伝説（小説CLUB7〜10）、黒豹脱走曲（小説宝石8）、人喰い屏風（小説CLUB8増）、狐つき（週刊サンケイ8／31）、狂女像（問題小説9）、妻妾同居（別冊小説新潮10）、情事公開同盟（小説推理10）、B29と落語家（小説宝石10）、八階の次は一階（小説推理12）

１９７４年（昭和四十九年）四十五歳

二月から七月まで、《都筑道夫ひとり雑誌》全四巻を桃源社より刊行。四月から十二月まで、長篇評論「私の推理小説作法」を「ミステリマガジン」に連載。六月、エッセー集『目と耳と舌の冒険』を晶文社より刊行。八月、SF短篇集『宇宙大密室』を早川書房より刊行。九月、児童向け怪奇小説のアンソロジー『怪談3』を講談社より刊行。九月から七七年四月まで、「野性時代」に怪奇ショート・ショートを毎月連載。十月、キリオン・スレイシリーズの第二集『情事公開同盟』を双葉社より刊行。十月から翌年六月まで、《都筑道夫新作コレクション》全五巻を桃源社より刊行。当初は全七冊の予定だったが、怪奇長篇『怪奇小説という題名の怪奇小説』と連作本格推理『西洋骨牌探偵術』の二冊は、七五年に単発のハードカバーとして刊行された。十月から十一月にかけて、「小説推理」に長篇伝奇小説『神州魔法陣』の第一話「呪殺吹戻し」を発表。十月から翌年十二月にかけて、「問題小説」に評伝エッセー「私家版人間評判記」を連載。

ジャケット・背広・スーツ（問題小説1）、もうぞう（小説現代2）、なるほど犯人はおれだ（小説推理2）、壁の影（幻想と怪奇3）、神になった男（問題小説3）、二二が死、二死が恥（小説推理4）、張形心中（別冊小説現代4）、昨日の敵（問題小説5）、夜鷹ごろし（小説CLUB5増）、密室大安売り（小説推理6）、蠟いろの顔（別冊小説宝石7）、鏡の中（別冊小説新潮7）、寝小便小町（別冊小説現代7）、キリオン・スレイの死（小説推理8）、呪法（週刊サンケイ8／29）、悪魔はあくまで悪魔である（野性時代9）、押入れ間男（別冊小説新潮10）、あぶな絵もどき（別冊小説現代10）、あしたの夢（野性時代10）、八百八町しのび独楽（小説推理10〜11、75／1、3、5、7、10）、理想的犯人像（問題小説11）、暗闇坂心中（別冊小説宝石11）、隣家の女（野性時代11）、窓の女（野性時代12）

1975年（昭和五十年）四十六歳

前年に刊行した『情事公開同盟』が、第二十八回日本推理作家協会賞の候補となる。翌年にかけて、第二十一回および第二十二回江戸川乱歩賞の選考委員を務める。一月から九月まで、「ミステリマガジン」にエッセー「辛味亭辞苑」を連載。四月、退職刑事シリーズ第一集『退職刑事』を徳間書店より刊行。六月より、六年間（三期）に亙って、日本推理作家協会常任理事を務める。六月、長篇評論『黄色い部屋はいかに改装されたか？』を晶文社より刊行。七月、ミステリの第一長篇『やぶにらみの時計』が中公文庫に収録される。初めての文庫本である。十月、雑学コラム集『漢字面白事典』を主婦と生活社より編集刊行。十月から八八年十二月まで、「ミステリマガジン」に自伝エッセー「推理作家の出来るまで」を連載。十二月から七七年四月にかけて、覆面作家・千葉順一郎名義（☆印）で「週刊小説」にセックス・コメディを発表。

壜のなかの密室（小説CLUB1）、夜ふけの公園（野性時代1）、もういや！（週刊小説2／14）、遺書の意匠（問題小説2）、熱のある夜（野性時代2）、人形の家（小説新潮3）、遠い昔の空の色（野性時代3）、心霊現象（別冊問題小説4）、事後従犯（別冊小説新潮4）、気になる記憶（野性時代4）、いやな感じ（野性時代5）、テレパシスト（週刊小説6／13）、ひどい熱（別冊小説宝石6）、業火（野性時代6）、遅れてきた犯人（問題小説6）、赤いベンチ（野性時代7）、幽霊屋敷（別冊問題小説7）、春水なぞ暦（歴史と文学夏号）、銀の爪きり鋏（小説CLUB8）、かくれんぼ（小説新潮8）、粘土の人形（太陽8）、旅行ぎらい（野性時代8）、四十分間の女（問題小説9）、罪な指（週刊小説9／12）、雷雨（野性時代9）、半身像（野性時代10）、燭台（別冊小説宝石10）、赤い滝（野性時代11）、ゴースト・コレクター（SUNJACK11〜77／1）、海から来た女☆（週刊小説12／12）、終電車（野性時代12）、浴槽の花嫁（問題小説12）

1976年（昭和五十一年）四十七歳
前年に発表した「壜のなかの密室」が「短篇部門」、刊行した『黄色い部屋はいかに改装されたか？』が「評論その他の部門」で、それぞれ第二十九回日本推理作家協会賞の候補となる。この年の第一回から七八年の第三回まで、「幻影城」新人賞小説部門の選考委員を務める。この年から日本ジャーナリスト専門センターで小説講座を担当。当時の受講生には、薄井ゆうじ、小杉健治らがいた。四月、ミステリ短篇集『東京夢幻図絵』を桃源社より刊行。六月、『都筑道夫自選傑作短篇集』を読売新聞社より刊行。同月、怪奇ショート・ショート集『悪魔はあくまで悪魔である』を角川文庫より刊行。八月、「幻影城」が現代推理作家展望で都筑道夫を特集。「なめくじ長屋」の新作、ミステリ短篇「またひとり人の死ぬ夜」の再録の他、安間隆次による都筑道夫論と二上洋一によるなめくじ長屋論を掲載。
不老長寿（野性時代1）、古い映画館（小説新潮1）、猫の手（小説宝石1）、青信号（別冊問題小説1）、ブルーフィルム☆（週刊小説1／16）、起された女☆（週刊小説2／6）、一本のステッキ（野性時代2）、人形責め（別冊小説CLUB2）、髑髏杯（別冊小説宝石2）、死霊すごろく（小説推理2）、同棲志願☆（週刊小説2／27）、東海道しのび独楽（小説推理3〜77／6）、翔び去りしものの伝説（奇想天外3〜78／7）、超能力（野性時代3）、真冬のビキニ（問題小説3）、裸の裏切り☆（週刊小説4／2）、人間狩り（別冊問題小説4）、古いトランク（野性時代4）、春で朧ろでご縁日（小説新潮4）、背中の蝶（別冊小説CLUB4）、高い窓（別冊小説新潮4）、阿蘭陀すてれん（野性時代5）、蒸発（野性時代6）、白蠟牡丹（別冊小説CLUB6）、換骨奪胎（小説新潮6）、扉のない密室（問題小説6）、孕みてえジェーン☆（週刊小説7／5）、夜のオルフェウス（野性時代7）、「殺人事件」殺人事件（小説現代7）、死霊剝製師（別冊問題小説7）、冷蔵庫の死体（別冊小説新潮7）、黒い招き猫（カッパまがじん7）、古川私立探偵事務所（週刊小説7／19）、腕時計（野性時代8）、花十字架（別冊小説CLUB8）、首提灯（幻影城8）、漂う顔（週刊小説9／2増）、影（野性時代9）、一番は諫鼓鳥（問題小説9）、四万六千日（小説新潮9）、二ヶ所にいた女（週刊小説10／4）、小鳥たち（野性時代10）、比翼の鳥（月刊小説10）、ポケットの中の死体（別冊小説新潮10）、空中庭園（別冊問題小説10）、道化の餌食（野性時代11）、女の中を流れる川☆（週刊小説12／6）、ベランダの眺め（野性時代12）、みぞれ河岸（小説新潮12）、に組あばれ纏（問題小説12）、雪もよい猿之助横丁（小説現代12）、和歌礼櫛（月刊小説12）

1977年（昭和五十二年）四十八歳

この年から七九年まで、TBSラジオ「夜のミステリー」にホストとして出演。一月、オカルト・ミステリ雪崩連太郎シリーズの第一集『雪崩連太郎幻視行』を立風書房より刊行。五月、怪奇ショート・ショート集『阿蘭陀すてれん』を角川文庫より刊行。六月、セックス・コメディ『猫の目が変わるように』を立風書房より刊行。七月、雑学コラム集『地理面白事典』を主婦と生活社より編集刊行。同月、「別冊問題小説」に物部太郎シリーズの第三作『朱漆の壁に血がしたたる』を一挙掲載。七月から七九年三月まで、「週刊読売」に映画時評「都筑道夫のときどきキネマ」を連載。八月、ユーモラスなオカルト・ミステリ『にぎやかな悪霊たち』を講談社より刊行。九月から、「小説推理」に連作ハードボイルド「振りむけば黄昏の街」を隔月連載。十月から七九年九月まで、「週刊漫画アクション」に雑学エッセー「先週のツヅキです」を連載。

料理長ギロチン（別冊問題小説1）、馬の首（野性時代1）、小鳥の騒ぐ日☆（週刊小説1／31）、狂気（野性時代2）、三丁目は遠いから（野性時代3）、霜降橋界隈☆（週刊小説4／1）、雪の空港（野性時代4）、屑籠の中の死体（別冊小説新潮4）、「探偵小説」殺人事件（小説現代4）、五百羅漢（月刊小説4）、エレベーターの死体（小説宝石5）、侵入者（週刊小説6／3）、如雨露と綿菓子が死につながる（野性時代6）、狼は月に吠えるか（小説マガジン6）、飾り窓の死体（別冊小説新潮7）、朱漆の壁に血がしたたる（別冊問題小説7）、池袋の女（週刊小説8／12）、鬼板師儀助（月刊小説8）、逃げた風船（小説推理9）、三角帽子が死につながる（野性時代9）、無花果いろの空（週刊小説10／7）、電話ボックスの死体（別冊小説新潮10）、鬼火いろのドレス（小説エンペラー10）、幻覚が走る（小説推理11）、三つ目達磨（月刊小説11）、霧彦（問題小説11）、猿かに合戦（オール讀物11）、髑髏のペンダント（小説エンペラー11）、下足札が死につながる（野性時代12）、「完全犯罪」殺人事件（小説現代12）、人魚の燭台（小説エンペラー12）、日光写真（小説新潮12）

1978年（昭和五十三年）四十九歳

二月、佐野洋が「小説推理」の連載「推理日記」で述べた名探偵否定論に対して、同誌に「佐野洋氏に答える」を発表。佐野洋の再反論に対して、五月および十月に「再び佐野洋氏に答える」を発表、いわゆる名探偵論争である。この全文は、佐野洋『新推理日記』（80年9月、光文社）に収録された。五月、時代伝奇長篇『神州魔法陣』を桃源社より刊行。八月、西連寺剛シリーズの第一集『くわえ煙草で死にたい』を双葉社より刊行。

午前四時の苦い酒（小説推理1）、樹の上の死体（別冊小説新潮1）、スープがさめる（週刊小説2／10）、ヴェルヴェットもどき（オール讀物2）、六本足の午（月刊小説2）、こわれた哺乳壜（小説推理3）、女達磨が死につながる（野性時代3）、「別冊附録」殺人事件（Ｇｅｎ３）、凶器を持つ人形（問題小説3）、くわえ煙草で死にたい（小説推理4）、赤い手帳（小説新潮4）、風に揺れるぶらんこ（野性時代5）、色玻璃なみだ壺（月刊小説5）、からくり念仏（別冊小説宝石5）、雨あがりの霊柩車（小説推理5）、鳴らない風鈴（野性時代7）、灰皿がわりの珈琲茶碗（別冊小説新潮7）、ポワロもどき（オール讀物7）、からくり花火（月刊小説7）、表紙のとれた詩集（小説推理7）、巌窟王と馬の脚（週刊小説8／4）、グラスに落ちた蠅（問題小説8）、遅れた時計（別冊小説宝石8）、矢がすり菩薩（小説宝石8）、「ハードボイルド」殺人事件（小説現代9）、小函のなかの墓場（月刊小説9）、子豚の銀行（小説推理9）、二日酔広場（野性時代9）、砕けたクラッカー（別冊小説新潮10）、ジャック・ザ・ストリッパー（奇想天外10）、濡れた蜘蛛の巣（野性時代11）、ホームズもどき（オール讀物11）、脅迫者によろしく（小説推理11）、カジノ鷲の爪（週刊漫画アクション11／16〜12／21）、グリーン・グリーンランド（奇想天外12）

1979年（昭和五十四年）五十歳

七五年から年に二〜四冊のペースで進んでいた旧作の文庫化が急増、この年だけで九冊が文庫化される。以後、八〇年に十冊、八一年に四冊、八二年に七冊、八三年に十冊、八四年に七冊、八五年に四冊、八六年に五冊が文庫化、旧作の大半がリプリントされた。一月から十二月まで、「小説推理」に「都筑道夫のマニア対談」を連載。一月、ヒロイック・ファンタジー『翔び去りしものの伝説』を奇想天外社より刊行。四月、SFミステリ『未来警察殺人課』を徳間書店より刊行。七月、初めての海外旅行。ハワイで結婚した長女の嫁ぎ先を訪ねてホノルルに約十日間滞在する。九月、「ギャラントメン」に架空対談「ポーさん、お顔を見せてください…」を発表。十月から、創設された池袋コミュニティカレッジで月二回の小説講座を担当。十一月、映画評論集『サタデイ・ナイト・ムービー』を奇想天外社より刊行。十二月、怪奇小説集『狼は月に吠えるか』を桃源社より刊行。

落葉の杯（野性時代1）、鬚を忘れたサンタクロース（小説推理1）、女結び（小説新潮1）、新宿の一ドル銀貨（問題小説1）、双頭の毒蛇（奇想天外2）、「殺人事件」盗難事件（小説現代3）、殺人ゲーム（週刊小説4／13）、飛鳥山狐合戦（野性時代4）、アンドロイド&ロイド（奇想天外4）、マーロウもどき（オール讀物5）、屋根のない館（SFアドベンチャー5）、幽霊ゲーム（nonno6／10）、覆面条例（奇想天外6～7）、山谷堀蛇合戦（野性時代6）、ネオンインベーダー（問題小説6）、皿（SFアドベンチャー8）、コロンボもどき（オール讀物8）、東両国蛙合戦（野性時代8）、油揚坂上午前二時（小説推理9）、嘘（新世9）、六日間の女（週刊小説9／28）、金田一もどき（オール讀物10）、野獣協定（奇想天外10～11）、向島鴉合戦（野性時代10）、泥棒（落語秋号）、空港ロビー（新世10）、ダウンタウンの通り雨（小説推理11～80／1）、二の酉（新世11）、檸檬色の猫がのぞいた（小説新潮12）、浅草寺鳩合戦（野性時代12）、除夜の鐘（新世12）

1980年（昭和五十五年）五十一歳

一月より八二年十二月まで、「マダム」にエッセー「都筑道夫の物ろーぐ」を連載。一月から翌年四月まで、「奇想天外」に書評「大偏見書見台」を連載。八一年一月まで隔月で、最終回のみ四月号に掲載された。四月、ミステリ短篇集『アダムはイヴに殺された』を桃源社より刊行。六月、「綺譚」第二号が都筑道夫特集。鏡明によるインタビューの他、顔の長い文学史／橋本治、「サタデイ・ナイト・ムービー」を読み終えて／瀬戸川猛資、スタインベックはいかに改装されたか／宮脇孝雄、「三重露出」ノートまたは誰が沢之内より子を殺したか／中野康太郎、あるSF（元）少年のルーツ／伊藤典夫を掲載。八月、パロディ・ミステリもどきシリーズの第一集『名探偵もどき』

を文藝春秋より刊行。十月、ジュブナイルミステリ集成『こんばんは幽霊です』を桃源社より刊行。

ルパンもどき（オール讀物1）、児雷也昇天（小説現代1）、墨田川白魚合戦（野性時代2）、メイド・イン・ジャパン（奇想天外2）、苦くて甘い心臓（週刊小説2／22）、首くくりの木（小説推理3）、髑髏かんざし（小説宝石3）、酒中花（野性時代4）、メグレもどき（オール讀物4）、花瓶（朝日新聞4／27）、黒南風の坂（小説推理5）、発明禁止時代（太陽5）、手紙（朝日新聞5／25）、からくり土左ェ門（小説現代6）、顔のない道化師（奇想天外6～7）、闇ぶくろ（SFアドベンチャー6）、ぎやまん灯籠（野性時代6）、ねむり街（朝日新聞6／22）、平次もどき（オール讀物7）、天竺ねずみ（小説推理7）、感傷旅行（朝日新聞7／20）、深川油堀（野性時代8）、賞品（就職情報8／8）、ぬきテレビ（朝日新聞8／17）、不肖の弟子（週刊小説8／22）、人形の身代金（小説推理9）、幽霊を見る法（SFアドベンチャー9）、顔（朝日新聞9／14）、墓地の女（就職情報9／19）、右門もどき（オール讀物10）、砂絵くらべ（野性時代10）、赤と黒（朝日新聞10／12）、救助信号（就職情報10／24）、料金不足の死体（ルパン10）、見えない猫（小説推理11）、午前二時の骨牌（小説新潮11）、天才（朝日新聞11／7）、柱の中の手紙（就職情報11／14）、車どろぼう（就職情報11／28）、いびき幽霊（朝日新聞12／7）、1234（朝日新聞12／13）

1981年（昭和五十六年）五十二歳

翌年にかけて、第二十七回および第二十八回江戸川乱歩賞の選考委員を務める。この年、「ルパン」第二号（春号）と第四号（秋号）でショート・ショート・コンテストの選考委員を務める。一月、ジュブナイルSF集成『おはよう妖怪たち』を桃源社、連作スペースオペラ『銀河盗賊ビリイ・アレグロ』を奇想天外社より、それぞれ刊行。四月、ジュブナイルミステリ集成『さよなら犯人くん』を桃源社より刊行。「SFイズム」五月創刊号から八三年七月の七号まで、小説講座「エンターテイメント小説の書き方を伝授しよう」を連載。六月より十二年（六期）にわたって、日本推理作家協会の理事を務める。六月十一日から一週間、高信太郎、川又千秋らとともにニューヨークへ旅行。日本公開前の「レイダース・オブ・ザ・ロスト・アーク」を見る。七月、「別冊新評　都筑道夫の世界」発行。インタビュー、評論、エッセー、著作リストなど、一冊まるごとの特集号。十二月、雑学コラム集『日本語面白事典』を主婦と生活社より編集刊行。

佐七もどき（オール讀物1）、ハワイアン・ラヴ・コール（小説CLUB1）、異国の神（サンパワー1）、本格推理小説（朝日新聞1／18）、影に目がある（SFアドベンチャー2）、きつね雨（小説推理2）、内心如夜叉（週刊小説2／13）、扉（週刊小説2／15）、首なし地蔵（小説宝石3）、対談（銀座百店3）、不眠症（朝日新聞3／15）、若様もどき（オール讀物4）、朝寝くらべ（小説新潮4）、悪魔が聞いている（ショートショートランド4）、散歩する死体（ルパン4）、猫のまま死ぬ（小説春秋4増）、壺がとどいた夜（小説CLUB5）、黒神の里（SFアドベンチャー5）、蠟人形（サンパワー5）、午後の喫茶店（サンパワー6）、乾いた死体（ルパン7）、穴（小説推理7）、顎十郎もどき（オール讀物7）、電話ボックス（サンパワー7）、波紋の月（SFアドベンチャー8）、秘剣かいやぐら（野性時代8）、鬼（サンパワー8）、リアルプロ（信濃毎日新聞8／15）、まだ日が高すぎる（週刊小説8／28）、キリオン・スレイの敗北と逆襲（小説推理9～82／9）、熊坂長範（野性時代10）、半七もどき（オール讀物10）、怪談作法（小説新潮10）、意馬心猿（SFアドベンチャー11）、顎十郎捕物帳・きつね姫（小説現代11）、二老人（サンパワー11）、人ごろし豆蔵（野性時代12）、闇男（週刊小説12／18）

1982年（昭和五十七年）五十三歳

翌年にかけて、「小説CLUB」新人賞の選考委員を務める。一月から翌年十二月まで、「小説CLUB」に時代伝奇小説『憑魔伝』を隔月連載。奇数月の掲載だったが最終回のみ連続掲載された。刊行に際して『神変武甲伝奇』と改題。一月、時代小説集『変幻黄金鬼』を富士見時代小説文庫より刊行。四月、SF短篇集『フォークロスコープ日本』を徳間書店より刊行。ハヤカワ文庫版『宇宙大密室』に作品を増補して再編集したもの。七月、ショート・ショート集『びっくり博覧会』を集英社文庫より刊行。九月、『都筑道夫の小説指南』を講談社より刊行。小説講座での講義を再構成したもの。十一月から八五年一月まで、「ショート・ショート・ランド」の落ちコンテストの出題および選考を石川喬司と交代で務める。ショート・ショートの落ちをかくして発表し、次号で読者投稿の優秀作と著者自身による落ちを同時に掲載する、というもの。十一月、児童向け怪奇長篇『燃えあがる人形』を学校図書より書下し刊行。この作品は、後に『朱いろの闇』と改題して『秘密箱からくり箱』（87年8月、光風社出版）に収められた。十二月、ミステリ短篇集『殺されたい人この指とまれ』を集英社文庫より刊行。

憑魔伝（小説CLUB1～83／12）、初詣（はあとぴあ1）、マジックボックス（問題小説2）、珊瑚珠（小説宝石2）、ばけもの寺（野性時代2）、節分の夜（はあとぴあ2）、花地獄（SFアドベンチャー2）、殺されたい人この指とまれ（週刊小説2／

26～3／12）、内裏雛（はあとぴあ3）、両国八景（野性時代4）、桜並木の女（はあとぴあ4）、恋入道（『フォークロスコープ日本』徳間書店4）、赤い霊柩車（週刊小説4／28）、魔導師（SFアドベンチャー5）、見知らぬ妻（オール讀物5）、鯉のぼり（はあとぴあ5）、マンホール（ショートショートランド5）、赤い影絵（小説春秋6）、坊主めくり（野性時代6）、百物語（はあとぴあ6）、鞍馬天狗もどき（オール讀物7）、幽霊旗本（小説現代7）、贈り物があるの（SIGNATURE7）、宵山（はあとぴあ7）、日曜の道化師（週刊小説7／30）、かっちんどん（野性時代8）、仮面のシルビア（小説新潮8）、不可思議（SFアドベンチャー8）、八月十五日（はあとぴあ8）、筆まめな死体（問題小説9）、座頭市もどき（オール讀物9）、西鶴忌（はあとぴあ9）、菊人形の首（野性時代10）、菊人形（はあとぴあ10）、銀座の児雷也（ブルータス10／15～11／1）、闇陽炎（SFアドベンチャー11）、丹下左膳もどき（オール讀物11）、酉の市（はあとぴあ11）、燃えあがる人形（学校図書11）、角の二階家（ショートショートランド11、83／1）、目撃者あり（週刊小説11／19）、雪姫変化（別冊小説宝石12）、雪うさぎ（野性時代12）、クリスマス・ストーリィ（はあとぴあ12）

1983年（昭和五十八年）五十四歳

この年の第二十二回から九四年の第三十三回まで、オール讀物推理小説新人賞の選考委員を務める。この年の第一回から九八年の第十五回まで、サントリー、文藝春秋、朝日放送の共同主催によるサントリーミステリー大賞の選考委員を務める。三月、カセットブック『都筑道夫ホラー劇場』『都筑道夫ミステリー劇場』をTBSブリタニカより刊行。ラジオ放送されたドラマをまとめたもの。五月、ヒロイック・ファンタジー『暗殺心』を徳間書店より刊行。七月、キリオン・スレイシリーズの四冊目にして初の長篇『キリオン・スレイの敗北と逆襲』を角川書店より刊行。七月から十一月まで、監修を担当したクイズ集『頭脳大テスト』全三巻を角川文庫より刊行。九月十二日から八五年六月二十四日まで、日本テレビ系列で放映されたクイズ番組「おもしろクイズBOX」にレギュラー解答者として出演。十月、怪奇小説集『蓋のとれたビックリ箱』を光風社出版より刊行。

えげれす伊呂波（小説現代1）、密室のシルビア（小説新潮2）、地口悪口あいた口（野性時代2）、紋次郎もどき（オール讀物2）、夢あらそい（SFアドベンチャー2）、仮面舞踏会（小説推理2）、二枚舌（週刊小説4／18）、眠狂四郎もどき（オール讀物5）、大目小目（野性時代5）、醒めてまた夢（SFアドベンチャー5)、宝さがしをするシルビア(別冊小説宝石5)、鏡の女(ショートショートランド5、7)、開店祝いの死体(月刊カドカワ6)、黄ばんだ写真(小説春秋6)、小説を書くシルビア(小説現代7)、はてなの茶碗(オール讀物7)、いもり酒(野性時代7)、仕込杖(SFアドベンチャー7)、あかにし屋(週刊小説7/29)、男をさがすシルビア(問題小説8)、葡萄ジャムのあき壜(小説春秋9)、浅草寺消失(小説現代9)、けだもの横丁(野性時代9)、銀行強盗(ショートショートランド9、11)、梅安もどき(オール讀物10)、立聞きするシルビア(小説新潮10)、育った死体(月刊カドカワ10)、楽屋新道(野性時代11)、マンハッタン・マンハント(SFアドベンチャー12)、出血大サービス(週刊小説12/16)、浅草水滸伝(小説宝石12)

1984年(昭和五十九年)五十五歳

前年に刊行した『キリオン・スレイの敗北と逆襲』が、第三十七回日本推理作家協会賞の候補となる。三月、シナリオ集『都筑道夫ドラマ・ランド』を徳間書店より刊行。四月、時代伝奇小説『神変武甲伝奇』を角川書店より刊行。五月、久生十蘭の遺族の許可を得て書き継いだ顎十郎シリーズの第一集『新顎十郎捕物帳』を講談社より刊行。七月から翌年十二月まで、「SFアドベンチャー」にビデオエッセー「美泥王館の惨劇」を連載。八月、ミステリアンソロジー『名探偵が八人』を集英社文庫より刊行。九月、シルビアシリーズの第一集『トルコ嬢シルビアの華麗な推理』を新潮社より刊行。十二月、「SFアドベンチャー」が都筑道夫特集。三篇一挙掲載、高橋克彦との対談、インタビューなど。

のぞき見するシルビア(問題小説1)、悪魔の弟子(ショートショートランド1、3)、声だけ(SFアドベンチャー2)、闇かぐら(小説現代2)、生きていた死体(月刊カドカワ2)、べらぼう村正(オール讀物3)、空白に賭ける(SFアドベンチャー3)、服を脱がないシルビア(問題小説4)、湯もじ千両(別冊小説宝石5)、泣かぬお北(オール讀物5)、夜の電話(月刊カドカワ5)、殺人ガイドKYOTO(SFアドベンチャー6)、大雨注意報(週刊小説6/29)、もしもし倶楽部(月刊カドカワ7)、月のある坂道(問題小説7)、死期(ショートショートランド7、9)、秘密箱(月刊小説7増)、三味線堀白雨(小説現代8)、おばけ灯籠(オール讀物9)、座敷牢の神(別冊小説現代9)、ロスト・エンジェル・シティ(SFアドベンチャー9)、化けてでるシルビア(問題小説10)、秋風よ(月刊カドカワ10)、十三杯の珈琲(小説CLUB11増)、ぐち酒(ショートショートランド11、85/1)、金米糖の赤い壺(小説新潮12)、私設殺人課(SFアドベンチャー12)、夢しるべ(SFアドベンチャー

12）、羽ごろもの松（ＳＦアドベンチャー12）、にせ警官（週刊小説12／14）

１９８５年（昭和六十年）五十六歳

八月、連作ホラーミステリ『闇を食う男』を実業之日本社より刊行。念仏の弥八シリーズに書下しの完結篇を加えた『幽鬼伝』を光風社出版より刊行。『神変武甲伝奇』のキャラクター左文字小弥太を主人公にした連作時代小説『女泣川ものがたり』を文藝春秋より刊行。

六間堀しぐれ（オール讀物1）、亀屋たばこ入（別冊小説現代1）、本所へび寺（野性時代2）、三月十日（月刊カドカワ2）、海猫千羽（ＥＱ3）、ワイキキ・ワンダーランド（ＳＦアドベンチャー3）、舌だし三番叟（オール讀物3）、壜づめの悪魔（週刊小説4／5）、待乳山怪談（野性時代4）、離婚病（別冊小説現代4）、玉屋でござい（オール讀物5）、暗い鏡の中に（小説春秋5）、妄想図（問題小説5）、赤い鍵（別冊小説宝石5）、さみだれ坊主（小説現代5）、暗い週末（月刊小説6）、子をとろ子とろ（野性時代6）、ふたりいたシルビア（小説新潮6）、有毒夢（ＳＦアドベンチャー6）、砂時計（ＥＱ7）、二十六夜侍（野性時代8）、閻魔堂橋（別冊小説現代9）、不等辺三角形（ＥＱ9）、赤い闘牛士（ＳＦアドベンチャー9）、涙ぐむシルビア（小説新潮9）、怪火のまき（『幽鬼伝』光風社出版9）、死びと花（小説推理10）、連想試験（潮11）、迷い猫（ＥＱ11）、水見舞（野性時代11）、夢うらない（潮12）、鏡の国のアリス（小説推理12）

１９８６年（昭和六十一年）五十七歳

一月、西連寺剛シリーズの第五集『死体置場の舞踏会』を光文社より刊行。二月、ＳＦミステリ『未来警察殺人課２』を徳間書店より刊行。九月、退職刑事シリーズの第四集『退職刑事健在なり』を潮出版社より、ホテル・ディックシリーズの第一集『殺人現場へ二十八歩』をサンケイ出版より、それぞれ刊行。十二月より九九年十月まで、「東京スポーツ」のエロティック・エッセー「いろ艶筆」欄を週一回担当。十二月、連作怪奇小説『深夜倶楽部』を双葉社より刊行。

殴られるシルビア（小説新潮1）、いの一番大吉（ＥＱ1）、殺人予告（潮1）、生きた死体と逃げた死体（小説Ｗｏｏ1）、雪達磨おとし（オール讀物1）、あらなんともな（潮2）、壺から手（ＳＦアドベンチャー2）、姫はじめ（小説推理2）、宛名人不在（潮3）、指のうずき（小説Ｗｏｏ3）、鶴かめ鶴かめ（野性時代3）、改造拳銃（潮4）、狐火の湯（小説推理4）、がらがら煎餅（小説現代4）、著者サイン本（潮5）、幽霊床（野性時代5）、コードネーム黒猫（小説Ｗｏｏ5）、なくした詩集（ＳＦアドベンチャー6）、線香花火（潮6）、首つり御門（小説推理6）、しゃぼん玉ブルース（小説Ｗｏｏ6）、にわか雨（ミステリマガジン7）、はて怖ろしき（野性時代7）、留守番電話（週刊小説7／25）、幽霊屋敷（小説推理8）、自動販売機（ＳＦアドベンチャー8）、怒るシルビア（小説新潮8）、入道雲（小説新潮9増）、与助とんび（野性時代9）、殺した女（小説ＮＯＮ9）、ころび坂（小説春秋10）、夜あけの吸血鬼（小説推理10）、けむりの輪（アフィニスクルー秋号）、目撃者は金魚（小説Ｗｏｏ12）、根元あわ餅（野性時代12）、半鐘どろぼう（別冊小説宝石12）

１９８７年（昭和六十二年）五十八歳

二月、ショート・ショート集『証拠写真が三十四枚』を光文社文庫より刊行。五月、ホテル・ディックシリーズの第二集『毎日が13日の金曜日』をサンケイ出版より刊行。七月から十二月まで、新潮社の主催で「世紀末ミステリ事情」（於・紀伊國屋ホール）と題した連続講演を行う。八月、怪奇小説集『秘密箱からくり箱』を光風社出版より刊行。九月、紅子シリーズの第二作『髑髏島殺人事件』を光文社文庫より書下し刊行。七三年の『最長不倒距離』以来、十四年ぶりの書下し本格推理として話題となる。九月五日、神奈川近代文学館主催の「文学・エンターテインメント87」の一環として、「捕物帳の系譜」と題して講演を行う。十一月、エッセー集『昨日のツヅキです』を新潮文庫より刊行。

たわけた神（ＳＦアドベンチャー1）、復讐劇場（小説Ｗｏｏ1）、白魚なべ（別冊小説宝石1）、鉄の柩にヌード（小説Ｗｏｏ2）、殺人代行業（週刊小説2／20）、深川めし（オール讀物3）、ペーパー爆弾（小説Ｗｏｏ3）、めんくらい凧（野性時代3）、昇降機（小説新潮4）、あばれ熨斗（オール讀物4）、やらずの雨（オール讀物5）、置いてけ堀（野性時代5）、うえすけ始末（サントリー・リカーショップ5）、幽霊塔（ＳＦアドベンチャー5）、無人の境（週刊小説5／15）、猫じゃらし（オール讀物6）、麦藁へび（オール讀物7）、六根清浄（野性時代7）、笑い閻魔（オール讀物8）、手首（小説新潮8）、赤い月が沈む（ミステリマガジン8）、影絵（週刊小説9／4）、五七五ばやり（別冊小説宝石9）、小弥太は死なず（オール讀物9）、夢処方（小説ＮＯＮ9）、髑髏島殺人事件（光文社9）、本所割下水（家の光10）、口ぐせに幽霊（ＳＦアドベンチャー10）、シェークスピアを詠む夫（第三空間10）、悪夢（ダイエー花遊便11）、落葉の墓（問題小説11）、水からくり（小説奇想天外12）

1988年（昭和六十三年）五十九歳

翌年にかけて、第四十一回および第四十二回日本推理作家協会賞の選考委員を務める。一月、女泣川ものがたりの第二集『風流べらぼう剣』を文藝春秋より刊行。七月、「オール讀物」に架空座談会「親分、江戸の治安は大丈夫か」を発表。九月、ホラー長篇『血のスープ』を祥伝社より書下し刊行。八一年、「小説CLUB」に二篇を発表して中絶していた作品を新たに長篇化したもので、吸血鬼テーマに独自のひねりを加えた傑作である。十月、紅子シリーズの第三作『まだ死んでいる』を光文社文庫より書下し刊行。

ばけもの屋敷（小説新潮1増）、年賀状（ダイエー花遊便1）、化物かるた（小説NON2）、みかえり坂（SFアドベンチャー3）、凧たこあがれ（問題小説3）、花だより（ダイエー花遊便3）、翻訳小説（小説奇想天外4）、南の風（ダイエー花遊便5）、ショート・ショート幻燈館（大阪産経新聞6／1～89／6／28）、プリントアウト（野性時代6）、蚊帳ひとはり（小説現代7）、プールの底（問題小説7）、思い出旅行（ダイエー花遊便7）、蛙が鳴くから（小説新潮8）、第二感覚（野性時代8）、つくり雨（小説奇想天外8）、もどり駕籠（別冊歴史読本9）、手のひらの夜（別冊小説宝石9）、血のスープ（祥伝社9）、まだ死んでいる（光文社10）、雪達磨（小説奇想天外12）

1989年（平成元年）六十歳

一月から二〇〇二年九月まで、「ミステリマガジン」に読書エッセー「読ホリデイ」を連載。八月、自選怪奇小説集『ミッドナイト・ギャラリー』を新芸術社より刊行。九月、紅子シリーズの第四作『前後不覚殺人事件』を光文社文庫より書下し刊行。

還魂記（小説宝石新春号）、お年玉殺人事件（小説宝石1、2）、闇汁会（問題小説1）、虹の影絵（野性時代1）、露天風呂（野性時代2）、失踪（野性時代4）、赤いハンカチ（ベルエビータ春号）、鉛の兵隊（SFアドベンチャー6）、遅れた犯行（小説NON6）、首人形（小説奇想天外6）、開化横浜図絵（相鉄瓦版7）、袋小路（野性時代7）、うらみの滝（野性時代9）、あくまで白（問題小説9）、前後不覚殺人事件（光文社9）、Xの喜劇（ミステリマガジン10）、模擬事件（小説宝石10）、指のしずく（小説CLUB11）、風の知らせ（小説NON11）、にじんだ顔（小説新潮11）、動物ビスケット（野性時代11）、西郷星（オール讀物12）

1990年（平成二年）六十一歳

前年に発表した「西郷星」が、第四十三回日本推理作家協会賞の候補となる。一月、退職刑事シリーズの第五集『退職刑事

4』を徳間書店より刊行。九月、「オール讀物」に架空座談会「旦那がた、近ごろの犯罪ときたら」を発表。十月、紅子シリーズの第五作『南部殺し唄』を光文社文庫より書下し刊行。十一月、自選怪奇小説集『風からくり』を新芸術社より刊行。十二月、ショート・ショート集『グロテスクな夜景』を光文社文庫より刊行。

悪役俳優（野性時代1）、雑談小説こねこのこのこねこ（EQ1）、夢買い（別冊小説宝石5）、片手（小説新潮6）、低空飛行（小説NON6）、憎しみの花（小説宝石8）、馬の背（問題小説8）、顔の見える男（野性時代9）、南部殺し唄（光文社10）、携帯電話（別冊小説宝石12）

1991年（平成三年）六十二歳

二月、怪奇小説集『悪夢録画機』を光風社出版より刊行。三月、怪奇小説集『デスマスク展示会』を光文社文庫より刊行。七月、ホテル・ディックシリーズの第三作にして初の長篇『探偵は眠らない』を新潮文庫より書下し刊行。

崖下の死体（小説宝石1）、探偵は眠らない（新潮社7）、「横浜茶箱絵」（歴史読本9増）、うそつき（小説新潮10）

1992年（平成四年）六十三歳

つまらぬ事件（オール讀物1）、桜並木の一本の桜（小説宝石5）、山吹鉄砲（ミステリマガジン8）、推理小説作法（小説新潮11）

1993年（平成五年）六十四歳

八月、怪奇小説集『袋小路』を徳間書店より刊行。九月、雪崩連太郎シリーズ全篇を収録した『雪崩連太郎全集』を出版芸術社より刊行。

凍った口紅（小説宝石1）、死は木馬にのって（問題小説2）、骸骨（小説中公6）、崖へ（小説新潮6）、拳銃と毒薬（小説NON7）、五十間川（海燕10）、殺し殺され（小説中公12）

1994年（平成六年）六十五歳

七月、怪奇小説集『骸骨』を徳間書店より刊行。

偽家族（海燕1）、目撃者は月（小説NON2）、涅槃図（小説中公2）、幽霊でしょうか？（小説中公8）、耳からの殺人（小説NON11）

1995年（平成七年）六十六歳

五月から九七年五月にかけて、「公募ガイド」に長篇エッセー「わが小説術」を連載。
針のない時計（問題小説2）、鳥啼き（小説新潮10）、置手紙（ミステリマガジン11増）、昔の顔（小説NON12）

1996年（平成八年）六十七歳
一月、退職刑事シリーズ第六集『退職刑事5』を徳間書店より刊行。四月から翌年六月にかけて「なめくじ長屋捕物さわぎ」の第一集から第五集までが光文社で再文庫化される。刊行順は第五集からさかのぼる変則的なもの。九七年六月の光文社文庫版で、『血みどろ砂絵』を『ちみどろ砂絵』と改題。
ランプの宿（小説新潮1）、犬むすめ（問題小説6）、赤い鴉（小説新潮7）、窓の顔（小説新潮12）、壁龍（問題小説12）

1997年（平成九年）六十八歳
五月、各シリーズキャラクターから一篇ずつを収録した変則的短篇集『都筑道夫名探偵全集』全二巻を出版芸術社より刊行。七月、『猫の舌に釘をうて』と『三重露出』の合本を講談社文庫コレクション大衆文学館より刊行。九月、「なめくじ長屋捕物さわぎ」の第十一集『さかしま砂絵』を光文社より刊行。十一年ぶりのシリーズ新作であった。
茨城童子（問題小説6）、びいどろ障子（『さかしま砂絵』光文社9）、八階の女（小説NON12）

1998年（平成十年）六十九歳
四月、図書館向けの大活字本『都筑道夫集』をリブリオ出版より刊行。ただし、シリーズ一括販売のみで、書店売りはされなかった。九月、怪奇小説集『目撃者は月』を光文社より刊行。
歩道の男（小説NON7）、百物語（EQ9）

1999年（平成十一年）七十歳
三月、物部太郎シリーズの第一作『七十五羽の烏』が光文社で再文庫化される。
酔狸氏の推理（小説新潮1）、二百年の仇討（EQ3、5）

2000年（平成十二年）七十一歳
十月十六日、フリースタイルの主催による法月綸太郎とのトークショウに出演。十月、『なめくじに聞いてみろ』が扶桑社文庫の昭和ミステリ秘宝に収録される。十二月、『推理作家の出来るまで』（本書）をフリースタイルより刊行。

2001年（平成十三年）七十二歳
五月九日、『推理作家の出来るまで』が、第五十四回日本推理作家協会賞、評論その他の部門を受賞。
2002年（平成十四年）七十三歳
四月十日、妻・テル死去。十月三十日、第六回日本ミステリー文学賞、受賞。
2003年（平成十五年）七十四歳
三月二十一日より東京の自宅を引き上げ、ハワイ、ホノルルの長女宅へ転居する。十一月二十七日午前十時四十二分、動脈硬化症による心臓発作のため急逝。享年七十四。

本年譜の作成に当たって、「日本探偵作家クラブ会報」「推理小説年鑑」「中島河太郎編／戦後推理小説総目録1～5」「新保博久編／都筑道夫年譜／別冊新評」を参考にしました。また、新保博久、高橋良平、石津典一、永嶋俊一郎、藤本元樹、星敬、小杉健治、青木大輔、北村一男、石坂茂房、塩澤快浩、幾野克哉、高橋信、都丸尚史、大山真市、堀田英俊の各氏に、貴重な情報を提供していただきました。記して感謝の意を表します。（日下三蔵）

都筑道夫 著作リスト

日下三蔵 編

凡例　書名・収録作品（長篇の場合は省略）・発行年月日（西暦）・出版社（叢書名）・判型・外装

1　**魔海風雲録　→かがみ地獄**
54年11月10日　若潮社（書下し長篇時代小説）
B6判　カバー　帯
70年1月25日　桃源社（ポピュラーブックス）新書判　カバー
79年10月10日　中央公論社（中公文庫）A6判　カバー
※桃源社版は「かがみ地獄」、中公文庫は「魔海風雲録」

2　**やぶにらみの時計**
61年1月30日　中央公論社　B6判　函　函帯
75年7月10日　中央公論社（中公文庫）A6判　カバー

3　**猫の舌に釘をうて**
61年6月18日　東都書房（東都ミステリー5）新書判　カバー
74年11月30日　平安書店（マリンブックス）新書判　カバー
77年6月15日　講談社（講談社文庫）A6判　カバー

4　**飢えた遺産　→なめくじに聞いてみろ**
62年7月20日　東都書房（東都ミステリー29）新書判　カバー
68年4月20日　三一書房（都筑道夫異色シリーズ2）B6判
ビニールカバー　帯
72年9月15日　双葉社（双葉推理小説シリーズ12）B6判
カバー　帯

79年11月15日　講談社（講談社文庫）A6判　カバー　帯
00年10月30日　扶桑社（昭和ミステリ秘宝）A6判　カバー　帯
※三一書房版以降は「なめくじに聞いてみろ」

5 **いじわるな花束**
［三匹の鼠／畸形の機械／その名はロボット／イメージ冷凍業／凶行前六十年／わからないaとわからないb／不快指数／蠅が落ちる／即席世界名作全集（第1巻　ツルゲーネフ集　父と子／第2巻　ドストエーフスキー集　罪と罰／第3巻　トルストイ集　闇の力／第4巻　チェホフ集　決闘／第5巻　ユゴー集　レ・ミゼラブル／第6巻　コレット集　牝猫／第7巻　ボーヴォワール集　他人の血／第8巻　カミュ集　異邦人／第9巻　ディケンズ集　大いなる遺産／第10巻　スティヴンスン集　誘拐されて／第11巻　ハクスレイ集　恋愛対位法／第12巻　ウルフ集　天使よ故郷を見よ／第13巻　スタインベック集　二十日鼠と人間と／第14巻　ヘミングウェイ集　武器よさらば／第15巻　ポオ集　黒猫／別巻　ウールリッチ集　晩餐後の物語）／小説　エラリイ・クイーンズ・ミステリ・マガジン（編集前記／I　おとなしい兇器／II　百万にひとつの偶然／III　あんたにそっくり／IV　探偵作家は天国に行ける／V　逃げるばかりが能じゃない）／あなたも人が殺せる（第1講　計画は入念に／第2講　下調べは充分に／第3講　偶然を警戒せよ／第4講　実行を早まるな／第5講　目撃者をゆるすな／第6講　刑事を甘くみるな／第7講　死体処理は慎重に／第8講　密室の効用）／クレオパトラの眼］
62年7月20日　七曜社（七曜ミステリーシリーズ）B6判　カバー　帯

6 **誘拐作戦**
62年8月25日　講談社　B6判　カバー　帯
67年6月5日　桃源社（ポピュラーブックス）新書判　カバー
76年2月10日　中央公論社（中公文庫）A6判　カバー
01年8月31日　東京創元社（創元推理文庫）A6判　カバー　帯

7 **紙の罠**
62年9月5日　桃源社（ポピュラーブックス）新書判　カバー
78年12月25日　角川書店（角川文庫）A6判　カバー
※近藤・土方シリーズ1

8 **悪意銀行**
63年7月10日　桃源社（ポピュラーブックス）新書判　カバー
70年10月25日　桃源社（ポピュラーブックス）新書判　カバー
77年4月25日　桃源社（ポピュラーブックス）新書判　カバー
79年8月30日　角川書店（角川文庫）A6判　カバー
※近藤・土方シリーズ2

9 **三重露出**
64年12月20日　東都書房　新書判　カバー
71年7月5日　桃源社（ポピュラーブックス）新書判　カバー

78年10月15日　講談社（講談社文庫）A6判　カバー　帯
ビニールカバー　帯
※1と2の合本

10
暗殺教程
67年1月15日　桃源社（ポピュラーブックス）新書判　カバー
帯
68年8月25日　三一書房（都筑道夫異色シリーズ5）B6判
ビニールカバー　帯
72年5月1日　桃源社（ポピュラーブックス）新書判　カバー
79年6月25日　集英社（集英社文庫）A6判　カバー
※桃源社版には、スパイキャッチャーJ3の副題あり

11
一匹狼　→吸血鬼飼育法
［第一問　警官隊の包囲から強盗殺人犯を脱出させる方法／第二問　吸血鬼を安全に妻にする方法／第三問　殺人狂の人質にされてエレベーターに閉じこめられた少女を救出する方法／第四問　性犯罪願望を持つ中年男性を矯正する方法］
68年3月10日　桃源社（ポピュラーブックス）新書判　カバー
帯
71年8月25日　桃源社（ポピュラーブックス）新書判　カバー
78年6月30日　角川書店（角川文庫）A6判　カバー
※角川文庫版は第二問を「吸血鬼を飼育して妻にする方法」、全体のタイトルを「吸血鬼飼育法」と改題

12
やぶにらみの時計・かがみ地獄
［やぶにらみの時計／かがみ地獄］
68年3月15日　三一書房（都筑道夫異色シリーズ1）B6判

13
猫の舌に釘をうて・三重露出
［猫の舌に釘をうて／三重露出］
68年6月10日　三一書房（都筑道夫異色シリーズ3）
B6判　ビニールカバー　帯
97年7月20日　講談社（講談社コレクション　大衆文学館）
A6判　カバー　帯
※3と9の合本

14
紙の罠・悪意銀行
［紙の罠／悪意銀行］
68年7月25日　三一書房（都筑道夫異色シリーズ4）B6判
ビニールカバー　帯
※7と8の合本

15
いじわるな花束・犯罪見本市
［いじわるな花束／犯罪見本市（第一会場　影が大きい／第二会場　札束がそこにあるから／第三会場　隣りは隣り／第四会場　森の石松）］
68年11月8日　三一書房（都筑道夫異色シリーズ6）B6判
ビニールカバー　帯
※5と新短篇集の合本

16
妖怪紳士
69年6月2日　朝日ソノラマ（サンヤングシリーズ2）
B6判　函

17
血みどろ砂絵　→ちみどろ砂絵
［よろいの渡し／ろくろっ首／春暁八幡鐘／三番倉／本所七不思議／いのしし屋敷／心中不忍池］
69年12月25日　桃源社（ポピュラーブックス）新書判　カバー
74年11月25日　桃源社　B6判　カバー　帯
81年9月30日　角川書店（角川文庫）A6判　カバー　帯
97年6月20日　光文社（光文社文庫）A6判　カバー　帯
08年6月25日　角川書店（角川文庫）A6判　カバー　帯
※なめくじ長屋捕物さわぎ1、光文社文庫版は「ちみどろ砂絵」と改題

18
くらやみ砂絵
［不動坊火焔／天狗起し／やれ突けそれ突け／南蛮大魔術／雪もよい明神下／春狂言役者づくし／地口行灯］
70年7月30日　桃源社（ポピュラーブックス）新書判　カバー
74年12月25日　桃源社　B6判　カバー　帯
82年1月10日　角川書店（角川文庫）A6判　カバー　帯
97年3月20日　光文社（光文社文庫）A6判　カバー　帯
※なめくじ長屋捕物さわぎ2

19
犯罪見本市
［第一会場　影が大きい／第二会場　札束がそこにあるから／第三会場　隣りは隣り／第四会場　森の石松］
70年10月5日　桃源社（ポピュラーブックス）新書判　カバー
81年5月25日　集英社（集英社文庫）A6判　カバー　帯
※15の後半のみを独立して刊行

20
ぼくボクとぼく
70年11月30日　毎日新聞社（毎日新聞SFシリーズジュニア版10）A5判　ビニールカバー　帯
※再出荷分は本体にカバー

21
蜃気楼博士
［第一の挑戦　蜃気楼博士／第二の挑戦　百人一首のなぞ／第三の挑戦　午後5時に消える］
70年12月25日　朝日ソノラマ（サンヤングシリーズ29）B6判　カバー
73年7月10日　朝日ソノラマ（少年少女傑作小説5）B6判　カバー
75年11月10日　朝日ソノラマ（ソノラマ文庫）A6判　カバー

22
キリオン・スレイの生活と推理
［なぜ自殺に見せかけられる犯罪を他殺にしたのか／なぜ悪魔のいない日本で黒ミサを行うのか／なぜ完璧のアリバイを容疑者は否定したのか／なぜ殺人現場が死体もろとも消失したのか／なぜ密室から凶器だけが消えたのか／なぜ幽霊は朝めしを食ったのか］
72年2月25日　三笠書房　B6判　カバー　帯

73年8月10日　三笠書房　B6判　カバー　帯
77年1月10日　角川書店（角川文庫）A6判　カバー
96年10月25日　角川書店（角川文庫リバイバルコレクション）
A6判　カバー　帯
※キリオン・スレイシリーズ1

23
七十五羽の鳥　→平将門呪殺事件　七十五羽の鳥
72年3月25日　桃源社　B6判　カバー　帯
76年3月10日　桃源社（ポピュラーブックス）新書判　カバー
80年9月10日　角川書店（角川文庫）A6判　カバー　帯
99年3月20日　光文社（光文社文庫）A6判　カバー　帯
※物部太郎シリーズ1、76年版のみ「平将門呪殺事件　七十五羽の鳥」と改題

24
十七人目の死神
［手を貸してくれたのはだれ？／不快指数／はだか川心中／流刑囚／忘れられた夜／妖夢談／蠅／父子像／ハルピュイア／風見鶏／幽霊になりたい］
72年8月15日　桃源社（ポピュラーブックス）新書判　カバー
76年11月10日　角川書店（角川文庫）A6判　カバー

25
夢幻地獄四十八景
［異論派かるた（い・意味深長／ろ・牢刻／は・化けもの／に・人形責め／ほ・ほれ薬／へ・変化球／と・飛びおり自殺／ち・ちりれんげ／り・離婚マニア／ぬ・沼／る・留守番／を・男の夢／わ・わに／か・鏡の間／よ・夜の声／た・他人の空似／れ・冷蔵庫／そ・そとば小町／つ・つまずき／ね・根なし草／な・涙壺／ら・らんの花／む・夢遊病／う・生めよ、ふやせよ／ゐ・居留守／の・のんきな神／お・老いらく／く・栗めし／や・闇討ち／ま・マジックカメラ／け・健忘症／ふ・船を見に／こ・ごろつき／え・円／て・天命／あ・愛しているよ／さ・猿の手／き・奇剣／ゆ・夢うらない／め・名人／み・魅惑のひとみ／し・侵略戦争／ゑ・ゑくぼ／ひ・秘術／も・もう一度／せ・狭いながらも／す・すべりどめ／京・京人形）／狂訓かるた（い・犬も歩けば車にあたる／ろ・牢より婆婆／は・灰より不死鳥／に・贋物ばかり世にはばかる／ほ・ほら吹き損のくたびれ儲け／へ・兵を知って志をかため／と・年よりの誠実／ち・知己もくどけりゃ邪魔になる／り・利口者の子はたくさん／ぬ・盗人の信念／る・留守に入れば亭主が怒る／を・老いても恋したがる）］
72年9月12日　講談社　B6判　ビニールカバー　帯
76年8月24日　講談社（ロマンブックス）新書判　カバー
80年8月15日　講談社（講談社文庫）A6判　カバー　帯

26
からくり砂絵
［花見の仇討ち／首つり五人男／小梅富士／血しぶき人形／水幽霊／粗忽長屋／らくだの馬］
72年12月15日　桃源社（ポピュラーブックス）新書判　カバー
75年1月25日　桃源社　B6判　カバー　帯
82年3月10日　角川書店（角川文庫）A6判　カバー　帯
96年10月20日　光文社（光文社文庫）A6判　カバー　帯
※なめくじ長屋捕物さわぎ3

27
最長不倒距離
73年2月15日　徳間書店　B6判　カバー　帯
80年11月20日　角川書店（角川文庫）A6判　カバー　帯
00年6月20日　光文社（光文社文庫）
※物部太郎シリーズ2

28
悪夢図鑑
［即席世界名作文庫（暇なき読書子に寄す／第一巻　ドストエーフスキー集　罪と罰／第二巻　ツルゲーネフ集　父と子／第三巻　トルストイ集　闇の力／第四巻　チェーホフ集　決闘／第五巻　イプセン集　人形の家／第六巻　チャペク集　人造人間／第七巻　カフカ集　変身／第八巻　シュニッツラー集　女ごろし／第九巻　モリエール集　人間ぎらい／第十巻　ラクロ集　危険な関係／第十一巻　スタンダール集　赤と黒／第十二巻　コレット集　牝猫／第十三巻　ボーヴォワール集　他人の血／第十四巻　カミュ集　異邦人／第十五巻　シェイクスピア集　夏の夜の夢／第十六巻　スティーヴンスン集　誘拐されて／第十七巻　ハクスリイ集　恋愛対位法／十八巻　モーム集　雨／第十九巻　グリーン集　事件の核心／第二十巻　ポオ集　黒猫／第二十一巻　ホオソーン集　緋文字／第二十二巻　ハーン集　怪談／第二十三巻　ウルフ集　天使よ故郷を見よ／第二十四巻　フォークナー集　八月の光／第二十五巻　スタインベック集　二十日鼠と人間と／第二十六巻　ミッチナー集　さよなら／別巻一　ストックトン集　女か虎か／別巻二　ウールリッチ集　晩餐後の物語）／感傷的対話（一月　夢の女／二月　白の女／三月　蕾の女／四月　花の女／五月　光の女／六月　雨の女／七月　星の女／八月　炎の女／九月　風の女／十月　露の女／十一月　霧の女／十二月　氷の女）／ショッキング・コーナーの六軒の店（結婚指輪／首／花嫁衣裳／ブルース・ブルー／赤い小壜／グッドバイ）／Say It with Flowers（福寿草／シクラメン／チューリップ／薔薇／カーネーション／紫陽花／ガーベラ／ダリア／コスモス／金木犀／菊／カトレア）／ぼくと私のいる風景（I　食堂車の男／II　老人／III　幽霊ごっこ／IV　暗い窓／V　夜行列車／VI　チェック……ゴリラ／VII　塀が長い／VIII　にわか雨／IX　ひとだまを見た／X　まじめな警告／XI　漫才めいた対話／XII　GO AHEAD!）／女の五つの楽しみ（1　貯えるたのしみ／2　愛するたのしみ／3　食べるたのしみ／4　怖がるたのしみ／5　飾るたのしみ）／小説エラリイ・クイーンズ・ミステリ・マガジン（編集前記／I　おとなしい兇器／II　百万にひとつの偶然／III　あんたにそっくり／IV　探偵作家は天国に行ける／V　逃げるばかりが能じゃない）／あなたも人が殺せる（第1講　計画は入念に／第2講　下調べは充分に／第3講　偶然を警戒せよ／第4講　実行を早まるな／第5講　目撃者をゆるすな／第6講　刑事を甘くみるな／第7講　死体処理は慎重に／第8講　密室の効用）／三匹の鼠（I　過去の鼠／II　現在の鼠／III　未来の鼠）／みけ猫きじ猫からす猫（I　過去・講談ふうに／II　現在・スリラーふうに／III　未来・落語ふうに）／大凶のくじ六枚（一枚目　告白旅行／二枚目　愛のつぶやき／三枚目　吉にかえす／四枚目　引きあてた！／五枚目　死んで花実が…／六枚目　来年も幸福に）／クレオパトラの眼］

73年4月25日　桃源社（都筑道夫ショートショート集成1）
B6判　カバー　帯
77年10月15日　桃源社（都筑道夫ショートショート集成1）
B6判　カバー　帯
↓**あなたも人が殺せる　悪魔図鑑①**
79年3月25日　角川書店（角川文庫）A6判　カバー
↓**感傷的対話　悪夢図鑑②**
79年4月30日　角川書店（角川文庫）A6判　カバー
※桃源社版は帯に「姦通現場」を収録、角川文庫版は二分冊で「姦通現場」は、**あなたも人が殺せる**のカバーそでに収録

29

悪意辞典

［第七感覚／未来放送／スター／結婚式／随筆の書けなくなったわけ／その木に近よるな／ひろった恐怖／重時禍／なくて七くせ／怪談マニア／バイ・バイ・ハンド／虚体／花のいのちは／ひがんだ魚／いやな夢／暗い橋／美しい殺人犯人／怪獣ブーム／コレクター／ある妻の日記／知らざる者は幸いなり／テレビのおかげ／ハイウェイを盗む／もてるものの悩み／機械結婚／ヘテロ／魔女保険／赤い箱のなかの小人／真実の隙間／不運な女／しあわせなやつ／日曜学者／動機／崖の上のふたり／脅迫状／参考人供述書／父親コンプレックス／死にぎわの証言／帰ってきたカッパライ／卵／凶器／朝寝の罪／対話／集金人／夢なら醒めろ／壁に向って話す／父親／死に錯乱した風景／コンニャク問答／危険な対話／恵まれたスパイ／夢判断／びぶりおまにあ／古文書／アフターサービス／冬の夜／旧友／年賀状／てんだあ・ばあてんだあ／四十二の目／記憶力／畸形の機械／A5の欲望／ショート・ショートの出来るまで／すていやんぐ／二十年間／小さな魔女／メタム／ある殺人／呪いの人形／女性恐怖症／幽霊売ります／ふたりの夫／ミダスの手／黒子／匍う／すばらしい悦楽機械／苦の世界／出土地・地球／暴風圏／鏡／あなたが犯人／闇に生きる／実験／SFマニア／理想の良人／ロボプレックス／もう一つの虚像／殺意の夜があけるまで／贈るたのしみ］
73年7月25日　桃源社（都筑道夫ショートショート集成2）
B6判　カバー　帯
78年1月15日　桃源社（都筑道夫ショートショート集成2）
B6判　カバー　帯
↓**魔女保険　悪意辞典①**
79年9月30日　角川書店（角川文庫）A6判　カバー
↓**幽霊売ります　悪意辞典②**
79年10月30日　角川書店（角川文庫）A6判　カバー
※桃源社版は帯に「うしろむきの幽霊」を収録、角川文庫版は二分冊で「うしろむきの幽霊」は、**幽霊売ります**のカバーそでに収録

30

悪業年鑑

［地球を救った男／ニンポマニア／天狗倒し／遠来の客／侵略者／フレミングは生きている／隠密五人男／だましあい／雪おとこ雪おんな／正夢／三つの願い／よく遊びよく遊べ／偶然かそれとも…／人間そっくり／つつもたせ／もうひとりの自分／赤い箱／エロスの巣／サブ／死刑囚／見えない情婦／招待旅行／転移／裸の街／魔法の絨毯／なやみの舌／宇宙生

物／みんなわが子／妻という名の女たち／ジェイムス・ホンドの大冒険／知恵のことば／紙工術お題は「ひも」／トウキョウの二十四時間／人類愛／身の上相談／妙なやつ／ミラクス・スモーカー／悪魔は悪魔／コピイ・メーカー／プール・サイド／夜光虫／紫いろの乗用車／へそくり／代役／音／地球人／博士夫人の秘法／遺産／スリラー料理／人生相談／妄想／神仏の加護／十年／食欲／時間旅行者／ミニチュアカー／夢のスポーツカー／聞えない叫び／奇型児／霧の中の声／記憶／木にもマークを／三角関係／歳月／あなたなら／ある家庭風景／混乱状態／夫婦は夫婦／船を見ていた老人の話／影たち／刑事が来た／魔力／マニア／まちがい電話／やみじる／運命／雷雨／旅路の終り／ダジャレー男爵の悲しみ／かめれおん／賭け／顔／笑いはんにゃ／悪いやつ／親ごころ／リドル・ストーリイ／同窓会／遠い汽笛／弁当箱／変な悪党たち〜落語ふうに〜／人形に恋した男／二重人格／花はどこへいったの／ロビーヌの離婚／医者の卵／老夫婦／恐るべき親たち／美しき五月の国／謹賀新年／超能力／自由への道／古風な男／講談・ショート（鼠小僧次郎吉／河内山宗俊／鬼神のお松／お富与三郎／小猿七之助／四谷怪談）／クイズ・ショート（誰が私を埋めてくれるの？／ラブ・レター／宝さがし／連載本格第一回／災難ドライブ／夢の完全犯罪／駐車場事件）］

73年9月28日　桃源社（都筑道夫ショートショート集成3）
B6判　カバー　帯
78年7月28日　桃源社（都筑道夫ショートショート集成3）
B6判　カバー　帯

↓**スリラー料理　悪業年鑑①**
80年3月31日　角川書店（角川文庫）A6判　カバー
↓**ダジャレー男爵の悲しみ　悪業年鑑②**
80年4月30日　角川書店（角川文庫）A6判　カバー　帯
※桃源社版は、帯に「長い長い悪夢」を収録、角川文庫版は二分冊で「長い長い悪夢」は、**スリラー料理**のカバーそでに収録

31 **死体を無事に消すまで**
73年9月30日　晶文社　B6判　カバー
※ミステリ評論集

32 **緊急放出大特集**　↓**都筑道夫ひとり雑誌第1号**
［魔海風雲録／黒い海盤車（ひとで）／その一発／妖虎／隅田の清姫／姦通現場／艶説稲妻双紙／ねずみ雲／花咲爺／うしろむきの幽霊／地獄の大使（アムバサダー・フロム・ザ・ヘル）／夜鳴鳥／幽霊心中／桜姫曙草紙／素晴らしき侵入者／地獄屋敷／裏庭の死骸／朱雀門の妖賊／賽ころ観世音］
74年2月25日　桃源社（都筑道夫ひとり雑誌第一号）B6判
カバー　帯
83年2月25日　角川書店（角川文庫）A6判　カバー　帯
※角川文庫版は、「うしろむきの幽霊」を割愛

33 **掘出珍品大特集**　↓**都筑道夫ひとり雑誌第2号**
［妖説横浜図絵／昔噺羅生門／女自来也／長い長い悪夢／小万源五兵衛／罪の意識／明暗すみだ川／無残絵めがね／恐怖飛行／瀧夜叉姫／妖婦五人女／くろがね武右衛門／三ン下時雨

／辛抱づよい母／接吻（くちづけ）は血を拭いてから／殺した女の顔が腫れ物になった話／龍／クリスマス・プレゼント／艶色からくり狐〕
74年4月5日　桃源社（都筑道夫ひとり雑誌第二号）B6判　カバー　帯
83年7月25日　角川書店（角川文庫）A6判　カバー　帯
※角川文庫版は、「長い長い悪夢」を割愛

34
空前絶後大特集　→都筑道夫ひとり雑誌第3号
〔弁天夜叉／敵討三世相／闇にひそむ顔／やさしい母／恋吹雪／鼠小僧旅日記／おはよう夫人とこんばんは夫人／赤銅御殿／美人の生理夜譚／背中の女／明日の夕刊／加留多のおきん／古寺物語／慾望の港／雪女郎／旧友／恋の血潮は紅に／幻妖白縫姫／真夜中の雷雨／愛憎血みどろ首／スペードの2／流転の図絵〕
74年4月30日　桃源社（都筑道夫ひとり雑誌第三号）B6判　カバー　帯
83年10月10日　角川書店（角川文庫）A6判　カバー　帯

35
目と耳と舌の冒険
74年6月25日　晶文社　B6判　ビニールカバー　帯
※エッセー集

36
妖怪変化大特集　→都筑道夫ひとり雑誌増刊号
〔佐賀妖猫伝／毒婦暦切られお富／黒田美小年録／円朝うつし乳房榎／変幻小笠原狐／業平小僧帯とき控／怪談牡丹燈籠／種彦くずし源氏物語〕
74年7月5日　桃源社（都筑道夫ひとり雑誌特別号）B6判　カバー　帯
83年12月10日　角川書店（角川文庫）A6判　カバー　帯

37
宇宙大密室
〔〈未来への危険な旅〉宇宙大密室／凶行前六十年／イメージ冷凍業／忘れられた夜／わからないaとわからないb／〈心のなかへの奇怪な旅〉変身／頭の戦争／〈機内サービス映画〉カジノ・コワイアル／〈民話へのおかしな旅〉一寸法師はどこへ行った／絵本カチカチ山後篇／鼻たれ天狗／かけざら河童／妖怪ひとあな／うま女房〕
74年8月15日　早川書房（ハヤカワ文庫JA37）A6判　カバー

38
情事公開同盟　新キリオン・スレイの生活と推理
→キリオン・スレイの復活と死
〔ロープウェイの霊柩車／情事公開同盟／八階の次は一階／二二が死、二死が恥／なるほど犯人はおれだ／密室大安売り／キリオン・スレイの死〕
74年10月1日　双葉社（双葉新書）新書判　カバー
77年10月10日　角川書店（角川文庫）A6判　カバー
※キリオン・スレイシリーズ2

39
危険冒険大犯罪
〔俺は切り札／帽子をかぶった猫／肩代わり屋／ああ、タフガ

イ！／ギャング予備校〕
74年10月15日　桃源社（都筑道夫新作コレクション1）B6判
カバー　帯
84年7月10日　角川書店（角川文庫）A6判　カバー　帯

40
妖精悪女解剖図
〔霧をつむぐ指／らくがきの根／濡れた恐怖／手袋のうらも手袋／鏡の中の悪女〕
74年11月15日　桃源社（都筑道夫新作コレクション2）B6判
カバー　帯
85年2月25日　角川書店（角川文庫）A6判　カバー　帯

41
哀愁新宿円舞曲
〔娼婦の町／歌舞伎町夜景／風のたたずむ窓／トルコ・コーヒー／狂犬日記／手紙の毒／$HgCl_2$／乳房のあるサンドイッチ／小説・大喜利／穴だらけ＝一幕＝できそこないのホーム・ドラマ〕
74年12月15日　桃源社（都筑道夫新作コレクション3）B6判
カバー　帯

42
酔いどれひとり街を行く　→**酔いどれ探偵**
〔背中の女／おれの葬式／気のきかないキューピッド／黒い扇の踊り子／女神に抱かれて死ね／ニューヨークの日本人〕
75年1月15日　桃源社（都筑道夫新作コレクション4）B6判
カバー　帯
84年1月25日　新潮社（新潮文庫）A6判　カバー　帯

43
退職刑事
〔写真うつりのよい女／妻妾同居／狂い小町／ジャケット背広スーツ／昨日の敵／理想的犯人像／壜づめの密室〕
75年4月10日　徳間書店（徳間ノベルス）新書判　カバー
80年10月31日　徳間書店（徳間文庫）A6判　カバー　帯
02年9月27日　東京創元社（創元推理文庫）A6判　カバー
帯
※退職刑事シリーズ1

44
絶対惨酷博覧会
〔標的はだれだ／ユダの銃口／またひとり人の死ぬ夜／お安く片づけます／花束は大きく／霊柩車へどうぞ／死体にも足がある／目をとじて歩け／不法監禁／ガン・クレージイ〕
75年6月15日　桃源社（都筑道夫新作コレクション5）B6判
カバー　帯

45
黄色い部屋はいかに改装されたか？
75年6月20日　晶文社　B6判　カバー
98年4月20日　晶文社　B6判　カバー　帯
※長篇ミステリ評論

46
怪奇小説という題名の怪奇小説
75年9月10日　桃源社　B6判　カバー　帯
79年9月25日　桃源社　B6判　カバー　帯
80年1月25日　集英社（集英社文庫）A6判　カバー
11年1月25日　集英社（集英社文庫）A6判　カバー　帯

47　**西洋骨牌探偵術**
［腎臓プール／亭主がだんだん増えてゆく／アドリブ殺人／赤い蛭／ガラスの貞操帯／二重底／空前絶後、意外な結末］
75年12月20日　桃源社　B6判　カバー　帯
86年8月20日　光文社（光文社文庫）A6判　カバー　帯

48　**都筑道夫の悪人志願**
［暗殺教程／ギャング予備校］
76年4月5日　ベストセラーズ（ベストセラーノベルス）
新書判　カバー

49　**八百八町しのび独楽**
76年4月10日　徳間書店（徳間ノベルズ）新書判　カバー　帯
※「神州魔法陣」第一部

50　**東京夢幻図絵**
［墓場の丁／浪花ぶし大和亭／白山下薄暮／ぼく東鬼譚／花電車まがいの女／矢来下夜景／鬼を泣かした女／黒豹脱走曲／ガラスの知恵の輪／九段の母／東京五月の大空襲］
76年4月20日　桃源社　B6判　カバー　帯
78年12月10日　中央公論社（中公文庫）A6判　カバー
08年10月30日　扶桑社（昭和ミステリ秘宝）A6判　カバー
帯
※中公文庫版以降は、「道化の餌食」を追加

51　**都筑道夫自選傑作短篇集　→はだか川心中　自選傑作集**
［〈キリオン・スレイの生活と推理〉溶けたナイフ／空腹幽霊／〈退職刑事〉写真うつりのいい女／四十分間の女／〈十七人目の死神〉はだか川心中／ハルピュイア／風見鶏／〈怪談ショート・ショート〉人形の家／かくれんぼ／古い映画館／〈なめくじ長屋捕物さわぎ〉天狗起し／小梅富士／〈春色なぞ暦〉羅生門河岸／藤八五文奇妙！／花川戸心中］
76年6月10日　読売新聞社　B6判　カバー　帯
86年6月15日　勁文社（ケイブンシャ文庫）A6判　カバー
帯
※文庫版は、「溶けたナイフ」と「空腹幽霊」を割愛

52　**悪魔はあくまで悪魔である**
［悪魔はあくまで悪魔である／あしたの夢／隣家の女／夜ふけの公園／窓の女／熱のある夜／遠い昔の空の色／気になる記憶／いやな感じ／業火／赤いベンチ／旅行ぎらい／雷雨／半身像／赤い滝／終電車／不老長寿／一本のステッキ／超能力］
76年6月30日　角川書店（角川文庫）A6判　カバー

53　**四十分間の女　退職刑事2　→退職刑事2**
［遺書の意匠／遅れてきた犯人／銀の爪きり鋏／四十分間の女／浴槽の花嫁／真冬のビキニ／扉（ドア）のない密室］
76年7月10日　徳間書店（徳間ノベルス）新書判　カバー
81年3月15日　徳間書店（徳間文庫）A6判　カバー　帯
02年11月29日　東京創元社（創元推理文庫）A6判　カバー
帯

※退職刑事シリーズ2、徳間文庫版以降は「退職刑事2」

54
あやかし砂絵
［張形心中／夜鷹ころし／不動の滝／首提灯／人食い屏風／寝小便小町／あぶな絵もどき］
76年9月15日　桃源社　B6判　カバー　帯
82年6月30日　角川書店（角川文庫）A6判　カバー　帯
96年7月20日　光文社（光文社文庫）A6判　カバー　帯
※なめくじ長屋捕物さわぎ4

55
雪崩連太郎幻視行
［人形責め／背中の蝶／白蠟牡丹／花十字架／比翼の鳥／和歌礼櫛］
77年1月20日　立風書房　B6判　カバー　帯
80年6月25日　集英社（集英社文庫）A6判　カバー　帯
※雪崩連太郎シリーズ1

56
阿蘭陀すてれん　→25階の窓
［阿蘭陀すてれん／高い窓／かくれんぼ／古いトランク／燭台／青信号／神になった男／人形の家／私と私たち／地球は狙われている／テレパシスト／猫の手／片腕／髑髏盃／蒸発／セックス革命／妙な電話／超能力電話／高所恐怖症／故郷の廃家／真夜中の雷雨／老朽度スキャンダル／足／夜道／鏡の中／影／春で朧ろでご縁日／新居／古い映画館］
77年5月10日　角川書店（角川文庫）A6判　カバー
88年5月25日　新潮社（新潮文庫）A6判　カバー　帯

※新潮文庫版は、「私と私たち」「地球は狙われている」「テレパシスト」「セックス革命」の4篇を割愛

57
猫の目が変るように
［海からきた女／ブルーフィルム／起こされた女／同棲志願／裸の裏切り／孕みてえジェーン／女の中を流れる川／小鳥の騒ぐ日／霜降橋界隈／罪な指］
77年6月15日　立風書房　B6判　カバー　帯
83年10月25日　集英社（集英社文庫）A6判　カバー　帯

58
にぎやかな悪霊たち
［蠟いろの顔／湯気の中から／黒く細いもの／騒ぐ霊／女嫌いの女の絵／幽霊坂マンション／出雲ぎつね／激写あの世ヌード！／モンロー変化／男の首／化けかた教えて／水割り幽霊／人形たちの夜／夜の猫は灰色／離魂病診断書］
77年8月8日　講談社　B6判　カバー　帯
81年1月30日　青樹社　B6判　カバー　帯
82年7月15日　講談社（講談社文庫）A6判　カバー　帯

59
朱漆の壁に血がしたたる
77年12月10日　徳間書店　B6判　カバー　帯
80年12月10日　角川書店（角川文庫）A6判　カバー　帯
02年1月20日　光文社（光文社文庫）A6判　カバー　帯
※物部太郎シリーズ3

60
全戸冷暖房バス死体つき
［冷蔵庫の死体／ポケットの死体／屑籠の死体／エレベーターの死体／飾り窓の死体／電話ボックスの死体／樹の上の死体］
78年3月25日　立風書房　B6判　カバー　帯
82年3月25日　集英社（集英社文庫）A6判　カバー　帯
※滝沢紅子シリーズ1

61
黒い招き猫
［黒い招き猫／目のない賽／腕時計／幽霊屋敷／新世代語辞典／夜のオルフェウス／粘土の人形／過疎地帯／呪法／静かな夜／小鳥たち／ひどい熱／狐つき／壁の影／馬の首／宙づりの女／心霊現象／百物語／ベランダの眺め／もういや！／漂う顔／死者の宴］
78年3月25日　角川書店（角川文庫）A6判　カバー

62
神州魔法陣
78年5月15日　桃源社　B6判　カバー　帯
81年1月15日　桃源社（ポピュラーブックス）新書判　カバー　帯
81年8月20日　富士見書房（時代小説文庫）A6判　カバー　帯
14年5月1日　戎光祥出版（時代小説名作館／都筑道夫時代小説コレクション1、2）B6判　カバー　帯
※時代小説文庫版以降は、上・下二分冊

63
くわえ煙草で死にたい
［逃げた風船／幻覚が走る／午前四時の苦い酒／こわれた哺乳壜／くわえ煙草で死にたい／雨あがりの霊柩車］
78年8月10日　双葉社　B6判　カバー　帯
83年7月25日　新潮社（新潮文庫）A6判　カバー　帯
※西連寺剛シリーズ1

64
血みどろ砂絵・くらやみ砂絵
［血みどろ砂絵／くらやみ砂絵］
78年8月25日　桃源社　B6判　カバー　帯
10年10月20日　光文社（光文社文庫）A6判　カバー　帯
※17と18の合本

65
からくり砂絵・あやかし砂絵
［からくり砂絵／あやかし砂絵］
78年9月25日　桃源社　B6判　カバー　帯
10年11月20日　光文社（光文社文庫）A6判　カバー　帯
※26と54の合本

66
怨霊紀行　雪崩連太郎幻視行　→雪崩連太郎怨霊行
［五百羅漢／鬼板師儀助／三つ目達磨／六本足の午／色玻璃なみだ壺／からくり花火／小函の中の墓場］
78年10月10日　立風書房　B6判　カバー　帯
80年10月25日　集英社（集英社文庫）A6判　カバー　帯
※雪崩連太郎シリーズ2

67 **キリオン・スレイの再訪と直感**
［如雨露と綿菓子が死につながる／三角帽子が死につながる／下足札が死につながる／女達磨が死につながる／署名本が死につながる／電話とスカーフが死につながる］
78年10月20日　角川書店（角川文庫）Ａ６判　カバー
※キリオン・スレイシリーズ3

68 **タフでなければ生きられない**
［危険冒険大犯罪／絶対惨酷博覧会］
78年11月15日　桃源社　Ｂ６判　カバー　帯
※39と44の合本

69 **魔海風雲録**
［かがみ地獄／魔海風雲録／赤銅御殿／地獄屋敷／妖説横浜図絵］
78年12月15日　桃源社　Ｂ６判　カバー　帯
※「かがみ地獄」は、1の改題

70 **哀しみの画廊から**
［妖精悪女解剖図／哀愁新宿円舞曲］
79年1月15日　桃源社　Ｂ６判　カバー　帯
※40と41の合本

71 **翔び去りしものの伝説**
79年1月20日　奇想天外社　Ｂ６判　カバー　帯
83年3月15日　徳間書店（徳間文庫）Ａ６判　カバー　帯

72 **きまぐれダブルエース**
［酔いどれひとり街を行く／西洋骨牌探偵術］
79年2月15日　桃源社　Ｂ６判　カバー　帯
※42と47の合本

73 **未来警察殺人課**
［人間狩り／死霊剥製師／空中庭園／料理長ギロチン／ジャック・ザ・ストリッパー／氷島伝説／カジノ鷲の爪］
79年4月10日　徳間書店　Ｂ６判　カバー　帯
82年9月15日　徳間書店（徳間文庫）Ａ６判　カバー　帯
※未来警察殺人課シリーズ1

74 **ハングオーバーTOKYO　→二日酔い広場**
［風に揺れるぶらんこ／鳴らない風鈴／巌窟王と馬の脚／二日酔広場／濡れた蜘蛛の巣／落葉の杯］
79年6月10日　立風書房　Ｂ６判　カバー　帯
84年12月30日　集英社（集英社文庫）Ａ６判　カバー　帯
※集英社文庫版は、「まだ日が高すぎる」を追加し、「二日酔広場」を「ハングオーバー・スクエア」と改題

75 **砂絵くずし**
［よろいの渡し／天狗起し／首つり五人男／小梅富士／らくだの馬／人食い屏風］
79年6月10日　中央公論社（中公文庫）Ａ６判　カバー
※なめくじ長屋捕物さわぎ傑作選

76
妄想名探偵
［「殺人事件」殺人事件／横丁「横丁」殺人事件／「探偵小説」殺人事件／「完全犯罪」殺人事件／「別冊付録」殺人事件／「ハードボイルド」殺人事件／「殺人事件」盗難事件］
79年6月22日　講談社　B6判　カバー　帯
84年2月15日　講談社（講談社文庫）A6判　カバー　帯

77
脅迫者によろしく
［表紙のとれた詩集／灰皿がわりの珈琲茶碗／小豚の銀行／脅迫者によろしく／砕けたクラッカー／鬚を忘れたサンタクロース］
79年7月25日　新潮社　B6判　カバー　帯
83年1月25日　新潮社（新潮文庫）A6判　カバー　帯
※西連寺剛シリーズ2

78
都筑道夫スリラーハウス
［九回裏に…（年始の客／狐の面／女雛たち／桜の谷／雨の夜道／夢知らせ／公園の宇宙人／プール・サイド）／四万六千日／皿／課題小説／真珠色の月（喜劇ふうに／童話ふうに／怪談ふうに）／秋には苦い夜もある／無花果いろの空／遅れた時計／霧彦／寝苦しい夜／日光写真／三丁目は遠いから／狂気／雪の空港／みぞれ河岸／暗い雪／蛇／暁荘七号室／女結び／ある日、目をさましたら／屋根のない館／銃声／赤い手帳／幽霊ゲーム／音楽コレクター／タイムマシン／大樹の蔭／新釈お伽草子（猿かに合戦／浦島）／新作落語大会（押入れ間男／朝がえり）］
79年11月10日　桃源社　B6判　カバー　帯
84年4月10日　角川書店（角川文庫）A6判　カバー　帯

79
サタデイ・ナイト・ムービー
79年11月20日　奇想天外社　B6判　カバー　帯
84年2月25日　集英社（集英社文庫）A6判　カバー　帯
※映画評論集

80
狼は月に吠えるか
［狼は月に吠えるか／鬼火いろのドレス／髑髏のペンダント／人魚の燭台／池袋の女／古川私立探偵事務所／スープがさめる／侵入者／殺人ゲーム／事後従犯／凶器を持つ人形］
79年12月10日　桃源社　B6判　カバー　帯
87年4月10日　文藝春秋（文春文庫）A6判　カバー　帯
※文春文庫版は、「凶器を持つ人形」を割愛

81
梅暦なめくじ念仏
［からくり念仏／矢がすり菩薩／一番は諫鼓鶏／に組あばれ纏／暗闇坂心中／羅生門河岸／藤八五文奇妙！／花川戸心中］
80年2月10日　桃源社　B6判　カバー　帯

82
アダムはイヴに殺された
［虚言因子／三者三様／銃声／旧友／ダブル・スティール／奇蹟を売る男／女を逃すな／情夫の義務／偶然信者あるいはオマケつきの犯罪／月に罪あり］
80年4月15日　桃源社　B6判　カバー　帯

83
名探偵もどき
［ヴェルヴェットもどき／ポアロもどき／ホームズもどき／マーロウもどき／コロンボもどき／ルパンもどき／金田一もどき／メグレもどき］
80年8月1日　文藝春秋　B6判　カバー　帯
83年10月25日　文藝春秋（文春文庫）A6判　カバー　帯
※もどきシリーズ1

84
なめくじ長屋とりもの落語　きまぐれ砂絵　→きまぐれ砂絵
［長屋の花見／舟徳／高田の馬場／野ざらし／擬宝珠／夢金］
80年10月5日　角川書店　B6判　カバー　帯
82年7月30日　角川書店（角川文庫）A6判　カバー　帯
96年4月20日　光文社（光文社文庫）A6判　カバー　帯
※なめくじ長屋捕物さわぎ5

85
こんばんは幽霊です
［ゆうれい通信（第一話　一本杉の家／第二話　二階にうつるかげ／第三話　三時三分にどうぞ／第四話　スペードの4／第五話　五色のくも／第六話　ぼうしが六つ／第七話　七福神の足おと／第八話　8時のない時計／第九話　おしの九官鳥／第十話　十字路の火を消すな／第十一話　十一才のたんじょう日／第十二話　十二ひとえの人形）／血をすうへや／耳のある家／砂男／ゆうれい博物館（第一話　崖上の三角屋敷／第二話　のろわれた人形／第三話　人魚殺人事件／第四話　星の亡命者／第五話　幽霊は昼歩く）／座敷わらしはどこへ行った／蜃気楼博士（第1の挑戦　蜃気楼博士／第2の挑戦　百人一首のなぞ／第3の挑戦　午後5時に消える）］
80年10月10日　桃源社　B6判　カバー　帯

86
おはよう妖怪たち
［スター・パトロール（第一話　とうめい怪獣／第二話　ゆうれい光線）／宇宙からきた吸血鬼／未来学園（第一話　マイナス人間／第二話　光線ナイフ／第三話　顔のある機械／第四話　はにかみ屋の宇宙人／第五話　小犬は小犬／第六話　手紙を書くには／第七話　ゆうれい音響／第八話　オオカミ男の呪い／第九話　獅子のなみだ／第十話　狂った花／第十一話　明日は今日のつづき）／ぼくボクとぼく／妖怪紳士］
81年1月10日　桃源社　B6判　カバー　帯

87
銀河盗賊ビリイ・アレグロ
［双頭の毒蛇／アンドロイド&ロイド／覆面条例／野獣協定／メイド・イン・ジャパン／顔のない道化師］
81年1月20日　奇想天外社　B6判　カバー　帯
83年4月25日　集英社（集英社文庫）A6判　カバー　帯

88
さよなら犯人くん
［拳銃天使／拳銃仮面／透明人間がやって来た／六年すいり組（第一話　かげは消えていく／第二話　大助くんのゆううつ）／青ざめた連化師／どろんこタイムズ（第一話　人魚の涙／第二話　トラックを追っかけろ／第三話　手配写真／第四話　顔のない男／第五話　ものいう狐／第六話　幼児語のなぞ）／黒いおじさん／午後十時の日食／黄色いポロシャツ／コール

サインX（第一話　迎えに来た男／第二話　双眼鏡さわぎ／第三話　放火予告／第四話　悲しいウソ／第五話　幽霊犯人／第六話　そんな生徒はいない／第七話　物は語る／第八話　透明人間／第九話　爆弾魔／第十話　魔法のトランプ／第十一話　暗号放送／第十二話　テレパシー）／鬼がきた夜／鬼の顔／五ひきと二羽が消えた！／竜神の池／帰ってきた幽霊］
81年4月10日　桃源社　B6判　カバー　帯

89 **ダウンタウンの通り雨**
［ダウンタウンの通り雨／油揚坂上午前二時／首くくりの木］
81年5月15日　角川書店（角川文庫）A6判　カバー　帯
※西連寺剛シリーズ3

90 **苦くて甘い心臓**
［苦くて甘い心臓／天竺ねずみ／黒南風の坂／人形の身代金／見えない猫］
81年6月30日　角川書店（角川文庫）A6判　カバー　帯
※西連寺剛シリーズ4

91 **ロボットDとぼくの冒険**
［ロボットDとぼくの冒険／死体はなぜ歩いたか／月に帰った男／ふたりの陽子／消えた文字の秘密／隣の誘拐事件／殺人迷路］
81年8月10日　桃源社　B6判　カバー　帯

92 **かげろう砂絵**
［酒中花／ぎやまん燈籠／秘剣かいやぐら／深川あぶら堀／地獄ばやし／ねぼけ先生／あばれ纏］
81年10月10日　桃源社　B6判　カバー　帯
82年11月10日　角川書店（角川文庫）A6判　カバー　帯
92年7月20日　光文社（光文社文庫）A6判　カバー　帯
※なめくじ長屋捕物さわぎ6

93 **捕物帖もどき　→捕物帳もどき**
［平次もどき／右門もどき／佐七もどき／若様もどき／顎十郎もどき／半七もどき］
82年1月10日　文藝春秋　B6判　カバー　帯
84年10月25日　文藝春秋（文春文庫）A6判　カバー　帯
※もどきシリーズ2

94 **変幻黄金鬼**
［変幻黄金鬼／赤銅御殿／地獄屋敷／妖説横浜図絵／からくり念仏／矢がすり菩薩／髑髏かんざし／首なし地蔵］
82年1月20日　富士見書房（富士見時代小説文庫）A6判　カバー　帯

95 **フォークロスコープ日本**
［〈おかしな民話へのスコープ〉鼻たれ天狗／かけざら河童／妖怪ひとあな／うま女房／恋入道／一寸法師はどこへ行った／絵本カチカチ山後篇／猿かに合戦／浦島／〈奇怪な心のなかへのスコープ〉変身／頭の戦争／〈コミカルな間奏曲〉カ

ジノ・コワイアル／〈危険な未来へのスコープ〉宇宙大密室／凶行前六十年／イメージ冷凍業／忘れられた夜／わからないaとわからないb］
82年4月15日　徳間書店（徳間文庫）A6判　カバー　帯
※37の増補再編集版

96
びっくり博覧会
［花瓶／手紙／ねむり術／感傷旅行／ぬきテレビ／顔／赤と黒／天才／いびき幽霊／1213／本格推理小説／扉／不眠症／賞品／墓地の女／救助信号／柱の中の手紙／車どろぼう／嘘／空港ロビー／二の酉／除夜の鐘／異国の神／蠟人形／午後の喫茶店／電話ボックス／鬼／二老人／手がかり／暗示／夢見術／モデル・カー／薄雲の月／夜の酒場／不自由日記／あるアルバイト／浅草寺しらじらあけ／闇に香る／幽霊製造機／きつね雨／対談／悪魔が聞いている／穴／リアル・プロ／初詣／節分の夜／内裏雛／桜並木の女／鯉のぼり／マンホール／発明禁止時代／闇ぶくろ／幽霊を見る法／怪談作法／午前二時の骨牌／もうぞう〜江戸小咄ふうに／泥坊志願／朝寝くらべ］
82年7月25日　集英社（集英社文庫）A6判　カバー　帯

97
都筑道夫の小説指南　エンタテインメントを書く
↓都筑道夫のミステリイ指南
82年9月30日　講談社（講談社ゼミナール選書）B6判
カバー　帯
90年7月15日　講談社（講談社文庫）A6判　カバー　帯
※小説講座の講義集

98
退職刑事3
［大魔術の死体／仮面の死体／人形の死体／散歩する死体／乾いた死体／筆まめな死体／料金不足の死体］
82年9月30日　徳間書店（徳間ノベルス）新書判　カバー　帯
85年5月15日　徳間書店（徳間文庫）A6判　カバー　帯
03年1月17日　東京創元社（創元推理文庫）A6判　カバー
帯
※退職刑事シリーズ3

99
燃えあがる人形
82年11月25日　学校図書（パンドラの匣創作選2）
A5判　カバー　帯
※「朱いろの闇」と改題し、126に収録

100
まぼろし砂絵
［熊坂長範／人殺し豆蔵／ばけもの寺／両国八景／坊主めぐり／かっちんどん／菊人形の首］
82年12月25日　光風社出版　B6判　カバー　帯
85年9月25日　角川書店（角川文庫）A6判　カバー　帯
92年2月20日　光文社（光文社文庫）A6判　カバー　帯
※なめくじ長屋捕物さわぎ7

101
殺されたい人この指とまれ
［見知らぬ妻／檸檬色の猫がのぞいた／珊瑚珠／赤い影絵／猫

のまま死ぬ／グラスに落ちた蝿／新宿の一ドル銀貨／ネオン・インベーダー／六日間の女／不肖の弟子／殺されたい人この指とまれ］

82年12月25日　集英社（集英社文庫）Ａ６判　カバー　帯

102　**暗殺心**

83年5月31日　徳間書店（徳間ノベルス）新書判　カバー　帯
86年7月15日　徳間書店（徳間文庫）Ａ６判　カバー　帯

103　**キリオン・スレイの敗北と逆襲**

83年7月25日　角川書店（カドカワノベルズ）新書判　カバー　帯
89年8月10日　角川書店（角川文庫）Ａ６判　カバー　帯
※キリオン・スレイシリーズ4

104　**蓋のとれたビックリ箱**

［銀座の児雷也／黄ばんだ写真／葡萄ジャムのあき壜／あかにし屋／幽霊コンテスト／おかしな来訪者／今昔日比谷界隈／この半年／二枚舌／仕込杖／角の二階屋／鏡の女／贈り物があるの／アッシャア家の崩壊〜モダン・ジャズのフィーリングで再構成したE・A・ポオ／See them die］
83年10月25日　光風社出版　Ｂ６判　カバー　帯
85年6月25日　集英社（集英社文庫）Ａ６判　カバー　帯

105　**おもしろ砂絵**

［雪うさぎ／地ぐち悪口あいた口／大目小目／いもり酒／はてなの茶碗／けだもの横丁／楽屋新道］
84年1月10日　光風社出版　Ｂ６判　カバー　帯
86年5月25日　角川書店（角川文庫）Ａ６判　カバー　帯
91年10月20日　光文社（光文社文庫）Ａ６判　カバー　帯
※なめくじ長屋捕物さわぎ8

106　**都筑道夫ドラマ・ランド**

［〈映画〜Tsuzuki's film land〉パリから来た男／ベイルートから来た男／ミスターXの挑戦／〈ラジオ〜Tsuzuki's audio land〉午後十時十分をお忘れなく／つもりがつもって〜「だくだく」によるラックゴティック・コメディ／伊呂波がるた人生模様／春の夜の夢ばかりなる／秋には苦い夜もある／口笛／幽霊屋敷／幽霊ごっこ／動物がいっぱい／〈TV〜Tsuzuki's video land〉スパイキャッチャーJ3］
84年3月31日　徳間書店　Ｂ６判　カバー　帯
89年8月15日　徳間書店（徳間文庫）Ａ６判　カバー　帯
※シナリオ集、文庫版は、「ミスターXの挑戦」「午後十時十分をお忘れなく」「つもりがつもって」「伊呂波がるた人生模様」「春の夜の夢ばかりなる」「幽霊屋敷」「動物がいっぱい」の七篇を割愛

107　**神変武甲伝奇**

84年4月25日　角川書店（カドカワノベルズ）新書判　カバー　帯
89年10月10日　角川書店（角川文庫）Ａ６判　カバー　帯
14年8月8日　戎光祥出版（時代小説名作館／都筑道夫時代小

説コレクション3）B6判　カバー　帯

108
新　顎十郎捕物帳
［児雷也昇天／浅草寺消失／えげれす伊呂波／からくり土佐衛門／きつね姫／幽霊旗本／闇かぐら］
84年5月1日　講談社（講談社ノベルス）新書判　カバー　帯
88年6月15日　講談社（講談社文庫）A6判　カバー　帯
07年9月6日　講談社（講談社ノベルス）新書判　カバー　帯
※新　顎十郎捕物帳シリーズ1

109
チャンバラもどき
［鞍馬天狗もどき／座頭市もどき／丹下左膳もどき／紋次郎もどき／眠狂四郎もどき／梅安もどき］
84年5月15日　文藝春秋　B6判　カバー　帯
88年3月10日　文藝春秋（文春文庫）A6判　カバー　帯
※もどきシリーズ3

110
トルコ嬢シルビアの華麗な推理　→泡姫シルビアの華麗な推理
［仮面をぬぐシルビア／密室をひらくシルビア／除夜の鐘をきくシルビア／宝探しをするシルビア／小説を書くシルビア／客をなくすシルビア／立ち聞きするシルビア］
84年9月25日　新潮社　B6判　カバー　帯
86年11月25日　新潮社（新潮文庫）A6判　カバー　帯
※シルビアシリーズ1

111
闇を食う男
［邪神の使者／赤い霊柩車／日曜の道化師／目撃者あり／出血大サービス／大雨注意報／にせ警官／壜づめの悪魔］
85年8月1日　実業之日本社（ジョイノベルス）新書判　カバー　帯
88年10月5日　天山出版（天山文庫）A6判　カバー　帯

112
幽鬼伝
85年9月25日　光風社出版（光風社ノベルス）新書判　カバー　帯
88年11月10日　大陸書房（大陸文庫）A6判　カバー　帯

113
女泣川ものがたり　→べらぼう村正　女泣川ものがたり
［べらぼう村正／泣かぬお北／おばけ燈籠／六間堀しぐれ／舌だし三番叟／玉屋でござい］
85年10月20日　文藝春秋　B6判　カバー　帯
88年12月10日　文藝春秋（文春文庫）A6判　カバー　帯
※女泣川ものがたり1

114
新　顎十郎捕物帳2
［三味線堀／貧乏神／亀屋たばこ入／離魂病／さみだれ坊主／閻魔堂橋］
85年11月5日　講談社（講談社ノベルス）新書判　カバー　帯
88年10月15日　講談社（講談社文庫）A6判　カバー　帯
※新　顎十郎捕物帳シリーズ2

115
死体置場の舞踏会
［海猫千羽／砂時計／不等辺三角形／迷い猫／いの一番大吉］
86年1月25日　光文社（カッパノベルス）新書判　カバー　帯
98年3月20日　光文社（光文社文庫）A6判　カバー　帯
※西連寺剛シリーズ5

116
未来警察殺人課2
→未来警察殺人課　ロスト・エンジェル・シティ
［マンハッタン・マンハント／空白に賭ける／殺人ガイドTOKYO／ロスト・エンジェル・シティ／私設殺人課／ワイキキ・ワンダーランド／有毒夢／赤い闘牛士］
86年2月28日　徳間書店（徳間ノベルズ）新書判　カバー　帯
91年9月15日　徳間書店（徳間文庫）A6判　カバー　帯
※未来警察殺人課シリーズ2

117
ときめき砂絵
［羽ごろもの松／本所へび寺／待乳山怪談／子をとろ子とろ／二十六夜待／水見舞／雪達磨おとし］
86年3月20日　光風社出版　B6判　カバー　帯
88年4月20日　光文社（光文社文庫）A6判　カバー　帯
※なめくじ長屋捕物さわぎ9

118
退職刑事健在なり　→退職刑事4
［連想試験／夢うらない／殺人予告／あらなんともな／転居先不明／改造拳銃／著者サイン本／線香花火］
86年9月5日　潮出版社　B6判　カバー　帯
90年11月15日　徳間書店（徳間文庫）A6判　カバー　帯
03年3月14日　東京創元社（創元推理文庫）A6判　カバー　帯
※退職刑事シリーズ4、創元推理文庫版は退職刑事4

119
殺人現場へ二十八歩
［死体のロンド／エンコ行進曲／黒猫のボレロ／石鹸玉ワルツ］
86年9月10日　サンケイ出版（サンケイノベルス）新書判　カバー　帯
89年1月20日　光文社（光文社文庫）A6判　カバー　帯
※ホテル・ディックシリーズ1

120
泡姫シルビアの探偵あそび　→ベッド・ディテクティブ
［ふたりいたシルビア／服をぬがないシルビア／涙ぐむシルビア／怒るシルビア／化けてでるシルビア／殴られるシルビア／のぞき見するシルビア］
86年12月10日　新潮社　B6判　カバー　帯
98年7月20日　光文社（光文社文庫）A6判　カバー　帯
※シルビアシリーズ2

121
深夜倶楽部
［死びと花／鏡の国のアリス／姫はじめ／狐火の湯／首吊り御門／幽霊屋敷／夜明けの吸血鬼］
86年12月10日　双葉社（双葉ノベルス）新書判　カバー
92年11月15日　徳間書店（徳間文庫）A6判　カバー　帯

122
証拠写真が三十四枚
［金平糖の赤い壺／月のある坂道／妄想図／間もなく四時／つめたい先輩／つかい道／盗まれた休暇／邪魔者／人事異動／かわいいいロボット／奇妙なアルバイト／目撃証言／ゆすり屋／影絵／けむりの輪／五枚のカード／目のなかの顔／この手だれの手／背文字／耳探偵／貯蔵庫／窓辺の女／夜ふけの電話／カーテン・コール／膝栗毛以前／ひとり傘／企画会議／銀行強盗／悪魔の弟子／死期／ぐち酒／夫婦ひとり／壺から手／なくした詩集］
87年2月20日　光文社（光文社文庫）Ａ６判　カバー　帯

123
いなずま砂絵
［鶴かめ鶴かめ／幽霊床／入道雲／与助とんび／半鐘どろぼう／根元あわ餅／めんくらい凧］
87年3月20日　光風社出版　Ｂ６判　カバー　帯
88年7月20日　光文社（光文社文庫）Ａ６判　カバー　帯
※なめくじ長屋捕物さわぎ10

124
毎日が13日の金曜日　→毎日が十三日の金曜日
［猫は消え金魚は残る／復讐は海を越えて／脱いでから死ね／週刊ダイナマイト］
87年5月10日　サンケイ出版（サンケイノベルス）新書判　カバー　帯
89年6月20日　光文社（光文社文庫）Ａ６判　カバー　帯
※ホテル・ディックシリーズ2

125
世紀末鬼談
［夢しるべ／自動販売機／声だけ／赤い鍵／にわか雨／ころび坂／開店祝いの死体／育った死体／生きていた死体／もしもし倶楽部開業／秋風よ／三月十日］
87年5月20日　光文社（光文社文庫）Ａ６判　カバー　帯

126
秘密箱からくり箱
［秘密箱／昇降機／殺した女／十三杯の珈琲／暗い週末／無人の境／朱いろの闇］
87年8月20日　光風社出版　Ｂ６判　カバー　帯
90年4月20日　光文社（光文社文庫）Ａ６判　カバー　帯

127
髑髏島殺人事件
87年9月20日　光文社（光文社文庫）Ａ６判　カバー　帯
※滝沢紅子シリーズ2

128
昨日のツヅキです
87年11月25日　新潮社（新潮文庫）Ａ６判　カバー　帯
※エッセー集

129
風流べらぼう剣　続・女泣川ものがたり
［深川めし／あばれ熨斗／やらずの雨／猫じゃらし／麦藁へび／笑い閻魔／小弥太は死なず］
88年1月20日　文藝春秋　Ｂ６判　カバー　帯
90年12月10日　文藝春秋（文春文庫）Ａ６判　カバー　帯
※女泣川ものがたり2

130
血のスープ
88年9月30日　祥伝社（ノンノベル愛蔵版）
新書判　カバー　帯

131
まだ死んでいる
88年10月20日　光文社（光文社文庫）A6判　カバー　帯
※滝沢紅子シリーズ3

132
ミッドナイト・ギャラリー　→絵の消えた額
［かくれんぼ／夢しるべ／熱のある夜／仕込杖／半身像／古い映画館／雷雨／春で朧でご縁日／四万六千日／幽霊屋敷／色玻璃なみだ壺／花十字架］
89年8月24日　新芸術社　B6判　カバー　帯
91年8月20日　光文社（光文社文庫）A6判　カバー　帯

133
前後不覚殺人事件
89年9月20日　光文社（光文社文庫）A6判　カバー　帯
※滝沢紅子シリーズ4

134
退職刑事4　→退職刑事5
［落葉の墓／凧たこあがれ／プールの底／五七五ばやり／闇汁会／遅れた犯行／あくまで白／Xの喜劇］
90年1月31日　徳間書店（徳間ノベルス）新書判　カバー　帯
92年3月15日　徳間書店（徳間文庫）A6判　カバー　帯
03年5月16日　東京創元社（創元推理文庫）A6判　カバー　帯
※退職刑事シリーズ5、創元推理文庫版は退職刑事5

135
南部殺し唄
90年10月20日　光文社（光文社文庫）A6判　カバー　帯
※滝沢紅子シリーズ5

136
風からくり
［はだか川心中／みぞれ河岸／風見鶏／赤い滝／霧彦／人形の家／窓の女／終電車／馬の首／黒い招き猫／目のない賽／夢買い／模擬事件］
90年11月8日　新芸術社　B6判　カバー　帯

137
グロテスクな夜景
［五十二枚の幻燈たね板（宅配幽霊／古本屋／わたくし雨／兄殺し／おかしな姉妹／夢十夜／会社消失／死神／円盤銀座／鬼かご／あなたの妹／竹細工師／鏡よ鏡／爆弾／夢の殺人／小説作法／猫／あき缶／遠い父／童話／落葉／オチの研究／とってかも／初恋／天の目／Xの悲劇／秘密／初夢／詩集／影法師／春の雪／おとし噺／おばけ製造法／無断欠勤／波の記憶／寿命／人形／うぶめ／うぐいす／助けてくれ／電話／中国怪異考／絵はがき／黒南風／鳥／高所恐怖／飛行船／肖像画／紙の家／見えない犬／仙人／令嬢）／プリントアウト／第二感覚／虹の影絵／露天風呂／失踪］
90年12月20日　光文社（光文社文庫）A6判　カバー　帯

138
悪夢録画機
［水からくり／翻訳小説／つくり雨／雪達磨／首人形／悪夢／年賀状／花だより／南の風／思い出旅行／けむりの輪／シェークスピアを読む夫／赤いハンカチ／殺人代行業／影絵／見かえり坂／鉛の兵隊／湯もじ千両／ばけもの屋敷／もどり駕籠本所割下水／開化横浜図絵／うえすけ始末］
91年2月25日　光風社出版　B6判　カバー　帯

139
デスマスク展示会
［手のひらの坂／還魂記／憎しみの花／携帯電話／崖下の死体／お年玉殺人事件／雑談小説こねこのこのこねこ／たわけた神／幽霊塔］
91年3月20日　光文社（光文社文庫）A6判　カバー　帯

140
ホテル・ディック　探偵は眠らない
91年7月25日　新潮社（新潮文庫）A6判　カバー　帯
15年9月20日　光文社（光文社文庫）A6判　カバー　帯
※ホテル・ディックシリーズ3

141
袋小路
［袋小路／うらみの滝／動物ビスケット／悪役俳優／顔の見える男／暗い鏡の中に／留守番電話／風の知らせ／指のしずく／赤い月が沈む／夢処方／口ぐせに幽霊］
93年8月15日　徳間書店（徳間文庫）A6判　カバー　帯

142
雪崩連太郎全集
［人形責め／背中の蝶／白蠟牡丹／花十字架／比翼の鳥／和歌礼櫛／五百羅漢／鬼板師儀助／三つ目達磨／六本足の午／色玻璃なみだ壺／からくり花火／小函の中の墓場／たわけた神／幽霊塔］
93年9月10日　出版芸術社（ふしぎ文学館）B6判　カバー　帯
04年7月7日　筑摩書房（ちくま文庫／都筑道夫恐怖短篇集成3）A6判　カバー　帯
※55と66の合本に139収録の2篇を増補した再編集版

143
骸骨
［手首／蛙が鳴くから／にじんだ顔／低空飛行／片手／うそつき／山吹鉄砲／推理小説作法／凍った口紅／骸骨／崖へ／五十間川］
94年7月15日　徳間書店（徳間文庫）A6判　カバー　帯

144
退職刑事5　→退職刑事6
［つまらぬ事件／桜並木の一本の桜／死は木馬にのって／拳銃と毒薬／耳からの殺人／馬の背／針のない時計／昔の顔］
96年1月15日　徳間書店（徳間文庫）A6判　カバー　帯
03年7月11日　東京創元社（創元推理文庫）A6判　カバー　帯
※退職刑事シリーズ6、創元推理文庫版は退職刑事6

145
都筑道夫名探偵全集Ⅰ　本格推理篇
［八階の次は一階／理想的犯人像／亭主がだんだん増えてゆく／電話ボックスの死体／「殺人事件」殺人事件／金田一もどき／午後五時に消える／宝探しをするシルビア／天狗起し／羅生門河岸／えげれす伊呂波］
97年5月25日　出版芸術社　B6判　カバー　帯

146
都筑道夫探偵全集Ⅱ　ハードボイルド篇
［NG作戦／殺人狂の人質にされてエレベーターに閉じこめられた少女を救出する方法／ニューヨークの日本人／グラスに落ちた蠅／人形責め／人形たちの夜／料理長ギロチン／にせ警官／脅迫者によろしく／風に揺れるぶらんこ／エンコ行進曲］
97年5月25日　出版芸術社　B6判　カバー　帯

147
さかしま砂絵
［白魚なべ／置いてけ堀／はて恐ろしき／六根清浄／がらがら煎餅／蚊帳ひとはり／びいどろ障子］
97年9月30日　光文社　B6判　カバー　帯
99年1月20日　光文社（光文社文庫）A6判　カバー　帯
※なめくじ長屋捕物さわぎ11

148
都筑道夫集
［仮面舞踏会／いの一番大吉／退職刑事／くわえ煙草で死にたい］
98年4月30日　リブリオ出版（もだんミステリーワールド7）
A5判
※大活字本、「仮面舞踏会」は「除夜の鐘をきくシルビア」、「退職刑事」は「写真うつりのよい女」の、それぞれ初出時タイトル

149
目撃者は月
［偽家族／目撃者は月／殺し殺され／鳥啼き／模擬事件／夢買い／赤い鴉／幽霊でしょうか？／置手紙／涅槃図／ランプの宿］
98年9月20日　光文社（光文社文庫）A6判　カバー　帯

150
推理作家の出来るまで　上・下
00年12月20日　フリースタイル　B6判　カバー
20年10月30日　フリースタイル　新書判　カバー　帯
※長篇エッセー、単行本の推理作家協会賞受賞後の出荷分は帯あり

151
七十五羽の烏　都筑道夫コレクション《本格推理篇》
［七十五羽の烏／〈キリオン・スレイの生活と推理〉溶けたナイフ／空腹幽霊／〈退職刑事〉写真うつりのいい女／四十分間の女／〈なめくじ長屋捕物さわぎ〉百物語／二百年の仇討］
03年3月20日　光文社（光文社文庫）A6判　カバー　帯

152
血のスープ　都筑道夫コレクション《怪談篇》
［血のスープ／はだか川心中／ハルピュイア／風見鶏／夜の声／人形の家／かくれんぼ／古い映画館／夢見術／比翼の鳥／からくり花火／骸骨］

03年4月20日　光文社（光文社文庫）A6判　カバー　帯

153 **悪意銀行　都筑道夫コレクション《ユーモア篇》**
［悪意銀行／NG作戦／ギャング予備校／隠密五人男／ダジャレー男爵の悲しみ／押入れ間男／朝がえり／泥坊志願／朝寝くらべ／蠟いろの顔］
03年5月20日　光文社（光文社文庫）A6判　カバー　帯

154 **暗殺教程　都筑道夫コレクション《アクション篇》**
［暗殺教程／スパイキャッチャーJ3（漫画）／スパイキャッチャーJ3（シナリオ）］
03年6月20日　光文社（光文社文庫）A6判　カバー　帯
※堀江卓による漫画は第一話の前半、シナリオはオープニングと第一話「SOSポラリス潜水艦！」のみを収録

155 **猫の舌に釘をうて　都筑道夫コレクション《青春篇》**
［猫の舌に釘をうて／〈哀愁新宿円舞曲〉娼婦の町／歌舞伎町夜景／風のたたずむ窓／トルコ・コーヒー／狂犬日記／手紙の毒／$HgCl_2$／乳房のあるサンドイッチ／小説・大喜利／穴だらけ＝一幕＝できそこないのホーム・ドラマ／〈ショートショート〉蛇／随筆の書けなくなったわけ／雑談小説このねこのこのこねこ］
03年7月20日　光文社（光文社文庫）A6判　カバー　帯

156 **翔び去りしものの伝説　都筑道夫コレクション《SF篇》**
［翔び去りしものの伝説／イメージ冷凍業／地球強奪計画］
03年8月20日　光文社（光文社文庫）A6判　カバー　帯

157 **三重露出　都筑道夫コレクション《パロディ篇》**
［三重露出／カジノ・コワイアル／ジェイムズ・ホンドの大冒険／銀座の児雷也／ポアロもどき／半七もどき］
03年9月20日　光文社（光文社文庫）A6判　カバー　帯

158 **探偵は眠らない　都筑道夫コレクション《ハードボイルド篇》**
［探偵は眠らない／ダウンタウンの通り雨／まだ日が高すぎる／おれの葬式／双頭の毒蛇］
03年10月20日　光文社（光文社文庫）A6判　カバー　帯

159 **魔海風雲録　都筑道夫コレクション《時代篇》**
［魔海風雲録／犬むすめ／壁龍／茨木童子／西郷星］
03年11月20日　光文社（光文社文庫）A6判　カバー　帯

160 **女を逃がすな　都筑道夫コレクション《初期作品集》**
［やぶにらみの時計／女を逃すな／黒猫に礼をいう／妻を殺したが／銃声／人が死ぬのを忘れた日／月に罪あり／四十二の目／クレオパトラの眼］
03年12月20日　光文社（光文社文庫）A6判　カバー　帯

161 **悪魔はあくまで悪魔である**
［悪魔はあくまで悪魔である／黒い招き猫］
04年5月10日　筑摩書房（ちくま文庫／都筑道夫恐怖短篇集成1）A6判　カバー　帯

※52と61の合本

162
阿蘭陀すてれん
［阿蘭陀すてれん／十七人目の死神］
04年6月9日　筑摩書房（ちくま文庫／都筑道夫恐怖短篇集成2）A6判　カバー　帯
※56と24の合本、152との重複を避けて「かくれんぼ」「人形の家」「古い映画館」「はだか川心中」「ハルピュイア」「風見鶏」の六篇を割愛

163
幽霊通信
［ゆうれい通信（第一話　一本杉の家／第二話　二階にうつるかげ／第三話　三時三分にどうぞ／第四話　スペードの4／第五話　五色のくも／第六話　ぼうしが六つ／第七話　七福神の足おと／第八話　8時のない時計／第九話　おしの九官鳥／第十話　十字路の火を消すな／第十一話　十一才のたんじょう日／第十二話　十二ひとえの人形）／耳のある家／砂男／座敷わらしはどこへ行った］
05年8月10日　本の雑誌社（都筑道夫少年小説コレクション1）
B6判　カバー　帯

164
幽霊博物館
［ゆうれい博物館（第一話　崖上の三角屋敷／第二話　のろわれた人形／第三話　人魚殺人事件／第四話　星の亡命者／第五話　幽霊は昼歩く）／血をすうへや／鬼がきた夜／殺人迷路／鬼の顔／午後十時の日食／黄色いポロシャツ／五ひきと二羽が消えた！／竜神の池／帰ってきた幽霊］
05年8月10日　本の雑誌社（都筑道夫少年小説コレクション2）
B6判　カバー　帯

165
蜃気楼博士
［蜃気楼博士（第1の挑戦　蜃気楼博士／第2の挑戦　百人一首のなぞ／第3の挑戦　午後5時に消える）／死体はなぜ歩いたか／消えた凶器／宇宙人がやってきた／月に帰った男／ふたりの陽子／消えた身代金／新幹線爆破計画／消えた文字の秘密／となりの誘かい事件／消えたトラック／ゴムの仮面／赤い道化師］
05年9月12日　本の雑誌社（都筑道夫少年小説コレクション3）
B6判　カバー　帯

166
妖怪紳士
［妖怪紳士／妖怪紳士《第2部》／ぼくボクとぼく］
05年10月15日　本の雑誌社（都筑道夫少年小説コレクション4）
B6判　カバー　帯

167
未来学園
［未来学園（第一話　マイナス人間／第二話　光線ナイフ／第三話　顔のある機械／第四話　日曜日のユウレイ／第五話　はにかみ屋の宇宙人／第六話　小犬は小犬／第七話　手紙を書くには／第八話　ゆうれい音響／第九話　オオカミ男の呪い／第十話　獅子のなみだ／第十一話　狂った花／第十二話　明日は今日のつづき／番外編　不時着1965）／スター・

パトロール（第一話　とうめい怪獣／第二話　ゆうれい光線）／宇宙からきた吸血鬼／ゆうれい少年／いたずらゆうれい／くるった時間／恐怖の銀色めがね／暗い鏡／超能力／ロボットDとぼくの冒険］
05年11月15日　本の雑誌社（都筑道夫少年小説コレクション5）
B6判　カバー　帯

168
拳銃天使
［拳銃天使／拳銃仮面／透明人間がやって来た／六年すいり組（第一話　かげは消えていく／第二話　砂の上の足あと／第三話　大助くんのゆううつ）／青ざめた連化師／どろんこタイムズ（第一話　人魚の涙／第二話　トラックを追っかけろ／第三話　手配写真／第四話　顔のない男／第五話　ものいう狐／第六話　幼児語のなぞ）／黒いおじさん／空港に乱舞するハト／コールサインX（第一話　迎えに来た男／第二話　双眼鏡さわぎ／第三話　放火予告／第四話　悲しいウソ／第五話　幽霊犯人／第六話　そんな生徒はいない／第七話　物は語る／第八話　透明人間／第九話　爆弾魔／第十話　魔法のトランプ／第十一話　暗号放送／第十二話　テレパシー）／黄色いガン・ベルト］
05年12月15日　本の雑誌社（都筑道夫少年小説コレクション6）
B6判　カバー　帯

169
お年玉殺人事件
［五七五ばやり／お年玉殺人事件／密室大安売り／メグレもどき］
06年12月27日　岩崎書店（現代ミステリー短編集5）B6判
カバー

170
都筑道夫ポケミス全解説
09年2月25日　フリースタイル　新書判　ビニールカバー　帯
※ミステリ評論集

171
都筑道夫の読ホリデイ　上・下
09年7月25日　フリースタイル　新書判　ビニールカバー　帯
※長篇エッセー

172
きまぐれ砂絵・かげろう砂絵
［きまぐれ砂絵／かげろう砂絵］
10年12月20日　光文社（光文社文庫）A6判　カバー　帯
※84と92の合本

173
まぼろし砂絵・おもしろ砂絵
［まぼろし砂絵／おもしろ砂絵］
11年1月20日　光文社（光文社文庫）A6判　カバー　帯
※100と105の合本

174
ときめき砂絵・いなずま砂絵
［ときめき砂絵／いなずま砂絵］
11年2月20日　光文社（光文社文庫）A6判　カバー　帯
※117と123の合本

175
さかしま砂絵・うそつき砂絵
［さかしま砂絵／百物語／二百年の仇討／羅生門河岸／藤八五文奇妙！／河川戸心中／湯もじ千両／ばけもの屋敷／もどり駕籠／本所割下水／開化横浜図絵／うえすけ始末］
11年3月20日　光文社（光文社文庫）Ａ６判　カバー　帯
※147の増補版

176
宇宙大密室
［〈未来への危険な旅〉宇宙大密室／凶行前六十年／イメージ冷凍業／忘れられた夜／わからないａとわからないｂ／〈心のなかへの奇怪な旅〉変身／頭の戦争／〈機内サービス映画〉カジノ・コワイアル／〈民話へのおかしな旅〉鼻たれ天狗／かけざら河童／妖怪ひとあな／うま女房／恋入道／一寸法師はどこへ行った／絵本カチカチ山後篇／猿かに合戦／浦島〈追加オプション　見知らぬ過去への旅〉地獄の鐘が鳴っている］
11年6月24日　東京創元社（創元ＳＦ文庫）Ａ６判　カバー　帯
※95の増補再編集版

177
黄色い部屋はいかに改装されたか？増補版
12年4月15日　フリースタイル　新書判　ビニールカバー　帯
※45の増補版

178
女泣川ものがたり（全）
［べらぼう村正／風流べらぼう剣］
13年8月20日　光文社（光文社文庫）Ａ６判　カバー　帯
※113と129の合本

179
未来警察殺人課［完全版］
［未来警察殺人課／未来警察殺人課２］
14年2月28日　東京創元社（創元ＳＦ文庫）Ａ６判　カバー　帯
※73と116の合本

180
銀河盗賊ビリイ・アレグロ　暗殺心
［銀河盗賊ビリイ・アレグロ／暗殺心］
14年7月25日　東京創元社（創元ＳＦ文庫）Ａ６判　カバー　帯
※87と102の合本

181
変幻黄金鬼　幽鬼伝
［変幻黄金鬼／赤銅御殿／地獄屋敷／妖説横浜図絵／暗闇坂心中／幽鬼伝］
14年9月1日　戎光祥出版（時代小説名作館／都筑道夫時代小説コレクション４）Ｂ６判　カバー　帯

182
都筑道夫ドラマ・ランド　完全版　上　映画篇
［パリから来た男／ベイルートから来た男／ミスターＸの挑戦／俺にさわると危ないぜ（中西隆三）／殺人狂時代（小川英）／国際秘密警察絶体絶命（関沢新一）］
15年5月30日　河出書房新社　Ｂ６判　カバー　帯

183
都筑道夫ドラマ・ランド　完全版　下　ラジオ・TV篇
［午後十時十分をお忘れなく／つもりがつもって～「だくだく」によるラックゴティック・コメディ／伊呂波がるた人生模様／春の夜の夢ばかりなる／秋には苦い夜もある／口笛／幽霊屋敷／幽霊ごっこ／動物がいっぱい／町みなが眠ったなかで／スパイキャッチャーJ3／100発100中／100発100中黄金の眼］
15年5月30日　河出書房新社　B6判　カバー　帯

184
ほりだし砂絵　なめくじ長屋捕物おさめ
［化物かるた］
16年11月27日　書肆盛林堂（盛林堂ミステリアス文庫）A6判　カバー
※未収録だった短篇を単体で刊行

185
紙の罠
［紙の罠／NG作戦］
19年11月10日　筑摩書房（ちくま文庫）A6判　カバー　帯

186
悪意銀行
［悪意銀行／ギャング予備校］
20年3月10日　筑摩書房（ちくま文庫）A6判　カバー　帯

187
捕物帖もどき・チャンバラもどき
［捕物帖もどき／チャンバラもどき］
20年2月1日　捕物出版　A5判
※93と109の合本、オンデマンド出版

188
吸血鬼飼育法　完全版
［吸血鬼飼育法／俺は切り札／危機の季節／檻のなかの三人］
20年9月10日　筑摩書房（ちくま文庫）A6判　カバー　帯

た行

な行

は行

ま行

や行

ら行

わ行

【事項索引】

あ行

か行

さ行

た行

な行

は行

ま行

や行

わ行

欧文

【雑誌名索引】

あ行

か行

さ行

な行

は行

ま行

や行

ら行

さ行

た行

欧文

【映画・演目名索引】

あ行

〈映画〉

〈演目〉

か行

〈映画〉

ま行

や行

ら行

わ行

は行

た行

な行

さ行

【書名・作品名索引】

ら行

わ行

や行

ま行

な行

は行

た行

さ行

か行

【人名索引】

あ行

本書は、二千年十二月に、小社より発行された、都筑道夫『推理作家の出来るまで　下巻』の新装版です。

装釘　平野甲賀＋柿崎宏和（The Graphic Service inc.）

THE MAKING OF MICHIO TSUZUKI 2

都《つ》筑《づき》道《みち》夫《お》

昭和４年東京生

主著　「やぶにらみの時計」

「七十五羽の鳥」

「なめくじ長屋捕物さわぎ」

「退職刑事」

「黄色い部屋はいかに改装されたか？」

「都筑道夫 ポケミス全解説」

「都筑道夫の読ホリデイ」

他多数

〔推理作家の出来るまで　下巻〕

2020年10月20日印刷　2020年11月27日発行

著　者　都筑道夫

発行者　吉田　保

印刷・製本　中央精版印刷株式会社

発行所　株式会社フリースタイル

東京都世田谷区北沢2ノ10ノ18
電話　東京6416局8518（大代表）
振替　00150-0-181077

ISBN978-4-86731-002-1

◇フリースタイルの本

都筑道夫『黄色い部屋はいかに改装されたか？増補版』

本格ミステリの「おもしろさ」とはなにか？　各界のクリエイターに多大な影響を与えた画期的名著、大幅増補版。

解説＝法月綸太郎　編集＝小森収　定価：2000円＋税

『都筑道夫 ポケミス全解説』

都筑道夫がハヤカワ・ミステリ通称《ポケミス》に書いた解説を集成。EQMM 連載の〈ぺいぱあ・ないふ〉をも収録した都筑評論の精髄であり、海外ミステリ受容史でもある。

編集＝小森収　定価：2700円＋税

『都筑道夫の読《ドク》ホリデイ』

ミステリ・マガジンに十四年間書き続けられた読書エッセー。「現代の推理小説とはなになのか」を考え続けた都筑道夫の“最後のメッセージ”。生誕八十周年記念出版。

編集＝小森収　定価：各2500円＋税　上下巻

鏡明『ずっとこの雑誌のことを書こうと思っていた』

一冊の雑誌が人生を変えることだってある。著者が少年のときに出会った雑誌「マンハント」を通して、ポピュラー・カルチャーとは何かについて考えてみる。定価：2200円＋税

小林信彦『大統領の密使／大統領の晩餐』

オヨヨ大統領シリーズの二大傑作をカップリング。最初に発売された単行本にのみ収録されていた、挿絵（小林泰彦氏）も収録。

解説＝法月綸太郎　定価：1800円＋税

小林信彦『唐獅子株式会社』

社内報の発刊、放送局、映画製作、音楽祭…… 大親分の思いつきで、今日も始まる新・任侠道。「スター・ウォーズ」から「源氏物語」まで──ギャグとナンセンスとパロディの一大狂宴！『唐獅子源氏物語』をも含む初の全作収録版！

解説＝江口寿史　定価：2000円＋税